କାଳିଜିହ୍ନ

ଗଳ୍ପ ସଂକଳନ

କାଳିଜହ୍ନ

ଗଳ୍ପ ସଂକଳନ

ସଂଯୁକ୍ତା ନାୟକ

ବ୍ଲାକ୍ ଇଗଲ୍ ବୁକ୍ସ

ଭୁବନେଶ୍ୱର, ଓଡ଼ିଶା

BLACK EAGLE BOOKS
Dublin, USA

କାଳିଜହ୍ନ / ସଂଯୁକ୍ତା ନାୟକ

ବ୍ଲାକ୍ ଇଗଲ୍ ବୁକ୍ସ : ଭୁବନେଶ୍ୱର, ଓଡ଼ିଶା ▪ ଡବ୍ଲିନ୍, ଯୁକ୍ତରାଷ୍ଟ୍ର ଆମେରିକା

 BLACK EAGLE BOOKS

USA address:
7464 Wisdom Lane
Dublin, OH 43016

India address:
E/312, Trident Galaxy, Kalinga Nagar,
Bhubaneswar-751003, Odisha, India

E-mail: info@blackeaglebooks.org
Website: www.blackeaglebooks.org

First International Edition Published by
BLACK EAGLE BOOKS, 2025

KALIJAHNA
by **Sanjukta Nayak**

Cover & Interior Design: Ezy's Publication

ISBN- 978-1-64560-770-0 (Paperback)

Printed in the United States of America

ଉତ୍ସର୍ଗ

ଜଞ୍ଜାଳିଆ ଚାକିରି ଓ ସଂସାରକୁ ସମ୍ଭାଳିବାକୁ ଯାଇ
ତା'ର ପିଲାଦିନେ ତାକୁ ଯଥେଷ୍ଟ ସମୟ ଦେଇପାରିନାହିଁ,
ସେ ସ୍କୁଲବ୍ୟାଗ୍‌ରେ ଭର୍ତ୍ତିକରି ଆଣିଥିବା ସବୁ ଗପ ଶୁଣିପାରିନାହିଁ,
ସେଇ ଅପରାଧବୋଧ ମତେ ଚିରଦିନ ଆକ୍ରାନ୍ତ କରିଆସିଛି ।
ତା'ର କିନ୍ତୁ ଅଭିଯୋଗ ନାହିଁ । ସେ ସବୁ ବୁଝେ;
ସେ ମୋ ଝିଅ ଗୌତମୀ ।
ଏ ବହି ତା' ପାଇଁ ।

- ମାମା

ନିଜ କଥା

ଜୀବନରେ ଆମେ କେତେ କଥା ଦେଖୁ, ଅନୁଭବ କରୁ, କେତେ କେତେ ମଣିଷଙ୍କୁ ଭେଟିଥାଉ । ଅନେକ ମଣିଷ କି ଘଟଣା ସ୍ମୃତି ଉହାଡ଼ରେ ଛପିଯାନ୍ତି । କିନ୍ତୁ କିଛି ସ୍ମୃତି ସବୁଦିନ ପାଇଁ ସାମ୍ନାରେ ଚକା ପକେଇ ବସି ରହନ୍ତି । ତାଙ୍କୁ ହୃଦୟକୁ ତୋଲି ନନେଲା ପର୍ଯ୍ୟନ୍ତ ଛାଡ଼ନ୍ତି ନାହିଁ । ସେମିତି କିଛି ମଣିଷମାନଙ୍କର, ଘଟଣାମାନଙ୍କର ଶବ୍ଦରୂପ ମୋର ଏଇ ବହିରେ ସ୍ଥାନିତ ଗଳ୍ପମାନେ । ଏ ଗଳ୍ପର ଚରିତ୍ର ସମସ୍ତେ ମୋର ଚିହ୍ନା, ସେମାନଙ୍କୁ ମୁଁ ପାଖରୁ ଦେଖିଛି । କିଛି ଚରିତ୍ର ତାଙ୍କର ମନର କଥା, ବେଦନାର ବିବରଣୀ ମତେ ଅକପଟ ଭାବରେ କହିଛନ୍ତି, କେତେବେଳେ ସମ୍ବେଦନା ପାଇଁ, କେବେ ପରାମର୍ଶ ପାଇଁ ତ କେବେ ମୋ ଭିତରେ ସେମାନେ କେବଳ ନିରବ ଶ୍ରୋତାଟିଏ ଖୋଜି ପାଇଛନ୍ତି ।

ବହି ପଢ଼ିବାର ଝୁଙ୍କ ଯୋଗୁଁ ମୁଁ ଯାହା ପାଉଥିଲି ପଢ଼ିଯାଉଥିଲି । ମୋ ପାଇଁ ସେ ବହି ଉପଯୁକ୍ତ କି ନୁହେଁ ସେକଥା ବୁଝିବାର ବୟସ ମୋର ହୋଇନଥିଲା । ମୁଁ ସେମାନଙ୍କୁ ମଧ୍ୟ ଭୁଲିନାହିଁ ଯିଏ ମୋ ପିଲାଦିନେ ବହି କି ପତ୍ରିକାଟିଏ ପାଇଲେ ମତେ ଦେଉଥିଲେ । ମୋ ମାଉସୀର ପ୍ରାଇମେରୀ ସ୍କୁଲ ବହିଠୁ ନେଇ ଆମ ଘରେ ସାଇତା ଥିବା ସବୁ ପୁରାଣ, ଧର୍ମଗ୍ରନ୍ଥ, ଯୋଗୀମାନଙ୍କ ଥାଲରେ ଥିବା ବହି– କେହି ମୋ କବଳରୁ ମୁକ୍ତି ପାଉନଥିଲେ । ବହି, ପତ୍ରିକା କଥା ପଢ଼ିଲେ ମୁଁ ଆଉ ଜଣକୁ ଖୁବ୍ ମନେ ପକାଏ । ସେ କଟକର ଗୌରୀଶଙ୍କର ପାର୍କ ସାମ୍ନାରେ ଗୋଟିଏ କ୍ୟାବିନରେ ଖବରକାଗଜ ପତ୍ରିକା ବିକୁଥିଲା । କଳା, ପତଲା ଦେହ, ହସହସ ମୁହଁର ପୁଅଟିଏ । ଦିନେ ବାପାଙ୍କ ସାଙ୍ଗରେ ଯାଇଥିଲି ତା ଦୋକାନର ପୂଜାସଂଖ୍ୟା ପତ୍ରିକା ସମ୍ଭାର ଦେଖିବା ପାଇଁ । ମୁଁ ଆଖି ବୁଲେଇନେଇ ଇଂରାଜୀ ଓଡ଼ିଆ ତିନି ଚାରିଟା ପତ୍ରିକା ଧରି

ପଚାରିଲି, 'ଦେଶ' ଅଛି ?' ସେ କହିଲା, 'ଦିଦି ଦେଖିନିଅ, ସବୁ ସେଇଠି ଅଛି। ଯାହା ନାହିଁ ଲେଖିଦିଅ। ମୁଁ କାଲି ଆଣିବି' କହି ଛୋଟ ଖାତା ଆଉ କଲମ ବଢ଼େଇ ଦେଲା।

'ମୁଁ ତ ହଷ୍ଟେଲ ପଳେଇବି।'

'ଠିକ୍ ଅଛି, କଟକର କେଉଁ ହଷ୍ଟେଲ କହନ୍ତୁ, ମୁଁ ଦେଇ ଆସିବି।'

ମୁଁ ହଷ୍ଟେଲ ଠିକଣା ଦେଲି। ତା' ପରଠୁ ସେ ଗୋଛାଏ ମାଗାଜିନ ନେଇ ହଷ୍ଟେଲରେ ଦେଇଆସେ। ସବୁ ମୋର କିଣିବାର ନଥାଏ, କିନ୍ତୁ ସେ ଏତେ କଷ୍ଟ କରି ଦିଏ ବୋଲି ମୁଁ ପଢ଼େ। ସେ ପଇସା ହିସାବ କରୁନଥିଲା। ସେ ହିସାବ ମତେ କିନ୍ତୁ ରଖିବାକୁ ପଡ଼େ। ଦି' ମାସ ପରେ ଦିନେ ତା ଦୋକାନକୁ ଆସି ମୁଁ ବିରକ୍ତ ହେଲି। 'ମୁଁ ପାଠ ପଢୁଛି। ଏତେ ପଇସା ଦେଇ ତମର ସବୁ ମାଗାଜିନ୍ ମୁଁ କ'ଣ ପଢ଼ିପାରିବି ? ତମେ ମତେ କେବଳ ସେଇଆ ଦବ ମୁଁ ଯାହା କହିଛି।' ସେ ଯାହା କହିଲା ତା'ପରେ ମୋ ପାଟିରୁ ଶବ୍ଦ ପଇଟିଲା ନାହିଁ। ସେ କହିଲା, 'ମୁଁ ଆଦୌ ପାଠ ପଢ଼ିନାହିଁ। ମାଗାଜିନ ଭିତରେ ଫରକ ଜାଣି ନାହିଁ। ତା'ଛଡ଼ା ଆପଣ ପଢ଼ିବାକୁ ଏତେ ଭଲପାଉଛନ୍ତି, ପତ୍ରିକା ଦେଖିଲେ ଖୁସି ହଉଛନ୍ତି। ପଢ଼ିପକାନ୍ତୁ। ସବୁ କ'ଣ ବିକ୍ରି ହୁଏ ? କେତେ ତ ରଦ୍ଦି କାଗଜ ଗୋଦାମକୁ ଯାଏ। ପଢ଼ି ସାରିଲେ ପଛେ ଫେରାଇ ଦେବେ।' କି ଆଶ୍ଚର୍ଯ୍ୟ ! କେମିତି ସେ ବ୍ୟବସାୟ ସମ୍ଭାଳୁଥିଲା !

ଲେଖକ ଓ ପାଠକମାନଙ୍କ ଭିତରେ କେତେଜଣ ତାକୁ ଭେଟିଥିବେ, ତା' ପାଖରୁ ଖବରକାଗଜ ପତ୍ରିକା କିଣିଥିବେ। ଜାଣେନା, ସେ ଆଜି କେଉଁଠି। ହେଲେ ସେ ମୋ ବୌଦ୍ଧିକ ଉଉରଣର ଅଂଶବିଶେଷ। ସେଇ ପିଲାଟିକୁ ମୁଁ ମନରୁ ପୋଛିଦେଇପାରିନାହିଁ।

ଶୈଶବରୁ ଆଜି ପର୍ଯ୍ୟନ୍ତ ଅନେକ ଘଟଣା ମୋ ହୃଦୟରେ ସ୍ତୂପୀକୃତ ହେଇ ରହିଛନ୍ତି, ଯାହା ବେଳ ଅବେଳରେ ମତେ ବ୍ୟତିବ୍ୟସ୍ତ କରିପକାନ୍ତି। ସେମାନଙ୍କୁ ମୁଁ ଆଡ଼େଇ ଦେଇପାରେ ନାହିଁ। କେତେ ଚରିତ୍ର ମତେ ଶୁଆଇ ଦିଅନ୍ତି ନାହିଁ, ଜିଦ୍ ଧରି ବସନ୍ତି ସେମାନଙ୍କ କଥା କହିବାକୁ।

ମୋ ଗଳ୍ପର ଚରିତ୍ରମାନଙ୍କୁ ମୁଁ ଠିକ୍ ଭାବେ ଯଦି ରୂପାୟିତ କରି ନପାରିଛି, ସେ ମୋର ଅପାରଗତା। ସେମାନଙ୍କର ସୁଖ ଦୁଃଖ, ହସ କାନ୍ଦ, ଆନନ୍ଦ ବ୍ୟଥାର ନିଖୁଣ ବର୍ଣ୍ଣନା କରିବା ମୋର ସାଧାତୀତ। ସେଥିପାଇଁ ମୋର ଶବ୍ଦ ଭଣ୍ଡାର ଅସମର୍ଥ।

ମୁଁ କିଛି ବି ଭୁଲିନାହିଁ ଯାହା ମୋ ବାଲ୍ୟ କୈଶୋରକୁ ମଧୁର ଆଉ ପୁଷ୍ଟ କରିଛନ୍ତି, ଯାହା ମୋ ଜୀବନକୁ ବିବିଧ ଅନୁଭୂତିରେ ପୂର୍ଣ୍ଣ ଆଉ ଊର୍ଦ୍ଧ୍ୱଗାମୀ କରିଛନ୍ତି ।

'କାଳିଜହ୍ନ' ମୋର ପ୍ରଥମ ଗଳ୍ପ ସଙ୍କଳନ । ଏଥିରେ ସ୍ଥାନୀତ ଷୋହଲଟି ଗଳ୍ପ ୧୧୯୫ରୁ ୨୦୨୫ ମସିହା ଅବଧିରେ ଲିଖିତ, ଯାହା ପାଠକମାନେ ଅନୁଭବ କରିପାରିବେ । କିଛି ଗଳ୍ପ ବିଭିନ୍ନ ସମୟରେ 'କଥା', 'ସୁଚରିତା', 'ପଞ୍ଚବଟୀ', 'ପକ୍ଷୀଘର' ଇତ୍ୟାଦି ଲୋକପ୍ରିୟ ପତ୍ରିକାମାନଙ୍କରେ ପ୍ରକାଶିତ ହେଇ ପାଠକୀୟ ପ୍ରଶଂସା ଲାଭ କରିଛି । ସେଥିପାଇଁ ମୁଁ ପାଠକ ଏବଂ ସଂପାଦକମାନଙ୍କ ନିକଟରେ କୃତଜ୍ଞ ।

ଯଦିଓ 'କାଳିଜହ୍ନ' ଗଳ୍ପଟି ମୋର ପ୍ରଥମ ପ୍ରକାଶିତ ଗଳ୍ପ, ତେବେ ତାହା ମୋର ପ୍ରଥମ ଗଳ୍ପ ନୁହେଁ ।

ପ୍ରଥମ ଗଳ୍ପ ମୁଁ ଲେଖିଥିଲି ୧୯୭୧ ମସିହାରେ ଆମ ସ୍କୁଲ (ରେଭେନ୍ସା ବାଲିକା ବିଦ୍ୟାଳୟ, କଟକ) ପତ୍ରିକା 'ମଧୁସ୍ମୃତି' ପାଇଁ । ୧୯୭୧-୭୨ ବର୍ଷ ପାଇଁ ପ୍ରକାଶିତ ସେଇ ଗଳ୍ପ ଦେଖି ପତ୍ରିକା ଦାୟିତ୍ୱରେ ଥିବା ଆମ ସାହିତ୍ୟ ଗୁରୁ ମା' ଶ୍ରୀମତୀ ସୁଲୋଚନା କର ମୋ ପିଠି ଥାପୁଡ଼େଇ କହିଥିଲେ, 'ବଡ଼ ମଣିଷଙ୍କ ପରି ଲେଖିଛୁ । ଖୁବ୍ ଭଲ ଗପଟିଏ ।' ତା'ପରେ ମୋ ସାଙ୍ଗମାନେ ସମସ୍ତେ ସେ ଗପ ପଢ଼ିଲେ, ପ୍ରଶଂସା କଲେ ।

ତାହା ଥିଲା ମୋ ପାଇଁ ସବୁଠୁ ବଡ଼ ପୁରସ୍କାର । ତା' ପରବର୍ଷ ସେ କହିଥିଲେ କବିତାଟିଏ ଦେବାକୁ । ବଡ଼ କଷ୍ଟରେ ମନ ଲଗେଇ ବାର ଧାଡ଼ି ବା ତିନିପଦର କବିତାଟିଏ ଦେଇଥିଲି, ନାଆଁ ଥିଲା 'ଦୂର ପ୍ରବାସ' । ମୁଁ ମୋର ପ୍ରିୟ ଗାଁ, ମଣିଷମାନଙ୍କୁ ଛାଡ଼ି ପାଠପଢ଼ିବା ପାଇଁ କଟକରେ ରହୁଥିଲି, ହେଲେ ସବୁବେଳେ ଗାଁକୁ ଝୁରୁଥିଲି । ସେ କବିତାରେ ଥିଲା ନିଜ ଗାଁ ଛାଡ଼ି ଅଚିହ୍ନା ସହର ଆଉ ମଣିଷମାନଙ୍କ ମେଲରେ ରହୁଥିବା ଛୋଟପିଲାର ଦୁଃଖ । ଆମର ପ୍ରିୟ ସୁଲୋଚନା ଗୁରୁ ମା' ଅବସର ନେଲେ । ଯିଏ ପତ୍ରିକା ଦାୟିତ୍ୱରେ ରହିଲେ ସେ କବିତାଟି ସେ ହଜେଇ ଦେଲେ ବୋଲି ପରେ ବେଶ୍ ସହଜରେ କହିଦେଲେ ।

ମୋର କବିତା ବହି ପ୍ରକାଶନ ଅବସରରେ କହିଥିଲି ମୁଁ ପଢ଼ିବାକୁ ଖୁବ୍ ଭଲ ପାଉଥିବାବେଳେ ଖୁବ୍ କମ୍ ଲେଖିଛି । ପିଲାଦିନେ ଚିଠି ଲେଖିବା ଥିଲା ମୋର ମୁଖ୍ୟ ସୃଜନକର୍ମ । ଆମ ଗାଁରୁ କଲିକତାରେ ରହୁଥିବା ଶ୍ରମିକମାନଙ୍କ ପରିବାର ମତେ ଡାକନ୍ତି ଚିଠି ଲେଖିବା ପାଇଁ । ଚିଠିର ମୁଖ୍ୟ ବିଷୟବସ୍ତୁ ଥିଲା ସେମାନଙ୍କର; ତାକୁ ସଜେଇ ଭାଷାର ପୁଟ ଦେଇ କାଗଜରେ ଉତାରିବା ଦାୟିତ୍ୱ ଥିଲା ମୋର । ସେଥିରୁ ଅନେକ

ଚିଠି ମୋର ମନେ ରହିଯାଇଛନ୍ତି । ମୋର ବିଶେଷ ଗୁଣ ମୁଁ ଗୋପନୀୟତା ରକ୍ଷା କରିପାରେ, କାହାର ବିଶ୍ୱାସ ଭାଙ୍ଗିନାହିଁ । ତେଣୁ ଚିଠି ପ୍ରେରକ ନିର୍ଭୟରେ ପ୍ରାପକ ପାଇଁ ସମସ୍ତ ଗୋପନୀୟ ତଥ୍ୟ ମୋ ପାଖରେ ପ୍ରକାଶ କରିପାରୁଥିଲେ ।

‘କାଳିଜହ୍ନ’ରେ ସ୍ଥାନୀତ ଗଳ୍ପମାନଙ୍କ ମଧ୍ୟରୁ କିଛି ଅଧା, ଚଉଠ ଲେଖା ହେଇ ରହିଥିଲେ । ସେମାନଙ୍କୁ ସାଉଁଟି ଆଣି ଆଜି ପାଠକମାନଙ୍କ ସାମ୍ନାରେ ଛିଡ଼ା କରିବାକୁ ପୁଣି ପରିବର୍ତ୍ତନ କରିଛି । ଯେମିତି ‘ଧରାପଡ଼ିବାର ବେଳ’ ଗପଟି ଆଜିକୁ ତିରିଶ ବର୍ଷତଳେ ଲେଖିଥିଲି । କବିତା ପୁସ୍ତକ ପାଇଁ ଖୋଜାଖୋଜି ବେଳେ ତାକୁ ପୁରୁଣା ଫାଇଲ ଭିତରୁ ଖୋଜି ପାଇଲି । ସେ ସମୟରେ ଆୟକର ବିଭାଗର ଉଚ୍ଚପଦସ୍ଥ ଅଧିକାରୀ ନାୟିକା ଟ୍ରେନ୍‌ରେ ଯାଉଥିଲା, କାରଣ ଭୁବନେଶ୍ୱରରୁ ପର୍ଯ୍ୟାପ୍ତ ବିମାନସେବା ନଥିଲା । କିନ୍ତୁ ବର୍ତ୍ତମାନ ପାଠକମାନଙ୍କ ସାମ୍ନାକୁ ଆଣିବାରୁ, ସମସ୍ତ ଘଟଣାକ୍ରମ ଟ୍ରେନ୍ ବଦଳରେ ଏୟାରପୋର୍ଟ ଏବଂ ବିମାନ ଭିତରେ ଘଟେଇବାକୁ ପଡ଼ିଛି ।

ମୁଁ ଗଳ୍ପ ଲେଖେ ଯେତେବେଳେ ସେ ଗଳ୍ପର ଚରିତ୍ରମାନେ ମତେ ବାଧ୍ୟ କରନ୍ତି ତାଙ୍କ କଥା ଲେଖିବା ପାଇଁ; ଅନୁବାଦ କରେ, ଅନ୍ୟ ଭାଷାରେ ଲେଖାଥିବା ଗଳ୍ପଟି ଯେତେବେଳେ ମନକୁ ଆଛନ୍ନ କରିପକାଏ; କବିତା ଲେଖେ, କାରଣ କବିତାର ଧାଡ଼ିମାନେ ନିଜେ ଲେଖିହେଇଯାନ୍ତି । କେବଳ କବିତା ଲେଖିବା ପାଇଁ ମୁଁ ଗୋଟିଏ ବି କବିତା ଲେଖିନାହିଁ । କେତେଗୁଡ଼ିଏ ଅଧାଲେଖା କବିତା ସାଇତି ରଖିପାରିନାହିଁ ।

ମୋ ଗଳ୍ପମାନେ ଯେ ଦିନେ ପ୍ରକାଶିତ ହେବେ ସେ ସ୍ୱପ୍ନ ମୁଁ କେବେ ବି ଦେଖିନଥିଲି । ଯେଉଁମାନେ ସେ ସ୍ୱପ୍ନ ମତେ ଦେଖାଇଛନ୍ତି ଏବଂ ସେ ସ୍ୱପ୍ନକୁ ସାକାର ରୂପ ଦେଇଛନ୍ତି, ଗଳ୍ପଗୁଡ଼ିକ ଯଦି ପ୍ରଶଂସା ଭାଜନ ହୁଅନ୍ତି, ତାର ଶ୍ରେୟ ସେମାନଙ୍କର ।

ପ୍ରଚ୍ଛଦ ପାଇଁ ଅନୁଜ ପ୍ରତିମ ତନୁଜଙ୍କୁ ଯେତେ ଧନ୍ୟବାଦ ଦେଲେ ବି କମ୍ ହେବ ।

ପ୍ରକାଶନ ପାଇଁ ସମ୍ମତି ପ୍ରଦାନ କରିଥିବାରୁ ଏହାର ପ୍ରକାଶକ ଶ୍ରୀ ସତ୍ୟ ପଟ୍ଟନାୟକ ଏବଂ ଶ୍ରୀଯୁକ୍ତ ଅଶୋକ କୁମାର ପରିଡ଼ାଙ୍କ ନିକଟରେ କୃତଜ୍ଞ ରହିବି ।

ଶେଷରେ ଯାହାଙ୍କ ସହଯୋଗ ବିନା ପୁସ୍ତକ ପ୍ରକାଶିତ ହେଇ ପାରିନଥାନ୍ତା, ଯିଏ ଗଳ୍ପଗୁଡ଼ିକ ପଢ଼ି ‘ଭଲ ଗଳ୍ପ’ କହି ମତେ ଉଦ୍ସାହିତ କରିଛନ୍ତି, ସେ ହେଉଛନ୍ତି ଶ୍ରୀ ଗୌରହରି ଦାସ । ଗଳ୍ପ ବା କବିତାଟିଏ ପଢ଼ିବାକୁ ଦେଇ ମୁଁ ତାଙ୍କ ମୁହଁକୁ ଚାହିଁ ଅପେକ୍ଷା କରି ରହିଥାଏ ତାଙ୍କ ମନ୍ତବ୍ୟ ପାଇଁ । ତାଙ୍କର ପ୍ରଶଂସା ମୋ ପାଇଁ ଶ୍ରେଷ୍ଠ ପୁରସ୍କାର । ପୁସ୍ତକର ପାଣ୍ଡୁଲିପି ପ୍ରସ୍ତୁତି ପରେ ଅଧିକାଂଶ କଷ୍ଟକର କାମ ସେ କରିଛନ୍ତି ।

ନିଜର ସମସ୍ତ କାର୍ଯ୍ୟବ୍ୟସ୍ତତା ସତ୍ତ୍ୱେ ମୋର ସବୁ ଗଛ ଧୈର୍ଯ୍ୟର ସହ ପଢ଼ି ନିଜର ମତାମତ ଦେଇଥିବା ଏଇ ସମୟର ଜଣେ ବିଶିଷ୍ଟ ଗାଳ୍ପିକ ଶ୍ରୀ ରବି ପଣ୍ଡାଙ୍କୁ କୃତଜ୍ଞତା ଜଣାଉଛି ।

ମୋ ଝିଅ ଗୌତମୀ, ଜ୍ୱାଇଁ ତାପସ ଓ ନାତୁଣୀ ଅନ୍ଵେଷା ମୋର ସବୁ ଲେଖା ନେଇ ସର୍ବଦା ଉତ୍ସାହିତ । ମୋ ପାଇଁ ଟିକେ ନିରୁପଦ୍ରବ ସମୟ ଦେଲେ କିଛି ଲେଖିପଢ଼ି ପାରିବି ବୋଲି ଗୌତମୀ ସମସ୍ତ ବ୍ୟସ୍ତତା ସତ୍ତ୍ୱେ ନିଜ ଉପରକୁ ଅନେକ ଦାୟିତ୍ୱ ଉଠେଇ ନିଏ । ମୋ ପରିବାର ମୋ ପାଇଁ ପ୍ରେରଣାର ଉସ୍ ।

ଯେଉଁମାନେ ମୋ ଗପ, କବିତା ଓ ଅନୁବାଦ ପଢ଼ି ମତାମତ ଦେଇଛନ୍ତି, ପ୍ରଶଂସା କରିଛନ୍ତି ସେମାନଙ୍କୁ ସମସ୍ତଙ୍କୁ ମୋର କୃତଜ୍ଞତା । ସେମାନଙ୍କ ଶ୍ରଦ୍ଧା ବିନା ମୋ ଗଛମାନେ ହଜିଯାଇଥାନ୍ତେ ।

ଶେଷରେ ମୋତେ ପ୍ରେରଣା, ଭାବ ଏବଂ ଶବ୍ଦ ସହ ଆଶୀର୍ବାଦ ପ୍ରଦାନ କରିଥିବା ପରମ ବୈଷ୍ଣବୀ ମା ଶାରଳାଙ୍କ ଚରଣରେ ପ୍ରଣାମ କରୁଛି ।

ସଂଯୁକ୍ତା ନାୟକ

ଅନୁଭବ, ୩୭୮, ବରମୁଣ୍ଡା ଗାଁ
ଭୁବନେଶ୍ୱର-୭୫୧୦୦୩

କାଳିଜହ୍ନ: ନାରୀ ସଂଘର୍ଷ ଓ ସ୍ୱପ୍ନର କଥା

'କାଳିଜହ୍ନ'ର ଝାପ୍ସା କିରଣ କୌଣସି ଔଜ୍ଜ୍ୱଲ୍ୟକୁ ଅସ୍ପଷ୍ଟ କି ଅଦୃଶ୍ୟ କରିପାରେ ନାହିଁ, ସେ ତାର ନିଜସ୍ୱ ଗାରିମା ନେଇ ସେମିତି ଥାଏ, ଯେମିତି ଥାଏ 'ରତି', ତାର ତ୍ୟାଗ, ତିତିକ୍ଷା ଓ ତର୍ପଣ ନେଇ, ଗୋଟାଏ ତିମିରାଚ୍ଛନ୍ନ ତିରସ୍କୃତ ଜୀବନ ଜିଉଥିଲେବି ।

କହୁଛି ଗାଳ୍ପିକା ସଂଯୁକ୍ତା ନାୟକଙ୍କ ଏକ କାରୁଣ୍ୟଭରା ହୃଦୟସ୍ପର୍ଶୀ ଗପ 'କାଳିଜହ୍ନ' କଥା, ଯାହାକୁ ଶୀର୍ଷକରେ ରଖି ପ୍ରକାଶ ପାଇବାକୁ ଯାଉଛି ତାଙ୍କର ପ୍ରଥମ ଗଳ୍ପ ସଂକଳନ 'କାଳିଜହ୍ନ ।'

ରତି ଜୀବନର ବିଷାଦ ଓ ବେଦନାବୋଧ ସାର୍ବଜନୀନ ନୁହେଁ, ସାଧାରଣରେ ସେ 'ମାତା' ଭାବରେ ପରିଚିତା, ମଠବାସିନୀ । ବନ୍ଧୁ ପରିବାର-ପରିଜନଙ୍କ ଦୃଷ୍ଟିରେ କିନ୍ତୁ ଘୃଣିତା, ଲାଞ୍ଛିତା । ତା ଅନ୍ତରାଳରେ ଥିବା ତା ଦଗ୍ଧ ଜୀବନର ବିଦଗ୍ଧ କାହାଣୀ ଜାଣିଲାପରେ ଜଣେ ତାକୁ ଜୀବନ୍ତ ଠାକୁରାଣୀର ମର୍ଯ୍ୟାଦା ଦେଇ ପାଦସ୍ପର୍ଶ କରିବ, ଯେମିତି କରିଛନ୍ତି ଲେଖିକା, ତାଙ୍କ ଆଖିରୁ ଅଳନ୍ଧୁ ହଟିଗଲା ପରେ ।

ସଂକଳନଟିରେ ଅଛି ସମୁଦାୟ ଷୋହଳଟି ଗପ । ଭିନ୍ନ ଭିନ୍ନ ପ୍ରସଙ୍ଗକୁ ନେଇ ଗପଗୁଡ଼ିକ ରଚିତ ହୋଇଥିଲେହେଁ ସବୁଟି ଅଛି ସମସାମୟିକ ଜନଜୀବନର ବିଡ଼ମ୍ବିତ ଚିତ୍ର ଓ ଚରିତ୍ର ।

ଏବେ ସବୁ ଭାଙ୍ଗିବାର ବେଳା । ଯେମିତି ଭୁଙ୍ଗୁଡ଼ି ପଡ଼ୁଛି- ଆମ ଐତିହ୍ୟର ଇମାରତ, ସଂସ୍କୃତିର ସ୍ଥାୟିତ୍ୱ, ପାଂଶୁରା ହେଇ ଯାଉଛି ଆମର ପରମ୍ପରା । ବିଶ୍ୱାସର ବିପର୍ଯ୍ୟୟ ସବୁଠି । କ୍ରମେ ସୌନ୍ଦର୍ଯ୍ୟହୀନ ହେଇ ପଡ଼ୁଥିବା ପୃଥିବୀରେ ସଭାଶୂନ୍ୟ ହେଇପଡ଼ୁଛି ମଣିଷର ସ୍ଥିତି ଓ ନିୟତି । ଭାଙ୍ଗିଯାଉଛି ପରିବାର । ବିଡ଼ମ୍ବିତ ହେଇ ଯାଉଛି ଦାମ୍ପତ୍ୟ । ସଂକୁଚିତ ହେଇ ଯାଉଛି ସମ୍ପର୍କ । ବିଭାଜିତ ହେଇ ଯାଉଛି ସମାଜ । ପ୍ରେମ ଓ ପ୍ରତ୍ୟୟହୀନ ଧୂସର ଜୀବନ ଆଜି ଉତ୍କଟ ଓ ବିକଟ । ଗାଁ ଓ ସହରର ସନ୍ଧିସ୍ଥଳରେ

ମଣିଷ ଠିଆ ହେଇଛି । ଗାଁ ମଣିଷ ସହରକୁ ଲୋଡୁଛି ତ ସହର ମଣିଷ ଗାଁକୁ ଝୁରୁଛି । ଭାଙ୍ଗିଯାଉଛି ଭିଟାମାଟିର ମୋହ, ଘର ହେଇଛି ପର, ମାମୁଘର ହେଇଯାଇଛି ଭୁଲିହେଇ ଯାଉଥିବା ଗୋଟେ ଅବାଞ୍ଛିତ ସ୍ମୃତି ଶୈଶବର ।

ଏଇ ଏଇ- ବେଦନାବୋଧ ସବୁକୁ ଧରି ରଖିଛି ସଂଯୁକ୍ତା ନାୟକଙ୍କ ଗପ । ତାଙ୍କର ପ୍ରତ୍ୟେକ ଗପରେ ଗୋଟେ ନଷ୍ଟାଲ୍‌ଜିକ୍ ସ୍ପର୍ଶ ପାଠକଙ୍କୁ ଆନମନା କରିଦେବ । ଗାଁ, ମାମୁଘର, ମାଉସୀଘର ଗାଁର ଅନ୍ତରଙ୍ଗ ବର୍ଣ୍ଣନା- ପାଠକଙ୍କୁ ସେଇଠି ନେଇ ଠିଆ କରିଦେବ । ମାତୃତ୍ୱର ମାଧୁର୍ଯ୍ୟ, ଅପତ୍ୟର ଅକୁଲାଣ ପଣ- କରିଦେବ ଭାବପ୍ରବଣ ଓ ଛଳଛଳ ।

ସଂଯୁକ୍ତାଙ୍କ ଗପ ସବୁ ପଢ଼ିଲେ ଲାଗିବ ସେ ଗପ ଲେଖିନାହାନ୍ତି ବରଂ ନିଜ ଆବେଗ ଓ ଅବବୋଧ ସବୁକୁ କହିଯାଇଛନ୍ତି ପ୍ରଗଲ୍ଭ ଭାବରେ । ସଂଯୁକ୍ତା ଏବେ ଏବେ ଗଳ୍ପ ସଂକଳନ ପ୍ରକାଶ କରୁଥିଲେ ହେଁ ତାଙ୍କର ଗଳ୍ପଗଠନ, ଚରିତ୍ରାୟନ, ମନଃସ୍ତାତ୍ତ୍ୱିକତା, ବର୍ଣ୍ଣନାଶୈଳୀ ତଥା ପାଠକୀୟ ଉତ୍କଣ୍ଠା ବଜାୟ ରଖିବାର କାରିଗରି ସବୁ ଦେଖିଲେ ଜଣାପଡ଼େ ତାଙ୍କ ଭିତରେ ସୃଜନଶୀଳତା ଥିଲା, ଅଥଚ ପାରିପାର୍ଶ୍ୱିକ ଚାପ ଓ ଦାୟିତ୍ୱ ତାଙ୍କୁ ଏଥିରୁ ନିବୃତ୍ତ କରି ରଖୁଥିଲା । ଅବରୁଦ୍ଧ ଆବେଗ ଓ ଅନୁଭବ ତ ଗୋଟେ ମୁକ୍ତିର ମାର୍ଗ ଖୋଜେ ଆବଦ୍ଧ ଜଳ ଭଳି, ଯିଏ ବହିଯିବାକୁ ଚାହେଁ । ହୁଏତ ସେ ସୁଯୋଗ ଆସିଲା; ଜୀବନର ନାନାଦି ପୀଡ଼ା, ସଂଘର୍ଷ, ଅବସୋସ ଆଦି ଗଳ୍ପାୟିତ ହେବାକୁ ଲାଗିଲା ସ୍ୱଚ୍ଛନ୍ଦ ଓ ସାବଲୀଳ ଭାବରେ । ଏ ଦୃଷ୍ଟିରୁ ଦେଖିଲେ 'ସଂପର୍କ', 'ମିଛଟିଏ ପାଇଁ', 'ସ୍ମୃତି ସମାଧି', 'ତୋଟାକୁ ଯିବୁ', 'ଚିନ୍ମୟୀ ବଞ୍ଚିଛି', 'ଧରାପଡ଼ିବାର ବେଳ' ଆଦି ଗୋଟିଏ ଗୋଟିଏ ଅତ୍ୟନ୍ତ ସଫଳ ଗପ ।

ସଂଯୁକ୍ତା ନାୟକଙ୍କ ପ୍ରାୟ ସବୁ ଗପରେ ନାରୀ ଜୀବନର ସ୍ୱପ୍ନ ଓ ସଂଘର୍ଷର କଥା, ବିଭିନ୍ନ ଦ୍ୱନ୍ଦ୍ୱ ଓ ସମସ୍ୟାର କଥା, କର୍ମଜୀବୀ ମହିଳାଙ୍କ ଜଂଜାଳ ଓ ଯନ୍ତ୍ରଣାର କଥା, ପ୍ରତିଶ୍ରୁତି ଓ ପ୍ରତାରଣାର କଥା, ଅସ୍ମିତା ଓ ଅଭିମାନର କଥା ଅତି ନିଖୁଣ ଭାବରେ ବର୍ଣ୍ଣିତ ହୋଇଛି । ଏସବୁ ସତ୍ତ୍ୱେ ନାରୀଟି ଥାଏ କ୍ଷମାସ୍ନିଗ୍ଧା, ଅନନ୍ୟା ଓ ଅନିନ୍ଦ୍ୟା ।

'କାଳିଜହ୍ନ'ର ପ୍ରକାଶ ମାଧ୍ୟମରେ ସଂଯୁକ୍ତାଙ୍କ ଓଡ଼ିଆ ଗଳ୍ପ ସାହିତ୍ୟ କ୍ଷେତ୍ରକୁ ପ୍ରଥମ ପ୍ରବେଶ ପାଇଁ ଅଭିନନ୍ଦନ ଜଣାଇବା ସଙ୍ଗେ ସଙ୍ଗେ ତାଙ୍କର ଅନ୍ୱେଷା ଓ ଜୀବନବୋଧର ଯଥାର୍ଥ ଉପଯୋଗ ଓଡ଼ିଆ ଗଳ୍ପକୁ ଆହୁରି ସମୃଦ୍ଧ କରୁ, ଏହି ବିଶ୍ୱାସ ରଖୁଛି । ଆସ୍ଥା ବି ।

- ରବି ପଣ୍ଡା

ଗଳ୍ପକ୍ରମ

କାଳିଜହ୍ନ

ଶୀତୁଲିଆ ପବନ ଦେହ ଥରେଇ ଦଉଥିଲା। ବ୍ୟାଗ୍‌ ଭିତରୁ ଶାଲ୍‌ ବାହାର କରି ଝିଅକୁ ଘୋଡ଼େଇ ଦେଲି। ଦିନ ଦି'ଟା ସୁଦ୍ଧା ଘର ଛାଡ଼ିବି ବୋଲି ଭାବିଥିଲି। ସମସ୍ତଙ୍କ ସାଙ୍ଗେ ପଦେ ଅଧେ କଥାବାର୍ତ୍ତା, ଖିଆ ପିଆ ସାରି ଗାଡ଼ିରେ ବସିବା ବେଳକୁ ସନ୍ଧ୍ୟା ପାଞ୍ଚଟା, କ'ଣ କରିବି। ବର୍ଷେ ଦି ବର୍ଷରେ ଥରେ ଦିନେ ଦି ଦିନ ପାଇଁ ଗାଁକୁ ଆସୁଚି। ଯାହାକୁ ଦେଖା ନ କରି ଚାଲିଯିବି ସେ ଅଭିମାନ କରିବ। ମୋର ବି ସଂସାରଯାକର ସଂପର୍କୀୟଙ୍କୁ ଭେଟିବାକୁ ମନ। ଝିଅ ବ୍ୟସ୍ତ ହଉଚି। ମାମୁ ପୁଅ ଭାଇ ଅନନ୍ତ ଗାଡ଼ିରେ ବସି ଡାକ ପକେଇଲାଣି। ଏଠୁ ମାମୁଘର ଯିବି, ରାତି ରହଣି ପାଖ ଗାଁ ମାଉସୀ ଘରେ। କାଲି ସକାଳେ ଗାଁ ସ୍କୁଲ କାମ ସାରି ପୁଣି ଭୁବନେଶ୍ୱର ଫେରିବି।

ଘର ଲୋକ ସମସ୍ତେ ଗାଡ଼ି ପାଖରେ ଜମା ହୋଇଥିଲେ। ବୋଉ କାନ୍ଦୁଥିଲା, ସେଥିପାଇଁ ତା ମୁହଁ ଲାଲ୍‌ ଓ ଆଖି ଫୁଲାଫୁଲା। ସେଇ କାନ୍ଦ ଭିତରେ ବି ଗାଡ଼ିରେ ଅରୁଆ ଚାଉଳ, ବଡ଼ି, ମାଟି ଆଳୁ, ଓଲୁଅ, ନଡ଼ିଆ, ଚୂଡ଼ା, ଛେନା ଡେକ୍‌ଚି, ପରିବା ଥଲିଆ ସବୁ ଠିକ୍‌ ଠିକ୍‌ ରଖାଗଲା କି ନାହିଁ ଯାଞ୍ଚ କରୁଥିଲା। ମୁଁ ସବୁଥର ଘରକୁ ଆସିଲେ ବୋଉ ମତେ ଦେଖି ଯେତିକି ଖୁସି ହୁଏ, ମୁଁ ଫେରିଲା ବେଳକୁ ସେ ସେତିକି କାନ୍ଦେ। ଯେତେ ବୁଝେଇଲେ ବି ସେ ବୁଝେନା। 'ଏମିତି କନ୍ଦାକଟା କଲେ ଆଉ ଆସିବିନି' କହି ମୁଁ ଧମକ ଦିଏ। ମତେ ନିଶ୍ଚୟ ବିଦା କରିବାକୁ ହେବ ଜାଣି ଅଲି କରେ 'ରଜକୁ ଆସିବୁ, ଦଶହରାକୁ ଆସିବୁ।' ମୁଁ ହଁ ମାରେ, କିନ୍ତୁ ବର୍ଷଟିଏ ପୂର୍ବରୁ ଗାଁକୁ ଆସିବା ସମ୍ଭବ ହୁଏନା।

ଝିଅ ହାତ ହଲେଇ ପିଲାମାନଙ୍କୁ, ତା' ମାଇଁମାନଙ୍କୁ ଓ ଆଇକୁ ଟା ଟା

କରୁଥିଲା । ମୁଁ ଗାଡ଼ି ଭିତରୁ ମୁହଁ ବାହାର କରି ପଛକୁ ଚାହିଁଲି– ବଣ୍ଟିଥିଲେ ପୁଣି ଦେଖା । ମତେ ବି କାନ୍ଦ ମାଡ଼ିଲା ।

ଆମ ଗାଁ ପାଖରୁ ମାମୁଘର ଗାଁ ମାତ୍ର ସାତ କିଲୋମିଟର ବାଟ । ପିଲାଦିନେ ରାସ୍ତା ବୋଇଲେ କିଆରୀ ହିଡ଼ ନହେଲେ ବାଲିପତ୍ତା । ତେଣୁ ସେତିକି ବାଟ ଅସରନ୍ତି ଲାଗେ । ଏବେ କିନ୍ତୁ ସରୁ ନାଲିଗୋଡ଼ି ରାସ୍ତାରେ ଗାଡ଼ି ଯିବା ପାଇଁ ବେଶ୍ ସୁବିଧା । ମୁଁ ରାସ୍ତା ଦି ପାଖ ବିଲକୁ ନିରେଖି ଦେଖୁଥିଲି, ବିରି ଛୁଇଁ ପାକଲ ହେଇଚି କି ନାହିଁ । ବିରି ଛୁଇଁ ମୋର ଅତି ପ୍ରିୟ । ପିଲାଦିନେ ବିରିଛୁଇଁ ଫଳିଥିବା ଦିନମାନଙ୍କରେ ସ୍କୁଲରୁ ଫେରି ମୁଁ ସିଧା ବିରି ବିଲକୁ ଚାଲିଯାଏ । ଲୁଚେଇ ଲୁଚେଇ ଅଣ୍ଟି ଭର୍ତି ବିରିଛୁଇଁ ତୋଲି ଆସେ । ନସି ଲାଗି ଫ୍ରକ୍‌ରେ ଦାଗ ହେଇଯାଏ ଓ ସେଥିପାଇଁ ଘରେ ଖୁବ୍ ଗାଲି ଖାଇବାକୁ ପଡ଼େ ।

ଝିଅ ମତେ ହଲେଇ ଦେଇ ପଚାରିଲା, 'ମା, ଆଗରେ ଯେଉଁ ମନ୍ଦିର ଦିଶୁଚି ସେ କେଉଁ ଠାକୁରଙ୍କର ?'

ମୁଁ ସାମ୍ନାକୁ ଅନେଇଲି । ଅଳ୍ପ ଦୂରରୁ ସିଦ୍ଧେଶ୍ୱରୀଙ୍କ ମନ୍ଦିର ଦିଶୁଥିଲା । ରାସ୍ତାକୁ ଲାଗି ମନ୍ଦିରର ପାଚେରୀ । ପ୍ରାୟ ପଚାଶ ଏକର ପାଖାପାଖି ଜମିରେ ତିଆରି ହେଇଛି ଏ‍ଇ ମନ୍ଦିର ଓ ପାଖରେ ଆଶ୍ରମ । କୋଡ଼ିଏ ବର୍ଷ ତଳେ ଏଠି କେବଳ ଛୋଟ ମନ୍ଦିରଟିଏ ଥିଲା । ତା' ଚାରି ପାଖରେ ଥିଲା ଅମରୀ ଘେରା ବାଡ଼ । ସେଇଠି ସିଦ୍ଧେଶ୍ୱରୀ ଠାକୁରାଣୀ ପୂଜା ପାଆନ୍ତି । ଆଗେ ତାଙ୍କର ପୂଜକ ମନ୍ଦିର ଭିତରେ ଗୋଟାଏ ଛୋଟ ନୁଆଁଣିଆ ଚାଲଘରେ ତାଙ୍କ ପରିବାରକୁ ନେଇ ରହୁଥିଲେ । ଏବେ କିନ୍ତୁ ବିରାଟ ମନ୍ଦିର । ଆଠ ହାତ ଉଚ୍ଚା ସିମେଣ୍ଟ ପାଚେରୀ ସେପଟେ ଲମ୍ବା ଛାତର ପ୍ରାୟ ତିରିଶ ବଖରା ଘର, ଅଚଳାଚଳ ସଂପତ୍ତି । ରାସ୍ତା ଆର ପାଖରେ ତିନି ମହଲା କୋଠାଟା ପାଞ୍ଚବର୍ଷ ତଳେ ତିଆରି ହେଇଛି । ସେଠି ମାଆଙ୍କ ଦର୍ଶନ ପାଇଁ ଆସୁଥିବା ଯାତ୍ରୀମାନେ ରହନ୍ତି ପ୍ରତିବର୍ଷ ମାଘ ସପ୍ତମୀରୁ ପୂର୍ଣ୍ଣିମା ଯାଏ । ଠାକୁରାଣୀଙ୍କ ପାଖେ ମେଳା ହୁଏ । ଏକାଦଶୀଠାରୁ ଯାତ୍ରୀ ଭିଡ଼ ବଢ଼ିଯାଏ । ମୁଁ ବି କେତେ ଥର ମେଳା ଦେଖିବାକୁ ଏଠିକି ଆସିଚି । ସବୁ ଭକ୍ତଙ୍କ ପାଇଁ ଠାକୁରାଣୀଙ୍କ ଖାଦ୍ୟଶାଳରେ ରୋଷେଇ ହୁଏ । ଭକ୍ତମାନେ ପ୍ରସାଦ ପାଇ ଠାକୁରାଣୀଙ୍କ ମହିମା କୀର୍ତ୍ତନ କରି ଫେରିଯାନ୍ତି । ଦୂର ଯାତ୍ରୀମାନଙ୍କ ପାଇଁ ମେଳା ଶେଷ ପର୍ଯ୍ୟନ୍ତ ରହିବାର ବନ୍ଦୋବସ୍ତ ମଧ୍ୟ ଏଠି ଅଛି ।

ମୁଁ ଝିଅକୁ କହିଲି, 'ଏ ମନ୍ଦିର ମା ସିଦ୍ଧେଶ୍ୱରୀଙ୍କର । ସେ ପ୍ରତ୍ୟକ୍ଷ ଠାକୁରାଣୀ ବୋଲି ସମସ୍ତେ କହନ୍ତି । ବହୁତ ଭକ୍ତ ପ୍ରତିଦିନ ତାଙ୍କ ଦର୍ଶନ ପାଇଁ ଆସନ୍ତି ।'

ମୋ ଝିଅ ପାଇଁ ଏ ପ୍ରସଙ୍ଗ ବିଶେଷ ଆକର୍ଷଣୀୟ ନଥିଲା। ଅଳ୍ପ ଦିନ ତଳେ ବମ୍ବେ, ଅଜନ୍ତା ଓ ଏଲୋରା ଦେଖି ଫେରିଥିବା ପିଲା ପାଇଁ ଏ ମନ୍ଦିର ଓ କୋଠାଘର ବହୁତ ଛୋଟ ଥିଲା। ସେ ଉପରଠାଉରିଆ ଭାବେ କହିଲା, 'ଓଃ, ମୁଁ ଭାବିଲି ଜଗନ୍ନାଥ ମନ୍ଦିର କି କ'ଣ ହେଇଥିବ।'

ଆଗ ସିଟ୍‌ରୁ ଅନନ୍ତ କହିଲା, 'ବାବା- ମାତା ଏଠି ଅଛନ୍ତି ଲୋ ଦେଇ। ବାବାଙ୍କ ଦେହ ଭଲ ନାହିଁ। ଯିବୁ କି ଦେଖିବାକୁ?' ମୁଁ 'ନା' କହି ଆସୁଥିଲି। କିନ୍ତୁ ମନ୍ଦିର ଗେଟ୍ ପାଖ ହେଇ ଯାଇଥିବାରୁ ଡ୍ରାଇଭରକୁ କହିଲି, 'ଗାଡ଼ି ରଖ'।

ବାବା-ମାତା ମୋର ମାମୁ-ମାଈଁ। ରବି ମାମୁ ମୋ ବୋଉର ପଡ଼ିଶାଘର ବଡ଼ବାପାଙ୍କ ପୁଅ। ବୟସରେ ଦି' ମାସ ସାନ ମୋ ବୋଉଠୁ। ପିଲାଦିନେ ମୋ ବୋଉକୁ ଭୁଆଁ ବୁଲେଇ ତା' ଯାତ୍ରା ଖର୍ଚ୍ଚ ପଇସା ନେଇ ଯାଉଥିଲେ। ତାକୁ ଆଖି ବୁଜିବାକୁ କହି ତା ଜଳଖିଆ ଡାଲାରୁ ମିଠେଇ ନହେଲେ କଦଳୀଟା ଉଠେଇ ନେଇ ଚ°ପଟ ମାରୁଥିଲେ। ବୋଉର ବାହାଘର ପରେ ପ୍ରତି ସପ୍ତାହରେ ଥରେ ସାତ କିଲୋମିଟର ବାଟ ଚାଲି ଚାଲି ଯାଇ ତାକୁ ସେ ଦେଖି ଆସୁଥିଲେ। ତା' ଭଲମନ୍ଦ ଖବର ବୁଝି ଆଈକୁ କହୁଥିଲେ।

ରବି ମାମୁ ହୁଣ୍ଡା ପ୍ରକୃତିର ବୋଲି ଘରେ ସବୁବେଳେ ଗାଳି ଖାଆନ୍ତି ଓ ରାଗିକି ଉପାସ ରହନ୍ତି। ଅଭାବୀ ଘର ପାଇଁ ତାଙ୍କର ନିତିଦିନିଆ ହୁଣ୍ଡାମି, ରୁଷା, ଅଇଟ ବଡ଼ ଅସହ୍ୟ ହେଉଥିଲା। ଦିନେ ବଡ଼ ଆଈ (ରବି ମାମୁଙ୍କ ବୋଉ) ମୋ ଅଜାଙ୍କୁ କହିଲେ, 'ଅନାଦି, ରବିକୁ ଟିକେ କଲିକତା ନେଇ କ'ଣ କାମରେ ଲଗେଇ ଦିଅନ୍ତିନି? ଆମର ପଇସା ଦରକାର ନାଇଁ। ତା' ପେଟ ସେ ନିଜେ ପୋଷୁ। ମଣିଷ ହେଇଯାଉ।'

ରବି ମାମୁ କଲିକତା ଗଲାଦିନ କାହାକୁ କିଛି କହି ନ ଥିଲେ। ସୁନାପିଲା ପରି ଖାଇସାରି ବଡ଼ ଅଜା, ଆଈଙ୍କୁ ଜୁହାର ହେଲେ। ଗୋପୀନାଥଙ୍କ ପାଖେ ପ୍ରଣାମ କଲେ। ମୋ ଆଈ ଠାକୁରାଣୀଙ୍କ ପାଦୁକ ଟିକେ ତାଙ୍କ ପାଟିରେ ଦେଇ ତାଙ୍କ ମୁଣ୍ଡ ଆଉଁଶି ଦେଲା। ମାମୁ କହିଲେ, 'ଦେଖିବୁ ଖୁଡ଼ୀ, ମୁଁ ଆର ଥରକୁ ଆସିଲା ବେଳକୁ ବାବୁ ହେଇ ଯାଇଥିବି। ତୁ ମତେ ଚିହ୍ନ ପାରିବୁନି।' ମୋ ଆଈ ଝର ଝର ହେଇ କାନ୍ଦି ପକେଇଲା।

ସତକୁ ସତ ରଜବେଳକୁ ରବି ମାମୁ ବାବୁ ହୋଇ ଫେରିଥିଲେ। କଲିକତାରେ ଖୁବ୍ ପରିଶ୍ରମ କରି ସେ କିଛି ଟଙ୍କା ରୋଜଗାର କରିଥିଲେ। ତାକୁ ପେଟରୁ କାଟି ସଞ୍ଚି, ଘର ଲୋକଙ୍କ ପାଇଁ ଲୁଗାପତା, ପିଲାଙ୍କ ପାଇଁ ଖେଳନା, ସନ୍ଦେଶ, ଖଜୁରୀ କୋଲି

ଆଉ କମଳା ଆଣିଥିଲେ। ସେଇ ଦିନଠୁଁ ସେ ଘରର ରୋଜଗାରିଆ ସୁନା ପୁଅ ହେଇଗଲେ।

ଏସବୁ କଥା ମୋ ଆଇ କହେ। ରବି ମାମୁଙ୍କ ବାହାଘର ବର୍ଷ ମୋର ଜନ୍ମ। ମାଈଙ୍କୁ ମାତ୍ର ପନ୍ଦର ବର୍ଷ ଆଉ ମାମୁଙ୍କୁ ଉଣେଇଶ। ମାଈଁ ତା ପରବର୍ଷ ପୁଅଆଣି ହେଇ ଆସିବା ବେଳକୁ ମୁଁ କାଲେ ବର୍ଷକର ହେଇ ଟିକେ ଟିକେ ଚାଲିବାକୁ ଆରମ୍ଭ କରିଥିଲି। ନୂଆ ମାଈଙ୍କୁ 'ମା ମା' କହି ପାଖ ଛାଡ଼ୁ ନଥିଲି। ମାଈଁ କହନ୍ତି, ସେଇ ଦିନଠୁ ସେ ମତେ ହିଁ ତାଙ୍କର ପ୍ରଥମ ପିଲା ବୋଲି ଭାବିନେଇଥିଲେ।

ମୁଁ ଜନ୍ମ ହେବାର ଦି ବର୍ଷ ପରେ ମୋ ଭାଇ ଜନ୍ମ। ଆମ ଦି' ଜଣ ଯାକ ମାମୁ ଘରେ ଜନ୍ମ ହେଇଥିଲୁ। ମୋ ଭାଇର ଜନ୍ମ ପରେ ଆଇ ମତେ ଆଉ ଆମ ଘରକୁ ଛାଡ଼ିଲାନି। ଆମ ଦି' ଜଣଙ୍କ ପରେ ମୋର ଆଉ ଦି'ଜଣ ଭାଇ ଓ ଗୋଟାଏ ଭଉଣୀ ଜନ୍ମ ହେଇଥିଲେ। ମୁଁ ମୋ ବାହାଘର ପର୍ଯ୍ୟନ୍ତ ମାମୁଁ ଘରେ ରହିଥିଲି।

ଦଶ ବର୍ଷ ବୟସରୁ ପଢ଼ିବା ପାଇଁ କଟକ ଆସିଲି। ସେଦିନ ମୋ ଆଇ ଯେତିକି କାନ୍ଦିଥିଲା ମାଈଁ ବି ସେତିକି। ପ୍ରତି ଛୁଟିରେ ମୁଁ ଗାଁକୁ ଆସିଲେ ମାଈଙ୍କ ସାଙ୍ଗେ ଖାଏ। ବେଳେ ବେଳେ ମୋ ଆଇ ଚିଡ଼ିଯାଇ କହେ, 'ତା' ସାଙ୍ଗେ ଖାଇବାଟା ଏମିତି ବାସୁଚି ଯେ ତୁ ଘରେ ଖାଇବା ନାଁ ଧରୁନୁ?' ମୁଁ କିନ୍ତୁ ମାଈଙ୍କ ସାଙ୍ଗେ ଖାଇବସେ, ଆମଘର ତରକାରୀ ସେଇଠିକି ଆଣିବାକୁ କହେ।

ମାଈଙ୍କର ତିନି ପୁଅ ଜନ୍ମ ହେଇଥିଲେ। ତାଙ୍କର ଝିଅ ନଥିବାରୁ ମତେ ସେ ଅଧିକ ଆଦର କରୁଥିଲେ। ଭଲ ପାଠପଢ଼ା ଓ ଶାନ୍ତ ସ୍ୱଭାବର ଥିବାରୁ ଗାଁରେ ସମସ୍ତେ ଖୁବ୍ ଶ୍ରଦ୍ଧା କରୁଥିଲେ। ବୋଉକୁ ମାମୁଘର ଗାଁର ସମସ୍ତେ ଭଲ ପାଉଥିଲେ। ତା' ଝିଅ ହିସାବରେ ଆଉ କିଛି ସ୍ନେହ ଆଦର ବି ମୋ ଭାଗରେ ପଡ଼ୁଥିଲା।

ରବି ମାମୁ ଭଲ ରୋଜଗାର କରୁଥିଲେ। ବେଶୀ ପାଠ ପଢ଼ି ନଥିଲେ ବି ନିଜ ବୁଦ୍ଧି ବଳରେ ସେ ଜଣେ ବଡ଼ କଣ୍ଟ୍ରାକ୍ଟର ହେଇ ପାରିଥିଲେ। କଲିକତାରେ ଜାଗା କିଣି ବିରାଟ କୋଠା ତିଆରି କରିଥିଲେ। ଏଣେ ଗାଁ ଘରର ଛାତ ପଡ଼ିଯାଇଥିଲା। ସବୁ ଠିକ୍ ଚାଲିଥିଲା। ଗାଁରେ ରହୁଥିବା ମୋ ମାଈଁ ସୁନାଗହଣା ମଣ୍ଡି ହୋଇ ଦେବୀ ପ୍ରତିମା ପରି ଦିଶୁଥିଲେ। ଖୁବ୍ ବଡ଼ ପରିବାର ତାଙ୍କର। ସେଥିରେ ପାଞ୍ଚ ଜଣ ବୁଢ଼ାବୁଢ଼ୀ ଆଉ ପଲେ ଗାଈ। ମାଈଁ ଦି ତିନି ବର୍ଷରେ ଥରେ କଲିକତା ଗଲେ ମାସେ ଦି ମାସ ରହି ଫେରି ଆସନ୍ତି।

ରବି ମାମୁ ଯେତିକି ଦିନ ଗାଁରେ ରହନ୍ତି, ମାଈଁ ସବୁ ଜଞ୍ଜାଳ ଭୁଲି କେବଳ

ତାଙ୍କରି ସେବାରେ ଲାଗନ୍ତି । ତାଙ୍କର ପ୍ରତି ବକତ ଖାଇବା ପାଇଁ ତାଙ୍କରି ପସନ୍ଦର ତରକାରୀ, ପିଠାପଣା ତିଆରି କରନ୍ତି । ଟ୍ରଙ୍କରୁ ଭଲ ସୂତା ଲୁଗା, ଗହଣା କାଢ଼ି ପିନ୍ଧନ୍ତି । ମାମୁ ଖାଇସାରି ଦି' ପହରେ ଶୋଇଲେ ସେ ନିଦରୁ ଉଠିବା ପର୍ଯ୍ୟନ୍ତ ତାଙ୍କ ଗୋଡ଼ ଘଷି ଦିଅନ୍ତି, ବିଞ୍ଚଣାରେ ବିଞ୍ଚନ୍ତି । ମାମୁଙ୍କ ପାଇଁ ସବୁ କାମ ସେ ଏତେ ଖୁସିରେ କରନ୍ତି ଯେ ସେସବୁ ଦେଖି ମୋତେ ଆଶ୍ଚର୍ଯ୍ୟ ଲାଗେ । ମାଇଁଙ୍କ ପରିଶ୍ରମ ଦେଖି ମାମୁଙ୍କ ଉପରେ ମୋର ଭାରି ରାଗ ହୁଏ ।

ମାମୁ କଲିକତା ଫେରିଯିବା ଦିନ ତାଙ୍କର ଧଲା ଜାମା ଗହୀର ବିଲରେ ବିନ୍ଦୁଟିଏ ହେଇ ମିଶିଯିବା ଯାଏ ମାଇଁ ଲୁହଭର୍ତ୍ତି ଆଖିରେ ପଲକ ନ ପକେଇ ଚାହିଁ ରହନ୍ତି ।

ମୁଁ ବାଣୀବିହାରରେ ପଢ଼ିବା ବେଳର କଥା । ହଷ୍ଟେଲ ଆଡ଼ମିସନ୍‌ରେ ଡେରି ହେଉଥିବା ଯୋଗୁ କଟକରୁ ଭୁବନେଶ୍ୱର ଯିବା ଆସିବା କରୁଥାଏ । ଦିନେ କ୍ଲାସ ସାରି ଫେରିବା ବେଳକୁ ମେଘ ଉଠେଇ ଆସିଲା । ମୁଁ ଚାନ୍ଦିନୀଚୌକରେ ବସରୁ ଓହ୍ଲେଇ ତରତର ହେଇ ରିକ୍‌ସାରେ ବସୁଥିଲି । ମାମୁ ଘର ଗାଁର ସୁରଭାଇ ଦେଖା ହେଇଗଲେ । ତାଙ୍କଠୁ ଶୁଣିଲି ମାଇଁ ବଡ଼ ମେଡ଼ିକାଲରେ ପଡ଼ିଛନ୍ତି । ମୁଁ ଆଉ ଘରକୁ ଯିବି କ'ଣ, ରିକ୍‌ସାବାଲାକୁ କହିଲି 'ଚାଲ, ମଙ୍ଗଳାବାଗ ବଡ଼ ମେଡ଼ିକାଲ ଯିବା ।'

ବଡ଼ ମେଡ଼ିକାଲର ପ୍ରସୂତୀ ବିଭାଗ ଖୁବ୍ ବଡ଼ । ସୁରଭାଇଙ୍କୁ ପଚାରି ପାରିଲିନି କେତେ ନମ୍ବର କ୍ୟାବିନ୍ କି କେଉଁ ୱାର୍ଡରେ ମାଇଁ ଅଛନ୍ତି । ମୁଁ ସବୁ କ୍ୟାବିନ୍‌ର ସବୁ ଖଟିଆ ଦେଖିଲି । କିନ୍ତୁ, କୋଉଠି ମୋ ମାଇଁ କି ଆମ ଗାଁର କୋଉ ଲୋକକୁ ଦେଖିଲିନି । ପବନ ଆଉ ବର୍ଷାଛିଟିକା ଯୋଗୁ ଝରକା ସବୁ ବନ୍ଦ କରାଯାଇଥାଏ । ଲାଇନ୍ ବି ଚାଲିଗଲା । ମୁଁ ଖୋଜି ଖୋଜି ହାଲିଆ ହେଇଗଲି । ଅଶୁଭ ଆଶଙ୍କାରେ ମୋ ଛାତି ଥରୁଥାଏ । ଯଦି ଅପରେସନ୍ ହୋଇଥିବ ମାଇଁ ତ କେବେ ବି ମେଡ଼ିକାଲରୁ ଯାଇପାରି ନଥିବେ ! ତା'ହେଲେ କ'ଣ... ? ନା, ନା, ହେ ଭଗବାନ ! ପୁଣି ଭାବିଲି ସୁରଭାଇ କ'ଣ ମତେ ଭୁଲ୍ ଖବର ଦେଲା ? କେଜାଣି ? ଶେଷରେ ଷ୍ଟାଫ୍ ରୁମ୍‌କୁ ଯାଇ ଜଣେ ନର୍ସଙ୍କୁ ପଚାରିଲି । ମୋ ପାଟି ଭୟରେ ଖନି ମାରିଯାଉଥାଏ । ସେ ମୋ ବିକଳ ଅବସ୍ଥା ଦେଖି ଟର୍ଚ୍ ଲଗେଇ ଖାତା ଦେଖିଲେ । ମୁଁ ଖାଲି କହୁଥାଏ 'ମିନତି ଦାସ ନହେଲେ ମିନତି ଦେବୀ ଲେଖା ଥିବ, ସ୍ୱାମୀ ରବୀନ୍ଦ୍ର ଦାସ । ପ୍ଲିଜ୍, ଭଲ କରି ଦେଖନ୍ତୁ ।' ସେ ଖାତା ବନ୍ଦ କରି କହିଲେ, '୩୪, ସେ ସ୍ତ୍ରୀଲୋକ ତ ରାତି ତିନିଟାରେ ମରିଗଲା । ପିଲା ଜନ୍ମ ହେଇପାରୁ ନଥିଲା । ବିଚାରୀ କଷ୍ଟ ପାଇ ତା ରକ୍ତ ପାଣି ଫାଟି ଯାଇଥିଲା ।' ମୁଁ କହିଲି, 'ମୋତେ ନୁହଁ, ମୋ ମାଇଁଙ୍କର ତିନିଟି ପୁଅ ଗାଁରେ ଜନ୍ମ

ହେଇଛନ୍ତି । ଏଣ୍ଡୁଡ଼ିଶାଳରେ କଷ୍ଟ ପାଇଲାବେଳେ ବି ସେ ପାଟି ଖୋଲନ୍ତିନି । ଭଲକରି ଦେଖନ୍ତୁ ଦିଦି, ଆଉ କିଏ ହେଇଥିବ । ମାଈଁ ତ ଭଲଥିଲେ । ତାଙ୍କ ସ୍ୱାସ୍ଥ୍ୟ ବି ଖୁବ୍ ଭଲା । ପ୍ଲିଜ୍ ।' ନର୍ସ ଜଣକ କହିଲେ, 'ଧୈର୍ଯ୍ୟ ଧର ମା, ଏତେ ବଡ଼ କଥାଟା କ'ଣ ମୁଁ ଠିକ୍ ନଜାଣି କହିଦେବି ? ତାଙ୍କ ଦେଢ଼ଶୁର ପରା ସକାଳୁ ତାଙ୍କ ଶବ ଗାଁକୁ ନେଇଗଲେ ।'

ମୁଁ ସେଦିନ କାନ୍ଦି କାନ୍ଦି ଘରକୁ ଫେରିଥିଲି ।

ମାତ୍ର ତିନି ମାସ ପରେ ବଡ଼ ମାମୁଙ୍କ ପୁଅ ବିବେକ ମୋ ପାଖକୁ ଲେଖିଲା, ରବି ମାମୁଙ୍କ ଦ୍ୱିତୀୟ ବାହାଘର କଥା । ମାଈଁଙ୍କ ସାନ ଭଉଣୀ ରତି ମାଉସୀଙ୍କୁ ମାମୁ ସିଦ୍ଧେଶ୍ୱରୀଙ୍କ ମନ୍ଦିରରେ ବାହା ହେଲେ ।

ରତି ମାଉସୀ ସବୁ ବର୍ଷ ଆମ ଗାଁ ମକରଯାତ୍ରାକୁ ଆସେ । ସେ ମୋଠୁ ବର୍ଷେ ଦି ବର୍ଷ ସାନ । ତା ନାଁ ନଧରି ସମସ୍ତେ ତାକୁ ଚଣ୍ଟି ଡାକନ୍ତି । ସେ ବି ଖୁସିରେ ସେ ଡାକ ସ୍ୱୀକାର କରିନିଏ । ଆମ ସାଙ୍ଗରେ ତା'ର ଖୁବ୍ ମେଳ । ମାଈଁଙ୍କ ବାପଘର ଗରିବ । ସେଥିପାଇଁ ବୋଧେ ରତି ମାଉସୀ ଆଦୌ ପାଠ ପଢ଼ି ନଥିଲା । ସେ ଯେତିକି ଦିନ ପାଇଁ ଆମ ଗାଁକୁ ଆସେ ଖୁବ୍ ହସ ମଜାରେ ଆମମାନଙ୍କ ସାଙ୍ଗରେ ସମୟ କାଟେ । ତା'ର ବଡ଼ ପାଟିରେ କଥା କହିବା, ଠୋ ଠୋ ହସ ଓ ଗଛ ଚଢ଼ା ପାଇଁ ମାଈଁ ତା' ଉପରେ ବେଳେ ବେଳେ ବିରକ୍ତ ହୁଅନ୍ତି । କିନ୍ତୁ ରତି ମାଉସୀ ଚାଲିଯିବା ପରେ ତା ଅନାଗତ ଭବିଷ୍ୟତ କଥା ଭାବି ବ୍ୟସ୍ତ ହେଇ କହନ୍ତି, 'ଠାକୁରେ କଲେ ବୋଲି ମୁଁ ସିନା କୋଠାଘରେ ଦିନ କାଟୁଚି । ମୋ ବାପା ଭାଇଙ୍କର ବଳ କାଇଁ ଯେ ତାକୁ ଭଲ ଘରେ ଦେବେ ? କ'ଣ ଅଛି କେଜାଣି ତା' ଭାଗ୍ୟରେ ?'

ମାଈଁଙ୍କ କଥା ଶୁଣି ମୁଁ ପିଲାବୁଦ୍ଧିରେ କହେ, 'କାଇଁକି, ତମ ପାଖରେ ତ ଏତେ ଗହଣା ଅଛି, ମାମୁଙ୍କ ପାଖରେ ବି ବହୁତ ପଇସା । ତମେ ଦିହେଁ ତା' ବାହାଘର ପାଇଁ ଖର୍ଚ୍ଚ କରିବ । ରତି ମାଉସୀକୁ ଖୁବ୍ ବଡ଼ ଲୋକ ଘରେ ଦେବ ।'

ମାଈଁ ଦୀର୍ଘଶ୍ୱାସ ଛାଡ଼ି କହନ୍ତି, 'ହଁ ମୋର କି ଟଙ୍କା, କି ଅଳଙ୍କାର ! ଆଜି ମଲେ କାଲିକି ଦି' ଦିନ । ମୋର ସାଧ୍ୟ କାଇଁ ଯ଼ାଙ୍କ ଘରେ ତୁଣ୍ଡ ଖୋଲିବାକୁ ?'

ରତି ମାଉସୀକୁ ମୋ ମାଈଁ ସ୍ଥାନରେ ମୁଁ ଆଦୌ ଗ୍ରହଣ କରି ପାରିନଥିଲି । ଚିଠି ପଢ଼ି ମୁଁ ସାରା ରାତି କାନ୍ଦିଥିଲି । ମନେ ମନେ ମାମୁଙ୍କୁ ପ୍ରତାରକ, ଅକୃତଜ୍ଞ କହି ଗାଲି ଦେଇଥିଲି । ମୋ ମାଈଁଙ୍କୁ ଏତେ ଶୀଘ୍ର ଭୁଲି ନିଜଠୁ କୋଡ଼ିଏ ବର୍ଷ ସାନ ରତି

ମାଉସୀକୁ ବାହା ହେଇ ପଡ଼ିଲେ ? ସେଇ ଦିନଠୁ ମୁଁ ମାମୁଙ୍କୁ ଘୃଣା କଲି, ଆଉ ରତି ମାଉସୀକୁ ବି ।

ବାହାଘର ପରେ ମାମୁ ରତିମାଉସୀ (ମାଇଁ)କୁ ନେଇ କଲିକତା ଚାଲି ଯାଇଥିଲେ । ମୋର ତାଙ୍କ ସାଙ୍ଗେ ଆଉ ଭେଟ ହେଇ ନଥିଲା । ମୋ ବାହାଘରକୁ ମୋ ବୋଉ ନିଜେ କଲିକତା ଯାଇଥିଲା ସେମାନଙ୍କୁ ଡାକିବାକୁ । ସେମାନେ କିନ୍ତୁ ଆସିନଥିଲେ । ମୋ ପାଇଁ ଶାଢ଼ି, ସୁନାଚୂଡ଼ି ଆଉ ପାଞ୍ଚ ହଜାର ଟଙ୍କା ପଠେଇ ଦେଇଥିଲେ । ସେ ଶାଢ଼ି ଚୂଡ଼ି ମୁଁ ରାଗରେ ପିନ୍ଧି ନ ଥିଲି ।

ରବି ମାମୁଙ୍କ ବଡ଼ ପୁଅ ଅଙ୍କୁର ବାହାଘରକୁ ମୁଁ ଯିବାକୁ ବାଧ୍ୟ ହେଲି । ଅଙ୍କୁ ନିଜେ ରାଣ ପକେଇ ଲେଖିଥିଲା ।

ସନ୍ଧ୍ୟାବେଳେ ଗାଁରେ ପହଞ୍ଚିବା ବେଳକୁ ବର ଓ ବରଯାତ୍ରୀ ଯାଇସାରିଥିଲେ । ମାମୁଙ୍କ ଗୁରୁଦେବ (ସିଦ୍ଧେଶ୍ୱରୀ ମନ୍ଦିରର ବାବା)ଙ୍କ ନିର୍ଦ୍ଦେଶରେ ବାହାଘରର ସମସ୍ତ କାର୍ଯ୍ୟ ଚାଲୁଥିଲା । ସେ ବାବା ମାମୁଙ୍କ ଶୋଇବା ଘରେ ଆସ୍ଥାନ ଜମେଇ ବସିଥିଲେ । ଆଉ ମତେ ତାଙ୍କୁ ମୁଣ୍ଡିଆ ମାରି ଆଶୀର୍ବାଦ ନେବାକୁ କହିଲା । ମୁଁ ମନା କରିଦେଲି । ମାମୁ ବର ସାଙ୍ଗରେ ନ ଯାଇ ଗୁରୁଙ୍କ ପାଦତଳେ ବସିଥିଲେ । ରତି ମାଇଁ ସେଇଠି ମାମୁଙ୍କ ପାଖରେ ହାତ ଯୋଡ଼ି ବସିଥିଲା । ମାମୁ ଓ ତାଙ୍କ ଗୁରୁଦେବ ଯାହା ଆଦେଶ କରୁଥିଲେ ତାହା ପାଳନ କରୁଥିଲା । ମୁଁ କୋଣଘର ଝରକା ବାଟେ ସବୁ ଦେଖୁଥିଲି । ଜାଣି ଜାଣି ସେପଟ ଖଣ୍ଡାକୁ ଯାଇନଥିଲି ।

ବରକନ୍ୟା ଫେରିବା ପରେ ଦି'ପଟ ଖଣ୍ଡାରେ ଲୋକ ଭର୍ତ୍ତି ହେଇଯାଇଥିଲେ । ମୁଁ ମୋ ମାଉସୀ ଘରକୁ ଚାଲିଗଲି । ରାତିରେ ଫେରି ବୋହୂ ହାତରେ କାନଫୁଲ ଆଉ ଶାଢ଼ି ଦେଲି । ବେଭାର ଟଙ୍କା ବଡ଼ ମାମୁଙ୍କୁ ଧରେଇ ଦେଇ ସକାଳ ହେବା ଆଗରୁ ବସ୍ ଧରିବା ପାଇଁ ତିନି ମାଇଲ୍ ଦୂର ବସ୍‌ଷ୍ଟାଣ୍ଡକୁ ଯିବାକୁ ପ୍ରସ୍ତୁତ ହେଲି । ଯିବା ଆଗରୁ କର୍ତ୍ତବ୍ୟ ଖାତିରେ ସେପଟ ଖଣ୍ଡାକୁ ଯାଇ ଦେଖିଲି ରତି ମାଇଁ ପୂଜା ପାଇଁ ଫୁଲ ଗୁନ୍ଥୁଥିଲେ ଆଉ ମାମୁ ଶ୍ଲୋକ ବୋଲି ବୋଲି ଟିଉବ୍‌ୱେଲ୍ ମୂଳେ ଗାଧୋଉଥିଲେ । ରତି ମାଇଁର ପାଦ ଛୁଇଁବାକୁ ଆଦୌ ଇଚ୍ଛା ହେଉନଥିଲା । ବାଧ୍ୟ ହେଇ ସେତକ କରିବାକୁ ପଡ଼ିଲା । ରତି ମାଇଁ କହିଲା, 'ମା ତମର ମଙ୍ଗଳ କରନ୍ତୁ, ତୁମକୁ ଭଲରେ ରଖନ୍ତୁ ।'

ମୋତେ ଭାରି କାନ୍ଦ ମାଡ଼ିଲା । ମୋ ମାଇଁ ଆଜି ବଞ୍ଚିଥିଲେ ମୋତେ କ'ଣ ଆଉଦିନ ନ ରଖି ଏମିତି ନିରିମାଖି ଭଲିଆ ଛାଡ଼ି ଦେଇଥାନ୍ତେ- ମନେ ମନେ ଭାବିଲି । ମୁଁ ରତି ମାଇଁ ମୁହଁକୁ ଚାହିଁଲିନି । ଏକମୁହାଁ ହେଇ ପଳେଇ ଆସିଥିଲି ।

ୟା ଭିତରେ ଦଶ ବର୍ଷ ବିତିଗଲାଣି। ମୁଁ ଗାଁକୁ ବେଶୀ ଯାଇପାରେନି। ଗାଁର ଖବର ସବୁ କିନ୍ତୁ ମୋତେ ମିଳେ। ଶୁଣିଥିଲି ରବି ମାମୁ ଓ ରତି ମାଇଁ ଏବେ ଗାଁକୁ ଆସନ୍ତିନି। ବଡ଼ ଆଇ ମଲାବେଲେ ବି ମାମୁ ମାଇଁ ଗାଁକୁ ଆସି ନଥିଲେ। ମୋ ଆଇ ମଲାବେଲେ ସେଇ କଲିକତାରେ ବ୍ରାହ୍ମଣ ଭୋଜନ କରେଇଥିଲେ। ବଡ଼ ଆଇ ବେଳକୁ ସେତକ ବି କଲେନି। ପ୍ରତିବର୍ଷ ଦୁହେଁ ମାଘ ସପ୍ତମୀ ପୂର୍ବରୁ ସିଦ୍ଧେଶ୍ୱରୀ ମନ୍ଦିରକୁ ଆସନ୍ତି; ପୂର୍ଣ୍ଣିମା ପରେ ମେଳା ସରିଲେ ପୁଣି କଲିକତା ଫେରିଯାନ୍ତି। ମାମୁଙ୍କର ଅନ୍ୟ ଦୁଇ ପୁଅ ବିଜୁ ଓ ବିଲୁ ସିଦ୍ଧେଶ୍ୱରୀ ମନ୍ଦିରରେ ବାହା ହେଇଥିଲେ ଏକା ଦିନରେ। ଗୁରୁଦେବଙ୍କ ଆଦେଶ ଅନୁସାରେ କୌଣସି ବନ୍ଧୁବାନ୍ଧବଙ୍କୁ ନିମନ୍ତ୍ରଣ କରାଯାଇନଥିଲା। ବ୍ରାହ୍ମଣ ଆସିନଥିଲେ, ବାଜା ରୋଷଣି କିଛି ହୋଇ ନଥିଲା। କେବଳ ଗୁରୁଦେବଙ୍କ ଭକ୍ତମାନେ ସେ ବାହାଘରେ ଯୋଗ ଦେଇଥିଲେ। ଭୁବନେଶ୍ୱରରେ ଥାଇ ସବୁକଥା ମୁଁ ଶୁଣିଥିଲି। ମାଇଁଙ୍କ କଥା ମନେ ପକେଇ, ମା' ଛେଉଣ୍ଡ ଛୁଆ ତିନିଟିଙ୍କ ଦୁର୍ଦ୍ଦଶା କଥା ଭାବି ଦୁଃଖୀ ହେଇ ଯାଇଥିଲି।

ମାମୁଙ୍କ ପୁଅ ବୋହୂ ସମସ୍ତେ ଏବେ କଲିକତାରେ ରହନ୍ତି। ସେମାନେ ବି କୌଣସି ବନ୍ଧୁବାନ୍ଧବ ଘରକୁ ଯାଆନ୍ତି ନାହିଁ। ଗୁରୁଦେବଙ୍କ ଆଦେଶ ନାହିଁ। ଗାଁକୁ ବି ନୁହେଁ। ଘୃଣାରେ ମୋ ମନ ବିଷେଇ ଉଠେ ଏକଥା ଶୁଣି। କେତେ ଥର କଲିକତା ଯାଇଥିଲେ ବି ଇଚ୍ଛା କରି ତାଙ୍କ ଘରକୁ ଯାଇନାହିଁ।

ଆଜି କିନ୍ତୁ ମାମୁଙ୍କ ଦେହ ଖରାପ କଥା ଶୁଣି ତାଙ୍କୁ ଦେଖିବାକୁ ଇଚ୍ଛା ହେଲା। ତାଙ୍କର ବୟସ ହେଇଯିବଣି। କେତେବେଲେ କୋଉ କଥା। ଏକଦା ମୋ ବୋଉକୁ ଓ ମୋତେ କେତେ ଭଲ ପାଉଥିଲେ ସେ !

ଅନନ୍ତ ଆମ ଆଗେ ଆଗେ ଚାଲୁଥିଲା। ଏବେ ମାମୁଁ ଏ ମନ୍ଦିର ଓ ଆଶ୍ରମର ସର୍ବେସର୍ବା। ଗୁରୁଦେବ ମରିଗଲେଣି।

ପାଚେରୀ ଶେଷର କୋଣ ଘରେ ମାମୁ ମାଇଁ (ବାବା-ମାତା) ରହୁଛନ୍ତି। ଭିତରେ କାନ୍ଥକୁ ଲାଗି ଖଟ ଉପରେ ମାମୁ ଚିତ୍ ହେଇ ଶୋଇଥିଲେ। ମୁଣ୍ଡରେ ଗୋଛାଏ ଜଟ। କପାଳରେ ଚନ୍ଦନ ଆଉ ସିନ୍ଦୁରର ଚିତା, ଦେହରେ ଗେରୁଆ ଲୁଗା। ସେ ତାଙ୍କ ଗୁରୁଦେବଙ୍କର ଉତ୍ତରାଧିକାରୀ। ରତି ମାଇଁ ସନ୍ଧ୍ୟା ଆଳତୀ ସାରି ଫେରୁଥିଲା। ମନ୍ଦିର ବେଢ଼ା ଭିତରେ ବେଶୀ ଗହଲି ନାହିଁ। ଆଉ ଦି' ଦିନ ପରେ ଏଠି ସୋରିଷ ପକେଇବାକୁ ଜାଗା ମିଳିବନି। ପଚାଶ ଷାଠିଏରୁ ଅଧିକ ପୁରୁଷ, ସ୍ତ୍ରୀ, ପିଲା ରତି ମାଇଁ ପାଦତଳେ ଲମ୍ବ ହେଇ ପଡ଼ି ଯାଉଥିଲେ। ମାଇଁ ହାତ ଟେକି ଆଶୀର୍ବାଦ କରୁଥିଲା, 'ମା ସିଦ୍ଧେଶ୍ୱରୀ

ତମର ମଙ୍ଗଳ କରନ୍ତୁ।' ସମସ୍ତଙ୍କ ହାତକୁ ପ୍ରସାଦ ଟିକେ ଟିକେ ବଢ଼େଇ ଦଉଥିଲା। ସେ ଦୃଶ୍ୟ ମତେ ସ୍ୱପ୍ନ ପରି ଲାଗୁଥିଲା। ନାଲି ଚଉଡ଼ା ଧଡ଼ିଦିଆ ଧଳା ଶାଢ଼ି ପିନ୍ଧି, ପୂଜାଥାଲି ଆଉ ଠାକୁରାଣୀଙ୍କ ଛଡ଼ା ଫୁଲମାଳ ହାତରେ ଧରିଥିବା ଏଇ ପୂଜାରିଣୀଙ୍କ ଭିତରେ ମୁଁ ଖୋଜୁଥିଲି ସେଇ ଚଣ୍ଡୀ, ହୁଣ୍ଡୀ ଶ୍ରୀଅକ୍ଷରବିବର୍ଜିତା ରତି ମାଉସୀକୁ। ମୋ ମାଇଁଙ୍କ ମୁହଁ ପରି ଦିଶୁଥିଲା ତାଙ୍କ ମୁହଁ। ଠିକ୍ ସେଇ ରୂପ, ପିଲାଦିନେ ମାଇଁଙ୍କୁ ଯେମିତି ଦେଖିଥିଲି ଅବିକଳ ସେମିତି। ମୁଁ ମନ୍ଦବତ୍ ତାଙ୍କୁ ଜୁହାର ହେଲି, ଝିଅକୁ ଠାରିଦେଲି ତାଙ୍କ ପାଦ ଛୁଇଁ ଜୁହାର ହବାକୁ। 'ମା ତୁମର ମଙ୍ଗଳ... କିଏ, ମାମି! ଇଏ ନିଶ୍ଚେ ତମ ଝିଅ! ମା ସିଦ୍ଧେଶ୍ୱରୀ ଲୋ, କେତେ ଦୟା ତୋର!' ମୋ ଝିଅକୁ କୁଣ୍ଡେଇ ଧରି ମାଇଁ ଗେଲ କରି ପକେଇଲେ। ଇଏ କ'ଣ ସେଇ ରତି ମାଉସୀ ଯାହାକୁ ମୁଁ ତା' ବାହାଘର ପରଠୁ କେବଳ ଘୃଣା କରିଆସିଚି?

ରତି ମାଇଁ ଆମକୁ ପ୍ରାୟ କୋଳେଇ ଧରି ଘର ଭିତରକୁ ନେଇ ଆସିଲା।

: 'ବାବା (ମାମୁଙ୍କୁ ସେ 'ବାବା' ଡାକନ୍ତି ବୋଲି ଶୁଣିଥିଲି), ଦେଖିଲେଣି କିଏ ଆସିଛନ୍ତି? ମାମି ଆଉ ତାଙ୍କ ଝିଅ। ଏତେ ଦିନକେ ଆମେ ମନେ ପଡ଼ିଲୁ।'

ମାମୁ ଆଖି ଖୋଲି ଚାହିଁଲେ। ମୁଁ ତାଙ୍କୁ ଜୁହାର ହେଲି। ମାମୁ ହସିଦେଲେ। ହାତଠାରି ପାଖରେ ବସିବାକୁ କହିଲେ। ଧୀର ସ୍ୱରରେ ସମସ୍ତଙ୍କ ଭଲମନ୍ଦ ପଚାରିଲେ। ରତି ମାଇଁଙ୍କୁ କହିଲେ, 'କ'ଣ ଭଲ ଜିନିଷ ରଖିଚ ଏମାନଙ୍କୁ ଖାଇବାକୁ ଦିଅ।' ତା'ପରେ ସେ ଉଠି ବସିଲେ। ତାଙ୍କ ଦେହ ଯେ ସତରେ ଅସୁସ୍ଥ ସେକଥା ଜଣାପଡୁଥିଲା। ମୋ ଝିଅ ପିଠିରେ ଧୀରେ ଚାପୁଡ଼ାଟେ ମାରି କହିଲେ, 'ମୁଁ ଅଧଘଣ୍ଟା ଭିତରେ ଧ୍ୟାନ ସାରି ଫେରିଆସିବି। ତୁ ଥିବୁ। ତତେ ବଢ଼ିଆ ମ୍ୟାଜିକ୍ ଦେଖେଇବି। ଏବେ ଖାଇସାରି ମନ୍ଦିର ଭିତରେ ବୁଲି ଆସିବୁ ତୋ ଆଇ ସାଙ୍ଗରେ।'

ମାମୁ କୁଣ୍ଢେଇ କୁଣ୍ଢେଇ ପାଖ କୋଠରୀକୁ ଗଲେ ଓ ଭିତରୁ କବାଟ ବନ୍ଦ କରିଦେଲେ। ରତି ମାଇଁ କହିଲେ, 'ଏବେ ତମ ମାମୁ ଧ୍ୟାନରେ ବସିବେ। କେତେବେଳେ ସରିବ କିଛି ଠିକଣା ନାହିଁ।' ମୁଁ ଦୁଷ୍ଟାମି କରି କହିଲି, 'ମାମୁ ନିଶ୍ଚୟ ସେଠି ଶୋଇ ପଡୁଥିବେ। ନହେଲେ କବାଟ କିଲି ଏତେ ସମୟ କ'ଣ କରନ୍ତି ତମେ କଣ ବାଟେ ଦେଖୁନ?' ରତିମାଇଁ ହସିଦେଇ କହିଲେ, 'ଧେତ୍, ତମର ସେଇ ପିଲାଳିଆମି ଗଲାନି।'

ରତିମାଇଁ ଆମ ପାଇଁ ଗୁଡ଼ ସନ୍ଦେଶ ଆଉ କୋକାକୋଲା ବୋତଲ ତିନିଟା ଆଣିଲା। କଲିକତାର ଗୁଡ଼ ସନ୍ଦେଶ ମୋର ଖୁବ୍ ପ୍ରିୟ। ମାଇଁ କହିଲା, 'ଖାଇନିଅ।

ତମ ଝିଅ ପାଇଁ ଫଳ କାଟି ଦଉଚି । ତମେ ତ ଫଳ ଭଲ ପାଅନି । ଗୁଡ଼ ସନ୍ଦେଶକୁ କିନ୍ତୁ ମନା କରିବନି, ଜାଣେ ।' ରତି ମାଇଁ କେମିତି ଜାଣିଲା ମୁଁ ଗୁଡ଼ ସନ୍ଦେଶ ଭଲପାଏ ? ତାଙ୍କୁ ଏ ପର୍ଯ୍ୟନ୍ତ ଘୃଣା କରିଆସୁଥିବା ଯୋଗୁ ମୁଁ ନିଜକୁ ଧିକ୍କାରିଲି ।

ଅନନ୍ତର ହାତଧରି ଝିଅ ଚାଲିଗଲା ମନ୍ଦିର ବେଢ଼ା ଭିତର ବୁଲି ଦେଖିବା ପାଇଁ । ଖଞ୍ଜଣି ମାଡ଼, ଭଜନ, କୀର୍ତ୍ତନରେ ବେଢ଼ା କମ୍ପୁଥାଏ । ମାଇଁ କହିଲେ, 'ଏଠି କାନ ଅତଡ଼ା ପଡ଼ିଯିବ । ଚାଲ ପୋଖରୀ ଆଡ଼େ ଯିବା । ସେଇଠି ଗପସପ ହବା ।'

ଆମେ ଦି'ଜଣ ମନ୍ଦିର ପଛ ପୋଖରୀ ଆଡ଼େ ଗଲୁ । ରାତି ହେଇଯାଇଥିଲା । ମନ୍ଦିର ପଛରେ ଲାଇଟ୍ ନଥିଲା । କିନ୍ତୁ ଜହ୍ନ ରାତିରେ ସବୁ ପରିଷ୍କାର ଦିଶୁଥିଲା । ଇଟାବାଡ଼ିଆ ସରୁ ରାସ୍ତା ଦି' ପାଖରେ ଫୁଲର ଜଙ୍ଗଲ । ପୋଖରୀ ହୁଡ଼ା ସାରା ଗେଣ୍ଡୁଫୁଲ ଭର୍ତ୍ତି । ଚାରିପାଖରେ ପଥର ବନ୍ଧା ପାହାଚ । ଦି' ପାଖରେ ସିମେଣ୍ଟ ତିଆରି ବେଞ୍ଚ । ଗୋଟାଏ ବେଞ୍ଚ ଉପରେ ମାଇଁ ଆଉ ମୁଁ ପାଖାପାଖି ବସିଲୁ । ଗଛ ସନ୍ଧିରୁ ଛାପିଛାପିକା ଜହ୍ନ ଆଲୁଅ ବିଞ୍ଚି ହେଇ ପଡ଼ୁଥିଲା ।

ମୁଁ କୋଉଠୁ କଥା ଆରମ୍ଭ କରିବି ଜାଣି ପାରୁନଥିଲି । କହିଲି, 'ମକର ଯାତ୍ରା କଥା ତମର ମନେ ପଡ଼େ ?'

: ହଁ, ଖୁବ୍... । ମୋ ଅପା କଥା ବି ।

: ପିଲାଦିନେ ଆମେ କେତେ ଘୁଗୁନି ଖାଉଥିଲେ ଯାତରୁ !

: ହଁ, ସେଦିନ ସବୁ କୁଆଡ଼େ ଗଲା ସତରେ ! ଅପା ଘର ଲୋକଙ୍କୁ ଲୁଚେଇ ତମ ହାତରେ ମୋ ପାଇଁ ଯାତ୍ରା ଖର୍ଚ୍ଚ ଦଉଥିଲା । ରାତିରେ ଅପେରା ଦେଖି ଦିନରେ ଆମେ ଧାନ ଖଳାରେ ଲୁଗା ଟାଙ୍ଗି କେମିତି ରାଜା ମନ୍ତ୍ରୀ ପାର୍ଟ କରୁଥିଲେ ?.... ତମ ଅଣ୍ଟାରୁ ତ ସବୁବେଳେ ଲୁଗା ଖସିଯାଉଥିଲା । ଆଜି ଭାବିଲେ ମତେ ସବୁ ଆର ଜହ୍ନ କଥା ଭଳି ଲାଗେ ।'

: ତମର ସତରେ ମୋ ମାଇଁଙ୍କ କଥା ମନେପଡ଼େ ?'– ମୋ ନିଜ ପ୍ରଶ୍ନ ମୋତେ ଖାପଛଡ଼ା ଲାଗୁଥିଲା ।

: ମନେ ପଡ଼ିବନି ? ମୋ ପାଇଁ ଅପା କେତେ ଚିନ୍ତା କରୁଥିଲା ? ସେ କ'ଣ ଜାଣିଥିଲା ଅଦୃଷ୍ଟ ମୋତେ ଆସି ତା'ରି ଜାଗାରେ ବସେଇବ ?

ମୁଣ୍ଡ ଉପରେ ନବମୀର ଜହ୍ନ । ପୋଖରୀ ପାଣିରେ ବି ଜହ୍ନର ଛାଇ ପରିଷ୍କାର ଦିଶୁଚି । ମୁଁ ଛୋଟ ଗୋଡ଼ିଟିଏ ଉଠେଇ ପୋଖରୀକୁ ତେଛ୍ଚ୍ୟା କରି ପକେଇଲି । ପିଲାଦିନେ ଏମିତି ତେଛ୍ଚ୍ୟା କରି ଖପରା ଖଣ୍ଡ ସବୁ ଆମେ ପ୍ରତିଯୋଗିତା କରି ପୋଖରୀକୁ ପକାଉ ।

ଖପରା ସବୁ ପାଣିରେ ଡେଇଁ ଡେଇଁଯା'ନ୍ତି । ଯାହା ଖପରା ସବୁଠୁ ବେଶୀ ଥର ଡିଇଁ, ସେ ଜିତେ ।

ପଚାରିଲି 'ଗୋଟାଏ କଥା ପଚାରିବି, ସତ କହିବ ?'

: ପଚାର, ମା'ଙ୍କ ବେଢ଼ାରେ ମିଛ କହିବିନି ।

: ତମର ତ ନିଜର ପିଲାଛୁଆ ନାହାନ୍ତି । ତମେ ଅଜୁ, ବିଜୁ, ବିଲୁଙ୍କୁ ମା' ଭଳି ସ୍ନେହ ଦେଇଚ ତ ? ମତେ ଭୁଲ୍ ବୁଝନି... । ମାଈଁ ମିଳାପରେ ତମର ମାମୁଙ୍କ ସାଙ୍ଗରେ ବାହାଘର ଦିନୁ ମୁଁ ଅନେକ ଥର ସେଇ ଚିନ୍ତା କରିଚି । ସେମାନେ ମୋ ନିଜ ଭାଇ ପରି । ତାଙ୍କ କଥା ମନେ ପଡ଼ିଲେ ମୋତେ କାନ୍ଦ ମାଡ଼େ । ପରଲୋକମାନେ ବି ମୋତେ କେତେ କଥା କହିଛନ୍ତି । ଗାଁକୁ ତ ତମେମାନେ ଯାଉନାହଁ ।'

ରତିମାଈଁ କିଛି ସମୟ ଚୁପ୍ ରହିଲେ । ମୁହଁ ଉପରେ ଶାଢ଼ିକାନି ବୁଲେଇ ନେଇ କହିଲେ, 'କ'ଣ କହିବି, କେମିତି କହିବି ଜାଣିପାରୁନି । ତମେ ମୋ ଅପାର ନିଜ ଝିଅ ପରି, ତା'ର ଖୁବ୍ ପ୍ରିୟ ଲୋକ ତମେ । ତମଠୁ ବୟସରେ ସାନ ହେଲେ ବି ମୁଁ ତମ ମା' ସମାନ । ମୋ କଥା ଆଜି ପର୍ଯ୍ୟନ୍ତ କେହି ଜାଣି ନାହାନ୍ତି । ତମ ଉପରେ ଭରସା ଅଛି । ସବୁକଥା ଖୋଲି କହିବି । ତା'ପରେ ତମେ ବୁଝିବ ତମ ଭାଇମାନଙ୍କୁ ମା'ର ସ୍ନେହ ଦେଇଚି କି ନା ।'

'ଅପା ମରିଯିବା ପରେ ମୋ ବୋଉ ତା' ଝିଅ ଆଉ ନାତିମାନଙ୍କ ଚିନ୍ତାରେ ଦିନରାତି କାନ୍ଦୁଥାଏ । ଏଇ ସମୟରେ ଦିନେ କଲିକତାରୁ ତମ ମାମୁ ମୋ ବାପାଙ୍କୁ ଚିଠିରେ ଲେଖିଲେ, 'ମୋ ସଂସାର ଚଳେଇବାକୁ ମତେ ଆଉଥରେ ବାହା ହବାକୁ ପଡ଼ିବ, ଗୁରୁଦେବ ଆଦେଶ ଦେଇଛନ୍ତି । ଯଦି ରତିକୁ ମୋ ସାଙ୍ଗେ ବାହାଦବ ଭଲକଥା । ନହେଲେ ମୁଁ ଅନ୍ୟ ଜାଗାରେ ବାହାହେବି । ଆସନ୍ତା ବୈଶାଖ ମାସରେ ନିଶ୍ଚୟ ବାହାଘର ହବ । ଶୀଘ୍ର ତମର ମତାମତ ଜଣାଅ ।' ଆମଘରେ ପୁଣି କାନ୍ଦ ବୋବାଳି ପଡ଼ିଗଲା । ତମ ମାମୁ ମୋ'ଠୁ କୋଡ଼ିଏ ଏକୋଇଶ ବର୍ଷ ବଡ଼ । ମୋର ମତାମତ ଲୋଡ଼ିବା ଦରକାର ପଡ଼ିଲାନି । ତମ ମାମୁଙ୍କ ସାଙ୍ଗେ ମତେ ଛନ୍ଦି ଦିଆଗଲା । ପିଲାଦିନେ ଅପାର ଗହଣା, ଶାଢ଼ି, କୋଠାଘର ଦେଖି ମୁଁ ଭାବୁଥିଲି ମୋତେ ଏମିତି ଘର ବର ମିଳନ୍ତା କି ! ଦ୍ରୌପଦୀଙ୍କ ବର ମାଗିବା ପରି ସେଇ ବର କାମନା ବୋଧେ ମୋର କାଳ ହେଲା ।'

'ଏଇ ମନ୍ଦିର ଭିତରେ ଗୁରୁଦେବ ଆମର ବାହାଘର କଲେ । ତା' ପରଦିନ ଆମେ କଲିକତା ଗଲୁ । ପୁଅମାନେ ଗାଁରେ ଥିଲେ । ମୁଁ ସେତେବେଳେ ତମ ମାମୁଙ୍କୁ ବହୁତ ଡରୁଥାଏ । ତାଙ୍କୁ ଦେଖିଲେ ମୋ ଦେହ ଥରେ ।

କଲିକତାରେ ରହିବାର ଅଷ୍ଟଦିନ ପରେ ମତେ ଜଣେ ଡାକ୍ତରାଣୀଙ୍କ ପାଖକୁ ନିଆଗଲା। ମୁଁ କିଛି ବୁଝିପାରୁନଥିଲି। ମତେ କେତେଗୁଡ଼ିଏ ଔଷଧ ଖାଇବାକୁ ଦିଆଗଲା ଏବଂ ତିନି ଦିନ ପରେ ମୋର ଅପରେସନ୍ ହେଲା। ଅପରେସନ୍ ରୁମ୍‌କୁ ଯିବା ଆଗରୁ ମୁଁ କେବଳ ବିକଳରେ ମାମୁଙ୍କ ମୁହଁକୁ ଚାହୁଁଥିଲି। ମୋ ମୁଣ୍ଡ ଆଉଁସି ଦେଇ ସେ କହିଥିଲେ, 'ସବୁ ମା'ଙ୍କ ଇଚ୍ଛା।' ପରେ ଜାଣିଲି ମୋର ପିଲା ନ ହେବା ପାଇଁ ମୋ ପେଟ ଭିତରେ ଅପରେସନ କରାଯାଇଥିଲା।

ତା'ପରେ ଓଡ଼ିଆ ସ୍କୁଲର ଜଣେ ଦିଦି ଆମ ଘରକୁ ଆସି ସବୁଦିନ ସନ୍ଧ୍ୟାରେ ମୋତେ ପାଠ ପଢ଼େଇଲେ। ପିଲାଦିନେ ତ 'ଅ ଆ' ବି ପଢ଼ି ନଥିଲି। ଯାଙ୍କ ଦରେରେ ଓଡ଼ିଆ ଇଂରାଜୀ ପଢ଼ିଲି।

ମାମୁଙ୍କୁ ନେହୁରା ହେଇ ପୁଅମାନଙ୍କୁ ଆଣି ପାଖରେ ରଖିଲି। ମୋ ପୁଅମାନେ ମତେ ଦିନେ ହେଲେ 'ବୋଉ' ଡାକିଲେନି। ମୋ ପାଖକୁ ସେମାନେ ପ୍ରାୟ ଆସନ୍ତିନି। ଭାରି ମନ କଷ୍ଟ ହୁଏ। ମା' ନ ହେଲି ନାଇଁ ମାଉସୀ ତ ତାଙ୍କର! ମୋର ଯାହା କରିବା କଥା ସେମାନଙ୍କ ପାଇଁ କରିବାରେ ମୁଁ ହେଲା କରିନି। ସବୁବେଳେ ମୁଁ ଭାବେ ମୋ ଅପା ତା' ସଂସାର ମୋ ଉପରେ ଲଦିଦେଇ ଉପରେ ବସି ସବୁ ଦେଖୁଚି। ମୋର ଦୁଃଖ କଷ୍ଟ ହେଲେ ଠାକୁରଙ୍କୁ ନ ଡାକି ତାକୁ ଡାକେ। ଯା'ହେଉ, ଠାକୁରଙ୍କ ଦୟାରୁ ପିଲାମାନେ ପାରିଗଲେଣି।

ତମ ମାମୁ ମତେ ଗାଁକୁ ଯିବାକୁ ଛାଡ଼ନ୍ତିନି। ମୋ ବାହାଘର ଦିନଠୁ ମୁଁ ବାପଘର ଯାଇନି। ଥରେ ଗାଁକୁ ଆସିଥିଲି ଚାରିଦିନ ପାଇଁ, ବିଜୁ ବାହାଘର ବେଳକୁ। ଗୁରୁଦେବଙ୍କ ଆଜ୍ଞାରେ ଆମ ପାଇଁ ସବୁ ସଂପର୍କ ମନା। ଗୁରୁଦେବ କହିଲେ, 'ସଂସାରଟୁ ଯେତେ ଦୂରରେ ରହିବ, ମା'ଙ୍କ ପୂଜାରେ ସେତେ ମନ ଧ୍ୟାନ ରହିବ। ନହେଲେ ଦୁଃଖୀ ହବ।' ମୁଁ କିନ୍ତୁ ପ୍ରଥମେ ପ୍ରଥମେ ମନ ଭିତରେ ରାଗୁଥିଲି। ଭାବୁଥିଲି ବୁଢ଼ା ନିଜ ସ୍ତ୍ରୀ ପିଲା ଧରି ରହିଚି, ଆମ ବେଳକୁ ସବୁ ବାରଣ! ଆମେ ଗାଁକୁ ଯିବୁନି, ବନ୍ଧୁବାନ୍ଧବଙ୍କ ସାଙ୍ଗେ ସଂପର୍କ ରଖିବୁନି, ଯେତେ ସବୁ ଭଣ୍ଡାମୀ। କିନ୍ତୁ ଧୀରେ ଧୀରେ ମନମାରିବା ଶିଖିଗଲି। ଜାଣିଲି ଏଇ ଆଶ୍ରମ ମୋର ଘର। ଏଠିକି ଆସୁଥିବା ସବୁ ମଣିଷ ମୋର ପୁଅ ଝିଅ।

ଦି'ବର୍ଷ ତଳେ ଗୁରୁଦେବ ଦେହତ୍ୟାଗ କଲେ। ସେଇଦିନଠୁ ମୁଁ ଆଉ କଲିକତା ନ ଯାଇ ଏଇଠି ରହୁଚି। ଏଠି ଭଲ। ସବୁଦିନ ଗହଳ ଚହଲ ଭିତରେ ନିଜ କଥା ଭାବିବାକୁ ବେଳ ହୁଏନା। ତଥାପି ବେଳେ ବେଳେ ଭାବେ, ସବୁ ଛାଡ଼ି କୁଆଡ଼େ

ପଳେଇବି । ଜବରଦସ୍ତ କରି କାହାକୁ ସନ୍ୟାସିନୀ କରିଦେଲେ ସେ କ'ଣ ସମସ୍ତଙ୍କଠୁ ସଂପର୍କ କାଟିଦେଇ ଖୁସିରେ ରହିପାରିବ ? କ'ଣ ଭଲା ମିଳିଲା ମୋତେ ? ତମ ମାମୁଙ୍କର ସ୍ତ୍ରୀ ଦରକାର ଥିଲା, ସେବାକାରିଣୀ ଦରକାର ଥିଲା । ମୋତେ ଆଣିଲେ । ମୋ ବାପା ଭାଇ ମନା କରିଥିଲେ ସେ ଆଉ କାହାକୁ ଆଣିଥାନ୍ତେ । ମୋ ପେଟ ଭିତର କାଟିଦବା ଆଗରୁ ଥରେ ମତେ ଜାଣିବାର ଅଧିକାର ବି ଦେଲେନି । ଗୁରୁଦେବ ତାଙ୍କର ଚାଳିଶ ବର୍ଷର ଶିଷ୍ୟକୁ ସଂଯମ ଶିକ୍ଷା ଦେଇପାରିଲେନି । ଅଥଚ ଗୋଟାଏ ନିରୀହା ଗରିବ ଝିଅର ମା' ହେବାର ସମ୍ଭାବନା ଟିକକ ଶେଷ କରିଦେଲେ ?

ମାଈଂ କାଁ କାଁ ହୋଇ କାନ୍ଦୁଥିଲେ । କ'ଣ କହି ତାଙ୍କୁ ବୁଝେଇବି ମୁଁ ଜାଣି ପାରୁନଥିଲି । ତାଙ୍କ ପିଠିରେ ହାତ ରଖିଲି । ମନେ ମନେ କହିଲି, 'ତମେ ସତରେ ଦେବୀ । ମୋ ମାଈଁ କ'ଣ ଏତେ ତ୍ୟାଗ କରିପାରିଥାନ୍ତେ ? ତମେ ନିଶ୍ଚୟ ମାୟାଙ୍କ ଅବତାର ।

ମାଈଁ ଲୁହ ପୋଛି ପ୍ରକୃତିସ୍ଥ ହେଲେ । କହିଲେ, 'ଚାଲ ଯିବା, ତମ ଝିଅ ତେଣେ ତମକୁ ଖୋଜୁଥିବ । ତମେ ଗାଁକୁ ଆସିଲେ ମତେ ଟିକେ ଆସି ଦେଖି ଯାଉଥିବ । ମୁଁ ତ ଏଇଠି ଅଛି । ଆଠ ଦିନ ତଳେ ରାନୁ ଆସିଥିଲା ଆଶ୍ରମକୁ । ସେଇ କହୁଥିଲା ତମେ ଚିଠି ଦେଇଚ, ଆସିବ । ତମ ପାଇଁ ଗୁଡ଼ ସଦେଶ ମଗେଇଥିଲି କଲିକତାରୁ । କିନ୍ତୁ ତମେ ଆସିବ ବୋଲି ମୋର ଆଶା ନଥିଲା ।'

: ନା ମାଈଁ, ମୁଁ ଏଣିକି ନିଶ୍ଚୟ ଆସିବି ।

ଆମେ ଫେରୁଥିଲୁ । ଆମ୍ଭ ଗଛମାନଙ୍କରେ ବଉଳ ଭର୍ତି । ତା'ର ମିଠା ବାସ୍ନା ଶୁଙ୍ଘିବା ପାଇଁ ମୁଁ ଜୋରରେ ନିଃଶ୍ୱାସ ଭିତରକୁ ନଉଥିଲି ।

କହିଲି, 'କେତେ ବଉଳ ହେଇଛି ଏଥର ! ବହୁତ ଆମ୍ଭ ମିଳିବ ଏ ବର୍ଷ !'

: ଫଳ ପର୍ଯ୍ୟନ୍ତ ଗଲେ ତ ! କିଏ ଜାଣେ, କୁହୁଡ଼ି, ଝଡ଼ ପବନ ପାରି ହୋଇ ଆମ୍ଭ ଫଳି ପାରିବ କି ନାହିଁ !

ମାଈଁଙ୍କ ମୁହଁକୁ ଚାହିଁଲି । ଜହ୍ନ ଆଲୁଅରେ ତାଙ୍କର ବିଷାଦବୋଲା ମୁହଁ ଦେଖି ମତେ କାନ୍ଦ ମାଡ଼ିଲା ।

ମାମୁଙ୍କ କବାଟ ଖୋଲିନଥିଲା । ମାଈଁଙ୍କଠୁ ବିଦାୟ ନେବାକୁ ମୁଁ ଆଉ ମୋ ଝିଅ ତାଙ୍କ ପାଦ ଛୁଇଁଲୁ । ସେତେବେଳେ ସତକୁ ସତ ମୁଁ ଜୀବନ୍ତ ଠାକୁରାଣୀଙ୍କ ପାଦ ଛୁଇଁବା ପରି ଅନୁଭବ କରୁଥିଲି ।

ତୋଟାକୁ ଯିବୁ, ଆମ୍ବ ଖାଇବୁ ?

ମାଉସୀଘର ଦାଣ୍ଡରେ ଗାଡ଼ି ଅଟକିଲା । ଶବ୍ଦ ଶୁଣି ମେଲାଘର ଝରକା ଦେଇ ଦି'
ତିନିହଳ ଆଖି ଉଙ୍କିମାରି ଫେରିଗଲେ । ଘର ଭିତରୁ ଦୌଡ଼ି ଆସିଲେ ବିକୁର ଝିଅ
ରିମା, ରାଣୀ, ବିନିର ଝିଅ ରିଜି ଆଉ ରିତୁ । ''ଅପା ଆସିଗଲେ, ଅପା ଆସିଗଲେ''
କହି ଚାରିଜଣ ଯାକ ଦୌଡ଼ି ଦୌଡ଼ି ଆସି ଠେଲାଠେଲି ହେଇ ମୋ ପାଦ ଛୁଇଁଲେ ।
ସେମାନଙ୍କର ଆକର୍ଷଣ ମୁଁ ନୁହେଁ, ମୋ ଝିଅ ଲୁନା । ଲୁନା ଅପା ସେମାନଙ୍କର ଖୁବ୍
ପ୍ରିୟ । ପାଞ୍ଚଜଣ ମିଶିଗଲେ ଆମ ଘରକୁ ଏମିତି ଉଠାପକା କରନ୍ତି ଯେ ମୋ ଶାଶୁ
କହନ୍ତି ଏଗୁଡ଼ା ପାଞ୍ଚଟା ନୁହନ୍ତି ପାଞ୍ଚଶହ । ବିକୁ ଆଉ ବିନିଙ୍କ ଶ୍ୱଶୁରଘର ଭୁବନେଶ୍ୱରରେ
ହେଇଥିବାରୁ ସେମାନେ ପିଲାପିଲି ସହ ଶ୍ୱଶୁରଘରକୁ ଗଲେ ଆମ ଘରେ କିଛି ଦିନ
କାଟନ୍ତି । ମୁଁ କିନ୍ତୁ ଅନେକ ଦିନ ହେଲାଣି ମାଉସୀ ଘରକୁ ଆସିନି । ସେଇ ଯାହା
ପାଞ୍ଚବର୍ଷ ତଳେ ଆସିଥିଲି ମାଉସାଙ୍କ ଶୁଦ୍ଧିଘରକୁ । ମାଉସୀର ସାନଝିଅ ଲାଲିର ବାହାଘର
ଏଇ ଗଲା ମାର୍ଚ୍ଚ ମାସରେ ହେଲା । ସେତିକିବେଳକୁ ମୋର ଛୁଟି ନେବାରେ ଅସୁବିଧା
ହେଲା, ତା ସାଙ୍ଗକୁ ଶାଶୂଙ୍କ ଅପରେସନ । ଲାଲି ବାହାଘରକୁ ଆସିବା ସମ୍ଭବ ହେଲାନି ।
ଏବେ ଲାଲି ଆଉ ତା ବର ଆସିବେ ବୁଲିବାକୁ । ଅନ୍ୟ ଭଉଣୀ ଭିଣୋଇମାନେ ବି
ଆସିବେ । ସମସ୍ତଙ୍କ ସାଙ୍ଗରେ ଟିକେ ଭେଟ ହବାର ଆଶା ନେଇ ମୁଁ ଝିଅକୁ ଧରି
ତିନିଦିନ ପାଇଁ ଚାଲିଆସିଲି ।

ପିଲାଦିନେ ମୁଁ ମାଉସୀ ଘରେ ରହିବା ପାଇଁ ବେଶୀ ଭଲ ପାଉଥିଲି । ତାଙ୍କ
ଘରେ ସବୁଦିନ ଗହଳଚହଳ । ମାଉସୀର ପିଲାମାନଙ୍କ ସାଙ୍ଗେ ଚାରିଆଡ଼େ ବୁଲିବା
ଖେଳିବା ପାଇଁ ଅବାଧ ସ୍ୱାଧୀନତା । ଉପର ମନରେ ଘରକୁ ଫେରିବାକୁ ଚାହିଁଲେ
ମାଉସୀ ଛାଡ଼ିବନି, ତା ଶାଶୁ ବି ତା' ସାଙ୍ଗରେ ମିଶି ମତେ ଅଟକେଇ ରଖିବେ ।

ଅନେକ ଦିନ ତାଙ୍କରି ଘରୁ ମୁଁ ସ୍କୁଲ ଯିବା ଆସିବା କରେ। ଆମ ଗାଁ ସ୍କୁଲ ତାଙ୍କ ଗାଁଠୁ ସମାନ ଦୂରତାରେ ଥିବାରୁ ବୋଉ ପାଖକୁ ଖବର ପଠେଇ ଦେଇ ତାଙ୍କ ଗାଁ ପିଲାଙ୍କ ସାଙ୍ଗେ ମୁଁ ମାଉସୀ ଘରକୁ ଚାଲିଯାଏ। ତାଙ୍କ ଗାଁରେ ପିଲାମାନେ ବି ମାଉସୀ ଖବର ଦେଇଛି କହି ମତେ ମିଛରେ ଡାକି ନେଇ ଯାଆାନ୍ତି। ପରେ ପାଠପଢ଼ା, ଚାକିରୀ ଆଉ ବାହାଘର ମତେ ଧୀରେ ଧୀରେ ଦୂରକୁ ଠେଲି ଦେଇଛି ସମସ୍ତଙ୍କଠୁ।

: ରଜି ନୂଆ'ଉ କେମିତି ଅଛନ୍ତି ? ମୋ କଥା ପଚାରନ୍ତି କି ନାହିଁ ?

: ଅଛନ୍ତି ଆଉ କଉଠି ? ଦି'ବର୍ଷ ତଳେ ପରା ଜଣ୍ଡିସରେ ମରିଗଲେ। ଶୁଣିନୁ କି ?

: ହେ ଭଗବାନ୍। ଏମିତି ଅଧାବୟସରେ.... ବିଚାରୀ।

: ସୁମିକଥା ଶୁଣିଚୁ ?

: କ'ଣ ହେଲା କି ତାର ? ତା ଝିଅ କେତେ ବଡ଼ ହେଲାଣି ?

: ହବ ଆଉ କ'ଣ ? ତା ବର ଆଉ ଜଣେ ସ୍ତ୍ରୀଲୋକକୁ ଧରି ସିଆଡ଼େ ରହୁଚି। ଇଏ ବିଚାରୀ ଛୁଆଟାକୁ ଧରି ଏଠି। ଯିବୁ ତାକୁ ଦେଖିବାକୁ ? ସେ ତ ଘରୁ ବାହାରୁନି ଜମ୍ଭା। ନହେଲେ ଏତେବେଳକୁ ଆସି ସାରନ୍ତାଣି।

: ହଉ, କାଲି ଯିବା। କାନ୍ଦିବ ବିଚାରୀ। ଆଉ, ଚାରୁ କେମିତି ଅଛି ? ତା ଭୁଆମାନେ (ଚାରୁର ପୁଅମାନେ ହିସାବରେ ମୋର ନାତି ହେବେ ବୋଲି ତାଙ୍କୁ ଚିଡ଼େଇବା ପାଇଁ ମୁଁ 'ଭୁଆ' ଡାକେ) ଭଲ ଅଛନ୍ତି ତ ?

: ଆଉ ସେମାନେ ଭୁଆ ହେଇ ରହିଛନ୍ତି ? ସବୁ ହିରୋ ହେଇଗଲେଣି। ସିଲୁ (ବଡ଼ପୁଅ) ଏବର୍ଷ ବାହାହେଲା। ସୁନ୍ଦରୀ ବୋହୁ ଆଣିଚି। ଚାରୁ ଆସିବ ଯେ ତତେ ବୋହୁ ଦେଖି ଡାକିବାକୁ।

: ମୁଁ କ'ଣ ଯିବି ? ବାହାଘରକୁ ଡାକିନି। ତା ପୁଅ ବୋହୁ ଆସି ଗୋଡ଼ତଳେ ପଡ଼ିଲେ ଦେଖାଯିବ।

: ଶୁଣିଲା କ୍ଷଣି ଆସି ଗୋଡ଼ତଳେ ପଡ଼ିଯିବେ। ଆଜି ସକାଳୁ କେତେଥର ଚାରୁ ବୁଝିଗଲାଣି ତୁ ଆସିଲୁଣି କି ନାହିଁ।

: ଶରତ ଏବେ କଉଠି ?

: ତାକୁ ତ ଏଠୁ ଲାଗିପଡ଼ି ବଦଲି କରିଦେଲେ କୋରାପୁଟକୁ। ସେଠି କିନ୍ତୁ ଖୁବ୍ ଭଲଅଛି। ଆସିଥିଲା ଦଶହରାକୁ। ପିଲାଛୁଆ ସଂସାର ବୋହି ଆଉ ଗାଁକୁ ବେଶି ଆସିପାରୁନି।

ଚାରିଟା ବେଳକୁ ଗୀତୁ ଅପା ତା ପିଲାଛୁଆ ଆଣି ପହଞ୍ଚିଗଲା। ମାଉସୀର ମଝିଆଁ ଝିଅ ଗୀତୁଅପା ମୋର ସବୁଠୁ ବେଶୀ ପ୍ରିୟ। ବୟସରେ ସେ ମୋ'ଠୁ ଦି'ବର୍ଷ ବଡ଼ ହେଲେ ବି ତା' ମୋ' ଭିତରେ ଘନିଷ୍ଠ ବନ୍ଧୁତା। ସାଙ୍ଗ ହେଇ ଗପକଲେ ଆମ ଦି'ଜଣଙ୍କୁ ଦିନରାତି ଅଣ୍ଟେନା। ମାଉସୀ ଘର ବାଡ଼ିରେ ଗାଧୁଆଘର ଥିଲେ ବି ଆମେ ବଡ଼ ପୋଖରୀକୁ ଯାଉ। ଉଦ୍ଦେଶ୍ୟ, ବାହାର ହାୱା ଖାଇବା ସାଙ୍ଗେ ସାଙ୍ଗେ ନିଭୃତରେ ବେଶ୍ କିଛି ସମୟ ଗପସପ କରିପାରିବୁ। ସାରା ରାତି ଗୀତୁଅପା, କାଳି, ଶରତ, ସିନି ଆଉ ମୁଁ ଗପକରି ହସି ହସି ବେଦମ୍ ହେଉ। ପାଖଘରୁ ମାଉସୀ ଡାକ ପକାଏ 'ଆଜି କ'ଣ ଶୋଇବନି ?' ମାଉସା ମାଉସୀ ଉପରେ ବିରକ୍ତ ହୁଅନ୍ତି। 'ତମକୁ ନିଦ ନହେଲେ ତଳ ଖଣ୍ଡାରେ ଯାଇ ଶୋଉନ। ପିଲାଗୁଡ଼ା ଛୁଟିରେ ଆସିଛନ୍ତି, ଗପସପ କରିବେନି ? ତମର କ'ଣ ଅସୁବିଧା ହେଉଚି ?' ମାଉସୀ 'ହଉ ଏବେ' କହି ତୁନିରହେ। ଆମର ସ୍ୱର ଟିକେ ଧୀମେଇ ଯାଏ, ମାତ୍ର ପୁଣି କିଛି ସମୟ ପରେ ଆମେ ପାଖଘରେ ମାଉସା ମାଉସୀଙ୍କ ଉପସ୍ଥିତି ଭୁଲିଯାଉ। ଗୀତୁଅପାର ବାହାଘର ପରେ ମାଉସୀଘରକୁ ଗଲେ ତା' କଥା ମନେପଡ଼ି ମତେ କାନ୍ଦ ମାଡ଼େ। ଆଜିକାଲି ଗୀତୁଅପା ସାଙ୍ଗେ ଫୋନ୍‌ରେ ଯାହା କଥାବାର୍ତ୍ତା। ବର୍ଷକରେ ଥରେ ଅଧେ ଦେଖା ସାକ୍ଷାତ ହେଲେ ଢେର।

ଗୀତୁଅପାକୁ ପ୍ରସ୍ତାବ ଦେଲି, ''ଚାଲ, ତୋଟା ଆଡ଼େ ବୁଲିଆସିବା।''

: କାହିଁକି ସିଆଡ଼େ ଯିବୁ ?

: ନା, ନା। ତୁ ଚାଲ। ମୁଁ ଖାଲି ବୁଲି ଆସିବି ଟିକେ। ଏତେ ଦିନ ପରେ ଆମେ ଦି'ଜଣ ଏକାଠି ହେଇଛେ ଯେତେବେଳେ ତୋଟାରେ ଘଣ୍ଟାଏ ଦି'ଘଣ୍ଟା ସାଙ୍ଗ ହେଇ ନବସିଲେ ଗସ୍ତ ପୁରା ହବନି।

ଗୀତୁ ଅପା ଟିକେ ମୁହଁ ଶୁଖେଇ ଦେଲା। ଆଗ୍ରହ ନଥିବା ପରି କହିଲା, ''ହଉ ଚାଲ।''

ଗୀତୁଅପାର ବର ସୁମନ୍ତଭାଇ ସବୁବେଳେ ମତେ ଥଟ୍ଟା କରନ୍ତି। ଆମେ ବାହାରିବା ବେଳକୁ କହିଲେ, ''କୁଆଡ଼େ ଯିବେ କି ମହାରାଣୀ ?''

ମୁଁ ତାଙ୍କୁ ଜବାବ ନଦେଲ ଛାଡ଼େନା। କହିଲି, ''କାହିଁକି ପଚାରୁଛନ୍ତି କି ମହାରାଜ ? ଆପଣଙ୍କ ରାଣୀଙ୍କୁ କ'ଣ ଆମେ ନେଇ ପଳେଇଯିବୁ ନା ବିକିଦବୁ ?''

: ନାଇଁମ, ଏ ବୟସରେ ସେ ଆଉ କୁଆଡ଼େ ଯିବ ? ମୁଁ ଟିକେ ସାଙ୍ଗରେ ଯାଇଥାନ୍ତି ତ !

: ଏମିତି କାହିଁକି ସ୍ତ୍ରୀ ପିଛାଧରି ସବୁଆଡ଼େ ଯିବାକୁ ମନ ?

: ସ୍ତ୍ରୀ ପିଲ୍ଲାରେ କିଏ ପଡ଼ୁଚି ହୋ ? ମୋ ଶାଳୀରତ୍ନ ଯାଉଛନ୍ତି ତ, ସେଥିପାଇଁ କହୁଚି ନା !

: ସବୁ ତେଣେ ବସିଛନ୍ତି ଭୁବନେଶ୍ୱରରେ । ତମକୁ ଦେବେ ପାନେ ।

: ତା'ହେଲେ ଆପଣମାନେ ଯା'ନ୍ତୁ । ଆମେ ଏଠି ବସି ଅପେକ୍ଷା କରୁଚୁ । ଶୀଘ୍ର ଫେରିବେ ଆଜ୍ଞା ।

ମାଉସୀର ଘର ସାମ୍ନାରେ ରାସ୍ତା ଆରପଟେ ତାଙ୍କ ଇଷ୍ଟଦେବୀ କୁଢ଼ାମଚଣ୍ଡୀଙ୍କ ମନ୍ଦିର । ମନ୍ଦିର ପାଖକୁ ଲାଗି ପ୍ରାୟ ଦୁଇ ଏକର ହେବ ତାଙ୍କର ବିରାଟ ଏକ ପୋଖରୀ । ପୋଖରୀର ପଶ୍ଚିମପଟ ହୁଡ଼ାଠୁ ଆରମ୍ଭ ହେଇଚି ମାଉସୀଘର ଷୋଲମାଣିଆ ତୋଟା । ତୋଟାରେ ଆମ୍ବଗଛର ସଂଖ୍ୟା ସବୁଠୁ ବେଶୀ । ତାଛଡ଼ା ଓଉ, ପଣସ, ଲିମ୍ବୁ, କଇଥ, ସପେଟା, ଜେଉଟ, ଗଙ୍ଗଶିଉଲି, ସାହାଡ଼ା ଆଦି ଅନେକ ଗଛ । ତୋଟା ଚାରିପାଖରେ ସପୁରି ଆଉ କିଆବୁଦାର ବାଡ଼ । ବଗିଚା ମଝିରେ ଲମ୍ବା ଧାଡ଼ିରେ ଛ' ବଖରା ଚାଳଘର । ସେ ଘରମାନଙ୍କରେ ରହନ୍ତି ବୁଲାବିକାଳୀ, ଯାତ୍ରୀ, ଗାଁକୁ ଆସୁଥିବା ପାଲା ଦାଶକାଠିଆ ବାଲା, ସ୍କୁଲକୁ ନୂଆ ଆସିଥିବା ଶିକ୍ଷକ । ଭଡ଼ା ବାବଦରେ କାହାରିକୁ କିଛି ଦବାକୁ ପଡ଼େନା । ତୋଟା ଭିତରଟା ନିଛାଟିଆ ନଲାଗିବା ପାଇଁ ସେ ଘରେ ରହିବାକୁ ଆସୁଥିବା ଲୋକ ଖୁସିରେ ଅନୁମତି ପାଇଯାଏ ।

ଗୀତୁଅପା ଓ ମୁଁ ଗପ କରିକରି ପୋଖରୀ ବନ୍ଧ ଉପରକୁ ଉଠିଗଲୁ । ମୁଁ ସେଇଠୁ ପଶ୍ଚିମ ଦିଗକୁ ମୁଣ୍ଡଟେକି ଅନେଇଲି । ବ୍ୟସ୍ତ ହେଇ ଆଗପଛ ସବୁ ଆଡ଼େ ବୁଲିପଡ଼ି ଚାହିଁଲି, ଠିକ୍ ଦେଖୁଚିତ ? ଏତେ ବିରାଟ ଗହଳ ଶାଗୁଆ ତୋଟାଟା କ'ଣ କ୍ଷଣକରେ ମ୍ୟାଜିକ୍ ପରି ଉଭେଇ ଗଲା ? ମୋ ସାମ୍ନାରେ ବନ୍ଧ ତଳକୁ ଥିଲା ବଡ଼ ବଡ଼ କିଆରୀ ଆଉ ତା ସେପଟକୁ ଦୂରରେ ଗାଁ ପ୍ରାଇମେରୀ ସ୍କୁଲର ସେଇ ପୁରୁଣା ଆଜ୍‌ବେଷ୍ଟସ୍ ଘର । ନିଜ ଆଖିକୁ ଅବିଶ୍ୱାସ କରି ଗୀତୁଅପା ମୁହଁକୁ ଚାହିଁଲି । ମୋ ପାଟିରୁ ଶବ୍ଦ ବାହାରୁ ନଥିଲା ।

ଗୀତୁଅପା ମୋ ମନକଥା ବୁଝିପାରି କହିଲା, ''ସେଇଥିପାଇଁ ତତେ ଏଠିକି ଆଣିବାକୁ ମୋର ଇଚ୍ଛା ନଥିଲା ।''

: ତୋଟା କୁଆଡ଼େ ଗଲା ?

: ଏବର୍ଷ ଗଛସବୁ କଟା ହେଇ ମିଲ୍‌କୁ ଗଲା ।

: ସବୁ ଗଛ ?

: ହଁ ବିକୁ ଆମ ସମସ୍ତଙ୍କୁ ଚିଠି ଲେଖି ଅନୁମତି ମାଗିଥିଲା ଗଛ କାଟିବାକୁ ।

ଆମେ କ'ଣ ମନା କରିଥାନ୍ତୁ ? ତଥାପି ଛାତିରୁ ଝଲକାଏ ରକ୍ତ ଖସିବା ପରି ଲାଗିଥିଲା । କ'ଣ ଆଉ କରାଯାଏ ?

: ତୋତା ନଥିବା କଥା ଜାଣିଥିଲେ ମୁଁ ଗାଁକୁ ଆସିନଥାନ୍ତି । - ମୋ ଛାତି ଭିତରୁ କୋହ ଉଠିଆସୁଥିଲା ।

: ପାଗଳୀଟା ନା କ'ଣ ? ଏମିତି ଭାବପ୍ରବଣ ହେଲେ ଚଳିବ ? ତୁ କ'ଣ ଭାବୁଚୁ ମତେ କଷ୍ଟ ହେଇନି ? କ'ଣ କରିବା ? ଖାଲି ସ୍ୱପ୍ନକୁ ନେଇ ତ ଜୀବନ ଜୀଇଁ ହୁଏନା । କିଛି ପ୍ରିୟବସ୍ତୁର ମାୟା ଛାଡ଼ିବାକୁ ହୁଏ । ବାପାଙ୍କୁ ତ ଛାଡ଼ି ରହିପାରିଲୁ ଆମେ ? ଗଛମାନେ କ'ଣ ତାଙ୍କଠୁ ବେଶୀ ଆତ୍ମୀୟ ? ଛାଡ଼, ତୁ ମନକଷ୍ଟ କରିବୁ ବୋଲି ତତେ ସେ ଜଣେଇଲାନି ।

ଗୀତୁଅପା ଶୋଇଗଲାଣି । ମୋ ଝିଅ ତା ଭଉଣୀମାନଙ୍କୁ ଛାଡ଼ି ମୋ ପାଖକୁ ଆସୁନି । ସେମାନେ ସବୁ ଏକାଠି ବିକୁ ଘରେ ଶୋଇଛନ୍ତି । ମୋ ଆଖିକୁ କିନ୍ତୁ ନିଦ ଆସୁନି । କେତେ କେତେ ସ୍ମୃତି ସବୁ ଆଖି ଆଗରେ ନାଚି ନାଚି ଦୂରକୁ ଚାଲିଯାଉଛନ୍ତି । ଝିଅକୁ କହୁଥିଲି ତାକୁ ଦେଖେଇ ଦେବି କଉଠି ଆମେ ଖରାବେଳେ ଖଟ ପକେଇ ଶୋଉ, ଗୋଡ଼ି ଡିଆଁ ଖେଳୁ । ଗଛରୁ ଆମ୍ବ ଟପ୍ କରି ଆସି ପାଖରେ ପଡ଼େ, କଉଠି ସପେଟା ଗଛରୁ ପଡ଼ି ମୋ ପେଟ୍ ଚିରି ହେଇ ଯାଇଥିଲା । କେଉଁଠି ଆମେ ରାତିଅଧ ପର୍ଯ୍ୟନ୍ତ ମଟରଭଜା ପୁଡ଼ିଆଟେ ଧରି ବସି ଗପକରୁ । କିଛି ତ ନାହିଁ ଆଉ । କୁଆଡ଼େ ଗଲା ସବୁ ?

× × ×

ମାଉସୀଘର ଆମ୍ବତୋଟାରେ ଆମ୍ବ, ଜେଉଟ ପାଚିବା ବେଳକୁ ଆମ ପରୀକ୍ଷା ସରିଯାଇଥାଏ । ତା'ପର ଦିନଗୁଡ଼ାକରେ ଆମେ ଖୁବ୍ ମଉଜରେ ସମୟ କାଟୁ । ଖରାବେଳେ ଗଣ୍ଡେ ଖାଇଦେଇ ଚାଲିଯାଉ ତୋତାକୁ । ଅଧିକାଂଶ ଦିନ ସନ୍ଧ୍ୟାବେଳକୁ ଫେରୁ । ଏତେବଡ଼ ତୋତା, ଭିତରଟା କିନ୍ତୁ ସୋରିଷ ଖୁଣ୍ଟି ଆଣିବା ପରି ପରିଷ୍କାର । ଘର ଲୋକଙ୍କୁ ତୋତା ଓଲେଇବାକୁ ପଡ଼େନା । ଜାଳେଣି ପାଇଁ ଲାଗୁଆ ଆଠ ଦଶଟି ପରିବାର ସବୁ ଡାଲପତ୍ର ସାଉଁଟି ନିଅନ୍ତି । ତା'ଛଡ଼ା ତୋତାଘରେ ରହୁଥିବା ଲୋକମାନେ ମଧ୍ୟ ଜାଳେଣି ପାଇଁ ବାହାରକୁ ଯାଆନ୍ତିନି । ତୋତାଘର ଭିତରୁ ଗୋଟାକରେ ଚାରିପାଞ୍ଚଟା ଦଉଡ଼ିଆ ଖଟ, ତକିଆ ଆଉ ଶପ ଥାଏ । ଘରଲୋକମାନେ ପବନ ଖାଇବାକୁ ତୋତାକୁ ଗଲେ ସେଗୁଡ଼ା ବ୍ୟବହାର ହୁଏ । ଦଉଡ଼ିଆ ଖଟ ପକେଇ ନହେଲେ ଶପ ବିଛେଇ ଆମେମାନେ ବସୁ । ଗାଁର ଅନ୍ୟ ଝିଅମାନେ ବି ଆସନ୍ତି । ଆମ୍ବ ପଡ଼ିବା ଶଢ଼ ହେଲେ

ବିନି ଆଉ ବିକୁ ଯାଇ ଗୋଟେଇ ଆଣନ୍ତି। ମାଉସୀର ଶାଶୂ ତାଙ୍କର ସବୁ ବନ୍ଧୁମାନଙ୍କ ପରି ଆମ ଘରକୁ ବି ଭାର ଭାର ପାଚିଲା କଞ୍ଚା ଆମ୍ବ ପଣସ ପଠାନ୍ତି। ମୋର କିନ୍ତୁ ସେ ଆମ୍ବ ଖାଇବାରେ ଲୋଭ ନଥାଏ। ତୋଟା ଭିତରେ ଗଛରୁ ଯେଉଁ ଆମ୍ବ ଝଡ଼େ ତାକୁ ଆମେ ସମସ୍ତେ ଛଡ଼ାଛଡ଼ି ହେଇ ଖାଉ। ଗୀତ ବୋଲି ସାଙ୍ଗକୁ ପଚାରୁ– ତୋଟାକୁ ଯିବୁ? ସେ କହେ ହଁ। ପୁଣି ପଚାରୁ, 'ଆମ୍ବ ଖାଇବୁ?' ସେ ଉତ୍ତର ଦିଏ 'ହଁ'। ଏଥରର ପ୍ରଶ୍ନ 'ବାଘ ଆସିଲେ ଡରିବୁ ନାହିଁ?' ସେ ନାଁ କରେ।' ପ୍ରଶ୍ନ ପଚାରୁଥିବା ସାଙ୍ଗ ସେଇଠୁ ଆର ସାଙ୍ଗର ଆଖିକୁ ଫୁଙ୍କିଦିଏ। ଫୁଙ୍କ ପବନରେ ଆଖିପତା ମୁଦି ହୋଇଯାଏ। ସେଇଠୁ ସାଙ୍ଗ କହେ, 'ଡରିଗଲୁ, ଡରିଗଲୁ।' ଫୁଙ୍କ ପବନରେ ଆଖିପତା ପକେଇବାର ଅର୍ଥ ବାଘ ଦେଖି ଡରିଯିବା।

ଏଥର ସାଙ୍ଗଜଣକ ଆଖି ବଡ଼ ବଡ଼ କରି ଅନାଏ। ମନକୁ ମନ ପଣ କରେ, ଏଥର ଯେତେ ଜୋରରେ ଫୁଙ୍କିଲେ ବି ସେ ଆଖିପତା ବନ୍ଦ କରିବ ନାହିଁ। ନିର୍ଭୟ ହୋଇ ଚାହିଁବ।

କିନ୍ତୁ ଫୁଙ୍କ ପବନରେ ଆଖି ପତାର ସରୁ ସରୁ ଲୋମ ମୁଦି ହୋଇଯାଏ।

ଏମିତି ଚାଲେ ଆମର ଖେଳ। ସମୟ କଟିଯାଏ। ଜଣେ ଜଣକୁ ପ୍ରଶ୍ନ ପଚାରୁ ପଚାରୁ ଆମ୍ବତୋଟା ଭିତରର ସମୟ ସରିଯାଏ।

ସେଇ ତୋଟାର ପ୍ରଥମ ଘରଟିରେ ରତନୀ ରହୁଥିଲା। ସବୁଠୁ ବେଶିଦିନ ସେ ତୋଟାଘରେ ରହିଥିଲା।

ଦିନେ ମୁହଁ ସଞ୍ଜବେଳେ ରତନୀ ଆସି ପହଞ୍ଚିଥିଲା ମାଉସୀଘର ଦାଣ୍ଡରେ। ପତଳୀ ସାବନା ରଙ୍ଗର ଛୋଟୀ ସ୍ତ୍ରୀ ଲୋକଟି ନାକ ପର୍ଯ୍ୟନ୍ତ ଓଢ଼ଣା ଟାଣି ପସରାଟିଏ କାଖେଇ ଛିଡ଼ା ହେଇଥିଲା।

ମାଉସାଙ୍କ କୋଠିଆ ସନା ମଲିକ ମେଲାଘର ଆଡ଼େ ଠାରି ଦବାରୁ ସେ ଦୁଆର ମୁହଁରେ ପସରା ରଖି ତଳେ ଢୋ କରି ମୁଣ୍ଡଟା ପିଟିଦେଇ ମାଉସାଙ୍କୁ ଜୁହାର ହେଲା। ତା ପଛକୁ ତା ସାଙ୍ଗରେ ଥିବା କଳା ଡେଙ୍ଗା ସରସର ମଣିଷଟି ଛୋଟ ଗଣ୍ଠିଲି ଆଉ ଓଙ୍ଗା ପିଣ୍ଡା ଉପରେ ରଖି ଭୁଇଁରେ ମୁଣ୍ଡ ଲଗେଇଲା। ସେଇଦିନଠୁ ରତନୀ ତୋଟାର ପୂର୍ବପଟକୁ ଥିବା ପ୍ରଥମ ଘରଟି ଦଖଲ କଲା। ସ୍ୱାମୀ ତା'ର ଦିନେ ମୂଲ ଲାଗିବାକୁ ଗଲେ ଦେହ ଦରଜ ଆଲରେ ତିନି ଦିନ ଶୁଏ। ରତନୀ ବଡ଼ି ସକାଳୁ ଉଠି ବାସିପାଇଟି ସାରି ଭାତଗଣ୍ଡେ ଫୁଟେଇ ପସରା ଧରି ବାହାରିଯାଏ ପାଖ ଗାଁମାନଙ୍କୁ। ସେଇ ଛୋଟା ଗୋଡରେ କେମିତି ସେ ଏତେ ଚାଲିପାରେ ଦେଖିଲେ ଆମେ ଆଶ୍ଚର୍ଯ୍ୟ

ହେଇଯାଉ । ଦିନ ପ୍ରାୟ ତିନିଟା ବେଳକୁ ସୂର୍ଯ୍ୟ ଢଳିଲେ ରତ‍ନୀ ଫେରି ଆସି ମାଉସୀଘର ଅଗଣାରେ ବସେ । ମାଉସୀର ଶାଶୁ ପଚାରିବେ ''ପସରାରୁ ସବୁ ସରିଲା ନା ନାହିଁ ?''

: ହଁ, ଯାହା ଯେମିତି ବିକ୍ରି ହେଲା ।

: ତରକାରୀ କ'ଣ ରାନ୍ଧିଥିଲୁ ସକାଳେ ?

: ନାଇଁ, ଆଳୁଟାଏ ଭାତରେ ପକେଇ ଦେଇଥିଲି । ସିଏ ଖାଇବ । ମୁଁ ମାଇପିଲୋକ, କଇଁଆ ଫୁଟେ କି କଣ୍ଟାଳଙ୍କାଟାଏ ଚକ‍ଟି ଖାଇଦେବି ।

: ଯା, ପସରା ରଖି ଗିନା ଥାଲିଆ ଆଣି ତରକାରୀ ନେଇଯିବୁ ।

ସବୁଦିନ ଏମିତି ଚାଲେ । ରତ‍ନୀ ଏଣିକି ଗାଁବୁଲାରୁ ଫେରି ଗିନା ଥାଲିଆ ଧରି ମାଉସୀଘରେ ହାଜର ହେଇଯାଏ । ମଉସା ଘରେ ନଥିଲେ ତା'ର ନାକପର୍ଯ୍ୟନ୍ତ ଢଙ୍କା ହେଇଥିବା ସରୁ ଓଢ଼ଣା ମୁଣ୍ଡ ପଛକୁ ଖସିଯିବ । ଦୁନିଆ ଯାକର ଗପସପ କରିବ । ଯଉଁଦିନ ତାର ଭଲ ବିକ୍ରି ନହବ ଜବରଦସ୍ତ ଆମକୁ ଚିନାବାଦାମ କି ମଟର ପୁଡ଼ିଆଟେ ଲେଖାଁ ଧରେଇଦବ । ଆମେ ମନା କଲେ ମୁହଁ ଫୁଲେଇ କହିବ, ''ତମେ ନବନି, କେହି କିଣିବେନି, ଆଉ ଆମେ ଗେରସ୍ତ ଭାରିଯା ଦି'ଟା କ'ଣ ଉପାସ ରହିବୁ ?'' ଆମେ ତା ହାତରୁ ପୁଡ଼ିଆ ସବୁ ନଉ ।

ଖରାବେଳେ ଆମେ ତୋଟାରେ ବସିଥିଲେ ରତ‍ନୀ ଆସି ଆମ ପାଖରେ ବସେ । ଜୋର କରି ଗୀତୁଅପାର ଗୋଡ଼ ଭିଡ଼ିନେଇ ଘସିଦିଏ । ଆମକୁ କାନ୍ଦଣା ଶୁଣାଏ, ନହେଲେ କେହି ପୁରୁଷ ଲୋକ ଆଖପାଖରେ ନଥିଲେ ଆଖି ନ‍ଚେଇ ନାଟକରେ । ଆମେ ହସି ହସି ଗଡ଼ିଯାଉ ।

ଗୀତୁ ଅପାର ବାହାଘର ବର୍ଷ ରତ‍ନୀର ଦେହ ଖରାପ ହେଲା । ଗୀତୁଅପାର ନିର୍ବନ୍ଧ ପରଦିନ କଟକ ଗଲା । ଭାରି ବିକଳ ହେଇ କାନ୍ଦୁଥିଲା । ଆଉ ସେ ମେଡ଼ିକାଲରୁ ଫେରିଲାନି । ତା ସ୍ୱାମୀ ଶୁଦ୍ଧିଘର କାମ ସାରିବା ପରେ ଆସି ତାଙ୍କ ଜିନିଷପତ୍ର ଆଉ ରତ‍ନୀର ପସରା ନେଇଯାଇଥିଲା ।

ଦ୍ୱିତୀୟ ଘର ଦଖଲ କରିଥିଲେ ଦାମ ମଉସା । ଭାରି ସ୍ନେହୀ ଲୋକ । କଂସାବାସନ ବସ୍ତାରେ ଧରି ଗାଁ ଗାଁ ବୁଲନ୍ତି । ରାତିକୁ ଫେରନ୍ତି । ମାଉସୀର ଶାଶୁ ତାଙ୍କୁ ଧରମପୁଅ କରିଥିଲେ । ତେଣୁ ସେ ମାଉସୀଘରେ ଖିଆପିଆ କରନ୍ତି । ସନ୍ଧ୍ୟାବେଳେ ସେ ଫେରିଲେ ଆମେ ଯାଇ ତାଙ୍କ ପାଖରେ ବସୁ । ଭାଗବତ ପୋଥି ପଢ଼ା ସରିଲେ ମଉସା ଆମ ହାତରେ ବାଲ‍ଭୋଗ ଧରେଇ ଦିଅନ୍ତି । ଆମ ଆଖିରେ

ସେ ଥିଲେ ପୃଥିବୀର ଶ୍ରେଷ୍ଠ ଯାଦୁକର । କେତେ ପ୍ରକାର ମ୍ୟାଜିକ୍ ସେ ଆମକୁ ଦେଖାନ୍ତି !

ତୃତୀୟ ଘରେ ଠାକୁରଙ୍କ ଖୋଲ, କରତାଳ, ମୃଦଙ୍ଗ, ହାରମୋନିୟମ୍, ବାସନକୁସନ ଇତ୍ୟାଦି ରହେ । ତା ପାଖଘରଟା ଆମର ଭୋଜିଘର । ସେଠି ଆମ ଭୋଜି ପାଇଁ ସାଜ ସରଞ୍ଜାମ ଆଉ ଗୋଟାଏ ଚୁଲୀ ଥିଲା । ମାଉସୀ ଘରେ ମାଂସ ରନ୍ଧା ଯାଏନା । ତେଣୁ ମାଉଁସ ଭୋଜିରେ ଏ ଘରଟାକୁ ସମସ୍ତେ ବ୍ୟବହାର କରନ୍ତି ।

ତା' ପାଖଘରେ ରହନ୍ତି ସୁର ସାର । ଗାଁ ପ୍ରାଇମେରୀ ସ୍କୁଲରେ ଚାକିରୀ କରୁଥିଲେ । ବଢ଼ିଆ ଡାଲମା ରାନ୍ଧନ୍ତି ସେ । ପ୍ରାୟ ସବୁଦିନ ଭାତ, ଡାଲମା ଆଉ ଆଳୁଚଟଣି ଖା'ନ୍ତି । ମାଉସୀଘରୁ ବେଳେବେଳେ ମାଛଭଜା କି ତରକାରୀ ତାଙ୍କ ପାଇଁ ଯାଏ । ପୁନେଇଁ ପରବ, ଶ୍ରାଦ୍ଧ କି କାହା ଜନ୍ମଦିନ ହେଲେ ସେ ମାଉସୀ ଘରେ ଖା'ନ୍ତି । ତାଙ୍କ ଡାଲମାରେ ଆମର ଭାରି ଲୋଭ । ଆମେ ମାଉସୀଘରୁ ପରିବା, ଡାଲି, ଘିଅ ଆଉ ନଡ଼ିଆ ନେଇ ସାରଙ୍କୁ ଦେଉ । ସେ ହାଣ୍ଡିଏ ଡାଲମା ଆମ ପାଇଁ ରାନ୍ଧନ୍ତି । ସେ ଡାଲମାର ସ୍ୱାଦ ଆଉ କେଉଁଠି ପାଇନି ଆଜି ପର୍ଯ୍ୟନ୍ତ ।

ଏମାନଙ୍କୁ ଛାଡ଼ିଦେଲେ ଆହୁରି କେତେ ଲୋକ ଆସି ତୋଟାଘରେ ରହି ନିଜ ନିଜ ବାଟରେ ପୁଣି ଚାଲିଯାଇଛନ୍ତି । ସମସ୍ତେ ଆସିଲାବେଲେ ଥା'ନ୍ତି ଅଜଣା, ଅଚିହ୍ନା । କିନ୍ତୁ ବିଦା ହେଇ ଗଲାବେଲକୁ ସେମାନଙ୍କ ସହ ସଂପର୍କର ଡୋରିଟିଏ ଲାଗି ସାରିଥାଏ । ସମସ୍ତେ କଦାକଟା କରି ବିଦାୟ ନିଅନ୍ତି । ଘର ଭଲ ମନ୍ଦରେ ଅନ୍ୟ ବନ୍ଧୁଙ୍କ ପରି ସେମାନଙ୍କୁ ବି ଲୋଡ଼ାହୁଏ ।

ଖରାବେଳେ ଗାଁର ଅଧିକାଂଶ ଝିଅ ତୋଟାରେ ଏକାଠି ହୁଅନ୍ତି । ଖରାଦିନେ ତ ତୋଟାରେ ଗାଁ ଲୋକମାନେ ମେଲାମେଲା ହେଇ ତାସ୍ ପଶା ଖେଳନ୍ତି । ଝିଅ ବୋହୁମାନେ ଦୁଃଖସୁଖ ହୁଅନ୍ତି । ନିଜ ନିଜର ସାଙ୍ଗସାଥୀ ଧରି ସବୁ ବୟସର ମଣିଷମାନେ ବୈଶାଖ ଜ୍ୟେଷ୍ଠର ଦହକ ଖରାବେଲଟା ସେଇଠି କଟେଇବାକୁ ସୁଖ ପା'ନ୍ତି । ଆମ ପାଇଁ ତୋଟା ତ ଭୂସ୍ୱର୍ଗ । ଆମ୍ବ, ପଣସ ଗଛ ସନ୍ଧିରୁ କାଉ, କୋଇଲି, ଆଉ ଆଉ ଚଢ଼େଇମାନେ କିଚିରି ମିଚିରି ହେଇ କାନ ଅତଡ଼ା ପକାନ୍ତି । ସେମାନଙ୍କ କଥା ଶୁଣୁଶୁଣୁ ସମୟ କୁଆଡ଼େ ପଲାଏ । ବର୍ଷାଦିନେ ଆମେ ଭାବୁ ଝଡ଼ ହେଇ ଗଛଡାଲ ଭାଙ୍ଗିଲେ ଭଲ । ତା'ହେଲେ ଚଢ଼େଇ ବସା ତଲେ ଖସିପଡ଼ିବ । ଆମେ ବଣିଛୁଆ କେତେଟା ନେଇ ପାଲିପାରିବୁ । ନହେଲେ ସେମାନଙ୍କୁ ଧରିବା ଅସମ୍ଭବ । ପାଠପଢ଼ା, ଚାକିରୀ, ସଂସାର ଜଞ୍ଜାଲରୁ ଖସି ଯେଉଁ ଅଳ୍ପ ସମୟ ମୁଁ ତୋଟାକୁ ଯାଇଚି

ତା'ର ଥଣ୍ଡା ପବନରେ ସେ ମୋ ଦେହର ଝାଳ ଶୁଖେଇ ଦେଇଚି, ଚଢ଼େଇମାନଙ୍କ ଜରିଆରେ ମୋ ଭଲମନ୍ଦ ପଚାରିଚି। କେତେପ୍ରକାର ଫୁଲ ଫଳ ଉପହାର ଦେଇଚି। ମତେ ଲାଗେ ମୁଁ ତାକୁ ଝୁରିହେଲା ପରି ମୋ ଅନୁପସ୍ଥିତିରେ ସେ ବି ମତେ ଝୁରେ।

ଭୋର ସକାଳୁ ଉଠି ମୁହଁ ନଧୋଇ ପୋଖରୀ ବନ୍ଧଆଡ଼େ ଚାଲିଲି। ବନ୍ଧ ତଳକୁ ଓହ୍ଲେଇ କିଆରି ହିଡ଼ ଉପରେ ଛିଡ଼ା ହେଇ ଅନୁମାନ କରୁଥିଲି- କେଉଁଟା ଥିଲା ରତନୀର ଘର, ଦାମ ମାଉସାଙ୍କ ଗୋପୀନାଥଙ୍କ ଆସ୍ଥାନ, ସୁରସାରଙ୍କ ଚୁଲୀ, ଆମ ଭୋଜିଚଉତରା, ଗୁରୁଡ଼ି, ସୁନାନାକି, ତୁଳସୀ, ରସୁଣିଆ ଆମ୍ବଗଛ, ବେଲପୁର ପଣସ ଗଛ, କାହିଁ ? କେଉଁଠି ଥିଲା ସେସବୁ ? ଭୂମିକଂପରେ ସତେ ଅବା ରସାତଳରେ ଲୀନ ହେଇଯାଇଛି ସବୁ କିଛି।

"ଅପା, ଚା ହେଲାଣି। ବୋଉ ଡାକୁଚି।" ବିକୁ ଆସି ମୋ ପଛରେ ଛିଡ଼ା ହେଇଥିଲା କେତେବେଳଠୁ ମତେ ଜଣା ନାହିଁ। ବୁଲିପଡ଼ି ତା' ଆଡ଼େ ଚାହିଁଲି। ମୁହଁରେ ତା'ର ଦୋଷୀ ଦୋଷୀ ଭାବ। ମାଉସୀର ତିନିଝିଅ ପରେ ଗେହ୍ଲାପୁଅ ସେ। ତା ତଳକୁ ଲାଲି। ମାଉସା ଚାଲିଗଲା ପରେ ଏବେ ସଂସାରଯାକର ଜଞ୍ଜାଳ ତା'ରି ଉପରେ। ଗାଁପାଖ କଲେଜରେ ଅଧ୍ୟାପକ ଅଛି। ଚାହିଁଥିଲେ ସେ ବାହାରେ ଭଲ ଚାକିରି କରିପାରିଥାନ୍ତା। ହେଲେ ମାଉସା ମାଉସୀ ଓ ଘର ଜଞ୍ଜାଳ ତାକୁ ଛାଡ଼ିଲେନି।

"ତୋଟା କାହିଁକି କଟାହେଲା ବିକୁ ?" ଫେରିବା ବେଳେ ପୋଖରି ବନ୍ଧ ଉପରେ ପଚାରିଲି।

: କ'ଣ ଆଉ କରିଥାନ୍ତି ଅପା ? ଲାଲି ବାହାଘରକୁ ତା' ଶ୍ୱଶୁରଘର ତିନି ଲକ୍ଷ ଟଙ୍କା ନଗଦ ମାଗିଲେ। ତା'ଛଡ଼ା ଆଉ ସବୁ। ଖାଲି ବାସନ ଆଉ ସୁନା ଘରେ ଥିଲା ସିନା। ଅନ୍ୟ ସବୁ ଜିନିଷ ତ ଯୋଗାଡ଼ କରିବାକୁ ପଡ଼ିଲା। ନିର୍ବନ୍ଧ ହେଇ ବର୍ଷେ କାଳ ରହିଲା। କୁଆଡ଼ୁ ଆସିଥାନ୍ତା ଏତେ ଟଙ୍କା ?

: ଏତେଗୁଡ଼ାଏ ଜମି ଅଛି। ପର ଖାଉଛନ୍ତି। ସେଥିରୁ କିଛି ବିକି ଦେଲୁନି ?

: ଭାଗଚାଷୀମାନେ କ'ଣ କରିବେ ? ଏତେଦିନ ହେଲା ଜମି ଚାଷ କଲେ ବି ଆମକୁ ହଇରାଣ କରୁନାହାନ୍ତି। ଧାନ ବିରି ମାପି ଘରେ ଦେଇଯାଉଛନ୍ତି। ତାଙ୍କ ଦାନାପାଣି ମାରିବାଚା....। ତା'ଛଡ଼ା ଗଛଗୁଡ଼ାକ ବୁଢ଼ା ହୋଇଯାଇଥିଲେ। କେତେବର୍ଷ ହେଲାଣି ଆମ୍ବ ତ ପ୍ରାୟ ଫଳୁନଥିଲା। ଯଦି କେଉଁ ଗଛରେ ଦି'ଟା ଫଳଧରୁଥିଲା କଞ୍ଚ ବେଳୁ ଝାଡ଼ି ଖାଇଯାଉଥିଲେ। ଯାହାକୁ ମନାକରିବ ତା' ସାଙ୍ଗେ ଝଗଡ଼ା।

ଜମି ଭାଗଚାଷ କରୁଥିବା ଲୋକମାନଙ୍କ କଥା ଯେ ବିକୁ ଚିନ୍ତା କରୁଚି

ସେଥିପାଇଁ ମନେ ମନେ ଖୁସିହେଲି। କିନ୍ତୁ ଏତେ ଗୁଡ଼ାଏ ଗଛ ଉପରେ ନିର୍ଭର କରୁଥିବା ହଜାର ହଜାର କାଉ, କୋଇଲି ଆଉ ଗୁଣ୍ଡୁଚି ମୂଷାମାନେ ? ନିଛାଟିଆ ଦି'ପହର ସାରା ଖେଲାବୁଲା ଛାଡ଼ି କୁନିଥଣ୍ଡରେ ଖୁମ୍ପି ଖୁମ୍ପି ମଜଭୁତ ଆମ୍ବ ଗଛର ଗଣ୍ଡିରେ ଘର କରି ନିଜକୁ ସବୁଠୁ ସୁରକ୍ଷିତ ଭାବୁଥିବା କାଠହଣା ଚଢ଼େଇମାନେ ? ସେମାନଙ୍କର କିଛି କ୍ଷତି ହେଲାନି ?

: ଘର କ'ଣ ହେଲା ?

: ଗଛ କାଟିବା ଆଗରୁ ଘରସବୁ ଭାଙ୍ଗିଦେଲୁ। ସବୁ ବର୍ଷ ଘର ଛପର କରିବାକୁ କ'ଣ କମ୍ ନାକେଦମ୍ ହଉଥିଲି ? ଛପରକଲାବାଲା ଆଉ ମିଳୁନାହାନ୍ତି। ଯିଏ ଜଣେ ଅଧେ ଅଛନ୍ତି ପଚାଶ ବାର ଡାକିବାକୁ ଗଲେ ବି ମାଗଣା କଲା ପରି ଗୋଡ଼ ଲମ୍ଭେଇବେ। ମାଟିଘରକୁ ଲିପାପୋଛା କରିବା ପାଇଁ ଲୋକ ଯୋଗାଡ଼ କରିବା ବି କଷ୍ଟ। ମୁଁ ଆଉ କେତେଆଡ଼କୁ ହେବି ଯେ ? – ବିକୁ ସ୍ୱରରେ ଅସହାୟତା।

: ଭଲ କରିବୁ। ଏ ଜମି କ'ଣ ଭାଗ ବଖରା ଦେଇଛୁ ?

: ନା, ଅଧେ ଜାଗାରେ ଗୋଟାଏ ଲିଫ୍ଟ୍ ଇରିଗେସନ୍ ପଏଣ୍ଟ ବସେଇ ପରିବା ଚାଷ କରିବି। ବାକି ଜମିରେ ଆଉ କିଛି ଭଲ ଫଳଗଛ ଲଗେଇବି। ଭୁବନେଶ୍ୱରରୁ ଏଇବର୍ଷ ଭଲ ଚାରା ଆଣି ବର୍ଷାଦିନ ପୂର୍ବରୁ ସେ କାମ ସାରିବି ଭାବୁଚି। ତିନିଟା ବର୍ଷରେ ଆମ୍ବ ଫଳିବ। ପରିବା ଦାମ୍ କେମିତି ହୁ ହୁ ହୋଇ ବଢୁଚି ଦେଖୁନୁ ?

ମୁଁ ମନେ ମନେ ହସିଲି। ବିକୁ ହୁଏତ ନିଜ ମନକୁ ଏପର୍ଯ୍ୟନ୍ତ ବୁଝେଇ ପାରିନି। ମତେ ବୁଝେଇବା ଆଳରେ ସେ ନିଜ ମନକୁ ସାନ୍ତ୍ୱନା ଦବାକୁ ଚେଷ୍ଟା କରୁଚି। ବିଚରା ! ଆମେ ଉଭୟ ଜାଣିଛୁ ପ୍ରଚୁର ଫଳ ମିଳିବ, ପରିବା ବି। ହେଲେ ଗୁରୁଡ଼ି, ରସୁଣିଆ, ଗଜାଆମ୍ବ ଗଛର ଛାଇ, ନାଗେଶ୍ୱରୀ, ଚଂପା ଆଉ ଗଙ୍ଗଶିଉଳି ଗଛତଳର ସେଇ ଗୋବର ଲିପା ଖେଲା ? ଗଛମାନଙ୍କର ପତ୍ର ଗହଳି ଭିତରୁ ଚଢ଼େଇମାନଙ୍କ ଗପସପ, କଳିତକରାଳ, ରତନୀର ସୁନ୍ଦର ଚିତାପକା କାନ୍ଥ, ଦାମ ମଉସାଙ୍କ ଭାଗବତ ଗାଦି, ସୁର ସାରଙ୍କ ଚୂଲୀ– ଆଉଥରେ ତିଆରି ହବ କି ସବୁ ? ତିଆରି ହେଲେ ବି ଆମେ ଖୋଜି ପାଇବୁ କି ଆମ ପିଲାଦେହର ବାସ୍ନାକୁ ସେଥିରୁ ? ଆଉଥରେ କଣ ଆମେ ସେଇ ତୋଟାମାଲରୁ ସାଉଁଟି ପାରିବୁ ଆମର ସେ ଅନ୍ତରଙ୍ଗ ପିଲାଦିନ ! ଯୋଡ଼ିପାରିବୁ ଛିଣ୍ଡି ଯାଇଥିବା ସେଇ ଗୀତର ସୁର– ତୋତାକୁ ଯିବୁ, ଆମ୍ବ ଖାଇବୁ, ବାଘ ଆସିଲେ ଡରିବୁ ନାହିଁ ?

ପଛକୁ ବୁଲିପଡ଼ି ତୋତା ଆଡ଼କୁ ଚାହିଁବା ଲାଗି ମୋତେ ଡର ଲାଗୁଥିଲା।

ମୋ ଶୈଶବର ସବୁଠୁ ସୁନ୍ଦର ମୁହୂର୍ତ୍ତମାନେ କେବେଠୁ ଭୂତଳଗାମୀ ହେଇସାରିଥିଲେ । ମୁଁ ଡଗଡଗ ପାଦରେ ଫେରିଆସିଲି ।

ଘରେ ପହଞ୍ଚିଲା କ୍ଷଣି ଝିଅ ଗୋଡ଼ କଚାଡ଼ି କଚାଡ଼ି ଆସି ମୋ ପାଖରେ ଦୁମ୍‌କରି ବସି ପଡ଼ିଲା । ମୁହଁ ତାର ଥମ ଥମ ।

: କ'ଣ ହେଲା ? ରିମା ଝଗଡ଼ା କଲା କି ? ଏତେ ରୁଷା କାହିଁକି ?

: ତୁ କାହିଁକି ମତେ ନ ନେଇ ତୋଟା ଆଡ଼େ ଏକା ପଳେଇଲୁ ?

କ'ଣ ଜବାବ ଦେବି ଝିଅକୁ ? ତୋଟା ଖୋଜି ପାଇଲିନି ବୋଲି କହିବି ?

ତା' ମୁଣ୍ଡ ଆଉଁସି ଦେଇ କହିଲି, ''ନାଇଁରେ ଧନ । ସେ ତୋଟାକୁ ମୁଁ ସ୍ୱପ୍ନରେ ଦେଖେ । ସତରେ କ'ଣ ସେମିତି କିଛି ତୋଟା ଅଛି ? ତତେ ଭୁଲେଇବା ପାଇଁ ମିଛରେ କହିଥାଏ ନା !''

ଭୂତ ଅଜା

ଘର ଗେଟ୍ ପାଖରେ ରିକ୍ସା ଅଟକିଲା। ମୁଁ ଝିଅକୁ କହିଲି, 'ତୁ ଚାବି ନେଇ ଗେଟ୍ ଖୋଲ। ମୁଁ ତୋ ବ୍ୟାଗ୍, ଓ୍ୱାଟର ବଟଲ୍ ନେଇ ଯାଉଚି।' ଝିଅ ଗେଟ୍ ଖୋଲି ଅଭ୍ୟାସ ମୁତାବକ ପୋର୍ଟିକୋରେ ପଡ଼ିଥିବା ଚିଠି ସବୁ ଗୋଟେଇ ନେଉ ନେଉ କହିଲା, ''ମା, ତୋର ବି ଗୋଟେ ଚିଠି ଅଛି।'' କହିଲି, ''ହଉ ଦାଣ୍ଡଘରେ ସବୁ ଚିଠି ରଖ। ମୁଁ କବାଟ ଝରକା ଖୋଲି ସାରିଲେ ଦେଖିବି।''

ବ୍ୟାଗ୍ ରଖିସାରି ଦାଣ୍ଡଘର ଟି-ପୟ ଉପରୁ ଚିଠିଟି ଉଠେଇ ନେଲି। ପୋଷ୍ଟକାର୍ଡ଼ରେ ମାତ୍ର ଦୁଇଧାଡ଼ିର ଲେଖା। ତିନି ଚାରିଥର ପଡ଼ିସାରି ମୁଁ ସେଇଠି ସେମିତି ବସିଗଲି ଥମ୍ କରି। ମୋ ଆଖିରେ ମାମୁଘର ଗାଁର ଚିତ୍ର ନାଚି ଉଠିଲା, ଚିଠିର ନାୟକର ମୁହଁ ବି।

xxx

ମୋର ବୟସ ସେତେବେଳେ ବୋଧେ ଚାରିବର୍ଷ। ନୂଆ ନୂଆ ଚାହାଳୀ ଯାଉଥାଏ। ସେ ବର୍ଷ ନବ କଳେବର ଦେଖିବାପାଇଁ ଗାଁର ଅନେକ ଲୋକ ପୁରୀ ଯିବାକୁ ବାହାରିଥାନ୍ତି। ମୋ ଆଇର ଇଚ୍ଛା ଥିଲେ ବି ମତେ ଛାଡ଼ି ଯିବାକୁ ସେ ଚାହୁଁ ନ ଥାଏ। ଏଣେ ରଥଯାତ୍ରା ଭିଡ଼କୁ ସାନପିଲାଟାଏ ସାଙ୍ଗରେ ଧରି ଯିବାକୁ ମଧ୍ୟ ତାର ସାହସ କୁଲେଇ ନ ଥାଏ। ଅଜାଙ୍କ ଘରେ ଦୟା ଭୋଇ ବୋଲି ଜଣେ କାମ କରୁଥିଲା। ଜାତିରେ ହରିଜନ ହେଲେ ବି ଘରର ପୁଅ ପରି ଚଳେ। ମତେ ତା' ସାଙ୍ଗରେ ବେଳେ ବେଳେ ଖୁଆଏ। ତାର କାମ ନ ଥିଲେ କାନ୍ଧରେ ବସେଇ ଗାଁ ସାରା ବୁଲାଏ। ସେଇ ଦୟା ଭାଇ ଆଇକୁ ଭରସା ଦେଇ କହିଲା, 'ତମେ ପୁରୀ ଯାଅ, ଝିଅକୁ ସମ୍ଭାଳିବା ଦାୟିତ୍ୱ ମୋର। ଘରେ ତ ରାନ୍ଧିବା ପାଇଁ ମାଳୀ ନୂଆଉ (ପଡ଼ିଶା ଘର

୪୧

ବିଧବା ମାଉଁ) ଅଛନ୍ତି । ଦିନ ତିନିଚାର କଥା । ମୁଁ ତାକୁ ସମ୍ଭାଳି ନେବି । ଆଇ ଦୋଦୋପାଞ୍ଚ ହୋଇ ପୁରୀ ଗଲା । ମୋ ପାଇଁ ପୁରୀରୁ ନାଲିବାଡ଼ି, ବଟଫୁଲିଆ ମାଳି, ରଙ୍ଗବେରଙ୍ଗ ଚୂଡ଼ି ଆଣିବ ବୋଲି ଲୋଭ ଦେଖେଇଲା ।

ଆଇ ବାହାରିଗଲା ପରେ ମୁଁ ଦୟା ଭାଇ ଉପରେ ହୁକୁମ ଜାହିର କରିବାକୁ ଆରମ୍ଭ କଲି । ଦିନ ସାରା ମତେ ସେ ଚାରିଆଡ଼େ ବୁଲେଇଲା । ସାଧୁ ଡ଼ିହରୁ ଜାମୁକୋଲି ତୋଳିଦେଲା, ବାୟା ସାମଲ ଗଛରୁ ପିଜୁଳି ଚୋରେଇ ଆଣିଲା, କଙ୍କଡ଼ା ଗୋଡ଼ରେ ସୂତାବାନ୍ଧି ମତେ ଚଲେଇବାକୁ ଦେଲା । ଆମେ ଗୋଟାଏ ବଣିଛୁଆ ଧରିଲୁ । ଝିଙ୍କାର ମୁଣ୍ଡ ଛିଣ୍ଡେଇ ବଣିକୁ ଖାଇବାକୁ ଦେଲୁ । ବଣି ପାଇଁ ଘର ଦରକାର । ରଜବେଳକୁ ଝୁଡ଼ିରେ ଆମ୍ବ ଆସିଥିଲା । ସେଇ ଝୁଡ଼ିରୁ ଗୋଟାଏ ଢିଙ୍କିଶାଳରୁ ବାହାର କରି ଆଣି ସେଥିରେ ବଣିର ଯିବା ଆସିବା ପାଇଁ ଛୋଟ ମୁହଁଟେ କାଟିଲୁ । ବଣିକୁ ତା ଭିତରେ ରଖି ଅଗଣା ମଝି ତାରରେ ଟାଙ୍ଗିଲୁ, ଆଉ କେଉଁଠି ରଖିଲେ କାଲେ ବିଲେଇ ଝାମ୍ପିନେବ !

ସାରାଦିନ ଖୁବ୍ ମଜାରେ କଟିଲା । ସନ୍ଧ୍ୟାବେଳକୁ କିନ୍ତୁ ଆଇକୁ ନ ଦେଖି ମତେ କାନ୍ଦ ମାଡ଼ିଲା । ଦିନସାରା ଯୁଆଡ଼େ ବୁଲିଲେ ବି ସନ୍ଧ୍ୟା ହେଲେ ଆଇ ପାଖକୁ ମୁଁ ଫେରିଆସେ । ତାକୁ ଛାଡ଼ି ମୁଁ କୁଆଡ଼େ ଯାଏନା । ଆଇ ମତେ କୋଳରେ ଶୁଆଇ ସୁଶୀଳ ମାଲତୀ କଥା, ରୁଆଁ ରୁଇଁ କଥା, ଅନ୍ଧାର ଘୁଡୁଘୁଡୁ ଆଉ ପେଟ ଆମ୍ବୁଡ଼ି ବୁଢ଼ୀ କଥା କହେ । ମୁଁ ଦୟାଭାଇକୁ ସିଧା ଶୁଣେଇ ଦେଲି, 'ଆଇର ଗପ ନ ହେଲେ ମୁଁ ଜମା ଶୋଇବିନି । ତୁ ଯା, ପୁରୀରୁ ମୋ ଆଇକୁ ଆଣି ଦେ ।' ତା ଚୁଟି ଢିଙ୍କି ଅଝଟ ହେଇ କାନ୍ଦିଲି । ଦୟା ଭାଇ ବୋଧେ ଅଡ଼ୁଆରେ ପଡ଼ିଲା । ଆଇ ଥିଲେ ମୋ ଜିଦ୍ ପାଇଁ ଦୟା ମତେ ଧମକ ଦେଇ ଚୁପ୍ କରେଇଥାନ୍ତା । ନ ହେଲେ ଚାହାଲୀର ବନା ସାରଙ୍କୁ ଡାକିଦବ ବୋଲି ଡରେଇଥାନ୍ତା । କିନ୍ତୁ ଆଇର ଅନୁପସ୍ଥିତିରେ ସେ ମତେ ଡରେଇ ପାରୁ ନ ଥାଏ । ମତେ କାଖେଇ ସେ ସିଧା ଗୁଡ଼ିଆ ଘର ଆଡ଼େ ଚାଲିଲା । ଗୁଡ଼ିଆଘର ଦୟା ଅଜା ଆମ ଦୟା ଭାଇର ମଇତ୍ର । ଦୟାଭାଇ କହିଲା, ମଇତ୍ର, କ'ଣ ଭଲ ମିଠେଇ କରିଚ, ଆମ ଝିଅକୁ ଦିଟା ଦିଅ । ସେ ଖାଇଦେଇ ଶୋଇପଡ଼ୁ । କହିଲି, ''ମୋର ଆଇ ଦରକାର । ବୁଢ଼ୀ ଅସୁରୁଣୀ, ଅନ୍ଧାର ଘୁଡୁ ଘୁଡୁ ଗପ ଦରକାର । ମିଠା ତୁ ଖା ।'' ମୁଁ କଇଁ କଇଁ ହେଇ କାନ୍ଦି ପକାଇଲି ।

ମୋ କାନ୍ଦ ଦେଖି ଦୟା ଅଜା ବ୍ୟସ୍ତ ହୋଇ ଚୁଲୀମୁଣ୍ଡରୁ ଉଠି ଆସିଲେ । ସ୍ତ୍ରୀଙ୍କୁ ଡାକି କହିଲେ, 'ହେ, ହାଡ଼ୁଣୀ ବୋଉ, ଚୁଲୀପାଖକୁ ଆ । ମୁଁ ଝିଅଟାକୁ ଗୋଟାଏ

ବଡ଼ିଆ ଗପ କହିଦେଇ ଆସେ। ମୋ ପାଖକୁ ଆସି ପିଠି ଥାପୁଡ଼େଇ କହିଲେ, 'ଆଲୋ ହୁଣ୍ଟାଟା, ତୋ ଆଙ୍କ ଅନ୍ଧାର ଘୁଡୁଘୁଡୁ କି ବୁଢ଼ୀ ଅସୁରୁଣୀ ଦେଖିଛୁ କି ? ମୁଁ ମୁଣ୍ଡ ହଲେଇ ମନାକଲି। ଦୟା ଅଜା କହିଲେ, 'ମୁଁ ଦେଖିଛି।'

ମୁଁ ଆଖି ବଡ଼ବଡ଼ କରି ପଚାରିଲି 'ସତ' ?

ଅଜା କହିଲେ, 'ଆଉ କ'ଣ ମିଛ ? ଅସୁରୁଣୀଠୁ ଆହୁରି ହେଁ ବଡ଼ ବଡ଼ ଭୂତକୁ ସାବାଡ଼ କରି ଦେଇ ଆସିଛି। ଶୁଣିବୁ ଯଦି ଆ, ମୋ ପାଖରେ ଚକା ପକେଇ ବସ।'

ସେଇ ଦିନଠୁ ଆରମ୍ଭ ଦୟା ଅଜାଙ୍କ ପାଖରୁ ମୋର ଭୂତଗପ ଶୁଣିବାର ନିଶା। ସବୁଦିନ ସନ୍ଧ୍ୟା ହେଲାକ୍ଷଣି ଆମ ଘରୁ କେହି ଜଣେ ମତେ ସାଙ୍ଗରେ ନେଇ ଦୟା ଅଜାଙ୍କ ପାଖରେ ଛାଡ଼ିଦେଇ ଆସେ। ଦି' ତିନିଟା ଗପ ଶୁଣି ସାରିଲେ ହାଡ଼ୁଣୀ ବୋଉ ମତେ ଆଣି ପୁଣି ଆଙ୍କ ଜିମା କରିଦିଏ, ନ ହେଲେ ଦୟାଭାଇ ଯାଇ ମତେ ନେଇଆସେ। ଯିଏ ଆଣୁନା କାହିଁକି ଗପ ଶୁଣିସାରି ମୁଁ ଆଉ ଆଖି ଖୋଲା ରଖି ଚାଲି ଚାଲି ଆସେନା। କାଳେ ଭୂତ କଉଁଠି ଛକି ବସିଥିବ !

ଏଣିକି ସନ୍ଧ୍ୟା ହେଲେ ଦୟା ଅଜାଙ୍କ ଘରକୁ ଯିବାକୁ ମୋ ସାଙ୍ଗରେ ଥାଆନ୍ତି ପଡ଼ିଶା ଘର ମାମୁ ପୁଅ ଝିଅ-ହଟୁ, ସାନୁ, ମଙ୍ଗୁ, ନାଉନ ଭାଇ, ସାରିଆ, ନିରୁ, ମିନି, ଝୁନା, ଟୁନି ଆଉ କଲୁ। ଆମେ ଦଳଟିଏ ହୋଇ ଦୟା ଅଜାଙ୍କ ମଠ ଅଗଣାରେ ବଡ଼ ମସିଣା ପକେଇ ବସୁ। ହାଡ଼ୁଣୀ ବୋଉର ଆପତ୍ତି କରିବାର କିଛି ନ ଥାଏ। କାରଣ, ଆମର ଭୂତଗପ ଶୁଣିବାର ନିଶା ତାଙ୍କର ବ୍ୟବସାୟ ବଢ଼ିବାରେ ସାହାଯ୍ୟ କରେ। ଆମେ ସମସ୍ତେ ଘରେ ଅଜ୍ଟ ହେଇ ଦଶ ପଇସା, କୋଡ଼ିଏ ପଇସା ନେଇ ଯାଇଥାଉ। ସେତକ ଆଗତୁରା ହାଡ଼ୁଣୀ ବୋଉ ଜିମା କରିଦେଉ। ଗପ ଆରମ୍ଭ ହେଲେ ଖଣ୍ଡେ ଖଣ୍ଡେ ଛୋଟ କାଗଜରେ ହାଡ଼ୁଣୀ ବୋଉ ଆମମାନଙ୍କୁ ବୁଟଭଜା କି ଡାଲିଗଜା ମୁଠାଏ ଧରେଇ ଦିଏ।

ଘରକୁ ଫେରିବା ବେଳକୁ ଦୟା ଅଜା ଆମକୁ ଛାଡ଼ିବାକୁ ଆସନ୍ତି। ନ ହେଲେ କି ଆମକୁ ଭୂତ ଆଉ ଛାଡ଼ନ୍ତେ ! ଆମ ଘର ବାଡ଼ିପଟେ ଢେଙ୍କିଶାଳ, ତା କଡ଼କୁ ଗୋହିବାଟରେ ଡାହାଣହାତି ଗଲେ ଆଗ ପଡ଼େ ଆମର ଘସି ଚାଲିଆ, ତା ପାଖକୁ ଆମ କୂଅ। ଆମ ବାଡ଼ି ପାର ହେଇ ଗଲେ ଗଉଡ଼ଘର ଗୁହାଲ, ତା'ପରେ ଯାଇ ଗୁଡ଼ିଆ ଘର ! ବଡ଼ ମଣିଷ କିଏ ସାଙ୍ଗରେ ନ ଥିଲେ ରାତିରେ ଆମେ ଏଇତକ ବାଟ ପାରିହେବା ସେତେବେଳେ କାଠିକର ପାଠ। ଗଉଡ଼ଘର ଗୁହାଲ ଭିତରୁ ଗୋରୁ ଖୁରା

କଟାଡ଼ିଲେ ଆମକୁ ଭୂତ ପାଦ କଟାଡ଼ିଲା ପରି ଶୁଭେ । ଘସି ଚାଲିଆକୁ ନଇଁ ପଡ଼ିଥିବା କଦଳୀ ଗଛର ବାଉଙ୍ଗା ସବୁ ସ୍ତ୍ରୀ ଲୋକଟି ନଇଁ ପଡ଼ିଥିବା ପରି ଦେଖାଯାଏ । ଆମ ଭିତରେ ନାଉନ ଟିକେ ବେଶୀ ଦୁଷ୍ଟ । ସେ ଆମକୁ ଡରେଇବା ପାଇଁ ଗଉଡ଼ ଘର ଗୁହାଲ ଉପରକୁ ଓହଲି ଥିବା ଚାକୁଣ୍ଡା ଗଛର ଡାଲ ଆଡ଼କୁ ହାତ ବଢ଼େଇ କହେ, 'ହେଇଟି ଗଛ ଡାଲରେ କ'ଣ ଗୋଟାଏ ବସିଚି । ଇଲୋ, ବୋପାଲୋ ।'

ତା'ପରେ ଆମ ଅବସ୍ଥା ଅସମ୍ଭାଲ । ସମସ୍ତେ କିଲିକିଲା ରଡ଼ି ପକେଇ ଗୋଟାଏ ଉପରେ ଗୋଟାଏ କଟାଡ଼ି ହୋଇ ପଡ଼ୁ । ହଉ ବି କ'ଣ କମ୍ ଦୁଷ୍ଟ ! ଦୟା ଅଜାଙ୍କ ଘରୁ ଫେରିବାବେଳେ ସମସ୍ତଙ୍କ ଆଗରେ କାହା ହାତ ଧରି ଚାଲୁଥିବ । ଯେମିତି ଆମ ବାଡ଼ି ଦୁଆର ମୁହଁ ହବ 'ପଛରେ କିଏ ଗୋଟାଏ ଆସୁଚି' କହି ଦୌଡ଼ି ଦୌଡ଼ି ଘର ଭିତରକୁ ପଲେଇବ । ଆମେ ବିକଳ ହୋଇ ପଡ଼ି ଉଠି ଏକମୁହାଁ ଦୌଡ଼ିବୁ । ଦୟାଅଜା କହନ୍ତି, 'ସାବଧାନ, ରାତିରେ କୁଆଡ଼େ ଗଲେ ପଛକୁ ଜମା ଫେରି ଚାହିଁବନି । ପଛକୁ ଚାହିଁଲେ କାଲେ ଭୂତଗୁଡ଼ା ବେକ ମୋଡ଼ିଦେବେ ।'

ଯେଉଁଦିନ ସନ୍ଧ୍ୟାବେଳେ ମିଠା ତିଆରି କାମ ନ ଥାଏ ସେଦିନ ଦୟାଅଜା ଆମ ପିଣ୍ଡାକୁ ଆସି ଗପ କହନ୍ତି । ଆମ ପିଣ୍ଡାରେ ଭୂତଗପର ଆସର ବସିବା ଦିନୁ ଅଜାଙ୍କର ଶ୍ରୋତା ସଂଖ୍ୟା ଦି'ଗୁଣ ଅଧିକ ହୋଇଗଲା । ଏତେଗୁଡ଼ାଏ ଶ୍ରୋତା ଦେଖି ବୁଢ଼ା ବି ଦିନକୁ ଦିନ ଲମ୍ବେଇ ଲମ୍ବେଇ ଭୟଙ୍କର ଭୂତ ପ୍ରେତର ଗପ କହନ୍ତି । ନଈ ସେପାରି ନୂଆହାଟରୁ ଫେରିବା ବାଟରେ ସେଦିନ ରାତି ଅଧରେ କଳା କିଟି କିଟି ଅନ୍ଧାର ସାଙ୍କୁ ଝିପି ଝିପି ବର୍ଷା ଘଡ଼ଘଡ଼ିରେ ଭଣ୍ଡିସାହି ଘାଟ ପାଖରେ କେମିତି ସାତ ହାତିଆ ଜୁଆନ୍ ପଠାଣ ଭୂତଟା ଆଗରେ ତାଙ୍କ ବାଟ ଓଗାଲିଲା, ଆଉ ଦୟା ଅଜା କେମିତି ଆଲ୍ଲାଙ୍କ ନାମ କହି 'ସଜା ପଠାଣ କା ବଢ଼ା ତୋ ଭାଗ୍ ଯା' ବୋଲି ତିନି ଥର କହି ଶୂନ୍ୟରେ ତିନି ଚାପୁଡ଼ା ମାରିବାରୁ ଭୂତ କେମିତି କିଲିବିଲି ହୋଇ ଧାଁ ପଲେଇଲା ସେକଥା କହନ୍ତି । ଆଉ ଥରେ ଡେରିକି ମଶାଣି ବାଟରେ କେମିତି ବନ୍ଧମୁଣ୍ଡ ଭଦି ନାହାକର ସାପ କାମୁଡ଼ାରେ ମରିଥିବା ବାଉଆ ଝିଅ ସୁଲ ବାଲଝାଙ୍କୁରୀ ହୋଇ ତାଙ୍କ ଗୋଡ଼ ପାଖରେ ବସିପଡ଼ି ବାଟ ନ ଛାଡ଼ିବାରୁ ଅଜା ଜିଲିପି ଦି'ଟା ଓ ଛେନାଗଜା ଚାରିଟା କାଗଜ ଖଣ୍ଡକରେ ତା ଆଗରେ ଥୋଇ 'ମାଲୋ, ଧନ ଲୋ, ଖାଇ ଦେ ସୁନାଢ଼ିଅଟା ପରା ବାଟ ଛାଡ଼ିଦେ' କହିବାରୁ ସେ କେମିତି ମିଠା ପୁଡ଼ିଆକୁ ଧରି ସିଧା ସିଧା ବରଗଛ ଉପରକୁ ଚଢ଼ିଗଲା ତାହା ବି କହନ୍ତି । ଆଉ ଥରେ ବଛାଲ ଯଜ୍ଞରୁ ଫେରିବା ବାଟରେ କେମିତି ଦହିପାଲ ଗହୀରରେ ତାଲଗଛ ଉଛର ବ୍ରହ୍ମରାକ୍ଷସ ଆଗରେ

ପଢ଼ିଯିବାରୁ ଦୟା ଅଜା କହିଲେ 'ତୋ ପୁଅର ମା'ର ଭାଇର ଭିଣୋଇ ହିସାବରେ ତୋ'ର କ'ଣ ହବ କହ, ନ ହେଲେ ଏଇ କଣ୍ଢା ବାଉଁଶ ଠେଙ୍ଗାରେ ତୋ ମୁଣ୍ଡ ଦି'ଫାଳ କରିଦେବି ।' ବ୍ରହ୍ମରାକ୍ଷସଟା ଯଦି ହେଇ ଶେଷକୁ ଠେଙ୍ଗା ଡରରେ ପଳେଇଗଲା– ଏଇସବୁ ଗପର ବର୍ଣ୍ଣନା ଦୟାଅଜା ଏତେ ସୁନ୍ଦର ଭାବେ କରନ୍ତି ଯେ ଆମ ଆଖି ଆଗରେ ଅନ୍ଧାର କିଟି କିଟି ରାତି ଓ ଗହୀର ମଶାଣିର ଛବି ନାଚି ଉଠେ । ଯଦି କେହି ମଝିରେ କହେ, 'ଅଜା, ଡର ମାଡୁଚି' ଅଜା କହନ୍ତି, ''ଶଳା ଛେରୁଆଟା କିରେ, ଡରୁଚୁ କ'ଣ ? ମୁଁ ଯେଉଁଠି ଥିବି ତା ସାତକୋଶ ଭିତରେ ଭୂତର ଗୋସେଇଁ ବି ପଶିପାରିବନି । ସବୁ ଭୂତ ଭୂତୁଣୀଙ୍କୁ ମୁଁ ଚିହ୍ନି ରଖିଚି ।''

ଆମେ ପୁଣି ସାହସ ଫେରିପାଇ ପଚାରୁ, 'ଅଜା ତା'ପରେ କ'ଣ ହେଲା ?'

ଖଣ୍ଡିକାଶ ମାରି ଅଜା ଆରମ୍ଭ କରନ୍ତି ''ସେଇଠୁ ସେ ମୋ ଆଗରେ ଠିଆ ହେଇଗଲା । ଦେଖିଲାବେଳକୁ ନାଲାଏକ୍ ଓଥଡ଼ାଟା । ମୁଁ କହିଲି ଠିକ୍ ଅଛି ବେଟା, ପଛରେ ଥିଲୁ କିଛି କହୁ ନ ଥିଲି । ଏଥର ସାହସ ପାଇଗଲାରୁ ମୋ ଆଗରେ ଠିଆ ହେଲୁଣି । ଆଉ ତୋ'ର ରକ୍ଷା ନାଇଁ । ଏତିକି କହି ମନ୍ତ୍ର ଜପି, ତିନି ଫୁଙ୍କା ଦେଇ ଯେମିତି ଠେଙ୍ଗା ଉଞ୍ଚେଇଚି, ମାରିଲା ଚମ୍ପଟ ଶାଳା...''। କେହି ଯଦି ସାହସ କରି ପଚାରେ ''ଅଜା କି ମନ୍ତ୍ର ? ମତେ ଶିଖେଇ ଦିଅ ।'' ଅଜା ତୋରାଟେ ପକେଇବେ 'ଯାଃ, ପାଟିରୁ ମା କ୍ଷୀର ଛାଡ଼ିନି, କ'ଣ ନା ମନ୍ତ୍ର ଶିଖିବ ।'

ମୋ ଆଇ ଏଣିକି ମୋ ଅଦଉତିରୁ ରକ୍ଷା ପାଇଥିବାରୁ ମଝିରେ ମଝିରେ ଅଜାଙ୍କୁ ଦି ଖଣ୍ଡ ପାନ ବଢ଼େଇଦିଏ । ବେଳେ ବେଳେ ପଚାରେ, 'ଚା ପାଣି ଟୋପାଏ ହବ କି ସାହୁଏ ? ଚା ପିଇଲେ କାଲେ ଆମ ଗପଶୁଣାରେ ବାଧା ପଡ଼ିବ ସେଥିପାଇଁ ଆମେ ଆଇ ଉପରେ ଚିଡ଼ି ଉଠୁ, 'ସେ ପଛରେ ଚା ପିଇବେ । ତୁ ଗଲୁ ଏଠୁ ।'

ପୁଣି ଅଜା ଆମକୁ ନେଇଯାନ୍ତି ବାଲିକୁଦାର ଡେଙ୍ଗାପୋଲ ପାଖ ନିଛାଟିଆ ନଈବନ୍ଧକୁ ନ ହେଲେ ଗାରେହି ବାଲିପତ୍ତାର କିଆବଣ ଧାରକୁ ।

ଦିନରେ ସ୍କୁଲ ଗଲାବେଳେ ମଠ ପାଖ ମଶାଣି ଆଡ଼େ ନଜର ପଡ଼ିଗଲେ ଆମେ ଶଙ୍କିଯାଉ; ଯଦିଓ ଅଜା କହନ୍ତି ଦିନରେ ଭୂତପ୍ରେତ ମାନେ ଗାଢ଼ ନିଦରେ ଶୁଅନ୍ତି, ତାଙ୍କୁ ଢେଲା ମାରିଲେ ବି ଉଠିବେନି । ଦିନରେ ଦେଖାଦବାକୁ ତାଙ୍କୁ ବାରଣ ଅଛି । ତଥାପି ଆମେ ଭାବୁ ଭୂତଗୁଡ଼ାକ ବିଶ୍ୱାସଯୋଗ୍ୟ ନୁହନ୍ତି । ଯଦି ସେମାନେ ଶୁଅନ୍ତି ତା'ହେଲେ ଦୟା ଅଜା ଆଉ ତାଙ୍କ ପୁଅ ହାଡ଼ିଆ ମାମୁଁ ସେଦିନ ଖରାବେଳେ ଗଦେଇ ଲେଙ୍କା ଦଣ୍ଡାପାଖ ଜମିରେ ପରଦିନ ସକାଳୁ ପୋଖରୀରୁ ପାଣି ମଡ଼େଇବେ

ବୋଲି କଥାବାର୍ତ୍ତା ହେଲାବେଳେ ଭୂତ କେମିତି ସେକଥା ଶୁଣି ରାତିରୁ ଆସି ଅଜାଙ୍କୁ ଡାକି ବିଲ ମଝିକୁ ନେଇଗଲା ! ଅଜା ସକାଳ ପର୍ଯ୍ୟନ୍ତ ତା' ସାଙ୍ଗେ ପାଣି ବୋହିଥିଲେ, ଯଦିଓ ମଝିରେ ସେ ଜାଣିପାରିଥିଲେ ସେ ଭୂତ ସାଙ୍ଗେ ପାଣି ବୋହୁଛନ୍ତି । ସକାଳ ହେଲାରୁ ଭୂତ 'ଗୁଡ଼ିଆପୁଅ ମତେ ଜିତିଗଲା' କହି ପଳେଇଥିଲା ।

ଆମେ ଭାବୁ ଦୟା ଅଜାଙ୍କଠୁ ସାହସୀ ବୀର ଆଉ ପୃଥିବୀରେ କେହି ନ ଥିବେ । ତାଙ୍କର ଚେହେରା ଦେଖିଲେ ସେ ଭୂତ ସଙ୍ଗେ ଲଢ଼େଇ କରିପାରୁଥିବେ ବୋଲି ଆମ ବୟସର ଯେ କୌଣସି ପିଲା ବିଶ୍ୱାସ କରିଯିବ । ତମ୍ବା ରଙ୍ଗର ଛ'ଫୁଟ ଉଚ୍ଚ ଦୀର୍ଘ ବଳିଷ୍ଠ ଦେହ, ବେକରେ କଳାସୂତାରେ ବନ୍ଧା ରୂପାର ତାବିଜ, ସାଙ୍ଗରେ ସବୁବେଳେ ଥିବ ସେଇ ତେଲବୋଲା ଚିକ୍କଣ କଣ୍ଢା ବାଉଁଶ ଠେଙ୍ଗା । ଅଧା ବୟସ ପାରି ହେଇ ସାରିଥିଲେ ବି ଅଜା ଥିଲେ ଖୁବ୍ ମଜଭୁତ, ନିଦା ପଥରରେ ଗଢ଼ା ମଣିଷଟେ । କାମ କଲାବେଳେ ହେଉ କି ଚାଲି ଚାଲି ଯିବାବେଳେ ହେଉ କିଛି ନା କିଛି ଗପସପ କରୁଥିବେ । କେତେ ଆଡ଼ର ଗପ ଯେ ତାଙ୍କ ପାଖରେ !

ଆମେ ଧୀରେ ଧୀରେ ବଡ଼ ହେଉଥିଲୁ । ଶୁଆସାରୀ କଥା, ଏକାଦଶ ରାଜକୁମାର ଓ ଏକାଦଶ ରାଜକୁମାରୀ କଥା, ଅବୋଲକରା କାହାଣୀ ଇତ୍ୟାଦି ପଢ଼ିପାରୁଥିଲୁ । ତଥାପି ଦୟା ଅଜାଙ୍କ ଆସରକୁ ଆସିବା ବନ୍ଦ ହେଉ ନ ଥିଲା । ଦୟାଅଜାଙ୍କ ମୁଣ୍ଡ ଚନ୍ଦା ଆଉ ବାଲତକ ଧଳା ହୋଇ ଆସୁଥିଲା, ଦାନ୍ତ ଗୋଟାକ ପରେ ଗୋଟାଏ ଖସୁଥିଲା । କିନ୍ତୁ ସେ ସନ୍ଧ୍ୟାବେଳେ ଆସନ୍ତି, ଆମ ପିଣ୍ଡାରେ ବସି ଚା' ପାନ ଖାନ୍ତି । କେବେକେବେ ଆମେ ଅଳି କଲେ ଭୂତଗପ କହନ୍ତି ।

ମୁଁ ପାଠ ପଢ଼ିବାକୁ କଟକ ଚାଲିଗଲି । ଛୁଟିରେ ଘରକୁ ଆସିଲେ ଦୟା ଅଜାଙ୍କ ଘରକୁ ଯାଏ । ତାଙ୍କ କୁଡୁକୁଡ଼ିଆ ଜିଲିପିକୁ କିଏ ଭଲା ଭୁଲି ପାରିବ ? ସନ୍ଧ୍ୟାହେଲେ ଦୟା ଅଜା ଖଣ୍ଡିକାଶ ମାରି ମାରି ଆସି ଆମ ଘର ଅଗଣାରେ ପହଞ୍ଚିଯିବେ । ପଚାରିବେ, କ'ଣ ଭୂତଗପ ପସନ୍ଦ ଆସୁନି ପରା । ମୁଁ କହେ 'ନାଇଁ ଅଜା ପସନ୍ଦ ଆସୁଚି ଯେ, ତମେ କିନ୍ତୁ ଗୋଟାଏ ନୂଆ ଭୂତ ଗପ କୁହ । ଅଜା ଗଳା ଝାଡ଼ି ଆରମ୍ଭ କରିବେ, ''ସେ ସନ ଶିରାବଣ ମାସରେ ଯଡ଼ଁ ବର୍ଷା... ଅମାସିଆ ଆଗ ଦିନ ଚତୁର୍ଦ୍ଦଶୀଟା । କୋହଲା ପାଗକୁ ଅନ୍ଧାରରେ ମୁହଁକୁ ମୁହଁ ଦିଶୁ ନ ଥାଏ...।'' ଅଜା ଏମିତି ବନେଇ ଚୁନେଇ ଗପ କହନ୍ତି ଯେ କୌଣସି କଥା ମିଛ ବୋଲି ମନେହୁଏନା ଯଦିଓ ସେତେବେଳକୁ ଆମର ଡର କିଛି କିଛି କଟିଯାଇଥାଏ ।

ମୁଁ କଲେଜରେ ପଢ଼ୁଥିଲା ବେଳେ ଛୁଟିରେ ଘରକୁ ଗଲେ ଦେଖେ,

ସନ୍ଧ୍ୟାବେଳେ ଦୟାଅଜା ଆମ ପିଣ୍ଡାରେ ଆସି ବସନ୍ତି। ବଳ ହଟିବାରୁ ଆଉ ହାଟକୁ ଯିବା ଆସିବା କରିପାରୁ ନ ଥିଲେ। ମୋ ଆଇ ହେରିକାଙ୍କର ସନ୍ଧ୍ୟାବେଳେ କିଛି କାମ ନ ଥିବାରୁ ଦୟାଅଜା ଆଉ ହାଡୁଣୀ ବୋଉ ସାଙ୍ଗେ ବସି ଗପନ୍ତି। ଅଜା ଗପି ଚାଲିଥିବେ, ଅନ୍ୟମାନେ ହୁଁ ମାରୁଥିବେ। ତାଙ୍କ ପିଲାଦିନେ କେଉଁ ଯାତ୍ରାରେ ଖାଇଥିବା କେଉଁ ମିଠା ପରି ମିଠା ଆଉ ଜଗତରେ ନାହିଁ, କଉଁ ବର୍ଷ ଜଗତସିଂହପୁର ମକର ଯାତ୍ରାରେ ତାଙ୍କ ଜିଲିପିର ତାରିଫ କରି କିଏ ଖଡ଼ଖଡ଼ିଆ ଦଶ ଟଙ୍କିଆ ନୋଟ୍ ଖଣ୍ଡେ ପୁରସ୍କାର ଦେଇଥିଲେ, ବନ୍ଦମୁଣ୍ଡା ମେଳଣରେ କେଉଁ ଗାଁର କେଉଁ ପଇନାୟକ ତାଙ୍କ ମିଠା ଖାଇ ଦୋକାନର ସବୁ ମିଠା ନିଲାମ କରିନେବେ କହିଲାରୁ ସେ କେମିତି ସିଧା ମନା କରି କହିଥିଲେ ଯେ ହଜାର ହଜାର ଲୋକଙ୍କୁ ହତାଶ କରି ସବୁ ମିଠା ତାଙ୍କୁ ଦେଇପାରିବେନି– ଏଇମିତି ଅନେକ ଅନୁଭୂତିର କଥା ସେ କହନ୍ତି। ମୋ ମାଇଁମାନେ ବେଲେବେଲେ ତାଙ୍କ କଥାକୁ ଅବିଶ୍ୱାସ କଲେ ବି ଦୟାଅଜାଙ୍କ ଜିଲିପି ଆଉ ଖାସ୍ତାଗଜା ଯେ ସର୍ବୋତ୍କୃଷ୍ଟ ସେଥିରେ ସମସ୍ତେ ଏକମତ ହୁଅନ୍ତି।

ମୋ ବାହାଘର ପରେ ଥରେ ମାମୁଁଘର ଗାଁକୁ ଯାଇଥିଲି। ଆଇକୁ କହିଥିଲି 'ଦୟାଅଜାଙ୍କ ଜିଲିପି ଦି' କିଲୋ ଶାଶୁଙ୍କ ପାଇଁ ନେବି।' ଆଇ କହିଥିଲା ବୁଢ଼ା ତ ଏବେ ଆଉ କାମକୁ ପାରୁନାହାନ୍ତି। କେବେଠୁ ଚୂଲୀ ଛାଡ଼ିଲେଣି। ସେଇ ହାଡୁଣୀ ବୋଉ ଆଉ ତାଙ୍କ ପୁଅ ଯାହା ଠୁକ୍‌ଠାକ୍ କରୁଛନ୍ତି। ଆଜିକାଲି ଜିଲିପି ମିଠେଇକୁ ଏଠି ଆଉ କିଏ ବା ପଚାରୁଛନ୍ତି ଯେ ତାଙ୍କ ଧନ୍ଦା ଚଳିବ। ତଥାପି ହାଡୁଣୀ ବୋଉକୁ କହିବି।

ସନ୍ଧ୍ୟାବେଳେ ଦୟାଅଜାଙ୍କ ଘରେ ମୋ ପାଇଁ ଜିଲିପି ଖାସ୍ତାଗଜା ତିଆରି ଚାଲିଥାଏ। ହାଡ଼ିଆ ମାମୁଁ ଜିଲିପି ଛାଣୁଥାନ୍ତି, ଆଉ ହାଡୁଣୀ ବୋଉ ଯତ୍ନରେ ଅଳ୍ପ ସିରା ଦେଇ ତାକୁ ଥାଳିରେ ସଜେଇ ରଖୁଥାନ୍ତି। ଦୟାଅଜା ମୋ ପାଖରେ ବସି ମୋ ଶାଶୁଘର ଭଲମନ୍ଦ ପଚାରୁଥାନ୍ତି। ମଝିରେ ଦୟାଅଜା କହିଲେ, 'ହେ ହାଡୁଣୀ ବୋଉ, ମତେ ତଲବ ଦେଲାଣି। ତୁ ଟିକେ ସାଙ୍ଗରେ ଚାଲ। ବୋହୂ ଜିଲିପି କରୁଥାଉ।'

ମୁଁ କହିଲି, ''ଅଜା ତମେ ଏତେ ଛେରୁଆ। ତମେ ପରା ସବୁ ଭୂତପ୍ରେତଙ୍କୁ ସାଧିଚ। ତମର ଡର କ'ଣ? ତମେ ଏକା ଯାଉନ?''

: ନାଇଁ ଯେ.... କଥା କ'ଣ କି? ଆଖିକୁ ଭଲ ଦିଶୁନି ତ....।

ହାଡୁଣୀ ବୋଉ କିନ୍ତୁ ଅଜାଙ୍କ ଗୁମର ଖୋଲିଦେଲେ। 'ସତକଥା କହିବାକୁ ସରମ ମାଡୁଚି ପରା। ଆଲୋ ଝିଅ, ଯାଙ୍କ କଥା କହନା। ପିଲାଦିନେ ଶୁଣିଚୁ ତ କି

ପୌରୁଷିଆ କଥା ? ଆଜିକାଲି ବେଲବୁଡ଼ିଲେ ପଦାକୁ ବାହାରିବାକୁ ଡର । ଏମିତି ଡରକୁଲା ମଣିଷ ।''

ମୁଁ କହିଲି, ''କ'ଣ ଅଜା, ଏକଥା ସତ ?''

ଦୟାଅଜା ନିଜ ଦୁର୍ବଳତା ଲୁଚାଇବାକୁ ଯାଇ କହିଲେ, ''ସେ ବୁଢ଼ୀଟା କ'ଣ ଜାଣିଚି ? ଥରେ ରାତି ଅଧରେ ବଣିଆମରା ଦଣ୍ଡ ଦେଇ ଯାଇଥିଲେ ମଜା ବୁଝିଥାନ୍ତା । ବଅସ ଥିଲାବେଳେ, ସେପାରି ନୂଆହାଟରୁ ଆରମ୍ଭ କରି ଦେବୀ ଦେଉଳ କି ଓସକଣାରୁ ଅନ୍ଧାର ରାତିରେ ଫେରିବାବେଳେ ତା ଧରମ ଭାଇମାନେ ମୋ ସାଙ୍ଗେ ଥିଲେ କି ? ପଚାର ତାକୁ । ଅସଲ କଥା କ'ଣ ଜାଣିଚୁ ମା, ମୋ ଦାନ୍ତ ସବୁ ପଡ଼ି ପାଟି ପାକୁଆ ହେଲାଣି । ମୋ ଫୁଙ୍କାରେ ଆଉ ଜୋର୍ ନାହିଁ । ଶଳେ ଜାଣିଛନ୍ତି ମୋ ଅଣ୍ଟାରୁ ବଲ ହଟିଲାଣି । ମଉକା ଦେଖି ଯଦି ବେକମୁଣ୍ଡାକୁ ମାଡ଼ି ବସନ୍ତି, ପଡ଼ିଆ ମଝିରୁ ଘରକୁ ଫେରିବି ତ ?

ମୁଁ ମୁଣ୍ଡ ହଲେଇ କହିଲି, ''ହଁ, ସତକଥା ।''

ଅଜା ଖୁସି ହେଲେ । ବୁଢ଼ୀ ତାଙ୍କ ବୀରତ୍ୱକୁ ହେୟ ମନେ କରୁ ପଛେ କେହି ଜଣେ ହେଲେ ସମର୍ଥନ କରୁଚି ତ ! କିନ୍ତୁ ଅଜା ଯେ ଭୂତକୁ ନୁହେଁ ନିଜ ବାର୍ଦ୍ଧକ୍ୟକୁ, ନିଜର ଦୁର୍ବଳ ଦୃଷ୍ଟିଶକ୍ତି ଓ ଆଖି ଆଗରେ ଅଧିକ ସ୍ପଷ୍ଟ ହେଉଥିବା ମୃତ୍ୟୁକୁ ଭୟ କରୁଥିଲେ ଏତକ ଜାଣିବାର ବୟସ ମୋର ହୋଇ ସାରିଥିଲା । ମୋ ଶୈଶବର ସେ ଅଜେୟ ବୀରପୁରୁଷ, ଭୂତପ୍ରେତ ଜୟୀ ସାହସୀ ମଣିଷର ଏ ଅବସ୍ଥା ଦେଖି ମତେ କଷ୍ଟ ଲାଗିଥିଲା ।

× × ×

ପ୍ରାୟ ଚାରିମାସ ତଳେ ଗାଁରୁ ସୁକାନ୍ତ ଆସିଥିଲା । ଦୟା ଅଜାଙ୍କ କଥା ପଚାରିବାରୁ କହିଥିଲା, 'ବୁଢ଼ା ବିଛଣା ଧରିଲେଣି । ସେଇ ବିଛଣାରେ ଝାଡ଼ା ପରିସ୍ରା ହୋଇଯାଉଚି । ରାତିରେ ଏକା ଶୋଇବାକୁ ଡରୁଛନ୍ତି । ବୁଢ଼ୀ ମରିବା ଦିନୁ ବୁଢ଼ାର ସେବା ଯତ୍ନ ହୋଇପାରୁ ନ ଥିଲା । ବିଛଣାରେ ପଡ଼ିବା ଦିନୁ ଖିଆପିଆ ପ୍ରାୟ ବନ୍ଦ । ରାତିରେ ବଡ଼ନାତିକୁ ପାଖରେ ଶୋଇବାକୁ ବିକଳ ହେଇ ନେହୁରା ହଉଛନ୍ତି । ନାତି କିନ୍ତୁ ଡରୁଚି । କହୁଚି 'ବୁଢ଼ା ପାଖକୁ ଯମଗଣ ଚାଲିଲେଣି । ସେଠି କିଏ ଶୋଇବ ?'

ଝିଅ ମୋ ପାଖରେ ବସିପଡ଼ି ପଚାରିଲା, ''ମା, ଚିଠିରେ କ'ଣ ଖବର ଅଛି କି ? ଅନ୍ୟଦିନ ହୋଇଥିଲେ ତାର ହିନ୍ଦିମିଶା ଓଡ଼ିଆ ଶୁଣି ମୁଁ ହସି ପକେଇଥାନ୍ତି ।

ଆଜି କ'ଣ ଜବାବ ଦେବି ତାକୁ? କେବଳ ଆଉ ଥରେ ଚିଠିଟି ପଢ଼ି ନେଇ, ତା କୋଣରୁ ଟିକେ ଚିରିଦେଲି। ମୋ ମାମୁଁପୁଅ ଭାଇ ହରୁ ଲେଖିଥିଲା, ''ଗୁଡ଼ିଆ ଘର ଦୟାଅଜା ଗତକାଲି ଇଂରାଜୀ ୨୭.୪.୯୯ ରାତି ଏଗାରଟା ବେଳେ ମରିଗଲେ। ତତେ ଜଣାଇବା ପାଇଁ ଏ ଚିଠି।''

ଗାଧୁଆ ଘରେ ସାଉ୍ବାର ତଳେ ଛିଡ଼ା ହେଇଥିଲି। ମୁଣ୍ଡ ଉପରେ ପାଣିଧାର ପଡ଼ୁଥିଲା। ତଥାପି ମୁଁ ମଗ୍‌ରେ ପାଣିନେଇ ମୁଣ୍ଡରେ ଢାଳିବାକୁ ଲାଗିଲି। ସେଦିନ ଭୂତଗପ ଆସରରେ ଅଜା ଆମକୁ କହୁଥିଲେ, 'ମୁଁ ମଲେ ଯେଉଁଠି ଥିଲେ ବି ସମସ୍ତେ ମୋ ପାଇଁ ମୁଣ୍ଡ ଧୋଇ ଗାଧେଇବ। ନ ହେଲେ ଭୂତ ହେଇ ମଲା ପରେ ବି ତୁମକୁ ଡରେଇବି।' ଆମେ ଏକ ସ୍ବରରେ ସମସ୍ତେ କହିଥିଲୁ, 'ହଁ ଅଜା।'

ପାଣି ତଳେ ଠିଆ ହେଇ ମୁଁ ଭାବୁଥିଲି, 'ସତରେ ଭୂତ ହେଇ ଅଜା ଆସନ୍ତେ କି?'

ଲେଉଟାଣି

ଏଇ ପନ୍ଦର ବର୍ଷ ଭିତରେ ମୁଁ ଗାଁକୁ ମାତ୍ର ଦଶ, ବାରଥର ଯାଇଛି । ସେ ଗସ୍ତ ସବୁ ସଂକ୍ଷିପ୍ତ । ସକାଳେ ଟ୍ୟାକ୍ସିଟେ ନେଇ ନିଜ ଗାଁ, ମାମୁଘର ଗାଁ, ମାଉସୀ ଘର, ସବୁଟି ମୁହଁ ଦେଖେଇ ସନ୍ଧ୍ୟା ପୂର୍ବରୁ ଗାଁ ଛାଡ଼ିବାକୁ ପଡ଼ିଥାଏ । କାରଣ, ଆମ ଗାଁକୁ ପକ୍କା ରାସ୍ତା ନାହିଁ । ଲାଇଟ୍ ଥିବା ନ ଥିବା କଥା ଅନୁମାନ କରାଯାଇପାରେ । ତେଣୁ ବେଶୀ ସମୟ ମୋର ଗାଡ଼ି ଭିତରେ କଟିଥାଏ, ଗାଁରେ କମ୍ ସମୟ । ରଜ, ଦଶହରା, କାର୍ତ୍ତିକ ପୂର୍ଣ୍ଣିମା କି ମକରସଂକ୍ରାନ୍ତି ଆସିଲେ ମୁଁ ଗାଁକୁ, ମୋ ପିଲାଦିନକୁ, ସେଇ ଦିନମାନଙ୍କରେ ସାଙ୍ଗ ସାଥୀ ମେଳରେ ସାଉଁଟିଥିବା ଖୁସିମାନଙ୍କୁ ଝୁରିହୁଏ । ପର୍ବମାନେ ଆସି ପୁଣି ଫେରିଯା'ନ୍ତି । ମୋ ଭିତରର ସେଇ ସାନ ବୁଲିବାୟାଣୀ ଝିଅଟା ମନମାରି କୁଆଡ଼େ ହଜିଯାଏ ।

ଏଥର କାର୍ତ୍ତିକ ପୂର୍ଣ୍ଣିମାକୁ ଗାଁକୁ ଯିବାକୁ ଯେମିତି ଗୋଟାଏ ମଉକା ମିଳିଲା, ମୋ ମନ ଭାରି ଖୁସି ହେଇଗଲା । ଅଫିସ୍ ଦି' ଦିନ ଛୁଟି ଅଛି । ଆଉ ଦି' ଦିନ ଛୁଟି ନେଇଗଲେ ଗାଁରେ ପୂରା ଚାରିଦିନ ରହିପାରିବି । ମୋ ମାମୁ ଅଷ୍ଟପ୍ରହରୀ କରିବେ ବାସୁଦେବଙ୍କ ପାଖରେ । ଆମକୁ ଯିବାକୁ ନିମନ୍ତ୍ରଣ ଆସିଥିଲା । ସିଦ୍ଧାର୍ଥ ତ ଯାଇ ପାରିବେନି । ଝିଅ କଟକର ବାଲିଯାତ୍ରା ଛାଡ଼ି ଗାଁକୁ ଯିବାକୁ ରାଜି ନୁହେଁ । ମୁଁ ଏକା ଯିବି । ଶାଶୂ, ଶ୍ୱଶୁର ଏଇଠି ଆମ ପାଖରେ ଅଛନ୍ତି । ଏ ସୁଯୋଗ ହାତଛଡ଼ା କରିବା କଥା ନୁହେଁ । ମୁଁ ସାଙ୍ଗେ ସାଙ୍ଗେ ସ୍ଥିର କରିନେଲି, ପୂର୍ଣ୍ଣିମା ଆଗଦିନ ବସରେ ଯାଇ ନଉଗାଁରେ ପହଞ୍ଚିବି । ମାମୁପୁଅ ଭାଇ ସନ୍ତୁ ବସଷ୍ଟାଣ୍ଡରୁ ମତେ ନେଇଯିବ । ପୂର୍ଣ୍ଣିମା ଦିନ ଅଷ୍ଟପ୍ରହରୀ ସରିଲେ ଛାଡ଼ଖାଇ ଦିନ ଆମ ବିଲ ପୋଖରୀରୁ ମାଛ ଧରା ହବ । ତା' ପରଦିନ ସକାଳୁ ମାଉସୀ ଘରକୁ ଯାଇ ସେଠୁ କଟକ ଫେରିବି । 'ବାଛ କି

ମଜା !' ମୁଁ କେମିତି କଟେଇବି ସମୟଗୁଡ଼ାକ, ମନେ ମନେ ତା'ର ଗୋଟାଏ ଚିଠା ପ୍ରସ୍ତୁତ କରିନେଲି ।

ମୋର ପିଲାଦିନ ମାମୁଘରେ କଟିଚି । ମାମୁଘର ଗାଁ ହିଁ ମୋର ନିଜର । ସେ ଗାଁର ପାଣି ପବନ, ସୁପି ନୂଆଉ ପୋଖରୀ ତୁଠ, ଶାସନ ଡିହ, ସାମଲଘର ବରକୋଳି ଗଛ, ହାଉଡ଼ଣୀବୋଉର ଗୁଡ଼ିଆ ଟୋକେଇ, ସାଧୁ ଗୋସେଇଁଙ୍କ ଗାଦି, ବାଲିଆସରା ଛଦା, ରଜ ପଡ଼ିଆ ବରଗଛ, ବାଉଁଶଯୋରି ନଇ- ସମସ୍ତ ମୋର । ମୋ ବାପାଙ୍କ ଗାଁର କୌଣସି ଜିନିଷ ମତେ ଆପଣାର ଲାଗନ୍ତି ନାହିଁ । ସେଠି ବି ଦେବୀ ନଇ ଅଛି, ତା' କୂଳରେ ଡଙ୍ଗା ଲାଗିଚି, ତା' ବରଗଛ ତଳେ ବସିଲେ ଥଣ୍ଡା ପବନ ଦେହ ଆଉଁଶି ଦିଏ, ହେଲେ ମତେ ସେଠି ସମସ୍ତେ କୁଣିଆ ଭାବନ୍ତି । ସେଠିକା ଗଛ, ପୋଖରୀ, ନଇ, ଚଢ଼େଇମାନେ କେହି ମତେ ଚିହ୍ନନ୍ତି ନାହିଁ । ସେ ଗାଁର ମଣିଷମାନଙ୍କ ପରି ଦେବୀ ନଇର ମାଛମାନେ ବୋଧେ ମୋ ଜେଜେମା'କୁ ପଚାରନ୍ତି, ''ସିଏ କିଏ କି ?'' ଜେଜେମା' ବି ଉଉର ଦେଉଥିବ, ''ସେ ପରା ମୋ ଭୋଲିର ବଡ଼ ଝିଅ ।''

କାର୍ତିକ ପୂର୍ଣ୍ଣିମା ଆଗଦିନ ଗାଁରେ ପହଞ୍ଚିବା ବେଳକୁ ଦିନ ଗୋଟାଏ । ଭୋକରେ ପେଟ ଭିତର ଘାଣ୍ଟି ହେଇଗଲାଣି । ଘରେ ଅଷ୍ଟପ୍ରହରୀର ଆୟୋଜନ ପାଇଁ ବନ୍ଧୁବାନ୍ଧବଙ୍କ ଭିଡ଼ । ପ୍ରାୟ କୋଡ଼ିଏ ବର୍ଷ ତଳେ ମୋ ଅଜା ମଲା ବେଳକୁ ଏମାନଙ୍କୁ ଏକାଠି ଦେଖିଥିଲି । ସେମାନଙ୍କ ଭିତରୁ କେତେଜଣ ଚାଲିଗଲେଣି ୟା ଭିତରେ । ମୋ ବାହାଘର କଟକରେ ହେଇଥିଲା । ତେଣୁ ସମସ୍ତେ ଯାଇପାରି ନ ଥିଲେ । ମୋ ଅଜାଙ୍କର ନିଜର ତିନି ଝିଅ ଥିଲେ ବି ତାଙ୍କ ଧର୍ମଝିଅଙ୍କ ସଂଖ୍ୟା ପନ୍ଦରରୁ ଅଧିକ । ତା'ଛଡ଼ା ଅନ୍ୟ ପ୍ରୀତିବାନ୍ଧବଙ୍କ ସଂଖ୍ୟା ଶହେରୁ କମ୍ ହବନି । ତା' ସାଙ୍ଗକୁ ମାମୁମାନଙ୍କର କିଛି ନୂଆବନ୍ଧୁ ଯୋଡ଼ା ହେଇଛନ୍ତି ।

ସମସ୍ତଙ୍କ ସାଙ୍ଗେ ପଦେ ଅଧେ କଥାବାର୍ତ୍ତା କରି ସାରିଲା ବେଳକୁ ସନ୍ଧ୍ୟା । ବୋଉକୁ କହିଲି, ''ଭୋର ସକାଳୁ ମତେ ଡାକିଦେଲେ ମଠ ପୋଖରୀ ଆଡ଼େ ଯିବି ।'' ହେଲେ ସଅଳ ଶୋଇପାରିଲିନି । ମୋ ମାମୁଁଝିଅ ଭଉଣୀମାନେ- ଝୁନା, ମିନି, କଲ୍ପ, ଟୁନି, ନିରୁ, ଶାଶୁଘରୁ ଆସିଥିଲେ । ଆମେ ସମସ୍ତେ ବାପଘରେ ଲଗାମ ଛଡ଼ା ହେଇ ଗପିଲୁ, ହସି ହସି ଗଡ଼ିଲୁ । ଅଷ୍ଟପ୍ରହରୀରେ ଆମ ମନ ନଥିଲା । ବୟସ କଥା ଭୁଲିଗଲୁ । ରାତି ଦି'ଟା ବେଳକୁ ବୋଉ ଡାକ ପକେଇ କହିଲା, ''ଶୋଇପଡ଼, ସାରା ରାତି ଟେଙ୍ଗଲେ ସକାଳୁ ମୁଣ୍ଡ ବିନ୍ଧିବ । ହଇରାଣ ହବୁ ।'' ସତରେ ! ଚାରି ପାଞ୍ଚ ରାତି ଅନିଦ୍ରା ରହି ରାଢ଼ଙ୍ଗ ଅପେରା ଦେଖିବାପରେ ପୁଣି ଦିନସାରା ମକର ପଡ଼ିଆରେ

ବୁଲିବାର ବୟସ ମୋର ଆଉ ନାହିଁ ! ଝୁନା କିନ୍ତୁ ଗରଗର ହେଇ ମୋ ବୋଉ ଉଦ୍ଦେଶ୍ୟରେ କହିଲା, ''ଇଏ ଆସି ଷଣ୍ଢ ପୁରେଇଲା ସଭାରେ । ଦେଇ ମୁଣ୍ଡ ନୁହଁ, ଏଇ ମାଙ୍କଡ଼ୀ ସୁନାଅିପାର ମୁଣ୍ଡ ବେଶୀ ବିନ୍ଧୁଥିବ ।'' ଆଉ ଆସର ଜମିଲାନି । ଆମେ ଶୋଇବାର ଆୟୋଜନ କଲୁ ।

ବୋଉ ଡାକିବା ଆଗରୁ ମୋ ନିଦ ଭାଙ୍ଗିସାରିଥିଲା । ନିଦ ଆଉ ହେଲା କେଉଁଠି ଯେ । ସାରାରାତି ଝାଞ୍ଜ, ମୃଦଙ୍ଗ, କାର୍ଡନ ଶବ୍ଦରେ ଶୋଇ ହେଲାନି ।

ଝୁନାକୁ ଡାକି ସେମିତି ଅଧୁଆ ମୁହଁରେ ବାହାରିଲି ମଠ ଆଡ଼େ । ଝୁନା ପଚାରିଲା, ''ସେଇଠି ଆମେ ଗାଧୋଇବା କି ?'' ମୁଁ ମନାକଲି । ଖୋଲାରେ ଗାଧୋଇ ଲୁଗା ପାଲଟି ପାରିବିନି । ତା'ଛଡ଼ା ବାହାରୁ ଆସିଚି ବୋଲି ସବୁ ସ୍ତ୍ରୀଲୋକ, ପିଲା ମୋରି ଆଡ଼େ ଅନେଇବେ । ବରଂ ବାଡ଼ିପଟ ପୋଖରୀରେ ଗାଧେଇଲେ ଚଳିବ ।

ମଠ ପୋଖରୀରେ ପାଣି ଭର୍ତ୍ତି ଥିଲା ।

''ଯା'ହଉ, ମଠ ପୋଖରୀ ସେମିତି ଅଛି । ନ ହେଲେ କାଲିଠୁ ଯେତେ ପୋଖରୀ ଦେଖିଲିଣି କେଉଁଠି ଏତେ ସୁନ୍ଦର ପରିଷ୍କାର ପାଣି ଆଉ ନାହିଁ । ହେଲେ କଇଁଫୁଲ ସବୁ କୁଆଡ଼େ ଗଲା ?'' ମୁଁ ବଡ଼ ପାଟିରେ ପଚାରିଲି ।

''ନା'ଲୋ ଝିଅ, ଗଲାସନ ତ ଏଇଠି ଟୁବ ଖୋଲି କାର୍ତ୍ତିକ ମାସ ସାରା ଗାଧେଇଲୁ । ପୋଖରୀ ଫାଟି ଆଁ କରିଥିଲା । ଏଇ ଖରାଦିନେ କ'ଣ ଟଙ୍କା ଆସିଥିଲା ସରକାରରୁ, କେମିତି ମହାଦେବ ଏମାନଙ୍କ କଣ୍ଠରେ ବିଜେ ହେଲେ କି କ'ଣ ଗାଁ ସାରା ସମସ୍ତେ ଏକାଟି ହେଇ ପୋଖରୀଟା ଖୋଲେଇ ଦେଲେ । ନ ହେଲେ ଯେଉଁ ହୀନସ୍ତା କହନା ସେ କଥା ।'' ବୁଲିପଡ଼ି ଦେଖିଲି ତିଆଡ଼ି ଘର ଜେଠେଇ । ମୋ ବୋଉ ତାଙ୍କୁ ଜେଠେଇ ଡାକେ, ମୁଁ ବି । ତାଙ୍କର ବେଳ ନ ଥିଲା ମତେ ଚିହ୍ନିବାକୁ କି ମୋ'ଠୁ ପ୍ରଣାମ ପାଇବାକୁ । ଭାଲଧରି ତରତର ହେଇ ସେ ତୁଠ ପାହାଚ ତଳକୁ ଖସିଗଲେ ।

ମହାଦେବଙ୍କ ମଠରେ ଦି'ଟା ପୋଖରୀ । ମଝିରେ ସରୁ ବନ୍ଧ, ବନ୍ଧ ଶେଷରେ ଆମ ଗାଁ ପ୍ରାଇମେରୀ ସ୍କୁଲ । ମନେ ମନେ ବହି ବସ୍ତାନି ଧରି ମୁଁ ସ୍କୁଲ୍ ହତା ଭିତରକୁ ପଶିଗଲି । ଗେଣ୍ଠଫୁଲଗୁଡ଼ାକ ପବନରେ ଦୋଲି ଖେଳୁଥାନ୍ତି । ନଇଁପଡ଼ି ହାତ ବଢ଼େଇବା କ୍ଷଣି କାହାର ଗମ୍ଭୀର ସ୍ୱର ଆକଟ କଲା, ''କିଏ ଫୁଲରେ ହାତ ଦେଲା ?'' ଇଲୋ ବାପା ଲୋ, କୃତ୍ତିବାସ ସାର ତ !

ନା, ଯେଉଁ ଶବ୍ଦରେ ମୁଁ ପଛକୁ ଫେରିଲି ସେ ଥିଲା ଗୋଟିଏ ଝିଅର ମଝି

ପୋଖରୀରେ ଗୋଡ଼ହାତ ବାଡ଼େଇ ପହଁରିବାର ଶବ୍ଦ । ଝିଅଟିଏ ପାଣି କାଟି କାଟି ମାଛ ଭଳି ପହଁରି ଯାଉଥିଲା । ମୁଁ ତାକୁ ମନେମନେ ଈର୍ଷା କଲି । ମୁଁ ବି ଦିନେ ରାତିରୁ ଆସି ଏମିତି ପୋଖରୀ ମଝିକୁ ପହଁରି ଯାଉଥିଲି କଇଁଫୁଲ ତୋଳିବା ପାଇଁ । ପ୍ରତିଯୋଗୀଙ୍କ ସଂଖ୍ୟା ଏତେ ଅଧିକ ଥିଲା ଯେ ଗୋଟିଏ ଦୁଇଟି ଫୁଲ ହାତରେ ପଡ଼ିଲେ ଯଥେଷ୍ଟ । ବେଲେବେଲେ କିଛି ଫୁଲ ନ ପାଇ ରାଗରେ କଢ଼ ଦି' ଚାରିଟା ଛିଣ୍ଡେଇ ଆଣ୍ଡୁ । ସେଥିପାଇଁ ବଡ଼ଝିଅମାନେ ଆମକୁ ଗାଳି ଦିଅନ୍ତି । ଆଜି ଯଦି ଚାହିଁବି ପହଁରିବାକୁ ସତରେ କ'ଣ ମୋ ହାତ ଗୋଡ଼ ଆଉ ସହଯୋଗ କରିବେ ?

ମୁଁ ତନ୍ମୟ ହେଇ ତାକୁ ଚାହିଁଥିଲି । ଠାରେ ଝୁନାକୁ ପଚାରିଲି, ''ସେ କିଏ କିରେ ?'' ଝୁନା ବି ତା' ବାହାଘର ପରେ ଗାଁକୁ ବେଶୀ ଆସିନି । ଯେବେ ବି, ଦି'ଚାରି ଦିନ ପାଇଁ ଆସେ ଘର ଛାଡ଼ି କୁଆଡ଼େ ଯାଏନା । ସେ ଚିହ୍ନେନା । ମୁଣ୍ଡ ହଲେଇ ମନାକଲା ।'

ଝିଅମାନେ ଗାଧୋଇ ସାରିଲେ ଘରୁ ଭୋଗ ଆଣି ପୁଣି ପାର୍ବତୀଙ୍କ ମନ୍ଦିର ସାମନା ବୃନ୍ଦାବତୀ ଚଉରା ମୂଳକୁ ଆସିବେ । ସେ ଝିଅଟି ଅନିଚ୍ଛା ସତ୍ତ୍ୱେ ଏଥର କୂଳକୁ ଫେରୁଥିଲା । ତୁଠ ପାଖକୁ ସେ ଆସିବା କ୍ଷଣି ମୋ ପାଟିରୁ ବାହାରି ପଡ଼ିଲା 'ଉମାଅପା ।' ମୁଁ ଆଶ୍ଚର୍ଯ୍ୟ ହେଇ ତାକୁ ଦେଖୁଥିଲି । ମୋ ଛାତି ଭିତର ଥରୁଥିଲା । ଝୁନା ବି କହି ପକେଇଲା 'ସତରେ ଉମାଅପା ତ !'

''ସେ ଉମା ନୁହଁ, ରୀନା ତା' ନାଁ । ଉମାର ଦାଦିପୁଅ ଭାଇ ରାଜୁର ଝିଅ । ଗୋଟାପଣେ ତା'ରି ଚେହେରା ଆଣିଛି ସେ । ଯିଏ ଦେଖୁଚି ଉମା ବୋଲି ଭାବୁଚି ।'' ବେହେରା ଘର ରତନି ମାଈଁ କହିଲେ ।

ଝିଅଟି ବୋଧେ ସେକଥା ଜାଣେ । ସେ ତଳକୁ ମୁହଁ ପୋତି ହସୁଥିଲା । ମୁଁ କିନ୍ତୁ ତାକୁ ତଳୁ ଉପର ଯାଏ ଟିକିନିଖି କରି ଦେଖୁଥିଲି । ସେଇ ଚିକ୍କଣ କଳା ରଙ୍ଗର ପତଲା, ଟାଣୁଆ ଲମ୍ବ ଦେହ । ମୁଣ୍ଡ ପଛପାଖେ ଠିକ୍ ସେମିତି ମାଣପରି ବଡ଼ ଖୋସା । ମୋଟା ଭ୍ରୂଲତା ତଳେ ବଡ଼ ବଡ଼ ଦି'ଟା ଦୁଷ୍ଟ ହରିଣୀର ଆଖି, ସେଇ ବେପରୁଆ ଭାବ– ସବୁ ସେମିତି ଏକାଟି କ'ଣ ଆଉ ଜଣକ ପାଖରେ ସମ୍ଭବ ? ଉମାଅପା ଏମିତି ପୋଖରୀ ଛାତି କାଟି ପହଁରି ଯାଉଥିଲା ମାଛରାଣୀ ପରି । ଆଜିକୁ ଅଠେଇଶ ବର୍ଷ ତଳେ ଉମାଅପାକୁ ଶେଷଥର ଦେଖିଥିଲି ଏଇ ବୟସରେ, ଏଇ ରୂପରେ । ଝିଅଟି ପିନ୍ଧିଛି ସାଲୱାର ପଞ୍ଜାବୀ, ଉମାଅପା ପିନ୍ଧୁଥିଲା ଶାଢ଼ୀ ।

ଉମାଅପା ଆମ ଗାଁର ନାହାକ ଘର ଦୀନାମାମୁଙ୍କ ସାନଝିଅ । ଦୀନାମାମୁ ଆଉ

ଯୋଗୀମାମୁ ଦି ଭାଇ । ବଡ଼ ଭାଇ ଦୀନାମାମୁଙ୍କର ଚାରିପୁଅ । ଦି ଝିଅ ଭିତରୁ ବଡ଼ ଝିଅ ପ୍ରମିଳା ଅପା ଭାରି ସୁନ୍ଦରୀ । ତାଙ୍କ ତଳକୁ ଚାରିଭାଇ ଓ ସବୁଠୁ ସାନ ଉମାଅପା । ଯୋଗୀମାମୁଙ୍କର ତିନିପୁଅ । ତାଙ୍କର ଝିଅ ନଥିଲା । ଉମାଅପା ବହୁତ ଡେରିରେ ଜନ୍ମ ହେଇଥିବାରୁ ପ୍ରମିଳା ଅପା ଅନେକ ଦିନ ପର୍ଯ୍ୟନ୍ତ ଘରର ଏକମାତ୍ର ଗେହ୍ଲାଝିଅ ହେଇ ରହିଲେ; ଆଦୌ ପାଠ ପଢ଼ିଲେନି । ବର୍ଷବୋଧଟା ବି ତାଙ୍କର ଆୟତ୍ତ ହେଇ ପାରିଲାନି । ଉମାଅପା କିନ୍ତୁ ପାଠରେ ଖୁବ୍‌ ଭଲ । ହେଲେ କ'ଣ ହବ, ଆମ ଗାଁରେ ସେତେବେଳେ ହାଇସ୍କୁଲ ନ ଥିବାରୁ ସପ୍ତମ ପାସ୍‌ କରି ସେ ଘରେ ରହିଲା । ତଥାପି ସେ ଅନ୍ୟ ପିଲାଙ୍କଠୁ ହାଇସ୍କୁଲ ବହି ମାଗି ଆଣି ଘରେ ପଢ଼େ । ପ୍ରମିଳା ଅପା ଆଉ ମୋ ମାଉସୀ, ଦୁହେଁ ଖୁବ୍‌ ଭଲ ସାଙ୍ଗ । ଦୀନାମାମୁଙ୍କ ସ୍ତ୍ରୀ ରମିମାଆଁ ଦୂର ସଂପର୍କରେ ମୋ ଆଈର ଝିଆରୀ ହେବେ । ତେଣୁ ପିଲାଦିନେ ମାଉସୀ ସାଙ୍ଗେ ପ୍ରାୟ ପ୍ରତିଦିନ ମୁଁ ତାଙ୍କ ଘରକୁ ଯାଏ ।

ଉମାଅପା ଆମ ଗାଁର ଝିଅମାନଙ୍କର ନେତ୍ରୀ । ଗାଁର କେଉଁ ଝିଅର ବାହାଘର ଠିକ୍‌ ହେଇଗଲେ ତାକୁ କାନ୍ଦଣା ଶିଖେଇବାଠୁ ଆରମ୍ଭ କରି ତା' ଟ୍ରଙ୍କରେ ନବା ପାଇଁ ଟେବୁଲ କ୍ଲଥ୍ କନା ଉପରେ 'ୱେଲ୍‌ କମ୍‌', 'ଗୁଡ୍‌ ମର୍ଣିଂ', 'ହାପି ହୋମ୍‌' ଇତ୍ୟାଦି ବୁଣା, ମାଲିର ବ୍ୟାଗ୍‌, ଉଲ୍‌ର ଠେକୁଆ, ଇଞ୍ଜେକ୍‌ସନ ଶିଶିର ତାଜମହଲ, କାଞ୍ଚ ବିଞ୍ଛଣା, ନାଲିଧଡ଼ିର ପାପୋଛ ଇତ୍ୟାଦି ସବୁ ଉମାଅପାର ଦାୟିତ୍ୱ । କେବଳ ତା' ବରାଦ ମୁତାବକ ଜିନିଷ ଯୋଗେଇ ଦେଲେ ହେଲା । ଯାହାର କ୍ଷମତା ନ ଥିବ, ଅଥଚ ଉମାଅପାର ଶରଣ ପଶିବ ତା'ହେଲେ ଉମାଅପା ତା' ବୋଉ ଟ୍ରଙ୍କ୍‌ରୁ ପଇସା ଚୋରେଇ ନ ହେଲେ ଘରୁ ବିରି ଲୁଚେଇ ନେଇ ଗୁଡ଼ିଆ ଘର ହାଡ଼ୁଣୀବୋଉକୁ ବିକି ଜିନିଷଟକ ଯୋଗାଡ଼ କରିନବ । ବେଲେବେଲେ ଘରେ ତା' ଉପରେ ସେଇଥିପାଇଁ ଗାଲିମାଡ଼ ହୁଏ । ତା'ର କିନ୍ତୁ ଖାତିର ନାହିଁ । କଥାକଥାକେ କହିବ, ''କିଛି ପରବାୟ ନାଇଁ, ଯୋ ହୋଗା ଦେଖା ଯାଏଗା ।'' ସମସ୍ତେ ତାକୁ କହନ୍ତି ଉଗ୍ରଚଣ୍ଡୀ ।

ଇନ୍ଦୁପୂର୍ଣ୍ଣିମା, କୁମାରପୂର୍ଣ୍ଣିମା ବେଲର ରାତିମାନଙ୍କରେ ଗାଁଦାଣ୍ଡର ସାମ୍ରାଜ୍ଞୀ ଉମାଅପା । ଜହ୍ନ ଉଇଁଲା କ୍ଷଣି ପୁଅମାନେ ଗାଁ ଦାଣ୍ଡକୁ ଆବୋରି ବସିଥିବେ । ଛୋଟ ପୁଅ ଝିଅ ସବୁ ଏଣୁ ତେଣୁ ଖେଲି ଧାଁ ଦଉଡ଼ କରି ଗାଁସାରା କଣ୍ଢଉଥିବେ । ଭେଣ୍ଡା ପୁଅମାନେ କିନ୍ତୁ ଦି'ଦଲ ହେଇ ମଝିଦାଣ୍ଡରେ ବାଗୁଡ଼ି ଖେଲନ୍ତି । ମଝିଦାଣ୍ଡରେ ଟିକେ ଚଉଡ଼ା ଜାଗା ମିଲୁଥିବାରୁ ଡ୍ରାମା, ଧୁଡୁକି ନାଚ, ଦାସକାଠିଆ ପରି ଜହ୍ନରାତିର ଖେଲ ଏଇଠି ବେସୀ ଜମେ । ମୋ ଅଜାଙ୍କ ଘର ସାମନାଟା ମଝିଦାଣ୍ଡ । ରାତି ନଅଟା ଦଶଟା

ହେଇଗଲେ ଉମାଅପା ତା' ପଟୁଆର ନେଇ ଆସିଯିବ । ସେ ସେନାପତି, ତା' ପଛକୁ ଆଉ ଯେତେ ଝିଅ । ସେମାନଙ୍କ ସାଙ୍ଗେ ମୁରବୀ ହିସାବରେ ଥିବେ ରଥଘର ଆଇ, ତିଆଡ଼ିଘର ଗୁନାନାନୀ, ମାଲି ନୂଆବୋଉ, ନାହାକଘର ଗେହ୍ଲୀ ଆଇ । ଉମାଅପା କିଛି କହିବା ପର୍ଯ୍ୟନ୍ତ କଥା ଯିବନି । ତା' ଦଳକୁ ଦେଖି ବାଗୁଡ଼ି ଖେଳ ଅଧାରୁ ବନ୍ଦ ହେଇଯାଏ । ପିଲାଠୁ ବୁଢ଼ା ପର୍ଯ୍ୟନ୍ତ ସବୁ ପୁରୁଷ ମଇଦାଣ୍ଡ ଛାଡ଼ି ପଳାନ୍ତି । ଝିଅମାନେ ପୂରା ମଇଦାନଟା ଅକ୍ତିଆର କରିନିଅନ୍ତି ।

ଉମାଅପାର ସବୁ ମୁଖସ୍ଥ । ଟୀକା ଗୋବିନ୍ଦଚନ୍ଦ୍ର, ଖୁଲଣା ସୁନ୍ଦରୀ, ଦ୍ରୌପଦୀ ସ୍ୱୟମ୍ବର, ରାମ ବନବାସ, ସୀତା ହରଣ, ଲକ୍ଷ୍ମୀ ନାରାୟଣ କଳି, ଆଖଣ୍ଡଳମଣି ଜଣାଣ, ଖଣ୍ଡୁଆଳ ଜଣାଣ, ଗୋପୀଙ୍କ ଜଳକେଳି, ଦେବକୀ ବିବାହ– ସବୁ ତା' ଜିଭ ଅଗରେ । ବଛା ବଛା ଆଉ ଆଠଜଣ ଝିଅ ତା' ଦି'ପଟେ କାନ୍ଧରେ ହାତ ଛନ୍ଦି ପାଲି ଧରନ୍ତି । ଦି'ପଟ ପିଣ୍ଢାରେ ସ୍ତ୍ରୀଲୋକମାନେ ତନ୍ମୟ ହେଇ ଶୁଣନ୍ତି । ମଝିରେ ମଝିରେ ସୁଁ ସୁଁ ହେଇ କାନ୍ଦନ୍ତି । ଆମେମାନେ ସେତେବେଳେ ସାନପିଲା । ପାଖିକିଆ ହେଇ ବାସୁଦେବଙ୍କ ଦାଣ୍ଡରେ ଖେଳୁ । ସେମାନେ ଯଦି ସାରାରାତି ଖେଳିବେ ଆମେ କାହିଁକି ଶୋଇବାକୁ ପଲେଇବୁ ଯେ ? ଜହ୍ନରାତି ଗୁଡ଼ା ଏକା ତାଙ୍କର କି ? ମୋ ଆଇ ଆଉ ମାଈଁମାନେ ଆମ ଉପରେ ବିରକ୍ତ ହୁଅନ୍ତି, ''କାକର ଲାଗିବ, ବେଶୀ ଉପ୍ପାତ ହେଲେ ଜରରେ ପଡ଼ିବ ।'' ସେମାନଙ୍କ କଥା କେହି ଶୁଣେନା । ପାହାନ୍ତି କାଉ କା'କଲେ ସମସ୍ତେ ଘରକୁ ଫେରନ୍ତି ।

କାର୍ତ୍ତିକ ପୂର୍ଷ୍ମା ବେଳକୁ ପଞ୍ଚକ ପାଞ୍ଚଦିନ ବି ଉମାଅପାର ରାଜୁତି । ସେ ନିଜେ ବିଲରୁ ଟୋକେଇରେ ମାଟି ବୋହିଆଣି ଚଉଁରା କରିବ । ପିଲାଙ୍କୁ ଲଗେଇ ମୁରୁଜ ଗୁଣ୍ଡ କରିବ । ସକାଳୁ ସକାଳୁ ମଠ ପୋଖରୀର ଅଥଳ ପାଣିରୁ କୁଣ୍ଡ ଭର୍ତ୍ତି କଇଁଫୁଲ ତୋଳିବ । ଆମ ଭଳି ଦୁର୍ବଳ ପିଲାଙ୍କ ପାଇଁ ଦୟାକରି କିଛି ଛାଡ଼ି ଯାଇଥିବ ଥଳ ପାଉଥିବା ଜାଗାରେ ।

ଆମେ ଭାବୁ ଉମାଅପାର ପୁଅଟେ ହବାର ଥିଲା, ଭୁଲରେ ଝିଅ ହେଇଗଲା । କାର୍ତ୍ତିକ ପୂର୍ଷ୍ମା ବେଳେ ମଠରେ ବୋହୂଚୋରୀ ଖେଳରେ ବିପକ୍ଷ ଦଳ ରାଧାଧରି ତାକୁ ଗୋଡ଼େଇଲେ ସେ ବହୁତ ବାଟ ଦଉଡ଼େଇ ନବ, ନ ହେଲେ ନଡ଼ିଆ ଗଛରେ ଚଢ଼ିଯିବ । ବୋହୂକୁ କେହି ଛୁଇଁଲେ ଖପ୍ କରି ନଡ଼ିଆ ଗଛରୁ ଡେଇଁପଡ଼ି ମାଡ଼ିବସିବ । ବେଲେବେଲେ ଏମିତି ହରକତ ପାଇଁ ତା' ଦଳ ହାରେ । ସେ କିନ୍ତୁ ହାର୍‌ଜିତ୍‌କୁ ଖାତିର କରେନା । ତା'ର ମଉଜ ଦରକାର । ଆମେ କେବେ ବି ତାକୁ ମୁହଁ ଶୁଖେଇବାର

ଦେଖିନୁ । ବାହାରେ ତା'ର ଭାରି ଆଦର । ଘରେ କିନ୍ତୁ ଉଦ୍‌ଷ୍ଟୀ ବୋଲି ଅଧିକାଂଶ ଦିନ ଗାଳି, ବେଲେବେଲେ ମାଡ଼ ଖାଇବାକୁ ପଡ଼େ ତାକୁ । କେହି ତାକୁ ସେଥିପାଇଁ ସହାନୁଭୂତି ଦେଖେଇବା ଠାଣିରେ ଚାହିଁଲେ ଫିକ୍‌କରି ହସିଦେଇ କହିବ, ''କିଛି ପରବାୟ ନାଇଁ ।''

ଆମ ଗାଁର କୌଣସି ଝିଅକୁ ଯଦି ତା' ଶାଶୂଘରେ କେହି କିଛି ମାଡ଼ ଗଞ୍ଜଣା ଦବ ତା'ହେଲେ ସେ ଗାଁରୁ କୌଣସି ଲୋକକୁ ଆମ ଗାଁରେ ଦେଖିବା କ୍ଷଣି ଉମାଅପା ଅଣ୍ଟାରେ ଲୁଗା ଭିଡ଼ି ଉଗ୍ରମୂର୍ତ୍ତି ହେଇ ତା' ସାମ୍‌ନାରେ ଛିଡ଼ା ହେଇ କହେ, ''ଖବରଦାର, ଆଉ ଥରେ ଯଦି ତା' ଦେହରେ ହାତ ଦେଇଚ କି ଅପମାନ କରିଚ, ଦେଖିବ । ତିରୁଣା ଗାଁ ସାରା ଯାଇ ତମ ଗାଁକୁ ପାଉଁଶ ଗଦା କରିଦବୁ । ତାଙ୍କ ଘରେ ଖବର ଦେଇଦବ, ଯେମିତି ନିମନ୍ତ୍ରଣ କରି ଝିଅକୁ ନେଇଛନ୍ତି ସେମିତି ସମ୍ମାନ ଦେଇ ରଖନ୍ତୁ । ନହେଲେ ପଛରେ କେହି ପିଠିରେ ପଡ଼ିବେନି ।'' ଆମ ଗାଁର ବୋହୂଟିଏ ହଇରାଣ ହେଲେ ଉମାଅପା ପାଖରେ ଫେରାଦ ହୁଏ । ଅଧିକାଂଶ ଘରକଲି ଉମାଅପା ମାର୍ଫତରେ ସମାଧାନ ହେଇଯାଏ । କେତେ ବା ବୟସ ତା'ର ସେତେବେଲେ ! ଏଇ ଅଠର କି ଉଣେଇଶ । କିନ୍ତୁ ସମସ୍ତଙ୍କୁ ସେ ଭଲମନ୍ଦରେ ସାହାଯ୍ୟ କରେ ବୋଲି କେହି ତା' କଥା ଟାଳି ପାରନ୍ତିନି ।

ମୁଁ ଅଷ୍ଟମ ଶ୍ରେଣୀରେ ପଢୁଥିଲି କଟକରେ । ଦଶହରା ଛୁଟିରେ ଗାଁକୁ ଯାଇଥାଏ । ସନ୍ଧ୍ୟା ହେଲା କ୍ଷଣି ଆମେ ଦାଣ୍ଡକୁ ଚାଲିଯାଉ । ରାତି ଅଧ ପର୍ଯ୍ୟନ୍ତ ଖେଲ । ଦଶହରା ପରଦିନଠୁ କୁମାରପୂର୍ଣ୍ଣିମା ପର୍ଯ୍ୟନ୍ତ ସାରାରାତି ଖେଲ ଆଉ ଗୀତ, ଖେଲରେ ଖେଲରେ ଶୁଖୁଆ ବିକା, ଠଙ୍ଗା ନକଲ । ସାରା ଗାଁଟା ଝିଅମାନଙ୍କ ଦଖଲରେ ରହେ । କୁମାରପୂର୍ଣ୍ଣିମା ଦିନ ଚଉଁରା ପୂଜା ସାରି ପୋଖରୀରେ ଚଣ୍ଡ ଭସେଇ ଫେରିବା ବେଲକୁ ରାତି ଦଶଟା । ଶେଷ ରାତି ବୋଲି ଝିଅମାନେ ଭଲକରି ପ୍ରସ୍ତୁତ ହେଇ ମଝିଦାଣ୍ଡକୁ ଚାଲି ଆସିଲେ । ସେଦିନ ଉମାଅପାର କିନ୍ତୁ ଦେଖା ନାହିଁ । ଝିଅମାନେ ଯାଇଥିଲେ ଡାକିବା ପାଇଁ । କହିଲା, ''ତମେମାନେ ଯାଇ ଆରମ୍ଭ କର । ମୁଁ ପଛରେ ଯିବି, ମୋ ମୁଣ୍ଡ ବିନ୍ଧୁଚି ।'' ଗେହ୍ଲୀ ଆଇ ବି ଆସିଥିଲେ । ଉମାଅପା ନ ଆସିଲା ପର୍ଯ୍ୟନ୍ତ ଝିଅମାନେ 'ବହି' ଆରମ୍ଭ କରିବେ କେମିତି ? ବୁଢ଼ୀମାନେ ଶୁଣେଇଲା ପରି କହିଲେ, ''ଚାଲ ବା ଏଗୁଡ଼ା ଆଜି ଖେଲିବେନି ନା କ'ଣ । ଖାଲିଟାରେ ଏଠି ବସି ମଶା ମାରିବାରୁ କ'ଣ ମିଲିବ ଆମକୁ !''

ଏତିକିବେଲେ ଗୋଟାଏ କଣ୍ଠଫଟା ଚିତ୍କାର ସାରା ଗାଁଟାକୁ ଥରେଇଦେଲା

ଅବା ! ସମସ୍ତେ ଚୁପ୍‌ ହେଇ କାନେଇଲେ । କେହି କେହି କହିଲେ, ''ଖେଳରେ କିଏ ରଡ଼ି କରୁଥିବ ।'' କିନ୍ତୁ ଚିକ୍ରାରଟା ଖୁବ୍‌ ଅସ୍ୱାଭାବିକ ଥିଲା । ମାତ୍ର ଦି' ତିନି ମିନିଟ୍‌ ପରେ ପୁଣି– ତା'ଠୁ ଆହୁରି ଜୋର୍‌ରେ ଆହୁରି ବିକଳ ହେଇ କିଏ ଗଲା ଫଟେଇ ଚିକ୍ରାର କଲା । ଏଥର ସମସ୍ତେ ଉଠିପଡ଼ି ଧାଇଁଲେ । ଝିଅ, ବୋହୂ, ବୁଢ଼ୀ– ସମସ୍ତେ । ମୋ ଆଇ ଆମମାନଙ୍କୁ ଘରକୁ ତଡ଼ିନେଲା ।

ସମସ୍ତେ କେବଳ ପ୍ରଶ୍ନ କରୁଥିଲେ, 'କିଏ ?' 'କେଉଠୁ ?' କେହି କିଛି ଠଉରେଇ ପାରୁ ନ ଥିଲେ । ଆମେ ଅଗଣା ପିଣ୍ଡାରେ ସମସ୍ତେ ଏକାଠି ବସିଲୁ । ମୋ ଆଇ ଆମ ଚାକର ଫକିର ଭାଇକୁ ଡାକି ଉଠେଇଲା । ଫକିର ଭାଇ ନିଦ ମଲମଲ ଆଖିରେ ଗଲା ବୁଝି ଆସିବା ପାଇଁ । ଅଧ ରାତି । ଆଉ ଚିକ୍ରାର ଶୁଭୁ ନ ଥିଲା, କିନ୍ତୁ କିଛି କଥାବାର୍ତ୍ତା ହୋ-ହଲ୍ଲା ଶୁଭୁଥିଲା । ପନ୍ଦର ମିନିଟ୍‌ ପରେ ଫକିର ଭାଇ ଫେରି ଆସି ଖବର ଦେଲା, ''ନାହାକ ଘର ଉମାଅପା ବିଷ ଖାଇ ଦେଇଚି ।''

ଏ ଖବର ଶୁଣି ସମସ୍ତେ ହତଭମ୍ବ ହେଇଗଲୁ । ମାମୁମାନେ ସମସ୍ତେ ଦାଣ୍ଡରେ ଥିଲେ । ବୋଧେ ଖବର ଶୁଣି ସିଆଡ଼େ ଯାଇଥିବେ । ଦିନ ହେଇଥିଲେ ଭିନ୍ନ କଥା । ରାତି ଅଧରେ ଆମେ କେହି କୁଆଡ଼େ ଯାଇ ପାରିଲୁନି । ଉମାଅପା ସତରେ ବିଷ ଖାଇଲା ନା, ଇଏ ତା'ର ଗୋଟାଏ ଖେଳ ? ସିଏ କାଇଁକି ବିଷ ଖାଇବ ଭଲା ? ଅଧଘଣ୍ଟା ପରେ ବଡ଼ମାମୁ ଘରକୁ ଆସି କହିଲେ, ''ଉମା ମରିଗଲା, ଅଧବୋତଲେ ଏଣ୍ଟ୍ରିସ୍‌ ପିଇ ଦେଇଚି । ଆଉ ବଞ୍ଚିଥା'ନ୍ତା ?'' ନାହାକ ଘର ଆଡ଼ୁ କାନ୍ଦ ବୋବାଲି ଶୁଭୁଥିଲା ।

ମୁଁ ଡରରେ ସାନମାଆଙ୍କୁ ଜାବୋଡ଼ି ଧରିଲି । କେହି ବିଶ୍ୱାସ କରୁନଥିଲେ ଉମାଅପା ମରିଯିବା କଥା । କିନ୍ତୁ ସତରେ ସେ ମରିଗଲା । କୁଆଁରପୁନେଇଁ ରାତି ପାହିବା ବେଳକୁ ମଠପାଖ ମଶାଣିରେ ସେ ଛାତିଏ ଗହୀର ମାଟି ତଳେ ପୋତା ହୋଇ ସରିଥିଲା ।

ତା' ପରଦିନ ଗାଁଟା ସାରା ସମସ୍ତଙ୍କ ଆଖିରେ ଲୁହ । କେହି କିନ୍ତୁ ଜାଣିପାରିଲେନି ତା' ଆତ୍ମହତ୍ୟାର ରହସ୍ୟ । ଗୋପନୀୟତା ବୋଲି ତା'ର କିଛି ନ ଥିଲା । ତାକୁ କେହି ପାପ ଦୃଷ୍ଟିରେ ଦେଖିବା କି ତା' ଚରିତ୍ରକୁ ସନ୍ଦେହ କରିବା ଅସମ୍ଭବ ଥିଲା । ସମସ୍ତଙ୍କ ଘରେ ତା' ପାଇଁ ସମାନ ଶ୍ରଦ୍ଧା, ତା' ଆଖିରେ ବି ସଭିଁଏ ସମାନ । ଅଥଚ ସେ ଏଣ୍ଟ୍ରିସ୍‌ ଖାଇଲା କାହିଁକି ?

ମୁଁ କଟକ ଫେରି ଯାଇଥିଲି । ମୋର ଦୃଢ଼ବିଶ୍ୱାସ ଥିଲା ଉମାଅପା ନିଜେ

ବାଳ ଝାଙ୍କୁରୀ ଭୂତୁଣୀ ହବ, କାରଣ ସେ ବାହାହେଇ ନ ଥିଲା । ବହୁତ ଲୋକଙ୍କୁ ଡରେଇ ରକ୍ତବାନ୍ତି କରେଇବ । ମୁଁ କିନ୍ତୁ ମନେ ମନେ ଆଶ୍ୱସ୍ତ ହେଉଥିଲି ଯେ ତା' ଆତ୍ମା କଟକ ଆସି ପାରିବନାହିଁ । ଉମାଅପା ମତେ ଟିକେ ଭଲ ପାଉଥିଲା । ମୁଁ ତାଙ୍କ ଘରକୁ ବହୁତ ଯାଏ ତ ସେଇଥିପାଇଁ । ଆମ ଘରୁ ଆକବର ଖାଁ ଗୁଡ଼ାଖୁ ଲୁଟେଇ ନେଇ କେତେଥର ତାକୁ ଭେଟି ଦେଇଛି ।

ଥରେ ମଧୁନନାଙ୍କ ବରକୋଳି ଗଛକୁ ଗୋଟାଏ ଢେଲା ଛାଡ଼ିଦେଲି । ଗଛ ଭର୍ତ୍ତି ପାଟିଲାକୋଳି ଦେଖି ଲୋଭ ସମ୍ଭାଳି ପାରିଲିନି । କୋଳି ଗୋଟାଉଥିଲି, ମଧୁନନାଙ୍କ ସ୍ତ୍ରୀ ଆସି ମୋ କାନକୁ ଧରିନେଲେ, ''ପକା ସେ କୋଳି, ଏଠି ବୋପାର ଗଛ ପାଇଚ, ଆରେ କାଙ୍ଗାଲ ଛୁଆ, ବ୍ରାହ୍ମଣ ଗଛରେ ବି ଆଖି ।'' ତାଙ୍କ ଘରକୁ ଲାଗି ଉମାଅପାଙ୍କ ଘର । ପାଟି ଶୁଣି ସେ ଘରୁ ବାହାରି ଆସିଲା । ମତେ ଏମିତି ବିକଳ ଅବସ୍ଥାରେ ଦେଖି ଧାଇଁଆସି ବୁଢ଼ୀ ହାତଟା ମୋ କାନରୁ ଝିଙ୍କିନେଇ ବୁଢ଼ୀକୁ ମାର ନ ମାର ହେଇ କହିଲା, ''ଛତରଖାଇ ବାହୁଣୀ, କାହା କାନରେ ହାତଦେଲୁ ଜାଣିଚୁଟି ? ଛୁଆଟା କୋଳି ଦି'ଟା ଝଡ଼େଇ ଦେଲା ବୋଲି ତା' ବାପା ନାଁ ଧରୁଚୁ ? ହଇଲୋ ଛୋଟଲୋକ ଘରର ଝିଅ, ଯା ତୋ 'ବ୍ରାହ୍ମଣ'କୁ ପଚାରିବୁ ସେ ଯେତେବେଳେ ଭାଲରେ ଧଲାପାଣି ପୋଷେ, ବେଲପତ୍ର ଦିଅଣ୍ଟା ଧରି ବାର ଗାଁ ତେର ଦୁଆର ହଉଥିଲା, ଯାର ବାପାର ଶ୍ୱଶୁର, ଯାରି ଅଜା ତାକୁ ଏଠିକି ଆଣି ଜମି ଦିହ ଦେଇ ଥଇଥାନ କରିଥିଲା । ସ୍ୱାଇଁ ବୁଢ଼ା କାନରେ ପଡ଼ିଲେ ତୋ କୋଳିଗଛ ସାଙ୍ଗରେ ତତେ, ତୋ 'ବ୍ରାହ୍ମଣୀ' ପଣିଆକୁ ନେଇ ବାଉଁଶଯୋରି ନଈରେ ଫିଙ୍ଗି ଦବ । ଆରେ'' ଉମାଅପାର ସେ ରୁଦ୍ରମୂର୍ତ୍ତି ଦେଖି ବ୍ରାହ୍ମଣୀ ବୁଢ଼ୀ ତ ଥଣ୍ଡା, ମୁଁ ବି ଡରରେ ଥରୁଥାଏ । ବୁଢ଼ୀ ଘରକୁ ପଲେଇଲା ପରେ ମୋ ହାତକୁ ଝିଙ୍କି ଦେଇ କହିଲା, ''ଏମିତି ତତେ କୋଳି ମିଳୁନି ଯେ ବାପା ନାଁ ପକଉଚୁ ? ସେ ରଙ୍କୁଣୀ ଗଛକୁ କାଇଁକି ଅନଉଥିଲୁ ? ଚାଲ, ଆମ ଗଛକୁ ଟେକାମାରି କେତେ କୋଳି ଝାଡ଼ିବୁ ।''

ସେଇ ଉମାଅପା, କାହାକୁ ଡରେନା, କାହା ପ୍ରତି ଅନ୍ୟାୟ ବରଦାସ୍ତ କରେନା । ସବୁ କାମରେ, ସବୁ ସୁଖରେ, ଦୁଃଖରେ ତାକୁ ଆଗ ଖୋଜାପଡ଼େ । ଅଥଚ ଏମିତି ଭାବେ, ଏମିତି ଦିନରେ ମରିବାର ଥିଲା ତା'ର !

ଉମାଅପା ମଲା ବର୍ଷ ଖରାଦିନ ଛୁଟିରେ ମୁଁ ଗାଁରେ ଥିଲି । ରଜ ଆଗ ଦିନ ସଜବାଜ । ସେଦିନ ଖରାବେଳେ ମୁଁ ତଳ ଖଞ୍ଜା ଘରେ ଶୋଇଥିଲି । ପାଖରେ ଝୁନା ଶୋଇ ଏଶୁ ତେଶୁ ଗପୁଥାଏ । କାଳିଆମାମୁଙ୍କ ଝିଅ ନିରୁ ଖବର ଦେଲା, ''ଦେଇ,

ବେହେରା ଘର ଶାନ୍ତିକୁ ଉମାଅପା ଲାଗିଚି, ଯିବୁ ଦେଖିବାକୁ ?'' ଡାହାଣୀ ଲାଗିବା ମୁଁ କେବେ ଦେଖି ନ ଥିଲି। ଶୁଣିଥିଲି ମୃତ ଆତ୍ମା ଅତୃପ୍ତ ଥିଲେ ସବାର ହୁଏ ପ୍ରିୟ ମଣିଷ ଉପରେ। ସତକଥା କହେ, ଗୋପନ ତଥ୍ୟ ବି ଦିଏ। ରହସ୍ୟ ଉପନ୍ୟାସରେ ମୁଁ ପଢ଼ିଥିଲି। ହେଲେ ଉମାଅପା ଶାନ୍ତିଅପାକୁ ଲାଗିଚି ଶୁଣି ମୁଁ ଛାନିଆ ହେଇଗଲି। ସେ ଦି ଜଣ ଭାରି ସାଙ୍ଗ ଥିଲେ। ଦୁହେଁ 'ମକର' ବସିଥିଲେ। ଉମାଅପା କ'ଣ ସହଜେ ତାକୁ ଛାଡ଼ିବ ?

ମୋର ସାହସ କୁଲୟ ନ ଥାଏ ଯିବାକୁ। ଯଦି ଶାନ୍ତିଅପାକୁ ଛାଡ଼ି ମତେ ଉମାଅପା ମାଡ଼ି ବସେ ? ଝୁନା ମତେ ହିମ୍ମତ ଦେଲା, ''ପ୍ରେତ ହେଲେ ବି ସେମାନଙ୍କର ବିଚାର ଅଛି। ପିଲାଙ୍କୁ ସେମାନେ ହଇରାଣ କରନ୍ତିନି, ତାଙ୍କୁ ରାଣ ପଡ଼ିଚି। ନିଜ ସାଙ୍ଗ ସାଥି ଦେଖି ଲାଗିବେ, ଗୁମର ଖୋଲିବେ, ଶତ୍ରୁ ଉପରେ ଦାଉ ସାଧିବେ। ଆମେ ତା'ର କ'ଣ କରିବୁ ଯେ ଆମକୁ ଧରିବ ?'' ଆମେ ଘରେ କାହାକୁ କିଛି ନ କହି ବାଡ଼ିପଟ ଦେଇ ଶାନ୍ତିଅପା ଘରକୁ ଗଲୁ।

ସେଠି ଅଭୁତ ପରିବେଶ। ଗାଁଟା ଯାକର ଲୋକ ଜମା ହେଇଛନ୍ତି। ଶାନ୍ତିଅପା ମଝି ଅଗଣାରେ ଶପ ଉପରେ ମୁଣ୍ଡ ତଳକୁ କରି ବସିଚି। କେହି ଜଣେ 'ତୁ କିଏ' ପଚାରିବାରୁ 'ଉମା' ବୋଲି ଉତ୍ତର ଦେଲା ଶାନ୍ତି।

ଭିଡ଼ କାଟି ଅଗଣା ମଝିକୁ ଆସିଲେ ଶାନ୍ତିଅପାର ବଡ଼ଭାଇ। ତା' ପଛକୁ ଶତୁରା, ଡେରିକିର ଶତୁରା ଭୋଇ। ଗୁଣିଆ ହିସାବରେ ଶତୁରା ଭୋଇର ଭାରି ନାଁ ଡାକ। ଶାନ୍ତିଅପା ଆଗରେ ପଦ୍ମାସନ ପକେଇ ବସିପଡ଼ି ଶତୁରା ଭୋଇ କହିଲା, ''କିଛି ବ୍ୟସ୍ତ ହବାର ନାଇଁ ଝିଅ, ତୁ ତ ସୁନାଟା, ମୁଁ ଜାଣେ। ଜମା ମତେ ଡରନା, ମୁଁ ତତେ ମାରିବିନି। ମୋ ମାଆଟା ପରା, ଭଲରେ ଭଲରେ କହି ଦେ। ଏତେ ଦିନ ହେଲା ତୋର ତ ଦେଖା ନ ଥିଲା। ଆଜି କାଇଁକି ତୋ ମକରକୁ ହଇରାଣ କରିବାକୁ ଆସିଲୁ ?''

''ହଇରାଣ କ'ଣ କଲି ଦାଦି ? ମୁଁ ତ ଗାଁଠୁ ବହୁତ ଦୂରକୁ ପଲେଇଥିଲି, କାହାକୁ କିଛି କହିନି, ମୋ' ଦୁଃଖରେ ମୁଁ ଅଛି। ଆଜି ରଜ କଥା ମନେ ପଡ଼ିଯିବାରୁ ପଲେଇ ଆସିଲି। ମକର ପାଖକୁ ମୁଁ କ'ଣ ଆସିଥାନ୍ତି ? ଆଖି ଛୁଇଁଚି। ମକର ଖରାବେଳଟାରେ ଏକୁଟିଆ ଆମ ବାଉଁଶବୁଦା ବାଟ ଦେଇ ପଣ୍ଡା ଘରକୁ ଯାଉଥିଲା। ତାକୁ ଦେଖି ମତେ କାନ୍ଦ ମାଡ଼ିଲା, ପଲେଇ ଆସିଲି ତା' ସାଙ୍ଗରେ। ଏଇ ଥରକ ମତେ ଛାଡ଼ିଦିଅ। ଆଉ ଜମା ଆସିବିନି। ମୋ କଥାକୁ ବିଶ୍ୱାସ ନ କଲେ ମାର କି ଟେଙ୍ଗା ଦିଅ, ତେଣିକି ତମ ଇଚ୍ଛା।''

– ''ନା, ତୁ ମୋ ଝିଅ। ତତେ ମାରିବିନି। ମତେ ଗୋଟାଏ ସତକଥା ଖାଲି କହିଦେ। ତୁ କାଇଁକି ଏଣ୍ଡ୍ରେସ୍‌ ଖାଇଲୁ? ତୋ ଭଲିଆ ଝିଅ ଏତେ ବିକଳ ହୋଇ ମରିବା କ'ଣ ଠିକ୍‌ ହେଲା?''

ଶାନ୍ତିଅପା ଚୁପ୍‌ ହୋଇ ବସିଲା, ଉତ୍ତର ଦେଲାନି। ଶତୁରା ଭୋଇ ପୁଣି ଥରେ ତା' ପ୍ରଶ୍ନ ଦୋହରେଇଲା।

''ଶୁଣ, ତେବେ ଅସଲ କଥା। ପରିଡ଼ା ଘର ଲିଲି ଆମରି ଗାଁ ବିଜୁ ଭାଇକୁ ବାହା ହୋଇଚି। ଲିଲି ମୋଠୁ ସାନ। ଦିନେ ତା' ଘରକୁ ଗଲାବେଳକୁ ଚୁଲି ମୁଣ୍ଡରେ ବସି ସେ କାନ୍ଦୁଥିଲା। ଏକୁଟିଆ ଘର, ଶାଶୁ ତା'ର ବାହାଘର ଆଗରୁ ମରି ସାରିଥିଲା। କେତେ ରାଣ ନିୟମ ପକେଇବାରୁ ପିଠିରୁ ଲୁଗା ଟେକି ଦେଖେଇଲା। ଗଞ୍ଜେଇ ନିଶାରେ ବିଜୁ ଭାଇ ଲୁହା ଗୋଜଣା ତତେଇ ତା' ପିଠିରେ ଚେଙ୍କା ଦେଇଥିଲା। ମୋ ମୁଣ୍ଡକୁ ପିତ୍ତ ଚଢ଼ିଗଲା। ସେ ରାଗ ମୋର ଥାଏ। ଦଶହରା ଦିନ ସନ୍ଧ୍ୟାବେଳେ ଗୋପୀନାଥଙ୍କ ପାଖେ ସଞ୍ଜ ଦେଇ ଫେରୁଚି, ବିଜୁଭାଇ ସାଙ୍ଗେ ଦାଣ୍ଡରେ ଭେଟ ହୋଇଗଲା। ତାକୁ ଆମ ଗୋହିରୀ ପାଖକୁ ଡାକିନେଇ ପଚାରିଲି। ଗଞ୍ଜେଇ ନ ଛାଡ଼ିଲେ କି ଲିଲିକୁ ଏମିତି ମାଡ଼ପିଟ କଲେ ଗାଁ ଲୋକଙ୍କୁ ଡାକି କଥା ପକେଇବି ବୋଲି ଧମକ ଦେଲି। ତାକୁ ଅପମାନ ହେଲା ବୋଧେ, ସେ ମିଛରେ ମୋ ଦାଦିକୁ କହିଲା ମୁଁ କାଲେ ତାକୁ ଗାଁ ଦାଣ୍ଡରେ ଚଲେଇ ଦଉନି, ସ୍ତ୍ରୀକୁ ବିଲ ମଠିରେ ପକେଇ ଦେଇ ଗାଁ ଝିଅଙ୍କ ସାଙ୍ଗେ ଲଟର ପଟର ଦଉଚି କହି ସମସ୍ତଙ୍କ ଆଗରେ ତାକୁ ଅପଦସ୍ତ କରୁଚି। ସବୁ ଡାହା ମିଛ। ମୋ ଦାଦି ବି କିଚ୍ଛି ନ ବୁଝି ସେଦିନ ରାତିରେ ଖାଇ ସାରି ନଲା ମୁହଁ ପାଖରେ ହାତ ଧୋଇବାବେଳେ ମତେ ଚୁପ୍‌ କରି କହିଲେ, 'ଢିଙ୍କିଶାଳ କଣରେ ଏଣ୍ଡ୍ରେସ୍‌ ବୋତଲ ଥୁଆ ହୋଇଚି, ଯା ଖାଇଦେଇ ମରିଯିବୁ, ତୋ ଯୋଗୁ ମଣିଷ ପରଲୋକ ଗୁଡ଼ାକ ପାଖରୁ ଏତେ କଥା ଶୁଣିପାରିବନି।' ଆହୁରି କେତେ କଥା କହିଲେ। ମୁଁ କିଚ୍ଛି କହିନି। ବିଜୁ ଭାଇ ମତେ କେତେ ଭଲପାଏ। ଅଥଚ ତା'ର ମିଛ କଥା ସାଙ୍ଗକୁ ଦାଦିଙ୍କ ଗାଲି ମୁଁ ସହିପାରିଲିନି। ସ୍ଥିର କଲି ସତରେ ଏଣ୍ଡ୍ରେସ୍‌ ପିଇଦେବି। କୁଆଁରପୁନେଇ ଦିନ ଚଉରା ଚାନ୍ଦ ନ ଖାଇ ଢିଙ୍କିଶାଳଘରୁ ବୋତଲ ଉଠେଇ ନାକ ବୁଜି ପିଇଗଲି।''

ଶାନ୍ତିଅପା କୁଇଁ କୁଇଁ ହୋଇ କାନ୍ଦି ପକେଇଲା। ଅନ୍ୟମାନେ ବି କାନ୍ଦୁଥିଲେ।

ସେମିତି କାନ୍ଦ ଭିତରେ ପୁଣି କହିଲା, ''ହେଲେ ସତୁରାଦି, ମୁଁ ଜାଣି ନ ଥିଲି ମରିଯିବି ବୋଲି। ମୁଁ ଭାବିଲି ପିଇଦେଲା ପରେ ସମସ୍ତଙ୍କୁ ଡାକ ପକେଇବି। ବୋଉ,

ବାପା, ଦାଦି, ଖୁଡ଼ୀ– ସମସ୍ତେ କାନ୍ଦିବେ । ଦାଦି ଭୁଲ୍ ମାଗିବେ । ବିଜୁଭାଇ ମାନିଯିବ, ଗଞ୍ଜେଇ ଛାଡ଼ିବ ଆଉ ଲିଲିକୁ ମାରିବନି ବୋଲି ଖଣ୍ଡୁଆଲଙ୍କ ରାଣ ପକେଇବ । ମତେ ତେନ୍ତୁଳି ପିଆଇ ବାନ୍ତି କରେଇବେ । ମୁଁ ପୁଣି ଉଠି ଖେଳିବାକୁ ଯିବି ଦାଣ୍ଡକୁ । ସେଇଟା ଗୋଟାଏ ନୂଆ ଖେଳ ହବ । କିନ୍ତୁ... ଏତେ କଷ୍ଟ ! ଏତେ ଯନ୍ତ୍ରଣା ! ସତରେ ଦାଦି, ମୋର ଜମା ମରିବାର ଇଚ୍ଛା ନ ଥିଲା ।''

ଶତୁରା ଭୋଇ ଭଳି ନିର୍ଦ୍ଦୟ ଗୁଣିଆ ବି କାନ୍ଦି ପକେଇଲା । ଯୋଗୀମାମୁ ଭୋ ଭୋ ହେଇ କାନ୍ଦି ଶାନ୍ତିଅପାକୁ କୁଣ୍ଢେଇ ପକେଇ କହିଲେ, ''ଉମା ଲୋ, ମୁଁ ଜାଣି ନ ଥିଲି ତୁ ସତରେ ଏମିତି କରିବୁ । ବିଜୁର ଢିଙ୍ଗାସ ଶୁଣି ତତେ ଗାଳି ଦେଇଥିଲି, ମାନୁଚି । କିନ୍ତୁ ପାଞ୍ଚଦିନ କାଳ ସେ କଥାକୁ ପେଟ୍ ଭିତରେ ରଖି ସବୁ ଗାଳି ମାଡ଼କୁ ବେଖାତିର କରୁଥିବା ଝିଅ ଏମିତି କଲା ? ମୁଁ ତ ଭୁଲି ଯାଇଥିଲି ସେ କଥା ।''

ସମସ୍ତେ କାନ୍ଦୁଥିଲେ । ଉମାଅପା ସମସ୍ତଙ୍କର ଗେହ୍ଲା । ଶତୁରା ଭୋଇ ଲୁହ ପୋଛି ପଚାରିଲା, ''ମା', କ'ଣ ନବୁ ତୁ କହିଲୁ ? ଈଶ୍ୱର ତତେ ଶୀଘ୍ର ମୁକ୍ତି ଦିଅନ୍ତୁ । କେଉଁଠି ରହିଲେ ତୋର ସୁବିଧା ହବ କହ, ତତେ ସେଇଠି ଛାଡ଼ିଦେଇ ଆସିବି ।''

''କ'ଣ ମତେ ଲୁହାକଣ୍ଟା ବାଡ଼େଇ ଦେଇ ଆସିବ ? କିଛି ମୋର ଦରକାର ନାଇଁ ଦାଦି । ମତେ ଖାଲି ପାଣି ଗିଲାସେ ଦିଅ । ଥରେ ଦେଖିଦେଇ ଗଲି, ଆଉ କେବେ ବି ଏ ଗାଁ ମାଟି ମାଡ଼ିବିନି ।''

ପାଣି ଆସିଲା ଭାଲରେ । ସବୁ ପାଣି ଢକ ଢକ କରି ପିଇଦେଇ ଶାନ୍ତିଅପା ତଳେ ପଡ଼ିଗଲା । ସମସ୍ତେ ଘେରିଗଲେ । ତା' ଦାନ୍ତ ପାଟି ପଡ଼ିଯାଇଥିଲା । ଚେତା ଫେରିବା ବେଳକୁ ସେ ଉମାଅପା ନ ଥିଲା, ଶାନ୍ତିଅପା ହେଇ ସାରିଥିଲା ।

ଉମାଅପା ମୃତ୍ୟୁର ରହସ୍ୟ ପେଡ଼ି ସେଦିନ ଫିଟି ସାରିଥିଲା । ଯୋଗୀମାମୁ ମାନିଥିଲେ, ବିଜୁ ଭାଇ ବି । ସବୁ ସତ ଥିଲା । ମୁଁ କିନ୍ତୁ ଆଜି ପର୍ଯ୍ୟନ୍ତ ଠିକ୍ ଭାବରେ ଘଟଣାଟା ବୁଝି ପାରେନି । ବେଳେବେଳେ ଭାବେ ସତରେ କ'ଣ ଶାନ୍ତିଅପା ଦେହରେ ଉମାଅପାର ପ୍ରେତାତ୍ମା ପଶି ସତକଥା କହିବାକୁ ଆସିଥିଲା ନା ମଲାପୂର୍ବରୁ ଶାନ୍ତିଅପାକୁ ଉମାଅପା ଚିଠିରେ ଜଣେଇଥିଲା ଯାହା ଦୀର୍ଘ ଆଠମାସ ପରେ ନାଟକୀୟ ଭାବେ ପ୍ରକାଶ କରାଗଲା ।

ଦଶହରା ଆସିଲେ ଉମାଅପା କଥା ମନେପଡ଼େ, ଆଉ ତା'ର ମୃତ୍ୟୁର ରହସ୍ୟ ଭେଦ ମୋ ପାଖରେ ଆହୁରି ରହସ୍ୟମୟ ହେଇଯାଏ ।

xxx

ଝୁନା ଓ ମୁଁ ମଠରୁ ଫେରି ଘରେ ସବୁକଥା କହିଲୁ। ବଡ଼ ମାଈଁ କହିଲେ, ''ରାଜୁ ଝିଅ ରୀନା ପୂରା ଉମା ଭଲି ଦେଖିବାକୁ। ଯୋଗୀର ତ ଝିଅ ନ ଥିଲେ। ଏଇ ନାତୁଣୀ ରୀନା ତା' ଆଖିର ମଣି। ପୂରା ଉମାର ଚେହେରା ଯେମିତି ଢଙ୍ଗ ରଙ୍ଗ ବି ସବୁ ସେମିତି। ଆଜିକାଲି ତ ଝିଅମାନଙ୍କ ଭିତରେ ଆଉ ସେତେ ମେଳ ନାଈଁ। ଏ ଦଳ ସେ ଦଳ ହେଇ ସମସ୍ତେ ନିଜ ନିଜ ଘରେ ଆକଟରେ ରହିଲେ। ତଥାପି ରୀନାର ସମସ୍ତଙ୍କ ସାଙ୍ଗେ ଭଲ ଭାବ। ସେଇ ଉମାର ଗୋଟି ପଣେ ଅବତାର। କାହାରି କଷ୍ଟ ଦେଖି ପାରିବନି।

ଇଏ ଆଉ ଏକ ରହସ୍ୟ। ଯୋଗୀମାମୁଙ୍କ ବଡ଼ପୁଅ ରାଜୁ ଆମ ସାଙ୍ଗେ ସ୍କୁଲରେ ପଢ଼ୁଥିଲା। ମୋଠୁ ଦି ବର୍ଷ ବଡ଼ ହବ। ପାଠ ଜମା ପଢ଼େନା। ଆମେ ଆଇ.ଏ. ପରୀକ୍ଷା ଦେଲାବେଳକୁ ତା' ବାହାଘର ସରିଯାଇଥିଲା। ଉମାଅପା କ'ଣ ଅପେକ୍ଷା କରିଥିଲା ରାଜୁର ଝିଅ ହେଇ ଜନ୍ମ ହବ ବୋଲି। ଉମାଅପାକୁ ଏଣ୍ଡ୍ରେସ୍ ଖାଇ ମରିବାକୁ କହିଥିଲେ ବୋଲି ଯୋଗୀମାମୁ କ'ଣ ରୀନାକୁ ବେଶୀ ଆଦର କରି ପ୍ରାୟଶ୍ଚିତ କରୁଛନ୍ତି ? ମୁଁ କିଛି କୂଳ କିନାରା ପାଉନଥିଲି। ଉମାଅପାର ମୃତ୍ୟୁ, ତା' ମୃତ୍ୟୁର ରହସ୍ୟ ଭେଦ ରୀନାର ଚେହେରା ସତରେ ସବୁ କିଛି ଅଭୁତ ଲାଗୁଥିଲା ମତେ।

ଉପରବେଳା ଏକା ଏକା ମୁଁ ଯୋଗୀମାମୁଙ୍କ ଘର ଆଡ଼େ ଗଲି। ତାଙ୍କ ଦୁଆର ମୁହଁରେ ଛିଡ଼ା ହେଇ ସବୁଆଡ଼େ ଅନେଇଲି। ଦିନେ ତାଙ୍କ ପରିବାର ଖୁବ୍ ବଡ଼ ଥିଲା। ଦି ଭାଇଙ୍କର ସାତ ସାତଟା ପୁଅଙ୍କ ଭିତରୁ ଏବେ ଏକା ରାଜୁ ଆଉ ତା' ପିଲାଛୁଆ ଗାଁରେ। ଆଉ ସମସ୍ତେ ବାହାରେ।

ରୋସେଇ ଘର ପିଣ୍ଡାରେ ବସି ରୀନା ସଞ୍ଜବତୀ ବାଳୁଥିଲା। ମତେ ଦେଖି ତରତର ହେଇ ଉଠିପଡ଼ିଲା। ଘର ଭିତରୁ ଗୋଟାଏ ଚେୟାର ଟେକି ଆଣି ହାତରେ ପୋଛି ପକେଇ କହିଲା, ''ବସନ୍ତ ଅପା, ସକାଳେ ଆପଣଙ୍କୁ ମୁଁ ଚିହ୍ନ ପାରିଲିନି। ପଛରେ ଜାଣିଲି।''

''ମାଈଁ କାହାନ୍ତି କିରେ ?''

''ମା' ଆଉ ବୋଉ ଡିଙ୍କିଶାଳେ ଅରୁଆଧାନ କୁଟୁଛନ୍ତି। ପିଲାମାନେ ସମସ୍ତେ ତ ତମ ଅଷ୍ଟପ୍ରହରୀ ପାଖରେ। ବସନ୍ତ, ମୁଁ ଆପଣଙ୍କ ପାଇଁ ଚା' କରି ଆଣେ।''

''ନା, ନା, ମୁଁ ଚା' ପିଇବିନି। ତୁ ଆ, ମୋ ପାଖରେ ଟିକେ ବସ। ଖାଲି ତତେ ଦେଖିବି ବୋଲି ଆସିଲି।''

ରୀନା ମୋ ପାଖରେ ତଳେ ବସିପଡ଼ିଲା। କିଛି ସମୟ ଦୁହେଁ ଚୁପ୍ ହେଇ

ବସିଲୁ। ମୁଁ ତା' ମୁଣ୍ଡରେ ହାତ ରଖିଲି। ଆଉଁଶି ଦେଇ କହିଲି, ''ରୀନାରେ, ତୁ ରତ୍ନଟିଏ ବୋଲି ମୁଁ ଜାଣିସାରିଚି। ତୋ ଭଳି ଖୁବ୍ କମ୍ ଝିଅ ଜନ୍ମ ହୁଅନ୍ତି। ଭଗବାନ୍ ତତେ ସାହସ ସାଙ୍ଗରେ ଆୟୁଷ ବି ଦିଅନ୍ତୁ। ସମସ୍ତଙ୍କୁ ସାହାଯ୍ୟ କର, ଖୁସି କର। ହେଲେ ସାହାଯ୍ୟ କରିବୁ ବୋଲି ଖେଳରେ ଖେଳରେ ନିଜ ଜୀବନକୁ ବାଜି ଲଗେଇ ଦବୁନି କେବେ।''

ରୀନା ମୁହଁ ଟେକି ମତେ ଚାହିଁଲା। କ'ଣ ବୁଝିଲା କେଜାଣି ଅଳ୍ପ ଟିକେ ହସିଦେଇ ପୁଣି ତଳକୁ ମୁହଁ ପୋତି ଦେଲା।

ଧରା ପଡ଼ିବାର ବେଳ

ଏୟାରପୋର୍ଟରେ ପହଞ୍ଚି ଲଗେଜ୍ ଚେକ୍ଇନ୍ରେ ଦେଇସାରି ନିଃଶ୍ୱାସ ମାରିଲା ସୁକନ୍ୟା । ରାତି ଅନ୍ଧାରୁ ଉଠି ଆସି ଏଠି ପହଞ୍ଚିବା ଯାଏ ଅଶନିଃଶ୍ୱାସୀ ହେଇ ଧାଉଁଛି ସେ । ବ୍ୟାଗରୁ ମୋବାଇଲ୍ ବାହାର କଲା, ଅମରବାବୁଙ୍କୁ ଫୋନ୍ ଲଗେଇଲା, ''ଆପଣ ଆସିନାହାଁତି କି ? ଶୀଘ୍ର ଆସନ୍ତୁ ।'' କଥା ହେଇସାରି ମେସେଜ ଦେଖି ଚମକିପଡ଼ିଲା । ହେ ଭଗବାନ୍ ! ଘଣ୍ଟାଏ ଡେରି ଅଛି ଦିଲ୍ଲୀ ଫ୍ଲାଇଟ୍, ନିଜକୁ ଗାଳିଦେଲା । ଘରୁ ବାହାରିବା ପୂର୍ବରୁ ଟିକେ ଦେଖିପାରି ନ ଥାନ୍ତା ! ଚେୟାରଟିଏ ଖାଲି ଦେଖି ବସିପଡ଼ିଲା । ଆଜି ଖୁବ୍ ଭିଡ଼ । ଦୂରରୁ ଦେଖିଲା ଅମରବାବୁ ଆସୁଚ୍ଚନ୍ତି । ତାଙ୍କୁ ହାତଠାରି ଡାକିଲା । ସାଙ୍ଗରେ ଆଉ ଜଣେ ଭଦ୍ରଲୋକ । ଶ୍ୟାମଳ ଚେହେରା, ବେଶ୍ ଡେଙ୍ଗା, ଆଖିରେ ଚଷମା । ଅମରବାବୁଙ୍କ ସାଙ୍ଗେ ଗପ ଜମେଇ ଆସୁଥିଲେ ।

''ମାଡ଼ାମ୍, ଏ ଭଦ୍ରଲୋକଙ୍କୁ ଚିହ୍ନନ୍ତୁ । ଯାଙ୍କ ଘର ବି ଆପଣଙ୍କ କଟକ ଆଡ଼େ । ବିକାଶ ମହାନ୍ତି, ଷ୍ଟେଟ୍ବ୍ୟାଙ୍କରେ ଅଫିସର ଥିଲେ, ଚାକିରି ଛାଡ଼ି ଏବେ ବ୍ୟବସାୟ କରୁଚ୍ଚନ୍ତି । କୋଟିପତି ଲୋକ ।'' ଭଦ୍ରଲୋକ ଅପ୍ରସ୍ତୁତ ହେଇଗଲେ । ଅମରବାବୁଙ୍କ ପିଠିରେ ଚାପୁଡ଼ାଟିଏ ଦେଲେ ।

ସୁକନ୍ୟା ଛିଡ଼ା ହେଇପଡ଼ି ନମସ୍କାର ହେଲା ।

– ବସନ୍ତୁ ମାଡ଼ାମ୍, ଆପଣଙ୍କ ଘର କ'ଣ କଟକ ସହରରେ ନା ପାଖରେ କେଉଁଠି ? ସାମ୍ନା ସିଟ୍ରେ ବସୁ ବସୁ ପଚାରିଲେ ବିକାଶ ମହାନ୍ତି ।

ସୁକନ୍ୟା ବସିପଡ଼ି ଶାଢ଼ି ସଜାଡ଼ି କହିଲା, ''କଟକ ସହରରେ ।''

– ଆମ ଘର କଟକ ଜିଲ୍ଲାରେ, କିନ୍ତୁ ମଫସଲରେ । କଟକରୁ ପାଠିଏ କିଲୋମିଟର ଦୂର ସୁନାପୁର, ଆପଣ ଜାଣି ନ ଥିବେ ।

ଅମରବାବୁ ମଞ୍ଚିରୁ କହିଲେ, "ମାଡ଼ାମ୍‌ଙ୍କ ବାପା ପରା ବଡ଼ ଓକିଲ ଥିଲେ। ତୋ ଭଳି ସବୁ ମଫସଲୀ ଲୋକ ତାଙ୍କ ପାଖକୁ ଧାଉଁଥିଲେ ହୋ। ତାଙ୍କୁ ସମସ୍ତେ ଜାଣନ୍ତି।" ସୁକନ୍ୟା ହସିଦେଲା। ବିକାଶ ମହାନ୍ତି କିନ୍ତୁ ଗମ୍ଭୀର ହେଇଗଲେ। ଠଙ୍ଗା ତାମସା ତାଙ୍କୁ ଭଲ ଲାଗେନା ବୋଧେ।

ଟିକିଏ ରହି କହିଲେ, "ଆରେ ନା, ଏତେବଡ଼ ଓକିଲଙ୍କ ପାଖେ ଆମ ଭଳି ଗରିବ ଲୋକର ବା କି କାମ। ମାଡ଼ାମ୍‌, ବାପା କ'ଣ ଏବେ କଟକରେ ରହୁଛନ୍ତି ?"

"ନା, ବାପା ତ ଦଶବର୍ଷ ହେଲା...." – ଆଉ କିଛି କହିପାରିଲାନି ସୁକନ୍ୟା। କୋହ ତା'ର ଗଳା ରୁନ୍ଧିଦେଲା। ଆଖି ଲୁହ ଛଳଛଳ ହୋଇଗଲା। ବାପାଙ୍କ କଥା ମନେପଡ଼ିଲେ ସୁକନ୍ୟା କାନ୍ଦ ଅଟକେଇ ପାରେନା।

"ଓଃ ! ସରି ମାଡ଼ାମ୍‌। ମୁଁ ଆପଣଙ୍କୁ କଷ୍ଟ ଦେଲି। ରିଏଲି ସରି।"

"ନା, ନା," ଆଖିରୁ ଲୁହ ପୋଛି ହସିବାକୁ ଚେଷ୍ଟାକଲା ସୁକନ୍ୟା।

କଥା ବୁଲେଇବାକୁ ବିକାଶ କହିଲେ, "ଆପଣ ଆଉ ଅମର କ'ଣ ଏକା ଅଫିସରେ ?"

ସୁକନ୍ୟା କିଛି କହିବା ପୂର୍ବରୁ ଅମରବାବୁ କହିଲେ, "ଆରେ ନା, ମୁଁ ଭୁବନେଶ୍ୱରରେ, ମାଡ଼ାମ୍‌ କଲିକତାରେ। ଦିଲ୍ଲୀ ଯାଉଛୁ ଅଫିସ୍‌ କାମରେ।

ସିକ୍ୟୁରିଟି ଚେକ୍‌ଅପ୍‌ ପରେ ସେମାନେ ଗେଟ୍‌ ପାଖାପାଖି ଚେୟାରରେ ବସିଲେ।

ବିକାଶ ଅମରବାବୁଙ୍କ ହାତ ଭିଡ଼ିନେଇ କହିଲେ, "ଫ୍ଲାଇଟ୍‌ ଡେରି ଅଛି। ଚାଲ, ଘେରାଏ ବୁଲିଆସିବା। ମାଡ଼ାମ୍‌, ଆପଣ ବସିଥାନ୍ତୁ। ଏ ବହି ପଢ଼ନ୍ତୁ। ଭଲ ଲାଗିବ। ଆମେ ଶୀଘ୍ର ଆସିବୁ।"

ସେମାନେ ଚାଲିଗଲା ପରେ ସୁକନ୍ୟା ମନେପକାଇବାକୁ ଚେଷ୍ଟା କରୁଥିଲା ଆଉ କେଉଁଠି ଭଦ୍ରଲୋକଙ୍କ ନାଁ ଶୁଣିଛି। ନା, ଚିହ୍ନିଲା ପରି ଲାଗୁନି। କେଜାଣି ପଇସାବାଲା ଲୋକ ଯେତେବେଲେ ଖବରକାଗଜରୁ କାଲେ ନାଆଁଟା ହୁଏତ ପଢ଼ିଥିବ।

ଅଳ୍ପ ସମୟ ପରେ ଅମର ବାବୁ ଆସି ସୁକନ୍ୟାକୁ କହିଲେ, "ମାଡ଼ାମ ମୁଁ ବିକାଶ ପାଖରେ ଯାଇ ବସୁଛି। ବହୁଦିନର ବନ୍ଧୁ ତ। ଆପଣଙ୍କର କ'ଣ ଦରକାର ହେଲେ କହିବେ ଫୋନ୍‌ରେ। କିଛି ଖାଇବା ପାଇଁ ଆଣିବି କି ? ନ ହେଲେ ଚା କି କଫି ?

– ନା, ନା ମୋର କିଛି ଦରକାର ନାହିଁ। ଆପଣ ବନ୍ଧୁଙ୍କ ସାଙ୍ଗେ ଯେତେ ଇଚ୍ଛା ଗପ କରିପାରନ୍ତି।– କହି ସୁକନ୍ୟା ବାହାରେ ମନଦେଲା।

ମୁଁ ସେଇକଥା ବିକାଶକୁ କହିଲି, ‘‘ମାଡ଼ାମଙ୍କର କିଛି ଚିନ୍ତା ନାହିଁ କି ଗପିବାକୁ ସାଙ୍ଗ ଦରକାର ନାହିଁ। ବହି ଭଲ ତ ସିଏ ଭଲ।’’ କିଛି ନ କହି ସୁକନ୍ୟା ହସିଦେଲା।

ମନିଟରରେ ଦେଖିଲା। ଦିଲ୍ଲୀ ଫ୍ଲାଇଟ୍ ଆହୁରି ଘଣ୍ଟାଏ ବିଳମ୍ବରେ ଆସିବ। ସୁକନ୍ୟା ମନେ ମନେ ବ୍ୟସ୍ତ ହେଇପଡ଼ିଲା, ଦିଲ୍ଲୀ ଅଫିସରେ ପହଞ୍ଚିଲାବେଳକୁ ବେଶ୍ ଡେରି ହେବ। ସେଇକଥା ମିସ୍ଟର ଶୁକ୍ଲାଙ୍କୁ ମେସେଜ୍‍ରେ ଜଣେଇଦେଲା।

ପ୍ରାୟ ପନ୍ଦର ମିନିଟ୍ ପରେ ଅମରବାବୁ ଫେରିଲେ। କହିଲେ, ‘‘ମାଡ଼ାମ୍, କହିବାକୁ ଭୁଲିଯାଇଛି, ମୋ ମିସେସ୍ ଆପଣଙ୍କ ପାଇଁ ଜଳଖିଆ ପଠେଇଛନ୍ତି। ସେଇ କଳା ବ୍ୟାଗ୍‍ରେ ଅଛି। ଖୋଲି ଖାଇନିଅନ୍ତୁ।’’

– ଆପଣ ? ଆପଣଙ୍କ ସାଙ୍ଗ ? ଡାକନ୍ତୁ, ଆମେ ସମସ୍ତେ ଟିକେ ଖାଇନେବା।

– ସେ ଖାଇବନି। ସେ ପ୍ରାଇଭେଟ୍ ଲାଉଞ୍ଜରେ ବସିଛି। ବୋତଲରେ ପେଟ ଭର୍ତ୍ତି କରିବ।

– ମାନେ ? ଏମିତି ସକାଳଟାରୁ ?

– ତା’ କଥା କୁହନ୍ତୁନି। ଚବିଶ ଘଣ୍ଟା ପିଏ। କାଲେ ଆପଣ ଜାଣିପାରିବେ ସେଥିପାଇଁ ଏଠୁ ଚାଲିଗଲା।

– ଆପଣ ବି କ’ଣ ତାଙ୍କ ସାଙ୍ଗରେ ? ନାକଟେକି ସୁକନ୍ୟା ପଚାରିଲା।

ଜିଭ କାମୁଡ଼ି ଅମରବାବୁ କହିଲେ, ‘‘ରାମ ରାମ ମାଡ଼ାମ୍। ନୂଆ ଚାକିରି କଲାବେଳେ କେତେଥର ସାଙ୍ଗସାଥୀରେ, ପିକ୍‍ନିକ୍‍ରେ କି ବାହାଘର ଭୋଜିରେ ପିଇଦେଇଛି। ବାହାଘର ପରେ ଆପଣଙ୍କ ଭାଉଜକୁ ଠକିବା ପାଇଁ କଡ଼ାପାନ ପକେଇଦେଇ ଶୋଇପଡ଼େ। ହେଲେ ମୋ ଝିଅ ଜନ୍ମ ପରଠୁ, ଆଜିକୁ ପଚିଶ ବର୍ଷ ହେଲା ଥରେ ବି ୩୦ ପାଖକୁ ନେଇନି। ଠାକୁରଙ୍କ ରାଣ। ପିଉଥାନ୍ତି ଯଦି ବି, ଆପଣ ମୋ ସାନ ଭଉଣୀ ପରି ସାଙ୍ଗରେ ଅଛନ୍ତି। ମୁଁ କ’ଣ ବିକାଶ ପରି ଘୋଡ଼ା ମଦୁଆ ?’’

ସୁକନ୍ୟା ଆଶ୍ୱସ୍ତ ହୋଇ ହସିଦେଲା। ଉଭୟ ଜଳଖିଆ ଖାଇବାରେ ମନଦେଲେ। ମଝିରେ ସୁକନ୍ୟା କହିଲା, ‘‘ବୁଝିଲେ ଅମରବାବୁ, ଆପଣ ସବୁବେଳେ ଖୁସିବାସିଆ ରହିବାର ରହସ୍ୟ ମୁଁ ଜାଣେ।’’

– ରହସ୍ୟ ?

ହଁ, ଭାଉଜଙ୍କ ହାତରନ୍ଧା । ଭଲ ଖାଦ୍ୟ ଖାଇବାଠୁ ବଳି ସୁଖ ଆଉ କିଛି ନାହିଁ । ଏତେ ସୁଆଦିଆ ଖାଦ୍ୟ ଖାଇଲେ ତ ମନ ଖୁସି ରହିବାକୁ ବାଧ୍ୟ ।

ଅମରବାବୁ ହୋ ହୋ ହୋଇ ହସିଉଠିଲେ ।

– ଏବେ କ'ଣ କରିବେ ? ବନ୍ଧୁ ତ ଆପଣଙ୍କର ବେହୋସ । ଫ୍ଲାଇଟ୍ ଆହୁରି ଘଣ୍ଟାଏ ପରେ ଆସିବ । ତା'ର ବି କିଛି ଠିକଣା ନାହିଁ । ହଁ, ମୁଁ ମିଷ୍ଟର ଶୁକ୍ଳାଙ୍କୁ ମେସେଜ ପଠେଇ ଦେଇଛି । ଯେତେ ଲେଟ୍ ହେଉ ପଛେ ଆଜି କାମ ସାରିବାକୁ ହବ । ସକାଳ ଫ୍ଲାଇଟ୍ ଧରି ନ ପାରିଲେ ବର୍ଦ୍ଧମାନ କେସ୍ ଆଟେଣ୍ଡ କରିହେବ ନାହିଁ ।

ସୁକନ୍ୟାର କଥା ନ ଶୁଣିଲା ପରି ଅମରବାବୁ କହିଲେ, ''ବୁଝିଲେ ମାଡ଼ାମ୍, ଏଇ ବିକାଶଟା ଭାରି ଅନ୍‌ଲକି । ଆମେ ସାଙ୍ଗହେଇ ରେଭେନ୍‌ସାରେ ପଢୁଥିଲୁ । ତା'ର ଇଚ୍ଛା ଥିଲା ମେଡ଼ିକାଲ୍‌ରେ ପଢ଼ିବାକୁ, ସିଟ୍ ପାଇଥିଲା ବି । ହେଲେ ଘରେ ବିଧବା ମା', ସାନ ଭାଇ ଭଉଣୀ ଦି'ଜଣ । ଆର୍ଥିକ ପରିସ୍ଥିତି ଅତି ଖରାପ । ବାଧ୍ୟହେଇ ସେ ଆଶା ଛାଡ଼ିଲା ।

: ବିଚରା ! ଖୁବ୍ ଭଲ ଛାତ୍ର ଥିବେ ନିଶ୍ଚୟ ।

: ଭଲ ମାନେ ? ଜିନିଅସ୍ । ଗପ କବିତା ବି ଲେଖୁଥିଲା । କେତେ ଝିଅ ତା' ସାଙ୍ଗେ କଥାହେବା ପାଇଁ ଲାଇନ୍ ମାରୁଥିଲେ । ସେ କିନ୍ତୁ କାହାରି ସାଙ୍ଗେ ସହଜରେ ମିଶିପାରେନା । କିଛି ପରିମାଣରେ ହୀନମଣ୍ୟତା ଭୋଗୁଥିଲା ସେ ।

: ହଁ ।

: ବି.ଏସ୍‌ସି. ପଢ଼ିବାବେଳେ ଚାରିଟା ଟ୍ୟୁସନ୍ କରୁଥିଲା । ତଥାପି ୟୁନିଭରସିଟିରେ ଟପର ହେଲା । ଏମ୍.ଏସ୍‌ସି.ରେ କେମେଷ୍ଟ୍ରି ପଢ଼ିଲା, ମୁଁ ଜୁଲୋଜି । ପରୀକ୍ଷା ରେଜଲ୍ଟ ବାହାରିବା ବେଳକୁ ସେ ଗୋଟେ ବ୍ୟାଙ୍କରେ ପି.ଓ ଚାକିରି ପାଇ ଟ୍ରେନିଂ ଗଲା । ମୁଁ ପରୀକ୍ଷା ଦେଇ ଥକିଗଲି । ଶେଷରେ ଏଇ ଇନ୍‌କମ୍ ଟ୍ୟାକ୍ସ ଚାକିରି ବଞ୍ଜେଇଦେଲା ।

: ଆପଣଙ୍କର ଆଉ ଅସୁବିଧା କ'ଣ । ଟ୍ରାନ୍ସଫର ନାହିଁ କହିଲେ ଚଳେ, ସବୁଦିନ ଭାଉଜଙ୍କ ହାତପରଷା ଖାଇ ଅଫିସ୍ ଯିବେ । ମତେ ଦେଖୁନାହାଁନ୍ତି, ପ୍ରତି ଦି' ତିନିବର୍ଷରେ ବଦଲି ?

: ଆପଣଙ୍କ କଥା ଅବଶ୍ୟ ଠିକ୍ ।

: ହଁ, କହୁଥିଲେ ପରା ଆପଣଙ୍କ ବନ୍ଧୁ ଚାକିରି ଛାଡ଼ିଦେଲେ; କିନ୍ତୁ କାହିଁକି ?

ବ୍ୟବସାୟ ପାଇଁ ଏତେ ଟଙ୍କା ଆଣିଲେ କେଉଁଠୁ ? ବ୍ୟାଙ୍କ୍ ଲୋନ୍ ? ଅନୁସନ୍ଧିସ୍ସା ନେଇ ପଚାରିଲା ସୁକନ୍ୟା ।

: ସେ ଗୋଟାଏ ଇତିହାସ, ଲମ୍ବା କାହାଣୀ ।

: କୁହନ୍ତୁ ନା, ସମୟ କଟିଯାଉ- କହି ସୁକନ୍ୟା ସିଧାହୋଇ କାନଡ଼େରି ବସିଲା ।

: ଚାକିରି ପାଇଲା ପରେ ବହୁତ ଗୁଡ଼ାଏ ବାହାଘର ପ୍ରସ୍ତାବ ମିଳିଥିଲା ତାକୁ । ସେତେବେଲେ ତ ଆଇ.ଏ.ଏସ୍. ପରେ ବ୍ୟାଙ୍କ୍ ପି.ଓ.କର ଭାଉ । ଇଏ କିନ୍ତୁ ଚାହୁଁଥିଲା ଗୋଟାଏ ଝିଅକୁ ବାହାହେବାକୁ ।

: ବାଃ । ଷ୍ଟୋରି ତ ଅନ୍ୟଆଡ଼େ ଚାଲିଗଲା ।

: ନା ନା, ଲଭ୍‍ଫଭ୍ ନୁହେଁ । କଥା କ'ଣ କି ତା'ର ଜଣେ ସାଙ୍ଗ ଥିଲା । ଆପଣଙ୍କ କଟକ ଟାଉନ୍‍ର । ତା'ରି ଭଉଣୀ ପାଇଁ ସେ ସାଙ୍ଗ ବିକାଶକୁ ବାହାଘର ପ୍ରସ୍ତାବ ଦେଇଥିଲା । ଇଏ ଯାଇ ଦେଖି ଆସିଥିଲା । ଏଇଟା ଗୋଟାଏ ପାଗଳ, ଲେଖାଲେଖି କରୁଥିଲା ତ । ଟିକେ ବେଶୀ ଭାବପ୍ରବଣ । ସେ ଝିଅଟା ସାଙ୍ଗେ ପଦଟିଏ ବି କଥାବାର୍ତ୍ତା କରିନି, ପରିଚୟ ନାହିଁ । ମନେ ମନେ ସ୍ଥିର କରିନେଲା ତାକୁ ହିଁ ବାହାହବ ।

: ଅସୁବିଧା କ'ଣ ହେଲା ? – ସୁକନ୍ୟା କୌତୂହଲରେ ପଚାରିଲା ।

: କ'ଣ ହେଲା କେଜାଣି ମାଡ଼ାମ୍ ? ଝିଅର ବାପା ବି ରାଜି ଥିଲେ । କିନ୍ତୁ ହଠାତ୍ ଦିନେ ସେ ମନା କରିଦେଲେ ।

ଏକଥା ଶୁଣି କାହିଁକି କେଜାଣି ସୁକନ୍ୟାର ଛାତି ଭିତର ଥରି ଉଠିଲା । କେଉଁ ଝିଅ କଥା କହୁଛନ୍ତି ଅମରବାବୁ ? କିଏ ସେ ଝିଅର ବାପା ? ମନର ଭାବକୁ ଯଥାସମ୍ଭବ ଗୋପନ ରଖି କହିଲା, ''ଝିଅ ସାଙ୍ଗେ ବନ୍ଧୁତା ନ ଥିଲା ଯେତେବେଲେ, ସେମାନେ ମନା କରିଦେଲେ କ'ଣ ହେଲା, ଅନ୍ୟ ପ୍ରସ୍ତାବ ତ ଥିଲା ।

: ଅସଲ କଥା ହେଲା ମାଡ଼ାମ୍, ଏଇ ବିକାଶଟା ଏକବାଗିଆ ଜିଦିଆ ମଣିଷଟା, ସହଜେ ତ ଭାବପ୍ରବଣ । ଝିଅର ବାପାଙ୍କୁ ଯାଇ ପଚାରିଲା ତାକୁ ଝିଅ ବାହାଦେବା ପାଇଁ ମନା କରିବାର କାରଣ କ'ଣ । ଝିଅର ବାପା କ'ଣ କହିଲେ ଜାଣନ୍ତି ?

: କ'ଣ ?

: କହିଲେ ବ୍ୟାଙ୍କ୍ ଚାକିରିଟା ପାଇଗଲା ବୋଲି ବେବୁନିଆଦ, ମୁରବିଶୂନ୍ୟ ଘରେ ଝିଅକୁ ଦେଇଦେବି ? ସେଇକଥାଟା ବିକାଶକୁ ବାଧିଗଲା ।

ଏବେ ସୁକନ୍ୟା ଆଗରେ ସବୁ ଗୁମର ଖୋଲିଗଲା । ଇଏ ସେଇ ବିକାଶ ତା'ହେଲେ ? ସେ ତ କେବେ ତାଙ୍କୁ ଦେଖି ନଥିଲା, ଚିହ୍ନିବ କେମିତ ? କେବେ ହୁଏତ ଦେଖିଥିବ, ହେଲେ ଚିହ୍ନିବା ପାଇଁ ଚାହିଁ ନ ଥିଲା ।

କାଲେ ଧରାପଡ଼ିଯିବ ସେଇ ଭୟରେ ସେ ବୁଲିପଡ଼ି ମନିଟରକୁ ଦେଖିଲା, ଆହୁରି ଅଧଘଣ୍ଟା ପରେ ବୋର୍ଡ଼ । ସେ ବିକାଶ କଥା ଅଧିକ ଜାଣିବାକୁ ଚାହୁଁଥିଲା ।

''ହଁ, ତାପରେ କ'ଣ ହେଲା ଅମରବାବୁ ?''

: କଉଁ କଥା ? ଓଃ ! ହଁ, ତା'ପରେ ତ କିଛିଦିନ ଖାଲି ବୋତଲ ପରେ ବୋତଲ ପିଇଲା । ବ୍ୟାଙ୍କ ଗଲା ନାହିଁ । ସେ ଅପମାନ ଖୁବ୍ ବାଧିଥିଲା ତାକୁ । ତା'ପରେ ମୁଣ୍ଡକୁ କ'ଣ ପାଗଲାମି ଚଢ଼ିଲା କେଜାଣି ଜିଦ୍ ଧରିଲା ଯଦି ବାହାହେବ ଖୁବ୍ ବଡ଼ଲୋକ ଘରେ ନ ହେଲେ ନାହିଁ । ଝିଅ ଦେଖିବନି । ଝିଅର ରୂପ, ଗୁଣ, ବିଦ୍ୟା କିଛି ଦରକାର ନାହିଁ । କେବଳ କୋଟିପତି ଘରର ଝିଅ ବାହାହବ ।

: ହେ ଭଗବାନ୍ ! ତା'ପରେ ?

: ବାହାଘର ହେଲା ଖୁବ୍ ପଇସାବାଲା ଘରେ, କଟକରେ ତାଙ୍କ ଘର । ସୋମନାଥ ଗ୍ରୁପ୍ କମ୍ପାନି ନାଆଁ ଆପଣ ଜାଣିଥିବେ । ସେମାନେ କିନ୍ତୁ ସମସ୍ତେ ଥିଲେ ମୁମ୍ବାଇରେ । ଝିଅ ବି ବେଶ୍ ସୁନ୍ଦର । ହେଲେ କ'ଣ ହବ ? ଯ୍ଯା'ର ଭାଗ୍ୟ ଖରାପ ।

: ପୁଣି କ'ଣ ହେଲା ?

: ବାହାଘର ପରେ ବିକାଶ ଜାଣିଲା ତା' ସ୍ତ୍ରୀର ମୁଣ୍ଡଦୋଷ ଅଛି । ମୁଁ ତା' ଘରକୁ ଦି' ତିନିଥର ଯାଇଛି । ସେ ପ୍ରାୟ ସବୁବେଲେ ଶୋଇଥାଏ, ନ ହେଲେ ଗାଧୁଆଘରେ ଥାଏ । ପୁଅଟିଏ ଝିଅଟିଏ, ଝିଅର ବି ହାର୍ଟ ପ୍ରବ୍ଲେମ୍ ଅଛି । ସେଇ ଝିଅଟି ପାଇଁ ତା'ର ଖୁବ୍ ଚିନ୍ତା ।

: ହେ ପ୍ରଭୁ ! ଏମିତି ପରିସ୍ଥିତିରେ ମଣିଷ ତ ନିଜେ ପାଗଲ ହେଇଯିବ ।

: ସେଇକଥା ତ । ଦୁଃଖ ଭୁଲିବା ପାଇଁ ଦିନରାତି ପିଏ । ତା' ବୋଉ ମରିଯିବା ପରେ ବେଶୀ ପିଉଛି, ହେଲେ ବାହାର ଲୋକ କେହି ଜାଣିପାରିବେନି । କଥାବାର୍ତ୍ତା ପୂରା ନର୍ମାଲ୍ ।

: ଚାକିରି କାହିଁକି ଛାଡ଼ିଲେ ?

: ଶ୍ୱଶୁର ମରିଯିବା ପରେ ତାଙ୍କ ବ୍ୟବସାୟର ଭାର ଶାଶୂ ବିକାଶକୁ ଧରେଇଦେଲେ । ଶଲା ଦି'ଜଣ ତ ଆମେରିକାରେ । ଶ୍ୱଶୁରିଘର ସବୁ ସଂପତ୍ତି ବିକାଶ ପାଇଲା । ଚାକିରି ଆଉ ବ୍ୟବସାୟ ଏକାସାଙ୍ଗେ ହେଇପାରି ନ ଥାନ୍ତା । ତା'ର ତ ଆମ

ପରି ଅଭାବ ନାହିଁ। ତା' ହୃଦୟଟା ବେଶ୍ ବଡ଼। ମୋ ଘର ତିଆରିବେଲେ ତିନିଲକ୍ଷ ଟଙ୍କା ଦେଇଥିଲା ଆଜିକୁ ସତର ବର୍ଷ ତଲେ। ପରେ ଶୁଝିବାକୁ ଗଲି ଯେ 'ଇଡ଼ିଅଟ୍, ରାସ୍କେଲ୍' କହି ଯେମିତି ଗାଲିଦେଲା କ'ଣ କହିବି ମାଡ଼ାମ୍।

ଅମରବାବୁ ପ୍ରଗଲ୍ଭ ହେଇ ବିକାଶ କଥା କହିଚାଲିଥିଲେ। ସୁକନ୍ୟା ଚୁପ୍‌ଚାପ୍ ବସି ବାହାରକୁ ଚାହିଁଥିଲା।

ବୋର୍ଡିଂ ଆରମ୍ଭ ହେଇଗଲା। ଆଗରେ ସିଟ୍ ସୁକନ୍ୟାର। ସେ କ୍ୟାବିନ୍‌ରେ ହ୍ୟାଣ୍ଡ୍‌ବ୍ୟାଗ୍ ରଖିଦେଇ ସିଟ୍‌ବେଲ୍ଟ ବାନ୍ଧି ଆଖିବୁଜି ବସିପଡ଼ିଲା। ଅମରବାବୁଙ୍କ ସିଟ୍ ପଞ୍ଚମ ଧାଡ଼ିରେ। ଆଉ ବିକାଶ? ସେ କେଉଁଠି ବସିଲେ କେଜାଣି? ରହିଗଲେନି ତ? ଭାବିଲା ଅମରବାବୁଙ୍କୁ ପଚାରିବ। ପୁଣି ନିଜକୁ ରୋକିନେଲା।

ଆଖିବୁଜି ସୁକନ୍ୟା ଭାବୁଥିଲା ସେଦିନର କଥା। ତା'ର ସ୍ପଷ୍ଟ ମନେଅଛି। ସୁକନ୍ୟା ସିଡ଼ିରେ ପାଦ ଚାପି ଚାପି ଯାଇ ଉପର ମହଲାରେ ବାପାଙ୍କ ପଢ଼ାଘର ଦୁଆରମୁହଁରେ ଛିଡ଼ାହେଲା। ବାପା କ'ଣ ଲେଖୁଥିଲେ। ମୁହଁଟେକି ଚାହିଁଲେ।

: କ'ଣ କିଛି କହିବୁ? ଆସୁନୁ ଭିତରକୁ?

ସୁକନ୍ୟା ସେମିତି ମୂର୍ତ୍ତି ପରି ସ୍ତବ୍ଧ ହୋଇ ଛିଡ଼ାହେଇ ରହିଲା।

: ମନ ଭଲନାହିଁ କିରେ?– ବାପା ଆଖିରୁ ଚଷମା ବାହାର କରି କଲମ ବନ୍ଦ କରି ପୁଣି ସୁକନ୍ୟାକୁ ଡାକିଲେ, ''ଆ ମା, ମୋ ଝିଅର ମୁହଁ କାହିଁକି ଶୁଖିଲା ଦିଶୁଛି?''

ସୁକନ୍ୟା ବାପାଙ୍କ ପାଖକୁ ଯାଇ ଟେବୁଲକୁ ଆଉଜି ଛିଡ଼ାହେଲା। ବାପା ତାକୁ ପାଖକୁ ଆଉଜେଇ ନେଇ ପିଠି ସାଉଁଲେଇଦେଲେ।

– ''ଏକ୍ସକ୍ୟୁଜ୍ ମି, ଡୁ ଇଉ ନିଡ୍ ଏନିଥିଙ୍ଗ୍ ମାମ୍?''

ସୁକନ୍ୟା ଆଖି ଖୋଲିଲା, ସାମ୍ନାରେ କଣ୍ଢେଇଟି ପରି ସୁନ୍ଦରୀ ବିମାନ ପରିଚାରିକା।

''ନୋ ଥ୍ୟାଙ୍କ୍ସ'' କହି ସୁକନ୍ୟା ପୁଣି ଆଖି ବୁଜିଦେଲା। ଏବେ ବି ବାପାଙ୍କ ହାତର ସ୍ପର୍ଶ ପିଠି ଉପରେ ଅନୁଭବ କରୁଛି ସେ।

ସେଦିନ ସୁକନ୍ୟା ବାପାଙ୍କ ମୁହଁକୁ ଚାହିଁ ପୂର୍ବ ପ୍ରସ୍ତୁତି ଅନୁଯାୟୀ ପ୍ରଶ୍ନ କଲା, ''ଆପଣ କ'ଣ ମତେ ଏମ୍.ଏସ୍‌ସି. କରିବାକୁ ଦେବେ ନାହିଁ?

: କିଏ କହିଲା ତତେ?

: କେହି କହିନାହାନ୍ତି। ଆପଣଙ୍କୁ ପଚାରୁଛି।

: ବାୟାଶୀଟା କିରେ ? ତୁ ତ ଏମ୍.ଏସ୍ସି. ପଢ଼ିବୁ। ରିସର୍ଚ୍ଚ କରିବୁ। ମୋ ଝିଅ ସାଇଣ୍ଟିଷ୍ଟ୍ ହବ।

: ମିଛ କହୁଛନ୍ତି ଆପଣ। ମୋ ବାହାଘର ପାଇଁ ଲାଗିଛନ୍ତି ପରା।

: ମୁଁ ? ନା, ନା, ଏକଦମ୍ ମିଛ।

: ମିଛ ?

ସୁକନ୍ୟାର ରାଗ ତମତମ ମୁହଁ, ବଡ଼ ବଡ଼ ଆଖି ଦେଖି ବାପା ଟିକେ ନରମିଗଲେ। ସେ ସବୁବେଳେ ଏମିତି। ସୁକନ୍ୟା ଟିକେ ଗେହ୍ଲେଇ ହେଲେ ଆବେଗରେ ଜୁଡ଼ୁବୁଡ଼ ହେଇଯିବେ। କିନ୍ତୁ ସେ ରାଗିଲେ କି ଅଭିମାନ କଲେ ଖୁବ୍ ଡରିଯିବେ।

: ତୋ ଭଳି ରତ୍ନକୁ କିଏ ପାଖରୁ ଛାଡ଼ିବାକୁ ଚାହେଁରେ ମା ! ହେଲେ କଥା କ'ଣ କି, ପିଲାଟା ଖୁବ୍ ଭଲ। ନନ୍ଦୁ କହୁଥିଲା ସେ ଗୋଟାଏ ଜିନିୟସ୍। ଆଇ.ଏ.ଏସ୍. ପାଇଁ ପଢୁଛି, ସେ ପାଇଯିବ। ମୁଁ ବି ତା' ସାଙ୍ଗେ କଥାବାର୍ତ୍ତା କରିଛି। ମୁଁ ତୋ ପାଇଁ ଯେମିତି ପିଲାଟିଏ ଚାହୁଁଥିଲି, ଠିକ୍ ସେମିତି ମନଲାଖି। ହଁ, ଲେଖାଲେଖି ବି କରେ। ତା' ବହି, ମାଗାଜିନ୍ କିଛି ମତେ ଦେଇଯାଇଛି। ଖୁବ୍ ଭଲ ଲେଖା।

: ତା' ବୋଲି କ'ଣ– ସୁକନ୍ୟା ମୁହଁ ଥମଥମ କରି ପଚାରିଲା।

: ଦେଖ୍ ମା, ଦିନେ ନା ଦିନେ ତତେ ଅନ୍ୟ ହାତରେ ଟେକିଦେବାକୁ ପଡ଼ିବ। ସେଇଟା ସବୁ କନ୍ୟାପିତାର ଦୁର୍ଭାଗ୍ୟ। ନିଜ ଛାତିର କଲିଜାକୁ ପରକୁ ସଅଁପିବାକୁ ପଡ଼େ। ମୁଁ ଭାବୁଥିଲି କ'ଣ କି...

: କ'ଣ ଭାବୁଥିଲେ ? କାଲେ ଆପଣଙ୍କ ଝିଅକୁ ଆଉ ବର ମିଳିବନି ? କାଲେ ଆପଣଙ୍କ ପିଠିରେ ବୋଝ ହେଇ ରହିବ ? କାଲେ...

: ତୁ ଏତେ ରାଗିଲେ ହବ ମା ? ଭରସା ରଖ, ତୋ ପାଠପଢ଼ା ବନ୍ଦ ହବନି। ସେ ଜବାବ ତାକୁ ଦବାକୁ ପଡ଼ିବ।

: କି ଜବାବ ? କିଏ ଦବ ବାପା ? ସାନ ପିଇସୀ ଝିଅ ରାଣୀଅପାର ଅବସ୍ଥା କ'ଣ ହେଲା ଦେଖିଲେ ତ ? ଏମ୍.ଏ. ପରୀକ୍ଷାଟା ବି ଦେଇପାରିଲାନି। ଏତେ ଟ୍ୟାଲେଣ୍ଟେଡ୍ ଝିଅକୁ କ'ଣ କଲେ ? କାଲେ ଚାକିରି କରିବାକୁ ମନ କରିବ, ସେଇ ଭୟରେ ତା' ପକ୍ଷ ଛେଦନ କରିଦେଲେ। ସେମାନେ ବି ତ ପିଇସାଙ୍କୁ ଜବାବ ଦେଇଥିଲେ। ମୁଁ ସଫା କହିଦଉଛି ବାପା, ଆପଣ ନିଜେ ଅପମାନିତ ହେବେ। ମତେ ପଛରେ ଦୋଷ ଦେବେନି। ମୁଁ ସାଇଣ୍ଟିଷ୍ଟ୍ ହେବା ଆଗରୁ କେବେବି ବାହା ହେବିନି।

ବାପା କିଛି କହିବା ପୂର୍ବରୁ ସୁକନ୍ୟା ଦୁମ୍‌ଦୁମ୍ ହୋଇ ତଳକୁ ଫଳେଇ ଆସିଲା । ଦି'ଦିନ କାଳ ଜାଣି ଜାଣି ବାପାଙ୍କ ପାଖକୁ ଗଲା ନାହିଁ କି ତାଙ୍କ ସାଙ୍ଗେ କଥାବାର୍ତ୍ତା କଲାନାହିଁ ।

ଦି'ଦିନ ପରେ ବାପା ନିଜେ ତା' ପଢ଼ାଘରକୁ ଆସି ତାକୁ ବୁଝେଇଥିଲେ, ''ମୁଁ ତାଙ୍କୁ ମନାକରି ଚିଠି ଲେଖିଦେଇଛି । ତୋ ଅନିଚ୍ଛାରେ ମୁଁ କିଛି ବି କରିବି ନାହିଁ । ସୁକନ୍ୟା ଆଶ୍ୱସ୍ତ ହୋଇଥିଲା ।

ତା' ପରଦିନ କିନ୍ତୁ ନନ୍ଦୁଭାଇ ଭୁବନେଶ୍ୱରରୁ ଫେରି ତାକୁ ଚୁପ୍‌କରି ପଚାରିଥିଲା, ''ମାଙ୍କଡ଼ୀ, ମୋ ସାଙ୍ଗ ରବିବାର ଦିନ ଆମ ଘରକୁ ଆସିଥିଲା, ମତେ ଖୋଜୁଥିଲା । ତୁ ତାକୁ ଏମିତି ଖରାପ ବ୍ୟବହାର କାହିଁକି ଦେଖେଇଲୁ ?''

: କିଏ ତୋ ସାଙ୍ଗ ? ତୋର ଶହେ ସାଙ୍ଗ ଆସିବେ, ମୁଁ କ'ଣ ଦାନ୍ତ ଦେଖେଇ ସମସ୍ତଙ୍କୁ ଅଭ୍ୟର୍ଥନା କରିବି ? ତେବେ କାହାକୁ ଖରାପ ବ୍ୟବହାର ଦେଖେଇଲି କହ ତ ?

: ବିକାଶ, ପ୍ରଥମଥର ପାଇଁ ଆମ ଘରକୁ ଆସିଥିଲା । ମତେ ଖୋଜୁଥିଲା । ତୁ ତାକୁ କହିଲୁ 'ନନ୍ଦୁ କଉଠି ମରୁଥିବ ମୁଁ ଜାଣିନି ।' – କହି ନନ୍ଦୁ ହାତ ଉଠେଇ ସୁକନ୍ୟାକୁ ମାରିବାକୁ ବାହାରିଲା । ସୁକନ୍ୟାର ମନେପଡ଼ିଗଲା ସେଦିନର ଘଟଣା ।

ସେଦିନ ନନ୍ଦୁଭାଇର ତା' ସାଙ୍ଗେ ଝଗଡ଼ା ଲାଗିଥିଲା । ନନ୍ଦୁଭାଇ ତା' ବେଣୀକୁ ଜୋର୍‌ରେ ଚାଣିଦେଇଥିଲା । ସେ କାନ୍ଦି କାନ୍ଦି ବୋଉ ପାଖରେ ଫେରାଦ କଲା । ହେଲେ ସବୁବେଳେ ନନ୍ଦୁଭାଇ ପଟ ନେଉଥିବା ବୋଉ ତା' କଥାକୁ ଧ୍ୟାନ ଦେଲାନାହିଁ । ରାଗରେ ସୁକନ୍ୟା ଡ୍ରଇଂରୁମ୍‌ରେ ବସି କାନ୍ଦୁଥିଲା । କଲିଂବେଲ୍ ବାଜିବାରୁ ଲୁହ ପୋଛି ବାହାରକୁ ଯାଇ ଦେଖିଲା ଜଣେ ଚଷମାପିନ୍ଧା ଯୁବକ । ପଚାରିଲେ, ''ନନ୍ଦୁ ଅଛି– ନନ୍ଦନ ?''

ନନ୍ଦୁଭାଇ ନାଁ ଶୁଣି ସେ ରାଗ ଚାପିପାରି ନ ଥିଲା । ପାଟିରୁ ବାହାରିପଡ଼ିଲା, ''ମୁଁ ଜାଣିନି, ନନ୍ଦୁ କେଉଁଠି ମରୁଥିବ'', କହି ବାପାଙ୍କ ପଢ଼ାରୁମ୍‌କୁ ପଳେଇଲା । ଏବେ ନନ୍ଦୁଭାଇଠୁ ଶୁଣି ସେକଥା ମନେପଡ଼ିଗଲା, ହସି ହସି ସେ ସୋଫାରେ ଲୋଟିପଡ଼ିଲା ।

: ବୁଝିଲୁ, ସେ ମତେ ଖୋଜୁ ନ ଥିଲା । ତତେ ଦେଖିବାକୁ ଆସିଥିଲା । ତୁ ଯାହା କଲୁ ତ କଲୁ । ତେବେ ତୋର ସୌଭାଗ୍ୟ ସେ ତୋତେ ପସନ୍ଦ କରି ଯାଇଛି । ତତେ ଏବେ ଘରୁ ତଡ଼ିଦେବି, ବୁଝିଲୁ ? ବାପା ବି ରାଜି ହୋଇଛନ୍ତି ।

: ଓଃ, ସେଇକଥା ? ମନେମନେ ଘିଅ ଖାଉଥା । ମୁଁ ବାପାଙ୍କୁ ସଫା ମନା କରିଦେଇଛି ।

: ତତେ କିଏ ପଚାରେ ମ ? ବାପା ଆଉ ମୁଁ ହେଲୁ ଘରର ମୁରବୀ । ଆମେ ସବୁକଥା ସ୍ଥିର କରିବୁ ।

: ମୁଁ ବାପାଙ୍କୁ ଯାହା କହିବି ସେ ମାନିବେ । ମୁଁ ମନା କରିଛି ମାନେ ବାପା ତୋ କଥା ଆଉ ଶୁଣିବେ ନାହିଁ । ସନ୍ଦେହ ହଉଛି ଯଦି ମୁରବୀ ଉପର ଘରେ ଅଛନ୍ତି, ଯା ପଚାର ।

: ମୋ ସୁନା ଭଉଣୀଟା ପରା– ନନ୍ଦୁଭାଇର ଏମିତି ସ୍ନେହବୋଲା କଥା ସୁକନ୍ୟାକୁ ଆମୋଦିତ କଲା ।

: ଆଉ ଏତେ ଆଦର କେଉଁଠି ଥିଲା ତୋର ? ମୋ ପାଠପଢ଼ା ବନ୍ଦ କରିବାକୁ ପ୍ଲାନ୍ ? ଭାରି ଆସିଲା ମୋର ମୁ-ର-ବି । ହୁଁ– ମୁହଁ ଛାଟିଦେଇ ଚାଲିଗଲା ସୁକନ୍ୟା ।

ତା'ପରେ ସୁକନ୍ୟା ଆଉ କିଛି ଜାଣି ନ ଥିଲା କି ଜାଣିବାକୁ ଆଗ୍ରହ ନ ଥିଲା । ଆଜି ତିରିଶ ବର୍ଷ ପରେ ଜାଣିବାକୁ ପାଇଲା ବାପା କ'ଣ କାରଣ ଦେଖେଇ ମନା କରିଥିଲେ । ଏବେ ସୁକନ୍ୟା ଡରୁଥିଲା କାଲେ ବିକାଶ ତାକୁ ଚିହ୍ନିପକେଇବେ । ପୁଣି ମନକୁ ଆଶ୍ୱାସନା ଦେଉଥିଲା, 'ନା ଚିହ୍ନିପାରିବେ ନାହିଁ । ଏତେବର୍ଷ ଭିତରେ ତା' ଚେହେରାରେ ଅନେକ ପରିବର୍ଦ୍ଧନ ହେଇଛି । ତା'ଛଡ଼ା ସେଦିନ ଗୋଟିଏ ମିନିଟ୍ରୁ କମ୍ ସମୟର ସାକ୍ଷାତ ଭିତରେ କାହା ଚେହେରା ମନେରଖିବା ସମ୍ଭବ ନୁହେଁ ।' ମନେ ମନେ ଠାକୁରଙ୍କୁ ଡାକୁଥିଲା, ତା' ବାପାଙ୍କ ନାଆଁ ଅମରବାବୁ ତାଙ୍କୁ ନ କୁହନ୍ତୁ ।

ଦିଲ୍ଲୀ ଆସିଗଲା । ଏବେ ପ୍ଲେନ୍ ଲ୍ୟାଣ୍ଡିଂ କରିବ । ମୋବାଇଲ୍ ଦେଖିଲା, ଏଗାରଟା ଚାଳିଶ । ଅଫିସ୍ ଗାଡ଼ି ଆସିଥିବ । କ'ଣ ଟିକେ ଖାଇବାକୁ ହେବ । ମିଟିଂ ସରୁ ସରୁ ରାତି ହେଇଯିବ । ପୁଣି ସକାଳୁ କଲିକତା ଫ୍ଲାଇଟ୍ ଧରିବାକୁ ପଡ଼ିବ ।

ବ୍ୟାଗ୍ କାଢ଼ିନେଇ ସୁକନ୍ୟା ଆଗରେ ତରତର ହୋଇ ଏରୋବ୍ରିଜରେ ପଶିଲା ।

: ମାଡାମ୍, ଆପଣ ବାହାରକୁ ଯାଆନ୍ତୁ ନାହିଁ । ମୁଁ ଦେଖେ ଗାଡ଼ି କେଉଁଠି ଅଛି । ତା' ଫୋନ୍ ଲାଗୁନାହିଁ । ମୁଁ ଗାଡ଼ି ପାଇଲେ ସାମ୍ନାକୁ ନେଇଆସିବି, ଜଣେଇବି । ବାହାରେ ବହୁତ ଖରା । ନିଆଁ ଜଳୁଛି ।

ଅମରବାବୁ ଚାଲିଗଲେ । ସୁକନ୍ୟା ଛିଡ଼ାହେଇ ମିଟିଂ କଥା ଚିନ୍ତା କରୁଥାଏ । ଝିଅକୁ ଫୋନ୍ କରିବାକୁ ବ୍ୟାଗରୁ ଫୋନ କାଢ଼ିଲା ।

: ମାଡାମ୍ ଛିଡ଼ା ହେଇଛନ୍ତି ଯେ ? ଅମର କୁଆଡେ଼ ଗଲା ?

: ଗାଡ଼ି ପାଖକୁ । ସେ ଡ୍ରାଇଭରର ନମ୍ବର ଲାଗୁନି ।

: ଓହୋ ! ମୁଁ ଆପଣମାନଙ୍କୁ ଛାଡ଼ିଦେଇଥାନ୍ତି ।

: ନା, ନା, ଅଫିସ୍‌ ଗାଡ଼ି ଆସୁଛି । ଆପଣ ହଇରାଣ କାହିଁକି ହେବେ ?

ବିକାଶ ସେଇଠି ଛିଡ଼ାହୋଇ ରହିଲେ । ସୁକନ୍ୟାକୁ ଏକୁଟିଆ ଛାଡ଼ିଯିବାଟା କାଲେ ଅସୌଜନ୍ୟ ହେଇଯିବ ।

: ନନ୍ଦୁ ଏବେ କେଉଁଠି ? ନନ୍ଦନ, ଆପଣଙ୍କ ଭାଇ ?

ସୁକନ୍ୟାର ଛାତି ଭିତରେ ନିଆଁଝୁଲ ଅତଡ଼ାଏ ଖସିପଡ଼ିଲା ଅବା । ଏମିତି ଦୟନୀୟ ଭାବେ ଧରାପଡ଼ିବାର ଥିଲା !

– ସେ ? ସେ ଏବେ ଚଣ୍ଡୀଗଡ଼ରେ । ମୁଁ ଆସୁଛି ଆଜ୍ଞା, ନମସ୍କାର । ଅମରବାବୁ ଡାକିଲେଣି ।– କହି ତରତର ହେଇ ବାହାରକୁ ପଳେଇଗଲା ସୁକନ୍ୟା ।

ଗାଡ଼ିରେ ବସିବା ପରେ ଭାବିଲା ସେ ଠିକ୍‌ କଲା ନାହିଁ । ତିରିଶ ବର୍ଷ ତଳର ସେଦିନ ପରି ଆଜି ବି ଏ ପରିଣତ ବୟସରେ ତାଙ୍କୁ ଠିକ୍‌ ବ୍ୟବହାର ଦେଖାଇ ପାରିଲା ନାହିଁ । ଭଲରେ ତ ବିଦାୟ ନେଇପାରିଥାନ୍ତା । ବାପା କେବଳ ତା’ ଜିଦ୍‌ ପାଇଁ ଏମିତି କଠୋର ଶବ୍ଦସବୁ କହି ବାହାଘର ପ୍ରସ୍ତାବ ଭାଙ୍ଗିଦେଇଥିଲେ । ସେଥିପାଇଁ ବାପାଙ୍କ ତରଫରୁ ଆଜି ସେ କ୍ଷମା ତ ମାଗିପାରିଥାନ୍ତା ! ସେ ସୁଯୋଗଟି ବି ସେ ହାତଛଡ଼ା କରିଦେଲା ।

ସଂପର୍କ

ସକାଳୁ ଆଖି ଖୋଲିଲା ବେଳକୁ ଆଠଟା ବାଜିସାରିଥିଲା । ଅଭ୍ୟାସ ମୁତାବକ ପାଞ୍ଚଟା ବେଳେ ନିଦ ଭାଙ୍ଗିଥିଲେ ବି ଘଣ୍ଟା ଦେଖି ପୁଣି ଆଖି ବୁଜିଦେଲା ମିତା । ଆଜି ରବିବାର, କିଛି ବି ଜଞ୍ଜାଳ ନାହିଁ । ଅଫିସ୍ ଯିବାର ବାଧ୍ୟବାଧକତା ନାହିଁ । ସାରା ଦିନ ଶୋଇ ଶୋଇ କଟେଇଦେଲେ ବି ଚଳିବ । ଭଲ ବହିଟିଏ ପଢ଼ାଯାଇପାରେ । ଚା' କପେ ଧରି ଝରକା ପାଖେ ବସି ସାମନା ପଡ଼ିଆରେ ପିଲାଙ୍କ କ୍ରିକେଟ୍ ଖେଳ, ହାଇସ୍କୁଲରେ ପଢ଼ୁଥିବା ଝିଅଟିର ସାଇକେଲ ଶିଖା ଦେଖିହବ; ଗଛ ଡାଲରେ କିଚିରି ମିଚିରି କରୁଥିବା ଚଢ଼େଇମାନଙ୍କ ଭାଷା ବୁଝିବାର ଚେଷ୍ଟା କରାଯାଇପାରେ । ବଖୁରିକିଆ ଭଡ଼ାଘରକୁ ନୂଆ ଭାବରେ ସଜାଯାଇପାରେ । ନା, ସେ ପ୍ରସ୍ତାବ ଥାଉ । ଆଜି କାମ କରିବାକୁ ଆଦୌ ଇଚ୍ଛା ନାହିଁ । ଆଜି ରବିବାରଟା ସେ କେବଳ ଉପଭୋଗ କରିବ ବିନା ପରିଶ୍ରମରେ । ନିଜ ପାଇଁ ରାନ୍ଧିବ ? ନା, ଆଉ ଗୋଟିଏ କାମ କଲେ ସେଥିରୁ ମୁକ୍ତି ମିଳିବ । ଲିପି ଘରକୁ ଯିବ । ଦି' ମାସ ହେଲା ତା' ସଙ୍ଗେ ଦେଖା ହେଇନି । ଲିପି ଯାଇଥିଲା ସ୍ୱିଡେନ୍ । ସେ ଫେରିବା ପରେ ମିତାର ମାର୍ଚ ମାସ କାମ । ତେଣୁ ଦେଖା ହୋଇପାରିନି ।

ଏଠିକୁ ମିତା ବଦଲିହୋଇ ଆସିବା ପରେ ଲିପି ତା' ଘରେ ରହିବାକୁ ପ୍ରସ୍ତାବ ଦେଇଥିଲା । ବଡ଼ ଦି' ମହଲା ଘର ଲିପିର । ପାଞ୍ଚଟା ବେଡ଼ରୁମ୍, ଗେଷ୍ଟ ରୁମ୍ ଅଲଗା । ପୁଅ ଦି' ଜଣ ଭେଲୋରରେ ଇଞ୍ଜିନିଅରିଂ ପଢ଼ୁଛନ୍ତି । ସ୍ୱାମୀ ଡାକ୍ତର, ସକାଳ ସାତରୁ ରାତି ଦଶଟା ପର୍ଯ୍ୟନ୍ତ କ୍ଲିନିକ । ଖାଇବାପାଇଁ ବି ଘରକୁ ଆସନ୍ତି ନାହିଁ । ଲିପି ଏଠିକା ବିଶ୍ୱବିଦ୍ୟାଳୟରେ ଆସୋସିଏଟ୍ ପ୍ରଫେସର । ନିଜର ରିସର୍ଚ ଓ ପି.ଏଚ୍.ଡି କରୁଥିବା ତା'ର ଛାତ୍ରଛାତ୍ରୀଙ୍କୁ ନେଇ ସେ ଖୁବ୍ ବ୍ୟସ୍ତ । ତଥାପି ଲିପି ଛୁଟିଦିନରେ ଏକା

ହୋଇଯାଏ। ମିତା ତା' ଘରେ ରହିଥିଲେ ଛୁଟିଦିନ ଗୁଡ଼ାକ ମଉଜରେ କଟିଯାଇଥାନ୍ତା। କିନ୍ତୁ ମିତା ସ୍ୱାଧୀନ ହୋଇ ରହିବାକୁ ଚାହୁଁଥିଲା। କିଏ ଜାଣେ, ଏଠି କେତେ ବର୍ଷ ରହିବାକୁ ପଡ଼ିବ। ଏ ବୟସରେ ସାଙ୍ଗ ଘରେ ରହିବା ପାଇଁ ତାକୁ ମାଡ଼ି ପଡ଼ିଲା। ଏ ଘର ଲିପିର ବର ପ୍ରସନ୍ନ ବାବୁ ଠିକ୍ କରିଦେଇଥିଲେ। ଘରମାଲିକ ତାଙ୍କର ବନ୍ଧୁ, ଖୁବ୍ ଭଲଲୋକ।

ମିତା ସ୍ଥିର କଲା ଗାଧୋଇ ସାରି ଲିପି ଘରକୁ ଯିବ। ସେଠି ଦି' ଜଣ କିଛି ଖାଇନେବେ। ତା'ପରେ ସାଙ୍ଗ ହୋଇ ବଜାର ଯିବେ, ନହେଲେ ଜଗନ୍ନାଥ ମନ୍ଦିର ବେଢ଼ାର ବଉଳ ଗଛ ମୂଲେ ବସି ଗପସପ କରିବେ। ସେଇଠି ପ୍ରସାଦ ଖାଇ ଫେରିବେ। ତେଣୁ ଲିପିକୁ ଫୋନ୍ କରାଯାଉ। ଏତିକିବେଳେ ସୁରେଶଙ୍କ ଫୋନ୍ ଆସିଲା-

– କ'ଣ କରୁଥିଲ ? ଆଜି ତ ଛୁଟି। ଆସିଲନି ?

– ତମେ କଲିକତା ଗଲନାହିଁ କି ?

– ନା', ଆର ଶନିବାର ଯିବି। ଟିକେଟ୍ କ୍ୟାନସେଲ୍ କରିବାକୁ ହେଲା। ଆଚ୍ଛା, ତମେ କ'ଣ ଦୁଇଦିନ ଛୁଟି ନେଇ ଆସିପାରିବ ?

– ନିଶ୍ଚୟ, ତମେ କଲିକତା ଯିବ ବୋଲି ମୁଁ ରହିଗଲି, ନହେଲେ ଯାଇନଥାନ୍ତି ? ଆସନ୍ତା ଶନିବାର ତମେ ତ କଲିକତା ଯାଇଥିବ, ତା'ପର ଶନିବାର ଦି' ତିନି ଦିନ ମିଶେଇ ଛୁଟି ନେଇ ଯିବି।

– ଆଜି ଆସୁନ ? ରବିବାର ବେଶୀ ଭିଡ଼ ନଥିବ।

– କ'ଣ ଜରୁରୀ ?

– ହଁ, ନହେଲେ ମୁଁ କଲିକତା ଯାଇନଥାନ୍ତି ?

– କ'ଣ ହେଇଛି କହିଲ ?

– ଆରେ ନା' ନା', ଡରିବାର କିଛି ନାହିଁ। ମଉଆ ବୋହୂ ସିପ୍ରା ଆସୁଛି ଝିଅକୁ ନେଇ। ଅଳ୍ପ ସମୟ ଭିତରେ ପହଞ୍ଚିଯିବ। ପରେଶ ଆଉ ତା' ପିଲାପିଲି କାଲିଠୁ ଆସିଗଲେଣି। ଜ୍ୟୋସ୍ନା ତା' ଦି' ପୁଅକୁ ଧରି ସକାଳେ ପହଞ୍ଚିଲା। ଘରେ ଲୋକ ଭର୍ତ୍ତି, ମତେ ଭାରି ବିରକ୍ତ ଲାଗୁଛି। ତମେ ଚାଲି ଆସ।

– ଠିକ୍ ଅଛି।

ଲୁଗାପତା ଦି'ଖଣ୍ଡ ବ୍ୟାଗରେ ପୁରେଇ ବସ୍ ଧରିବାକୁ ଧାଇଁଲା ମିତା। ଷ୍ଟେସନ ଏଠୁ ଟିକେ ଦୂର। ଯଦି ଭଲ ବସ୍ ନପାଏ ଷ୍ଟେସନ ଯିବ। ଭୁବନେଶ୍ୱର ପାଇଁ ଟ୍ରେନ୍‌ର ଅଭାବ ନାହିଁ।

ଭୁବନେଶ୍ୱର ଷ୍ଟେସନରୁ ଅଟୋ ଧରି ଘରେ ପହଞ୍ଚିବା ବେଳକୁ ଦୁଇଟା ବାଜି ସାରିଥିଲା । ଶ୍ୱଶୁର, ସାନ ଦିଅର ଆଉ ପିଲାମାନଙ୍କ ଛଡ଼ା କେହି ଖାଇନଥିଲେ । ଅପେକ୍ଷା କରିଥିଲେ ମିତାକୁ । ଶାଶୂ ଡାକ ପକେଇଲେ ''ଆଲୋ, ମିତା ଆସିଲାଣି, କିଏ ତାକୁ ଲେମ୍ବୁ ପାଣି ଗିଲାସେ ଦିଅ । ସେ ଆଗେ ଟିକେ ଥକ୍କା ମେଣ୍ଟାଉ । ତା' ପରେ ଖାଇବାକୁ ବାଢ଼ିବ'' । ମିତାକୁ କହିଲେ- 'ଦେ ସେ ବ୍ୟାଗ୍ ମୋ ହାତକୁ । ଯା, ମୁହଁ ହାତ ଧୋଇ ପକା । ଖରାରେ ଆସି ପିଲା ମୋର କଳାକାଠ ପଡ଼ିଗଲାଣି ।'

ମିତାକୁ ଆଶ୍ଚର୍ଯ୍ୟ କରି ଦେବାକୁ ଏତିକି ଥିଲା ଯଥେଷ୍ଟ । ଆଜିକୁ ବାଇଶ ବର୍ଷ ହେଲା ମିତା ଏ ଘରକୁ ବୋହୂ ହୋଇ ଆସିଲାଣି । ବାହାଘରର ସାତଦିନ ପରଠୁ ଦିନ ରାତି ଖଟିଛି । ରାତି ଚାରିଟାରୁ ବାସନ ମଜା, ରୋଷେଇ, ଲୁଗାକଚା- ସବୁ କାମ ସାରି ଝାଳ ସରସର ହୋଇ ଅଫିସ୍ ବାହାରିଯାଏ । କେବେ ଖାଇଥାଏ କି ଅଖିଆ ଯାଏ ଦେଖିବାକୁ କେହିନାହିଁ । ଅଫିସରୁ ଛଅଟାରେ ଫେରି ଦିତା ବ୍ୟାଗରେ ବଜାର ସଉଦା ଧରି ଘରକୁ ଆସେ । ଶାଶୂ, ଶ୍ୱଶୁର, ଦିଅର, ନଣନ୍ଦ ଓ ପୁତୁରାକୁ ମିଶେଇ ଆଠ ଜଣିଆ ପରିବାର । କଷ୍ଟରେ ଶରୀର ଭାଙ୍ଗି ପଡ଼ିଲା ପରି ଲାଗୁଥିବ, ବିଛଣାରେ ଟିକେ ପଡ଼ିଯିବାକୁ ଇଚ୍ଛା ହଉଥିବ, କେହି ଦିନେ ତା' ଆଡ଼େ ଧ୍ୟାନ ଦେଇନାହାନ୍ତି, ତାକୁ ତା' ସରବତ ଦେବା ଦୂରର କଥା ! ଆଉ ଆଜି ଏ କି ଅଭୁତ ଆଚରଣ ? ତାକୁ ଫାଶୀ ଦିଆଯିବ କି ?

ମନେମନେ ହସିଲା ମିତା । ଏବେ ଦୂରରେ ଅଛି ବୋଲି ଏତେ ଆଦର ବୋଧେ । ନହେଲେ ବାଇଶ ବର୍ଷ ହେଲା ତା' ଜୀବନ ପାପୋଛଠୁ ହୀନ ହୋଇସାରିଛି ।

ସମସ୍ତେ ଏକା ସାଙ୍ଗରେ ବସି ଖାଇଲେ । କଦଳୀ ପତ୍ରରେ ଭାତ, ଡାଲି, ମାଛ ତରକାରୀ, ଭେଣ୍ଡି ଭଜା, ଶାଗ ଆଉ ବିଲାତି ଖଟା । ସବୁ ସାନ ଯା' ରାନୁ ରାନ୍ଧିଛି । ରନ୍ଧାବଢ଼ା କାମ କରିବାକୁ ରାନୁ ଆଦୌ ଭଲ ପାଏନା । ସାନ ଦିଅରର ଅଭିଯୋଗ, ଘରର ଅଧିକାଂଶ କାମ ତାକୁ କରିବାକୁ ପଡ଼ୁଛି । ଅନେକ ଦିନ ତଳେ ପରେଶର ନିର୍ବନ୍ଧ ଦିନ ରାତିରେ ଏମିତି ପତ୍ର ପକେଇ ସମସ୍ତେ ଖାଇଥିଲେ । ରାତି ଦି'ଟା ପର୍ଯ୍ୟନ୍ତ ସେମିତି ଅଙ୍ଠା ହାତରେ ବସି ଗପୁଥିଲେ । ସୁରେଶ ଗାଳିଦେଲାରୁ ଯାଇ ସମସ୍ତେ ପତ୍ର ଉଠେଇ ହାତ ଧୋଇଥିଲେ । ତା'ର ମାସକ ପରେ, ମେ ମାସରେ ମଝିଆଁ ଦିଅର ଅମରେଶ ଚାଲିଗଲା ଆକ୍ସିଡେଣ୍ଟରେ । ତା' ସାଙ୍ଗରେ ମନଖୋଲା ହସଖୁସି ତାଙ୍କ ସଂସାରରୁ ବିଦାୟ ନେଇଗଲା । ସାନ ଦିଅର ପରେଶର ବାହାଘର ଘୁଞ୍ଚିଗଲା ଦି ବର୍ଷ । ସବୁକିଛି ବଦଳିଗଲା ।

ଖାଇସାରି ସୁରେଶ ଗଲେ ବିଶ୍ରାମ ନେବାକୁ । ନଣନ୍ଦ ଜ୍ୟେଷ୍ଠା ସାଦା ବିଡ଼ିଆ ପାନଖଣ୍ଡେ ଆଣି ମିତା ହାତକୁ ବଢ଼େଇ ଦେଇ କହିଲା, ''ତମର ଶାଢ଼ୀଟା ପସନ୍ଦ ହବ କି ନାହିଁ ଦେଖିବ । ବଡ଼ଭାଇ ଯାଇଥିଲେ ତମ ପସନ୍ଦର ସୂତା ଶାଢ଼ୀ ଆଣିଥାନ୍ତା । ସାନ ଭାଇ ତ ସବୁ କିଣିଛି । ଟିକେ ଦେଖିବ ।''

– ଏବେ ଶାଢ଼ୀ କିଣା କାହିଁକି ? ସାବିତ୍ରୀ ବ୍ରତ ତ ଡେରି ଅଛି ।

– ତମକୁ ଭାଇ କିଛି କହିନି କି ?

– କେଉଁ କଥା ?

– କାଲିର ପୂଜା କଥା । ସେଇଥିପାଇଁ ତ ତମକୁ ଡକେଇଲା । ବୋଉ ଖବର ଦେଲାରୁ ମୁଁ ପିଲା ଦି'ଟାଙ୍କୁ ଧରି ପଳେଇ ଆସିଲି । ପଅରଦିନ ଫେରିଯିବି ।

– କି ପୂଜା ? ମୁଁ ତ କିଛି ବି ଜାଣିନି । କ'ଣ ଆମ ବୋଉଙ୍କର କିଛି ସ୍ୱେଶାଲ୍ ପୂଜା ?

ଜ୍ୟେଷ୍ଠା ଶାଶୂଙ୍କୁ ଡାକ ପକେଇଲେ ।

– ଦେଖ ତୋ ପୁଅର ବୁଦ୍ଧି । ଭାଉଜଙ୍କୁ କିଛି ବି କହିନି ।

– ତୁ ଗଲୁ ତୋ ପିଲାଙ୍କ କଥା ବୁଝିବୁ । ପୁଅ ବଲେ ତାକୁ କହିବନି କି ?

ଶୋଇବା ଘରକୁ ଆସି ମିତା ଦେଖିଲା ସୁରେଶ ନିଦରେ ଘୁଙ୍ଗୁଡ଼ି ମାରୁଛନ୍ତି । ସବୁବେଲେ ସେ ଏମିତି । ଖାଇ ସାରିବା ପରେ ଅଧଘଣ୍ଟା ନିଦ ତାଙ୍କର ଦରକାର । ମିତା ଯା' ନଣନ୍ଦଙ୍କ ସାଙ୍ଗେ ଗପସପ କରିବା ପାଇଁ ତଲକୁ ଫେରି ଆସିଲା ।

ନଣନ୍ଦ ଭାଉଜ ମିଶି ଗପ କରୁଥିଲେ । ସୁରେଶ ନିଦରୁ ଉଠି ଉପରୁ ଡାକ ପକେଇଲେ ଚା' ପାଇଁ । ଦି କପ୍ ଚା' ଧରି ମିତା ସୁରେଶଙ୍କୁ ଖୋଜି ଖୋଜି ଛାତ ଉପରକୁ ଗଲା । ଦି' ଜଣ ସାଙ୍ଗ ହେଇ ଚା' ପିଉ ପିଉ ଅସ୍ତଗାମୀ ସୂର୍ଯ୍ୟ, ଘର ଫେରନ୍ତା ଚଡ଼େଇ ଆଉ ଧୂଳିଆ ବଟଦମାନଙ୍କୁ ଦେଖୁଥିଲେ । ସୁରେଶ ମାସକ ଭିତରେ ଘଟିଥିବା ଛୋଟ ବଡ଼ ଘଟଣାର ଧାରା ବିବରଣୀ ଶୁଣାଉଥାନ୍ତି । ମିତା ମନ ଦେଇ ଶୁଣୁଥାଏ ।

– ମୁଁ ଏତେ କଥା କହିଲି । ଏବେ ତମେ କୁହ । ମାସେ ହେଲା ଘରକୁ ଆସିନାହଁ । ଛୁଟିଦିନ ସବୁ କେମିତି କାଟିଲ ?

– ଛୁଟି କାହିଁ ? ମାସ ସାରା ସବୁ ରବିବାର, ଗୁଡ଼ ଫ୍ରାଇଡେ ଓ ରାମ ନବମୀ ବି ଅଫିସ୍ କାମରେ ଗଲା । ସକାଳୁ ରାତି ଅଧ ଯାଏ ଖାଲି ବଲଦିଆ କାମ । ଗତକାଲି ଆସିଥାନ୍ତି । ତମର କଲିକତା ଯିବାର ଥିଲା, ଆସିଲିନି । ଆଚ୍ଛା ମନେ ପଡ଼ିଲା, କ'ଣ ଏମିତି ଜରୁରୀ ପୂଜା ଆମ ଘରେ ହଉଛି ?

- ତମକୁ କିଏ କହିଲା ?

- ଜ୍ୟୋସ୍ନା । ନୂଆ ଲୁଗାପଟା କିଣା ହେଇଛି ସମସ୍ତଙ୍କ ପାଇଁ ।

- ବୋଉର ସ୍ୱଭାବ ତମେ ଜାଣିନ ? ସବୁକଥା ବାଜା ବଜେଇ ଖଞ୍ଜଣି ପିଟି ନକଲେ ତା'ର ଚଳିବନି ।

- କି ପୂଜା ହବ କହିଲ ?

- ଧୈର୍ଯ୍ୟଧର, କହୁଛି ।

- ଠିକ୍ ଅଛି । ଧୈର୍ଯ୍ୟ ଧରିଲି । - ଠଟ୍ଟା କଲା ମିତା ।

ସୁରେଶ ଚୁପ୍‌ଚାପ୍ ବସିଥିଲେ, ମିତା ବି ।

ବାଙ୍ଗାଲୋରରୁ ଝିଅର ଫୋନ୍ ଆସିଲା । ପରୀକ୍ଷାରେ ଭଲ କରିଛି ବୋଲି ଖୁସିରେ ସେ ଉଛୁଳି ପଡ଼ୁଥିଲା । ଝିଅ ସାଙ୍ଗେ କଥା ହେଇସାରି ସୁରେଶ ମିତାର ବାଁ ହାତକୁ ନେଇ ତାଙ୍କ ବାଁ ହାତରେ ରଖିଲେ । ଡାହାଣ ହାତରେ ମିତାର ପିଠି ସାଉଁଲେଇ କହିଲେ, ''ଦେଖ, ମତେ ତମେ ଭୁଲ ବୁଝିବନି । ଏସବୁ ପୂଜା ଉପଚାର ବା ଆନୁଷ୍ଠାନିକ ନୀତି ନିୟମର ପକ୍ଷପାତୀ ମୁଁ ନୁହେଁ । ତମେ ଜାଣ ବାପାଙ୍କର ପାଗଲାମି ଦିନକୁ ଦିନ ବଢୁଛି । ମୁଁ ବୋଲି ଧୈର୍ଯ୍ୟର ସହ ସବୁ ସାମ୍ନା କରୁଛି । ସେଥିରେ ତମେ ପୁଣି ଛ' ମାସ ହେଲା ଦୂରରେ । ଡାକ୍ତର ଖଟୁଆ କହୁଛନ୍ତି 'ବାପା ଯାହା କହିବେ ତାଙ୍କୁ ମାନିବା ସମ୍ଭବ ହେଲେ ମାନିନିଅନ୍ତୁ । ନହେଲେ ଅନ୍ତତଃ ଛଳନା କରନ୍ତୁ ତାଙ୍କ କଥାରେ ସବୁ ଚାଲିଛି । ତା' ନହେଲେ ଏତେ କଷ୍ଟ ବେକାର ଯିବ !'

- ହଁ, କ'ଣ କରିବା ?

- ତମ ଉପରେ ମୋର ବିଶ୍ୱାସ ଅଛି, ମୁଁ ଯାହା କହିବି ତମେ ମାନିବ । ସେଇ ଭରସାରେ ସବୁ କରୁଛି । ବାପା ଖୁସି ହେବେ । ପରେଶ ମନରେ ବି ସନ୍ଦେହ ରହିବନି । ଆମର କ'ଣ ଅଛି ? ଝିଅ ତା' ସଂସାର କରିବ । ଆମେ କାହିଁକି କାହା ମନରେ କଷ୍ଟ ଦେବା ?

- ଘଟଣା କ'ଣ ଖୋଲି କହନ୍ତୁ ?

ସୁରେଶ ଉଠିଯାଇ ତଳକୁ ଗଲେ । ହାତରେ ଗୋଟିଏ କାଗଜ ଧରି ଫେରିଆସିଲେ । ମିତା ହାତକୁ ବଢ଼େଇ ଦେଇ କହିଲେ- ''ଭଲକରି ପଢ଼ିନିଅ, ଠିକ୍ ଅଛି କି ନାହିଁ, ଏସବୁରେ ମୋଠୁ ଅଧିକ ଜ୍ଞାନ ତମର ।''

ଷ୍ଟାମ୍ପ ପେପରରେ ଟାଇପ୍ ହୋଇ ଲେଖାଥିଲା 'ମୁଁ ମିତାଲି ଦାସ, ସ୍ୱାମୀ ସୁରେଶ ଚନ୍ଦ୍ର ଦାସ ନିଜ ଇଚ୍ଛାରେ ସମସ୍ତ ମାନସିକ ଶାରୀରିକ ସୁସ୍ଥତାର ସହ ଆୟୁଷ୍ଥାନ

ବିଶ୍ୱ କଲ୍ୟାଣ ଦାସ, ପିତା ପରେଶ କୁମାର ଦାସଙ୍କୁ ପୋଷ୍ୟପୁତ୍ର ରୂପେ ଗ୍ରହଣ କରୁଛି । ଆଜିଠାରୁ ସେ ଆଇନତଃ ମୋର ପୁତ୍ର ରୂପେ ପରିଚିତ ହେବେ ଏବଂ ମୋର ସମସ୍ତ ସ୍ଥାବର ଅସ୍ଥାବର ସଂପତ୍ତିର ଆଇନସଙ୍ଗତ ହକଦାର ହେବେ । ...ତାଙ୍କୁ ପୁତ୍ର ରୂପେ ଗ୍ରହଣ କଲି ।'

(ସ୍ୱାକ୍ଷର)

ପୁରା କାଗଜ ପଢ଼ିସାରିଲା ବେଳକୁ ମିତାର ହାତ ଥରୁଥିଲା । ତା' ଦେହରୁ ଗମ୍ ଗମ୍ ଝାଳ ବୋହିଗଲା । ସେ ପଚାରିଲା, ''ଏସବୁ କ'ଣ ?''

– ଦେଖ, ଏସବୁ ବାପାବୋଉଙ୍କ ମନ ବୁଝିବା ପାଇଁ । ବାପାଙ୍କର ଏକା ଜିଦ୍, ପରେଶର ବଡ଼ପୁଅ କଲ୍ୟାଣକୁ ମୁଁ ପୁଅ କରିବି । ମୋର ପୁଅ ନାହିଁ ବୋଲି ତାଙ୍କର ମନଦୁଃଖ । ମଝିଆଁ ବି ମରିଗଲା । ତା'ର ସେଇ ଝିଅଟି । ସେ ବି ଦିନେ ପରଘରକୁ ଯିବ । ବୋଉ ବି ଚାହୁଁଛି କଲ୍ୟାଣକୁ ଆଣି ପାଖରେ ରଖିବାକୁ । ହେଲା ଏବେ, ସମସ୍ତଙ୍କ ପାଇଁ ତ ଏତେ କଥା କରୁଛି, ଏତକ କରିଦେଲେ ଯଦି ସମସ୍ତେ ଖୁସି ହେବେ, ତେବେ ସେଇ କଥା ହଉ ।

– ପରେଶ କ'ଣ କହୁଛି ?

– ସେ କ'ଣ କହିବ ? ତାର ତ ଆଉ ଦି'ପୁଅ ଅଛନ୍ତି । ସେ ତା' ସ୍ତ୍ରୀକୁ ବୁଝେଇ ଦେଇଛି, କଲ୍ୟାଣ ଏଠି ଆମ ପାଖରେ ରହି ପଢ଼ିବ । ବାପାଙ୍କର ଜିଦ୍, ସବୁକଥା କୋର୍ଟ କାଗଜରେ ହେବ । ନହେଲେ ଭବିଷ୍ୟତରେ ପରେଶ ତା' ପୁଅକୁ ନିଜର ବୋଲି ଦାବୀ କରିପାରେ ।

– କ'ଣ ହେବ ସେଇଠୁ ? ଏଠି ପୁଅ ରହି ପଢ଼ୁ । ତିନିପୁଅ ଯାକ ଏଠି ରହିଲେ ବି ମୋର ଆପତ୍ତି ନାହିଁ । ଅମର ଚାଲିଗଲା ପରେ ମୁଁ କହିଥିଲି ତା' ଝିଅ ଲୁଲିକୁ ଆଣି ଏଠି ଆମ ପାଖରେ ରଖିବାକୁ । ସିପ୍ରା ରାଜି ହେଲାନି । ଛୁଆକୁ ପାଖରୁ ଛାଡ଼ିବା କେତେ କଷ୍ଟ ମୁଁ ଜାଣେ । ରାନୁ କାହିଁକି ଛାତିରେ ପଥର ରଖି ତା' ପୁଅକୁ ଛାଡ଼ିଦେବ ? ପିଲାଟା ନିଜେ ତା' ମା'କୁ ଛୁରିବନି ? ତା' ଛଡ଼ା ଏସବୁ ଲେଖାପଢ଼ା, ପୂଜା ପ୍ରହସନ କାହିଁକି ? ସେମିତିରେ କ'ଣ ସଂପତ୍ତି କାହାକୁ ଦେବାକୁ ମୁଁ ମନା କରିଛି ? ତୁମେ କ'ଣ ଜାଣିନ ଏସବୁ ପ୍ରତି ମୋର ଲୋଭ ନାହିଁ ?

– ସବୁ ଜାଣେ, ହେଲେ ବାପାବୋଉ ତ ସେ କଥା ବୁଝୁନାହାନ୍ତି । ବାପାଙ୍କର ଶେଷ ଇଚ୍ଛା ସେତିକି, ସେ ପରିଷ୍କାର ଶୁଣେଇ ଦେଇଛନ୍ତି । ବୋଉ ବି ସେଥିରେ ଖୁସି ହବ । ପରେଶ ଆଉ କିଛିଦିନ ପରେ ଭୁବନେଶ୍ୱର ବଦଲି ହୋଇ ଆସିବ । ବହୁତ

ଦିନ ସମସ୍ତେ ଅଲଗା ରହିଲେଣି, କେତେବେଳେ ବାପାଙ୍କର କ'ଣ ହବ କିଏ ଜାଣେ ? କାହିଁକି କାହା ମନରେ କଷ୍ଟ ଦେବା ?

– ତମେ ନିଜେ ଏସବୁ ସମର୍ଥନ କରୁଛ କି ନାହିଁ ମତେ କହିଲ ?– ମନ ଭିତରେ କ୍ରୋଧ ଚାପି କହିଲା ମିତା। ସୁରେଶଙ୍କଠୁ ଏ ପ୍ରକାର କଥାଶୁଣି ତା'ର ସର୍ବାଙ୍ଗ ଜଳିଯାଉଥିଲା।

– ସମର୍ଥନ କରିବା ନ କରିବାରେ କ'ଣ ଅଛି ? ଭଗବାନ ମତେ ପୁଅ ଦେଇ ନାହାନ୍ତି। ମୋ ଝିଅ ଦୂରକୁ ଗଲାଦିନୁ ମୁଁ ଏକା ହୋଇଯାଇଛି। ଘରକୁ ଫେରିଲେ କାହା ସହ ଗପିବା ଖେଳିବା ପାଇଁ ମୋର ବି ସାଙ୍ଗ ଲୋଡ଼ାପଡୁଛି। ମୋ ନିଜ ଭାଇର ପୁଅକୁ ମୁଁ ପୁଅ କଲେ କ୍ଷତି କ'ଣ ?

ମିତା ଆଶ୍ଚର୍ଯ୍ୟ ହୋଇ ସୁରେଶଙ୍କ ମୁହଁକୁ ଅନେଇଲା। ଅନ୍ଧାରରେ ତାଙ୍କ ମୁହଁର ଭାବ ପଢ଼ିବା ସମ୍ଭବ ନଥିଲା। ହେଲେ ମନର ଭାବ ସ୍ପଷ୍ଟ। ଇଏ କ'ଣ ସେଇ ସୁରେଶ ଯିଏ ଖୁସିର ଜନ୍ମ ପରେ ଏକା ଜିଦ୍ ଧରିଥିଲେ ତାଙ୍କର ଆଉ ପିଲା ଦରକାର ନାହିଁ, ଗୋଟିଏ ହିଁ ଯଥେଷ୍ଟ। ମିତା ମଧ୍ୟ ତା' ମନକୁ ବୁଝେଇ ଦେଇଥିଲା। କିନ୍ତୁ ସମସ୍ତ ସତର୍କତା ସତ୍ତ୍ୱେ ଦ୍ୱିତୀୟ ଥର ମିତା ମା' ହେବାକୁ ଯାଉଥିଲା। ବାନ୍ତି କରିକରି ସେ ହାଲିଆ ହେଇଯାଉଥିଲା। ସୁରେଶ ଜିଦ୍ କଲେ ଆବର୍ସନ୍ କରିବାକୁ। ମିତାର ସମ୍ମତି ନଥିଲା, ହେଲେ ତା'ର ଭୟ ତାକୁ ବାଧ୍ୟ କଲା ରାଜି ହେବାକୁ। ବର୍ଷକର ଝିଅର ଦେଖାଶୁଣା କରିବାକୁ ଶାଶୂ ନଣନ୍ଦ ସବୁବେଳେ ଗରଗର ହେଉଥିଲେ। ସୁରେଶ ସବୁଦିନ ସକାଳ ନଅଟାରୁ ରାତି ଏଗାରଟା ପର୍ଯ୍ୟନ୍ତ ଅଫିସରେ। ଝିଅର ଦେହ ଖରାପ ହେଲେ ଲକ୍ଷ୍ମଣ ମିଶ୍ରଙ୍କ ଆୟୁର୍ବେଦ ବହି ଥିଲା ତା'ର ଏକମାତ୍ର ଭରସା। ନୂଆ କଲୋନୀରେ କେହି ଡାକ୍ତର ନଥିଲେ କି ରିକ୍ସା, ଅଟୋ ନଥିଲା ସୁବିଧା ଅସୁବିଧାରେ କୁଆଡ଼େ ବାହାରକୁ ଯିବାକୁ।

ସେଦିନ ଭୋର ଚାରିଟାବେଳେ ମିତା ସ୍ୱପ୍ନ ଦେଖିଲା– ଗୋଟେ ଛ' ମାସର ପୁଅକୁ ମିତା ଶୁଆଇ ଦେଇ ବାହାରକୁ ଯାଇ ଫେରିଲା ବେଳକୁ ପୁଅ ରାହାଧରି କାନ୍ଦିକାନ୍ଦି ଖଟ ତଳକୁ ଖସିପଡ଼ିଲା। ତା' ପରେ କାନ୍ଦ ବନ୍ଦ ହେଇଗଲା। ମିତା ନିଦରୁ ଉଠି ବସି ପଡ଼ିଲା। ତା' ଛାତି ଧଡ଼ପଡ଼ ହେଉଥିଲା। ସେଦିନ ସନ୍ଧ୍ୟାରେ ଡାକ୍ତର ପଣ୍ଡାଙ୍କ ପାଖକୁ ଯିବାର ଥିଲା। ବଡ଼ ଦୁର୍ବଳ ସ୍ୱରରେ ମିତା ଆବର୍ସନ୍ ନକରିବାକୁ ଅନୁରୋଧ କରିଥିଲା। ସୁରେଶ ନିଜ ଜିଦ୍‌ରେ ଅଟଳ ରହିଲେ। କହିଲେ, ''ବାପା-ମା' ହେରବାର ଅନୁଭବ ପାଇଁ ଗୋଟିଏ ପିଲା ଯଥେଷ୍ଟ। ସେ ପୁଅ ହେଉ କି ଝିଅ।

ବାରମ୍ବାର ସେ ଅନୁଭବର କିଛି ଅର୍ଥ ନାହିଁ। ମୋ ଉପରେ ମୋ ବାପା, ବୋଉ, ଦୁଇ ଭାଇ, ଦି'ଜଣ ଭଉଣୀ- ଏ ସମସ୍ତଙ୍କ ବୋଝ ସାଙ୍ଗରେ ଦି'ଟା ପିଲାଙ୍କୁ ମୁଁ ଠିକ୍ ଭାବେ ମଣିଷ କରିପାରିବିନି। ମିତା ସାହସ କରିପାରିନଥିଲା ଆଉ କିଛି କହିବାକୁ। କିଏ ଜାଣେ ପୁଅ ହେବ କି ଝିଅ? ସୁସ୍ଥ କି ରୋଗିଣା? ଅନାଗତ ପାଇଁ ପାରିବାରିକ ଶାନ୍ତି ନଷ୍ଟ କରିବାକୁ ସେ ଚାହିଁ ନଥିଲା।

ସେଦିନ ସୁରେଶଙ୍କ ଇଚ୍ଛାରେ ଗର୍ଭପାତର ଯନ୍ତ୍ରଣା ସେ ଦାନ୍ତ କାମୁଡ଼ି ସହିଯାଇଥିଲା। ତା' ପରଠୁ ନିଜକୁ ବୁଝେଇ ଦେଇଛି। କେତେ ଥର ତାକୁ ଦେଖୋଇ ଶାଶୁ ସୁରେଶଙ୍କୁ କହିଥିବେ 'ତୋର ପୁଅ ନାହିଁ, ତତେ କିଏ ପିଣ୍ଡ ପାଣି ଦବ?' ସୁରେଶ ଜବାବ ଦିଅନ୍ତି 'ମୋର ପିଣ୍ଡ ପାଣି ଦରକାର ନାହିଁ। ମୁଁ ମାଛମାଂସ ଖାଇବା ଲୋକ, ସେ ଭାତ ଡାଲମା ପିଣ୍ଡ ଖାଇବାକୁ ମୁଁ ଏତେ ବାଟ ଆସିବି ନାହିଁ।'

ଶାଶୁଙ୍କ କଥାରେ ଆଘାତ ପାଇଲେ ବି ସୁରେଶଙ୍କ ମୁହଁଚାହିଁ ସହିଯାଏ ମିତା। ହେଲେ ଆଜି ସେକଥା ସୁରେଶ ନିଜେ କେମିତି କହିଲେ? ମିତାର ସବୁ ବିଶ୍ୱାସ ଭରସା ଭାଙ୍ଗି ଚୁରମାର ହୋଇଗଲା।

ସୁରେଶଙ୍କ ପାଖରୁ ଉଠି ଆସି ଗାଧୁଆ ଘରକୁ ଗଲା ମିତା। ମନଭରି କାନ୍ଦିଲା। ବାପାବୋଉ କ'ଣ ଚାହାନ୍ତି, କ'ଣ କଲେ ଭାଇମାନେ ଖୁସି ହେବେ ସୁରେଶଙ୍କର କେବଳ ସେଇ ଚିନ୍ତା। ଆଉ ମିତା? ସେ କେବଳ ସୁରେଶଙ୍କୁ ସେଥିରେ ସାହାଯ୍ୟ ଆଉ ସମର୍ଥନ କରୁଥିବ। ତା'ର ନିଜର ଚାହିଦା ବୋଲି କିଛି ନାହିଁ। ତାଙ୍କ ବାପାଙ୍କର ଶେଷଇଚ୍ଛା, ତାଙ୍କ ବୋଉଙ୍କ ଖୁସି, ସାନ ଭାଇର ତିନି ପିଲାଙ୍କ ବୋଝ ହାଲୁକା କରିବାକୁ ପରେଶର ବଡ଼ପୁଅକୁ ପୁଅ କରି ଆଜିଠୁ ତା' ନାଁରେ ସବୁ ସଂପତ୍ତି ଭାଗ କରିବାର ବ୍ୟବସ୍ଥା ଏବଂ ପୁଅ ପାଖରେ ରହି ପଢ଼ିବା ଇତ୍ୟାଦି ସବୁ ଆୟୋଜନ ସରିଛି। ପୂଜା ସାମଗ୍ରୀ, ଲୁଗାପଟା କିଣା, ବ୍ରାହ୍ମଣ ଜ୍ୟୋତିଷ ନିମନ୍ତ୍ରଣ ଏପରିକି କୋର୍ଟରେ ଲେଖାପଢ଼ା ପାଇଁ କାଗଜପତ୍ର ତିଆରି ସରିଛି। ଖାଲି ଦସ୍ତଖତ ପାଇଁ ତା'ର ଉପସ୍ଥିତି ଦରକାର ପଡ଼ିଲା। ଆଗରୁ ଟିକେ କେହି ତା'ର ମତ ଲୋଡ଼ିଲେ ନାହିଁ। ମିତାର ବୋଉ ଆଉ ଭାଉଜମାନେ କେତେ ବୁଝେଇଥିଲେ ମିତାକୁ ଆଉ ଗୋଟିଏ ପିଲାପାଇଁ। ସମସ୍ତଙ୍କ କଥା କିନ୍ତୁ ମିତା କାଟିଦେଇଥିଲା।

ରାତିରେ ଖିଆପିଆ ସରିଲା। ମିତା ତଳକୁ ମୁହଁ ପୋତି ଖାଉଥିଲା। ଯିଏ ଯାହା କହୁଥିଲେ ହଁ-ନା'ରେ ଜବାବ ଦେଉଥିଲା। ଦି'ପହରର ହସଖୁସି ମିଳେଇ ଯାଇଥିଲା ରାତିକୁ।

ଶୋଇବା ଘରେ ସୁରେଶ ତକିଆକୁ ଆଉଜି ଗୋଟିଏ ବହି ପଢୁଥିଲେ ।

– ତମକୁ ଗୋଟିଏ କଥା ପଚାରିବି ?

– ପଚାର !

– ତମେ କଲ୍ୟାଣକୁ ପୁଅ କରିପାରିଥାନ୍ତ । ମତେ ଏସବୁ ଭିତରକୁ ଟାଣିବାର ଉଦ୍ଦେଶ୍ୟ ?

– ବାପା ମନାକଲେ । ଜ୍ୟୋତିଷ କାଲେ କହିଲେ ଯେ ମୋ ରାଶିରେ ପୁଅ କରିବା ଶୁଭ ନୁହେଁ । ତମେ କଲେ ସବୁ ଦୃଷ୍ଟିରୁ ମଙ୍ଗଳ ।

– ମିଛ କଥା ! ଅସଲ ଗୁମର କଥା ହେଲା ଏ ଘର ଆଉ ନୂଆପଲ୍ଲୀ ଜାଗା ମୋ ନାଆଁରେ ଅଛି । ତା'ଛଡ଼ା ତମେ ପୁଅ କଲେ, ମୁଁ ଭବିଷ୍ୟତରେ ଅସୁବିଧାରେ ପକେଇପାରେ । ତମ ବାପାଙ୍କ ମୁଣ୍ଡ ଠିକ୍ କାମ କରୁଛି । ପାଗଲ କ'ଣ କହୁଛ ? କୌଣସି ଅସୁସ୍ଥ ମଣିଷ ଏତେ ସୂକ୍ଷ୍ମ ବୁଦ୍ଧିରେ କାମ କରିପାରିବ ନାହିଁ । ତମର ମନେଥିବ, ମୋ ନାଆଁରେ ଘର କି ଜାଗା କରିବା ପାଇଁ ସେତେବେଲେ ତମକୁ ବାପା ମନା କରୁଥିଲେ ।

– ହେଲା ଏବେ, ଭବିଷ୍ୟତରେ ତ ସେଇମାନେ ଭୋଗ କରିଥାନ୍ତେ । ଏବେ ସେମାନେ ଖୁସିହେଲେ କ୍ଷତି କ'ଣ ? ତମର ଅନୁଗତ ହୋଇ ରହିବେ, ତମର ଲାଭ ।

– ଆଉ ମୋ ଝିଅ ? ତା'ର କିଛି ଅଧିକାର ନାହିଁ ? ତା' ପାଠପଢ଼ା ସରିବା ଆଗରୁ ମୋର ଯଦି କିଛି ହୋଇଯାଏ ?

– ତା'ର କ'ଣ ଅସୁବିଧା ହବ ? ମୁଁ ନାହିଁ କି ? ଆଉ ବର୍ଷେ ପରେ ସେ ତ ଆମଠୁ ଦି' ଗୁଣ ରୋଜଗାର କରିବ । ବାହାହୋଇ ତା' ସଂସାର କରିବ ।

– ମିତାକୁ ଉତ୍ୟକ୍ତ କରିବା ପାଇଁ ଏତିକି ଯଥେଷ୍ଟ ଥିଲା । ସେ ନିଜର କ୍ରୋଧ ଚାପି କହିଲା– ''ଡାକ୍ତର ପଣ୍ଡାଙ୍କ ନର୍ସିଂହୋମ୍‌ରେ ମୋ ପେଟର ପିଲାକୁ ମାରିଦେଇ ଆସିଲି ତୁମ କଥାରେ । ସେତେବେଲେ ଏସବୁ ବୁଦ୍ଧି କୁଆଡ଼େ ଥିଲା ?''

– ସର୍ବକାଲୀନ ଯୁକ୍ତି ବୋଲି କିଛି ନଥାଏ । ସେତେବେଲେ ମୋର ଆର୍ଥିକ, ସାମାଜିକ ସ୍ଥିତିକୁ ନେଇ ଯାହା ଠିକ୍ ଭାବିଥିଲି ସେଇ ନିଷ୍ପତ୍ତି ନେଇଥିଲି । ଆଜି କ'ଣ ନିଷ୍ପତ୍ତି ନେବି ବର୍ତ୍ତମାନର ପରିସ୍ଥିତି ତାହା ସ୍ଥିର କରିବ । କାଲି ଯାହା ଠିକ୍ ଥିଲା ଆଜି ସେଇଟା କାଏମ୍ ରହିବ ବୋଲି କିଛି ମାନେ ନାହିଁ ।– ସୁରେଶ କହିଲେ ।

ମିତା ଆଉ କିଛି କହିବାକୁ ଇଚ୍ଛା କଲାନାହିଁ । ଭିତରେ ଭିତରେ କିନ୍ତୁ ଜଲି ଯାଉଥିଲା । ବଡ଼ କଷ୍ଟରେ ନିଜକୁ ଆୟତ୍ତ କଲା ।

– ଠିକ୍ ? ଅଛି ! ଶୋଇପଡ଼, ବେଶୀ ରାତି ହୋଇଗଲାଣି, ସକାଳୁ ଉଠିଲେ ପୁଣି ଗୁଡ଼ାଏ କାମ। କହି ସୁରେଶ କଡ଼ ଲେଉଟାଇ ଶୋଇଗଲେ।

ମିତା କେବେ ଚିନ୍ତା କରିନଥିଲା ଯେ ଏମିତି ଏକ ପରିସ୍ଥିତିର ସାମ୍ନା ତାକୁ କରିବାକୁ ପଡ଼ିବ। ଆଜି ପର୍ଯ୍ୟନ୍ତ ନିଜ ଝିଅ, ପୁତୁରା-ଝିଆରୀ, ଭଣଜା-ଭାଣିଜାଙ୍କ ଭିତରେ ସେ କିଛି ଫରକ ଦେଖିନାହିଁ। ପର୍ବପର୍ବାଣିରେ ଲୁଗାପଟା କିଣିଲା ବେଳେ ସେ ବରଂ ନିଜ ଝିଅକୁ ପଛରେ ରଖିଛି। ଖୁସି ସାନ ଥିଲାବେଳେ ସେଥିପାଇଁ କେତେଥର କନ୍ଦାକଟା କରିଥିବ, ରୁଷିଥିବ। ଆଉ ଆଜି ? ତା'ର ପୁଅ ନାହିଁ ବୋଲି ତାକୁ ପରେଶ ଆଉ ରାନୁ ପାଖରେ କାନି ପତେଇବାକୁ ପଡ଼ିବ ? ସେଥିପାଇଁ ମୂଲ୍ୟ ଦେବାକୁ ହେବ ତା'ର ସମସ୍ତ ସ୍ଥାବର ଅସ୍ଥାବର ସଂପତ୍ତିର ଭାଗ ? ମିତାକୁ ଏତେ କଷ୍ଟ ହେଇନଥାନ୍ତା ଯଦି ସୁରେଶ ଯୁକ୍ତି କରି କଥାକୁ ସମର୍ଥନ କରିନଥାନ୍ତେ। ଯାହାପାଇଁ ମିତା ସାରା ସଂସାରକୁ ପଛ କରିଦେଲା, ସେ ତାକୁ ଆଜି ବିଚାରୀ ଭିକାରୁଣୀ କରିଦେଲେ।

ତାକୁ ଜମ୍ମା ନିଦ ହେଲାନାହିଁ। କେତେ ରାତି ହେବ କେଜାଣି ? ଅନ୍ଧାରେ କିଛି ଦିଶୁନି। ମିତା କବାଟ ଖୋଲି ଛାତ ଉପରକୁ ଗଲା। ଥଣ୍ଡା ସୁଲୁସୁଲିଆ ପବନ ବହୁଛି। ଘର ଭିତରେ ତା' ଦେହ ମନ ରୁନ୍ଧି ହେଇ ଯାଉଥିଲା। ଏତେ ଦିନ ସଂସାର କରିବା ଭିତରେ ମିତା ବୁଝିସାରିଥିଲା ତାକୁ ଏକଲା ହିଁ ଯୁଦ୍ଧ ଲଢ଼ିବାକୁ ହେବ। ସମସ୍ତଙ୍କ ଲୋଡ଼ାବେଳେ ସେ ଆଗଭର ହୋଇ ବାହାରି ପଡ଼ିଛି ସିନା, ତା' ପାଇଁ କିନ୍ତୁ କେହି ନାହିଁ।

ରାତି ଚାରିଟାରୁ ନିତ୍ୟକର୍ମ ସାରି ମିତା ବ୍ୟାଗ୍ ସଜାଡ଼ି ନେଲା, ଏବେ ତାକୁ ବେଶ୍ ହାଲୁକା ଲାଗୁଥିଲା। ଗୁଣୁଗୁଣୁ ହୋଇ ଗୀତ ଗାଇ ଚା' ବସେଇଲା। ରାତିରୁ ଘର ଧୁଆ ପୋଛା କାମ ଆରମ୍ଭ ହୋଇଗଲାଣି। ସକାଳ ଆଠଟା ବେଳେ ବ୍ରାହ୍ମଣ, ଜ୍ୟୋତିଷ ଆସି ପହଞ୍ଚିବେ। ତା' ଆଗରୁ ସବୁ ଜିନିଷ ଯେମିତି ସଜଡ଼ା ସରିଥିବ। ଶାଶୂ ବାଡ଼ି ଓଲେଇବା ସମୟରେ ଏଇକଥା କହି ସମସ୍ତଙ୍କୁ ଉଚ୍ଛନ୍ନ କରୁଥିଲେ।

– ଆଉ କେହି ନାହାନ୍ତି କି ଚା' କରିବାକୁ ? ଆଲୋ ହେ ଜୋଛନା, ରାନୁ କୁଆଡ଼େ ଗଲ ସବୁ। ଭାଉଜକୁ ଚା' ଦିଅ। ସେ ନିଜେ ଚା' କରି ପିଉଛି।

ମନେମନେ ହସିଲା ମିତା। କେହି କେବେ ଆଗରୁ ତା' ପାଇଁ ଚା' କରିବା କଥା ମନେପଡୁନି। ହାତଭାଙ୍ଗି ପ୍ଲାଷ୍ଟର ଲାଗିଥିଲା ବେଳେ ବି ବାଆଁ ହାତରେ ସବୁକାମ କରିବାକୁ ପଡ଼ିଥିଲା ତାକୁ। ସୁରେଶ ତା'ର ଅବସ୍ଥା ଦେଖି ବ୍ୟସ୍ତହେଇ ଶାଶୂଙ୍କୁ କହିଥିଲେ ଟିକେ ସାହାଯ୍ୟ କରିବା ପାଇଁ। ଶାଶୂ ସଫା ଶୁଣେଇ ଦେଲେ, 'ତା' ହାତ ଭଲ

ନହେଲା ପର୍ଯ୍ୟନ୍ତ ଲୋକ ରଖ, ନହେଲେ ସମସ୍ତେ ଚୁଡ଼ା ଗୁଡ଼ ଖାଇ ରୁହ ।' ଅସହାୟ ସୁରେଶ ଚୁପ୍ ରହିଥିଲେ । ସାନ ଯାଆ ଓ ନଣନ୍ଦ ଫୋନ୍‌ରେ ସମବେଦନା ଜଣେଇ କର୍ତ୍ତବ୍ୟ ସାରିଥିଲେ ।

– ଉଠ, ମତେ ଟିକେ ବସ୍‌ଷ୍ଟାଣ୍ଡରେ ଛାଡ଼ିଦବ ।

– କୁଆଡ଼େ ଯିବ ? ସୁରେଶ ବ୍ୟସ୍ତ ହୋଇ ପଚାରିଲେ ।

– ବ୍ରହ୍ମପୁର ! ଆଉ କୁଆଡ଼େ !

– ମୁଣ୍ଡ ଠିକ୍ ଅଛି ତ ?

– ଠିକ୍ ନଥିଲା, ଏବେ ଅଛି ।

– ଦେଖ ମିତା, ମୋ କଥା ଶୁଣ । ବାର ବର୍ଷର ତପସ୍ୟା ଏମିତି ଶୁଖୁଆ ପୋଡ଼ାରେ ସାରନାହିଁ । ସବୁ କଥା ଖୋଲା ମନରେ ଗ୍ରହଣ କରିବାକୁ ଚେଷ୍ଟା କର । ଚିନ୍ତା କଲ, ଯ୍ୟା' ପରେ କ'ଣ ହେବ ? ବାପାଙ୍କ ପାଗଳାମି ବଢ଼ିଯିବ, କ'ଣ ନାଇଁ କ'ଣ କରି ବସିବେ । ପରେଶ ଆଉ ତା' ସ୍ତ୍ରୀ ଶତ୍ରୁ ହୋଇଯିବେ । ବୋଉ କନ୍ଦାକଟା କରିବ । ସମସ୍ତଙ୍କୁ କନ୍ଦେଇ ଆମେ କ'ଣ ଭଲରେ ରହିପାରିବା ? ଆମ ଝିଅ ଉପରେ ତାଙ୍କ ଅଭିଶାପ ପଡ଼ିବନି ?

– ବାଃ ! ବାରମାସର ତପସ୍ୟାରେ ଯଦି ମୋ ଝିଅକୁ ଆଶୀର୍ବାଦ ମିଳିବାର ନାହିଁ ତେବେ ଅଭିଶାପ କାହିଁକି ପାଇବ ସେ ? ଯାହା ତା' ଭାଗ୍ୟରେ ଥିବ । ହେଲେ ଯେଉଁ କଥାକୁ ମୁଁ ସମର୍ଥନ କରିପାରୁନାହିଁ, ତା' କରିବାକୁ ମତେ ବାଧ୍ୟ କରନି । ତମେ କାଗଜ ତିଆରି କରି ନିଜେ ପୁଅ କରିପାର, ମୋର ଆପତ୍ତି ନାହିଁ । ଚାହିଁବ ଯଦି ଏ ଘର, ନୂଆପଲ୍ଲୀ ଜାଗା ଯାହା ନାଆଁରେ କହିବ ଲେଖିଦେବି । ହେଲେ ନିଜ ପେଟର ପିଲାକୁ ଅଳିଆ ଗଦାରେ ଫିଙ୍ଗିଦେଲା ପରେ ମତେ ଆଉ କାହା ପାଖରେ ପୁଅ ପାଇଁ ଭିକ ମାଗିବାକୁ କୁହନାହିଁ । ତମକୁ ହାତ ଯୋଡୁଛି, ପ୍ଲିଜ୍ ! ହଁ, ତମେ ତମ ଘର ଲୋକଙ୍କୁ କେମିତି କ'ଣ କହି ବୁଝେଇବ ସେ ଦାୟିତ୍ୱ ତମର । ମୋର ନିଷ୍ପତ୍ତି ବଦଳିବାର ନାହିଁ ।

ମନିପର୍ସ ଓ ବ୍ୟାଗ୍‌କୁ ହାତରେ ଉଠେଇ ତଳକୁ ଗଲା ମିତା ।

– ସକାଳୁ ସକାଳୁ ତୁ କୁଆଡ଼େ ଯାଉଛୁ ? – ଶାଶୁଙ୍କ ନଜର ପଡ଼ିଗଲା ।

– ଫେରିଯାଉଛି ବୋଉ ।

– କ'ଣ ? ଫେରିଯିବୁ ?

– କ'ଣ କରିବି କୁହ ? ରାତି ବାରଟା ବେଳେ ଅଫିସରୁ ଫୋନ୍ ଆସିଲା । ସକାଳ ଦଶଟା ବେଳକୁ ଯେମିତି ହେଲେ ଅଫିସରେ ପହଞ୍ଚିବାକୁ ପଡ଼ିବ ।

ଶ୍ୱଶୁର ଆଉ ଶାଶୂଙ୍କୁ ପ୍ରଣାମ କଲା ମିତା ।

– ଆରେ ସୁର ! ସିଏ କ'ଣ ଯିବାକୁ ବାହାରିଲାଣି ? ଏ କଥା ମୁଁ କିଛି ବୁଝିପାରୁନି !– ଶାଶୂ ବ୍ୟସ୍ତ ହୋଇ କାନ୍ଦି ପକେଇଲେ ।

– ତୋର ବୁଝିବା କିଛି ଦରକାର ନାହିଁ । ସବୁ ନାଟ ତୁ କରୁଛୁ, ତୁ ସମ୍ଭାଳିବୁ । ସେ ତା' ଚାକିରି କଥା ବୁଝିବ ନା' ଏଠି ତୋ ସାଙ୍ଗରେ ବସି ଘଣ୍ଟି ବଜେଇବ ?– ସୁରେଶ କହିଲେ ବୁଲିପଡ଼ି ମିତାକୁ କହିଲେ, 'ଚାଲ, ଭଲ ବସ୍‌ଟା ପଳେଇବ ।'

ଖୁସିରେ କୁରୁଳି ଉଠିଲା ମିତା । ସୁରେଶ ତା' ଇଚ୍ଛାକୁ ସମ୍ମାନ ଦେଇ ବୋଉଙ୍କୁ ଜବାବ୍ ଦେଲେ ? ଏତେ ବର୍ଷ ଭିତରେ କେବେ ଏମିତି ଘଟିବାର ମନେନାହିଁ ମିତାର ।

– ତମେ ଗାଡ଼ି ବାହାର କରନା । ସ୍କୁଟରରେ ଯିବା, ତମେ ଜାଣ ତମ ପଛରେ ସ୍କୁଟରରେ ବସିଲେ ମତେ ଭଲ ଲାଗେ । ପୁଣି ସକାଳର ଏଇ ଥଣ୍ଡା ସୁଲୁସୁଲିଆ ପବନ ।

ହସିଦେଲେ ସୁରେଶ । ମିତା ଏବେ ଆକାଶରେ ଉଡ଼ୁଥିଲା ଅବା ।

– ତମେ ଯାଇ ସିଟ୍ ଦେଖ, ମୁଁ ବ୍ୟାଗ୍ ବଢ଼େଇ ଦେବି ।

– ରହ, ପାଞ୍ଚ ମିନିଟ୍ ଆହୁରି ବାକି ଅଛି, ବସ୍ ଖାଲି ଅଛି । ଆମେ ଟିକେ ଏଇଠି ଠିଆ ହେବା ।

– ଠିକ୍ ଅଛି ।

– ମୋ ଉପରେ ରାଗିବନି ପ୍ଲିଜ୍, ଏଇ ପ୍ରଥମ ଥର ତମ କଥାରେ ଅବାଧ୍ୟ ହେଲି । କିନ୍ତୁ ମୁଁ ପ୍ରତିବାଦ ନକଲେ ମୋ ଶିକ୍ଷାର, ବ୍ୟକ୍ତିତ୍ୱର ଅମର୍ଯ୍ୟାଦା ହବ । ଆଶାକରେ ତମେ ବୁଝିବ । ତମର ଅସହାୟତା ମୁଁ ଜାଣେ ।

ମିତାକୁ ଆଶ୍ଚର୍ଯ୍ୟ କରି ସୁରେଶ କହିଲେ– 'ଆରେ ନାହିଁ, ତମ ଉପରେ ରାଗୁନି, ବରଂ ଭଲ ହେଲା । କେଉଁଠ ନା କେଉଁଠ ତ ଏସବୁରେ ପୂର୍ଣ୍ଣଚ୍ଛେଦ ପଡ଼ିଥାନ୍ତା । ନିଜେ ରାତିସାରା ଭାବୁଥିଲି । କିନ୍ତୁ ମୁଁ ଦୁର୍ବଳ ମଣିଷ, ତମପରି ଦୃଢ଼ମନା ନୁହେଁ । ପ୍ରତିବାଦ କରି ଘର ଲୋକଙ୍କ ଶତ୍ରୁ ହେବାକୁ ସାହସ ନାହିଁ । ଏବେ ସବୁ ଠିକ୍ ଲାଗୁଛି । ମୁଁ ବରଂ ଖୁସି । ତମେ ଯାଅ, ଆସନ୍ତା ରବିବାର ମୁଁ ଯିବି ତମ ପାଖକୁ । ଆମେ କୁଆଡ଼େ ଗୋଟେ ବୁଲିଯିବା ।'

ମିତା ଅବିଶ୍ୱାସରେ ସୁରେଶଙ୍କ ମୁହଁକୁ ଅନେଇଲା । ସେ ସ୍ୱପ୍ନ ଦେଖୁନି ତ ?

ସେ ତ ଭାବୁଥିଲା ସୁରେଶ ଖୁବ୍ ରାଗିଯିବେ ତା' ଉପରେ । ହୁଏତ ତା' ମୁହଁକୁ ଚାହିଁ ନପାରନ୍ତି । ତା' କଥା ଅପେକ୍ଷା ତାଙ୍କ ପରିବାରକୁ ସେ ଅଧିକ ଗୁରୁତ୍ୱ ଦେଇ ଆସିଛନ୍ତି । ହେଲେ ସୁରେଶଙ୍କ ଭିତରେ ଏତେ ପରିବର୍ତ୍ତନ ହେଇ ସାରିଛି ? ମିତାର ମନ ହେଉଥିଲା କୁହନ୍ତା 'ଆସନ୍ତା ରବିବାର କାହିଁକି ? ଏବେ ଚାଲୁନା ସ୍କୁଟର ଧରି ଦୂରକୁ ଯାଇ ଥଣ୍ଡା ପବନରେ ଘେରାଏ ଘୂରି ଆସିବା ?'

ନିଜକୁ ରୋକିନେଲା ମିତା । ବସ୍ ଛାଡ଼ିଦେଲା । ସୁରେଶ ହାତ ହଲେଇ ବିଦାୟ ଜଣାଉଥିଲେ ।

ଅପତ୍ୟ

ତିନିଦିନ ହେଲାଣି ପୁଅବୋହୁ ଦି'ଜଣ ମିଶି କ'ଣ କରୁଛନ୍ତି ଯେ ସୋରୁଷବ୍ଦ ନାହିଁ, ଖାଲି ଖାଇବା ଗଣ୍ଠାକ ଆଖି ନାକରେ ଗୁଞ୍ଜିଦେଲା ପରି ଗୁଞ୍ଜି ଉଠିଯାଉଛନ୍ତି। ପଚାରିଲେ ହସିଦେଇ କହୁଛନ୍ତି 'କିଛି ନାହିଁ।' କିଛି ତ ଥିବ! ଅବଶ୍ୟ କବିତା ଆଶ୍ୱସ୍ତ ଯେ ଝଗଡ଼ା ହେଇନି ସେମାନଙ୍କର। ଏକାଠି ବସାଉଠା କରୁଛନ୍ତି, ମଝିରେ ମଝିରେ ଅଳ୍ପ କଥାବାର୍ତ୍ତା ବି କରୁଛନ୍ତି। ହେଲେ ତାଙ୍କର ସମସ୍ୟା କ'ଣ ହେଇଛି ତ କହି ପାରନ୍ତେ। ତା'ର ବାପା ମା' ଶିକ୍ଷିତ। ପ୍ରଫେସର ହେଇ ଅବସର ନେଲେ। କେତେ କେତେ ପିଲାଙ୍କୁ ଶିକ୍ଷା ଦେଇଛନ୍ତି। ସମସ୍ୟା ଆସିଲେ ସମାଧାନର ବାଟ ବତେଇଛନ୍ତି। କିନ୍ତୁ ଏମାନେ କିଛି ନକହିଲେ କେମିତି ସେ ଜାଣିବେ ?

କାଲି ସ୍ୱାମୀ ଅମରଙ୍କୁ ସେଇକଥା କବିତା କହିବାରୁ ସେ ଖବରକାଗଜ ଉପରୁ ମୁହଁ ନଉଠେଇ କହିଲେ 'ତମେ ଅଯଥାରେ ସେଥିରେ ନାକ ଗଲାଅ ନାହିଁ। ତାଙ୍କ କଥା ସେମାନେ ବୁଝିବେ। ତମର ଯଦି କିଛି କାମ ନାହିଁ ଗଲ, ଆଉ କଫେ କଡ଼ା କଫି କରି ଆଣିଲ। ଆଠ ଦିନ ପରେ ତ ଆମେ ଯିବା, ତମେ ବ୍ୟସ୍ତ ହୁଅନାହିଁ।' ଇଏ କେମିତିକା ଲୋକ କେଜାଣି ? ସବୁକଥାରେ ସବୁବେଳେ ନିସ୍ପୃହ, ପିଲାଙ୍କ କଥାରେ ବି ? କବିତା ମୁହଁ ଫୁଲେଇ ରୋଷେଇ ଘରକୁ କଫି କରିବା ପାଇଁ ଉଠି ଆସିଥିଲେ।

ବୋହୁ ତୁଲିକା ଥିଲା ରୋଷେଇ ଘରେ। ତା ପୁଅ ପାଇଁ ସେ ଖାଇବା ତିଆରି କରୁଥିଲା।

– ଆରେ ତୁଲିକା, କିଛି ଅସୁବିଧା ହେଇଛି କି ରେ ମା ଅଫିସରେ ? ନା ତମ

ଦି ଜଣଙ୍କ ଭିତରେ ? କିଛି ଭାବିବୁନି, ତୁ ବି ମା ହେଲୁଣି। ପିଲା ନହସିଲେ, ମନକଷ୍ଟରେ ରହିଲେ ମା ଛାତି କୋରି ହେଇଯାଏ।

– ନାଇଁ ମା, ଆପଣ ସେମିତି ଭାବନ୍ତୁନି। କିଛି ଅସୁବିଧା ହେଇନି। ପୁଅ ଜନ୍ମଦିନ ପାଖେଇଲାଣି ତ, ସେଇ ଟେନ୍‌ସନ୍। ସେ କିଛି ନୁହେଁ।– କଥା ବୁଲେଇବା ପାଇଁ ତୁଲିକା ପଚାରିଲା, 'ମା, ଆପଣ ଆଉ ବାବା ଜଳଖିଆରେ କ'ଣ ଖାଇବେ, ରମାକୁ କହିଛନ୍ତି ? ନହେଲେ ମତେ କୁହନ୍ତୁ ମୁଁ ତାକୁ ଭଏସ୍ ମେସେଜ କରିଦେବି।''

– ହଁ ମୁଁ କହିଛି। ହେଲେ, ପୁଅ ଜନ୍ମଦିନ ପାଇଁ ଟେନ୍‌ସନ ପୁଣି କ'ଣ ?

– ନା... ଏଇ ତ... କେତେଜଣ ଆସିବେ, ଭେନ୍ୟୁ, ମେନ୍ୟୁ। ସେ କିଛି ନୁହେଁ। ଆପଣ ବାବାଙ୍କ ପାଇଁ କଫି କରନ୍ତୁ।– ତୁଲିକା କଥା ନ ବଢ଼େଇବା ପାଇଁ ରୋଷେଇଘରୁ ବାହାରିଗଲା।

କବିତା ଆଶ୍ଚର୍ଯ୍ୟ ହେଇଗଲେ। ସିଦ୍ଧାନ୍ତ ଆଉ ତୁଲିକାର ବାହାଘରର ସାତବର୍ଷ ପରେ ପୁଅଟିଏ ହେଲା। ଆସନ୍ତା ମାସରେ ତାକୁ ବର୍ଷେ ପୂରିବ। ସାତବର୍ଷ କାଳ ଜଗନ୍ନାଥଙ୍କୁ କେତେ ଗୁହାରି କରିଛନ୍ତି ତାଙ୍କୁ ନାତି କି ନାତୁଣୀଟିଏ ଦବାକୁ। ଆଉ କାହାର ଛୋଟ ପିଲାଟିଏ ଦେଖିଲେ କେତେ ସେ ଉହ୍ଲ ବିକଳ ହେଇଛନ୍ତି। ଅଥଚ ତା'ର ଜନ୍ମଦିନ ପାଇଁ ପୁଅବୋହୂ ଏତେ ଦୁଶ୍ଚିନ୍ତାରେ ପଡ଼ିଛନ୍ତି ! ଦି'ଜଣ ତ ବଡ଼ କର୍ପୋରେଟ୍ ଅଫିସରେ କାମ କରୁଛନ୍ତି। ଦିଜଣଙ୍କ ଦରମା ମିଶିଲେ ସାତ ଆଠ ଲକ୍ଷରୁ କମ୍ ନୁହେଁ। ଅମର ନିଜେ ଜିଦ୍ କରି ଏଇ ବଡ଼ ଫ୍ଲାଟ୍ ସେମାନଙ୍କ ପାଇଁ କିଣିଦେଇଛନ୍ତି, ଗାଡ଼ି ବି ଉପହାର ଦେଇଛନ୍ତି। ତଥାପି ଅର୍ଥ ଚିନ୍ତା !

ଅମରଙ୍କୁ କଫି ଦେଲାବେଳେ କବିତା ସେଇକଥା ତାଙ୍କୁ କହିଲେ। 'ଠିକ୍ ଅଛି, ମୁଁ ସିଦ୍ଧି ସାଙ୍ଗେ କଥା ହେବି ସନ୍ଧ୍ୟାରେ। ତମେ କିଛି କହିବା ଦରକାର ନାହିଁ।'

ସନ୍ଧ୍ୟାବେଳେ ଅମର ସିଦ୍ଧିକୁ କହିଲେ, 'ଦେଖ୍, ରୋଷନ୍‌ର ଜନ୍ମଦିନ ବେଶ୍ ଜାକଜମକରେ ହେବ। ମୁଁ ସବୁ ଟଙ୍କା ଖର୍ଚ୍ଚ କରିବି। ନାତୁଣୀ ହେଇଥିଲେ ମଧ୍ୟ ମୁଁ ସେୟା କରିଥାନ୍ତି। ତା ବାହାଘର ବେଳକୁ ଆମେ ହୁଏତ ନଥିବୁ, ଥିଲେ ବି ନଥିଲା ପରି। ତେଣୁ ତୁ ଚିନ୍ତା ନକରି କେମିତି ଭଲରେ ସବୁ ହବ ଯୋଗାଡ଼ କର। ଗେଷ୍ଟ, ବନ୍ଧୁବାନ୍ଧବଙ୍କ ଦାୟିତ୍ୱ ମୋର।'

ସିଦ୍ଧି କେବଳ କହିଲା, 'ହଉ ଦେଖିବା।' ତା'ପରେ ଆଉ ଦି ଚାରିପଦ ଅନ୍ୟ କଥା ହେଇ ସେ ତା ରୁମ୍‌କୁ ଫେରିଗଲା।

ରୋଷେଇ ଘରେ କବିତା ଚା କରୁଥିଲେ। ତୁଲିକା ପାଖରେ ଯାଇ ଛିଡ଼ାହେଲା।

– ତୁ ଚା ପିଇବୁ କି ମା ? ତୋ ପାଇଁ ମସଲା ଚା କରିଦେବି ?

– ନାଇଁ ମା, ମୁଁ ପିଇବିନି । ଗୋଟାଏ କଥା କହିବାକୁ ଆସିଥିଲି ।

– କହ ମା ।

– ସିଦ୍ଧିଙ୍କର ଇଚ୍ଛା ଜନ୍ମଦିନ ନକଲେ ଭଲ । ଅଯଥାରେ ପଇସା ଖର୍ଚ୍ଚକରି ଲାଭ ନାହିଁ । ତଥାପି କେବଳ ଫଟୋ ସୁଟ୍ ପାଇଁ କୋଡ଼ିଏ ପଚିଶ ଜଣ ଡାକିଲେ ମ୍ୟାନେଜ କରିହବ ।

– ମ୍ୟାନେଜ୍ ? ଅଧିକ ଲୋକ ଆସିଲେ କ'ଣ ଅସୁବିଧା ? ଭେନ୍ୟୁର ତ ଅଭାବ ନାହିଁ । ହୋଟେଲରେ କଲେ ସେମାନେ ସବୁ ବୁଝିଦେବେ । ବାପା ତ ସବୁ ପଇସା ଖର୍ଚ୍ଚ କରିବେ । କୋଡ଼ିଏ ତିରିଶ ଜଣରେ କେମିତି ହବ ? ଖାଲି ଘର ଲୋକ ତ ଶହେରୁ ଅଧିକା ହେବେ । ସମସ୍ତେ ଅନେଇ ବସିଛନ୍ତି । ସିଦ୍ଧିକୁ ବୁଝେଇ ଦବା । ତମେ ସେ ଝମେଲା ଆମ ଉପରେ ଛାଡ଼ିଦେଇ ନିଶ୍ଚିନ୍ତ ରହ ।

– ସେ ମତେ ଯାହା କହିଲେ ମୁଁ ଆପଣଙ୍କୁ ତାହା ଜଣେଇ ଦେଲି ।– କହି ତୁଲିକା ତା ରୁମକୁ ଚାଲିଗଲା । କବିତାଙ୍କର ବୁଝିବାରେ ଅସୁବିଧା ହେଲାନାହିଁ ଯେ ତୁଲିକା ଚାହେଁନାହିଁ ଅଧିକ ଲୋକ ତା ପୁଅ ଜନ୍ମଦିନରେ ଆସନ୍ତୁ । ସେ ବଡ଼ଲୋକ ଘରର ବୁଦ୍ଧିମତୀ ସଂସ୍କାରୀ ଝିଅ, ଶାଶୂ ଶ୍ୱଶୁରଙ୍କ ସାଙ୍ଗେ ଯୁକ୍ତିତର୍କ କାହିଁକି କରିବ ? ତା'ର ଯାହା ଇଚ୍ଛା ସ୍ୱାମୀ ମାଧ୍ୟମରେ କରେଇ ନେଇ ପାରିବ । ଅଭୁତ ପିଲା ଏମାନେ ! କାହା ସାଙ୍ଗେ ସଂପର୍କ ରଖିବାକୁ ଚାହାନ୍ତି ନାହିଁ !

ସବୁ ଶୁଣି ଅମର କହିଲେ, ଠିକ୍ ଅଛି, ସେମାନେ ଯାହା ଚାହୁଁଛନ୍ତି ସେୟା ହଉ । ତମେ ଆଉ କଥା ବଢ଼ାଅନି ।

– ଠିକ୍ ଯେ, ବନ୍ଧୁବାନ୍ଧବ ନଆସିଲେ ନାହିଁ ପଛକେ ଆମ ନିଜ ପରିବାର ଲୋକ, ସାଇପଡ଼ିଶା କେହି ଆସିବେ ନାହିଁ ! ମୋର ଗୋଟିଏ ବୋଲି ପିଲା, ତା'ର ଏଇ ପୁଅଟି ବାହାଘରର ସାତବର୍ଷ ପରେ । ସେମାନେ ଆଉ ଦ୍ୱିତୀୟ ପିଲା ଚାହିଁବେ ବୋଲି ମୋର ବିଶ୍ୱାସ ନାହିଁ । ଏଇଟି ତ ଆମର ଶେଷ ।

– ଆଉ, ତମକୁ ଯାହା କହିଲି ମନେରଖ । ବେଶୀ ଆଉ ଖୋଲିତାଡ଼ି ହୁଅନାହିଁ । ମାନସିକ ଅଶାନ୍ତି ବଢ଼ିବ । ସେମାନେ ତାଙ୍କ ନିଜ ରୁଚି ଅନୁସାରେ କରିବାକୁ ଚାହୁଁଛନ୍ତି ।

କବିତା ବୁଝିଗଲେ । କାହା ଉପରେ ଅଯଥା ଅଧିକାର ଜାହିର କରିବା ତାଙ୍କର ସ୍ୱଭାବ ବିରୁଦ୍ଧ ।

ନାତି ଜନ୍ମଦିନ ପାଇଁ ଭେନ୍ୟୁ ବୁକିଙ୍ଗ ହେଲା, ଗେଷ୍ଟ ଲିଷ୍ଟ ହେଲା । ନାତିର

କିଶାକିଶି ବେଳେ ଅମର ଆଉ କବିତାଙ୍କ ପାଇଁ ଦାମୀ ପ୍ୟାଣ୍ଟ ସାର୍ଟ, ଶାଢ଼ୀ ସବୁ କିଣାଗଲା । ସିଦ୍ଧି ସବୁ ଜଣାଏ । କବିତା ଆଉ ଅମର ଶୁଣନ୍ତି, ମୁଣ୍ଡ ଟୁଙ୍ଗାରନ୍ତି ।

ଜନ୍ମଦିନର ସପ୍ତାହେ ଆଗରୁ ଦିନେ ଛୁଟିଦିନ ଦିପହରେ ସିଦ୍ଧି, ତୁଲିକା ଆଉ କବିତା ସାଙ୍ଗହେଇ ଖାଉଥିଲେ ।

କବିତା କଥା ଆରମ୍ଭ କଲେ, 'ସିଦ୍ଧି, ଲିପି ନାଆଁ ଲେଖିଛୁ ?'

– ଲିପି କିଏ ? ମୋବାଇଲ ଉପରେ ନଜର ରଖି ସିଦ୍ଧି ପଚାରିଲା ।

– ଭୁଲିଗଲୁ ? ମୋ ସାନ ଭଉଣୀର ଝିଅ । ସେମାନେ ତ ଏଇ ସହରରେ ରହୁଛନ୍ତି ।

– ମା, ମନା କରିଛି ନା କେହି ବନ୍ଧୁବାନ୍ଧବ ଆସିବେ ନାହିଁ । ଜଣକୁ ଡାକିଲେ ସେ ବନେଇଟୁନେଇ ଫୋନ୍‌ରେ ସମସ୍ତଙ୍କୁ କହିବ, ଅନ୍ୟମାନେ ଖରାପ ଭାବିବେ । ଦେଖ ମା, ସମସ୍ତଙ୍କୁ ଏମିତି ଜାବୁଡ଼ି ଧରିବା ପାଇଁ ସମୟ ନାହିଁ । ତମେ ପାରୁଥିଲ, ଆମେ ପାରିବୁ ନାହିଁ । ଆମେ ଡାକିଲେ, ସେମାନେ ଆସିବେ । ସେମାନେ ଡାକିଲେ ଆମକୁ ସମୟ ନଥିବ । ଏସବୁ ବାଜେ ସିଷ୍ଟମ୍ । ଆମେ କରିପାରିବୁନି । ବୁଝିବାକୁ ଚେଷ୍ଟା କର ।

କବିତା ପୁଅ କଥା ଶୁଣି ଅବାକ୍ ହେଇଗଲେ । ଏ ପିଲାମାନେ ସଂପର୍କହୀନ ଜୀବନ ଚାହୁଁଛନ୍ତି ! ସିଦ୍ଧି କହିଲା, ବାଜେ ସିଷ୍ଟମ୍ ! ବର୍ଷର୍ ତଲର କଥା ସିଦ୍ଧି ଆଉ ତୁଲିକା ଭୁଲିଗଲେ । ରୋଷନ୍‌ର ଜନ୍ମବେଳେ ତୁଲିକା ବେଡ଼ରୁ ହଲିପାରୁ ନଥିଲା । ଲିପି ଆସି ଛଅଦିନ କାଳ ସକାଳୁ ରାତିଯାଏ ତା ପାଖରେ ରହେ, ପୁଅର ସବୁ କଥା ବୁଝେ । ତୁଲିକାକୁ ବି ଖୁଆଇ ଦିଏ । କିଛି ମନେରଖି ନାହାନ୍ତି ଏମାନେ ?

ନାତି ଜନ୍ମଦିନ ସକାଳୁ ଘରେ ପୂଜାସାରି ମନ୍ଦିର ଗଲେ କବିତା । ସିଦ୍ଧି ଆଉ ତୁଲିକା ଅଫିସ ଗଲେଣି । ଜରୁରୀ ମିଟିଙ୍ଗ ଅଛି । ସନ୍ଧ୍ୟା ପାଞ୍ଚଟାରେ ଫେରିବେ । ମନ୍ଦିରରୁ ଫେରି ନାତି ମୁଣ୍ଡରେ ଚନ୍ଦନ ଲଗେଇ ଦେଲେ କବିତା । ମୁଣ୍ଡ ଆଉଁସି ଦେଲାବେଳେ ଭାବୁଥିଲେ ସିଦ୍ଧିର ପ୍ରଥମ ଜନ୍ମଦିନ କଥା । ବଡ଼ ଘରଟା ତାଙ୍କର ଗହଳ ଚହଳରେ ଫାଟି ପଡ଼ୁଥିଲା । ସିଦ୍ଧି କୋଳକୁ କୋଳ ବୁଲୁଥିଲା । ଦି ହଜାରରୁ ଅଧିକ ଲୋକ ଭୋଜି ଖାଇଥିଲେ । ଶ୍ୱଶୁର ଶାଶୂ କେତେ ଖୁସି ଥିଲେ, କେତେ ଗର୍ବ ଅନୁଭବ କରୁଥିଲେ । କବିତାଙ୍କ ଆଖିରୁ ଲୁହଟୋପାଟିଏ ଖସି ପଡ଼ିଲା । ତରତରରେ ସେ କାନିରେ ପୋଛି ପକେଇଲେ, କାଳେ ପିଲାଙ୍କର ଅମଙ୍ଗଳ ହବ । ନହଉ ପଛେ ଜନ୍ମଦିନ ପୂଜା, ନଆସନ୍ତୁ ବନ୍ଧୁବାନ୍ଧବ, ଜଗନ୍ନାଥ ପିଲାଙ୍କୁ ଘଣ୍ଟ ଆଉଥାଲ କରି ରଖିଥାନ୍ତୁ ।

ନାତିର ନର୍ସ ତାଙ୍କ ପଛରେ ଛିଡ଼ା ହେଇଥିଲା। କହିଲା, 'ମା, ପୁଅ ପାଟିରେ କିଛି ପାଦୁକ କି ଭୋଗ ଦେବେନି। ମାଡ଼ାମ୍ ମନା କରିଛନ୍ତି, ଇନ୍ଫେକ୍ସନ ହବ।' କବିତା ବୁଲିପଡ଼ି ଫେରିଗଲେ ରୋଷେଇ ଘରକୁ।

ରାତିରେ ସମସ୍ତେ ହୋଟେଲକୁ ଗଲେ। ବେଶ୍ ସୁନ୍ଦର ସାଜସଜ୍ଜା, ଚାରିଆଡ଼େ ବେଲୁନ, କାର୍ଟୁନ, ଫୁଲ, ପ୍ରଜାପତି, ଲାଇଟ୍ ଝଲମଲ କରୁଥାଏ। ଗେଷ୍ଟମାନେ ଆସିଲେ। ସାନ ପିଲାଙ୍କ ପାଇଁ ଅଲଗା ପ୍ଲେ ଏରିଆ ତିଆରି ହେଇଥିଲା। କବିତା ଖୁସି ହେଇଗଲେ ଏତେ ଆଡ଼ମ୍ବର ଦେଖି। ସକାଳର ମନକଷ୍ଟ ଉଭେଇ ଗଲା। ସମୁଦି ସମୁଦୁଣୀଙ୍କ ସାଙ୍ଗରେ କବିତା ଆଉ ଅମର ଗୋଟାଏ ଟେବୁଲରେ ବସି ଗପିଲେ। କେବଳ ଲିପି ପାଇଁ ମନଉଣା ହେଉଥିଲା। ମାସେ ତଳେ ଲିପି ପଚାରୁଥିଲା। କବିତା ସେତେବେଳେ ତାକୁ କହିଥିଲେ, 'ତୁ ବ୍ୟସ୍ତ ହ'ନା। ତୋ ଭାଇ ତତେ ବଲେ ଜଣେଇବ।

ତୁଲିକାର ବାପଘର ଲୋକ– ତା ଦୁଇଭାଇ, ଭାଉଜ, ଦାଦା, ଖୁଡ଼ୀ ତାଙ୍କ ପୁଅ, ତା ସାନ ମାଉସୀ ଓ ତାଙ୍କ ଦୁଇ ବୋହୁ, ତାଙ୍କ ଘରେ ଭଡ଼ାରେ ରହୁଥିବା ପ୍ରଭାତ ବାବୁ ଓ ତାଙ୍କ ସ୍ତ୍ରୀ ପିଲା, ପଡ଼ିଶା ବିଜନ ରାଉତ ଓ ତାଙ୍କ ସ୍ତ୍ରୀ, ତା ବାପାଙ୍କ ବନ୍ଧୁ କ୍ଷୀରୋଦ ବାବୁ ଓ ତାଙ୍କ ପରିବାର, ବଡ଼ ଭାଉଜଙ୍କ ମା ଓ ସାନଭାଇ ଆହୁରି କେତେଜଣ– ସିଦ୍ଧିର ବାହାଘର ପରଠୁ ତୁଲିକା ବାପଘର ଆଡ଼ର ଯେତେ ଲୋକଙ୍କୁ କବିତା ଚିହ୍ନିଛନ୍ତି ପ୍ରାୟ ସମସ୍ତେ ଆସିଥିଲେ।

ଉପରେ ହସୁଥିଲେ, କଥା ହଉଥିଲେ, ସମୁଦି ସମୁଦୁଣୀଙ୍କୁ ଠଟ୍ଟା କରୁଥିଲେ ମଧ୍ୟ ଭିତରେ ଭିତରେ କବିତାଙ୍କ ମନ ମରିଯାଉଥିଲା। ତୁଲିକା ଚାହେଁନାହିଁ ବୋଧେ ତା ଶ୍ୱଶୁର ଘର ପକ୍ଷର ଲୋକଙ୍କ ସାଙ୍ଗେ ସଂପର୍କ ରଖିବାକୁ।

ଭଲରେ ଭଲରେ ଜନ୍ମଦିନ ସରିଗଲା। ସାଜସଜ୍ଜା, ଭୋଜି ସମସ୍ତଙ୍କର ଖୁବ୍ ପସନ୍ଦ ହେଲା। ପ୍ରାୟ ତିନିଶହ ଲୋକ ଆସିଥିଲେ। ହେଲେ କବିତା କି ଅମର ଜଣେ ହେଲେ କାହାକୁ ନିମନ୍ତ୍ରଣ କରିପାରିଲେ ନାହିଁ। ଲିପିକୁ ବି ନୁହେଁ। ଲିପିର ସ୍ୱାମୀ ବ୍ୟାଙ୍କ କ୍ୟାସିଅର ନହେଇ ବଡ଼ ଚାକିରୀ କରିଥିଲେ ବୋଧେ ସେ ନିମନ୍ତ୍ରଣ ପାଇଥାନ୍ତା।

ସେଦିନ ଘରେ ପହଞ୍ଚିଲା ବେଳକୁ ରାତି ସାଢ଼େ ଏଗାର। ପୁଅକୁ ନେଇ ସିଦ୍ଧି ଆଉ ତୁଲିକା ତାଙ୍କ ରୁମକୁ ଗଲେ। କବିତା ଶାଡ଼ୀ ପାଲଟୁଥିଲେ, ତାଙ୍କ ଫୋନ୍ ରିଙ୍ଗ ହେଲା। ସାମ୍ନା ଫ୍ଲାଟ୍‌ର ଶୁଭ୍ରା।

– କ'ଣ ରେ ମା ? ଏତେ ରାତିରେ ?

– ଆଣ୍ଟି, ଟିକେ ଡୋର ଖୋଲିବେ ? ଜିନିଷ ଦେବାର ଅଛି।

- ହଁ ମା, ଗୋଟେ ମିନିଟ୍ ।

ତରତରରେ କବିତା କବାଟ ଖୋଲିଲେ । ଶୁଭ୍ରା ଏଠି ଏକା ରହେ, ତା ସ୍ୱାମୀ ସିଡ୍ନୀରେ । କାହିଁକି କେଜାଣି ତୁଲିକା ଶୁଭ୍ରାକୁ ପସନ୍ଦ କରେନାହିଁ । ତାକୁ ମଧ୍ୟ ଡାକିନାହିଁ । ଧୀରେ କବାଟ ଖୋଲି ବାହାରକୁ ଆସିଲେ କବିତା ।

- ଆସ୍ନ୍ତୁ ନିଅନ୍ତୁ । ଆପଣଙ୍କ ଝିଆରୀ ଲିପି ଆଉ ତାଙ୍କ ପୁଅ ଆସିଥିଲେ । ଆପଣମାନେ ନଥିଲେ । ଏଇ ପ୍ୟାକେଟ ଆଉ ପାଉଚ୍ ଦେଇଯାଇଛନ୍ତି । ମୁଁ ସେତେବେଳୁ କାନ୍ଦେରି ରହିଛି କେତେବେଲେ ଆପଣ ଫେରିବେ ।

କବିତା ଶୁଭ୍ରାର ଗାଲ ଆଉଁସି ଦେଇ କହିଲେ, ''ମୋ ଝିଅଟା, ନ ଶୋଇ ବସିରହିଛୁ । ସକାଲେ ଦେଲେ କ'ଣ ଚଲିନଥାନ୍ତା ?''

- ନାଁ ଆନ୍ଟି, ସେଠିରେ ସୁନା ଜିନିଷ ଅଛି । ହେଉ, ଏବେ ମୋର ଛୁଟି । ଗୁଡ୍ ନାଇଟ୍ ।

କବିତା ବଡ଼ ପ୍ୟାକେଟ୍ ଆଉ ପାଉଚଟି ଆଣି ଡ୍ରଇଂରୁମ୍ ଟିପଯ୍ୟ ଉପରେ ରଖିଲେ । ବଡ଼ ପ୍ୟାକେଟ୍‌ରେ ଜାମାପଟା ଆଉ ଖେଲନା ଥିବ ବୋଧେ । ଥାଉ, ସକାଲେ ତୁଲିକା ଖୋଲିବ । କବିତା ପାଉଚ୍ ଖୋଲି ଦେଖିଲେ, ତା ଭିତରେ ଥିଲା ସୁନା ଚେନ୍‌ଟିଏ, ମୁଦି, ରୂପା ଖଦୁ ଆଉ ଦୁଇ ହଜାର ଟଙ୍କା । ପାଉଚ ବନ୍ଦ କରି ପ୍ୟାକେଟ୍ ଉପରେ ରଖିବା ବେଲେ ଲୁହ ଦି ଟୋପା ଆଖିରୁ ଖସିପଡ଼ିଲେ ।

ତରତର ହେଇ କବିତା ଶୋଇବା ଘରେ ପଶିଗଲେ । ଅମର ଶୋଇଗଲେଣି ନା ଶୋଇବାର ଛଲନା କରୁଛନ୍ତି କେଜାଣି !

କାହାକୁ କହି ମନ କଷ୍ଟ ହାଲୁକା କରିବେ କବିତା ? ଲିପି ଏତିକି ଜିନିଷ କିଣିବା ପାଇଁ ତା ବର ପାଖରେ କେତେ ନିଉଛାଲି ହେଇଥିବ । ଭାଇର ପୁଅ ଜନ୍ମଦିନରେ ଆସିବ ବୋଲି କେତେ ଯୋଜନା କରିଥିବ ! ସପ୍ତାହରେ ଥରେ ଯେମିତି ହେଲେ ଲିପି ଫୋନ୍ କରି ଭଲମନ୍ଦ ପଚାରେ । ନିଜେ ତିଆରି କରି ବଡ଼ି, ଆଚାର ତୁଲିକା ପାଇଁ ପଠାଏ । ଏଇ ରୋଷନ ଜନ୍ମ ହେଲା ଦିନୁ କେତେ ଯେ ଜାମା ଖେଲନା ତା ପାଇଁ ନ ଆଣିଛି ! କବିତା ବିରକ୍ତ ହେଲେ କହେ, 'ଦୋକାନରେ ସମସ୍ତେ କିଣିଲେ, ମୋ ପୁତୁରା ପାଇଁ କିଣିବିନି ?' ଅଥଚ ସିଦ୍ଧି କ'ଣ କଲା ! ସବୁ ଭୁଲିଗଲା ।

କବିତା ଲିପି ଉଦ୍ଦେଶ୍ୟରେ ହାତ ଯୋଡ଼ିଲେ 'ମତେ କ୍ଷମା କରିଦେବୁ ମା ।'

ନିଷ୍ପତ୍ତି

ତିତ୍‌ଲିର ଏକା ଜିଦ୍‌ ତା ପାପାର ପିଲାଦିନ ଫଟୋ ସବୁ ବାହାର କରି ଦେଲେ ସେ ଦେଖିବ । କେତେଥର ସେ ମାଗିଛି, ହେଲେ ସିଡ଼ି ପକେଇ ଉପର ଥାକରୁ ତାକୁ କାଢ଼ିବାକୁ ପଡ଼ିବ ବୋଲି ଅପର୍ଣ୍ଣା ମନାକରି ଦେଇଛି । ଆଜି କିନ୍ତୁ ସେ ନଛୋଡ଼ବନ୍ଧା । ତା ପାପା ମାମା ସକାଳୁ ଯାଇଛନ୍ତି ହସ୍‌ପିଟାଲ ଜଣେ ବନ୍ଧୁଙ୍କୁ ଦେଖିବାକୁ । ସେଇ ସୁଯୋଗରେ ସେ କାନ୍ଦି କାନ୍ଦି ଘର ଫଟେଉଚି ।

ଶେଷରେ ଅପର୍ଣ୍ଣା ହାର୍ ମାନିଲା, ସିକ୍ୟୁରିଟି ଗାର୍ଡ଼କୁ ଡାକି ଶିଡ଼ି ପକେଇ ପୁରୁଣା ଆଲବମ୍ ସବୁ କାଢ଼ି ଖଟରେ ଗଦେଇ ଦେଲା ।

ତିତ୍‌ଲି ଖୁସି ହେଇଗଲା, ''ମାମୁନି ତମେ ବି ବସ ମୋ ସାଙ୍ଗରେ । ଆମେ ଦେଖିବା ।'' ଅଗତ୍ୟା ଅପର୍ଣ୍ଣା ତା ପାଖରେ ବସି ପୁରୁଣା ଆଲବମ ସବୁ ଲେଉଟେଇଲା । ବାପା, ବୋଉ, ଭାଇମାନେ, ସାଙ୍ଗ, ପଡ଼ିଶା– କେତେ ମଣିଷଙ୍କର ଫଟୋ ଅଛି । ବେଶୀ ଗୌତମର । ଛୋଟ ଆଲବମଟିଏ ଉଠେଇ ଆଣି ଖୋଲିଲା । ବହୁବର୍ଷ ତଳର ସ୍ମୃତିରୁ କିଛି ସାଇତା ରହିଛି । ସେମାନଙ୍କ ଭିତରୁ କେତେ ମଣିଷ ବାହୁଡ଼ି ଗଲେଣି । ଦୀର୍ଘ ନିଶ୍ୱାସ ପକେଇଲା ଅପର୍ଣ୍ଣା । ହଠାତ୍ ହଳଦିଆ ପଡ଼ି ଆସିଥିବା ଗୋଟାଏ ପାସ୍‌ପୋର୍ଟ ଫଟୋ ପାଖରେ ସେ ଅଟକି ଗଲା । ଜରି ତଳୁ ଫଟୋଟି କାଢ଼ି ଆଣିଲା । ପଛ ପଟେ ଲେଖାଥିଲା, 'ତମ ପାଇଁ ଖାସ୍ ଏ ଫଟୋ ଉଠେଇଲି– ଅଶ୍ୱିନୀ' ।

ତମେ କୁଆଡ଼େ ଚାଲିଗଲ ଅଶ୍ୱିନୀ ? କିଛି ବି ଖବର ଦେଲ ନାହିଁ କି ମୋ ଖବର ରଖିଲ ନାହିଁ । ଦେଖ ମୁଁ କେମିତି ତମକୁ ମୋ ସ୍ମୃତି ପେଟରାରେ ଚାବିଦେଇ ରଖିଛି । ତମେ କିନ୍ତୁ କ'ଣ କଲ କୁହ ତ ? ଆଜି ଯଦି ଆସି ଥରେ ଦେଖି ଯାଆନ୍ତ–

ଯିଏ ଦିନେ ତମକୁ ବୋଝ ପରି ଲାଗୁଥିଲା ସେଇ ଗୌତମ ଆଜି ବିଖ୍ୟାତ ନ୍ୟୁରୋସର୍ଜନ ହେଇ କେତେ କେତେ ଜୀବନ ବଞ୍ଚଉଛି ।

X X X

ସେଦିନ ପରି ଆଉ କେବେ ନିଜକୁ ଏତେ ଅସହାୟ ମନେ କରିନି ଅପର୍ଣ୍ଣା । କିଛି ଉପାୟ ବି ଦିଶୁନଥିଲା । ଆଉ ପାରୁନି । କାହାକୁ କହିବ ତା ଦୁର୍ଦ୍ଦଶା ! ସମସ୍ତେ ତ ସେଇ ଗୋଟିଏ ବାଟ ଦେଖାଉଛନ୍ତି- ଗୌତମକୁ ଅନାଥାଶ୍ରମକୁ ପଠେଇ ଦିଅ । ଏବେ କେତେ ଆଶ୍ରମ ସ୍କୁଲ ଖୋଲିଗଲାଣି । ସେଠି ରହିଲେ ବଲେ ଠିକ୍ ହୋଇଯିବ । ନହେଲେ ଏପରି ପିଲାମାନଙ୍କର କେତେବେଲେ କ'ଣ କମ୍ପ୍ଲେକ୍ସ ବାହାରିବ, ଭୟଙ୍କର ବି ହେଇପାରେ । କାହିଁକି ଏତେ ଜଞ୍ଜାଳ ମୁଣ୍ଡେଇବ ! ନିଜ ପେଟର ପିଲାକୁ ତ ଆଜିକାଲି ପାଖରେ ନରଖି ବାପା-ମାଆ ହସ୍ଟେଲ ପଠାଉଛନ୍ତି ଝମେଲାରୁ ମୁକ୍ତି ପାଇଁ । ଇଏ ତ ସହଜେ-

'ଇଏ କ'ଣ ? ଅନାଥ, ଜାରଜ ? କେବେ ନୁହେଁ । ସେ ମୋ ପିଲା । ମୁଁ ତାର ବାପ ମା' । ମୁଁ ତାକୁ ପାଲିବି ।'-

ଆଜି ପର୍ଯ୍ୟନ୍ତ ସମସ୍ତଙ୍କ ପରାମର୍ଶକୁ ଅପର୍ଣ୍ଣା ଆଡ଼େଇ ଦେଇଛି । ହେଲେ ଆଜି କ'ଣ କଲା ଗୌତମ ? ସେ ଏମିତି ବ୍ୟବହାର ଦେଖାଇବ ବୋଲି ଅପର୍ଣ୍ଣା ଚିନ୍ତା କରିପାରିନଥିଲା । ତା ମୁଣ୍ଡକୁ ରକ୍ତ ଚଢ଼ିଗଲା ।

ଲାଇନ ଚାଲିଗଲା । ତଲ ଫ୍ଲାଟ୍‌ରୁ ପ୍ରଭା ମାଡ଼ାମଙ୍କ ପୁଅ ଝିଅ ଚିଲ୍ଲେଇବା ଆରମ୍ଭ କରିଦେଲେ ।

ଅପର୍ଣ୍ଣା ବାଲକୋନୀରେ ସେମିତି ଅନ୍ଧାରରେ ବସି ରହିଲା । ଲକ୍ଷ୍ମୀ କାମ କରି ଚାଲିଗଲାଣି । ଶୋଇବା ଘର ଖଟରେ ଗୌତମ ଶୋଇ କାନ୍ଦୁଥିଲା । କାନ୍ଦୁ, ଆଉ ତା ପ୍ରତି ଦୟା ମାୟା ନାହିଁ । କାଲି ତା' କଥା ଫାଇନାଲ କରିବାକୁ ହେବ ।

ଡାହାଣ ହାତର ପାପୁଲିକୁ ଦେଖିଲା ଅପର୍ଣ୍ଣା । ଏ ପର୍ଯ୍ୟନ୍ତ ହାତଟା ଝିମ୍ ଝିମ୍ କରୁଛି । କଅଁଲ ଗାଲଟା ନିଶ୍ଚେ ଲାଲ ପଡ଼ିଯାଇଥିବ । ପଡ଼ୁ ।

ଚାରିବର୍ଷ ହେଲା ଗୌତମକୁ ଆଣିଛି ସେ । କେବେ ଭାବିନାହିଁ ଗୌତମ ତା ପେଟରୁ ଜନ୍ମ ହେଇନାହିଁ । ତା'ର ସଂସାରର କେନ୍ଦ୍ରବିନ୍ଦୁ ଗୌତମ । ଗୌତମ ବି କେବେ ତାକୁ ନିରାଶ କରିନାହିଁ । ପାଠପଢ଼ା, ଖେଲ, ଗୀତ ଆର୍ଟ ସବୁଠିରେ ଆଗରେ । ଆଉ ଅପର୍ଣ୍ଣା ? ତା ମାମୁନି ?

ତିନିମାସ ତଲେ ତା କ୍ଲାସ ଟିଚର ମିସେସ୍ ପାଲ୍ ପିଲାମାନଙ୍କୁ ଇଂରାଜୀରେ

କିଛି ବାକ୍ୟ ଲେଖିବାକୁ ଦେଇଥିଲେ– ବିଷୟବସ୍ତୁ ଥିଲା 'ମୁଁ ଯାହାକୁ ସବୁଠୁ ବେଶୀ ଭଲ ପାଏ'। ନୂଆ ଇଂରାଜୀ ବାକ୍ୟ ଶିଖୁଥିବା ପିଲାମାନେ ପ୍ରାୟ ତିନି ଚାରି ଧାଡ଼ି ଲେଖିଥିଲେ। ସେଦିନ ସନ୍ଧ୍ୟାରେ ମିସେସ୍ ପାଲ୍ ଅପର୍ଣ୍ଣାକୁ ଫୋନ୍ କରି ଶନିବାର ଦିନ ସକାଳେ ସ୍କୁଲକୁ ଯିବା ପାଇଁ ଅନୁରୋଧ କଲେ। ସ୍କୁଲରେ ମିସେସ୍ ପାଲ୍ ଅପର୍ଣ୍ଣାକୁ ଗୌତମର ଇଂରାଜୀ ଖାତା ଦେଖାଇଲେ। ଗୌତମ ଯାହା ଲେଖିଥିଲା ପଢ଼ି ସାରିଲା ବେଳକୁ ତା' ଆଖିରୁ ଲୁହସବୁ ଗାଲ ଦେଇ ବହିଯାଉଥିଲା। ମିସେସ୍ ପାଲ ବି ଭାବପ୍ରବଣ ହେଇ ତା ହାତକୁ ମୁଠେଇ ଧରିଲେ। ଗୌତମ ଇଂରାଜୀରେ ଯାହା ପୂରା ପୃଷ୍ଠା ଲେଖିଥିଲା ତାର ସାରମର୍ମ ଥିଲା 'ମୋ ମାମୁନିକୁ ମୁଁ ସବୁଠୁ ବେଶୀ ଭଲପାଏ। ମୋ ମାମୁନି ମୋ ମା, ମୋ ସାଙ୍ଗ, ମୋ ଶିକ୍ଷୟିତ୍ରୀ–ସବୁ କିଛି। ସେ ମୋ ପାଖରେ ଥିଲେ ଦୁନିଆରେ ଆଉ କିଛି ମୋର ଦରକାର ନାହିଁ। ମୁଁ ମୋ ମାମୁନିକୁ ଖୁସି କରିବାକୁ ସବୁ କରିବି– ଭଲ ପାଠ ପଢ଼ିବି, ଟେନିସ ଖେଳିବି, ନାଚିବି, ଗୀତ ଗାଇବି– ସବୁ କରିବି। ମୋ ମାମୁନିକୁ କାନ୍ଦିବାକୁ ଦେବିନାହିଁ। ତାକୁ ଛାଡ଼ି ମୁଁ ରହିପାରିବି ନାହିଁ।

ଗୌତମ କଥା କହିବା ଦିନଠୁ ଅପର୍ଣ୍ଣାକୁ ମାମୁନି ଡାକେ। ରାଗିଗଲେ ଅପର୍ଣ୍ଣାଜୀ କହି ଚିଡ଼ାଏ। ଅପର୍ଣ୍ଣାକୁ ହସ ଲାଗେ।

x x x

ଚାରିବର୍ଷ ତଳର କଥା ଅପର୍ଣ୍ଣାର ଆଖି ଆଗରେ ସିନେମା ଦେଖିଲା ପରି ଭାସି ଯାଉଥିଲା। ଅପର୍ଣ୍ଣା ଯାଇଥିଲା ତା ସାଙ୍ଗ ଲୁସି ଘରକୁ, କେଉଁଝର। ଫେରିବା ଦିନ ଲୁସିର ବାବା, ମା ଓ ସାନଭାଇ ତାକୁ ସାଙ୍ଗରେ ଆଣି କଟକ ଆସୁଥିଲେ। ଅପର୍ଣ୍ଣାକୁ କଟକରେ ତାଙ୍କ ଘରେ ଛାଡ଼ି ସେମାନେ ଭୁବନେଶ୍ୱର ଯିବାର ଥିଲା, ଲୁସିର ବଡ଼ ମାମୁଙ୍କ ଘରକୁ। ଦୁର୍ଭାଗ୍ୟକୁ ତାରିଣୀ ମନ୍ଦିର ଦର୍ଶନ ସାରିଲା ବେଳକୁ ପ୍ରବଳ ବର୍ଷା ହେଲା। ଆଜି ପରି ରାସ୍ତାଘାଟ ସେଦିନ ଏତେ ଚଉଡ଼ା ନଥିଲା। କିଛି ବାଟ ଆସିଲା ପରେ ଦେଖାଗଲା ଏପଟ ସେପଟ ହେଇ ଦୁଇଟି ଗାଡ଼ି ଓଲଟି ରାସ୍ତା ବନ୍ଦ। ସେମିତି ସେମାନେ ଗାଡ଼ିରେ ବସି ରହିଲେ ରାତି ଦଶଟା ପର୍ଯ୍ୟନ୍ତ। ତା ପରେ ରାସ୍ତା ଖୋଲିଲା, ଗାଡ଼ି ଚାଲିଲା। ଲୁସିର ସାନଭାଇ ଟୁଟୁ ଗାଡ଼ି ଚଲାଉ ଥାଏ। ଏତେ ସମୟ ଗାଡ଼ିଟା ଭିତରେ ବସି ସମସ୍ତେ ହାଲିଆ ହେଇଥାନ୍ତି।

ହଠାତ୍ ଟୁଟୁ ଗାଡ଼ିରେ ବ୍ରେକ୍ ଦେଲା। ମଉସା ପାଟିକଲେ, ''କ'ଣ ଟୁଟୁ ଏମିତି ଗାଡ଼ି ଚଲାଉଛୁ ? ସେଇଥିପାଇଁ କହୁଥିଲି ଡ୍ରାଇଭର ଆଣିବାକୁ।''

– ବାପା, ସାମ୍ନାକୁ ଦେଖନ୍ତୁ। ଟୁଟୁ ଭୟାର୍ତ୍ତ ସ୍ୱରରେ କହୁଥିଲା।

– କ'ଣ ପଡ଼ିଛି ରାସ୍ତା ମଝିଟାରେ ? ବସ୍ତାଟିଏ ତ !

ସେତେବେଳକୁ କାଁ ଭାଁ ଟ୍ରକ୍ ଯିବା ଆସିବା କରୁଥାଏ।

– ବାପା, ତା ଭିତରେ କିଛି ଅଛି, ହଲଚଲ ହେଉଛି।

– ଯା, ଖୋଲି ଦେଖ।

– ହେ, ନା, ନା, କ'ଣ ବୋଲି କ'ଣ ଥିବ। ତୁ ସାଇଡ଼ କରି ଚାଲ ଟୁଟୁ।— ମାଉସୀ କହିଲେ।

ମାଉସା ବିରକ୍ତ ହେଇ କହିଲେ, 'ତମେ ଗାଡ଼ିଚଲା ବିଷୟରେ କିଛି ଜାଣ ? ବର୍ଷାରେ ଏପଟ ସେପଟ ମାଟି ଦବି ରହିଛି। ଅଜଣା ରାସ୍ତା। ତା'ଛଡ଼ା ଯଦି କେହି ଚୋର ତସ୍କର କାହାକୁ ବାନ୍ଧି ପକେଇ ଦେଇ ଯାଇଥିବ ତା ଉପରେ ଟ୍ରକ୍ ଚାଲିଗଲେ ସେ ମରିଯିବ, ପାପଟା କିନ୍ତୁ ଆମକୁ ଲାଗିବ। ସବୁଦିନ ଗୀତା ଭାଗବତ ପଢୁଚ ପରା ? ତୁ ଯା ଟୁଟୁ। ଖୋଲି ଦେଖ କ'ଣ ଅଛି। ମୁଁ ତୋ ସାଙ୍ଗରେ ଯାଉଛି।

ବାପାଙ୍କ ଆଜ୍ଞା ମାନି ଟୁଟୁ ବସ୍ତା ଖୋଲିଲା। ଗାଡ଼ିର ହେଡ଼ଲାଇଟ୍ ପଡ଼ୁଥାଏ। ମାଉସା ଡାକ ପକେଇଲେ ମାଉସୀଙ୍କୁ 'ଡିକିରୁ ଟର୍ଚ୍ଚଟା ଦେଲ ଶୀଘ୍ର।'

ଟର୍ଚ୍ଚ ପକେଇ ଦେଖାଗଲା ତା ଭିତରେ ଚଡ଼ି ଖଣ୍ଡେ ପିନ୍ଧିଥିବା ପାଞ୍ଚ ଛ' ମାସର ପିଲାଟିଏ। ଶୀତ ରାତିଟାରେ ହାତଗୋଡ଼ ମୁଣ୍ଡକୁ ଏକାଠି କରି କୁଁ କୁଁ ହେଉଥାଏ ବିଚରା। ଟୁଟୁ ତାକୁ ବାହାରକୁ ଟେକି ଆଣିଲା ସିନା, ଅଧ ରାତିଟାରେ ପିଲାକୁ କ'ଣ କରିବେ ଭାବି ସମସ୍ତେ ଚିନ୍ତାରେ ପଡ଼ିଗଲେ। ମାଉସା କହିଲେ ପୋଲିସ୍ ଜିମା ଦେଇ ଯିବା।

ଅପର୍ଣ୍ଣା ସେ ପିଲାର ଛାତି ଉପରେ ହାତ ରଖିଲା। ବୋଧେ ଉଷ୍ମ ଲାଗିବାରୁ ପିଲାଟି ତା କୁନି ହାତରେ ତା'ର ଆଙ୍ଗୁଠି ଧରିପକେଇଲା।

କାହିଁକି କେଜାଣି ଅପର୍ଣ୍ଣା ପାଟିରୁ ବାହାରି ପଡ଼ିଲା, 'ମାଉସା, ହାତ ଯୋଡୁଚି ତାକୁ ଥାନାରେ ଦିଅନ୍ତୁ ନାହିଁ। ଏମିତି ଫୁଙ୍ଗୁଲା ପଡ଼ିଲେ ସେ ପିଲା ଶୀତରେ ସକାଳକୁ ମରିଯାଇଥିବ।

– ତା'ହେଲେ କ'ଣ କରିବା କହ ?

ଅପର୍ଣ୍ଣା ଜାଣିଥିଲା ପିଲାକୁ ନେଇ ସେ ନିଜେ ପାଲିପାରିବ ନାହିଁ। ତା'ଛଡ଼ା ଦୁଇ ତିନି ମାସ ଭିତରେ ତାର ଅଧ୍ୟାପିକା ଚାକିରୀ ପାଇଁ ଚିଠି ଆସିଯିବ। ତଥାପି ସାହସ କରି କହି ପକେଇଲା ''ଆମ ଘରକୁ ନେଇଯିବି। ବୋଉ, ଖୁଡ଼ୀ ରମାଦେଈ ସମସ୍ତେ ଅଛନ୍ତି। ଗୋଟାଏ ପିଲାକୁ ପାଲି ପାରିବେ ନାହିଁ ?''

ବ୍ୟାଗ୍‌ରୁ ସାଲ କାଢ଼ି ପିଲାଟିକୁ ଯତ୍ନରେ ଘୋଡ଼େଇ କୋଳରେ ଜାକି ଧରିଲା ଅପର୍ଣ୍ଣା। ଶୀତରେ ବିକଳ ହୋଇ ଥରୁଥାଏ ଛୋଟ ପିଲାଟା। ଯାଜପୁର ପାଖାପାଖି ଗୋଟାଏ ଢାବା ପାଖରେ ଗାଡ଼ି ରହିଲା। ସେଠି ଉଷୁମ କ୍ଷୀର ଅଧଗ୍ଲାସ ଆଣି ତାକୁ ପିଆଇଦେଲେ।

ଏବେ ସମସ୍ତେ ଚୁପ୍‌ଚାପ୍ ବସିଥିଲେ ଗାଡ଼ି ଭିତରେ। ମଝିରେ ମଝିରେ କେବଳ ଚଦର ତଳୁ ପିଲାଟିର କୁଁ କୁଁ ଶବ୍ଦ ଶୁଭୁଥାଏ।

– ଅପର୍ଣ୍ଣା, ଏବେ ବି ଥରେ ଚିନ୍ତା କର ମା। ଅଯଥାରେ ରାତିଅଧରେ କାହିଁକି ଏ ଜଞ୍ଜାଳକୁ ନେଇ ଘରକୁ ଯିବୁ? ସକାଳେ ତ କାହାକୁ ହେଲେ ହସ୍ତାନ୍ତର କରିବାକୁ ପଡ଼ିବ। ତୁ ତୋ ଚାକିରୀ ଯାଗାକୁ ଯିବୁ। କାହିଁକି ଏ ଝେମେଲାରେ ପଶିବୁ ମା– ମାଉସୀ ବ୍ୟସ୍ତ ହୋଇ କହିଲେ।

– ନାଇଁ ମାଉସୀ, ଏ ମୋ ପିଲା। ମୁଁ ସ୍ୱପ୍ନରେ ଦେଖିଥିଲି। ଯାକୁ ମୁଁ ଛାଡ଼ିବି ନାହିଁ।

– ସ୍ୱପ୍ନ?

– ହଁ, ଏଇ ଗତ ଶନିବାର ରାତିରେ ସ୍ୱପ୍ନ ଦେଖିଲି ମୁଁ ଗଛମୂଳେ ଆଖି ବୁଜି ବସିଛି। ହଠାତ୍ ମୋ କୋଳ ଉପରେ କିଛି ଗୋଟାଏ ପଡ଼ିଲା। ମୁଁ ଆଖି ଖୋଲି ଦେଖିଲି। ଖାଲି ଚଡ଼ିଟିଏ ପିନ୍ଧିଥିବା ଛୋଟ ଛୁଆଟିଏ। ସାଙ୍ଗେ ସାଙ୍ଗେ ସେ ପିଲାଟା ଉଠି ପଡ଼ି ଛିଡ଼ା ହୋଇଗଲା ଆଉ ମା ମା ଡାକି ମୋ ଚାରିପଟେ ଘୁରିଲା। ମୋ ନିଦ ଭାଙ୍ଗିଗଲା। ସେ ସ୍ୱପ୍ନର ତର୍ଜମା କରିବାକୁ ଚେଷ୍ଟା କରିଛି। ହେଲେ କିଛି କାରଣ ଖୋଜି ପାଇନଥିଲି। ଆଜି ଏ ପିଲାକୁ ଦେଖି ଚିହ୍ନିପାରିଲି ଇଏ ସ୍ୱପ୍ନର ସେଇ କୁନି ପୁଅଟି।

ସମସ୍ତେ ଆଶ୍ଚର୍ଯ୍ୟ ହୋଇଗଲେ ତା ସ୍ୱପ୍ନ ବୃତ୍ତାନ୍ତ ଶୁଣି। ମାଉସୀ କହିଲେ, ''ଠିକ୍ ଅଛି। ତାକୁ ନେଇ ଘରକୁ ଚାଲ। ଦେଖିବା କିଛିଦିନ, କାଳେ ତାର ବାପା ମାଆଙ୍କ ସନ୍ଧାନ ମିଳିପାରେ!''

– ନା, ନା, ମୁଁ କାହାକୁ ଦେବିନି।

ସେଦିନ କଟକ ଘରେ ପହଞ୍ଚିଲା ବେଳକୁ ରାତି ତିନିଟା।

ବାଟରୁ ଗୋଟେଇ ଆଣିଥିବା ପିଲାଟିକୁ ଦେଖି କେହି ଖୁସି ହୋଇନଥିଲେ ଘରେ। ଯଦିଓ ସମବେଦନାରେ ଆହା, ଟୁ ଟୁ କରିଥିଲେ। ଅପର୍ଣ୍ଣା ତାକୁ ରଖିଲା, ତା'ର ସବୁ କାମ ସେ ନିଜେ କଲା। ତାକୁ ଡାକ୍ତରଙ୍କ ପାଖକୁ ନେବାଠୁ ତାର ଝାଡ଼ା

ପରିସ୍ରା ସଫା କାମସବୁ କଲା ଜିଦ୍‌ରେ । ରମାନାନୀ ଅବଶ୍ୟ ତାକୁ ସାହାଯ୍ୟ କରୁଥିଲା । ଡାକ୍ତରଙ୍କ ହିସାବରେ ପୁଅଟିର ବୟସ ଥିଲା ଛଅମାସ । ଅପର୍ଣ୍ଣା ତାର ନାଆଁ ଦେଲା ଗୌତମ । ଗୌତମ ଗୁରୁଣ୍ଠିବା ଆରମ୍ଭ କଲା, ସମସ୍ତଙ୍କୁ ଦେଖି ହସିଲା, କୋଳରେ ପଶିଲା । ଧୀରେ ଧୀରେ ତା' ପ୍ରତି ସମସ୍ତଙ୍କର ମାୟା ଲାଗିଗଲା ।

ଚାରିମାସ ପରେ ଢେଙ୍କାନାଳ କଲେଜରେ ଯୋଗ ଦେବାପାଇଁ ଚିଠି ଆସି ପହଞ୍ଚିଲା । ପୁଣି ଦୁର୍ଣ୍ଣିନ୍ତା । ରମାନାନୀ କିନ୍ତୁ ଗୌତମକୁ ନେଇ ଅପର୍ଣ୍ଣା ସାଙ୍ଗରେ ଯିବାକୁ ପ୍ରସ୍ତୁତ ହେଇଗଲା ।

ସେଇଠି ଆରମ୍ଭ ହେଲା ଅପର୍ଣ୍ଣା– ରମାନାନୀ– ଗୌତମକୁ ନେଇ ସେମାନଙ୍କର ନୂଆ ସଂସାର । ଗୌତମ କେବେ ବିଶେଷ ହଇରାଣ କରିନାହିଁ ଅପର୍ଣ୍ଣାକୁ । ଖୁବ୍‌ ସୁଧାର ସେ । ଜର ହେଲେ ସୁନାପିଲା ପରି ଔଷଧ ଖାଇବାକୁ ପାଟି ଆଁ କରି ଦେଇଛି । ସବୁବେଳେ ଅପର୍ଣ୍ଣାର ଆଦେଶକୁ ଅକ୍ଷରେ ଅକ୍ଷରେ ପାଳନ କରିଆସିଛି ।

ସେଥର ଆଠଜଣ ଛାତ୍ରଛାତ୍ରୀଙ୍କୁ ନେଇ ଷ୍ଟଡ଼ି ଟୁର୍‌ରେ ଦିଲ୍ଲୀ ଯାଇଥିଲା ଅପର୍ଣ୍ଣା । ସେଇ ପ୍ରଥମ ଥର ଗୌତମକୁ ଛାଡ଼ି ଯାଇଥାଏ । ରମାନାନୀ ଆଉ ଗୌତମକୁ କଟକ ଘରେ ଛାଡ଼ି ସେ ଦିଲ୍ଲୀ ଗଲା ଦୁଇ ସପ୍ତାହ ପାଇଁ । ସେଇଠି ଅଶ୍ୱିନୀଙ୍କ ସାଙ୍ଗେ ଭେଟ ଗୋଟାଏ ସେମିନାରରେ ।

ଫେରିବା ପରେ ଅଶ୍ୱିନୀ ନୂଆବର୍ଷର ଗ୍ରୀଟିଙ୍ଗ୍‌ସ କାର୍ଡ଼ ପଠେଇଥିଲେ । ସେତେବେଳକୁ ଅପର୍ଣ୍ଣା ଭୁବନେଶ୍ୱର ରମାଦେବୀ ମହିଳା କଲେଜକୁ ବଦଲି ହେଇ ଆସିଲାଣି । ଅଶ୍ୱିନୀ ଥିଲେ ଫୁଲବାଣୀ କଲେଜରେ । ଭୁବନେଶ୍ୱର ଆସିଲେ ଅଶ୍ୱିନୀ ଅପର୍ଣ୍ଣାକୁ ଭେଟନ୍ତି । ସୌଜନ୍ୟରୁ ଆରମ୍ଭ ହେଇଥିବା ସଂପର୍କର ସରୁ ଖିଅଟି ଧୀରେ ଧୀରେ ଦୃଢ଼ ଶିକୁଳିରେ ପରିବର୍ତ୍ତିତ ହେଇଛି । ସେମାନେ ପରସ୍ପରର ନିକଟତର ହେଇଛନ୍ତି ଏବଂ ସ୍ୱପ୍ନ ଦେଖିଛନ୍ତି ସଂସାର ଗଢ଼ିବା ପାଇଁ । ଅପର୍ଣ୍ଣା ଅଶ୍ୱିନୀଙ୍କୁ ଗୌତମ କଥା କହିଛି । ଅଶ୍ୱିନୀ ଗୌତମକୁ ଗ୍ରହଣ କରିବା ପାଇଁ ପ୍ରତିଶ୍ରୁତି ଦେଇଛନ୍ତି ମଧ୍ୟ ।

ପ୍ରଥମେ ଯେତେବେଳେ ଅଶ୍ୱିନୀ ଆସୁଥିଲେ ଗୌତମ ତାଙ୍କୁ ଖୁବ୍‌ ଭଲ ବ୍ୟବହାର ଦେଖାଉଥିଲା । ତାଙ୍କ ପାଖରେ ବସି ଚିତ୍ର ଆଙ୍କୁଥିଲା, ବହିରୁ ପଢ଼ିଥିବା ଛୋଟ ଛୋଟ ଗପ ସବୁ ଶୁଣାଉଥିଲା ।

କିନ୍ତୁ ପରେ ଅପର୍ଣ୍ଣା ଅନୁଭବ କଲା ଅଶ୍ୱିନୀ ଆସିଲେ ଗୌତମର ମୁହଁ ଶୁଖିଯାଉଛି । ସେ କିଛି ହେଲେ ଆଳ କରି ତାଙ୍କ ପାଖକୁ ଯାଉନାହିଁ । ସେ ଦେଇଥିବା ଚକଲେଟ୍ ଖାଉନାହିଁ । ଥରେ ତ ତା ବଲକୁ ଫିଙ୍ଗିଲା ଅଶ୍ୱିନୀଙ୍କ ଉପରକୁ । ବଲ୍ ବେଶ୍

ଜୋର୍‌ରେ ତାଙ୍କ ପିଠିରେ ବାଜିଲା। ଦିନେ ତାଙ୍କ ସାର୍ଟ ପଛରେ ଲାଲ ପେନ୍‌ରେ ଗାରେଇ ଦେଲା।

ସେଦିନ ଅଶ୍ୱିନୀ ପାଖାପାଖି ଦୁଇଘଣ୍ଟା ତା ସାଙ୍ଗରେ ବସି ଗପିଥିଲେ। ସେ ଅନେକ ବହି ପଢ଼ିଥିଲେ, ଡକ୍ଟରେଟ୍ କରି ସାରିଥିଲେ। ଭଲ ଅଧ୍ୟାପକ ଭାବେ ତାଙ୍କର ସୁନାମ ଥିଲା, ତାଙ୍କ ସାଙ୍ଗରେ ଗପ କଲେ ସମୟ ଜଣା ପଡ଼େନା। ସେଦିନ ସେ ଫେରିବା ବେଳେ ତାଙ୍କ ଜୋତାରୁ ଗୋଟିଏ ମିଳିଲା ନାହିଁ। ଅନେକ ଖୋଜାଖୋଜି କଲାପରେ ହତାଶ ହେଇ ଖାଲି ଗୋଡ଼ରେ ଫେରିଗଲେ ଅଶ୍ୱିନୀ। ରାତିସାରା ଅପର୍ଣ୍ଣା ଶୋଇପାରି ନଥିଲା। ଗୌତମକୁ ସେ ସନ୍ଦେହ କଲା। ଗୌତମ ଅଶ୍ୱିନୀଙ୍କ ଉପସ୍ଥିତି ସହ୍ୟ କରିପାରେନାହିଁ ସେ ଜାଣେ, ମାତ୍ର ସେସବୁ ଛୋଟ ଛୁଆର ସାଧାରଣ ଈର୍ଷା ଭାବି ସେ ଏଡ଼େଇଯାଏ।

ସେଦିନ ତାର ସ୍କୁଲ ବ୍ୟାଗ୍ ସଜାଡ଼ିଲା ବେଳେ ଅପର୍ଣ୍ଣା ଦେଖିଲା ବଡ଼ ଚଉତା କାଗଜଟିଏ ବ୍ୟାଗ୍ ଭିତରେ ରହିଛି। ଖୋଲି ପଢ଼ିଲା, ବଡ଼ ବଡ଼ ଅକ୍ଷରରେ ଲେଖାଥିଲା 'ମାମୁନି ମତେ ଭଲ ପାଏନା'। ତାର ମନ କଷ୍ଟ ହେଲା। କିନ୍ତୁ ତାର ବିଶ୍ୱାସ ଥିଲା ଧୀରେ ଧୀରେ ଗୌତମ ସବୁ ବୁଝିଯିବ। ସେଥିପାଇଁ ସେ ତାକୁ ବାପା, ମା', ପିଲା ପରିବାର ଉପରେ ଛୋଟ ଛୋଟ ଗପସବୁ କହୁଥିଲା।

ପ୍ରାୟ ଦି ମାସ ପରେ ଅଶ୍ୱିନୀ ଆସିଲେ। ଗୌତମ ପାଇଁ ବଡ଼ ଖେଳନା କାର, ହେଲିକପ୍ଟର ଆଉ ଡବା ଭର୍ତ୍ତି ଚକ୍‌ଲେଟ୍ ଆଣିଥିଲେ। ଗୌତମକୁ ଚକ୍‌ଲେଟ୍ ଡବା ଦେଲାବେଳେ ଗୌତମ ତାଙ୍କ ଡାହାଣ ହାତକୁ ଜୋର‌ରେ କାମୁଡ଼ି ଦେଲା। ଅଶ୍ୱିନୀ ଚିତ୍କାର କଲେ। ଅପର୍ଣ୍ଣା ଅଶ୍ୱିନୀଙ୍କ ପାଇଁ ପାଣି ଗ୍ଲାସ ଆଣିବାକୁ ଯାଇଥିଲା। ଅଶ୍ୱିନୀଙ୍କ ଚିତ୍କାର ଶୁଣି ଦୌଡ଼ିଆସି ଦେଖିଲା ଏପରି ଅବସ୍ଥା। ତାକୁ ସବୁ ଅନ୍ଧାର ଦିଶିଲା। ସବୁ ବଳ ଖଟେଇ ଗୌତମ ଗାଲରେ ସେ ଗୋଟାଏ ଶକ୍ତ ଚାପୁଡ଼ା କଷିଦେଇଥିଲା।

ଏଇ ପ୍ରଥମ ଥର ଅଶ୍ୱିନୀ ବିରକ୍ତ ହେଲେ। କହିଲେ, 'ସବୁର ଗୋଟାଏ ସୀମା ଅଛି ଅପର୍ଣ୍ଣା। ଗୌତମକୁ ତମେ ଆଶ୍ରମ ପଠେଇଦିଅ। ଆମ ସାଙ୍ଗରେ ସେ ରହିପାରିବ ନାହିଁ। ଏପରି ପିଲାମାନେ ହିଂସ୍ରତାର ଚରମ ସୀମାକୁ ଯାଇପାରନ୍ତି, ତମେ ନିଶ୍ଚୟ ଜାଣିଥିବ। ମୋ ବାପା ବୋଉ ବି ଗୌତମକୁ ପାଖରେ ରଖିବାକୁ ଚାହିଁବେ ନାହିଁ। ତମେ କ'ଣ ନିଷ୍ପତ୍ତି ନେବ, ମତେ ଜଣେଇବ। ମୁଁ ଅପେକ୍ଷା କରୁଚି।

ଏତିକି କହି ଅଶ୍ୱିନୀ ଘରୁ ବାହାରି, ବାରଣ୍ଡା ପାରି ହେଇ ସିଡ଼ିରେ ଓହ୍ଲେଇ ଚାଲିଗଲେ। ଅପର୍ଣ୍ଣା ସ୍ତମ୍ଭିତ ହେଇ ଛିଡ଼ା ହେଇଥିଲା। ତା ଆଖି ଆଗରେ ସବୁ କିଛି

ଘଟିଗଲା ସ୍ୱପ୍ନ ପରି । କ'ଣ ସବୁ କହିଗଲେ ଅଶ୍ୱିନୀ ? ତାଙ୍କ ସାଙ୍ଗେ ସଂସାର କରିବାକୁ ହେଲେ ଗୌତମକୁ ରାସ୍ତାରେ ପକେଇ ଦେଇ ଆସିବ ? ସେଦିନର ସେଇ ଶୀତ ରାତି ପରି ?

ଲାଇନ୍ ଆସିଗଲା । ଅପର୍ଣ୍ଣା ପାଦ ଘୋସାରି ଘୋସାରି ଶୋଇବା ଘରକୁ ଗଲା । ଗୌତମ ଗୋଡ଼ ହାତ ଜାକି ଶୋଇଛି, ଆଣ୍ଠୁ ତା'ର ଓଠକୁ ଲାଗିଥିଲା, ଠିକ୍ ସେଦିନ ଅଧରାତିରେ ବସ୍ତା ଭିତରେ ଯେମିତି ଶୋଇଥିଲା । ଗୋରା ଗାଲରେ ଅପର୍ଣ୍ଣାର ଚାରି ଆଙ୍ଗୁଳିର ଦାଗ । ସେଇଠି ମଶାଟିଏ ବସି ରକ୍ତ ଟାଣି ପେଟ ଫୁଲେଇ ସାରିଲାଣି । ଅପର୍ଣ୍ଣା ଧୀରେ ମଶାକୁ ମାରିବାକୁ ଚେଷ୍ଟା କଲା, କାଲେ ଗୌତମର ନିଦ ଭାଙ୍ଗିଯିବ । କେତେ ଗୁଲିଗୁଲିଆ ଚେହେରା ପିଲାଟିର । କେମିତି ସେ ମାଆ ଯାକୁ ମୂର୍ଚ୍ଛ ପାରିଲା ! ସେ ନିଜେ ବି କ'ଣ ଆଜି ତାକୁ ମୂର୍ଚ୍ଛ ଦବ !

ଗୌତମ ଆଖି ଖୋଲିଲା । ଅପର୍ଣ୍ଣାକୁ ଦେଖି ଧଡ଼ପଡ଼ ହେଇ ଉଠି ବସିଲା ।

– ମାମୁନି, ମୁଁ ବହୁତ ଦୁଷ୍ଟାମି କରୁଛି । ତମେ ମତେ ହଷ୍ଟେଲ ପଠେଇଦିଅ । ମୋ ପାଇଁ ଅଶ୍ୱିନୀ ଅଙ୍କଲ ତମକୁ ଗାଲିଦେଲେ । ସରି, ଆଉ ଏମିତି କରିବିନି । ମତେ ହଷ୍ଟେଲ ପଠେଇ ଦିଅ, ପ୍ଲିଜ୍ । ଦୁଇହାତ ଯୋଡ଼ି ଆଣ୍ଠୁମାଡ଼ି ବସି କହୁଥିଲା ଗୌତମ ।

– କିଏ କହିଲା ବୋଲି ମୁଁ ତତେ ହଷ୍ଟେଲ ପଠେଇ ଦେବି ? ତୁ ମୋର ସୁନା ପୁଅଟା । ବାହାର ଲୋକଙ୍କୁ ତୁ ଏମିତି ବ୍ୟବହାର କଲୁ, ସେଇ ରାଗରେ ତତେ ମାରିଲି । ହଉ ଉଠ । ଆମେ ଖାଇଦେବା । କାଲି କଲେଜରୁ ଶୀଘ୍ର ଫେରିଲେ ତତେ ବୁଲେଇ ନେବି । ଗୌତମ ଅପର୍ଣ୍ଣା ବେକରେ ଦୁଇହାତ ଗୁଡ଼େଇ ତା ଗାଲରେ ଓଠ ଲଗେଇ ଦେଲା ।

ଗୌତମ ଶୋଇସାରିବା ପରେ ଅପର୍ଣ୍ଣା ତା ପଢ଼ା ଟେବୁଲ ପାଖକୁ ଆସି ମୁଣ୍ଡରେ ହାତଦେଇ ବସିଲା । ଅଶ୍ୱିନୀ ଗୌତମକୁ ପାଖରେ ରଖିବାକୁ ଚାହିଁବେ ନାହିଁ । ଏମିତିରେ ସେ କହିଲେଣି, ତାଙ୍କ ବାପା ବୋଉ ଗୌତମ କଥାକୁ ନେଇ ଅସନ୍ତୁଷ୍ଟ । ସେ ଚିଠିଟେ ଲେଖିଲା–

ଅଶ୍ୱିନୀ,

ତମେ ବହୁତ ବରଦାସ୍ତ କରି ସାରିଛ । ତମ ଜାଗାରେ ମୁଁ ଥିଲେ ହୁଏତ ଏତେ ଉଦାରମନା ହେଇପାରିନଥାନ୍ତି । ହେଲେ ଗୌତମ ବାବଦରେ ଟିକିନିକି ସବୁକଥା ମୁଁ ତମକୁ ଜଣେଇ ସାରିଛି । ଗୌତମ ତମ ପ୍ରତି ଈର୍ଷ୍ୟାଳୁ, କାରଣ ତାର ଧାରଣା ତମେ ତା

ମାମୁନିର ଭଲପାଇବାରେ ଭାଗ ବସେଇବାକୁ ଆସୁଛ । ମୋ ଉପରେ ଏପର୍ଯ୍ୟନ୍ତ ତା'ର ହିଁ ଏକଚାଟିଆ ଅଧିକାର ଥିଲା । ତମେ ଆସିଲେ ମୁଁ ବେଶୀ ସମୟ ତମ ସାଙ୍ଗେ ଗପୁଚି, ହସୁଚି । ତାର ଏସବୁ ବରଦାସ୍ତ ହେଉନାହିଁ । ସେ କାହାପ୍ରତି ଏପରି ଆଚରଣ ଦେଖାଏ ନାହିଁ । ମୁଁ ଭାବୁଥିଲି ଧୀରେ ଧୀରେ ସେ ବୁଝିଯିବ । ଆମେ ସମସ୍ତେ ଏକାଠି ରହିଲେ ଉଭୟଙ୍କ ସ୍ନେହଶ୍ରଦ୍ଧା ପାଇ ସେ ବଦଳିଯିବ । ସାନ ପିଲାମାନଙ୍କୁ ତମେ ଦେଖିଥିବ, ନିଜର ଛୋଟ ଭାଇ ଭଉଣୀ ଜନ୍ମ ହେଲେ ମା'ର ସମୟରେ ଭାଗ ବସାନ୍ତି ବୋଲି କିଛି ପିଲା କେମିତି ବାଦ କରନ୍ତି ।

ତମେ ଥରେ ଭାବିଲ, ଛ ମାସର ପିଲାକୁ ମା ବାପା ରାସ୍ତାରେ ଫିଙ୍ଗିଦେଇଗଲେ ମରିବା ପାଇଁ । ତାକୁ ଉଠେଇ ଯିଏ ଆପଣାର କରିବ ବୋଲି ଭରସା ଦେଲା ସିଏ ବି ଛେଉଣ୍ଡ ପିଲା କରି ପୁଣି କଉଠି ନେଇ ଛାଡ଼ିଦେଇ ଆସିବ ? ଜାଣେନା ସେଠି ସେ କେମିତି ବ୍ୟବହାର ପାଇବ । ତମର ଭଲପାଇବା ମୋ ପାଇଁ ମହାର୍ଘ ଅନୁଭବ । ହେଲେ ଗୌତମର ଭବିଷ୍ୟତ ?

ମୁଁ ପାରିବି ନାହିଁ ଅଶ୍ୱିନୀ, ଗୌତମକୁ ମୋ ପାଖରୁ ଛାଡ଼ିପାରିବି ନାହିଁ । ତମେ ଯଦି ତା ସହିତ ମୋତେ ତମ ସଂସାରକୁ ନବ ଠିକ୍ ? ଅଛି, ନହେଲେ ମୁଁ ନାଚାର । ତମେ ସୁପୁରୁଷ, ତମ ପାଇଁ ଜୀବନସାଥିର ଅଭାବ ହେବନାହିଁ । ମାତ୍ର ଗୌତମ ପାଇଁ ମା'ର କୋଳଟିଏ କେଉଁଠୁ ମିଳିବ ? ନିରାପଦ ଆଶ୍ରୟଟିରେ କିଏ ଦେବ ? ମତେ କ୍ଷମା କରିବ ।

ଅପର୍ଣ୍ଣା

xxx

– 'ମାମୁନି, ତମେ କ'ଣ କରୁଚ ଏଠି ଏକୁଟିଆ ବସି ? ଆସ ଖାଇବା, ରୋଜି ଟେବୁଲ ରେଡ଼ି କରୁଛି ।'

ଅପର୍ଣ୍ଣା ଆଲବମକୁ ଚଟ୍‌କରି ବନ୍ଦ କରିଦେଇ କହିଲା– ନାହିଁରେ ଧନ, ତୋର ଯେଉଁ ଗୁଣମଣି ଝିଅ, ତୋ ପିଲାଦିନ ଫଟୋ ଦେଖିବ ବୋଲି ପ୍ରଳୟ କରିଦେଲା । କ'ଣ କରିବି ? ରମେଶକୁ ଡାକି ଏସବୁ ବାହାର କଲି ।

– ତମେ ଏତେ କଷ୍ଟ ଯାହା ପାଇଁ କଲ, ଯାଆ ଦେଖିବ, ସେ ତା ରଙ୍ଗା ସେଟ୍ ନେଇ ବାଲିରେ ଭାତ ଡାଲି ରାନ୍ଧିଲାଣି । ଏଗୁଡ଼ା ଏଠି ଥିବ ନା ଉପରକୁ ଉଠେଇଦେବି । ଚାଲ ଆମେ ଖାଇବା । ଭୋକ ହେଲାଣି ।

– ହଁ, ଉପରକୁ ଉଠେଇ ଦେ । ମୁଁ ବଢ଼େଇ ଦଉଛି ।

ଗୌତମ ହାତକୁ ଆଲବମ ସବୁ ବଢ଼େଇଲା ବେଳେ ଅପର୍ଣ୍ଣା ଭାବୁଥିଲା ସେଇ ଛୋଟ ଆଲବମକୁ ହାତପାଆନ୍ତା ଥାକରେ ରଖିଦେବ କି ?

– ଆଉ ଗୋଟାଏ ରହିଲା । ଛୋଟଟା ତ । ତଳେ ରହିବ କି ?

– ନା ଉପରକୁ ଉଠେଇ ଦେ ।– କହି ଶେଷ ଆଲବମ୍‌କୁ ଅପର୍ଣ୍ଣା ବଢ଼େଇ ଦେଲା ।

ତମେ ସେଇଠି ଥାଅ ଅଶ୍ଵିନୀ, ମୋ ହାତ ପାଉନଥିବା ଦୂରତାରେ ।

ହିସାବ ନିଅ

"ଛୋଟ ଲୋକଟା, ସବୁବେଳେ ଖାଲି ଟଙ୍କା ଟଙ୍କା, ସକାଳୁ ମଣିଷର ମୁଣ୍ଡ ଖରାପ କରିବ ।" ଲତା ଚମକି ପଡ଼ିଲା । ସେ ଆଶା କରିନଥିଲା ଟଙ୍କା ଦି'ହଜାର ପାଇଁ ଅଜୟ ତାକୁ ଏମିତି ଅପମାନଜନକ କଥା କହିବେ ।

: ବାହାଘରର ଦଶବର୍ଷ ଭିତରେ ମୁଁ କେତେଥର ଟଙ୍କା ମାଗିଛି ଯେ ଏମିତି କହୁଛ ? ଘରଖର୍ଚ୍ଚ ପାଇଁ ଟଙ୍କା ମାଗିଲେ ଛୋଟଲୋକ ହେଲି ? ଶାଢ଼ୀ, ଗହଣା ପାଇଁ ମାଗିଲେ କ'ଣ କହିବ ?

– ନିଜେ ତ ରୋଜଗାର କରୁଛୁ । ଶାଢ଼ୀ, ଗହଣା କିଣିବା ପାଇଁ କିଏ ମନାକଲା ? କ'ଣ କରୁଛୁ କି ତୋ ଟଙ୍କା ? ଏମିତି ସବୁ ଘରେ ଖର୍ଚ୍ଚ ହୋଇଯାଉଛି ! ସେଇଟା ଗୋଟାଏ ବାହାନା । – ଶାଣଦିଆ ସ୍ୱର ଅଜୟଙ୍କର । ରାଗ ଆଉ ଅପମାନରେ ଲତାର ଦେହ ଶୀତେଇଗଲା, କାନ ଝାଁ ଝାଁ କରି ଉଠିଲା ।

କହିଲା, "ଠିକ୍ ଅଛି । ଏଥର ମୋ ଦରମା ସ୍ଲିପ୍ ସାଙ୍ଗରେ ଟଙ୍କା ଧରେଇଦେବି । ନିଜେ ଘରଖର୍ଚ୍ଚ ସବୁ ସମ୍ଭାଳିବ, ତା'ପରେ ଜାଣିବ କ'ଣ ହଉଛି ଟଙ୍କା । ମତେ ବି ଭଲ ଲାଗୁନି ତମ ପାଖରେ ଭିକ ମାଗିବାକୁ ।"

– ଧମକ ଦଉଛୁ ମତେ ? ଅଜୟ ରାଗିଗଲେ ।

– ନା, ଧମକ ନୁହେଁ । ପ୍ରତିଦିନ ସକାଳୁ ରାତି ପର୍ଯ୍ୟନ୍ତ କେତେ କ'ଣ ଖର୍ଚ୍ଚ ହୁଏ ଥରେ ଯଦି ଦେଖନ୍ତ ତା'ହେଲେ ଜାଣନ୍ତ ଘରକୁ କେତେ ଟଙ୍କା ଆସୁଛି, ସବୁ ଖର୍ଚ୍ଚ ପରେ ଆଉ କେତେ ବଳୁଛି ।

– ସେ କଥା ଗୁଡ଼ାକ ମତେ ଶୁଣାନା । ସକାଳୁ ମୋ ମୁଣ୍ଡ ଖରାପ କଲୁଣି । ଯେତେସବୁ ବାଜେ ଖର୍ଚ୍ଚ ତୋର, ନବାବ ପରି ଖର୍ଚ୍ଚ । ବ୍ୟାଗ ଭର୍ତ୍ତି ପରିବା, ମାଛ,

ଯେତେସବୁ ଫାଲତୁ କିଣାକିଣି ! ରୋଷେଇ ଘରବାଟେ ତ ସବୁ ପଇସା ଯିବ । ଶେଷକୁ ମୋ ମୁଣ୍ଡଟା ଖାଇବୁ– ପଇସାଦିଅ, ପଇସାଦିଅ ।

– ତମେ କ'ଣ କହୁଛ ଜାଣିପାରୁଛ ତ ?

– ଠିକ୍ କଥା କହୁଛି । ଶହେଥର କହିଛି ଯାହା ଘରେ ଖର୍ଚ୍ଚ ହବ ଗୋଟି ଗୋଟି ହିସାବ ଲେଖାଯିବ । ଭିକାରୀକୁ କେତେ ଦିଆଗଲା ସେକଥା ବି ଲେଖାହେବା ଦରକାର । କାହିଁକି ସେଟିକି କଥା ହେଇପାରୁନି ? ସେଦିନ ପରା ପାଞ୍ଚହଜାର ଟଙ୍କା ଦେଇଥିଲି ।

– ସେ ଟଙ୍କାର ହିସାବ ନିଅ । ତୁମ ଭାଇବୋହୂ, ଝିଆରୀ, ପୁତୁରାଙ୍କ ପାଇଁ ଲୁଗାପଟା କିଣାଗଲା । ତମରି ଆଦେଶରେ ପୁତୁରା ପାଇଁ ସାଇକେଲ ଆଉ ଝିଆରି ପାଇଁ ସ୍କୁଲବ୍ୟାଗ୍ ଆଣିଲି । ଏବେ ଖାତାରେ ଲେଖି ହିସାବ କର, ଏସବୁ ସାଙ୍ଗକୁ ସେମାନେ ପୁରୀ ଯିବା ପାଇଁ ଟ୍ୟାକ୍ସି ଭଡ଼ା– ସବୁ ମିଶି କେତେ ଖର୍ଚ୍ଚହେଲା ?

– ତୋ ସଙ୍ଗେ ପାଟି କରିବାକୁ ମୋର ଇଚ୍ଛା ନାହିଁ । ପଇସାଟିଏ ବି ଦେବିନି, ଯାହା ଇଚ୍ଛା କର ।

– ଠିକ୍ ଅଛି, ମୁଁ ବି ଘର ଚଳେଇ ପାରିବିନି । – ଲତା ରୋକଠୋକ୍ ଶୁଣେଇଦେଲା ।

– ମୋର ହିସାବ ଦରକାର, କେତେ ଟଙ୍କା ତୋର ଦରମା, କେତେ କରୁଛି, କେତେ ଆକାଉଣ୍ଟକୁ ଯାଉଛି, କେତେ ଘରେ ଖର୍ଚ୍ଚ ହଉଛି, ବାକି ଟଙ୍କା ଯାଉଛି କୁଆଡ଼େ ? ବାସ୍...।

ଲତା ଆଶ୍ଚର୍ଯ୍ୟ ହେଇଗଲା ଅଜୟଙ୍କ କଥା ଶୁଣି । ଅଜୟ କ'ଣ ଭାବୁଛନ୍ତି ଲତା ତାଙ୍କୁ ଟଙ୍କା ଲୁଚେଇ ରଖୁଛି, ନା' ବାପଘରକୁ ପଠେଇ ଦେଉଛି ? ''ଠିକ୍ ଅଛି, ଆଜି ସନ୍ଧ୍ୟାରେ ମୁଁ ତୁମକୁ ହିସାବ ଚିଠା ଧରେଇଦେବି ।'' ଏତିକି କହି ଲତା ଦୁମ୍ ଦୁମ୍ ହୋଇ ଶୋଇବା ଘରକୁ ଚାଲିଗଲା । ଏବେ ଲୁଗା ପାଲଟି ବ୍ୟାଙ୍କ ଯିବ ସେ ।

ରାଗରେ ଲତାର ଦେହ ଥରୁଥିଲା । କୋହ ଉଠି ଛାତି ରୁନ୍ଧି ହୋଇଯାଉଥିଲା । ଏ କ'ଣ ସେଇ ଅଜୟ ଯାହାକୁ ସେ ନିଜେ ପସନ୍ଦ କରି ବାହା ହୋଇଥିଲା ? ଆଖିର ଲୁହ ବାଧା ମାନୁନଥିଲା । କାନ୍ଥରେ ମୁଣ୍ଡ ପିଟି ଦେବାକୁ ଇଚ୍ଛା ହଉଥିଲା । ତଥାପି ତା'ର ନିସ୍ତାର ନାହିଁ । ସେ ଜାଣେ ତାକୁ ଏବେ ବ୍ୟାଙ୍କ ଯିବାକୁ ପଡ଼ିବ । କ୍ୟାସର ଦୁଇ ନମ୍ବର ଚାବି ତା' ପାଖରେ । ଦିନସାରା ନିର୍ଭୁଲ ଭାବେ ସବୁ କାମ କରିବାକୁ ପଡ଼ିବ ।

ପୁଣି ଛଅଟା ବେଳେ ଲାଇନ ଅଟୋରେ ଆସିବ। ମେନ୍‌ରୋଡ୍‌ରେ ଓହ୍ଲାଇ ଅଧକିଲୋମିଟର ଚାଲି ଘରକୁ ଆସି ଲୁଗାପଟା ପାଲଟିବ, ଝିଅକୁ ପଢ଼େଇବ, ରାତି ପାଇଁ ରୋଷେଇ କରିବ। ଝିଅକୁ ଖାଇବାକୁ ଦେଲେ ସେ ଶୀଘ୍ର ଶୋଇବ, ନହେଲେ ସକାଳେ ଠିକ୍ ସମୟରେ ଉଠିପାରିବନି। ଝିଅ ଶୋଇସାରିଲେ ସକାଳର ଖବରକାଗଜ ପଢ଼ିବ ଆଉ ଅଜୟଙ୍କ ଫେରିବାକୁ ଅପେକ୍ଷା କରିବ। ଅଜୟ ଫେରିଲେ ତାଙ୍କୁ ଆଉ ଶାଶୂ ଶ୍ୱଶୁରଙ୍କୁ ଖାଇବାକୁ ଦବ, ନିଜେ ଖାଇବ। ଗ୍ୟାସ୍‌ଚୁଲା ପୋଛାସାରି ବଳକା ଖାଦ୍ୟ ଫ୍ରିଜରେ ରଖିବ। ତା' ପରେ ଯାଇ ସେ ଶୋଇବ।

ଦିନସାରା ବ୍ୟାଙ୍କ୍ କାମ ଭିତରେ ଲତା ତା'ର ସମସ୍ତ କାଗଜପତ୍ର ବାହାର କଲା। ପ୍ରଭିଡେଣ୍ଡ ଫଣ୍ଡ ଲୋନ୍, କୋଅପରେଟିଭ ସୋସାଇଟି ଲୋନ୍, ହାଉସିଂ ଲୋନ୍ ଇତ୍ୟାଦି ସବୁର ଇନ୍‌ଭଏସ୍ ବାହାର କରି ଟିପିଲା।

ଗତକାଲି ସନ୍ଧ୍ୟାରେ ଲତାର ସାନଭାଇ ବିଭୁ ତା' ପୁଅକୁ ଆଣି ଗାଁରୁ ଆସିଛି। ବିଭୁ ସାନ ଥିଲାବେଳେ ଘରୁ ବହି ବ୍ୟାଗ୍ ଧରି ସକାଳେ ସ୍କୁଲ ଯିବା ପାଇଁ ବାହାରିଯାଏ। କିନ୍ତୁ ଅଧାଦିନ ସ୍କୁଲ ନଯାଇ କିଆବଣ, ଆମ୍ବତୋଟା ନହେଲେ ଚଂପାମଠର ପୋଖରୀ ହୁଡ଼ାରେ ବୁଲିବୁଲି ସ୍କୁଲ ଛୁଟି ବେଳକୁ ଘରକୁ ଫେରେ। ଲତାର ବୋଉ ଅଚ୍ଛ ପାଠ ପଢ଼ିଥିଲେ ବି ସେ ସମୟରେ ସେ ଥିଲା ଗାଁର ପାଠୁଆବୋହୂ। ମାତ୍ର ଘର ଜଞ୍ଜାଳ, ଶ୍ୱଶୁର, ସାବତଶାଶୂ, ଦି ଜଣ ସାନ ନଣନ୍ଦ, ତା' କଥାକୁ ଆଦୋ ଗୁରୁତ୍ୱ ଦେଉନଥିବା ସ୍ୱାମୀ, ଗୋରୁ–ଗାଈ ଇତ୍ୟାଦିଙ୍କ ସେବା କରୁକରୁ ନିଜ ପିଲାମାନଙ୍କ ପାଠପଢ଼ା ଦେଖିବାକୁ ସମୟ ପାଏନା।

ସାନଭାଇ ହାଇସ୍କୁଲ ପରୀକ୍ଷାରେ ଫେଲ୍ ହେବାପରେ ବୋଉ କନ୍ଦାକଟା କରି ବାପାଙ୍କୁ ଦୋଷଦେଲା। ବାପା ତାକୁ ବୁଝେଇ କହିଲେ, ''ବ୍ୟସ୍ତହୁଅନି, ସେ ପୁଣି ପରୀକ୍ଷା ଦେଇ ପାସ୍ କରିବ। ପାସ୍ ନ କରିପାରିଲେ ମୋ ପୁଅ ଆମ ଘର ଜମି, ବଗିଚା, ମାଛ ପୋଖରୀ ସମ୍ଭାଳିଲେ ଆଉ ପାଞ୍ଚଜଣଙ୍କୁ ଚାକିରୀ ଦବ। ବୋଉର ମନ ବୁଝିନଥିଲେ ବି ତା'ର ଉପାୟ ନଥିଲା। ସେତେବେଳେ ଲତା ମାମୁଘରେ ରହି କଲେଜରେ ବି.ଏସସି ପଢୁଥିଲା। ଅଜା ଗର୍ବ କରି କହୁଥିଲେ, ସେକେଣ୍ଡ କ୍ଲାସ ପାଇବା ଲତାର ଜାତକରେ ନାହିଁ। ବୋଉ ଅନୁତାପ କରି କହେ, 'ଝିଅକୁ ବାପଘରେ ନଛାଡ଼ି ବାଲୁଙ୍ଗା ପୁଅଟାକୁ ଛାଡ଼ିଥିଲେ ମଣିଷ ହୋଇଯାଇଥାନ୍ତା।' ଏବେ ବିଭୁର ଡର ତା'ପୁଅ ବି ତାରି କାମ ପୁଣି ଦୋହରେଇବ। ତେଣୁ ନେଢ଼ି ଗୁଡ଼ କହୁଣୀକୁ ବହିଯିବା ଆଗରୁ ଭଉଣୀ ଭିଶୋଇଙ୍କ ଶରଣ ପଶିଛି। ଅଜୟ ବି କେତେଥର ବିଭୁକୁ କହିଛନ୍ତି–

ପୁପୁନକୁ ଆଣି ବାହାରେ ହଷ୍ଟେଲରେ ରଖି ପଢ଼ାଅ। ଲତା ଯେ ସେଇ କଥା ନଭାବିଛି ନୁହେଁ, ହେଲେ ଛୋଟ ପିଲାଟାକୁ ତା' ବାପା ମା'ଙ୍କ ପାଖରୁ ନେଇଆସିବା ପାଇଁ ତା'ର ସାହସ କୁଲେଇନାହିଁ। ଏଠି ତା'ର ଯାହା ଅବସ୍ଥା ସେକଥା କେହି ଜାଣନ୍ତି ନାହିଁ। ଘର କହିଲେ ବାହାର ଘରକୁ ଛାଡ଼ି ତିନି ବଖରା, ଗୋଟିଏ ବଖରା ଅଜୟଙ୍କ ପଢ଼ାଘର, ପାଖ ବଖରାଟି ଶାଶୂ-ଶ୍ୱଶୁରଙ୍କ ଶୋଇବାଘର, ବାକି ଗୋଟିଏ ବଖରାରେ ଲତା ଆଉ ତା' ଝିଅ ଲିପି ଶୁଅନ୍ତି। ସେଇ ଘରେ ଗୋଟେ ଟେବୁଲ ପଡ଼ିଛି ଝିଅ ପଢ଼ିବାପାଇଁ। ଆଲମିରା, ଡ୍ରେସିଂ ଟେବୁଲ୍ ଆଉ ଝିଅର ବହି ଆଲମିରା ରହିବାପରେ ଚଟାଣରେ ଜଣେ ମଣିଷ ଶୋଇବା ପରି ଜାଗା ମଧ୍ୟ ନାହିଁ। କିଏ କୁଣିଆ ଆସିଲେ ତାକୁ ମାଡ଼ିପଡ଼େ। ପୁପୁନ ପୁଣି ରହିବ କେଉଁଠି ? ତା'ଛଡ଼ା ସେ ସ୍କୁଲରୁ ଫେରିବାବେଳକୁ ଲତା ନଥିବ। ତାକୁ କିଏ ଗାଧୋଇଦେବ, ଭାତ ବାଢ଼ିଦେବ– ଏ ସବୁ କଥା ଚିନ୍ତାକରି ଲତା ପୁପୁନକୁ ଆଣିବା କଥାକୁ ଏଡ଼ାଇ ଆସିଛି।

ଏ ବର୍ଷ କିନ୍ତୁ ପୁପୁନ ଷଷ୍ଠରେ ପଢ଼ିବ, ପଞ୍ଚମ ପରୀକ୍ଷାରେ ଖୁବ୍ ଭଲ କରିଛି। ତେଣୁ ବହୁତ ସାହସ କରି ବିଭୁ ପୁପୁନକୁ ଭୁବନେଶ୍ୱରରେ ପଢ଼େଇବା କଥା କହିଲା। ସ୍ଥିର ହେଲା ଗୋଟିଏ ବର୍ଷ ପୁପୁନ ହଷ୍ଟେଲରେ ରହିବ। ଏବେ ଉପର ମହଲା କାମ ଚାଲିଛି, ଆସନ୍ତା ବର୍ଷ କାମ ସରିଗଲେ ପୁପୁନ ଘରେ ରହି ପଢ଼ିବ। ତା'ଛଡ଼ା ଗୋଟିଏ ବର୍ଷ ହଷ୍ଟେଲରେ ରହିଲେ ନିଜ କାମ ନିଜେ କରିବା ଶିଖିଯିବ। ଆଜି ତା'ର ସ୍କୁଲରେ ଏଣ୍ଟ୍ରାନ୍ସ ପରୀକ୍ଷା। ବାପା ପୁଅ ସକାଳୁ ଉଠି, ଗାଧୋଇ ସାରି ଚୁଡ଼ା, କଦଳୀ ଆଉ କ୍ଷୀର ଚକଟି ଖାଇଲେ। ପୁପୁନ ପରୀକ୍ଷା ଦେବାକୁ ଗଲାବେଳେ ଠାକୁରଙ୍କୁ ମୁଣ୍ଡିଆ ମାରିଲା; ତା'ପରେ ଆସି ଲତାର ପାଦ ଛୁଇଁଲା। ଲତା କହିଲା, 'କିରେ, ତତେ ଏକଥା କିଏ ଶିଖେଇଛି ? ବେଉ ନା ଜେଜେମା' ? ପୁପୁନ ଲାଜେଇ ଗଲା। ପଚାରିଲା 'ପିଉସୀ ଉଠିଲେଣି ?' ନା ଶୋଇଛନ୍ତି !' ମୁଁ ତାଙ୍କୁ ତୋର ପ୍ରଣାମ ଜଣେଇଦେବି।– ଲତା କହିଲା।

ସେମାନେ ବାହାରିଗଲା ପରେ ଲତା ରୋଷେଇ ଘରକୁ ଫେରିଗଲା। ସବୁ କାମ ସାରି ସାଢ଼େ ନ'ଟାରେ ବ୍ୟାଙ୍କ ଯିବାକୁ ପଡିବ। ଶାଶୂ ସକାଳୁ ଗାଧୋଇସାରି ଠାକୁର ପୂଜା କରୁଛନ୍ତି। ଦି'ମାସ ହେଲା ତାଙ୍କ ଗାଁରୁ ଜଣେ ଝିଅକୁ ଆଣିଛନ୍ତି ଘରକାମରେ ସାହାଯ୍ୟ କରିବାପାଇଁ। ଗରିବ ଘର ଝିଅ, ଛାଡ଼ପତ୍ର ପାଇ ବାପଘରେ ରହୁଥିଲା। କିନ୍ତୁ ସେ ଝିଅଟି, ଯାହାକ ନାଁ ସାରୀ, ଆସିଲା ଦିନଠୁ ସକାଳୁ ଉଠି ଗାଧୋଇ ଜଳଖିଆ ଖାଇ ଶାଶୂଙ୍କ ରୁମ୍ ଚଟାଣରେ ଶପ ପକେଇ ଶୋଇଯାଏ। ଦୁଇଟି ଫ୍ୟାନ୍ ଲଗେଇ

ଶାଶୂ-ଶ୍ୱଶୁରଙ୍କ ସଙ୍ଗେ ତାଙ୍କ ଗାଁ, ସାଇପଡ଼ିଶାଙ୍କ ଗପରେ ମାତିଥାଏ ନହେଲେ ନିଦରେ ଶୋଇଥାଏ । ଲତା ସକାଳ ସାରା ମେସିନ ପରି ଘୁରି ଘୁରି କାମ କରୁଥାଏ । ଶାଶୂଘର ଗାଁ ଝିଅ ବୋଲି ଲତା ଏ ପର୍ଯ୍ୟନ୍ତ ମୁହଁ ବନ୍ଦ ରଖିଛି ସିନା, କିନ୍ତୁ ସେ ଜାଣେ ବେଶିଦିନ ଚୁପ୍ ରହି ପାରିବ ନାହିଁ ।

ସାଢ଼େ ଆଠଟାରେ ଅଜୟ ନିଦରୁ ଉଠିଲେ । ତାଙ୍କୁ ଚା' ଦେଲାବେଳେ ଲତା ମାଗିଲା ଦି'ହଜାର ଟଙ୍କା । ଏମିତିରେ ଅଜୟ ଘରଖର୍ଚ୍ଚ ପାଇଁ ଲତାକୁ ନିୟମିତ କିଛି ଟଙ୍କା ଦିଅନ୍ତି ନାହିଁ । ମନ ଭଲ ଥିଲେ କୁହନ୍ତି ଟଙ୍କା ସରିବା ପୂର୍ବରୁ ମାଗିବ । ଲତା ସେକଥା ପ୍ରାୟ କରେନାହିଁ । ହାତ ପତେଇ ମାଗିବାକୁ ତା'ର ଆତ୍ମସମ୍ମାନ ବାଧାଦିଏ । ତଥାପି ବେଳେବେଳେ ହାତ ପତେଇବାକୁ ପଡ଼େ, ସେତେବେଳେ ଲତାକୁ ଭାରି କଷ୍ଟ ହୁଏ । ଅଜୟ ଠାଚାରେ କହନ୍ତି 'ଛୋଟ ଲୋକଟା କିରେ ? ଟଙ୍କା କ'ଣ ମାଗୁଛୁ ?' ଲତା ହସିଦେଇ ଚାଲିଯାଏ । ଆଉ ଥରେ ଥରେ, ଆଜି ପରି, ଅଜୟ ବିରକ୍ତ ହେଇ କହନ୍ତି 'ଟଙ୍କା ସରିଗଲା ? ଖର୍ଚ୍ଚ କଲା ବେଳକୁ ତ ନବାବ ପରି ବ୍ୟାଗଭର୍ତ୍ତି କରି ପରିବା, ଫଳ, ମାଛ, ମାଂସ ଆଣୁଛୁ । ମୁଁ କ'ଣ ଚୋରି କରି ଆଣୁଛି ନା କ'ଣ ? ଯେତେବେଳେ କହିବୁ ଫଟ୍ ଫଟ୍ କରି ଗଣିଦେବି । ପୁଣି କେତେବେଳେ କହନ୍ତି 'ସେମିତି ବରକୁ ବାହାହେଲୁନି ନୋଟବିଡ଼ା ହାତରେ ଧରେଇ ଦିଅନ୍ତା ।' ସେତେବେଳେ ଲତା ସହ୍ୟ କରିନପାରି ଜବାବ ଦେଇଦିଏ । ତା'ପରେ କଥା କଟାକଟିରୁ ଝଗଡ଼ା ପର୍ଯ୍ୟନ୍ତ ଚାଲିଯାଏ । ଥରେ ରାଗିଗଲେ ଅଜୟ କୌଣସି ଯୁକ୍ତି ମାନନ୍ତି ନାହିଁ । କ'ଣ କହନ୍ତି କିଛି ଠିକଣା ରହେନା । ଲତାର ବାପଘରର ଚଉଦ ପୁରୁଷ କେହି ତାଙ୍କ ରାଗରୁ ବାଦ ପଡ଼ନ୍ତି ନାହିଁ । ସେତେବେଳେ ଲତାକୁ ଖୁବ୍ କଷ୍ଟ ହୁଏ । ଅଜୟ କାହିଁକି ବୁଝନ୍ତି ନାହିଁ ଯେ ଲତା ନିଜ ପାଇଁ ଟଙ୍କାଟିଏ ଖର୍ଚ୍ଚ କରେନା ।

ଆଜି ସେମିତି ଦିନଟିଏ ଥିଲା ।

ଅଜୟ ପଚାରିଥିଲେ, 'କ'ଣ କରିବ ଟଙ୍କା ?'

– ସନ୍ଧ୍ୟାବେଳେ ମାଛ ଆଣିବି, ବିଭୁ ଓ ପୁପୁନ ଆସିଛନ୍ତି । ଘରକୁ କିଛି ମିଠା ଆଉ ତାକୁ ବାଟଖର୍ଚ୍ଚ ଦେବି ।

– ତୋ ପାଖେ ନାହିଁକି ? ଲମ୍ବ ଚଉଡ଼ା ହିସାବ– ମାଛ, ମିଠା, ବାଟଖର୍ଚ୍ଚ ଭିକମାଗି ଏସବୁ କରାଯାଏ ନା କ'ଣ ?

– ଏମିତି କ'ଣ କହୁଛ ? ମୋ ପାଖେ ଟଙ୍କା ନାହିଁ ବୋଲି ତମକୁ ମାଗୁଛି; ନ ଦବ ନାହିଁ, ଏତେ କଥା କହିବା କ'ଣ ଦରକାର ?

ତା' ପରର କଥାବାର୍ତ୍ତା ଆଉ ଚାରିକାନ୍ଥ ଭିତରେ ସୀମିତ ନଥିଲା। ଭାଗ୍ୟ ଭଲ, ବିଭୁ ଆଉ ପୁପୁନ ଘରେ ନଥିଲେ, ଝିଅ ବି ଯାଇଥିଲା ସ୍କୁଲ।

ଲତା ସନ୍ଧ୍ୟାରେ ବ୍ୟାଙ୍କରୁ ଫେରିବା ବେଳେ ସି.ଆର୍.ପି. ଛକରୁ ମାଛ ଆଉ ମିଠା କିଣିଲା, କିଛି ଚକୋଲେଟ୍ ବି। ବିଭୁ ଗାଁରୁ ପରିବା, ଅରୁଆ ଚାଉଳ, ବଡ଼ି, ମୁଗଡାଲି, ରଗଡ଼ା ବିରି, ଛେନା, ପୋଡପିଠା, ଘିଅ, ନଡ଼ିଆ, ଘଣା ନଡ଼ିଆ ତେଲ, ପଇଡ଼ ଦି' କାନ୍ଦି, କଞ୍ଚା ପାଚିଲା କଦଳୀ, ମାଣ୍ଡିଆ ଚୂନା, ସୋରିଷ, ଚିନା ବାଦାମ ଇତ୍ୟାଦି ଆଣିଥିଲା। ଲତାକୁ ପରିବା କିଣିବାକୁ ପଡ଼ିଲା ନାହିଁ।

ଲତା ଘରକୁ ଫେରି ସାରୀକୁ କହିଲା, 'ମାଛ ଟିକେ କାଟିଦିଅ, ମୁଁ ଝିଅକୁ ପଢ଼େଇସାରି ରାନ୍ଧିବି। ମାଛବାଲାର ପନିକି ଶାଣ ହେବାକୁ ଯାଇଛି। ସେଥିପାଇଁ ଗୋଟା ମାଛ ଆଣିଛି। ସାରୀ ସାଙ୍ଗେ ସାଙ୍ଗେ ହାତ ହଲେଇ କହିଲା, ''ମୋ ମୁଣ୍ଡ ବିନ୍ଧୁଛି ନୂଆଉ, ମୁଁ ପାରିବିନି। ବଡବୋଉକୁ କୁହ।'' ଶାଶୂ ଶୋଇବା ଘରୁ ବାହାରକୁ ଆସି ଟାଣିହେଇ କହିଲେ, ''କି ? ମୁଁ ତତେ ଶସ୍ତା ଦିଶିଲି ନା କ'ଣ ?'' 'ଥାଉ ମୁଁ କରିଦଉଛି' କହି ଲତା ମାଛ, ପନିକି ଆଉ ବଡ଼ କଡ଼େଇଟିଏ ନେଇ ବାଡ଼ି ପଟକୁ ଗଲା। ଚଉତରାରେ ବସି ମାଛରୁ କାଟି ଛଡ଼େଇଲା ବେଳେ ସାରୀ ଆସି ଦୁଆର ମୁହଁ ପାହାଚରେ ତଳକୁ ଗୋଡ଼ ଲମ୍ବେଇ ବସିଲା।

– ''ଜାଣିଛ ନା ନୂଆଉ ? ମୁଁ ଆଜି ଖରାବେଳେ ଶୋଇପାରିଲିନି।'' କିଛି ନକହି ଲତା ମନେ ମନେ ଭାବିଲା ସାରୀ ସକାଳେ ଗାଧୋଇସାରି ଜଳଖିଆ ଖାଇ ଶୋଇଯାଉଛି। ପୁଣି ରାତିରେ ରୋଷେଇ ସରିବା କ୍ଷଣି ନିଜେ ଆଗ ବାଢ଼ିନେଇ ଖାଇବ। ତରତର ହୋଇ ଶୋଇବାକୁ ଚାଲିଯିବ। ଆହୁରି ପୁଣି ନିଦ କୁଆଡୁ ଆସନ୍ତା ?

– ଆଜି ପୁପୁନ କାହାକୁ ଶୁଆଇ ଦେଲାନି। ଲୋ ମା', ତା'ର ଯାହା କାଣ୍ଡ ! – ସାରୀ ମୁଣ୍ଡରେ ହାତ ଦେଇ କହିଲା, ସତେ ଯେମିତି ପୁପୁନ କିଛି ଜଘନ୍ୟ ଅପରାଧ କରିଛି।

– ସେ ପୁଣି କ'ଣ କଲା ? – ଲତା ବ୍ୟସ୍ତ ହେଇ ପଚାରିଲା।

– ଭାଇ ଆସିଲେ ତାଙ୍କଠୁ ଶୁଣିବ। ଆମେ କ'ଣ କେହି ଶୋଇପାରିଲୁ ? ଲତା କହିଲା, ''ତମେ ଜାଣ, ସକାଳେ ଭାଇଙ୍କ ସଙ୍ଗେ ମୋର ଝଗଡ଼ା ହେଇଛି। ଭଲ ଥିଲେ ବି ମତେ ଏତେ କଥା ଶୁଣାଇବାକୁ ତାଙ୍କର ସମୟ ନାହିଁ। ତୁମେ କୁହ, ମୁଁ ତା' କଥା ବୁଝିବି।''

ଉସ୍ତାହ ପାଇ ସାରୀ ଲମ୍ବେଇ ଲମ୍ବେଇ କହିଲା, ''ତମେ ଗଲାପରେ ବିଭୁଭାଇ ତମ ପିଇସୀ ଘରକୁ ଗଲେ। ଖରାବେଳେ ପୁପୁନ ଫ୍ରିଜ୍‌ରୁ ବରଫ ନେଇ ଗିନାରେ

ଖଡ଼ଖଡ଼ କଲା। ମୁଁ କି ଭାଇ କେହି ଶୋଇପାରିଲୁନି। ବିରକ୍ତ ହୋଇ ଭାଇ ଅଫିସ୍ ପଳେଇଲେ। ଏବେ ନିଦରେ ମୋ ମୁଣ୍ଡ ବିନ୍ଧିଲାଣି, ନଖାଇବି ପଛେ ମୁଁ ଚେଙ୍ଗ ପାରିବିନି। ତମେ କେତେବେଳେ ରାନ୍ଧିବ, ଖାଇବ ବୁଝୁଥାଅ।'' କହି ସାରୀ ଚାଲିଗଲା ଶାଶୂଙ୍କ ପାଖକୁ।

ଲତାର ମୁଣ୍ଡକୁ ରକ୍ତ ଚଢ଼ିଗଲା। ମନହେଲା ମୁଣ୍ଡ ପିଟିଦେବାକୁ। ଦଶ ବର୍ଷର ଛୁଆଟା, ଘରେ ସେ ଗୋଡ଼ ନଦେଉଣୁ ତା' ବିରୋଧରେ ଅଭିଯୋଗ ଆରମ୍ଭ ହେଇଗଲାଣି! ମାଛ କାଟି, ଧୋଇ, ଲୁଣ ହଳଦୀ ଗୋଲେଇ ରୋଷେଇ ଘରେ ରଖି ପୁପୁନ ପାଖକୁ ଆସିଲା ଲତା। ପୁପୁନ ବସି ଟିଭି ଦେଖୁଥିଲା।

– କିରେ! ପରୀକ୍ଷାରେ କେମିତି କଲୁ?– ଲତା ପଚାରିଲା।

– ଭଲ, ମୋର ହେଇଯିବ। ଉତ୍ସାହିତ ହେଇ କହିଲା ପୁପୁନ।

– କ'ଣ ନିଜ ମନେ ମନେ? ଫାଜିଲ ପିଲା! ଏମିତି କରି ତ ବାପା ମୂର୍ଖ ହେଲା, ତୁ ବି ସେମିତି ହବୁ।

ପୁପୁନ ଆଶା କରିନଥିଲା ଏତେ କଡ଼ା କଥା ତା' ଲତାଦେଇ ତାକୁ କହିବ। ଲତା ସବୁବେଳେ ପୁପୁନକୁ ସ୍ନେହ କରି ଆସିଛି। ଗାଁକୁ ଗଲାବେଳେ ତା' ଆଶାଠୁ ଢେର ଅଧିକ ଖେଳନା, ଚକଲେଟ ଓ ଜାମା ତା' ପାଇଁ ନେଇଛି। ବିଭୁ ସ୍ତ୍ରୀ ଶୋଭାର ତିନି ତିନିଥର ଗର୍ଭପାତ ପରେ କେତେ ଡାକ୍ତରୀ ଚିକିତ୍ସା କରି, ଦିଆଁ ଦେବତା ପୂଜିବା ପରେ ପୁପୁନର ଜନ୍ମ। ତା'ଛଡ଼ା ଟିକେ ଭଲ ପଢ଼େ ବୋଲି ଘରେ ତାକୁ କେହି ଆକଟ କରନ୍ତି ନାହିଁ।

– ଆଜି ଖରାବେଳେ କ'ଣ କରୁଥିଲୁ?– ରୁକ୍ଷସ୍ୱରରେ ଲତା ପଚାରିଲା, 'କାହିଁକି ବରଫ ସାଙ୍ଗେ ଖେଳୁଥିଲୁ? ଯଦି ଥଣ୍ଡା ଧରେ।'

– ସାରୀ ଅପା ମତେ ଆଣିଦେଲେ, କହିଲେ କେତେ ବରଫ ଅଛି ଫ୍ରିଜରେ। ସେ ନିଜେ ପାଣିରେ ମିଶେଇ ପିଇଲେ, ମତେ ଗିନାରେ ଦେଲେ ଖେଳିବାକୁ।

– ତୁ ମାଗିଲୁ ନା ସେ ନିଜେ ଦେଲେ?

– ନା ବିଦ୍ୟାରାଣ, ମୁଁ ମାଗିନି। ସେ ନିଜେ ଗିନାରେ ଆଣିଦେଲେ।

ଲତା ଠାଏ କରି ଗୋଟାଏ ଚଟକଣା ପକେଇଲା ପୁପୁନ ଗାଲରେ। ପୁପୁନ କଇଁକଇଁ ହେଇ କାନ୍ଦି ପକେଇଲା, ତା' ଗୋରା ଗାଲ ଲାଲ ପଡ଼ିଗଲା। ବେଶ୍ ଜୋରରେ ବାଜିଲା ମାଡ଼ଟା; ଲତାର ପାପୁଲି ଝିମ୍ ଝିମ୍ କରୁଥିଲା।

– କାହିଁକି ବରଫରେ ଖେଳି ତୁ କାହାକୁ ଶୁଆଇ ଦେଲୁନି ? ଆଉ ଦିନେ ଏମିତି କରିବୁ ତ ମତେ ଚିହ୍ନିବୁ, ବୁଝିଲୁ ? ପୁପୁନ ଲୁହ ପୋଛି ମୁଣ୍ଡ ଟୁଙ୍ଗାରିଲା ।

ଲତାକୁ ଦୋଷୀ ଦୋଷୀ ଲାଗୁଥିଲା । ଛୋଟ ଛୁଆଟା, ତାରି ଭରସାରେ ମା' କୋଳ ଛାଡ଼ି ଆସିଛି, ଅଥଚ ପ୍ରଥମ ଦିନରୁ ହିଁ ସେ ଏତେ ନିର୍ଦ୍ଦୟ ହେଇ ତାକୁ ମାରିଲା !

ତା' ପିଠି ଆଉଁସି ଲତା କହିଲା, ''କାନ୍ଦନା, ମୋ ଧନଟା ପରା । ମୁଁ ଫେରିବା ପର୍ଯ୍ୟନ୍ତ ତୁ ଅପେକ୍ଷା କଲୁନି ? ମୁଁ ତତେ ବରଫ ଦେଇଥାନ୍ତି । ତୁ କାହିଁକି ଖରାବେଳେ ଖେଳିଲୁ ? ସେମାନେ ତୋ ନାଁରେ କଂପ୍ଲେନ୍ କଲେ । ମତେ ରାଗ ଲାଗିବନି ?

– ମୁଁ ମାଗିନି, ସେ ନିଜେ ମତେ ଦେଲେ । ମୁଁ ଚୁପ୍‌ଚାପ୍‌ ଖେଳୁଥିଲି, ସେଇ ନିଜେ ବଡ଼ ପାଟିରେ ଗପୁଥିଲେ । ପିଉସା ଆସି ଦେଖିଲେ, ମତେ ଉଠେଇ ତଳେ କଟାଡ଼ି ଦେଲେ, ଆଉ– ଆଉ ଦି ଚଟକଣା ବି ଦେଲେ ।– ପୁପୁନ ପୁଣି ଧକେଇ ହେଇ କାନ୍ଦିଲା ।

– ପିଉସା କାହିଁକି ମାରିଲେ ?

– ବରଫରେ ଖେଳୁଥିଲି ବୋଲି । କହିଲେ– 'ଏଠି ଧର୍ମଶାଳା କରି ପାଇଛ, ଯାହାର ଯାହା ଇଚ୍ଛା କରିବ ?'

ଅଜୟ ବି ଏତେ ମାରିଛନ୍ତି ପୁପୁନକୁ ? ବିନା କାରଣରେ ? ଲତା ଉପରେ ରାଗ ଶୁଝେଇବାକୁ ନା ପୁପୁନ କାଲେ ତାଙ୍କ ଉପରେ ବୋଝ ହବ, ସେଇ ଭୟରେ ?

ଲତା ନିଜକୁ ଧିକ୍କାରିଲା । ଆଜି ପର୍ଯ୍ୟନ୍ତ ନିଜ ବାପଘର କଥା ସେ କେବେ ବି ଚିନ୍ତା କରିନି । ସବୁବେଳେ ବାପଘରେ କେବଳ ଫରମାସ କରି ଆସିଛି– କେବେ ଭଜା ମୁଗଡାଲି ପାଇଁ ତ କେବେ ଆରିସାପିଠା ପାଇଁ, କେବେ ଚୁନାମାଛ ପାଇଁ ତ କେବେ ଲାଉ, ଶିମ୍ୟ, ମାଟିଆଲୁ, ପଇଡ଼ ପାଇଁ । କେବେ ବି ଟଙ୍କା ପାଞ୍ଚଶ ହଜାରେ ଦେଇନି ବୋଉ କି ଭାଉଜ ପାଇଁ, ଶାଢ଼ୀ ଖଣ୍ଡେ ବି ନୁହେଁ । ଆଜି କେତେ ଆଶାରେ ତା' ପୁଅକୁ ଆଣି ବିଭୁ ଆସିଛି । ମା' ତା'ର ଛାତିରେ ପଥର ରଖି କେତେ ଭରସା କରି ବୁଝେଇ ଶୁଝେଇ ପଠେଇଥିବ । ତା' ଭରସାର କ'ଣ ମୂଲ୍ୟ ଦେଲା ଲତା ?

ରାତି ଦଶଟା ବେଳକୁ ଅଜୟ ଫେରିଲେ । ସେ ବାହାରୁ ଭୋଜି ଖାଇ ଆସିଥିଲେ । ପୁପୁନ ଆଉ ବିଭୁ ଖାଇସାରି ଛାତ ଉପରେ ଶୋଇଛନ୍ତି । ଅଜୟ ଟିଭି ନିଉଜ୍ ଦେଖି ସାରିଲେ ସେମାନେ ଆସି ଡ୍ରଇଂରୁମ୍‌ରେ ଶୋଇବେ ।

– ବୁଝିଲୁ, ଆଜି ପୁପୁନ ଖରାବେଳେ କ'ଣ କଲା ? – ମୋଜା ଖୋଲୁ ଖୋଲୁ ଅଜୟ କହିଲେ ।

– ସବୁ ଶୁଣିଛି, ମତେ କେହି କିଛି କହିବା ଦରକାର ନାହିଁ ।

– କିଏ କହିଲା, ପୁପୁନ ? ତା'ର ମୋର ତ ମିଳାମିଶା ହୋଇଯାଇଥିଲା ।

– ନା, ସାରୀ କହିଲା, ପୁପୁନ ତମକୁ ଶୁଆଇ ଦେଲାନି । ବିରକ୍ତ ହେଇ ତମେ ତାକୁ ମାରିଲ । ସେଇଟା ସ୍ୱାଭାବିକ କଥା । ମୁଁ କିଛି ଖରାପ ଭାବୁନି । ବ୍ୟସ୍ତ ହେବା ଦରକାର ନାହିଁ । କଥା ବଢ଼େଇବା ପାଇଁ ଲତାର ଇଚ୍ଛା ନଥିଲା । କାଲେ ପୁଣି ଝଗଡ଼ା ହବ, ବିଭୁ କାନରେ ପଡ଼ିଲେ ଲତାକୁ ଲାଜ ମାଡ଼ିବ ।

କିଛି ନ କହି ଅଜୟ ଚାଲିଗଲେ ଜାମା ପାଲଟିବାକୁ । ଦଶ ମିନିଟ୍ ପରେ ଡ୍ରଇଂରୁମ୍‌କୁ ଆସି ଟିଭି ରିମୋଟ୍ ଟିପିଲେ ।

ଲତା ଖଣ୍ଡେ କାଗଜ ଅଜୟଙ୍କୁ ବଢ଼ାଇ ଦେଇ କହିଲା– ଏଇ ନିଅ ତମର ହିସାବ । ଗୋଟି ଗୋଟି କରି ସବୁ ଲେଖିଛି । ସନ୍ଦେହ ହେଲେ ପଚାର । ତା' ସାଙ୍ଗେ ମୋର ଦରମା ସ୍ଲିପ୍ ବି ଗୁଞ୍ଜା ହେଇଛି । ମୋର ମାସିକ ଦରମା ଏକାଅଶୀ ହଜାର ସାତଶହ । ପ୍ରଭିଡେଣ୍ଟ ଫଣ୍ଡକୁ ଯାଏ ଚାରିହଜାର ତିନିଶହ ତିରିଶ, ମେଡିକ୍ଲେମ୍ ପାଇଁ ଅଠର ଶହ, ପ୍ରଫେସନାଲ୍ ଟ୍ୟାକ୍ସ ତିନିଶହ ପଚାଶ, ଗ୍ରୁପ ଇନ୍‌ସୁରାନ୍ସ ଆଉ ସେଭିଙ୍ଗସ ତିନି ହଜାର ସତୁରି, ଘରଲୋନ୍ ଆଉ ସୁଧ ମିଶି ଏକୋଇଶ ହଜାର ଦୁଇଶହ ପଚାଶ, କୋ ଅପରେଟିଭ୍ ସୋସାଇଟି ଲୋନ୍ ସୁଧ ମୂଲ ଏଗାର ହଜାର ଦୁଇଶହ, ଇମରଜେନ୍ସି ଲୋନ୍ ବାବଦ ଆଠ ହଜାର ଆଠଶହ, ସ୍ପୋର୍ଟ୍ସ କ୍ଲବ୍ ଶହେ, ମୋର ଏଲ. ଆଇ.ସି କିସ୍ତି ଦୁଇ ହଜାର ଛ'ଶହ ଏସବୁ ବାଦ–

– ଥାଉ, ମୋର ଏତେ ହିସାବ କରିବାକୁ ବେଳ ନାହିଁ । ବହୁତ କାମ ଅଛି ସକାଲେ, ଶୀଘ୍ର ଶୋଇବି ।

– ତମେ ହିସାବ ମାଗିଛ ମାନେ ଦେଖିବାକୁ ପଡ଼ିବ । ମୁଁ ରାଗୁନି କି କଲି କରିବାକୁ ମତେ ବି ଭଲ ଲାଗୁନାହିଁ । ଥରେ ଦେଖିନିଅ ଟଙ୍କା ସବୁ ମୁଁ କ'ଣ କରେ ।

– ହଉ ଦେଖାଅ, ବିରକ୍ତ ହେଇ କହିଲେ ଅଜୟ ।

– ଅଜୟ କାଗଜ ଉପରେ ଆଖି ବୁଲାଇଲା ବେଳେ ଲତା କହିଲା

– ତମେ ଦିଅ ଘରର ଇଲେକ୍ଟ୍ରି ଆଉ ଟେଲିଫୋନ୍ ବିଲ, କେବେ କେବେ ଝିଅର ସ୍କୁଲ୍ ଦରମା । ବାପା ବୋଉଙ୍କ ଔଷଧ ଡାକ୍ତର ଖର୍ଚ୍ଚ ଗାଡ଼ିର ପେଟ୍ରୋଲ୍ ଖର୍ଚ୍ଚ ବାସ୍, ବାକି ଘରର ଯେତେ ଯାହା ଖର୍ଚ୍ଚ– ଗ୍ୟାସ୍ ଦୁଇଟା, କାମବାଲୀ, ବାପାଙ୍କ

କ୍ଷୀରବାଲା, ପନିପରିବା, ତେଲ ଲୁଣଠୁ ନେଇ ବନ୍ଧୁବାନ୍ଧବ ଚର୍ଚ୍ଚା, ବାହାବ୍ରତ ଘର, ବନ୍ଧୁ ବେଭାର, ଝିଅ ଜନ୍ମଦିନ, ଘରର ସମସ୍ତଙ୍କ ଲୁଗାପଟା ଇତ୍ୟାଦି ସବୁ କଳାପରେ ନବାବ ପରି ଖର୍ଚ୍ଚ କରିବାକୁ ମୋ ହାତରେ କେତେ ଟଙ୍କା ବଳକା ରହେ, ଏବେ ତମେ ହିସାବ କର। ତା'ପରେ ବି ଯଦି ତମର ସନ୍ଦେହ ରହେ ମୁଁ ଅପବ୍ୟୟ କରୁଛି, ତମେ ସବୁ ଟଙ୍କା ରଖ, ଖର୍ଚ୍ଚ କର। ମତେ ଯାହା କହିବ ସେଇଆ ରାନ୍ଧିବି, ଖାଇବି ଆଉ ପିନ୍ଧିବି। କୌଣସି ଦିନ ନିଜପାଇଁ ସ୍ୱାର୍ଥପର ଭାବେ ଚିନ୍ତା କରିନି! ଅପମାନ ବରଦାସ୍ତ କରିପାରିବିନି।

– ଛାଡ଼ ସେକଥା, ସକାଳେ ମତେ ଚିଡ଼ି ଚିଡ଼ି ଲାଗୁଥିଲା। ସେତିକି ବେଳେ ତୁ ଟଙ୍କା ମାଗିଲୁ। ଏବେ ସେ କଥା ଉଠେଇ ଲାଭ କ'ଣ? ହେଲେ, ଘର ଲୋନ କଥା ତ ବୁଝିଲି, ଇମରଜ୍‌ଏନ୍ଦି ଲୋନ ଆଉ କୋଅପରେଟିଭ ଲୋନ କାହିଁକି ଆସିଥିଲା?

– ଭୁଲିଗଲ? କୋଅପରେଟିଭ ଲୋନ୍ ଦୁଇ ଲକ୍ଷ ଆଣିଥିଲି ତମ ବୋଉଙ୍କ ଅପରେସନ୍ ବେଳକୁ। ଇମରଜେନ୍ଦି ଲୋନ ଆସିଲି ବୋରୱେଲ୍ ପାଇଁ, ସେଥିରୁ କିଛି ତମ ବାପାଙ୍କ ଅପରେସନ୍ ଆଉ ତମ ଭଣଜା ଏକୋଇଶାରେ ଖର୍ଚ୍ଚହେଲା। ସବୁ ତମେ ଜାଣିଛ। ତମକୁ ନଜଣେଇ ଆଜି ପର୍ଯ୍ୟନ୍ତ କୌଣସି କାମ କରିନାହିଁ। ଯେତେବେଳେ ବି ଘର ପାଇଁ ମୋଟା ଅର୍ଥ ଦରକାର ପଡ଼ିଛି ମୁଁ ଲୋନ୍ କରିଛି। ମତେ ପୁଣି ଶୁଝିବାକୁ ପଡ଼ିବ ନା ନାହିଁ?

– ମୋ ମୁଣ୍ଡ କ'ଣ ହେଇଯାଉଛି। ଏତେ ଲୋନ୍ ମୁଣ୍ଡ ଉପରେ। ଏବେ ପୁଣି ପୁପୁନ ଆସିଲାଣି। ତା'ର ପୁଣି ଖର୍ଚ୍ଚ ଅଛି।– ମୁଣ୍ଡରେ ହାତ ଦେଇ ଅଜୟ କହିଲେ।

– ପୁପୁନର ହସ୍ଟେଲ ଖର୍ଚ୍ଚ ତା' ବାପା ଦବ। ଏମିତି କେତେବେଳେ କେମିତି ଜାମାପଟା କି ଛୋଟମୋଟ ଖର୍ଚ୍ଚ ଛଡ଼ା ଆଉ କିଛି ଆମକୁ କରିବାକୁ ପଡ଼ିବ ନାହିଁ।

– ହଁ, ତଥାପି ତମକୁ ପରିଷ୍କାର କହିଦଉଛି। ମୁଁ ପିଲାଦିନେ ବହୁତ କଷ୍ଟ କରିଛି, ଅଭାବରେ ପଡ଼ିଛି। ଆଉ ଅଭାବ ବରଦାସ୍ତ କରିପାରିବି ନାହିଁ। ମୁଁ ଚାହେଁନା, ଆଉ କେହି ମୋ ଝିଅ ସାଙ୍ଗରେ ଭାଗ ବସାଉ।

ଅଜୟଙ୍କ କଥାଶୁଣି ଲତାର ମୁଣ୍ଡ ଭିତରେ ଝାଁ ଝାଁ ହେଇଗଲା। କେତେ ସହଜରେ ଅଜୟ ଏତେ କଠୋର କଥା କହିଦେଲେ! ପୁପୁନ ପାଇଁ କାଲେ କିଛି ପଇସା ଖର୍ଚ୍ଚ ହେବ ସେଥିପାଇଁ ସକାଲୁ ଯେତେ ସବୁ ନାଟକ। ପୁପୁନ ଉପରେ ମାଡ଼ ବି ସେଇ ଆକ୍ରୋଶରେ। ଏଇ ଅଜୟ କେତେଥର ବିଭୁକୁ କହିଥିବେ ପୁପୁନକୁ

ଏଠିକୁ ଆଣି ପଢ଼େଇବା ପାଇଁ । ସେସବୁ କ'ଣ ଖାଲି ଉପରଠାଉରିଆ ଥିଲା ନିଜର ବଡ଼ିପଣ ଦେଖେଇବା ପାଇଁ ?

ସକାଳେ ଲତାର ନିଦ ଭାଙ୍ଗିଲା ବେଳକୁ ଘଣ୍ଟାରେ ଛଅଟା ପନ୍ଦର । ସବୁଦିନ ସକାଳ ସାଢ଼େ ଚାରିଟା ପାଞ୍ଚଟା ବେଳକୁ ଉଠିଲେ ସାଢ଼େ ନ'ଟା ବେଳକୁ ସୁଦ୍ଧା କାମ ସରେ ନାହିଁ । ଝିଅ ପାଇଁ ଖାଇବା, ସ୍କୁଲ୍ ପାଇଁ ଟିଫିନ୍, ପାଣିବୋତଲ, ଘରଲୋକଙ୍କ ପାଇଁ ଜଳଖିଆ, ଦି'ପ୍ରହର ପାଇଁ ରୋଷେଇ ସାରିଲା ପରେ ଭଲକରି ଖାଇବା କି ଶାଢ଼ିଟିଏ ବାଛି ପିନ୍ଧିବାକୁ ଆଉ ସମୟ ନଥାଏ ।

ବିଭୁ ଆଉ ପୁପୁନ ଡ୍ରଇଂରୁମ୍‌ରେ ବସିଥିଲେ । ପାଖ ଘରେ ଶାଶୂ ବସି ପାନ ଭାଙ୍ଗୁଥିଲେ । ଶ୍ୱଶୁର ଖଟ ଉପରେ ଶୋଇଥିଲେ । ସାରୀ ନିଦରେ ଶୋଇଛି କି ଚେଇଁଛି ଜାଣିବାର ବାଟ ନାହିଁ । ଲତା ଝିଅକୁ ସ୍କୁଲ ରିକ୍ସାରେ ପଠେଇ ଦେଇ ବିଭୁର ପାଖ ଚେୟାରରେ ଯାଇ ବସିଲା । ବାପ ପୁଅ ଦି'ଜଣଙ୍କ ଗପ ବନ୍ଦ ହେଇଗଲା । ନିଜେ ଅଧିକ ପଢ଼ିନାହିଁ ବୋଲି ବିଭୁ ଲତା ପାଖରେ ଖୋଲାଖୋଲି କଥା ହେଇପାରେ ନାହିଁ । ଘରର ହାଲଚାଲ, ଭଲମନ୍ଦ ଖବର ଲତା ଭାଉଜମାନଙ୍କ ପାଖରୁ ସଂଗ୍ରହ କରିଥାଏ ।

ବହୁତ ଭାବିଚିନ୍ତି ଲତା କହିଲା, ''ବିଭୁ! ମୁଁ କାଲି ରାତିରେ ସ୍କୁଲର ପ୍ରିନ୍ସିପାଲଙ୍କ ସାଙ୍ଗେ କଥା ହେଉଥିଲି । ସେ କହିଲେ ହଷ୍ଟେଲରେ ସିଟ୍ ନାହିଁ । ତା'ଛଡ଼ା ସେ ଏଣ୍ଟ୍ରାନ୍ସ ପରୀକ୍ଷା ସିନା କରିଦେଲେ, ଷଷ୍ଠ ଶ୍ରେଣୀରେ ମାତ୍ର ଦୁଇଟା ସିଟ୍ ଖାଲି ଅଛି, ସେ ପୁଣି ରିଜର୍ଭ‌୍‌ଡ ସିଟ୍ । ଏବେ କ'ଣ କରିବା ?''

ଲତା ବିଭୁ ମୁହଁକୁ ଚାହିଁଥିଲେ ଦେଖିଥାଆନ୍ତା ତା' ମୁହଁ ଶୁଖି କଳାକାଠ ପଡ଼ିଗଲା । କ'ଣ ଏବେ ଭାବୁଥିବ ସେ ? ଆଉ ପୁପୁନ ? ନୂଆ ସ୍କୁଲରେ ହଷ୍ଟେଲରେ ରହି ପଢ଼ିବ ବୋଲି କେତେ ଖୁସି ଅଛି । ପିଉସୀ ପିଉସାଙ୍କ ମାଡ଼ ପାଶୋରି ଦେଇଛି । ଗାଁରେ ସବୁ ସାଙ୍ଗମାନଙ୍କ ଠାରୁ ବିଦାୟ ନେଇ ଆସିଥିବ । ଏବେ ପୁଣି ଫେରିଯିବ ଗାଁକୁ ! ସାଙ୍ଗମାନେ ପଚାରିଲେ କ'ଣ ଜବାବ ଦେବ ସେ ? ଲତା ମନେ ମନେ ବିଭୁ ଆଉ ପୁପୁନ ପାଖରୁ କ୍ଷମା ଭିକ୍ଷା କରୁଥିଲା ।

ବିଭୁ ପାଟି ଖୋଲିଲା, ''ନହେଲେ ନାହିଁ, ଏତେ ବ୍ୟସ୍ତ ହେବାର କ'ଣ ଅଛି ? ସେ ଏବେ ଗାଁରେ ପଢୁ ଆଉ ଦି'ବର୍ଷ, ନା କ'ଣରେ ପୁପୁନ ? ତୁ ଆମର ମନଦେଇ ଗାଁରେ ପଢ଼, ଭଲ ପଢ଼ିଲେ ବଲେ ଦେଢ଼ ତତେ ନେଇ ଆସିବେ ।''

ପୁପୁନ ତଳକୁ ମୁହଁକରି ମୁଣ୍ଡ ଟୁଙ୍ଗାରିଲା । ଲତା ଦେଖିଲା ପୁପୁନର ଗୋରା

ମୁହଁଟି ଲାଲ ପଡ଼ିଯାଇଛି । ହୁଏତ ତା' ଆଖିରେ ଲୁହ ଟଲମଲ କରୁଥିବ । ଆଉ କିଛି କହିବାକୁ କି ବୁଝେଇବାକୁ ଲତା ସାହସ ଜୁଟେଇ ପାରୁନଥିଲା ।

– ହଉ ଦେଇ, କ'ଣ ଟିକେ ଜଳଖିଆ ଦିଅ, ଖାଇଦେଇ ଆମେ ବାହାରିଯିବୁ । ଇଞ୍ଛାପୁରରେ ଓହ୍ଲେଇ ଟିକେ ଶ୍ୱଶୁର ଘରକୁ ଯିବି । ବଡ ଶାଳା ଭାଉଜଙ୍କ ଦେହ ଖରାପ– ବିଭୁ କହିଲା ।

ପୁପୁନ ଆଉ ବିଭୁ ଶାଶୂ ଶ୍ୱଶୁରଙ୍କୁ ଜୁହାର ହେଲେ । ଅଜୟ କବାଟ କିଲି ତାଙ୍କ ରୁମ୍‌ରେ ଶୋଇଛନ୍ତି । ସେମାନେ ଲତାକୁ ଜୁହାର ହେଲାବେଲେ ଲତା କେବଳ ସ୍ତାଣୁ ହେଇ ଛିଡ଼ା ହେଇଥିଲା । କିଛି କହିବା ପାଇଁ ଶବ୍ଦ କି ଶକ୍ତି ତା' ପାଖରେ ନଥିଲା ।

ବାପ ପୁଅ ଗେଟ୍ ଟପି ଚାଲିଗଲେ । ଅନ୍ୟଥରମାନଙ୍କ ପରି ପୁପୁନ ପଛକୁ ଫେରି ଚାହିଁଲା ନାହିଁ କି ତା ପିଇସିକୁ ହାତ ହଲେଇ ଟା' ଟା' କଲାନାହିଁ । ଆଖିରେ ଲୁହ ଆଉ ଛାତିରେ କୋହ ନେଇ ଲତା ବାରଣ୍ଡା ଗ୍ରିଲ୍ ବନ୍ଦ କରି ରୋଷେଇ ଘରକୁ ଫେରିଆସିଲା ।

ଲତାର ଆଖିରୁ ଲୁହଧାର ଗଡ଼ି ଚାଲିଥିଲା । ତା'ର ମନେପଡୁଥିଲା ଅଜାଙ୍କର ଲତାକୁ ସମାଜ ଆଗରେ ସ୍ୱାଧୀନ ଆଉ ସ୍ୱାଭିମାନୀ କରି ଛିଡ଼ା କରେଇବାର ଜିଦ୍ । ଏବେ ତା'ର ଇଚ୍ଛା ହଉଥିଲା କାନ୍ଥରେ ମୁଣ୍ଡପିଟି ମନଭରି କାନ୍ଦନ୍ତା, ଛାତିରେ ରୁନ୍ଧି ହୋଇଥିବା ଯନ୍ତ୍ରଣା ଲୁହ ହେଇ ବୋହିଯାନ୍ତେ । ମାତ୍ର ସେ କଥା ବି ସେ କରିପାରିବ ନାହିଁ । ହାତରେ ମାତ୍ର ଦି' ଘଣ୍ଟା ସମୟ, ସବୁ କାମସାରି ଦଶଟା ବେଲକୁ ଯାଇ ବ୍ୟାଙ୍କ୍‌ରେ ପହଞ୍ଚିବାକୁ ପଡ଼ିବ ।

ମିଛଟିଏ ପାଇଁ

''ରଖ ଟିକେ, ବାବୁରେ ରଖ ରଖ।''

ଅଟୋ ରହିଲା। ବାଁ ପଟ ରାସ୍ତାରେ ଚାଲୁଥିବା ମଣିଷଟି ପଛରେ ରହିଗଲା। ଅଞ୍ଜଲି ବୁଲିପଡ଼ି ପଛକୁ ଚାହିଁଲା। ହଁ, ସେ ଠିକ୍ ଦେଖିଛି। ଶିବଭାଇ ଆସୁଛି। ଅଞ୍ଜଲି ଓହ୍ଲେଇ ପଡ଼ିଲା ଅଟୋରୁ।

– ଭାଇ, ତୁ ଏଠି ? ଚାଲିଚାଲି କୁଆଡ଼େ ଯାଉଛୁ ?

– ଅଞ୍ଜୁ କିରେ ? ମତେ ଚିହ୍ନିଦେଲୁ ? ତୋ ସାଙ୍ଗେ କେତେବର୍ଷ ପରେ ଦେଖା କହ ତ ? କୋଡ଼ିଏ ନା ବାଇଶ ? ମୋର ଯାହା ମନେପଡ଼ୁଛି ସୌରଭର ବାହାଘରରେ ଶେଷ ଦେଖା ହେଇଥିଲା, ତା ଝିଅ କଲେଜ ଗଲାଣି।

– ଭାଇ, ମୁଁ ତୋତେ ଚିହ୍ନିପାରିବି ନାହିଁ! ଫିକ୍‌କରି ହସିଦେଲା ଅଞ୍ଜଲି। ''ଏଇ ଖରାଟାରେ ଛିଡ଼ା ହେଇ ଏତେ କଥାର ଜବାବ ଦେବି ? ଚାଲ, ମତେ ବଢ଼ିଆ କଫି ପିଆଇବୁ। ତା ପରେ ସବୁକଥା କହିବି।''

– ଠିକ୍ ଅଛି, ଅଟୋ ବିଦା କର। ମୁଁ ବି ଯାଉଥିଲି ଚା ପିଇବାକୁ।

ଶିବଭାଇ ଅଞ୍ଜଲିର ମାମୁଘର କୁଟୁମ୍ବ ହିସାବରେ ମାମୁପୁଅ ଭାଇ। ଅଞ୍ଜଲିଠୁ ତିନିବର୍ଷ ବଡ଼। ସେମାନେ ପାଞ୍ଚଭାଇ। ଗୋଟିଏ ଭଉଣୀ ଥିଲା, ଛୋଟ ବେଳେ ମରିଗଲା। ଗାଁରେ ହାଇସ୍କୁଲ ନଥିବାରୁ ଶିବଭାଇ ଜଗତ୍‌ସିଂହପୁରରେ ମାମୁଁଘରେ ରହି ପଢ଼ିଲା। ଅଞ୍ଜଲି ବି ସେ ବର୍ଷ କଟକରେ ଷଷ୍ଠ ଶ୍ରେଣୀରେ ନାଁ ଲେଖେଇଲା।

ବହୁବର୍ଷ ପରେ ତାଙ୍କ ସାଙ୍ଗେ ଅଞ୍ଜଲିର ଦେଖା ହେଇଥିଲା ବାଲେଶ୍ୱରରେ। ଭାଉଜ ବାଳିକା ସ୍କୁଲରେ ବିଜ୍ଞାନ ଶିକ୍ଷୟିତ୍ରୀ, ଖୁବ୍ ସ୍ନେହୀ। କଟକ ଆସିଲେ ଭାଇ ଭାଉଜ ଅଞ୍ଜଲି ଘରକୁ ଆସନ୍ତି। ଅଞ୍ଜଲି ଏମ୍.ଫିଲ୍. କରିବା ପାଇଁ ଦିଲ୍ଲୀ ଚାଲିଯିବା

ପରେ ଆଉ ଦେଖା ହେଇନଥିଲା । ଶେଷ ଦେଖା ଅଞ୍ଜଳିର ପୁତୁରା ସୌରଭର ବାହାଘର ବେଳେ । ସୌରଭର ସ୍ତ୍ରୀ ଭାଇଙ୍କ ଛାତ୍ରୀ ।

କଫି ବରାଦ ଦେଇ ଶିବଭାଇ ଚେୟାର ଆଉ ଟିକେ ସାମ୍ନାକୁ ଘୁଞ୍ଜେଇ ଆଣି ବସିଲା । ପଚାରିଲା–

''ତୁ ଏଠି ମେଡ଼ିକାଲରେ କାହିଁକି ?'' ଅଞ୍ଜଳି କହିଲା, ''ହେ ନା, ତୁ ଭାବୁଛୁ କାହାର ଦେହ ଖରାପ ? ନା, ସମସ୍ତେ ସୁସ୍ଥ ଅଛନ୍ତି । ମୋ ଝିଅ ବର୍ଷେ ହେଲା କଟକ ବଦଲି ହେଇ ଆସିଛି । ମୁଁ ତ ଦଶବର୍ଷ ହେଲା ଭୁବନେଶ୍ୱରରେ । ପଟିଆରେ ଗୋଟାଏ ତିନିବଖୁରିଆ ଫ୍ଲାଟ୍ ନେଇ ଦି'ପ୍ରାଣୀ ରହୁଛୁ । ଝିଅର ପରିବାର ଆମଠୁ ଅଛ ଦୂରରେ ରହନ୍ତି । ହେ ଭାଇ, ତୋର ରାନୁଅପା କଥା ମନେଅଛି ?''

– ହଁ, ରାନୁଅପାକୁ ଭୁଲିବି ? ସେ ଭଲ ଅଛି ତ ?

– ନା, ତା ଦେହ ଭଲ ନାହିଁ । ଏଇ ଶଙ୍କରପୁରରେ ତା ଘର । ସେ ଗଲି ଭିତରକୁ ଗାଡ଼ି ଯାଇ ପାରିବ କି ନାହିଁ ଜଣାନାହିଁ । ସେଇଥିପାଇଁ ଅଟୋରେ ଯାଉଥିଲି । ଏବେ ତୁ କହ, ମେଡ଼ିକାଲରେ ତୋର କ'ଣ କାମ ଥିଲା । ମୁଁ ପଚାରିବାକୁ ଭୁଲିଗଲି । ଖାଲି ତ ନିଜକଥା ଗପିଲି । ଧେତ୍ । ଭାଇ, ତୋ ଦେହ ଭଲ ଅଛି ତ ?

– ହଁ ମୋ ଦେହ ଠିକ୍ ଅଛି । ଦେଖୁନୁ, କେମିତି ଫିଟ୍ ଅଛି । ତୋ ଭାଉଜ ତ ରୁଟି ସନ୍ତୁଲା ଛଡ଼ା କିଛି ଖାଇବାକୁ ଦେଉନି । ମୋର ଡ଼ାଏବେଟିସ୍ ବାହାରିବା ଦିନଠୁ ତାର ଭାରି ଚିନ୍ତା ।

କଥା କ'ଣ କି, ରଂଜନ ଦାଦି ମେଡ଼ିସିନ୍ ୱାର୍ଡ଼ରେ ଭର୍ତ୍ତି ହେଇଛି । ବର୍ଷେ ହେଲା ପେଟ୍ କାଟୁଛି । ମୂର୍ଖ ଲୋକକୁ କ'ଣ କହିବ ! ଏବେ ଡାକ୍ତର ସବୁ ରିପୋର୍ଟ ଦେଖି କହୁଛନ୍ତି ଅପରେସନ୍ ନକରି ଗତି ନାହିଁ । ଦେଖାଯାଉ, କ'ଣ ହଉଛି । ଡାକ୍ତର ପଣ୍ଡା ଆଜି କହିବେ କେଉଁଦିନ ଅପରେସନ୍ ହବ ।

– କିଛି ସିରିଅସ୍ ? ମାନେ ଆଉ କିଛି–

– କ୍ୟାନ୍‌ସର ? ହେଇପାରେ । ଡାକ୍ତର ପଣ୍ଡା କହିଲେ ପେଟ୍ ଖୋଲିଲେ ଜଣାପଡ଼ିବ । ଖୁଡ଼ୀ ଚାଲିଗଲା ପରେ ତାର ଖାଇବା ଶୋଇବା କିଛି ଠିକଣା ନାହିଁ । ଏବେ ଯାହା ତା' ଭାଗ୍ୟରେ ଥିବ । – ଶିବଭାଇ ଚିନ୍ତିତ ଥିଲା ରଂଜନ ଦାଦି ପାଇଁ ।

ରଞ୍ଜନ ରାଉତ ଅଞ୍ଜଳିର ମାମୁଘର ଗାଁର ରାଘବ ରାଉତଙ୍କ ପୁଅ । ଅଞ୍ଜଳିଠୁ ସାତ ଆଠବର୍ଷ ବଡ଼ । ଅଞ୍ଜଳି ତାଙ୍କୁ ମାମୁ ନଡାକି ଦାଦି ଡାକେ । ତା'ର କାରଣ ସାଙ୍ଗ ବିଭୂତି । ବିଭୂତି ତାଙ୍କୁ ଦାଦି ଡାକେ, ତେଣୁ ଚାହାଲି ଗଲାଦିନଠୁ ଅଞ୍ଜଳି ରଂଜନକୁ

ରଞ୍ଜୁଦାଦି ଡାକେ। ସେ ବିଭୂତିର ଖୁବ୍ ଭଲ ସାଙ୍ଗ, ବୟସର ତାରତମ୍ୟ ସତ୍ତ୍ୱେ। ଦି'ଜଣ ସାଙ୍ଗ ହେଇ ଗାଁ ସାରା ବୁଲୁଥାନ୍ତି। ପିଲାଦିନେ ରଞ୍ଜୁଦାଦି କେତେଥର ତାଙ୍କ ପିଜୁଲିଗଛରୁ ପିଜୁଲି ତୋଳି ଅଞ୍ଜଳି ସହ ଅନ୍ୟ ପିଲାମାନଙ୍କୁ ଦେଇଛନ୍ତି। ଅଞ୍ଜଳି କଟକରେ ପଢ଼ିବା ଦିନଠୁ ତାଙ୍କୁ ପ୍ରାୟ ଦେଖିନାହିଁ। ଏବେ ଦେଖିଲେ ଚିହ୍ନିପାରିବ ନାହିଁ।

— ଚାଲ୍ ଭାଇ, ତାଙ୍କୁ ମୁଁ ଟିକେ ଦେଖି ଆସିବି। — ଅଞ୍ଜଳି କହିଲା।

— ରାନୁଅପା ଘରକୁ ଯିବୁ ପରା ?

— ଆଉ ଦିନେ ଯିବି।

— ଆଉ ଅଞ୍ଜୁ, ତୁ ନଗଲେ ଭଲ। ତା' ପ୍ରତି ତୋର କେତେ ଘୃଣା ଆଉ ରାଗ ମୁଁ କ'ଣ ଜାଣେନା ? ସେଦିନ ତୁ ନିଜେ ମୋ ଠାରୁ ସବୁ ଶୁଣି କହିଥିଲୁ 'ଯଉଁଦିନ ରଞ୍ଜନ ରାଉତ ସାଙ୍ଗେ ଦେଖାହବ କ'ଣ କରିବି ଠିକଣା ନାହିଁ।' ଦେଖ୍, ମୋ ସୁନା ଭଉଣୀ ପରା, ବୁଝିବାକୁ ଚେଷ୍ଟା କର। ତା ଦେହ ବହୁତ ଖରାପ। ତୁ ବରଂ–

— ତୁ ବ୍ୟସ୍ତ ହ'ନା ଭାଇ। ଏମିତି ତା'ର ଅସମୟରେ ମୁଁ କିଛି ବି କହିବି ନାହିଁ। ମୋର ବି ବୟସ ଯଥେଷ୍ଟ ହେଲାଣି। ଛାଡ଼– ସେ ବଞ୍ଚିଯା'ନ୍ତୁ। ତା ପରେ ତାଙ୍କୁ ପଚାରିବି। ଚାଲ, ଯିବା।

କଟକ ମେଡ଼ିକାଲର ମେଡ଼ିସିନ୍ ୱାର୍ଡ ପଇଁତିରିଶ ନମ୍ବର ବେଡ୍। ଦୁଆର ମୁହଁକୁ ପିଠିକରି ଯିଏ ଶୋଇଥିଲେ ସେ ରଞ୍ଜୁଦାଦି। ପାଖରେ ଗୋଟାଏ ଛୋଟ ଚେୟାରରେ ଯୁବକ ଜଣେ ବସିଥିଲେ। ଶିବଭାଇ ଚିହ୍ନେଇ ଦେଲେ। ସେ ତାଙ୍କ ପୁଅ ବଦ୍ରି।

ଆମ କଥାବାର୍ତ୍ତା ଶୁଣି ରଞ୍ଜୁଦାଦି କଡ଼ ଲେଉଟେଇଲେ। ମତେ ଶିବଭାଇ ସାଙ୍ଗେ ଦେଖି ଆଶ୍ଚର୍ଯ୍ୟ ହେଲେ ବୋଧେ। ଅଞ୍ଜଳି ହାତଯୋଡ଼ି ନମସ୍କାର କଲା।

— ଦାଦି, ଚିହ୍ନିଲ ଏ କିଏ ?

— ଅଞ୍ଜୁକୁ ଚିହ୍ନ ପାରିବିନି ? ବସ୍, ମା ବସ୍।

— ନାଇଁ ଦାଦି, ମୁଁ ଛିଡ଼ାହେଇଛି। ତମେ ଆରାମରେ ଶୁଅ।

— ବଦ୍ରି, ମୋ ପିଠିକୁ ତକିଆ ଦେଲୁ, ମୁଁ ଟିକେ ବସିବି। ତକିଆକୁ ଆଉଜି ବସିଲେ ରଞ୍ଜୁଦାଦି; ଲମ୍ବା ନିଶ୍ୱାସ ନେଲେ।

— ମା ରେ, ତୁ ଏକୁଟିଆ ଆସିଛୁ ? ତତେ ମୋ କଥା କିଏ କହିଲା ? ଏଇ ଶିବ ନା ?

ମୁଣ୍ଡ ଟୁଙ୍ଗାରି ହଁ କହିଲା ଅଞ୍ଜଳି। ରଞ୍ଜୁ ଦାଦିଙ୍କୁ ସିଧା ନଚାହିଁ ତାଙ୍କ ବିଛଣାକୁ ଚାହିଁଥିଲା ସେ।

– ଶିବ, ବଦ୍ରି, ତମେ ଦି ଜଣ ଟିକେ ବାହାରକୁ ଯାଆ। ମୋ ଝିଅ ହାତରେ ଏତେ ସମୟ ନଥିବ। ତା' ସାଙ୍ଗେ ମୁଁ ଦି'ପଦ କଥା ହେବି।

ଶିବଭାଇ ଆଉ ବଦ୍ରି ବାହାରକୁ ଗଲେ, ଅଞ୍ଜଳି ଯନ୍ତ୍ରବତ୍ ଟିଣ ଚେୟାରଟି ଉପରେ ବସିପଡ଼ିଲା।

– କିଛି ଖାଇଛୁ ମା ?

– ହଁ ଦାଦି। – ଅଞ୍ଜଳି ସେମିତି ଚଟାଣକୁ ଚାହିଁ ଜବାବ ଦେଲା। ହଠାତ୍ ଦାଦି ଭୋ ଭୋ କରି କାନ୍ଦି ପକେଇଲେ। ଅଞ୍ଜଳି ହଡ଼ବଡ଼େଇ ଗଲା। କ'ଣ ହେଲା ? ଅନ୍ୟ ରୋଗୀମାନେ ତାଙ୍କୁ ଚାହିଁ ପୁଣି ମୁହଁ ଫେରାଇ ନେଲେ। ଡାକ୍ତରଖାନାରେ ଏସବୁ ନିୟମିତ ଘଟଣା।

– କାନ୍ଦୁଛ କାହିଁକି ? ତମ ଦେହ ଭଲ ହେଇଯିବ। ଡାକ୍ତର ପଣ୍ଡାଙ୍କର କୌଣସି ଅପରେସନ୍ ଫେଲ୍ ହେଇନାହିଁ। ଜମା ବ୍ୟସ୍ତ ହୁଅନି।

ଏତେ ବର୍ଷ ଧରି ଛାତି ଭିତରେ ଜମି ରହିଥିଲା କ୍ରୋଧ ଘୃଣା ଏବେ ଏଇ ଅସହାୟ ଗରିବ ରୋଗୀ ପାଖରେ ହାର୍ ମାନି ସାରିଥିଲେ। ଏମିତି ପରିସ୍ଥିତିରେ ତାଙ୍କ ସାଙ୍ଗେ ଭେଟ ହବ ବୋଲି ଅଞ୍ଜଳି ଭାବି ନଥିଲା।

ଲୁହ ପୋଛି ରଞ୍ଜୁଦାଦି କହିଲେ, ''ନାଇଁ ଲୋ ମା, ମୁଁ ରୋଗକୁ ଡରି କାନ୍ଦୁନି। ମୋ ପାପକର୍ମ ପାଇଁ କାନ୍ଦୁଛି। ମୁଁ ଯାହା କରିଛି ତା'ର କ୍ଷମା ନାହିଁ।''

ଅଞ୍ଜଳି ତଳକୁ ମୁହଁ ପୋତି ସେମିତି ଚୁପ୍‌ହେଇ ବସିଥିଲା, କହିପାରିଲା ନାହିଁ ତାଙ୍କୁ ସେ କେତେ ଅଭିଶାପ ଦେଇଛି, ପ୍ରତିଶୋଧ ନେବାର ଯୋଜନା କରିଛି। ଅଥଚ ଆଜି ସେ ସୁଯୋଗ ମିଳିଲା ବେଳେ ପଦେ ହେଲେ ଟାଣ କରି କହିବାକୁ ଜିଭ ଲେଉଟୁନାହିଁ। ରୋଗିଣା, ଅସହାୟ କଙ୍କାଳସାର ବୁଢ଼ୀଟିକୁ ରୋଗଶଯ୍ୟାରେ କ'ଣ କହିପାରିବ ?

– ମୋ ମାଆଟା ପରା, ମତେ କ୍ଷମା କରିଦେ। କେତେବଡ଼ କଥା ନକହିଲି ତୋ ନାଆଁରେ ! ମୁଁ ନ ମରି ବଞ୍ଚିଲି କାହିଁକି ? ସେତେବେଳେ ମୁଁ ଜାଣିପାରି ନଥିଲି ଏଇ ପରିଣାମ ହବ। ମୋର ମନେ ବି ନଥିଲା। ମାସେ ତଳେ ପିଲାଦିନର କଥା ପଡ଼ୁ ପଡ଼ୁ ମୁଁ ତୋ ଖବର ପଚାରିଲି ବିଭୁକୁ। ସେ କହିଲା ତୋ ସାଙ୍ଗେ ଚାଳିଶ ବର୍ଷ ହେଲା ତାର ସମ୍ପର୍କ ନାହିଁ। କାରଣ କ'ଣ ଜାଣେନା, ହେଲେ ମୋ ଦୋଷ ମତେ ଖାଇଯାଉଛି।

– କେଉଁ ଦୋଷ ?

ଅଞ୍ଜଳି ସିଧାହେଇ ବସି ରଞ୍ଜୁଦାଦିଙ୍କୁ ଚାହିଁଲା । ତାଙ୍କ ନିଜ ମୁହଁରେ ସେ କୁହନ୍ତୁ କ'ଣ ପାପ କରିଛନ୍ତି ।

ରଞ୍ଜୁଦାଦି କହିଲେ, ''ଆମେ ସେଦିନ ଲକ୍ଷ୍ମୀମଣ୍ଡପ ପିଣ୍ଡରେ ବସିଥିଲୁ । ବ୍ରଜ, ମୁଁ, ସୁରେଶ ଆଉ ଭରତ । ଅଧା ପାଠୁଆ, ବେକାର ଟୋକା ଦଳେ ବସିଲେ ଯେତେ ସବୁ କଦର୍ଯ୍ୟ ଆଲୋଚନା ହୁଏ । ସେତେବେଲେ, କାହା ବାଡ଼ିରୁ କଦଳୀ କାନ୍ଦି କାଟିଆଣିବା, କାହା ମାଛ ପୋଖରୀରେ ବିଷ ପକେଇ ଦେବାଠୁ ନେଇ କାହା ଝିଅକୁ ବେନାମୀ ଚିଠି ଲେଖିବା ପର୍ଯ୍ୟନ୍ତ ସବୁ ଯୋଜନା ବି ହୁଏ । ସେଦିନ କେତେ କଥା ଭିତରେ ତୋ କଥା ବି ପଡ଼ିଲା, ଜଣେ କହିଲା ତୁ କାଲେ ସବୁ ବାହାଘର ପ୍ରସ୍ତାବ ନାକଚ କରୁଛୁ, ସେଥିପାଇଁ ତୋ ବଡ଼ବାପା ରାଗିଲେଣି । ମୋ ପାଟିରୁ ସେଇ ପାପ କଥା ପଦକ ବାହାରି ପଡ଼ିଲା 'ଅଞ୍ଜୁ କେମିତି ନାକଚ କରିବନି ? ତମେ ସବୁ ଦେଖିବ ସେ ବିଭୂତି ଛଡ଼ା ଆଉ କାହାକୁ ବାହା ହବନି ।'

ଅଞ୍ଜଳି ବାଆଁ ହାତରେ ଚେୟାର୍ ବାଡ଼କୁ ଜୋରରେ ମୁଠେଇ ଧରିଲା, ଦାନ୍ତରେ ଜାବ ପକେଇ ଜିଭକୁ ଅଟକେଇ ଦେଲା ।

ଟିକିଏ ରହି ପୁଣି ରଞ୍ଜୁଦାଦି କହିଲେ, ''ଭରତ କିନ୍ତୁ ବାଆଁ ବାଆଁ ଉଡ଼େଇ ଦେଇ କହିଲା, 'ହେଃ, ସେସବୁ ବାଜେ କଥା । ଅଞ୍ଜଳି ସେମିତି ଝିଅ ନୁହେଁ ।' ହେଲେ ମୋ ମୁଣ୍ଡରେ ତ ପାପୀ ସଇତାନ ସବାର ଥିଲା । କହିଲି ମୋ ପାଖରେ ପ୍ରମାଣ ଅଛି । କହିବ ତ କାଲି ଆସି ଦେଖେଇବି । ସେତିକିରେ ସେମାନେ ଚୁପ୍ ହେଇଗଲେ ।''

ଅଞ୍ଜଳିର ମୁଣ୍ଡ ଝାଇଁ ଝାଇଁ କରୁଥିଲା । ରୁକ୍ଷ ସ୍ୱରରେ ପଚାରିଲା, ''ତମ ପାଖରେ କ'ଣ ସବୁ ପ୍ରମାଣ ଥିଲା ଦାଦି ? ତା' ପରଦିନ ଦେଖେଇଲ ?''

– କିଛି ନଥିଲା ମା, କିଛି ବି ନଥିଲା । ସତ ହେଇଥିଲେ ସିନା ! ହେଲେ ଆଜି ବୁଝୁଛି ସେ ବୟସରେ କଉଁ ଝିଅ ନାଆଁରେ ଲଗେଇ କୁଟେଇ ସାଙ୍ଗ ମେଲରେ କହି ମଜା ନେବା, କଉଁ ଝିଅ ନାଆଁରେ ବେନାମୀ ଚିଠି ଲେଖି ବାହାଘର ଭାଙ୍ଗିଦବା, ବାପ ପୁଅ, ଭାଇ ଭାଇ ଭିତରେ କଳି ଖଣ୍ଡିଦବା ଆମଭଳି ବେକାର ଟୋକାମାନଙ୍କପାଇଁ ଗୋଟାଏ ଖେଳ ଥିଲା । ଜାଣିପାରିଲିନି ।

– କ'ଣ ଜାଣିପାରିଲିନି ? କ'ଣ ହେଲା ସେ ମିଛର ପରିଣାମ ? ମୁଁ ତୁମକୁ ଦାଦି ଡାକେ । ଦାଦି ବାପ ସମାନ ନା ?

ରଞ୍ଜୁଦାଦିଙ୍କ ଦେହ ହାତ ଥରୁଥିଲା, ରୋଗରେ ନା ଅପରାଧବୋଧରେ କେଜାଣି ।

ଆଜି ରଞ୍ଜୁଦାଦିଙ୍କ ମୁହଁରୁ ଯାହା ଶୁଣିଲା ସେ କଥା ଚାଳିଶବର୍ଷ ତଳେ ତାକୁ ଶିବଭାଇ କହିଥିଲା । ରାଣ ନିୟମ ଦେଇ ଚୁପ୍ ରହିବାକୁ କହିଥିଲା ବି । କାଳେ ଅଞ୍ଜଳିର ବଦନାମ ହବ । ତା କାନକୁ କଥାଟା କେମିତି ଗଲା ସେ ଜାଣେ ।

ସେଇ ଘଟଣା ପର୍ଯ୍ୟନ୍ତ ବିଭୂତି ଥିଲା ଅଞ୍ଜଳିର ଘନିଷ୍ଠ ସାଙ୍ଗ । ଅଞ୍ଜଳି ମାମୁଘର ଗାଁକୁ ଆସିଲେ ବିଭୂତି ଥିଲା ତାର ସହଚର, ତାର ସବୁ ବାହାର କାମରେ ସହକାରୀ । ଗୁଡ଼ିଆ ଘରୁ ପକୁଡ଼ି, ଜିଲାପି ଆଣିବାଠାରୁ ହାତରୁ ଜାମାପଟା ଇସ୍ତ୍ରୀ କରେଇ ଆଣିବା ପର୍ଯ୍ୟନ୍ତ ସବୁ କାମ ବିଭୂତି କରିବାକୁ ପ୍ରସ୍ତୁତ ଥାଏ । କେବଳ ତା' କାମ ନୁହେଁ, ସାରା ଗାଁର ଯିଏ ଯେତେବେଳେ ତାଠୁ ସାହାଯ୍ୟ ଚାହେଁ ସେ ବିନା ଓଜର ଆପଭିରେ ରାଜି ହେଇଯାଏ । ଅଞ୍ଜଳି ତାକୁ କାମ ବତେଇଲେ ମାଈମାନେ ବିରକ୍ତ ହେଇ କୁହନ୍ତି, 'ଆଉ କ'ଣ କେହି ନାହାନ୍ତି, ମୋ ପୁଅକୁ ଏଇ କାମରେ ଲଗଉଛୁ ?'

ଅଞ୍ଜଳି କହେ, 'ସେ ପରା ମୋ ଭାଇ, ବନ୍ଧୁ, ମୋ ଶାଶୂଘରକୁ ପିଠିରେ ଉଖୁଡ଼ା ବୋହି ନେଇଯିବ । ଏବେ ଏତିକି କରୁ ।'

ବିଭୂତି ପରି ଭଲ ଭାଇଟିଏ, ଅକପଟ ହୃଦୟର ସାଙ୍ଗଟିଏ ପାଇଁ ଅଞ୍ଜଳି, ସୁଷମା, ନରେଶ ଇତ୍ୟାଦି ସମସ୍ତେ ଗର୍ବ କରନ୍ତି ।

ବିଭୂତି ଭଲ ପାଠ ପଢ଼ିଲା ନାହିଁ । ବାରମ୍ବାର ଫେଲ୍ ହେଇ ବି.ଏ. ପାସ୍ କରି ଗାଁରେ ଠିକାଦାରୀ କାମ କଲା । ଭଲ ପଇସା ରୋଜଗାର କଲା ସିନା, ସବୁବେଳେ ପାଠ ପାଇଁ ସାଙ୍ଗମାନଙ୍କଠୁ ଗାଳି ଖାଏ । ସେ କିନ୍ତୁ ମନଦୁଃଖ ନକରି ଓଲଟା କୁହେ, 'ମୁଁ ପାଠପଢ଼ି ବଡ଼ ଅଫିସର ହେଇଥିଲେ କୁଆଡ଼େ ଦୂରରେ ରହିଥାନ୍ତି, ତମେ ସବୁ ଗାଁକୁ ଆସିଲେ ମତେ ଖୋଜି ମନଦୁଃଖ କରନ୍ତ ନାହିଁ ?'

ସବୁ ଠିକ୍ ଥିଲା ସେଇ ଦିନ ପର୍ଯ୍ୟନ୍ତ, ଯେଉଁଦିନ ଶିବଭାଇ ତାକୁ ରଞ୍ଜୁଦାଦି କହିଥିବା କଥା କହି ସତ୍ୟାସତ୍ୟ ଜାଣିବାକୁ ଜେରା କରିଥିଲା । ଅଞ୍ଜଳି ଜବାବ ଦେବ କ'ଣ, ରାଗରେ ଦାନ୍ତ କାମୁଡ଼ି ହାତ ମୁଠା ମୁଠା କରି କହିଥିଲା, 'ଖାଲି ରଞ୍ଜନ ରାଉତ ସାଙ୍ଗେ ମୋର ଦେଖା ହଉ, ସେ କ'ଣ ପ୍ରମାଣ ରଖିଛି ମତେ ଦେଖେଇବ । ଗାଁ ଦାଣ୍ଡ ମଝିରେ ତାର କ'ଣ ଅବସ୍ଥା କରିବି ସମସ୍ତେ ଦେଖିବେ ।'

ଅଞ୍ଜଳି ତାର କ୍ରୋଧ ଆଉ ଘୃଣାକୁ ଚାପି ରଖିବାକୁ ଚେଷ୍ଟା କରୁଥିଲା । ଆଜି ପର୍ଯ୍ୟନ୍ତ ସେ ବିଭୂତି ଆଉ ରଞ୍ଜନ ରାଉତକୁ ସମାନ ଅପରାଧୀ ଭାବିଥିଲା । ତାର

ଧାରଣା ଥିଲା ବିଭୂତି ନିଜ ବାହାଦୁରି ଦେଖାଇବାକୁ ରଞ୍ଜୁଦାଦିକୁ କିଛି କହିଛି ଆଉ ରଞ୍ଜୁଦାଦି ନୂଆ ରୋମାଞ୍ଚକର ସମ୍ବାଦଟି ସାଙ୍ଗ ମେଳରେ ପରଶି ଦେଇଛି ।

ଢେର ସମୟ ଦି'ଜଣ ଚୁପ୍ ରହିବା ପରେ ଅଞ୍ଜଳି କହିଲା, ''ଦାଦି, କ'ଣ ତମକୁ କହିବି ? ତମର ଭାଗ୍ୟ ଭଲ, ଏମିତି ରୋଗରେ ଏଠି ପଡ଼ିଛ । ଚାଳିଶ ବର୍ଷ ହେଲା ତମ ସାଙ୍ଗୌ ଦେଖା ହେଇନାହିଁ, ତମର ସୌଭାଗ୍ୟ । ଏତେ ବର୍ଷ ହେଲା ତମ ସାଙ୍ଗୌ ଦେଖା ହବା ଦିନକୁ ଅପେକ୍ଷା କରି ରହିଥିଲି । ଛାଡ଼, ମୋର ଦୁର୍ଭାଗ୍ୟ ।''

ରଞ୍ଜୁଦାଦି ହାତଯୋଡ଼ି କାନ୍ଦି ପକେଇଲେ ।

– ତୁ ମତେ ଯାହା ଦଣ୍ଡ ଦବୁ ଦେ । ଅଭିଶାପ ଦେ ମା, ମୁଁ ଏମିତି ରୋଗରେ ସଢ଼ି ସଢ଼ି ମରିଯାଏ । ଘରକୁ ନଫେରେ ।

ଅଞ୍ଜଳି ଅପ୍ରସ୍ତୁତ ହେଲା । ୱାର୍ଡର ଅନ୍ୟ ରୋଗୀମାନେ ଚାହୁଁଛନ୍ତି ।

– ଥାଉ ଦାଦି, କାନ୍ଦନି, ପ୍ଲିଜ୍– ଅଞ୍ଜଳିର ରାଗ ଥଣ୍ଡା ପଡ଼ି ଆସୁଥିଲା । ଟିକିଏ ରହି ଅଞ୍ଜଳି ପୁଣି କହିଲା, 'ହେଲେ ମତେ ଥରେ ସତକଥା କୁହ । ବିଭୂତି ତମକୁ ସେମିତି କିଛି କହିଥିଲା ?'

– ହେ, ନା, ନା । ଭଗବାନଙ୍କ ରାଣ, ମା ଖେଣ୍ଡୁଆଳଙ୍କ ରାଣ । ସେ ସେମିତି କଥା କେବେ କହିନାହିଁ । ସେମିତି ଧାତୁରେ ଗଢ଼ା ପୁଅ ନୁହେଁ ସେ । ଆମେ ସମସ୍ତେ ଜାଣୁ, ତମେ ଦି'ଜଣ ପ୍ରଥମ ଶ୍ରେଣୀରୁ ଖୁବ୍ ଭଲ ସାଙ୍ଗ ।

– ଖାଲି ସାଙ୍ଗ ନୁହେଁ ଦାଦି । ସେ ମୋ ଭାଇ । ମା ପେଟରୁ ଜନ୍ମ ନହେଲେ ବି ଗୋଟାଏ କୁଟୁମ୍ବର ରକ୍ତ ଆମ ଦେହରେ । ତମେ ଜାଣି ଜାଣି ଏତେବଡ଼ ପାପକଥା– ଛି !

– ସେ ପାଇଁ କେତେ ଯେ ମନସ୍ତାପ କରିଛି । ମନେ ମନେ ତତେ ଆଉ ବିଭୂତିକୁ କ୍ଷମା ମାଗିଛି । ସେଇ ପାପ ପାଇଁ ଖୁଡ଼ୀ ମତେ ଅଧାବାଟରୁ ଛାଡ଼ିଗଲା । ଏମିତି ଅସାଧ୍ୟ ରୋଗ ମତେ ଭୋଗିବାକୁ ପଡ଼ୁଛି– ମୁହଁରେ ଗାମୁଛା ଦେଇ ରଞ୍ଜୁଦାଦି ପୁଣି କାନ୍ଦିଲେ ।

– ତମ ସାଙ୍ଗୌ ଆଉ ଜୀବନରେ ଭେଟ ହେବ ନ ହେବ ଭାବି ମୁଁ ଏଠିକୁ ଚାଲି ଆସିଲି । ଜାଣିଛ ଦାଦି, ବିଭୂତି ସାଙ୍ଗୌ ଚାଳିଶ ବର୍ଷ ତଳୁ ମୁଁ ସଂପର୍କ କାଟି ଦେଇଛି, ସେଇକଥା ଶୁଣିଲା ଦିନଠୁ । ମୁଁ ତ ଭାବୁଥିଲି, ସେ ତମକୁ ସେମିତି କିଛି କଥା ଅତିରଞ୍ଜିତ କରି କହିଛି, ଯାହା ତମେ, ସତ ମଣି, ଆଗପଛ ନ ବିଚାରି ସାଙ୍ଗମାନଙ୍କ ଆଗରେ ବାନ୍ତି କରିଦେଇଛ ।

– ନା ଲୋ ମା, ନା ।

– ମୁଁ ତ ବାହାହବାକୁ ଚାହୁନଥିଲି ବୋଲି ସବୁ ପ୍ରସ୍ତାବରେ ଅରାଜି ହଉଥିଲି । ତମେ ଏମିତି କହିଲ ଯେ ସେକଥା ଶୁଣିଲା ପରେ ମୋ ମନର ଅବସ୍ଥା କ'ଣ ହେଇଥିବ ଚିନ୍ତା କରିପାରିବ ନାହିଁ । ତା'ପରେ ମୁଁ ବାହାହେବାକୁ ରାଜି ହେଇଗଲି । ଭୟ ହେଲା, କାଳେ ମିଛଟାରେ ବଦନାମ ହେଇଯିବି । ଛାଡ଼ ସେକଥା, ସବୁ ଠାକୁରଙ୍କ ଇଚ୍ଛା । ତେବେ ଠାକୁର ମୋତେ ଭଲରେ ରଖିଛନ୍ତି ।

– ତୁ ତ ସୁନାଢିଅଟା, ତୋର କାହିଁକି ଅସୁବିଧା ହୁଅନ୍ତା ।

ଅଞ୍ଜଲି ଏବେ ଚୁପ୍ ହେଇ ବସିଥିଲା । ଡାକ୍ତର ପଣ୍ଡା ଆସିଲେ । ତାଙ୍କ ସାଙ୍ଗରେ ତାଙ୍କ ଛାତ୍ରଛାତ୍ରୀ ଆଉ ଦି ଜଣ ନର୍ସ ।

ଅଞ୍ଜଲି ଚେୟାରରୁ ଉଠିପଡ଼ି କହିଲା, ''ଦାଦି ମୁଁ ଏବେ ଯିବି । କାଲି ପୁଣି ଆସିବି । ତମେ ବ୍ୟସ୍ତ ହୁଅନି । ଅପରେସନ୍ ପରେ ପୁରା ଭଲ ହେଇଯିବ ।'' ଡାକ୍ତରଙ୍କୁ ନମସ୍କାର କରି ଅଞ୍ଜଲି ବାହାରକୁ ଆସିଲା ।

ବାହାର ବାରଣ୍ଡାରେ ରଞ୍ଜୁଦାଦିଙ୍କ ପୁଅ ଆଉ ଶିବଭାଇ ଛିଡ଼ା ହେଇଥିଲେ । ଡାକ୍ତରଙ୍କୁ ଦେଖି ରଞ୍ଜୁଦାଦିଙ୍କ ପୁଅ ଭିତରକୁ ଗଲା । ଅଞ୍ଜଲିର ନଜର ପଡ଼ିଗଲା ବାରଣ୍ଡା ଶେଷରେ ଖୁଣ୍ଟକୁ ଆଉଜି ଜଣେ ବୟସ୍କ ଲୋକ ଛିଡ଼ା ହେଇଛନ୍ତି । ମୁଣ୍ଡର ତିନିଭାଗ ଚନ୍ଦା, ଦେହରେ ବୟସର ଜବରଦସ୍ତ ଛାପ । ଅଞ୍ଜଲି ଚିହ୍ନିଲା, ସେ ବିଭୂତି ।

ଶିବଭାଇ ପଚାରିଲେ, ''ତୁ ଏବେ ଶଙ୍କରପୁର ଯିବୁ ?''

– ହଁ । ତୁ ବି ଚାଲ, ରାନୁଅପାକୁ ଦେଖିଆସିବୁ ।

– ହଉ, ଭଲ ହବ । ଡାକ୍ତର ଗଲାପରେ ଆମେ ଯିବା ।

ଅଞ୍ଜଲି ବିଭୂତି ପାଖକୁ ଯାଇ କହିଲା, 'ବିଭୂତି, ତୁ ବି ଚାଲ । ରାନୁଅପା ତତେ କେତେ ଭଲ ପାଉଥିଲା । ତାକୁ ଦେଖିବୁନି ?'

ବିଭୂତି ବୁଲିପଡ଼ି କହିଲା, 'ଚାଲ ଯିବା ।'

ଅଞ୍ଜଲି ଅବାକ୍ ହେଇ ବିଭୂତି ମୁହଁକୁ ଚାହିଁଲା । ମନେ ମନେ ସେ ଆଶ୍ଚର୍ଯ୍ୟ ହେଉଥିଲା । ଆଜି ବିଭୂତି ତା କଥାକୁ ଅମାନ୍ୟ କରିଥାନ୍ତା ହେଲେ ! କିଛି ହେଲେ ବାହାନା କରି ମନାକରି ଦେଇଥାନ୍ତା । ଅଞ୍ଜଲି ଚାଲିଶ ବର୍ଷ ଧରି ତା ସାଙ୍ଗେ ସଂପର୍କ ରଖିନାହିଁ । କେବେ ଦେଖାହେଲେ ନଦେଖିଲା ପରି ଚାଲିଯାଇଛି । ଯେଉଁ ଦୋଷ ସେ କରିନାହିଁ ସେଇ ଦୋଷ ପାଇଁ ତା'ତୁ ସବୁ ସଂପର୍କ କାଟି ଦେଇଛି । ଆଜି ପୁଣି କେଉଁ ମୁହଁରେ ଡାକୁଛି ତା ସାଙ୍ଗରେ ରାନୁଅପା ଘରକୁ ଯିବାପାଇଁ !

କିଛି ବି ଅଭିଯୋଗ କଲାନାହିଁ ବିଭୂତି ! କେଉଁ ଧାତୁରେ ଗଢ଼ା ତାର ହୃଦୟ !

ଶିବଭାଇ ଆସି ଡାକିଲେ, 'ଅଞ୍ଜୁ ଚାଲ । ଅଟୋ ଆସିଲାଣି ।'

ଅଞ୍ଜଲିର ମନ ଫୁଲ ପରି ହାଲୁକା ହେଇଯାଇଥିଲା । ତାକୁ ଲାଗୁଥିଲା ସେ ଚାଲିଶ ବର୍ଷ ପଛକୁ ଫେରିପାରିଛି । ଏଇତ ଶିବଭାଇ ଅଛି, ବିଭୂତି ବି । ଆଉ ସାଙ୍ଗମାନେ ସମସ୍ତେ ଫେରିବେ । ମାମୁଘର ଗାଁକୁ ସେ ନିଶ୍ଚୟ ଯିବ, ଆସନ୍ତା ପୂଜାରେ ।

ଅଞ୍ଜଲି ଏବେ ସ୍କୁଲପଢ଼ା ଛୋଟ ଝିଅଟେ ହେଇଯାଇଥିଲା ।

ସ୍ମୃତି ସମାଧି

''ଦେଇ, ତମେ କ'ଣ ଏମିତି କୁହୁଡ଼ିଆ ପାଗରେ ଚାଲିବାକୁ ଯିବ ?'' ଜୟନ୍ତୀ ଜୋତାର ଫିତା ବାନ୍ଧୁଥିବା ବେଳେ ଲିସା ପଚାରିଲା ।

''ଆରେ, ଏଇ ପାଗରେ ତ ନିଶ୍ଚେ ଚାଲିବାକୁ ଯିବା କଥା । କୁହୁଡ଼ି କ'ଣ ସବୁଦିନ ପଡ଼ିବ ? ତୁ ଚାଲ ନା, ଦିଜଣ ବୁଲି ଆସିବା ଘେରାଏ ।''

– ନାଁ ଦେଇ, ଝିଅ ସ୍କୁଲ ଯିବ, ଇଏ ଅଫିସ୍ । ଡେରି ହେଇଯିବ ।

'ଠିକ୍ ଅଛି' କହି ଜୟନ୍ତୀ ପାର୍କଆଡ଼େ ମୁହାଁଇଲା । ମଫଲର କି କ୍ୟାପଟିଏ ନେଇଥିଲେ ଭଲ ହେଇଥାନ୍ତା, ଭୁଲିଗଲା । ହଉ, ବେଶୀ ଥଣ୍ଡା ଲାଗିଲେ ଫେରିଆସିବ ପଛେ ।

ପାର୍କରେ ବେଶୀ ଲୋକ ନଥିଲେ । ବେଶ୍ ନିଛାଟିଆ ଆଉ ମୋହମୟ ପରିବେଶ । ଗହଳିଆ ଗଛ ସନ୍ଧିରୁ ଟୋପା ଟୋପା କାକର ଭୂଇଁକୁ ଓଦା କରୁଥିଲେ । ଶୀତୁଆ ପବନ କାନରେ ପିଟି ହେଉଥିଲା । ଶୀତକୁ ହରେଇବା ପାଇଁ ସେ ଚାଲିବାର ବେଗ ବଢ଼େଇଦେଲା ।

'ଆରେ ତମେ ଏଠି ?' ସାମ୍ନାରୁ ଆସୁଥିବା ଭଦ୍ରଲୋକ ପଚାରୁଥିଲେ ।

'କ୍ଷମା କରିବେ, ଚିହ୍ନିପାରିଲିନି ।' ଜୟନ୍ତୀ ଅପ୍ରସ୍ତୁତ ହେଇ କହିଲା । କେମିତି ସେ ଚିହ୍ନିବ ? ମୁଣ୍ଡରେ କାନ ଘୋଡ଼େଇବା ପର୍ଯ୍ୟନ୍ତ ପଶମ କ୍ୟାପ, ଦେହରେ ପୁରାହାତ ସ୍ୱେଟର, ଆଖିରେ ଚଷମା... ନା, ଚିହ୍ନିହେଉନି ।

ଭଦ୍ରଲୋକ ମୁଣ୍ଡରୁ କ୍ୟାପ ଆଉ ଆଖିରୁ ଚଷମା ଖୋଲିଲେ ।

''ଅରୁଣ ? ତମେ... ଏଠି ?'' ଜୟନ୍ତୀର ଆଖି ବଡ଼ ବଡ଼ ହେଇଗଲା । ଏ କ'ଣ ସ୍ୱପ୍ନ !

– 'ଆସ, ସେଇ ବେଞ୍ଚରେ ବସି କଥା ହେବା ।'

– ନା, ଏମିତି ଚାଲୁ ଚାଲୁ କଥା ହେବା । ମୁଁ କ'ଣ ସ୍ୱପ୍ନ ଦେଖୁଛି ନା କ'ଣ ?– ଜୟନ୍ତୀର ଆଶ୍ଚର୍ଯ୍ୟର ସୀମା ନଥିଲା ।

– ମୁଁ ବି । ତମେ କୁହ ତମେ ଏ ସହରରେ କେମିତି ?

– ମୋ ଝିଆରୀ ଘର ଏଇ ପାଖ କଲୋନିରେ । ତା ପୁଅର ଜନ୍ମଦିନ ପାଇଁ ଆସିଥିଲି । ଜାଗାଟା ବେଶ୍ ଭଲ ଲାଗୁଛି । ପାଖରେ ଏମିତି ସୁନ୍ଦର ପାର୍କଟିଏ । ସପ୍ତାହେ ରହିଗଲିଣି । କାଲି ଫେରିଯିବି । ଆଉ ତମେ ? ତମେ ଏଇ ସହରରେ ରହୁଛ ?

– ମୁଁ ସୂର୍ଯ୍ୟବିହାରରେ ରହେ । ଏଇ ପାର୍କଟି ଟିକେ ଭଲ ବୋଲି ବେଳେବେଳେ ଚାଲିବାକୁ ଆସେ । ଦେଖ, ଯୋଗ ଏମିତି ଯେ ଆଜି ତମ ସାଙ୍ଗରେ ଭେଟ ହେଇଗଲା । କି ଆଶ୍ଚର୍ଯ୍ୟ କଥା କହିଲ !

– ହଁ, ଯୋଗ ନୁହେଁ ତ କ'ଣ ?

– ତମେ ତ ରିଟାୟାର କରିଥିବ ଜୁନ୍ ମାସରେ । କ୍ୱାର୍ଟର ଛାଡ଼ିଲିଣି ନା ସେଇଠି ଅଛ ?

– ଛାଡ଼ି ସାରିଛି । ରିଟାୟାରମେଣ୍ଟର ପରଦିନ । ମୋ ଖବର ସବୁ ରଖିଛ ତାହେଲେ ।

– ମୁଁ ସେଇଆ ଭାବୁଥିଲି । ତମ ପରି ସ୍ୱାଭିମାନୀ ମଣିଷ...

ଅରୁଣର କଥା ସରିବାକୁ ନଦେଇ ଜୟନ୍ତୀ କହିଲା 'ଏବେ ପ୍ରାୟ ଗାଁରେ ରହୁଛି । ଭଲ ବି ଲାଗୁଛି । ତା'ଛଡ଼ା ଏଇ ଝିଆରୀଟି ମଝିରେ ମଝିରେ ଜବରଦସ୍ତ ରାଣ ନିୟମ ଦେଇ ଗାଡ଼ିରେ ବସେଇ ସାତ ଆଠଦିନ ତା ଘରକୁ ନେଇଆସେ । ମୋ ପାଇଁ ଗୋଟିଏ ଅଲଗା ରୁମ୍ ବି ରଖିଛି । କିଛି ଅସୁବିଧା ହୁଏନାହିଁ ।

ପୁତୁରା ସିମୁନ ତ ବାହାରେ । ଦାଦାଙ୍କ ପୁଅବୋହୂ ଦିଜଣ ଗାଁରେ । ସାନଦାଦାଙ୍କ ପୁଅବୋହୂ ଅଧିକାଂଶ ସମୟ ତାଙ୍କ ପୁଅଝିଅଙ୍କ ପାଖକୁ ତିନି ଚାରିମାସ ଚାଲିଯାନ୍ତି । ଏବେ ତମ କଥା କୁହ । ତମେ କ'ଣ ଘରେ ଦି ଜଣ ? ପିଲାମାନେ ? – ଏକା ନିଶ୍ୱାସରେ ପଚାରିଗଲା ଜୟନ୍ତୀ ।

– ନା । ପିଲାଟିଏ ଅଛି ଦେଖାଶୁଣା କରିବା ପାଇଁ, ଚଲିଯାଉଛି । ପାଞ୍ଚବର୍ଷ ତଲେ ଶୋଭାର ଦେହ ଖରାପ ହେବାଦିନୁ ହସ୍ପିଟାଲ ଦୌଡ଼ାରେ ଅଧିକାଂଶ ସମୟ ଯାଉଥିଲା । ଗତବର୍ଷ ସେ ଚାଲିଗଲା । ମୁଁ ବି ଗତବର୍ଷ ରିଟାୟାର କଲି । ଚାକିରୀ, ସଂସାର ଗୋଟିଏ ସମୟରେ ସରିଗଲେ । ଏବେ ଖାଲି ଚାଲୁଛି, ଖାଉଛି, ଶୋଉଛି ।

ପଡ଼ାପଢ଼ି ବେଶୀ କରିପାରୁନାହିଁ । ଅଣ୍ଡା ଆଉ ଆଖି ସହଯୋଗ କରୁନାହାନ୍ତି । କ'ଣ କରିବା ? ପୁଅ ତ ବାହାରେ ରହିଲା । ସେ ଡାକୁଛି ତା ପାଖକୁ, ମୋର କିନ୍ତୁ ଯିବାକୁ ଇଚ୍ଛା ନାହିଁ ।

– ଦୁଃଖ ଖବର । ହଁ, ଯେତିକି କରିହେବ କରିବା କଥା । ବେଶୀ ବାଡ଼େଇ ଛାଟି ହେବା ଅପେକ୍ଷା ବୟସର ଚାପକୁ ମାନିନେଲେ ଯାଏ । ମୁଁ ଏବେ ବେଶ୍ ଆଶ୍ୱସ୍ତ । ସବୁ ଦାୟିତ୍ୱ ସରିଗଲା । ପିଲାମାନେ ସମସ୍ତେ ଭଲରେ ଅଛନ୍ତି । ଏବେ ଯମ ଆସି ଡାକିଲେ ମୁଁ ଯିବା ପାଇଁ ପ୍ରସ୍ତୁତ ।– କହି ହସି ପକେଇଲା ଜୟନ୍ତୀ ।

ଅରୁଣ କିଛି ନକହି ଚୁପ୍‌ଚାପ୍‌ ତଳକୁ ମୁହଁ ପୋତି ଚାଲୁଥିଲେ । ଜୟନ୍ତୀ ତାଙ୍କ ଭାବନାରେ ବାଧା ଦେବାକୁ ଚାହିଁଲା ନାହିଁ । କିଛି ସମୟର ନୀରବତା ପରେ ଅରୁଣ ସ୍ୱଗତୋକ୍ତି କଲା ପରି କହିଲେ, ''କେତେ କ'ଣ ବଦଲିଗଲା ଜୀବନରେ । କ'ଣ ସବୁ ସ୍ୱପ୍ନ ଦେଖେ ମଣିଷ, ଜୀବନ ତାକୁ କ'ଣ ସବୁ ଭେଟି ଦିଏ ଯେ ? ଆମେ ପାଠ ପଢ଼ିଲାବେଳେ କ'ଣ ଭାବିଥିଲେ ଦିନେ ଏମିତି ଜୀବନ ବଞ୍ଚିବାକୁ ପଡ଼ିବ ? ପଇଁତିରିଶ ବର୍ଷ ପରେ–''

ଅରୁଣଙ୍କ ମଝିରେ ଜୟନ୍ତୀ କହିଲା, ''ଏ ସମସ୍ତ ସତ୍ୟ ଜୀବନର ଭାନୁମତି ପେଡ଼ିରେ ବନ୍ଦ ହେଇଥାଏ । ଆମେ ଦେଖିପାରୁନା ସତ, ମାତ୍ର ଅନୁମାନ ଲଗେଇ ପାରନ୍ତେ । କିନ୍ତୁ ସେ ବୟସରେ ଆମେ ମନ ଭିତରକୁ ତାକୁ ଆସିବାକୁ ଦେଉନା, ଆଡ଼େଇଯାଉ, ଆଖି ବୁଜିଦେଉ, ଛୋଟ ପିଲାଟି ଟିଭିରେ ବାଘ ଦେଖି ଆଖି ବୁଜିଦେବା ପରି ।

– ଠିକ୍‌ କହିଛ ।

– ଯାଉଛି, ଲିସା ଅପେକ୍ଷା କରିଥିବ । କାଲି ସକାଳେ ଫେରିଯିବି । ପୁଣି କେବେ ଯଦି ଆସେ ଏବଂ ସଂଯୋଗବଶତଃ ତମେ ଏ ପାର୍କକୁ ବୁଲି ଆସ, ଦେଖାହବ । ଆସୁଛି । ଫେରିଯିବାକୁ ବାହାରିଲା ଜୟନ୍ତୀ । ସେ ଅରୁଣଠୁ ନିସ୍ତାର ଚାହୁଁଥିଲା । କିନ୍ତୁ କାହିଁକି ?

– ଫୋନ୍‌ ନମ୍ବର ଦବ ?

– ହଁ, ନିଶ୍ଚୟ, ଲେଖ ।

– ମୋ ନମ୍ବର ଜଣାଅଛି ?

– ନା, କୁହ ।

– ଆସୁଛି ।

ଅରୁଣଙ୍କ ସମ୍ମତିକୁ ଅପେକ୍ଷା ନକରି ଜୟନ୍ତୀ ଗେଟ୍ ଦେଇ ବାହାରକୁ ଆସିଲା । ପଛକୁ ଥରେ ଫେରି ଦେଖିଲା ନାହିଁ, ଅରୁଣ ସେଇଠି ଛିଡ଼ା ହେଇ ରହିଛନ୍ତି, ଚାଲିବା ଜାରି ରଖିଛନ୍ତି କି ତା ପଛେ ପଛେ ଗେଟ୍ ବାହାରକୁ ଆସୁଛନ୍ତି । ସାହସ ନଥିଲା ତାହା ଦେଖିବା ପାଇଁ । ଯଦି ସେ ସେଇଠି ଛିଡ଼ା ହେଇଥାନ୍ତି ? ଯଦି ତାକୁ ପଛ କରି ବଡ଼ ବଡ଼ ପାହୁଣ୍ଡ ପକେଇ ଟ୍ରାକ୍‌ରେ ଚାଲୁଥାନ୍ତି ?

– ହେ, ଇଏ କ'ଣ ? – ଛୋଟ ପିଲାଟିଏ ଫୁଟ୍‌ପାଥରେ ସାଇକେଲ ଚଲେଇ ଗଲାବେଳେ ତା ଦେହରେ ଧକ୍କା ଖାଇଲା । ଜୟନ୍ତୀ ପଡ଼ି ଯାଉ ଯାଉ ରକ୍ଷା ପାଇଲା ।

– ସରି ଆଣ୍ଟି । ମୋର ଭୁଲ ହେଇଗଲା ।– ଦୋଷୀ ମୁଦ୍ରାରେ ପିଲାଟି ।

– ଆଣ୍ଟି ନୁହେଁ ଆଈ । ଦେଖି ଚାହିଁ ଟିକେ ଚଲା ।

– ସରି ଆଈ ।

ଜୟନ୍ତୀ ତା ମୁଣ୍ଡ ସାଉଁଲେଇ ଦେଇ ଆଗକୁ ଆଗେଇଲା ।

ଗେଟ୍ ଖୋଲୁ ଖୋଲୁ ଲିସାର ପୁଅ ସୋମ୍ ଦୌଡ଼ିଆସି 'ଜଈ ଆସିଗଲା, ଜଈ ଆସିଗଲା' କହି ତା ଅଣ୍ଟାରେ କୁନିହାତ ଦୁଇଟିକୁ ବେଡ଼ାଇ ଦେଲା ।

''ଆରେ ସୋମ୍, ମୁଁ ପରା ଧାଳ ସରସର ହେଇଛି । ଛି, ଅସନା, ଚାଲ ଭିତରକୁ । ମୁଁ ଧୋଇ ହେଇ ସାରିଲେ ତତେ କାଖେଇବି ।''

ସୋମ୍ ତାର ହାତକୁ ଟାଣିଧରି ଭିତରକୁ ନେଇଗଲା ।

'ଏତେ ଡେରି ହେଲା ଦେଈ । ଭୋକ ଲାଗିବଣି ।' – ଲିସା କହିଲା ।

– ଆଜି ପାର୍କରେ ଜଣେ ଦେଖା ହେଲେ– କହୁ କହୁ ଜୟନ୍ତୀ ଅଟକି ଗଲା । ଲିସାର ବର ଆଶିଷ ଆଉ ତାଙ୍କ ସାଙ୍ଗ ବିନୟ ଡ୍ରଇଂରୁମ୍ ଭିତରକୁ ପଶୁଥିଲେ ।

ଜୟନ୍ତୀ ଗାଧୁଆଘରେ ପଶିଲା । ପାର୍କରେ ଅରୁଣ ସାଙ୍ଗେ ଦେଖାହେବା କଥା ତାକୁ ସ୍ୱପ୍ନ ପରି ଲାଗୁଥିଲା । ଆଜି ସକାଳେ ତାର ଫେରିଯିବାର କଥା । ସଂକ୍ରାନ୍ତି ଆଳରେ ଲିସା ତାକୁ ଅଟକେଇ ଦେଲା । ଜୟନ୍ତୀର ଦୁର୍ବଳତା ହେଲା ଜରୁରୀ କାମ ନଥିଲେ ସେ କାହା କଥା ଆଡ଼େଇ ଘରୁ ବାହାରକୁ ଯାଏନା । ଯୋଗକୁ ଅରୁଣ ଟିକେ ଟେଞ୍ଜ ପାଇଁ ଏ ପାର୍କୁ ଆସିଥିବା କଥା କହୁଥିଲେ । କି ଅଭୁତ ସଂଯୋଗ ! ପଇଁତିରିଶ ବର୍ଷ ହେଲା ସେମାନଙ୍କର କେବେ ଦେଖାସାକ୍ଷାତ ହେଇନାହିଁ, ଯଦିଓ ମାତ୍ର ଶହେ ଦେଢ଼ଶହ କିଲୋମିଟର ଦୂରତା ଭିତରେ ଉଭୟ ଚଲପ୍ରଚଲ ହେଉଥିଲେ । ଏବେ ଜୟନ୍ତୀ ଭାବୁଥିଲା ଅରୁଣଙ୍କୁ କ'ଣ ପଚାରିବା ଉଚିତ ହବ ଏତେ ବର୍ଷ ହେଲା ଥରେ

ହେଲେ ତାକୁ ଭେଟିବାକୁ ଇଚ୍ଛା କରିଛନ୍ତି କି ନାହିଁ ? ପୁଣି ଭାବିଲା, ନା ଥାଉ । ଅରୁଣ ଯଦି ତାକୁ ସେଇକଥା ପଚାରନ୍ତି ?

ପଇଁତିରିଶ ବର୍ଷ ତଳେ ଛାଡ଼ି ଯାଇଥିବା ମଣିଷଟି ଆଜି ଏତେ ପାଖେ ପାଖେ ଚାଲୁଥିଲେ । ଲାଗୁଥିଲା ଯେମିତି ଏଇ ଗତକାଲି ସେମାନେ ବିଦାୟ ନେଇଥିଲେ । ପଇଁତିରିଶ ବର୍ଷ– ଠିକ୍ ଚାରିଶହ କୋଡ଼ିଏ ମାସ ତେର ଦିନ । ଜୟନ୍ତୀ ଦି ହାତରେ ମୁଣ୍ଡକୁ ଧରି ଭାବିହେଲା ।

ସେଦିନମାନଙ୍କରେ ଜୟନ୍ତୀ ଭାବୁଥିଲା ଅରୁଣକୁ ନପାଇଲେ ସେ ବଞ୍ଚିପାରିବନି । ଦିନେ ଚିଠି ନପାଇଲେ ସେ ବାୟାଣୀ ପରି ହେଉଥିଲା । ଶନିବାର ଦୁଇଟି ଚିଠି ଅରୁଣଙ୍କଠାରୁ ମିଳେ । ଗୋଟିଏ ଶନିବାର ଓ ଆରଟି ରବିବାର ପାଇଁ । ଅଥଚ ଏତେ ବର୍ଷ ବିନା ଅରୁଣରେ ସେ ବେଶ୍ ବଞ୍ଚିଛି । ଅଧ୍ୟାପିକା ଓ ସମାଜସେବୀ ଭାବେ ବେଶ୍ ସୁନାମ ବି ଅର୍ଜନ କରିଛି । କେବେ ଅରୁଣକୁ ଝୁରିଛି କି ? ମନେପକେଇ କାନ୍ଦିଛି ? ନା– ମନେପଡ଼ୁନି । ମଝିରେ ମଝିରେ ଚିନ୍ତା, ଜଞ୍ଜାଳ ଭିତରେ ଅରୁଣ ପଶିଆସନ୍ତି, କିନ୍ତୁ ଜୟନ୍ତୀ ତୁରନ୍ତ ତାଙ୍କୁ ଆଡ଼େଇ ଦିଏ । କି ଭାଗ୍ୟ ଦେଖ, ଯାହାକୁ କେବେ ବି ଭେଟିବ ନାହିଁ ଭାବିଥିଲା ସେଇ ତା ଆଖି ସାମ୍ନାରେ ଆସି ଛିଡ଼ା ହେଇଗଲେ ! ଅଚାନକ !– କିନ୍ତୁ ଅରୁଣଙ୍କୁ ଦେଖି କିମ୍ବା ତାଙ୍କ ସାଙ୍ଗେ କଥା ହେଲାବେଳେ ବିଗତ ଦିନମାନଙ୍କ ପରି ସେ ଶିହରିତ ହେଉନଥିଲା । ତାଙ୍କଠାରୁ ଅଧିକ କିଛି କହିବା ଶୁଣିବା ପାଇଁ ମନରେ ଆଗ୍ରହ ନଥିଲା, ସତେ ଯେମିତି ଅରୁଣ ତା ପାଇଁ ସାଧାରଣ ଚିହ୍ନା ମଣିଷଟିଏ କେବଳ !

xxx

ଜୟନ୍ତୀର ଉପର କ୍ଲାସ୍‌ରେ ଅରୁଣ ପଢ଼ୁଥିଲେ । ସେତେବେଳେ ତାଙ୍କ ସାଙ୍ଗେ ଜୟନ୍ତୀର ପରିଚୟ ନଥିଲା । ଏମ୍.ଏ. ପରୀକ୍ଷା ପରେ ଜୟନ୍ତୀ ଗୋଟାଏ ହାଇସ୍କୁଲରେ ଲିଭ୍ ଭାକାନ୍‌ସି ପୋଷ୍ଟରେ ଚାକିରୀ କଲା । ଅସ୍ଥାୟୀ ହେଲେ ମଧ୍ୟ ଭଲ ଦରମା ମିଳୁଥିଲା ଏବଂ ପୁରୀରେ ନିଜ ଘରେ ରହିବାର ସୁଯୋଗ ।

ସେ ବର୍ଷ ବିଷୁବମିଳନ ପାଇଁ ପୁରୀରେ ବେଶ୍ ବଡ଼ ଆୟୋଜନ ହେଇଥିଲା । ଜୟନ୍ତୀ ସେ ସଭାର ଗୋଟିଏ ଅଧିବେଶନର ସଂଯୋଜିକା ଥିଲା । ନିଜର କବିତାଟିଏ ମଧ୍ୟ ସେ ପଢ଼ିଥିଲା । ସେଇଟି ଅରୁଣଙ୍କ ସାଙ୍ଗେ ପରିଚୟ । ଛୋଟ ଏକ ବେସରକାରୀ ସଂସ୍ଥାରେ ସେ ସ୍ୱଳ୍ପ ଦରମାରେ ଚାକିରୀ କରୁଥାନ୍ତି । ସେଦିନର ସେଇ ପରିଚୟ ପରେ ବନ୍ଧୁତା ଆଉ ତା'ପରେ କେତେବେଳେ ଯେ ଅନ୍ତରଙ୍ଗତା ଆଡ଼େ ମୁହାଁଇଛି ସେକଥା

ଜୟନ୍ତୀ ଆଜି ଚିନ୍ତାକଲେ ଆଶ୍ଚର୍ଯ୍ୟ ହୁଏ। ଅରୁଣ ଜୟନ୍ତୀ ଘରକୁ କେତେଥର ଯାଇଛି। ବାପା ତାଙ୍କୁ ଭଲପାଇ। ଅନେକ ଦିନ ତଳୁ, ଜୟନ୍ତୀ ସାନ ଥିଲାବେଳେ ମା'ମରିଯାଇଥିଲେ। ଜୟନ୍ତୀ ଆଉ ତା ସାନ ତିନିଭାଇଙ୍କୁ ବାପା ପାଳୁଥିଲେ। ଜୟନ୍ତୀ ଚାକିରୀ କଲାବେଳକୁ ତା ତଳ ଦୁଇ ଭାଇ କଲେଜରେ ପଢୁଥିଲେ। ସବୁଠୁ ଛୋଟ ଭାଇ ହାଇସ୍କୁଲରେ ନବମ ଶ୍ରେଣୀରେ। ସ୍କୁଲ ଶିକ୍ଷକ ବାପା ସେମାନଙ୍କୁ ମା'ର ଅଭାବ ଅନୁଭବ କରିବାକୁ ଦେଉନଥିଲେ।

ମନେଅଛି, ଅରୁଣ ସେଦିନ ସମୁଦ୍ରକୂଳରେ ଅସ୍ତଗାମୀ ସୂର୍ଯ୍ୟଙ୍କ ଆଡ଼େ ଚାହିଁ ତାକୁ କହିଥିଲେ, 'ତମେ ମୋ ପାଇଁ କ'ଣ ଅନୁଭବ କରୁଛ ମୁଁ ଜାଣେନା, ମୁଁ କିନ୍ତୁ ତମର ଅନୁପସ୍ଥିତି ଆଉ ସହ୍ୟ କରିପାରିବି ନାହିଁ। ନିଷ୍ଠୁ ତମ ହାତରେ। ମୁଁ ଜାଣେ ଏବେ ମୋର ସ୍ୱଚ୍ଛଳ ଅବସ୍ଥା ନାହିଁ ତମ ପରି ଗେହ୍ଲା ଝିଅକୁ ମୋ ଘରକୁ ନେବାକୁ। କିନ୍ତୁ ସବୁଦିନ ଏ ଅବସ୍ଥା ରହିବ ନାହିଁ। ତମେ କ'ଣ ସେତିକି ଦିନ ଅପେକ୍ଷା କରିବ ନାହିଁ? ତମେ ପରୀକ୍ଷା ନେଇପାର, ତମ ଛଡ଼ା ଦ୍ୱିତୀୟ ନାରୀ ମୋ ଜୀବନକୁ ଆସିବାକୁ ଦେବିନାହିଁ।'

ତମେ ହାରିଗଲ ଅରୁଣ, ଭୟଙ୍କର ଭାବେ ହାରିଗଲ। ସାରା ଜୀବନ ତ ଦୂରର କଥା ତମେ ବର୍ଷ କେତେଟା ମଧ୍ୟ ଅପେକ୍ଷା କରିପାରିଲ ନାହିଁ।

ଜୟନ୍ତୀ ଯେ ଅରୁଣକୁ ଭଲପାଏ ଏବଂ ତାକୁ ନେଇ ସଂସାର କରିବାର ସ୍ୱପ୍ନ ଦେଖେ ସେକଥା ବାପା ଜାଣିଥିଲେ, ଜୟନ୍ତୀ ନିଜେ କହିଥିଲା। ଅରୁଣଙ୍କ ଚାକିରୀ ନେଇ ଟିକେ ମନ ଊଣା କରିଥିଲେ ମଧ୍ୟ ଆଦର୍ଶବାଦୀ ବାପା ସମର୍ଥନ କରି କହିଥିଲେ, 'ତୁ ଯାହାକୁ ପସନ୍ଦ କରିଛୁ ମୁଁ ତାକୁ ଗ୍ରହଣ କରିବି, ସେ ଘାସକଟାଳୀ ହେଲେ ମଧ୍ୟ।' ସେଦିନ ବାପାଙ୍କ ହାତକୁ ଜଡ଼େଇ ଧରି ଜୟନ୍ତୀ ଖୁସିରେ କାନ୍ଦିପକେଇଥିଲା।

ଅରୁଣ ବାପାଙ୍କୁ କହିଥିଲେ, 'ଆମକୁ ବାହା ହେବାକୁ ଅନୁମତି ଦେଇ ଆପଣ କେବେ ବି ପସ୍ତେଇବେ ନାହିଁ। ମୁଁ ଆପଣଙ୍କ ଝିଅକୁ ବିଲାସ ବ୍ୟସନ ନଦେଇପାରେ କିନ୍ତୁ ପୃଥିବୀର ସବୁଠୁ ଅଧିକ ଭଲପାଇବା ଦେବି। କେବେ ବି ତାକୁ କାନ୍ଦିବାକୁ ଦେବିନାହିଁ।' ବାପା ଖୁସି ହେଇଯାଇଥିଲେ।

ତା'ପରେ ବାପା ବାହାଘର ପାଇଁ ଯୋଜନାରେ ଲାଗିଗଲେ। ଟଙ୍କା ଯୋଗାଡ଼, କେଉଁଠୁ ଗହଣା କିଣାଯିବ, ଲୁଗାପଟା, ବନ୍ଧୁବାନ୍ଧବଙ୍କ ରହିବା ବଦୋବସ୍ତ ସବୁକଥା ଡାଏରୀରେ ଲେଖିଚାଲିଲେ। ଜୟନ୍ତୀକୁ ଏସବୁ ଦେଖି ବ୍ୟସ୍ତ ଲାଗେ। ଅତି କମରେ

ବର୍ଷେ ଡେରି ଅଛି ବାହାଘର, ତା' ପାଇଁ ଏତେ ଆଗରୁ କ'ଣ ଏତେ ଚିନ୍ତା ! ବାପାଙ୍କ ଉପରେ ବିରକ୍ତ ହେଲେ ସେ କହନ୍ତି, 'ତୁ ବୁଝିପାରିବୁନି, ନିଜ ପିଲାଙ୍କ ବାହାଘର ସମୟ ଆସିଲେ ଜାଣିବୁ।' ଜୟନ୍ତୀକୁ ଲାଜ ଲାଗେ।

ତିନି ବଖୁରିଆ ଭଡ଼ାଘରେ ବାପା ଆଉ ସବା ସାନଭାଇ କୁନୁ ଗୋଟାଏ ରୁମ୍‌ରେ ଶୁଅନ୍ତି। ତା ପାଖ ରୁମ୍‌ରେ ମଣ୍ଡୁ ପିଣ୍ଡୁ, ସବୁଠୁ ବଡ଼ ରୁମ୍‌ରେ ଜୟନ୍ତୀ। ସେଦିନ ରାତି ଗୋଟାଏ ବେଳକୁ ଜୟନ୍ତୀ ପଢ଼ା ସାରି ଶୋଇବାକୁ ଯାଉଥିଲା। ଦେଖିଲା ଜଗ୍‌ରେ ପିଇବା ପାଣି ନାହିଁ। ଖାଲି ଜଗ୍ ନେଇ ରୋଷେଇ ଘରୁ ପିଇବା ପାଣି ଆଣି ଫେରିବା ବେଳକୁ ତାକୁ ଲାଗିଲା ବାପାଙ୍କ ରୁମ୍‌ରୁ କିଛି ଅସ୍ୱାଭାବିକ ଶବ୍ଦ ଆସୁଛି। ଜୟନ୍ତୀ କବାଟ ପାଖରେ କାନ ଡେରିଲା। ଭୟ ପାଇ କବାଟ ଠେଲି ଦେଲା। ବାପା ଗାଁ ଗାଁ ଶବ୍ଦ କରି ଖଟ ଉପରେ ଗଡ଼ୁଥାନ୍ତି। 'ମଣ୍ଡୁ ପିଣ୍ଡୁ ଶୀଘ୍ର ଆସ' ଏତେ ଜୋରରେ ଚିତ୍କାର କଲା ଯେ ମଣ୍ଡୁ ପିଣ୍ଡୁ ଧଡ଼ପଡ଼ ହେଇ ଉଠିଆସିଲେ। 'ଶୀଘ୍ର ଡାକ କାହାକୁ, ବାପାଙ୍କୁ ମେଡ଼ିକାଲ ନେଇଯିବା।'

ମଣ୍ଡୁ ଗଲା ପଡ଼ିଶା ଘର ରବି ମଉସାଙ୍କ ଘରକୁ। ତାଙ୍କ ଘର ପଛପଟେ ରିକ୍‌ସାବାଲାଟିଏ ପରିବାର ନେଇ ରହେ।

– ଆପଣଙ୍କର କିଛି ହେବନି ବାପା। ବାପା ଆଖିତରାଟି ବିକଳରେ ଛଟପଟ ହେଉଥାନ୍ତି। ଛାତିକୁ ଧରୁଥାନ୍ତି। ଜୟନ୍ତୀ ଛାତି ଆଉଁସି କରୁଥାଏ, 'ବାପା କିଛି ହେବନି, ବ୍ୟସ୍ତ ହୁଅନ୍ତୁନି। ମଣ୍ଡୁ ରିକ୍‌ସା ଡାକୁଛି, ଆମେ ଡାକ୍ତରଖାନା ଯିବା।'

ଡାକ୍ତରଖାନାରେ ବାପାଙ୍କୁ ଦେଖିଲେ, ଇଂଜେକ୍‌ସନ ଦେଇ କହିଲେ, 'ଶୀଘ୍ର କଟକ ନେଇଯାଆନ୍ତୁ'।

ଟ୍ୟାକ୍ସି ଡାକି କଟକ ବାହାରିଲା ବେଳକୁ ରାତି ତିନିଟା। ବାପା ଆଉ ବେଶି ଛାତିପିଟି ହେଉନଥାନ୍ତି। ତା କୋଳରେ ମୁଣ୍ଡ ରଖି ଶୋଇଥାନ୍ତି। ଜୟନ୍ତୀ ବାପାଙ୍କ ଛାତି ଆଉଁସୁଥାଏ। ସାରା ରାସ୍ତା ସେ ଭାବୁଥାଏ, କେତେ ଶୀଘ୍ର କଟକ ଆସିବ। ପଛ ଗାଡ଼ିରେ ଥିଲେ ରବି ମଉସା, ମଣ୍ଡୁ ପିଣ୍ଡୁ ଆଉ ରବି ମଉସାଙ୍କ ଭାଇ ରାଜୁ ମଉସା।

କଟକ ମେଡ଼ିକାଲରେ ସାଙ୍ଗେ ସାଙ୍ଗେ ବାପାଙ୍କର ସମସ୍ତ ପରୀକ୍ଷା ହେଲା। ପୁରୀରୁ ବାପାଙ୍କ ଛାତ୍ର ଡାକ୍ତର ଅନିଲ ଦାସ ଫୋନ୍ କରି କହିଥିଲେ। ମାତ୍ର ସବୁ ଚେଷ୍ଟା ସତ୍ତ୍ୱେ ବାପା ଘରକୁ ଫେରିଲେ ନାହିଁ। ଜୟନ୍ତୀ ମୁଣ୍ଡ ଉପରେ ଆକାଶ ଛିଣ୍ଡି ପଡ଼ିଲା। ବାପାଙ୍କର ପ୍ରଚଣ୍ଡ ହୃଦ୍‌ଘାତ ହେଇଥିଲା। ଡାକ୍ତର ଯାହା କହିଲେ, ପୂର୍ବରୁ

ବାପାଙ୍କର ଥରେ ଦୁଇଥର ମୃଦୁ ହୃଦ୍‌ଘାତ ହେଇଥିବ ନିଶ୍ଚୟ, ଯାହା ସେ ଜାଣିପାରିନାହାନ୍ତି ବା ଜାଣି ଜାଣି ବେଖାତିର କରିଥାଇ ପାରନ୍ତି ।

ସତରେ ବାପା କ'ଣ ଏମିତି କଲେ ! ଜୟନ୍ତୀ ଆଉ ତା ଭାଇମାନଙ୍କୁ ଛେଉଣ୍ଡ କରିଦେଲେ !

ଜୟନ୍ତୀ ପଥର ପାଲଟି ଗଲା । କେମିତି ବାପାଙ୍କୁ କଟକରୁ ଗାଁକୁ ନିଆଗଲା, କେମିତି ଶବଦାହ ହେଲା ସେ କିଛି ଜାଣିପାରିଲା ନାହିଁ । ତାର ସବୁ ଅନୁଭବ ହଜିଯାଇଥିଲେ । କେହି ଜଣେ ଦିଜଣ ତାକୁ ଗାଧେଇବାକୁ ନେଉଥିଲେ, ପାଟିରେ ଖୋଇ ଦେଉଥିଲେ । ସେ ସେଇଠି ଖାଇବା ପାଖରେ ଶୋଇ ପଡୁଥିଲା । ଆଖି ଖୋଲିଲେ ତା ମୁହଁ ସାମ୍ନାରେ ଲାଗି ବାପାଙ୍କର ସେ ମୁହଁ ପଦାକୁ ବାହାରିଆସିବା ପରି ଦିଶୁଥିଲା ।

ବାପା ଚାଲିଯିବାର ସାତ ଦିନପରେ ଜୟନ୍ତୀ ସାନ ଖୁଡ଼ୀଙ୍କୁ କହିଲା, 'ମୁଁ ଆମ ଘରକୁ ଯିବି । ଶୀଘ୍ର । ବାପା ମତେ କିଛି...।' ତା'ର ଚେତା ବୁଡ଼ିଗଲା ।

ଶୁଦ୍ଧିଘରର ଗୋଲଚହଲ ଭିତରେ ଜୟନ୍ତୀ କେବଳ ଗୋଟିଏ ଦୃଶ୍ୟ ଦେଖୁଥିଲା— ବାପା କାନ୍ଥରେ ଥିବା ଥାକ ଆଡ଼େ ଆଙ୍ଗୁଠି ଦେଖେଇ ସେଦିନ ରାତିରେ ତାକୁ କିଛି କହିବାକୁ ଚାହୁଁଥିଲେ । ବାପାଙ୍କ କଷ୍ଟ ଦେଖି ସେ ଏମିତି ବ୍ୟତିବ୍ୟସ୍ତ ହେଉଥିଲା ଯେ ସେ ଆଡ଼େ ନଜର ଦେଇନଥିଲା ।

କ'ଣ ଦେଖାଉଥିଲେ ବାପା ? କ'ଣ କହିବାକୁ ଚାହିଁ ମଧ୍ୟ ସେ କହିପାରିନଥିଲେ ? ବାପାଙ୍କ କଷ୍ଟରେ ଚିପୁଡ଼ି ହେଉଯାଉଥିବା ମୁହଁ, ଦୁହଁ ହେଇଯାଉଥିବା ଦେହ ତା ଆଖି ଆଗରୁ ହଟୁନଥିଲା ।

ପନ୍ଦର ଦିନରେ ସେ ମଣ୍ଟୁ, ପିଣ୍ଟୁ ଆଉ କୁନୁକୁ ନେଇ ପୁରୀ ଭଡ଼ାଘରକୁ ଫେରିଲା । ସାନ ଦାଦା ଖୁଡ଼ୀ କିଛିଦିନ ରହିବା ପାଇଁ ସାଙ୍ଗରେ ଆସିଥିଲେ । କବାଟ ଖୋଲି ବାପାଙ୍କ ଶୋଇବା ଘର ଭିତରକୁ ପଶି ଡାକିଲା 'ବାପା' । ସତେ କି ବାପା ସେଇଠି ସାମ୍ନା ଚେୟାରରେ ବସି ଚଷମା ଲଗେଇ ବହି ପଢୁଛନ୍ତି । ହେଇ ତ— ପବନରେ ବାପା ମିଳେଇଗଲେ । ଥାକ ଉପରଟା ଦରାଣ୍ଡି ପକେଇଲା ଜୟନ୍ତୀ । ସବୁ ଥାକରେ ବହି ଭର୍ତ୍ତି ଥିଲା । ତଳ ଥାକରେ ଟେବୁଲ ଘଣ୍ଟା, ଭଗବତ ଗୀତା, ଭାଗବତ ବହି ତା ପାଖକୁ ପିଲାଙ୍କ ଖାତାର ବିଡ଼ା, କଲମ, ପେନ୍‌ସିଲ୍‌, କିଛି ଖୁଚୁରା ପଇସା, ଡାଏରୀ, ତା ପାଖରେ ଛୋଟ ପାନଡବା ପରି ଡବାଟିଏ । ଡବା ଖୋଲି ଅଞ୍ଜଳି ଦେଖିଲା ଚାରି ଚଉତା କାଗଜ ଖଣ୍ଡେ । କାଗଜଟି ଉଠାଇଲା ବେଳେ ତା ହାତ ଥରୁଥିଲା । ବାପାଙ୍କ ସୁନ୍ଦର ହସ୍ତାକ୍ଷରରେ ଲେଖାଥିଲା—

‘ମା’ ରେ, ମୁଁ ବୋଧେ ଆଉ ବେଶିଦିନ ବଞ୍ଚିବି ନାହିଁ। ତତେ କହିଲେ ତୁ ସହିପାରିବୁ ନାହିଁ। ସେଥିପାଇଁ ଲେଖିବାକୁ ପଡ଼ିଲା। ମୃତ୍ୟୁଚେତନା ମତେ ଗ୍ରାସ କରୁଛି। ଯୋଗାସନରେ ବସିଲା ବେଳେ ମଧ୍ୟ ଡାକରା ଶୁଭୁଛି ‘ଯିବାକୁ ପ୍ରସ୍ତୁତ ହୁଅ।’ ତୋ ମା’ର ମୁହଁ ସବୁବେଳେ ସାମ୍ନାରେ ଲାଖି ରହୁଛି। ବିଚାରୀଟା କେତେକାଳ ହେଲା ମତେ ଅପେକ୍ଷା କରି ଶୂନ୍ୟରେ ଘୂରୁଥିବ ? ଅରୁଣ ଭଲ ପିଲା, ତେବେ ତା’ର ନିଷ୍ଠା କେତେ ସେକଥା କାଳ କହିବ। ଆମେ ତାହା କଳନା କରିପାରିବା ନାହିଁ। ମୁଁ ଯେତିକି ସଂଚୟ ରଖିଛି ସେଥିରେ ତୋ ବାହାଘର, ତୋ ଭାଇମାନଙ୍କ ପାଠପଢ଼ାରେ କୌଣସି ଅସୁବିଧା ହେବନାହିଁ। ଗାଁରେ ଦାଦା ମାନଙ୍କୁ ଜମିରୁ ଭାଗ ମାଗିବ ନାହିଁ। ସେମାନଙ୍କ ସ୍ନେହଶ୍ରଦ୍ଧା ତମେମାନେ ସବୁଦିନ ପାଇବ। ମତେ ଝୁରିବୁ ନାହିଁ। ମୁଁ ତୋ ପାଖେ ପାଖେ ରହିବି। ଭାଇମାନଙ୍କୁ ଏକୁଟିଆ ଛାଡ଼ିଦେବୁ ନାହିଁ। ପୁରୀ ଜାଗାଟି ତୋ’ ପାଇଁ ରଖିଛି। ତୁ ତା’ର ମାଲିକାଣୀ। – ବାପା।

ଜୟନ୍ତୀ ଭୋ ଭୋ କାନ୍ଦି କାନ୍ଥରେ ମୁଣ୍ଡ ପିଟିଦେଲା। ଦାଦା ଖୁଡ଼ୀ ଦୌଡ଼ିଆସି ତାକୁ ଧରି ଖଟରେ ବସେଇଲେ। ବାପା ଜାଣିଥିଲେ ସେ ବଞ୍ଚିବେ ନାହିଁ !

ମାଡ଼ରେ ନୋଳା ଫଟେଇ ମଲମ ଘଷିଲା ପରି ଅଧ୍ୟାପିକା ଚାକିରୀର ଚିଠି ପହଞ୍ଚାଇଥିଲେ ଈଶ୍ୱର। ତା ସାଙ୍ଗରେ ଅରୁଣଙ୍କର ଏକୋଇଶଟି ଚିଠି ପଡ଼ିଶା ଘର ପିଲାଟି ଦେଇଗଲା। ବାଲେଶ୍ୱର ଏଫ୍. ଏମ୍ କଲେଜରେ ଯୋଗ ଦେବା ପାଇଁ ପ୍ରସ୍ତୁତ ହେଲା ଜୟନ୍ତୀ। ହାତରେ ମାତ୍ର ପାଞ୍ଚଦିନ ସମୟ। ଅରୁଣ ଏବେ ଦିଲ୍ଲୀରେ, ତିନିମାସ ଯାଇଥିଲେ କୋଚିଂ ପାଇଁ। ବାପାଙ୍କ ମୃତ୍ୟୁ ଖବର ତାଙ୍କୁ ଜଣା ନାହିଁ। ତାଙ୍କୁ ଚିଠି ଲେଖିବା ପାଇଁ ଜୟନ୍ତୀର ଇଚ୍ଛା ହେଲା ନାହିଁ। ବାପାଙ୍କ ସହ ତାର ସମସ୍ତ ଆବେଗ, କୋମଳ ଭାବନା ଶୂନ୍ୟରେ ମିଳେଇ ଯାଇଥିଲା। ଏବେ କେବଳ ଗୋଟିଏ ଚିନ୍ତା ମଣ୍ଟୁ, ପିଣ୍ଟୁ କୁନୁ– ତାଙ୍କ ପାଠପଢ଼ା ଓ ତାଙ୍କ ଭବିଷ୍ୟତ।

ମଣ୍ଟୁ, ପିଣ୍ଟୁଙ୍କୁ ପୁରୀରେ ହଷ୍ଟେଲରେ ରଖି ଦାଦା, ଖୁଡ଼ୀ ଆଉ କୁନୁକୁ ନେଇ ଜୟନ୍ତୀ ବାଲେଶ୍ୱର ଗଲା। କଲେଜ ପାଖାପାଖି ଘରଟିଏ ଠିକ୍ କରିଥିଲେ ରବି ମଉସାଙ୍କ ସାଙ୍ଗ ସନାତନ ମଉସା। ବଗିଚା ଭିତରେ ଦୁଇ ବଖୁରିଆ ଉପର ମହଲା ଘର। ତଳେ ଘର ମାଲିକଙ୍କ ଯୌଥ ପରିବାର। ଆଦୌ ଡର ଭୟ ନାହିଁ। ମାଲିକଙ୍କ ଘରର ତିନିଜଣ ପୁଅ ଏଫ୍.ଏମ୍ କଲେଜରେ ପଢ଼ନ୍ତି। ଜୟନ୍ତୀକୁ ସାହାଯ୍ୟ କରିବା ପାଇଁ ସେମାନେ ସବୁବେଳେ ପ୍ରସ୍ତୁତ।

ବାପା ଚାଲିଯିବାର ଦେଢ଼ମାସ ବିତି ସାରିଥିଲା । ଜୟନ୍ତୀ ଧୀରେ ଧୀରେ ନୂଆ ଜୀବନ ସାଙ୍ଗେ ଅଭ୍ୟସ୍ତ ହେବାକୁ ଆରମ୍ଭ କରିଥିଲା ।

ସେଦିନ ଥିଲା ରବିବାର, କଲେଜ ଛୁଟି । ଅରୁଣ ପହଞ୍ଚିଲେ ତା'ର ସେଇ ଭଡ଼ା ଘରେ । ସେ ପୁରୀ ଘରକୁ ଯାଇଥିଲେ, ସେଇଠି ଜାଣିଲେ ବାପା ଚାଲିଯିବା ଏବଂ ଜୟନ୍ତୀର ବାଲେଶ୍ବର ପୋଷ୍ଟିଂ କଥା । ଅରୁଣଙ୍କୁ ସାମ୍ନାରେ ଦେଖି ଜୟନ୍ତୀ କୋହ ଉଠେଇ କାନ୍ଦିବାକୁ ଲାଗିଲା । ଅରୁଣ ବି କାନ୍ଦି ପକେଇଲେ ।

ଅରୁଣ ଅଡିଟର ଚାକିରୀ ପାଇ ଭୁବନେଶ୍ବର ଏ.ଜି.ରେ ଯୋଗ ଦେଇଥିଲେ । ସେ ପର୍ଯ୍ୟନ୍ତ ଜୟନ୍ତୀ ଅରୁଣଙ୍କର କୌଣସି ଚିଠି ପଢ଼ିନଥିଲା । ତେଣୁ ତାଙ୍କ ଚାକିରୀ ପାଇବା କଥା ସେ ଜାଣନ୍ତା କେମିତି ? ସେଦିନ ରାତି ଦଶଟାରେ ଅରୁଣ ଫେରିଗଲେ । ତା ପର ଶନିବାର ଦିନ ଆସିଲେ । ଜୟନ୍ତୀକୁ ଦେଖିବାକୁ ଆସି ପୁଣି ସାଙ୍ଗ ଘରକୁ ଫେରିଗଲେ ।

ଦୁଇମାସ ଭିତରେ ଅରୁଣ ଆଠଥର ଆସିଥିଲେ, ଆଠଟି ଚିଠି ବି ଲେଖିଥିଲେ । ଆଶ୍ବାସନାଭରା ଚିଠି । କିନ୍ତୁ ଜୟନ୍ତୀ ଗୋଟିଏ ବି ଚିଠିର ଜବାବ ଦେଇନାହିଁ । ଏମିତିକି ଅରୁଣ ସାମ୍ନାରେ ବସିଥିବା ବେଳେ କେବଳ ଅଳ୍ପ କେତୋଟି ଔପଚାରିକ ବାକ୍ୟ ବିନିମୟ ବ୍ୟତୀତ ବିଶେଷ କିଛି କଥାବାର୍ତ୍ତା ହେଇନାହିଁ । କିଏ ତାର ଗଳା ସତେ କି ରୁନ୍ଧି ଦେଇଛି । ବାପାଙ୍କ ମୃତ୍ୟୁ ତାକୁ ପଥର କରିଦେଇଛି ।

ସେଦିନ ରବିବାର ସନ୍ଧ୍ୟାରେ ଅରୁଣକୁ ବିଦାୟ ଦେଲାବେଳେ ଜୟନ୍ତୀ କହିଲା, 'ଅରୁଣ, ଶୁଣ । ତୁମେ ମୋ କଥା ବୁଝିବାକୁ ଚେଷ୍ଟା କରିବ । ଆମେ ଯେତେବେଳେ ବାହାହେବା ପାଇଁ ନିଷ୍ପତି ନେଇଥିଲେ ପରିସ୍ଥିତି ଯାହା ଥିଲା, ଆଜି ଆଉ ସେପରି ନାହିଁ । ଏବେ ମତେ ମଣ୍ଟୁ, ପିଣ୍ଟୁ ଆଉ କୁନୁଙ୍କ ଛଡ଼ା କିଛି ଦିଶୁନାହିଁ । ମୁଁ କ'ଣ କହୁଛି ବୁଝିପାରୁଛ ତ ? ତୁମର ବି ଭଉଣୀମାନେ ଅଛନ୍ତି, ମା-ବାପା ଅଛନ୍ତି । ତେଣୁ ଯେଉଁମାନେ ଆମ ଉପରେ ନିର୍ଭର କରୁଛନ୍ତି ସେମାନଙ୍କ ପାଇଁ ଚିନ୍ତା କରିବାକୁ ହବ । ମୁଁ ମୋ ଛୋଟ ଭାଇ ତିନିଟାଙ୍କୁ ଅଧାବାଟରେ ଛାଡ଼ି ପାରିବିନି ।

କିଛି ସମୟ ଚୁପ୍ ରହି ଦୀର୍ଘ ନିଶ୍ବାସ ଛାଡ଼ି ଅରୁଣ କହିଲେ, 'ଠିକ୍ ଅଛି, ତୁମେ ଯାହା ସ୍ଥିର କରିବ ।' ଏତିକି କହି ଅରୁଣ ସିଡ଼ିରେ ବଡ଼ ବଡ଼ ପାହୁଣ୍ଡ ପକେଇ ଓହ୍ଲେଇଗଲେ ଓ ବଗିଚା ଟପି ପାଚେରୀ ସେପଟେ ଅଦୃଶ୍ୟ ହେଇଗଲେ । ଜୟନ୍ତୀ ସେମିତି ସ୍ତବ୍ଧ ହେଇ ଛିଡ଼ା ହେଇଥିଲା । ଲାଗୁଥିଲା ସତେ ଯେମିତି ଛାତି ଫାଟିଯିବ । ଏଇ କଥା କହିବ ବୋଲି ବାପା ଚାଲିଗଲା ଦିନରୁ ସେ ମନେ ମନେ ସାହସ

ଜୁଟଉଥିଲା । ତଥାପି ଏତେ କଷ୍ଟ ହେଉଛି କାହିଁକି ? କ'ଣ ସେ ଆଶା କରୁଥିଲା ଅରୁଣଙ୍କଠାରୁ ? ତାଙ୍କୁ 'ଯାଅନାହିଁ' କହିବାକୁ ଚାହୁଁଥିଲା; କିନ୍ତୁ ଗଳାରୁ ଶବ୍ଦ ବାହାରିଲା ନାହିଁ ।

xxx

'ଦେଇ, ଦେଇ, ଜଳଖିଆ ଥଣ୍ଡା ହେଇଯିବ । ତମ ନାତି ବ୍ୟସ୍ତ ହେଲାଣି ତମ ପାଇଁ ।' କବାଟରେ ଠକଠକ କରି ଡାକୁଥିଲା ଲିସା ।

'ହଁ, ପାଞ୍ଚ ମିନିଟ୍' କହି ଜୟନ୍ତୀ ଗାଧୁଆ ସାରି ବାହାରି ଆସିଲା ।

ଖାଇବା ଟେବୁଲରେ ବସିଥିଲା ବେଳେ ଅରୁଣଙ୍କ ଫୋନ୍ ଆସିଲା । 'କାଲି ତମେ ନଗଲେ ଚଳନ୍ତାନି ? ଆଉ ଦୁଇଦିନ ଅଟକିଯାଅ, ପ୍ଲିଜ୍ । ମୁଁ କାଲି ପାର୍କକୁ ଚାଲିବାକୁ ଯିବି ।'

''ହେଲେ ମୋର ତେଣେ କିଛି କାମ ଅଛି ।''

''ମାତ୍ର ଦୁଇଦିନ ।''

– ଠିକ୍ ଅଛି ।

– ''ଧନ୍ୟବାଦ । ରହୁଛି ତେବେ । କାଲି ପାର୍କରେ ଦେଖା ହବ ।'' ଅରୁଣ ଫୋନ୍ କାଟିଦେଲେ ।

ଅରୁଣଙ୍କ କଥାରେ ରାଜିହେଇ ଦୁଇଦିନ ଅଟକି ଯିବାଟା ଠିକ୍ ହେଲା ତ ?– ଫୋନ୍ ରଖିବା ପରେ ନିଜକୁ ପ୍ରଶ୍ନ କଲା ଜୟନ୍ତୀ ।

ଅରୁଣ ସାଙ୍ଗେ ସଂପର୍କ ବଢ଼େଇବ ନାହିଁ ବୋଲି ତାଙ୍କ ସାମ୍ନାରୁ ଛାଟିପିଟି ହେଇ ସେଦିନ ପଳେଇ ଆସିଥିଲା । ଅଥଚ ତାଙ୍କରି ପାଇଁ ଦି ଦିନ ଅଟକିଗଲା ! ସକାଳେ ଶୀଘ୍ର କାମ ସାରି ତରତର ହେଇ ପାର୍କକୁ ଗଲା ଜୟନ୍ତୀ । ଅଇନାରେ ନିଜ ଶାଢ଼ୀକୁ ଦେଖି ନିଜେ ହସିପକେଇଲା । କେତେ ବିଚିତ୍ର ମଣିଷର ମନ ।

ଓ୍ୱାଇନ୍ ରଙ୍ଗର ଶାଢ଼ୀ କାଲେ ଜୟନ୍ତୀକୁ ଖୁବ୍ ଭଲ ମାନେ– ଏକଥା ଅରୁଣ କେତେଥର କହିଥିଲେ । ନିଜର ପସନ୍ଦ ସେୟା ହେଉ ବା ଅଜାଣତରେ ଅରୁଣଙ୍କ ପସନ୍ଦକୁ ଆଦରି ନେବା ହେଉ, ଅନେକ ଓ୍ୱାଇନ୍ ରଙ୍ଗର ଡ୍ରେସ୍ ଆଉ ଶାଢ଼ୀ ଜୟନ୍ତୀ ପିନ୍ଧୁଥିଲା । ଆଜି ବି କ'ଣ କରିଛି ସେ ? ସବୁଦିନ ଡ୍ରେସ୍ ପିନ୍ଧି ଚାଲିବାକୁ ଯାଏ ଅଥଚ ଆଜି ଅରୁଣଙ୍କ ପସନ୍ଦର ଶାଢ଼ୀ ପିନ୍ଧିଛି । ନା ନା, ମିଛ କଥା ଏସବୁ । ସେ ତ ବେଲେବେଲେ ଶାଢ଼ୀ ପିନ୍ଧି ପାର୍କକୁ ଯାଏ । ଜୋତା ଖୋଲି ଖାଲି ଗୋଡ଼ରେ ପାର୍କସାରା ବୁଲେ । ପୁଣି ନିଜ ମନକୁ ଭୁଲେଇ ଦେଲା । ତାକୁ ଶାଢ଼ୀ ଭଲ ଲାଗେ, ଏଇ ରଙ୍ଗ ବି

ତା'ର ପସନ୍ଦ । ଯେଉଁ ମଣିଷକୁ କାହିଁ କେତେ ଯୁଗ ତଳେ ଛାଡ଼ି ଆସିଛି, ତାଙ୍କ ସାଙ୍ଗେ ତାର ବା କ'ଣ ଆଉ ସମ୍ପର୍କ ! ଆଜି ଅରୁଣଙ୍କ ସ୍ତ୍ରୀ ବଞ୍ଚିଥିଲେ ହୁଏତ ଅରୁଣ ତାକୁ ଆଉ ଦୁଇଦିନ ଅଟକିବାକୁ କହିନଥାନ୍ତେ ।

ପାର୍କର ମେନ୍ ଗେଟ୍‌ରେ ଅରୁଣ ଅପେକ୍ଷା କରିଥିଲେ, ମୁଣ୍ଡରେ କ୍ୟାପ୍ ନଥିଲା କି ଆଖିରେ ଚଷମା । ନୀଳରଙ୍ଗର ସାର୍ଟ ପିନ୍ଧିଥିଲେ ସେ । ଜୟନ୍ତୀ ଚମକି ପଡ଼ିଲା । କେବେ ଥରେ ଜୟନ୍ତୀ କହିଥିଲା, 'ତମେ ନୀଳରଙ୍ଗର ସାର୍ଟରେ ଖୁବ୍ ସ୍ମାର୍ଟ ଆଉ ହ୍ୟାଣ୍ଡସମ୍ ଦିଶ ।' ଆଜି ତାଙ୍କୁ ନୀଳରଙ୍ଗର ସାର୍ଟରେ ଦେଖି ଜୟନ୍ତୀ ବଡ଼ ବଡ଼ ଆଖିରେ ଚାହିଁଲା । ଭିତରେ ଛାତି ଧଡ଼ପଡ଼ ହେଉଥିଲା । ପରକ୍ଷଣରେ ଜୟନ୍ତୀ ନିଜକୁ ବୁଝେଇଲା– ଏସବୁ କାକତାଳୀୟ ହେଇପାରେ । ତାକୁ ଏତେ ଗମ୍ଭୀରତାର ସହ ଚିନ୍ତା କରିବାର ପ୍ରୟୋଜନ ନାହିଁ ।

– 'ଆସ, ମୁଁ ଭାବିଲି ତମେ ଚାଲିଯାଇଥିବ ବୋଧେ । ମୋ କଥା ରଖିଲ, ଧନ୍ୟବାଦ ।'

– ଦୁଇଦିନ ଅଛି ।

– ଭଲ, ଆଉ ଚାରି ଘଣ୍ଟା ତମ ସାଙ୍ଗେ ଦେଖା ହେଇପାରିବ– ଯୁବକ ସୁଲଭ ହସ ହସି ଅରୁଣ କହିଲେ ।

ଦି'ଜଣ ମୁହଁ ପୋତି ସାଙ୍ଗେ ହେଇ ଚାଲୁଥିଲେ ।

– ଜଳଖିଆ ଖାଇଛ ?– ଅରୁଣ ନୀରବତା ଭଙ୍ଗ କଲେ ।

– ନା, ଚା ବିସ୍କୁଟ୍ ଖାଇ ଆସିଛି, ଗଲେ ଖାଇବି । – କହି ମନେ ମନେ ଜୟନ୍ତୀ ଭାବିଲା କେବଳ କଥା ଆରମ୍ଭ କରିବାକୁ ଅରୁଣ ଏମିତି ପ୍ରଶ୍ନ କଲେ । ନହେଲେ ଏତେ ସକାଳୁ କିଏ କ'ଣ ଜଳଖିଆ ଖାଏ ? ମନେ ମନେ ହସିଲା ଜୟନ୍ତୀ ।

ଅରୁଣ କେତେ କ'ଣ ଗପୁଥିଲେ । ତାଙ୍କ ଚାକିରୀ, ପୁଅ ଝିଅ, ଘର, ଗାଁରେ ଦାଦା ପୁଅମାନଙ୍କ ସହ ଜମିବାଡ଼ି ନେଇ ମନାନ୍ତର ଓ ସନ୍ତସ୍ତାପ, ତାଙ୍କ କଲୋନୀରେ ଲକ୍ଷ୍ମୀନାରାୟଣଙ୍କ ମନ୍ଦିର ତିଆରି, ନୀଳ (ତାଙ୍କ ପାଖରେ ରହୁଥିବା ଯୁବକ)ର ସୋରିଷ ମସଲା ଦିଆ ଅଣ୍ଡା ତରକାରୀ– ଜୟନ୍ତୀ ସବୁ ଶୁଣୁଥିଲା । କହୁଥିଲା କମ୍ । ତାକୁ ଲାଗୁଥିଲା ଅରୁଣଙ୍କର ଜଣେ ଶ୍ରୋତା ଦରକାର, ଯିଏ କେବଳ ତାଙ୍କ କଥା ମନଯୋଗ ଦେଇ ଶୁଣିବ । ଏବେ ଦୁଇଦିନ ପାଇଁ ଜୟନ୍ତୀ ସେମିତି ଜଣେ ଶ୍ରୋତା ।

– ଏବେ ତମେ କିଛି କୁହ । ତମର ବୁଢ଼ୀ, ମଣ୍ଟୁ, ପିଣ୍ଟୁ, କୁନୁ...

– ସମସ୍ତେ ଭଲ ଅଛନ୍ତି । ମଣ୍ଟୁ, ପିଣ୍ଟୁ ଖଡ଼ଗପୁର ଆଇ.ଆଇ.ଟି.ରେ ପ୍ରଫେସର,

କୁନୁ ଲଣ୍ଡନରେ। ତ୍ରୁଷ୍ଟ କାମ ମଧ୍ୟ ଚାଲିଛି। ଆସନ୍ତା ଏପ୍ରିଲ୍‌ରେ ଆମର ବାର୍ଷିକ ଉତ୍ସବ, କାର୍ଡ଼ ପଠେଇବି। ଆସିବ।

– ନିଶ୍ଚୟ। ପୁରୀରେ ହେବ ବୋଧେ ?

– ହଁ, ବାପା ବଡ଼ ଜାଗାଟିଏ କିଣିଥିଲେ। ଆମେ ଛୋଟ ଥିଲାବେଳେ ତାଙ୍କର ଜଣେ ପୂର୍ବତନ ଛାତ୍ର ଆଉ ସେ ସମୟର କଲେକ୍ଟର ସୁବିଧା ଦରରେ ବାପାଙ୍କୁ ଜମିଟି କିଣେଇ ଦେଇଥିଲେ। ଏବେ ତା ସାମ୍ନାରେ ମେନ୍‌ରୋଡ଼, ଦୋକାନ ବଜାର ମଝିରେ ସେ ଜାଗା। ତେଣୁ ସେଠି ମାର୍କେଟ୍ କଂପ୍ଲେକ୍ସଟିଏ ତିଆରି କରିଛି। ଯାହା ପଇସା ଆସୁଛି ସେଥିରେ ତ୍ରୁଷ୍ଟର ସମସ୍ତ ଖର୍ଚ୍ଚ ଭଲରେ ଉଠିଯାଉଛି। କୁନୁ ତ ଲଣ୍ଡନରେ, ସେ ବି ଟଙ୍କା ପଠଉଛି। ମଣ୍ଟୁ ପିଣ୍ଟୁ ଫଙ୍କ୍‌ସନ୍ ବେଳେ ଆସି ଖୁବ୍ ସାହାଯ୍ୟ କରନ୍ତି।

– ଖୁବ୍ ଭଲ। ତମେ କେତେ କାମ ସବୁ କରିପାରିଲ। ମୁଁ କିଛି ପାରିଲି ନାହିଁ। ନିଜ ସଂସାର କଥା ବୁଝୁ ବୁଝୁ ସମୟ ସରିଗଲା।– ଦୀର୍ଘ ନିଶ୍ୱାସ ନେଇ ଅରୁଣ କହିଲେ।

– ସରିନାହିଁ। ଏବେ ଚାହିଁଲେ କରିପାରିବ। ତମେ ଅନ୍‌ଲାଇନ୍ ମେସେଜ୍‌ରେ ପଢ଼ିଥିବ, ଷାଠିଏ ପରେ ଜୀବନ ଆରମ୍ଭ ହୁଏ।– କଥା ହାଲୁକା କରିବାକୁ ଜୟନ୍ତୀ କହିଲା। ଅରୁଣ ତା ମୁହଁକୁ ଚାହିଁ ହୋ ହୋ ହେଇ ହସିଲେ। ଜୟନ୍ତୀ ଟିକେ ଅପ୍ରସ୍ତୁତ ହେଇଗଲା।

– ଆଉ ତମର ଲେଖାଲେଖି ? ପୁଣି ଜୟନ୍ତୀ ପଚାରିଲା।

– ଆଉ ଲେଖିପାରିଲି କେଉଁଠୁ ? ସେସବୁ ଗତଜନ୍ମର କଥା।– ଟିକିଏ ରହି ଅରୁଣ କହିଲେ, 'ତମର କ'ଣ ସେଇ ବିଶ୍ୱାସ, ଷାଠିଏ ବର୍ଷ ବୟସ ପରେ ବି ନୂଆ କାମ କିଛି ଆରମ୍ଭ କରିହେବ ?'

– ହଁ, କାହିଁକି ନୁହେଁ ? ଅନେକ ଉଦାହରଣ ଅଛି। ତମେ ବି ପାରିବ।

– ହୁଁ, ତମ ସାଙ୍ଗେ ଦେଖାହେଲା ପରେ ମତେ ବି ଲାଗୁଛି। ଅରୁଣ କହିଲା। ଏତିକିବେଳେ ଜୟନ୍ତୀର ଫୋନ୍ ଆସିଲା।

– ଅରୁଣ, ମୁଁ ଏବେ ଯିବି। ବହୁତ ଚାଲିଲିଣି, ଲିସା ତେଣେ ବ୍ୟସ୍ତ ହେଲାଣି। ମୁଁ ନଗଲେ ସେ ଖାଇବନି।– କହି ଜୟନ୍ତୀ ଫେରିବାକୁ ପାଦ ବଢ଼େଇଲା। ନିଜ ଆଚରଣରେ ଜୟନ୍ତୀ ଆଶ୍ଚର୍ଯ୍ୟ ହେଇଯାଉଥିଲା। ଅରୁଣ କ'ଣ କହିବାକୁ ଚାହୁଁଥିଲେ ପୁରା ଶୁଣି ନସାରି ସେ ଚାଲି ଆସିଲା। ଏମିତି ଜରୁରୀ କିଛି କାମ ବି ତାର ନଥିଲା।

ସେ କ'ଣ ଭୟ କରୁଛି– ଅରୁଣ ଏମିତି କିଛି କହିବେ ଯାହା ସେ ଗ୍ରହଣ କରିପାରିବ ନାହିଁ ?

ସାରା ଦିନଟା ଜୟନ୍ତୀ ଅବସାଦରେ ବିତେଇଲା । ସବୁ ତ ଠିକ୍ ଚାଲିଥିଲା । ଏଇ ପଇଁତିରିଶ ବର୍ଷ ଭିତରେ ତା ମନର ସମସ୍ତ କୋମଳ ଭାବନା ମରିସାରିଛି, ତା ସହିତ ଅରୁଣଙ୍କ ପାଇଁ ଦୁର୍ବଳତା ବି । ସେ ଆଜି ସକାଳୁ ଚାଲିଯାଇଥିଲେ ଭଲ ହେଇଥାନ୍ତା । କାହିଁକି ଯାଇପାରିଲା ନାହିଁ ବୋଲି ନିଜକୁ ପଚାରିଲେ କ'ଣ ଉତ୍ତର ମିଳିବ ? ସେ ବି କ'ଣ ମନେ ମନେ ଚାହୁଁଥିଲା ଅରୁଣଙ୍କ ସାଙ୍ଗରେ କିଛି ସମୟ ବିତେଇବାକୁ ? ଏବେ ବି କ'ଣ ଅରୁଣଙ୍କୁ ସେ ଭଲପାଏ ?– ଏ ପ୍ରଶ୍ନରେ ଜୟନ୍ତୀ ମୁଣ୍ଡ ହଲେଇଲା– ନା, ଆଦୌ ନୁହେଁ ।

ତା ପରଦିନ ସକାଳେ ନିଜ ଭାଙ୍ଗିଲା ବେଳକୁ ଝରକା ଦେଇ ଖରା ପଡ଼ିଲାଣି । କାଲି ଆଲାର୍ମ ଦେବାକୁ ଭୁଲିଯାଇଥିଲା । ତରତର ହେଇ ଗାଧୁଆ ଘରେ ପଶିଲା ବେଳକୁ ଅରୁଣଙ୍କ ଫୋନ ଆସିଲା । ଫୋନ୍ ନଧରି ସେ ଗାଧୁଆ ଘରକୁ ଯାଇ ଗାଧୁଆ ସାରିଲା, ଡ୍ରେସ୍ ପିନ୍ଧି ଜୋତାର ଫିତା ବାନ୍ଧିଲା । ରାସ୍ତାକୁ ଆସି ଅରୁଣଙ୍କୁ ଫୋନ୍ କଲା ।

– ଫୋନ୍ କରିଥିଲ ଯେ ?

– ହଁ, ତମେ କ'ଣ ଆଜି ଆସିବନି ?

– ଏବେ ଯାଉଛି । ଶୋଇପଡ଼ିଥିଲି । ତମେ ଅଛ ନା ଫେରିଗଲଣି ?

– ନା ଅଛି । ତମକୁ ଅପେକ୍ଷା କରୁଛି । ଶୀଘ୍ର ଆସ ।

ମନେ ମନେ ହସିଲା ଜୟନ୍ତୀ । ଅରୁଣଙ୍କ ଅପେକ୍ଷା କରିବା କଥାଟା ତାକୁ ଆମୋଦିତ କଲା । ଜୟନ୍ତୀ ମନେ ମନେ କହିଲା, 'ଅରୁଣର ମନକଥା ଯଦି ପଢ଼ି ପାରନ୍ତି !' ତାଙ୍କ ସଙ୍ଗେ ସମ୍ପର୍କ ବଢ଼େଇବାକୁ ସେ ଚାହେଁନା, କିନ୍ତୁ ସେ ଦୁଇଦିନ ଅଟକି ରହିଲା କାହିଁକି ? ବିପତ୍ନୀକ ଅରୁଣଙ୍କ ପ୍ରତି ଦୟା ଯୋଗୁ ନା ତା ଅବଚେତନର ଦୁର୍ବଳତା ଯୋଗୁ ! ନିଜକୁ ଆକଟ କଲା ଜୟନ୍ତୀ । ଦୁର୍ବଳତା ଥିଲେ ବି ସେ ତାକୁ ପ୍ରଶ୍ରୟ ଦେବନାହିଁ । ଯେଉଁଦିନ ଅରୁଣଙ୍କ ଉପସ୍ଥିତି, ତାଙ୍କର ସହଯୋଗ ସେ ଲୋଡ଼ୁଥିଲା ସେଦିନ ସେ ତାକୁ ପଛ କରି ଚାଲିଗଲେ । ଆଉ ଆଜି ତାଙ୍କର ଉପସ୍ଥିତି ସେ କାହିଁକି କାମନା କରିବ ?

ଏତେ ବର୍ଷ ଧରି ଯେଉଁ ଭାବଟିକୁ ସେ ସମାଧି ଦେଇସାରିଛି ପୁଣି ସେଇ ଖିଅଟି ଧରିବା ପାଇଁ କାହିଁକି ହାତ ବଢ଼େଇବ ? କାଲି ସକାଳୁ ସେ ଫେରିଯିବ ।

କେତେ ନୂଆ ନୂଆ ଯୋଜନା ସେ କରିଛି ଗାଁ ପାଇଁ। ପିଲାଙ୍କ ପାଇଁ ମାଗଣା କୋଚିଙ୍ ସେଣ୍ଟର, ଛୋଟ ଲାଇବ୍ରେରୀ, କଲ୍ୟାଣ ମଣ୍ଡପ, ହେଲ୍ଥ ସେଣ୍ଟର, ଝିଅମାନଙ୍କ ପାଇଁ ମାଗଣା କ°ପ୍ୟୁଟର ଟ୍ରେନିଂ– ଆହୁରି କେତେ କାମ। ସରକାରଙ୍କଠୁ କିଛି ସାହାଯ୍ୟ ନନେଇ ଏସବୁ କାମ ପାଇଁ ଆୟ ବ୍ୟୟର ହିସାବ କରିବାକୁ ହେବ।

ପାର୍କ ଗେଟ୍ ପାଖରେ ଅରୁଣ ତାକୁ ଅପେକ୍ଷା କରି ଛିଡ଼ା ହେଇଥିଲେ। ଦି'ଜଣ ଚାଲିବା ବେଳେ ଅରୁଣ କହିଲେ, 'ତମେ ଯେଉଁ କାମ ସବୁ କରୁଛ ମୁଁ ସେଥିରେ କିଛି ସାହାଯ୍ୟ କରିପାରିବି ?'

– କି ସାହାଯ୍ୟ ? ଆର୍ଥିକ ? ନା, ମୁଁ ସରକାରଙ୍କଠୁ ବି ସାହାଯ୍ୟ ନେଉନାହିଁ। ତା'ଛଡ଼ା ମୋର ଅଧିକାଂଶ କାମ ଆମ ଗାଁ ଆଖପାଖରେ ନହେଲେ ପୁରୀରେ। ସେଥିପାଇଁ ଗାଁର ପିଲାମାନେ ବି କାମରେ ଲାଗିଯାଉଛନ୍ତି। କିଛି ଅସୁବିଧା ନାହିଁ। ମାସକୁ ତିନିଲକ୍ଷ ଟଙ୍କା ଦୋକାନ ଭଡ଼ା ଆସୁଛି। ଆଉ କ'ଣ ଦରକାର ? ମଣ୍ଟୁ, ପିଣ୍ଟୁ, କୁନୁ ସମସ୍ତେ ଉତ୍ସାହୀ। ଟ୍ରଷ୍ଟ ପାଇଁ ଟଙ୍କା ଦେବାକୁ କାହାର କୁଣ୍ଠା ନାହିଁ।

– ତଥାପି ?

– ଏବେ ଥାଉ। ଦରକାର ହେଲେ ମୁଁ ନିଜେ କହିବି।– ଜୟନ୍ତୀର ସ୍ୱର ଟିକେ କଠୋର ପରି ତା ନିଜକୁ ମନେହେଲା। ପୁଣି ନିଜକୁ ବୁଝେଇଲା, କାହିଁକି ସେ ଅରୁଣଠୁ ସାହାଯ୍ୟ ନେବ ? ଶେଷ ସାକ୍ଷାତର ଦିନ କେତେ ବ୍ୟାକୁଳ ହେଇ ସେ ଅରୁଣଙ୍କଠାରୁ ପଦଟିଏ କଥା ଶୁଣିବାକୁ ଚାହୁଁଥିଲା। ସେଇ ପଦେ ଯଦି ଅରୁଣ କହିପାରିଥାନ୍ତେ ଆଜି ତାକୁ ତପସ୍ୱିନୀର ଜୀବନ ଜୀଇଁବାକୁ ପଡ଼ୁନଥାନ୍ତା। ସେ ଦିନର ବିଦାୟ ପରେ ଚିଠି ଖଣ୍ଡେ ତ ଲେଖିଲେ ନାହିଁ। ତାଙ୍କ ଚିଠିକୁ ଅପେକ୍ଷା କରି ଦୁଇ ମାସ ପରେ ସେ ତାଙ୍କୁ ଚିଠି ଲେଖିଥିଲା। ଅରୁଣ ସେଇଟି ପାଇଲେ କି ନାହିଁ ଜଣାନାହିଁ। ତାଙ୍କ ନିରବତା ସହିତ ତାଙ୍କୁ ନେଇ ସବୁ ଆବେଗ, ସବୁ ସ୍ମୃତିକୁ ଜୟନ୍ତୀ ସମାଧି ଦେଇ ସାରିଛି।

ବୟସ ଗଡ଼ିଯିବା ପର୍ଯ୍ୟନ୍ତ ଅନେକ ବିବାହ ପ୍ରସ୍ତାବ ଆସିଥିଲା, କେତେ ଯୁବକ ପ୍ରୌଢ଼ ଅନ୍ତରଙ୍ଗ ହେବାକୁ ଚେଷ୍ଟା କରିଛନ୍ତି। କିନ୍ତୁ ସେ ସମସ୍ତଙ୍କଠାରେ ଅରୁଣକୁ ଦେଖିଛି। ତାକୁ ଦିଶିଯାଇଛି ଗୋଟାଏ ମିଥ୍ୟାବାଦୀ ସ୍ୱାର୍ଥପର ମଣିଷର ଚେହେରା। ସେ ସେମାନଙ୍କଠାରୁ ନିରାପଦ ଦୂରତାରେ ରହିଆସିଛି।

– ତମେ କାଲି କେତେବେଳେ ଯିବ ?

– ଜାଣେନା। ଜ୍ଡାଇଁ ଆଉ ଲିସା ଯିବେ ମୋ ସାଙ୍ଗରେ। ଭାବୁଛି ସକାଳୁ

ଚାଲିଯିବି ।– ଜାଣି ଜାଣି ମିଛ କହିଲା ଜୟନ୍ତୀ । ସେ ଏକା ଯିବ ଟ୍ରେନ୍‌ରେ । ଟିକେଟ୍ କଟା ସରିଛି । ସେ କ'ଣ ଭୟ କରୁଥିଲା କାଲେ ଅରୁଣ ସଖ୍ୟ ଦେବାପାଇଁ ଯିବାକୁ ଚାହିଁବେ । ସେ ଚାହାନ୍ତୁ କି ନଚାହାନ୍ତୁ ଜୟନ୍ତୀ ତାଙ୍କ ସଖ୍ୟ ଚାହେଁନାହିଁ । ଯାହାର ଆଶା ଅନେକ ଦିନୁ ଛାଡ଼ିଛି ତାଙ୍କ ସହ ସଂପର୍କ ରଖିବା ପାଇଁ ତାର ଇଚ୍ଛା ନାହିଁ ।

– ପୁଣି କେବେ ଆସିବ ?

– ଦେଖାଯାଉ କେବେ ପୁଣି ସୁଯୋଗ ମିଳିବ । ଏଇ ତ ପୁରା ଛ' ମାସ ପରେ ଆସିଲି ।

– ଆସିଲେ ମତେ ଫୋନ୍ କରିବ । ତମେ ଆସିଲେ ପୁଣି ମୁଁ ଏ ପାର୍କକୁ ଆସିବି ।

– ନିଶ୍ଚୟ । ମୁଁ ଏବେ ଆସୁଛି ।– ଗେଟ୍ ବାହାରେ ପାଦ ରଖିଲା ଜୟନ୍ତୀ ।

ଫେରିବା ବାଟରେ ଭାବୁଥିଲା ଅରୁଣ ନିଶ୍ଚୟ ତା'ର ପୂର୍ବର ବ୍ୟବହାର ଆଉ ଆଜିର ଆଚରଣରେ ଫରକ ବାରିପାରୁଥିବେ । ତା'ହେଲେ ସେ କାରଣ ବି ତ ଜାଣିଥିବେ । ପଇଁତିରିଶ ବର୍ଷ ତଳେ ଅରୁଣ କଥା ଦେଇଥିଲେ ଅପେକ୍ଷା କରିବେ, ସାରା ଜୀବନ ପାଇଁ ହେଉ ପଛେ । କିନ୍ତୁ ସେଇ ମଣିଷ ଓ.ଏ.ଏସ୍. ପାଇବା ପରେ, ଜୟନ୍ତୀ ସାଙ୍ଗରେ ଶେଷ ଦେଖାହେବାର ମାତ୍ର ଦେଢ଼ବର୍ଷରେ ବାହା ହେଇଗଲେ, ତାକୁ ଜଣେଇଲେ ବି ନାହିଁ ।

ସେଦିନ ଅରୁଣ ବିଦାୟ ନେବା ପୂର୍ବରୁ ଯଦି କହିଥାନ୍ତେ, 'ତମକୁ ଏକୁଟିଆ ଏତେ ଦାୟିତ୍ୱ ମୁଁ ଦେଇପାରିବି ନାହିଁ । ଆମେ ଦି'ଜଣ ଦୁଇଟା ସଂସାରର ଦାୟିତ୍ୱ ନେବା ।' ବାସ୍, ସେତିକି କହିଥିଲେ ଜୟନ୍ତୀ ତାଙ୍କ ଛାତିରେ ଲୋଟିପଡ଼ିଥାନ୍ତା । କହିପାରିଥାନ୍ତେ 'ତମ ବାପାଙ୍କୁ କଥା ଦେଇଥିଲି ପୃଥିବୀର ସମସ୍ତଙ୍କଠୁ ବେଶୀ ତମକୁ ଭଲ ପାଇବି । ତମ ଆଖିରେ ଲୁହ ଦେଇ ମୁଁ ତମଠୁ ଦୂରକୁ ଯାଇପାରିବି ନାହିଁ ।'

କିଛି ବି ତ କହିଲେ ନାହିଁ ଅରୁଣ । ସେଦିନ ନୁହେଁ କି ତା' ପରେ କେବେ ବି ନୁହେଁ । ପ୍ରତିଦିନ ଅପେକ୍ଷା କରିଛି କେବେ ଅରୁଣ ଆସି କହିବେ ସେଇ କଥା ପଦେ ! ହେଲେ– ତାଙ୍କ ବାହାଘର କଥା ବି ଅରୁଣ ତାକୁ ଜଣେଇଲେ ନାହିଁ । ବୁଦ୍ଧିମାନ ସେ, ଜଣାଇବାକୁ ଉଚିତ ମନେ କରିନଥିବେ ।

ଘରେ ପହଞ୍ଚି ଲିସାକୁ କହିଲା ଜୟନ୍ତୀ, 'ଡ୍ରାଇଭରକୁ କହିବୁ ଘଣ୍ଟାଏ ପରେ

ଟିକେ ଯିବ ମୋ ସାଙ୍ଗେ ବଜାର। ଆଉ ଗୋଟାଏ ଅଲଗା କଂପାନୀର ସିମ୍ ନେବି। ଏଥିରେ ଅଧିକାଂଶ ଦିନ ନେଟ୍‌ୱାର୍କ ପ୍ରବ୍ଲେମ୍।'

– ତମେ କ'ଣ ସତରେ କାଲି ପଳେଇବ ?

– ଆଉ କ'ଣ ଝିଅ ଘର ଭାତ ବସି ବସି ଖାଉଥିବି ?

– ସେମିତି କୁହନି ଦେଇ। ତମେ ଅଛ ବୋଲି କେତେ ଭଲ ଲାଗୁଛି, ପଳେଇଲେ ଘର ଶୂନ୍‌ଶାନ୍।

– ନାହିଁରେ ମା, ତେଣେ ବହୁତ କାମ। ପୁଣି ଆସିବି ଶୀଘ୍ର। ପକ୍କା। ଲିସା ଫିକ୍‌କରି ହସିଦେଲା।

ଜୟନ୍ତୀ ତା ରୁମ୍‌କୁ ଯାଇ ଅରୁଣଙ୍କ ଫୋନ୍ ନମ୍ବର ବ୍ଲକ୍ କରିଦେଲା। ଏ.ସି ଚଲେଇ ଖଟ ଉପରେ ଚିତ୍ ହେଇ ଶୋଇଗଲା। ଆଖି ବୁଜି ଅରୁଣ ଉଦ୍ଦେଶ୍ୟରେ କହିଲା– ବିଦାୟ ଅରୁଣ। ତମେ ଧୂମକେତୁ ପରି ଆସିଥିଲ। ସେମିତି ଧୂମକେତୁ ପରି ଆକାଶରେ ମିଳେଇ ଯାଅ। ତମ ସ୍ମୃତି ମୁଁ ଧରି ରଖିବାକୁ ମୁଁ ଚାହେଁନାହିଁ। ମୋ ସଂସାରରେ କି ଜୀବନରେ ତମର ଆଉ ସ୍ଥାନ ନାହିଁ।

ବିଭକ୍ତ ଜୀବନ

ସନ୍ଧ୍ୟା ସାଢ଼େ ସାତଟା ବେଳେ ଘରେ ପହଞ୍ଚିଲେ ଅନିମା । ମୁଣ୍ଡଟା ବିନ୍ଧି ଫାଟି ପଡ଼ିଲା ପରି ଲାଗୁଥିଲା । ଦିନସାରା କାମ ଭିତରେ ଖାଇବାକୁ ସୁବିଧା ହେଇପାରିଲା ନାହିଁ । ମଝିରେ ଖାଲି ଦି'ଟା ବିସ୍କୁଟ ସାଙ୍ଗରେ କପେ କଫି ପିଇଥିଲେ । ଭାବିଲେ ଏବେ ଅଛ ଟିକେ କଣ ଖାଇଦେଇ ଶୋଇପଡ଼ିବେ । ସୁରେଶ ନାହାନ୍ତି, ଦି'ଦିନ ହେଲା ଦିଲ୍ଲୀ ଯାଇଛନ୍ତି । ତେଣୁ ରୋଷେଇ ଝମେଲା ନାହିଁ ।

ଘର ଫୋନ୍ ରିଙ୍ଗ୍ ହେଲା, ସୁରେଶ ହୋଇଥିବେ ।

ମିଠିର ଫୋନ, ''ମାମା, କେତେଥର ଫୋନ୍ କଲିଣି ଜାଣୁ ? ତୋ ଫୋନର ବ୍ୟାଟେରି ଡାଉନ୍ ବୋଧେ, ସ୍ୱିଚ୍ ଅଫ୍ ଦେଖଉଛି । ଛାଡ଼, ସବୁବେଳେ ତୋର ସେଇ ଅଭ୍ୟାସ । ମେଲ୍ ବକ୍ସ ଶୀଘ୍ର ଖୋଲ୍, ସଙ୍ଗେ ସଙ୍ଗେ ରିପ୍ଲାଇ କରିବୁ । ଅପେକ୍ଷା କରୁଛି, ରହିଲି ।'' ଫୋନ୍ କଟିଗଲା ।

ମିଠି ସବୁବେଳେ ଏମିତି, ଛୋଟ କଥାରେ ଖୁବ୍ ବ୍ୟସ୍ତ ହୋଇଯାଏ, ଲମ୍ବା ଇ- ମେଲ୍ ପଠାଏ । କେବେ ବାବା କି ମାମା ଉପରେ ରାଗିଗଲେ ମୁହଁରେ କିଛି ନକହି ଚିଠିରେ ସବୁ ଅଭିଯୋଗ ଲେଖି ପକାଏ । ଅନିମାଙ୍କର ମନେ ଅଛି, ମିଠି ସାନ ଥିଲାବେଳେ ଥରେ ଚିକେନ୍ ରାନ୍ଧିବାକୁ କହିଥିଲା । ସନ୍ଧ୍ୟାବେଳେ ଚିକେନ୍ କିଣି ଅନିମା ଘରକୁ ନେଲେ, ହେଲେ ଗାଁରୁ କୁଣିଆ ଆସି ପହଞ୍ଚିଗଲେ । ତେଣୁ ସମସ୍ତଙ୍କ ପାଇଁ ଚିକେନ୍ ପାଇବ ନାହିଁ ଭାବି ସେଦିନ ମାଛ ରାନ୍ଧିଥିଲେ । ଚିକେନ୍ ତା' ପରଦିନ ରାନ୍ଧିବା ପାଇଁ ରଖିଦେଲେ । ପରଦିନ ସକାଳୁ ଅନିମାଙ୍କ ତକିଆ ତଳେ ଗୋଟାଏ ତିନି ପୃଷ୍ଠାର ଚିଠି । ସେଥିରେ ଅନେକ ଅଭିଯୋଗ ସାଙ୍ଗକୁ ଲେଖାଥିଲା- 'ଗୋଟିଏ ମାତ୍ର ପିଲାର ଖୁସି ପାଇଁ ମା' ଚିକେନ୍ ରାନ୍ଧି ପାରିଲା ନାହିଁ । ଗାନ୍ଧାରୀ କେମିତି ତାଙ୍କ ଶହେ

ପୁଅଙ୍କ କଥା ବୁଝୁଥିଲେ ?' ସେଦିନ ମିଠିକୁ ଅନିମା ବୁଝେଇଥିଲେ, ଗାନ୍ଧାରୀଙ୍କ ପାଖେ କାମ କରିବା ଲାଗି ଲୋକ ଅନେକ ଥିଲେ, ମିଠିର ମାମା ପାଖରେ ସାହାଯ୍ୟ କରିବାକୁ କେହି ଜଣେ ବି ନାହିଁ। ମିଠି ବୁଝିଯାଇଥିଲା।

ମେଲ୍ ବକ୍ସରେ ଗୋଟେ ଲମ୍ବା ଚିଠି।

'ମାମା ! ମୋ କଥା ମନଦେଇ ଶୁଣ। ପାଖରେ ଥିଲେ ମଧ୍ୟ ଏକଥା ଠିକ୍ ଠିକ୍ କହିପାରିନଥାନ୍ତି। ଏ ଚିଠି ଲେଖିବାକୁ ସ୍ଥିର କଲି। ବାବା ଦିଲ୍ଲୀରେ ବ୍ୟସ୍ତ ଥିବେ, ତେଣୁ ତତେ କହୁଛି।'

ମିଠି ତା' ବାବାଙ୍କୁ ସବୁକଥା ଖୋଲାଖୋଲି କହିପାରେ। ମାମା ପାଖରେ ସେ ଏତେ ସହଜ ହେଇପାରେ ନାହିଁ। ସେ କହେ, ବାବା ତା'ର ସାଙ୍ଗ ଆଉ ମାମା ତା'ର ଶିକ୍ଷୟିତ୍ରୀ।

''ଗତ ଶୁକ୍ରବାର ମୋ ସାଙ୍ଗ ରିଚାର ପୁଅ ଜନ୍ମଦିନ ଥିଲା। ସନ୍ଧ୍ୟାବେଳେ ସୌରଭ ହସ୍ପିଟାଲରୁ ଫୋନ୍ କରି ମନାକଲେ ଯାଇପାରିବେନି, 'ଜରୁରୀ ଅପରେସନ୍ ଅଛି। ତମେ ରିଆନକୁ ନେଇ ଚାଲିଯାଅ।' ମୁଁ ରିଆନକୁ ନେଇ ରିଚା ଘରକୁ ଗଲି।

କାଲି ମୁଁ ରିଆନକୁ ନେଇ ଫନ୍ ୱାର୍ଲ୍ଡକୁ ଯାଇଥିଲି। ସେଇଠି ସୌରଭର ସାଙ୍ଗ ଈଶାନ ପଟେଲ ସଙ୍ଗେ ଦେଖାହେଲା। ମତେ ଦେଖୁ ଦେଖୁ ସେ କହିଲା- 'ମିଠି ଜାଣିଛ, ଶୁକ୍ରବାର ଦିନ ସୌରଭକୁ 'ହୋଟେଲ ସାହିଲସ୍'ରେ ଦେଖିଲି। ଆଉ ଜଣେ ଭଦ୍ରମହିଲାଙ୍କ ସାଙ୍ଗେ ବସି ସେ ସୁପ୍ ପିଉଥିଲା। ମୁଁ ଭାବିଲି ତମେ ସାଙ୍ଗରେ ଅଛ। ତମେ କାହିଁକି ଯାଇନଥିଲ?' ମୁଁ ତାକୁ ମିଛ କହିଲି- 'ମୋ ବାବା-ମାମା ଆସିଛନ୍ତି।' ମାମା, ମତେ ଲାଗିଲା, ଈଶାନ ସେ ଖବରଟା ଜଣେଇବାକୁ ଚାହୁଁଥିଲା। ସେଇ କଥା ସୌରଭକୁ ମୁଁ ରାତିରେ ପଚାରିଲି। ସେ ସଙ୍ଗେ ସଙ୍ଗେ ରାଗିଯାଇ ମତେ କହିଲା- 'ସେ ଇଡିଅଟ୍ ପଟେଲ କହିଛି ତ ? ମୋ ପଛରେ ଗୋଇନ୍ଦାଗିରି କରିବାକୁ ତାକୁ ଲଗେଇ ଦେଇଛୁ ନା କ'ଣ ?

'ଆଗେ କୁହ, ତମେ ଜଣେ ଝିଅ ସାଙ୍ଗରେ ସେଠିକୁ ଯାଇଥିଲ କି ନାହିଁ ?'- ମୁଁ ପଚାରିଲି।

'ହଁ ! ଯାଇଥିଲି, ଆମ ହସପିଟାଲର ପାୟଲ ସାଙ୍ଗରେ। କ'ଣ ହେଇଗଲା ସେଇଠୁ? ବାହା ହେଇଛି ବୋଲି ମୋର କ'ଣ କିଛି ସ୍ୱାଧୀନତା ନାହିଁ ?

'ଅଛି – ନିଶ୍ଚୟ ଅଛି, ହେଲେ ସ୍ତ୍ରୀକୁ ମିଛ କହି ଗୋଟାଏ ପର ଝିଅକୁ ନେଇ ସନ୍ଧ୍ୟାରେ ହୋଟେଲରେ ବସି- ଛି।'

'ମୁଁ କ'ଣ ଦାସ ନା କ'ଣ ସବୁ କଥା ସ୍ୱୀକାର ଜଣେଇବି ?

'ଠିକ୍ ଅଛି । ତମେ ପ୍ରଭୁ, ତମ ଡାଡ଼ି–ମମି ଆସନ୍ତା ସପ୍ତାହରେ ଆସିବେ । ତାଙ୍କ ପାଖରେ ଏ କଥାର ବିଚାର ହେବ ।'

କାଲିଠୁ ତା' ସଂଗେ ମୋର କଥାବାର୍ତ୍ତା ବନ୍ଦ । ଆଜି ତିନିଥର ମେସେଜ ପଠେଇଲାଣି– 'ସରି, ଆଉ ଏମିତି ଭୁଲ୍ କରିବିନି ।' ମାଈଁ ଫୁଟ୍ – ମୁଁ ଜାଣେ ମାମା, ସେ ଭାରି ଚାଲାକ । ତା' ଡାଡ଼ି ମମି ଆସିବାର ଅଛି ବୋଲି ପ୍ୟାର୍ ପକଉଛି । ମୁଁ ରିପ୍ଲାଇ କରିଦେଇଛି ରିଆନକୁ ନେଇ ଭୁବନେଶ୍ୱର ଯିବି । ତତେ କହିଦେଉଛି ମାମା, ମୁଁ ତା' ସାଙ୍ଗରେ ଆଉ ରହିବି ନାହିଁ । ମନା କରିଥିଲି ଡାକ୍ତର ବାହା ହବାକୁ, ବାବା ତ ବନ୍ଧୁପୁତ୍ର ହାତରେ ଛନ୍ଦିଦେଲେ, ଏବେ ବୁଝନ୍ତୁ ।

ମାମା, ମୁଁ ଜାଣେ ତୁ ମତେ ସମର୍ଥନ କରିବୁ ନାହିଁ । ତୁ ସବୁବେଳେ ଆଦର୍ଶର କଥା କହୁ । କିନ୍ତୁ ତୁ କହ, ସବୁ ଆଦର୍ଶ କ'ଣ କେବଳ ସ୍ତ୍ରୀ ପାଇଁ ? ମିଛ କହି ଝିଅ ସାଙ୍ଗ ନେଇ ପୁରୁଷ ହୋଟେଲ, ପାର୍କରେ ବୁଲିବ, ଆଉ ସ୍ତ୍ରୀ ଆଦର୍ଶକୁ ଜପାମାଳି କରି ସଂସାର ସମ୍ଭାଳୁଥିବ ? ଏମିତି ମିଥ୍ୟାଚାରୀ ସାଙ୍ଗରେ ରହିବା ମୋ ଦ୍ୱାରା ଅସମ୍ଭବ । ସ୍କଟ୍‌ଲ୍ୟାଣ୍ଡରୁ ଗୋଟାଏ ଅଫର ପାଇଛି । ଭାବୁଥିଲି ଛାଡ଼ିଦେବି, କିନ୍ତୁ ଏବେ ଭାବୁଛି ଚାଲିଯିବି । ଦେଖ୍ ମାମା, ତୁ ମୋ' କଥା ଥରେ ଚିନ୍ତାକର । ମୋ ବାବା ଏମିତି କାମ କରିଥିଲେ ତୁ କ'ଣ ବରଦାସ୍ତ କରିଥାନ୍ତୁ ? ତୋ ଭାଗ୍ୟ ଭଲ ମୋ ବାବାଙ୍କ ପରି ଜଣେ ପରଫେକ୍ଟ ମଣିଷକୁ ପାଇଛୁ । (ଅନିମାର ଛାତି ଭିତରେ କଣ୍ଟାଟିଏ ଫୁଟିଗଲା ଅବା !) ତୁ ସ୍ଥିର କରି ମତେ ଆଜି ରାତିରେ ଜବାବ ଦେ– ମୁଁ ଭୁବନେଶ୍ୱର ଯିବି ନା' ଆଉ କୁଆଡ଼େ ।''

ମେଲ୍ ପଢ଼ିସାରିବା ବେଳକୁ ଅନିମାଙ୍କ ଦେହରୁ ଗମ୍ ଗମ୍ ଝାଳ ବହିଯାଉଥିଲା । ସତେ କି ସେ ଜଡ଼ ପାଲଟି ଯାଇଥିଲେ । କ'ଣ ଲେଖିଛି ମିଠି ! ଗୋଟିଏ ବୋଲି ପିଲା । ତା' ପାଇଁ କେତେ ଯାତନା ଭୋଗିଛନ୍ତି ସେ । ଆଜି ତା' ସଂସାର ଏମିତି ଭାଙ୍ଗିଯିବ ! କେମିତି ସହିବେ ଏ କଥା !

ପିଲାଦିନୁ ଖୁବ୍ ସୁଧାର ଝିଅ ମିଠି । ଭଲ ପଢ଼ୁଥିଲା, ସମସ୍ତେ ଆଦର କରୁଥିଲେ । ତା' ବାବା ଚାହୁଁଥିଲେ ଡାକ୍ତରୀ ପଢ଼ୁ, ହେଲେ ସେ ରାଉରକେଲା ଏନ୍.ଆଇ.ଟି.ରେ ଇଂଜିନିଅରିଂ ପଢ଼ିଲା । ଦିଲ୍ଲୀ ଆଇ.ଆଇ.ଟି.ରେ ପିଏଚ୍.ଡି କଲା ।

ସୌରଭର ବାପା ରାଜେନ୍ଦ୍ର ବାବୁ ସୁରେଶଙ୍କ ସ୍କୁଲ ସାଙ୍ଗ । ସେ ମିଠି ପାଇଁ ନିଜେ ପ୍ରସ୍ତାବ ଦେଇଥିଲେ । ସୁରେଶ ରାଜି ହୋଇଗଲେ । ମିଠି ଡାକ୍ତର ବାହା ହେବାକୁ

ଚାହୁଁନଥିଲା, କିନ୍ତୁ ବାବାଙ୍କ କଥାମାନି ସୌରଭକୁ ବାହାହେଲା । ବାହାଘର ପରେ ସେମାନେ ମୁମ୍ବାଇରେ ଚାକିରୀ କଲେ । ସେଇଠି ରିଆନର ଜନ୍ମ । ଏବେ ତାକୁ ଆଠବର୍ଷ । ସବୁ ଠିକ୍ ଚାଲିଥିଲା । ଆଉ ଆଜି ! ଅନିମାଙ୍କୁ ସବୁ ଅନ୍ଧାର ଦିଶୁଥିଲା । ସେ ଭୋ ଭୋ ହେଇ କାନ୍ଦିପକାଇଲେ । ଅଧଘଣ୍ଟା ପରେ ଟିକେ ପ୍ରକୃତିସ୍ଥ ହୋଇ ପ୍ରାର୍ଥନା କଲେ– ଜଗନ୍ନାଥ ! ତୁମେ ହିଁ ଭରସା । ତମେ ହିଁ ରାସ୍ତା ଦେଖାଅ ପ୍ରଭୁ । ହାତ ଯୋଡ଼ି ଆଖି ବୁଜି କିଛି ସମୟ ବସି ରହିଲେ ।

ଶାଢ଼ି କାନିରେ ମୁହଁ ପୋଛି ପୁଣି ଅନିମା ମେଲ୍ ବକ୍ସ ଖୋଲିଲେ । ମିଠିକୁ ଜବାବ ଦେବାକୁ ହେବ ।

''ଧନରେ, ତୁ କେମିତି ଭାବିଲୁ ମୁଁ ତତେ ସମର୍ଥନ କରିବି ନାହିଁ ? ମୋ ଝିଅକୁ ମୁଁ କାନ୍ଦିବାକୁ ଛାଡ଼ିଦେବି ? କୌଣସି ପରିସ୍ଥିତିରେ ବି ନୁହେଁ । ତୁ ଯାହା ଚାହିଁବୁ, ଯେମିତି ଚାହିଁବୁ ତୋ କଥା ମୁଁ ରଖିବି । ତୁ ଆସିଲେ ଆମେ ବସି କଥାବାର୍ତ୍ତା ହେବା । ମୁଁ ଆଦର୍ଶର କଥା ଆଦୌ କହିବି ନାହିଁ । କିନ୍ତୁ ତୁ ମତେ ଯେଉଁ ପ୍ରଶ୍ନ କରିଛୁ ତୋ ବାବା ସେମିତି କରିଥିଲେ ମୁଁ ବରଦାସ୍ତ କରିଥାନ୍ତି କି ନାହିଁ ତା'ର ଜବାବ ମତେ ଦେବାକୁ ପଡ଼ିବ ।

ଦେବିକା ଆଣ୍ଟି କଥା ତୋର ମନେଅଛି ? ତୋ ବାବା ତାକୁ ଦେବୀ ଡାକୁଥିଲେ । ଦେବିକା ପ୍ରଥମେ ଆମ ଘରକୁ ଆସିଥିଲା ତା' ମା' ଓ ସାନଭାଇ ସାଙ୍ଗରେ ୧୯୯୮ ମସିହା ଡିସେମ୍ବର ମାସରେ । ତା ପୂର୍ବରୁ ତୋ ବାବାଙ୍କ ସାଙ୍ଗେ ତା'ର କେମିତି ପରିଚୟ ହେଇଥିଲା ମତେ ଜଣାନାହିଁ । ଆମ ଘରେ ସେମାନେ ଚାରିଦିନ ରହିଲେ । ସେମାନେ ଫେରିଯିବା ପର୍ଯ୍ୟନ୍ତ ତୋ ବାବାଙ୍କର ଅଫିସ୍ ଯିବା ଓ ତୋର ସ୍କୁଲ ଯିବା ବନ୍ଦ । ମୁଁ ସକାଳ ଚାରିଟାରୁ ଉଠି ସବୁ କାମ ସାରି ସମସ୍ତଙ୍କୁ ଚା' ଜଳଖିଆ ଦେଇ ଦି'ପହର ପାଇଁ ରୋଷେଇ ସାରି ଅଫିସ୍ ଯାଏ । ଦେବିକା ଖୁବ୍ ଭଲ ଗୀତ ଗାଏ । ଦିନସାରା ସେମାନେ ତୋ ବାବାଙ୍କ ରୁମ୍‌ରେ ବସିଥାନ୍ତି । ମୁଁ ସନ୍ଧ୍ୟାବେଳେ ଅଫିସରୁ ଫେରି ସଉଦାପତ୍ର ଆଣି ପୁଣି ରାତି ଖାଇବା ପାଇଁ ବନ୍ଦୋବସ୍ତ କରେ । ଦେବିକା ସାହାଯ୍ୟ କରିବାକୁ ବାହାରିଲେ ତୋ ବାବା ମନାକରନ୍ତି, କହନ୍ତି 'ଅନିମାକୁ ସବୁ କାମ ନିଅନ୍ତ । ତମେ ଅଯଥାରେ ବ୍ୟସ୍ତ ହୁଅନାହିଁ ।' ଖାଇସାରିବା ପରେ ସେମାନେ ରାତି ଗୋଟାଏ ଦୁଇଟା ପର୍ଯ୍ୟନ୍ତ ବସି ଗପ କରନ୍ତି । ଦେବିକା ମଝିରେ ମଝିରେ ତୋ ବାବାଙ୍କ ବରାଦ ଅନୁସାରେ ଗୀତ ଗାଏ । ମୁଁ ରାତି ଏଗାରଟା ବେଳକୁ ତତେ ନେଇ ଆମ ଶୋଇବା

ଘରକୁ ଚାଲିଯାଏ । ରାତି ଚାରିଟାରୁ ନଉଠିଲେ ସକାଳ କାମ ସରିବ ନାହିଁ । ଆଜି ସେକଥା ମନେପଡ଼ିଲେ ନିଜକୁ ଧିକ୍କାର କରେ ।

"ଚାରିଦିନ ପରେ ସେମାନେ ଫେରିଗଲେ । ତା' ପରଦିନ ତୋ ବାବାଙ୍କ ଟେବୁଲ ପୋଛିବା ବେଳେ ଦେଖିଲି ଗୋଟାଏ ରାଇଟିଙ୍ ପ୍ୟାଡ଼ରେ ତୋ ବାବା ଲେଖିଥିଲେ- 'ତମେ ଦେଇଥିବା ଚଁପା ଫୁଲଟି ସାଇତି ରଖୁଛି ଏଇ ଭରସାରେ, ସେ ଶୁଖିଯିବା ଆଗରୁ ତମେ ନିଶ୍ଚୟ ପୁଣି ଆସିବ । ମଉଳିଯାଉ ପଛେ, ତା' ପାଖୁଡ଼ାରେ ତମ ଆଙ୍ଗୁଠିର ସ୍ପର୍ଶ ତ ଲାଗି ରହିଥିବ ।' ସେ ପୃଷ୍ଠା ତଳେ ମଉଳା ଚଁପା ଫୁଲଟିଏ ରହିଥିଲା ।

"ଜାନୁୟାରୀ ମାସରେ ସେମାନେ ପୁଣି ଆସିଲେ । ଚାରିଦିନ ପାଇଁ ତୋ ବାବା ଗୋଟାଏ ଟ୍ୟାକ୍ସି ବନ୍ଦୋବସ୍ତ କରିଥିଲେ । ସେତେବେଳେ ତ ଆମର ଗାଡ଼ି ନଥିଲା । ଆମ ଘରେ କାମ କରୁଥିବା ଝିଅଟି ବି ଆସୁନଥିଲା । ମତେ ଅଫିସରୁ ଛୁଟି ନେବାକୁ ପଡ଼ିଲା । ତୋ ବାବା ବାରଟା ବେଳକୁ ସେମାନଙ୍କୁ ସାଙ୍ଗରେ ନେଇ ଅଫିସ ଯାଆନ୍ତି । ଅଫିସରେ ଦେବିକା, ତା' ଭାଇ ଓ ମା' ବସନ୍ତି । ତା'ପରେ ସେମାନେ ସାଙ୍ଗହେଇ ବୁଲିବାକୁ ଯାଆନ୍ତି । ତୁ ଦିନେ ସାଙ୍ଗରେ ଯିବାକୁ ଜିଦ୍ କଲୁ । ତତେ ସେମାନେ ସାଙ୍ଗରେ ନେଇଯାଇଥିଲେ ।

"ଯେତେଦିନ ସେମାନେ ରହନ୍ତି ତୋ ବାବା ସେମାନଙ୍କ ଖାଇବା, ଶୋଇବାର ସୁବନ୍ଦୋବସ୍ତ କରିବାକୁ ମତେ ନିର୍ଦ୍ଦେଶ ଦିଅନ୍ତି । କେଉଁ ଜାଗାକୁ ସେମାନଙ୍କୁ ବୁଲେଇବାକୁ ନେବେ ତା'ର ଯୋଜନା କରନ୍ତି । ମୁଁ ସେ ପର୍ଯ୍ୟଟକ ଲିଷ୍ଟରେ ନଥାଏ । ଥରେ ଦି'ଥର ଦେବିକା ଡାକିଥିବ ଯିବାପାଇଁ । କିନ୍ତୁ ତା' ଦୟାରେ ଯିବାଟା ମୋର ପସନ୍ଦ ହୁଏନାହିଁ । ତୋ ବାବା କିନ୍ତୁ କେବେ ସାଙ୍ଗରେ ଯିବାକୁ ଡାକନ୍ତି ନାହିଁ । ବରଂ କେତେଥର କହିଥିବେ 'ସେ ବୁଲିଗଲେ ରୋଷେଇ କେମିତି ହବ ?' ଏ କଥା ପରେ କୌଣସି ସ୍ଵାଭିମାନୀ ମଣିଷ କ'ଣ କରନ୍ତା ?

"ତା'ପରେ ପ୍ରତି ମାସରେ ସେମାନେ ଆସନ୍ତି ନହେଲେ ତୋ ବାବା ତାଙ୍କ ସହରକୁ ଯାନ୍ତି ଅଫିସ କାମ ପକେଇ । ଦେବିକା ଏମ୍.ଏ ପରେ ପି.ଏଚ୍.ଡି ପାଇଁ ପ୍ରସ୍ତୁତ ହେଉଥିଲା । ତୋ ବାବା ତାକୁ ସେଥିରେ ସାହାଯ୍ୟ କରୁଥିଲେ । ମତେ ବେଳେବେଳେ ରାଗ ଆସୁଥିଲା । ଜଣେ ମଣିଷର ସଂସାର ଆଡ଼େ ଅନେଇବା ପାଇଁ ସମୟ ନାହିଁ । ସବୁବେଳେ ନିଜ ଅଫିସ କାମକୁ ନେଇ ବ୍ୟସ୍ତ ରହିଲେ ବୋଲି ମତେ ସଂସାରର ସବୁକଥା ବୁଝିବାକୁ ପଡ଼ୁଥାଏ । ଏବେ ପୁଣି ଦେବିକା ପାଇଁ ସମୟ କୁଆଡ଼ୁ

ଆସୁଛି ? ଏଇ କଥା ଭାବେ । କିନ୍ତୁ ସେକଥା ତାଙ୍କୁ କେବେ କହିନାହିଁ । କେବଳ ତାଙ୍କ ବ୍ୟବହାର ଦେଖି ଆଶ୍ଚର୍ଯ୍ୟ ହୋଇଛି ।

''ଏମିତି ଦି' ବର୍ଷ ଚାଲିଲା । ଧୀରେ ଧୀରେ ମୋର ଅସହ୍ୟ ହେଲା । ତୋ ବାବା ଭଲ କବିତା ଲେଖନ୍ତି । ଏବେ ପ୍ରେମ କବିତା ଲେଖୁଥିଲେ । ଗୋଟିଏ କବିତା ଲେଖିସାରିବା କ୍ଷଣି ସେ ଦେବିକାକୁ ଶୁଣାଇବାକୁ ବ୍ୟସ୍ତ ହୋଇପଡୁଥିଲେ । ଥରେ କହିଲେ 'ଦେବୀ ଯେମିତି ପ୍ରଶଂସା କରେ ମୋ କବିତା ଲେଖିବା ସାର୍ଥକ ହୋଇଯାଏ । ତୁ କବିତା କିଛି ବୁଝୁ ? ତୋ ପାଇଁ ଗୋଲାପ ଫୁଲଠୁ ଫୁଲକୋବି ବେଶୀ ଆକର୍ଷଣୀୟ ।' ଏ କଥା ଶୁଣି ମୋ ଛାତି ଭିତରେ ମନ୍ଥୁ ହୋଇଗଲା । ଆଖିରେ ଲୁହ ଭର୍ତ୍ତି ହୋଇଗଲା । ମୁଁ ମୁହଁ ବୁଲେଇ ଚାଲିଗଲି । ନିଜ ସ୍ତ୍ରୀକୁ ପୁରୁଷଟିଏ କ'ଣ ଏମିତି ଅପମାନ କରିପାରେ ? ପୁଣି ଜଣେ ପର ମହିଳା ପାଇଁ !

''ସେଇ ବର୍ଷ ହୋଲିରେ ତୋ ବାବା ବାଲେଶ୍ବର ଗଲେ । ମତେ କହିଗଲେ ଅଫିସ୍ ଗେଷ୍ଟ ହାଉସ୍‌ରେ ରହିବେ । କିନ୍ତୁ ତିନିଦିନ ରହିଲେ ଦେବିକା ଘରେ । ପରେ ତା' ଭାଇ କଥାରୁ ଜାଣିଲି । ସେଇ ଦିନଠାରୁ ମୁଁ ଦେବିକାକୁ ଈର୍ଷା ଆଉ ତୋ ବାବାଙ୍କୁ ସନ୍ଦେହ କରିବାକୁ ଆରମ୍ଭ କଲି । ହୋଲିରୁ ତୋ ବାବା ଫେରି ଗୋଟାଏ ପ୍ରେମ କବିତା ଲେଖିଥିଲେ । ତାକୁ ପଢ଼ିଲେ ଜାଣିହେବ କାହାପାଇଁ ଲେଖା ହେଇଛି । ମତେ ସେ ଦେଖାଇ ନଥିଲେ । ଅନେକ ଦିନ ପରେ ଗୋଟାଏ ପତ୍ରିକାରୁ ପଢ଼ିଲି । ମୁଁ ଯେ ଅତି ଉଦାର ବୋଲି ଏସବୁ ବରଦାସ୍ତ କରୁଥିଲି ସେକଥା ନୁହେଁ, ତୋ ବାବାଙ୍କ ରାଗକୁ ମୋର ଖୁବ୍ ଭୟ । ତା'ଛଡ଼ା ମୋର ଘର ଆଉ ଅଫିସ୍‌ରେ ଏତେ ଜଞ୍ଜାଳ ଯେ କଲି ଝଗଡ଼ା କରିବାକୁ ସମୟ ବି ନଥିଲା । ଗୋଟାଏ ଘରେ ଥାଇ ବି ଆମର କେତେ ସମୟ ଦେଖାହୁଏ, ତୁ ଜାଣିଥିବୁ ନିଶ୍ଚୟ ।

''ମୋର ମନେଅଛି ଦେବିକା ଆସିବା ପୂର୍ବ ବର୍ଷର ଗୋଟିଏ ଘଟଣା । ସେଦିନ ମୋର ଜନ୍ମଦିନ ଥିଲା । ଶୀତଦିନ । ତୁ ଆମ ଘରକୁ ଯାଇଥିଲୁ ଛୁଟିରେ । ଏମିତିରେ ମୋ ଜନ୍ମଦିନ ପାଳନ ହୁଏନାହିଁ । ତୋ ବାବାଙ୍କର ମନେ ବି ନଥାଏ ମତେ 'ଉଇସ୍' କରିବାକୁ । ସେଦିନ ପାଞ୍ଚଟା ବେଳେ ତୋ ବାବାଙ୍କ ଅଫିସର ରାନୁଅପା ମତେ ଫୋନ୍ କଲେ । ଜନ୍ମଦିନର ଶୁଭକାମନା ଜଣେଇବାରୁ ମୁଁ ପଚାରିଲି 'ତମେ କେମିତି ଜାଣିଲ ଆଜି ମୋର ଜନ୍ମଦିନ ?' ସେ କହିଲେ 'ମତେ ସୁରେଶ କହିଲା । ତୋ ଜନ୍ମଦିନ ପାଇଁ ସେ ଚାରିଟାବେଳୁ ପଳେଇଲା । ଏବେ ମୁଁ ତା' କାମସାରି ଘରକୁ ଯିବି ।'

''ମୁଁ ତରତର ହୋଇ ସବୁକାମ ସାରିଲି । ଖୁସିହେଲି, ତୋ ବାବା ଫେରିଲେ

ସାଙ୍ଗ ହୋଇ ଟ। ଜଳଖିଆ ଖାଇବୁ। ସେ ଫେରିଲେ ରାତି ଦଶଟାରେ। ତାଙ୍କ ସ୍କୁଟର ଶବ୍ଦ ଶୁଣି ଖାଇବା ଗରମ କଲି। ସେ ଘର ଭିତରକୁ ଆସି କହିଲେ, 'ଅବ୍ଧ ଦେବୁ, ମତେ ଭୋକ ନାହିଁ।'

''କାମସାରି ମୁଁ ତାଙ୍କ ପଢ଼ା ଘରକୁ ଗଲି। ସେ ବସି କାଗଜପତ୍ର ସଜାଡ଼ି ରଖୁଥିଲେ। ପଚାରିଲି- 'ତମେ ଆଜି ସନ୍ଧ୍ୟାବେଳେ ଅଫିସ୍‌ରୁ କୁଆଡ଼େ ଗଲ ?'

– 'କାହିଁକି ? କିଏ ଖୋଜୁଥିଲେ କି ? ମୁଁ ଟିକେ ରାଉତ ବାବୁଙ୍କ ଘରକୁ ଯାଇଥିଲି।'

– 'ଯଦି ରାଉତ ବାବୁଙ୍କ ଘରକୁ ଗଲ, ଅନ୍ୟ କିଛି ବାହାନା କରି ଅଫିସ୍‌ରୁ ଗଲନାହିଁ ? କେବେ ବି ମୋ ଜନ୍ମଦିନକୁ ଗୁରୁତ୍ଵ ଦେଉନଥିବା ମଣିଷ ସେଇ ବାହାନାରେ ରାଉତବାବୁ ଆଉ ତାଙ୍କ ସ୍ତ୍ରୀ ସହିତ ଚାରିଟାରୁ ରାତି ଦଶଟା ପର୍ଯ୍ୟନ୍ତ ବସି ଘରକୁ ଫେରିବା କଥାକୁ କ'ଣ କୁହାଯିବ ?'

ସଙ୍ଗେସଙ୍ଗେ ତୋ ବାବା ଗର୍ଜି ଉଠିଲେ। ଯାହା ପାଟିକୁ ଆସିଲା ଗାଳିଦେଲେ। ମୁଁ ବି ସହ୍ୟ ନକରି ବେଶ୍‌ କଡ଼ା କଥା କହିଦେଲି, ସେ ମୋ ଗାଲରେ ବେଶ୍‌ ଜୋରରେ ଗୋଟାଏ ଚାପୁଡ଼ା ଦେଲେ। ମୁଁ ଶୋଇବା ଘରକୁ ଯାଇ କବାଟ କିଲିଦେଲି। ସେଦିନ ଥିଲା ମୋର ଜନ୍ମଦିନ !

ଦେବିକା ସାମନାରେ ତୋ ବାବା ତ ମତେ ବହୁବାର ଅପମାନିତ କରିଛନ୍ତି। ସେସବୁ କଥା ଆଜି ଭାବିଲେ ଆଶ୍ଚର୍ଯ୍ୟ ଲାଗେ, ମୁଁ କେମିତି ବରଦାସ୍ତ କଲି !

ସେଥର ତୋ ବାର୍ଷିକ ପରୀକ୍ଷା ପରେ ତୁ ଆମ ଘରକୁ ଯାଇଥିଲୁ। ତୋ ବାବା କଲିକତା ଯିବାକୁ ବାହାରିଥିଲେ ଅଫିସ୍‌ କାମରେ। ମୁଁ ସାଙ୍ଗରେ ଯିବାକୁ ଚାହିଁଲି, ମନାକଲେ ! କହିଲେ- ''ମାତ୍ର ତିନିଦିନ ପାଇଁ ଯିବି, ସାରାଦିନ ଅଫିସ୍‌ କାମ, ବୁଲିବାକୁ ସମୟ ମିଳିବନି।''

ସେ ଘରେ ନଥିଲା ବେଳେ ଟ୍ରାଭେଲ୍‌ ଏଜେନ୍ଦିର ଗୋଟେ ପିଲା ଟିକେଟ୍‌ ଆଣି ଘରେ ଦେଇଗଲା। ମେ ମାସ ଚାରି ତାରିଖରେ ପୁରୀ-ହାଓଡ଼ା ଓ ସାତ ତାରିଖରେ ହାଓଡ଼ା-ପୁରୀ। ରାତିରେ ତାଙ୍କ ଅଫିସ୍‌ ଗାଡ଼ି ଆସିଥିଲା ଷ୍ଟେସନରେ ଛାଡ଼ିଦେବା ପାଇଁ। ପଚାରିଲି- ''କେବେ ଫେରିବ ? ଲିଟୁର ବାହାଘର ପୁରୀରେ ଆଠ ତାରିଖ ଦିନ, ମନେଅଛି ?'' କହିଲେ, ''ଟିକେଟ୍‌ ଦେଖିଲୁ ପରା ସାତ ତାରିଖରେ ଫେରିବି, ଆଠ ତାରିଖ ସକାଳେ ପହଞ୍ଚିବି।''

ସେ ଗାଡ଼ିରେ ବସିବାବେଳକୁ ଟ୍ରାଭେଲ୍‌ ଏଜେନ୍ଦିର ସେଇ ପିଲାଟି ଆସିଲା !

ତାକୁ ଗୋଟାଏ ଟିକେଟ୍ ଦେଇ କହିଲେ– ''ଏଇଟା କ୍ୟାନସେଲ୍ କରି ଏଗାର ତାରିଖ ହାଓଡ଼ା-ପୁରୀ କରିଦେବୁ।''

ମୁଁ ମୂର୍ଖ ସେତେବେଳେ କିଛି ବୁଝିପାରିଲି ନାହିଁ, ଭାବିଲି ଆଉ କାହା ଟିକେଟ୍ କ୍ୟାନ୍ସଲ୍ ହେବ।

ସାତ ତାରିଖ ଦିନ ସନ୍ଧ୍ୟାବେଳେ ତୋ ବାବାଙ୍କ କଲିକତା ଅଫିସ୍‌ରୁ ପ୍ରଦୀପ ଗାଙ୍ଗୁଲି ଫୋନ୍ କଲେ। ସେ ଆମ ଘରକୁ କେତେଥର ଆସିଛନ୍ତି। ମୁଁ ତାଙ୍କ ସଙ୍ଗେ ବଙ୍ଗାଳାରେ କଥା ହେଲେ ଖୁବ୍ ଖୁସି ହୁଅନ୍ତି। ସେ କହିଲେ– 'ମ୍ୟାଡାମ୍, ଚ୍ୟାକ୍ବିରେ ଗୋଟାଏ ପ୍ୟାକେଟ୍ ରହିଗଲା। ସାର୍ ଘରକୁ ଫୋନ୍ କଲେ ଟିକେ ଜଣେଇଦେବେ। ଫେରିଲାବେଳେ ମୁଁ ଦେଇଦେବି, ସାର୍ ବ୍ୟସ୍ତ ହେବେ ନାହିଁ।'

'ଆପଣ କ'ଣ କହୁଛନ୍ତି ମୁଁ ବୁଝିପାରୁନି, ସାର୍ ପରା ଆଜି ଘରକୁ ଫେରୁଛନ୍ତି, ଆପଣଙ୍କ ପାଖରୁ ନେବେ କେମିତି ?'

– ଘରକୁ ? ନା, ସାର୍ ତ ଦାର୍ଜିଲିଂ ଗଲେ। ମୁଁ ପରା ନିଜେ ଜଳପାଇଗୁଡ଼ି ଟ୍ରେନ୍‌ରେ ବସେଇଦେଇ ଆସିଲି। ସାଙ୍ଗରେ ଦେବୀ ମ୍ୟାଡାମ୍ ଓ ତାଙ୍କ ମା' ଗଲେ।

ଏ କଥା ଶୁଣି ଭାବୁଥିଲି, ପାତାଳ ଫାଟିଯାଆନ୍ତା ହେଲେ, ମୁଁ ପଶିଯାଆନ୍ତି। ମୋ ପାଟି ଆଫୁ ଆଫୁ ହେଲା ସିନା, କିଛି କହିପାରିଲି ନାହିଁ। ଆମେ ମା' ଝିଅ ଦାର୍ଜିଲିଂ ଯିବାକୁ କେତେଥର ତାଙ୍କୁ ଅନୁରୋଧ କରିଥିଲୁ। 'ହଁ ଯିବା' କହି ଟାଳିଦିଅନ୍ତି। ତାଙ୍କ ଯିବା କଥା ମୁଁ ଜାଣିପାରିନଥାନ୍ତି। ତାଙ୍କର ଦୁର୍ଭାଗ୍ୟ, ପ୍ୟାକେଟ୍‌ଟି ଗାଡ଼ିରେ ରହିଗଲା।

ରଖୁଛି, ନମସ୍କାର ମ୍ୟାଡାମ୍। – ପ୍ରଦୀପ ଗାଙ୍ଗୁଲି ଫୋନ୍ ରଖିଦେଲେ।

ମତେ ଚଉଦ ବ୍ରହ୍ମାଣ୍ଡ ଦିଶିଗଲା। ଏ ଲୋକ ଏତେ ତଳକୁ ଖସିଗଲେ ! ମତେ ମିଛ କହିଲେ ସାତ ତାରିଖରେ ଫେରିବେ, ମୋ ସାମ୍ନାରେ ଟିକେଟ୍ କ୍ୟାନସେଲ୍ କଲେ। ମୁଁ ମୂର୍ଖ ଅପେକ୍ଷା କରି ବସିଛି ସେ ସକାଳେ ଆସି ପହଞ୍ଚିବେ, ଆମେ ପୁରୀ ଯିବୁ।

ମୁଁ ସେ ବାହାଘରକୁ ଗଲିନାହିଁ। ଗହଣା ଓ ବେଭାର ଟଙ୍କା ଆଉ ଜଣକ ହାତରେ ପଠେଇଦେଲି।

ବାର ତାରିଖ ସକାଳେ ତୋ ବାବା ଫେରିଲେ। ମୁଁ ତାଙ୍କୁ ଚା' ଜଳଖିଆ ଦେଲି, ରୋଷେଇ କରି ଟେବୁଲ୍ ଉପରେ ତାଙ୍କ ଖାଇବା ରଖି ଅଫିସ୍ ଗଲି। ସେ କେତେବେଳେ ଅଫିସ୍ ଗଲେ ମତେ ଜଣାନାହିଁ। ତାଙ୍କୁ ମୁଁ ପଦେ କିଛି କହିନାହିଁ କି ସେ ବି ମତେ କିଛି କହିନାହାନ୍ତି। ରାତି ନ'ଟାରେ ତୋ ବାବା ଅଫିସ୍‌ରୁ ଫେରିଲେ।

– ନେ, ଏ ଶାଢ଼ୀଟା ।

– କ'ଣ କରିବି ? ମୋର ବହୁତ ଶାଢ଼ୀ ଅଛି । ଯାହାକୁ ନେଇ ଦାର୍ଜିଲିଂ ଗଲ ତାକୁ ଦେଇଦିଅ, ମୋର ଦରକାର ନାହିଁ । – ମୋ ପାଟିରୁ ଏତକ ବାହାରି ପଡ଼ିଲା ।

– ଭାରି ଗର୍ବ ତୋର, ଚାକିରୀ କରିଛୁ ବୋଲି ଉପରେ ଚଢ଼ି କଥାବାର୍ତ୍ତା କରୁଛୁ । ମୁଁ କାହା ସଙ୍ଗେ କଥା ହେବିନି, କୁଆଡ଼େ ଯିବିନି, ଏଠି ତୋ ଆଗରେ ଖୁଣ୍ଟରେ ବନ୍ଧା ହୋଇଥିବି । ତୋରି ପାଖରୁ ଆରମ୍ଭ ହେବ ତୋରି ପାଖରେ ଶେଷ, ତୁ ଏମିତି କ'ଣ କି ? ଖବରଦାର, ତୁ କେବଳ ମୋ ସ୍ତ୍ରୀ, ମୋ ପିଲାର ମା', ସେଟିକିରେ ସନ୍ତୁଷ୍ଟ ରହ, ତା'ଠୁ ଅଧିକ ଆଶା ନକରୁ ଯେମିତି ।

ମତେ ଆଙ୍ଗୁଠି ଦେଖାଇ ରାଗ ତମ ତମ ହୋଇ ସେ ଯେମିତି କହିଲେ ମତେ ଲାଗିଲା ମୋ ଛାତି ଫାଟିଯିବ । ଏତେ ଅପମାନ କିଏ ବରଦାସ୍ତ କରେ ? ମୋ ମୁଣ୍ଡକୁ ପିଉ ଚଢ଼ିଗଲା, ଯାହା ପାରିଲି କହିଲି । ଯେତେ ରାଗ ଜମିଥିଲା ସବୁ ପଦାକୁ ବାହାର କରିଦେଲି । ସେଦିନ ସାହି-ପଡ଼ିଶା ଆମ ପାଟିତୁଣ୍ଡ ଶୁଣିଥିବେ ।

ରାତିସାରା ମୁଁ ଖାଲି ଚିନ୍ତାକରି ଆଶ୍ଚର୍ଯ୍ୟ ହେଉଥିଲି, ଯେଉଁ ମଣିଷ ମତେ ଜୀବନସାରା ଏକନିଷ୍ଠ ଭଲପାଇବା ଦେବେ ବୋଲି ଶପଥ କରି ବାହା ହେଇଥିଲେ ଆଉ ମୁଁ ସେଇ ଭରସାରେ କେତେ କ'ଣ ବରଦାସ୍ତ କରି ଆସିଲି, ସେ ମଣିଷ ଏପରି ବିପରୀତ ଆଚରଣ କରିପାରେ ? ସବୁ ମତେ କେବଳ ଦୁଃସ୍ୱପ୍ନ ପରି ମନେ ହେଉଥିଲା ।

ସେ ଆଘାତରୁ ଉଦ୍ଧାର ପାଇବାକୁ ମତେ ଢେର୍ ଦିନ ଲାଗିଗଲା । ଡିପ୍ରେସନ୍ ଭୋଗିଲି । ଆତ୍ମହତ୍ୟା କରିବାକୁ ଦୁଇଥର ଚେଷ୍ଟା କରିଛି । ତୋ ଶୁଖିଲା ମୁହଁ ମତେ ରୋକିଦେଇଛି । ମୁଁ ମରିପାରିଲି ନାହିଁ କେବଳ ତୋ ଯୋଗୁଁ । କୁଆଡ଼େ ଯାଇ ବି ପାରିଲି ନାହିଁ କେବଳ ତୋରି କଥା ଚିନ୍ତାକରି । ନିତିଦିନିଆ ଜୀବନରେ ବାହାରକୁ କିଛି ପରିବର୍ତ୍ତନ ଜଣାପଡ଼ିଲା ନାହିଁ । ହେଲେ ଭିତରେ ଭିତରେ ମୁଁ ମରିଗଲି । ବଞ୍ଚିରହିଲି କେବଳ ତୋ ମାମା ହେଇ । ଯନ୍ତ୍ର ପରି ବଞ୍ଚିବା ଶିଖିବାକୁ ପଡ଼ିଲା । ତଥାପି ବେଲେବେଲେ ରାଗ ସମ୍ଭାଲି ପାରେନାହିଁ । ଝଗଡ଼ା ହୁଏ, କିନ୍ତୁ ପୁଣି କୋଟିଆ ପରି ମୋଡ଼ି ହେଇ ଶାନ୍ତ ହେବାକୁ ପଡ଼େ । ତୁ କ'ଣ ଏ କଥା ବିଶ୍ୱାସ କରିବୁ ? ତୁ କହିବୁ ମୁଁ ଏତେ କଥା କାହିଁକି ବରଦାସ୍ତ କଲି ? କରିଥାନ୍ତି କ'ଣ ଧନ ? ମୋର ଆଉ କିଛି ଉପାୟ ନଥିଲା ।

''ସେ ଘଟଣା ପରଠୁ ଦେବିକା ଆଉ ଆମ ଘରକୁ କେବେ ଆସି ନାହିଁ କି ମୁଁ ବି ତା କଥା ପଚାରିନାହିଁ । ଏବେ ସେସବୁ କଥା ମୁଁ ଚିନ୍ତା କରେନାହିଁ, ଆଉ କିଛିଦିନ

ଏମିତି ବଞ୍ଚିଗଲେ ଯାଏ। ଜୀବନଠାରୁ ମୋର ବେଶୀ କିଛି ଆଶା ନାହିଁ। ତୋ ବାବାଙ୍କ କଥାରେ ମୁଁ ଆଜିକାଲି ମୁଣ୍ଡ ପୂରାଏ ନାହିଁ। ବୁଝିସାରିଛି, ଏମିତି ଏକ ପ୍ରତାରଣାର ବିଭକ୍ତ ଜୀବନଟିଏ ମତେ ବଞ୍ଚିବାକୁ ପଡ଼ିବ।''

କ'ଣ ଗୋଟାଏ ଶବ୍ଦ ହେଲା? ଅନିମା ଉଠିଯାଇ ଝରକାବାଟେ ବାହାରକୁ ଚାହିଁଲେ। ସାନ ପିଲାଟାଏ ବଲ୍ ଧରି ଛିଡ଼ା ହୋଇଛି। ସେଇ ବଲ୍‌ଟିକୁ ପାଟେରୀ ଉପରକୁ ଫିଙ୍ଗୁଥିଲା ବୋଧେ। ଅନିମା ପୁଣି ଲ୍ୟାପଟପ୍ ପାଖକୁ ଫେରି ଆସିଲେ।

ଇଏ କ'ଣ? ଏ ପର୍ଯ୍ୟନ୍ତ ସେ ଗୋଟାଏ ବି ଶବ୍ଦ ମିଠିକୁ ଲେଖିନାହାନ୍ତି! କେବଳ ଭାବି ଚାଲିଛନ୍ତି, ମିଠି ଅପେକ୍ଷା କରିଥିବ ଯେ। ମିଠିର ମେଲ୍ ଖୋଲି ଲେଖିଲେ-

ଧନରେ, ସୌରଭ ଯାହା କରିଛି, ତା'ର ସେମିତି କରିବା ଠିକ୍ ହୋଇନାହିଁ।

ଆମ ସମାଜରେ ପୁରୁଷମାନେ ସେମିତି। ସ୍ତ୍ରୀକୁ ମିଛ କହି କେଉଁ ଝିଅ ସଙ୍ଗେ ସେମାନେ ପାର୍କ ଗଲେ କି ହୋଟେଲ ଗଲେ ବି ସେମାନଙ୍କୁ ଅପରାଧୀ ଲାଗେନା। ସେମାନେ ଭାବନ୍ତି ଶାରୀରିକ ସମ୍ପର୍କ ନରଖିବା ପର୍ଯ୍ୟନ୍ତ ପର ସ୍ତ୍ରୀ ସହିତ ଯାହା କଲେ ବି ମାର୍ଜନୀୟ।

ପ୍ଲାଟୋନିକ୍ ସମ୍ପର୍କର ଦ୍ୱାହି ଦେଇ ଅନେକ ପୁରୁଷ ପରନାରୀ ପ୍ରତି ଯେତିକି ଆନ୍ତରିକତା ପ୍ରଦର୍ଶନ କରନ୍ତି, ନିଜ ସ୍ତ୍ରୀକୁ ସେତିକି ଶ୍ରଦ୍ଧା କରିବାକୁ ଇଚ୍ଛା କରନ୍ତି ନାହିଁ। କେହି କେହି ଯୁକ୍ତି କରନ୍ତି ଯେ ସ୍ତ୍ରୀ କେବଳ ତାର ଦେହ ଆଉ ପେଟର ଭୋକ କଥା ବୁଝିପାରେ, ମାତ୍ର ସ୍ୱାମୀର ଆବେଗ ବୁଝିବାକୁ ସେ କାଲେ ଅକ୍ଷମ। ସେଥିପାଇଁ ସମାଜ ସ୍ୱୀକୃତି ନଦେଉ ପଛେ ସ୍ୱାମୀ ତାର ଆବେଗର ପୂର୍ତ୍ତି ପାଇଁ ବାହାରେ ସମ୍ପର୍କ ରଖିବ। ସ୍ୱାମୀ ନାମକ ପୁରୁଷଟି ବୁଝେ ନାହିଁ ବା ବୁଝିପାରେ ନାହିଁ ଯେ ସ୍ତ୍ରୀର ମଧ୍ୟ ଆବେଗ ବୋଲି ବସ୍ତୁଟିଏ ଥାଏ। ସେ ମଧ୍ୟ ତେଲ ଲୁଣ ସଂସାରରେ ଲହୁଲୁହାଣ ହେଲାବେଳେ ଆଦର ସୋହାଗ ଲୋଡ଼େ। ସ୍ୱାମୀଠୁ ଆଦର ନମିଳିଲେ, ସ୍ୱାମୀ ପର ନାରୀ ଆସକ୍ତ ହେଲେ ସ୍ତ୍ରୀ କ'ଣ ପର ପୁରୁଷର ସଖ୍ୟ ଲୋଡ଼ିବ?

ତେବେ ତତେ ମୋର ଅନୁରୋଧ ଥରେ ସୌରଭର କଥା ଧୈର୍ଯ୍ୟ ଧରି ଶୁଣିବୁ। କାହିଁକି ସେ ଝିଅ ସଙ୍ଗେ ଯିବାକୁ ପଡ଼ିଲା, ସେ କହୁ। ଦେଖ୍ ମା', ଯଦି ବି ସେ ଦୋଷୀହୁଏ, ଏଇଥରକ ତାକୁ କ୍ଷମା କରିଦେବୁ। କିନ୍ତୁ ଦ୍ୱିତୀୟ ଥର ଯଦି ସେ ତତେ ଠକିବାକୁ ଚେଷ୍ଟା କରେ ତୁ ସହ୍ୟ କରିବୁ ନାହିଁ। ତୁ ମୋ ପରି ଅସହାୟ ନୁହେଁ। ଆମ ସମୟର ସଂସ୍କାର, ଆମ ପରିବାର ଆମକୁ ଶିଖେଇଥିଲା ତ୍ୟାଗ। ତୋର

ଶିକ୍ଷା ତତେ ଦେଇଛି ସ୍ୱାଭିମାନ। ମୁଁ ଚାହେଁନା ତୁ ସ୍ୱାଭିମାନକୁ ବଳି ଦେ। ମନେରଖିବୁ, ମୋର ହୃଦୟ ଆଉ ଘର ସବୁଦିନ ତୋ ପାଇଁ ଖୋଲା। ଯେକୌଣସି ପରିସ୍ଥିତିରେ ବି ମୁଁ ତୋ ପାଇଁ ଲଢ଼ିବି। ଲୋକଲଜ୍ଜା କି ତୋ ବାବାଙ୍କ ସମ୍ମାନ ପାଇଁ ତତେ ନର୍କକୁ ଠେଲିଦେବା ପରି ମା' ମୁଁ ନୁହେଁ। ଥରେ ମାତ୍ର ସୌରଭକୁ କ୍ଷମା କରିବୁ। ଯଦି ତା' ନପାରୁ ତେବେ ରିଆନକୁ ନେଇ ଏଠିକୁ ଆସିବୁ। ତୁ ମୋର ବୁଦ୍ଧିମତୀ ଝିଅ। ତୁ ଯାହା ସ୍ଥିର କରିବୁ, ମୁଁ ସେଥିରେ ରାଜି।– ତୋର ମାମା।

ନର ପିଶାଚ

ପ୍ରଭା ମନେ ମନେ ପୁଣି ଦୋହରେଇଲା, 'ଆଜି ଯେମିତି ହେଲେ କହିବି ମାନେ କହିବି। ଆଉ ଡେରିକଲେ ଚଳିବନି। ହେ ପ୍ରଭୁ, ମତେ ସାହସ ଦିଅ।'

ତିନିଦିନ ହେଲା ସେ କୌଣସି କାମରେ ମନ ଲଗେଇ ପାରୁନାହିଁ। ରାତିରେ ଶୋଇପାରୁନାହିଁ। ଦେହ ଖାଲି ଥରୁଛି। ନା, ଆଉ ନୁହେଁ। ଆଜି ନକହିପାରିଲେ ପରେ ତାକୁ ଦୋଷ ଦେବେ ସମସ୍ତେ। ଶାଶୂ ତ ସହଜେ ଅନେଇ ବସିଛନ୍ତି କେମିତି ପ୍ରଭାକୁ ଦି'ପଦ ଶୁଣେଇବେ। ପ୍ରୀତାର ଭବିଷ୍ୟତ ପାଇଁ ସେ ଏତକ କରିବ ନିଶ୍ଚୟ।

ନରୁ ବାରଣ୍ଡାରେ ବସି କାହା ସାଙ୍ଗେ ମୋବାଇଲରେ କଥା ହେଉଛନ୍ତି। ପ୍ରଭା ଅପେକ୍ଷା କଲା। ଏଇ ଠିକ୍ ମଉକା। ଶାଶୂ ବାଡ଼ିପଟରେ। ଖଞ୍ଜା ଭିତରେ କେହି ଦିଶୁନାହାନ୍ତି। ନରୁ ମୋବାଇଲ୍ ଟେବୁଲ ଉପରେ ରଖିବା କ୍ଷଣି ପ୍ରଭା ତାଙ୍କ ପାଖରେ ଧଇଁସଇଁ ହେଇ ପହଞ୍ଚିଲା।

– କ'ଣ ହେଲା ନୂଆଉ? କିଛି କହିବ? ଦେହ ଭଲ ନାହିଁ କି?

– ମତେ ଏତେ କଥା ପଚାରନି ନରୁ। ସବୁ ଭଲ ଅଛି। ଏବେ ତମକୁ ନକହି ପାରିଲେ ଆଉ କହିପାରିବି ନାହିଁ।

ନରେଶ ଚେୟାରରୁ ଉଠିପଡ଼ିଲେ। 'ନୂଆଉ, କ'ଣ କୁହ।' – ସେ ଡରିଗଲେ ପ୍ରଭାର ଏପରି ଅବସ୍ଥା ଦେଖି।

– ମନ ଦେଇ ଶୁଣ। ପ୍ରୀତା ବାହାଘର ଏଠି ଭାଙ୍ଗିଦିଅ। ଆମକୁ ବର ଅଭାବ ହେବେ ନାହିଁ। ମୋର ଏତେ ସୁନ୍ଦର ସୁଧାର ଝିଅକୁ ସେ ଘରକୁ ପଠାଅ ନାହିଁ। ପ୍ରୀତାକୁ ମୁଁ ଜନ୍ମ କରି ନାହିଁ। ହେଲେ ତାକୁ ମା' ପରି ପାଳିଛି। ମୋ ଝିଅ ସେ ଘରକୁ

ଯିବନାହିଁ । ଆଉ ମତେ କିଛି ପଚାର ନାହିଁ । ମୁଁ ଯାଉଛି । ବୋଉ ଆସିଲେ କେତେ କଥା ପଚାରିବେ ।

ଏକା ନିଶ୍ୱାସରେ ଏତକ କହିଦେଇ ପ୍ରଭା ପ୍ରାୟ ଦୌଡ଼ି ଦୌଡ଼ି ତା ଶୋଇବା ଘରେ ପଶି ଭିତରୁ କବାଟ କିଲିଦେଲା । ଛାତି ଧଡ଼ପଡ଼ ହେଉଥାଏ । ୟା ପରେ କ'ଣ ହବ ? ସମସ୍ତେ କେତେ ଯେ ପ୍ରଶ୍ନ କରିବେ ତାକୁ ! କ'ଣ ଜବାବ ଦେବ ? କହି ପାରିବ ନିର୍ଲଜ୍ଜ ହେଇ କାହାକୁ ସେ କଥା ! ପୁଣି ନିଜକୁ ସାହସ ଦେଇ କହିଲା, 'ଥୟ ଧର ପ୍ରଭା । ତୋ ଦାୟିତ୍ୱ ତୁ କରିଛୁ । ତା'ପରେ ତାଙ୍କ ଇଚ୍ଛା । ନା ନା, ଯଦି ସେମାନେ ତୋ କଥା ଆଡ଼େଇ ଦେଇ ସେଠି ବାହାଘର କରିବେ ତା'ହେଲେ କ'ଣ ହେବ ? ସେଇ ଲୋକଟାକୁ ତୁ ହସି ହସି ସମୁଦି ଡାକି ଆଦର ଅଭ୍ୟର୍ଥନା କରିବୁ? ଛି-।' ପ୍ରୀତାର ମା' ସୁମା ଆଜି ବଞ୍ଚିଥାନ୍ତା ହେଲେ ! ତାକୁ ସେ ସବୁକଥା ଖୋଲି କହିପାରିଥାନ୍ତା ।

ଆଖି ଖୋଲିବା କ୍ଷଣି ପ୍ରଭା ଧଡ଼ପଡ଼ ହେଇ ଉଠିପଡ଼ିଲା । ଘଣ୍ଟାକୁ ଚାହିଁଲା । ଦିନ ବାରଟା ବାଜିଲାଣି, ତାକୁ କେହି ଡାକିନାହାନ୍ତି ଏପର୍ଯ୍ୟନ୍ତ । କବାଟ ପାଖରେ କାନ ପାତିଲା । କେହି କିଛି କଥା ହେଉଛନ୍ତି କି ? ନା କିଛି ତ ଶୁଭୁନାହିଁ । ନରୁ ବି କୁଆଡ଼େ ଗଲେଣି ବୋଧେ । ଧୀରେ କବାଟ ଖୋଲି ସେ ବାହାରକୁ ଆସିଲା । କୁଆଡ଼େ ନଚାହିଁ ସିଧା ରୋଷେଇ ଘରେ ପଶିଲା । ସବୁ ରନ୍ଧା ସରିଛି । ସେଠୁ ବାହାରି ତଲ ଖଣ୍ଡାକୁ ଗଲା । ବଡ଼ ନଣଦ ଆଉ ପଡ଼ିଶା ଘର ବୋହୁ ବସି ଗପୁଛନ୍ତି ।

– ଆରେ ପ୍ରଭା, ତୁ ଶୋଇଥିଲୁ । ତତେ ଉଠେଇବାକୁ ଇଚ୍ଛା ହେଲାନାହିଁ । ମୁଁ ରୋଷେଇ କାମ ସାରି ଦେଇଛି । ନରେଶ କୁଆଡ଼େ ମଟର ସାଇକେଲ ନେଇ ବାହାରିଗଲା ଯେ ପଚାରିଲାରୁ କହିଲା ବେଲବୁଡ଼କୁ ଫେରିବ । ଆମେ ଖାଲି ଚାରିଜଣ ଖାଇବା । ଚାଲ ସେ କାମ ସାରିଦେବା । ଆଜି ଯାହା ଟିକେ ଫୁରୁସତ, କାଲି ତ ଘରେ କୁଣିଆ ଭର୍ତ୍ତି ହେଇଯିବେ । ତିନିଦିନ କାଲ ମରିବାକୁ ବେଲ ମିଲିବ ନାହିଁ ।

କାଲି ଛାଡ଼ି ପଅରଦିନ ପ୍ରୀତାର ନିର୍ବନ୍ଧ ହବାର କଥା । ଏବେ କେତେ ହଇରାଣ ହେବେ ସମସ୍ତେ । ଆଗରୁ ହେଲେ ସେ ଲୋକଟାର ନାଆଁ ଠିକଣା ଜାଣିଥାନ୍ତା ସେ ! ଧୀର କି ନରୁ କେହି କିଛି ଜଣେଇଲେ ନାହିଁ ତାକୁ ।

– ତୋ ଫୋନ୍ ବାଜୁଛି ପ୍ରଭା । ତତେ କଣ ଶୁଭୁନି ?

ପ୍ରଭା ଶୋଇବା ଘରକୁ ଯାଇ ଫୋନ୍ ଧରିଲା, ନରୁ ଫୋନ୍ କରିଛନ୍ତି ।

– କୁହ ନରୁ, ତମେ କୁଆଡ଼େ ଅଖିଆ ଅପିଆ ଯାଇଛ ?

– ଖାଇବା ପିଇବା କଥା ଛାଡ଼ ନୂଆବ । ମୁଁ ଏବେ କ'ଣ କରିବି ବୁଝିପାରୁନି ।

ତମ ଭଲି ଲୋକ ନଭାବି ନଚିନ୍ତି ଏମିତି କଥା କହିନଥାନ୍ତେ । ପ୍ରୀତା ପୁଣି ତୁମ ଝିଅ । ତା ମା' ଗଳାପରଠୁ ସେ ଆଜି ପର୍ଯ୍ୟନ୍ତ ଘରକୁ ଆସିଲେ ତମରି କୋଳରେ ଶୋଇଛି । ମୋରି ସବୁ ଭୁଲ୍ । ଭଲ ଘର ଦେଖି ଲୋଭ କଲି । ପିଲା ଭଲ, ଘର ଖୁବ୍ ଭଲ, ବହୁତ ପଇସା ତାଙ୍କର । ଝିଅ ଟିକେ ଭଲରେ ରହିବ ବୋଲି...

ପ୍ରଭା ଜାଣିଲେ, ନରୁ କାନ୍ଦୁଛନ୍ତି । ଏ ଘରକୁ ଆସିବା ଦିନୁ ନରୁକୁ ନିଜ ସାନଭାଇ ପରି ସ୍ନେହ କରି ଆସିଛନ୍ତି ପ୍ରଭା । କିନ୍ତୁ ସେ କ'ଣ କରିବ ? ଶତ୍ରୁର ଝିଅକୁ ବି ସେ ଲୋକର ଘରକୁ ପଠାନ୍ତା ନାହିଁ । ପୁଣି ପ୍ରୀତା ? ଯିଏ ମାମା ମାମା ଡାକି ବେକରେ ହାତ ଛନ୍ଦି ଦେଲେ ପ୍ରଭାଙ୍କୁ କୋଟିନିଧି ମିଳିଗଲା ପରି ଲାଗେ ? ତାକୁ ସେ ପଠେଇ ଦେବ ସେଇ ଜହ୍ଲାଦ ଘରକୁ ? ଯେବେ ବି ତାର ସେ ଘଟଣା ମନେପଡ଼ିଛି, ତା ଦେହ ରାଗରେ କଂପିଯାଇଛି । ଇଚ୍ଛାହୁଏ 'ଆଜି ଯଦି ଲୋକକୁ ଭେଟନ୍ତା କିଛି ନ କରିପାରିଲେ ଛେପ ଲଣ୍ଠାଏ ନିଶ୍ଚୟ ତା ମୁହଁକୁ ପକାନ୍ତା ଆଉ କହନ୍ତା 'ତିରିଶ ବର୍ଷ ତଳର କଥା ମନେପକା, ଅର୍ଜୁନ ପୁହାଣ ଘର, ଫୁଲପାଟଣା ଗାଁରେ ଯେଉଁ ଘରର ଅନ୍ନ ଖାଉଥିଲୁ, ସେଠି ଯାହା କରିଥିଲୁ !'

– ନୂଆବୋଉ, କିଛି ହେଲେ କାରଣ କୁହ । କେମିତି ଭାଙ୍ଗିବି ଏ ବାହାଘର ? ପଚାରିଲେ କ'ଣ କହିବି ?

– କହିଦିଅ, ଝିଅ ଆଉ ଦିବର୍ଷ ପରେ ବାହା ହେବ ବୋଲି କହିଛି ।

– ହେଲେ ପ୍ରୀତା ତ ରାଜି ଅଛି ।

– ତମେ ଯାହା ବି କର, ସେ ବାହାଘର ବନ୍ଦ କର ।

– ନୂଆବୋଉ, ତମେ କଥାଟା ଖୋଲି କହିଲେ ତ ଜାଣିବି । ପୁଣି ବୋଉ ଯେମିତି ଲୋକ...

– ମୋର ମନାକରିବା କଥା ବୋଉଙ୍କୁ କହିନ ତ ?

– ନା ।

– ଠିକ୍ ଅଛି । ମତେ କିନ୍ତୁ କହିବା ପାଇଁ ବାଧ୍ୟ କର ନାହିଁ । ମୁଁ ପାରିବି ନାହିଁ ।

– ବୋଉ ତ ଯେମିତି ହେଲେ ଜାଣିବ । ତାକୁ କ'ଣ କହିବି ? ଆଉ ପ୍ରୀତା ?

– ପ୍ରୀତାକୁ ବୁଝେଇବା ଦାୟିତ୍ୱ ମୋର । ବୋଉଙ୍କୁ କିଛି କହିବ ନାହିଁ ।

– ଠିକ୍ ଅଛି, ତମ ଇଚ୍ଛା ।

ସଂଜବେଳକୁ ଶାଶୂ କିନ୍ତୁ ଗାଲିଗୁଲଜ କରି ଅଗଣା କଂପେଇଲେ । 'କାହା ଦେହ ସହୁନି ମା ଛେଉଣ୍ଡ ଛୁଆଟା ବଡ଼ଲୋକ ଘରେ ବାହାହବ ବୋଲି । କାଲେ

ଅଧିକ ଯାନିଯୌତୁକ ଦବାକୁ ପଡ଼ିବ, ସେଥିପାଇଁ ବାହାଘର ଭାଙ୍ଗିଦେଉଛନ୍ତି । ମଣିଷ କେମିତି ସାଇଭାଇରେ ମୁଣ୍ଡ ଉଠେଇ ବାଟ ଚାଲିବ ଏମିତି ବାହାଘର ଭାଙ୍ଗିଗଲେ ? କଉଁ ଅଲକ୍ଷଣୀ, ଛତରଖିଆ ଘରର ଝିଅ ବାହାଘର ଭାଙ୍ଗିଚି ?

ପ୍ରଭା ଆଉ ସହିପାରିଲା ନାହିଁ । ରୋଷେଇ ଘରୁ ଅଗଣାକୁ ବାହାରି ଆସିଲା ।

– ଆଉ ବେଶି କୁହନି ବୋଉ । ମୁଁ ଏ ବାହାଘର ପାଇଁ ମନା କରିଛି । ହେଲେ ମୋ ବାପଘରକୁ ଏମିତି ଅପମାନ ଦିଅନାହିଁ, ସହିପାରିବି ନାହିଁ । – ଶାଶୂଙ୍କ ସାମ୍ନାକୁ ଆସି ଦୃଢ଼କଣ୍ଠରେ କହିଲା ପ୍ରଭା ।

– ତୁ କାହିଁକି ମନାକଲୁ ? ପ୍ରଭା ସ୍ୱର ଶୁଣି ଶାଶୂ ଟିକେ ନରମିଗଲେ ।

– ସେକଥା ମୁଁ କହିପାରିବି ନାହିଁ । ମୋ ଉପରେ ଯଦି ଭରସା ଅଛି ମାନ । ନହେଲେ ଯଦି ସେଠି ବାହାଘର କରିବ, ମୁଁ ଏଘରକୁ ଆସିପାରିବି ନାହିଁ । ସେ ଲୋକକୁ ଦେଖିଲେ–

– ଆଲୋ ତା ଉପରେ ତୋର ରାଗ କାହିଁକି ? ତୁ କ'ଣ ତାକୁ ଜାଣିଚୁ ନା ଦେଖିଛୁ ? ତୋ ଗାଁ କଟକ, ତା ଗାଁ ଭଦ୍ରକ ।– ଶାଶୂ ମଝିରୁ କଥା କାଟିଲେ ।

ଶାଶୂଙ୍କୁ କିଛି ଜବାବ ନଦେଇ ପ୍ରଭା ବାଡ଼ିପଟକୁ ପଳେଇଲା । ଏମିତି ଲାଜର କଥା ସେ କେମିତି କହନ୍ତା ।

ରାତିରେ ଶାଶୂ କିନ୍ତୁ ଅଡ଼ିବସିଲେ । 'କାରଣ ନକହିଲେ ମରିବି ପଛେ ଖାଇବି ନାହିଁ । କାହିଁକି ସେ ଏମିତି ଶୁଭ କାମରେ ବାଧା ଦେଲା ?'

ସେତିକିରେ ସନ୍ତୁଷ୍ଟ ନହେଇ ଶାଶୂ ବ୍ରହ୍ମାସ୍ତ୍ର ପ୍ରୟୋଗ କଲେ, ''ଲକ୍ଷ୍ମଣ ପାତ୍ର ତୋ ସାଙ୍ଗେ କିଛି–''

'ବୋଉ, ସେମିତି ପାପକଥା ମତେ କୁହନାହିଁ କହୁଛି' – ତାଙ୍କ କଥା ଅଧାରୁ ଚିହିଁକି ଉଠିଲା ପ୍ରଭା । ଆସନ୍ତୁ ନରୁ, କାଲି ସକାଳେ ତମ ପୁଅ ବି ଆସି ପହଞ୍ଚିବେ । ବଡ଼ ଦେଈ, ସବିତା ସମସ୍ତେ ଥିବେ । ସମସ୍ତେ ଦି କାନରେ ଶୁଣିବ । ଏବେ ଚାଲ ଖାଇବ, ବହୁତ ଡେରି ହେଲାଣି । ବେଶି ଅପମାନ ଦବାକୁ ଚେଷ୍ଟା କଲେ ସକାଳ ହବା ଆଗରୁ ପଳେଇବି । ମୋ ଜିଦ୍ ଜାଣିଚ ।

ଶାଶୂ ଛୋଟ ପିଲା ପରି ଚୁପଚାପ ଉଠିଗଲେ ।

ସକାଳେ ଚା ଜଳଖିଆ ଖାଇସାରିବା ପରେ ଛାତ ଉପର ଘରେ ସମସ୍ତେ ଏକାଠି ହେଲେ । ପ୍ରଭା ଦେହରୁ ଗମ୍‌ଗମ୍‌ ଝାଲ ବହିଯାଉଥାଏ । ଉପରକୁ ସିଡ଼ି ଚଢ଼ିବା ବେଳେ ଗୋଡ଼ରୁ ବାକୁଲା ଉଠୁଥାଏ ।

ଘର ଭିତରକୁ ପଶିଲାବେଳେ ସମସ୍ତେ କ'ଣ ଚୁପୁର ଚାପୁର କଥା ହେଉଥିଲେ, ତାକୁ ଦେଖି ଚୁପ୍ ହେଇଗଲେ । ନିଜ ଘରଲୋକମାନଙ୍କ ଏ ପ୍ରକାର ଆଚରଣ ଦେଖିଲେ ପ୍ରଭାର ସଂସାରରୁ ମନ ଛାଡ଼ିଯାଏ । ସେ କ'ଣ ବାହାର ଲୋକ ନା ଘରର ଶତ୍ରୁ ?

ତା ପାଇଁ ଖାଲି ପଡ଼ିଥିବା ଚେୟାର୍‌ରେ ପ୍ରଭା ବସିଲା, ଶାଢ଼ୀ କାନିରେ ମୁହଁ ପୋଛିଲା ।

ସମସ୍ତେ ଚୁପ୍‌ଚାପ୍ ବସିବା ଦେଖି କଥା ଆରମ୍ଭ କରିବା ପାଇଁ କି କ'ଣ ଶାଶୂ ସାନ ନଣନ୍ଦକୁ କହିଲେ, 'ଆରେ କ୍ଷୀର ହାଣ୍ଡି ଫୁଟୁଥିଲା । ଗ୍ୟାସ୍ ବନ୍ଦ କରିଛୁ ତ ?

– ନା, ଯାଉଛି– କହି ନଣନ୍ଦ ଉଠିପଡ଼ୁଥିଲେ ।

– ବସ, ମୁଁ ବନ୍ଦ କରି ଆସିଛି । ଶୀଘ୍ର ସରିଲେ ଯିବା, ଅନ୍ୟ କାମ ପଛରେ ହବ ।

କଟକରେ ହାଇସ୍କୁଲ ପରୀକ୍ଷା ଦେଇସାରି ପ୍ରଭା ଯାଇଥିଲା ଗାଁକୁ । ପ୍ରଭାକୁ ଗାଁ ଖୁବ୍ ଭଲ ଲାଗେ । ସେମାନଙ୍କର ଥିଲା ଯୌଥ ପରିବାର । ଜେଜେ, ଜେଜେମା, ସାନଦାଦା, ସାନ ଖୁଡ଼ୀ, ଜଣେ ବିଧବା ସଂପର୍କୀୟା, ତିନିଜଣ ଚାକର ଘରର ସ୍ଥାୟୀ ବାସିନ୍ଦା । କିନ୍ତୁ ଅଧିକାଂଶ ସମୟ ଘରେ ଲୋକଗହଳି । ଚାରି ପିଇସୀଙ୍କ ଭିତରୁ କେହି ବାପଘର ଆସିଥିବେ ତାଙ୍କ ସାଙ୍ଗରେ ସେମାନଙ୍କ ଦୁଇ ତିନି ପିଲା । ସାନଖୁଡ଼ୀଙ୍କ ବାପଘର ପଡ଼ୋଶୀ ଗାଆଁରେ, ତେଣୁ ତାଙ୍କ ଘରୁ ସବୁବେଳେ କେହି ନା କେହି ଆସି ଦିନେ ଦି ଦିନ ରହି ଫେରିଯାନ୍ତି । ଜେଜେଙ୍କ ପାଖକୁ ଦିନସାରା ଲୋକଙ୍କ ଆସିବା ଯିବା ଲାଗି ରହିଥାଏ । ଘର ପଛପଟେ ଖୁବ୍ ବଡ଼ ବଗିଚା, ଦୁଇଟା ମାଛ ପୋଖରୀ । ସେଇ ବଗିଚା ଆଉ ମାଛ ପୋଖରୀ ମାୟାରେ ପ୍ରଭା ସବୁବେଳେ ଗାଁକୁ ଯିବାକୁ ଭଲପାଏ ।

ସେଥର ଇଚ୍ଛା ଥିଲା ପୂରା ଛୁଟିଟା ଗାଁରେ କଟେଇବ । ସାନ ଦାଦା ଖୁଡ଼ୀଙ୍କର ତିନିପୁଅ । ପିଣ୍ଟୁ ଆଠବର୍ଷର, ଘଣ୍ଟୁ ଛ'ବର୍ଷ ଆଉ ପ୍ରଭାର ସବୁଠୁ ଗେହ୍ଲା ଲୁଟୁ ଚାରିବର୍ଷର । ତା ଖନା ପାଟିରେ କେତେ କଥା କହେ । ପ୍ରଭା ତା ପାଇଁ ଖେଳନା ଲଜେନ୍‌ସ ନିଏ କଟକରୁ । ସେଥିପାଇଁ ଲୁଟୁ ତା ପାଖ ଛାଡ଼େନା ।

ସେଦିନ ସକାଳେ ତା ହାତକୁ ଚା ଗ୍ଲାସ୍ ବଢ଼େଇଦେଲା ବେଳେ ସାନଖୁଡ଼ୀ ପଚାରିଲେ, 'ଲୁଟୁ ତୋ ରୁମ୍‌ରେ ଅଛି କି ? କୁଆଡ଼େ ଗଲା ସେ ? ସବୁ ପିଲା ଚାହାଲୀ ଗଲେଣି ।'

ଗାଁରେ ତାଙ୍କର ଘର କହିଲେ ଚାରିଟା ଖଣ୍ଡା । ମଝି ଦାଣ୍ଡରୁ ଘରକୁ ପଶିଲା

ବେଲେ ଲମ୍ବା ଗୁହାଲ । ଦି'ପଟେ ଗୋରୁଗାଈ ବନ୍ଧା, ମଝିରେ ଭିତରକୁ ଯିବା ବାଟ । ଗୁହାଲ ପାରି ହେଲେ ଉପର ଖଞ୍ଜା । ସେଠି ପୂର୍ବପଟେ ଡାହାଣ ପାଖରେ ଦିଟା ଧାନଉସୁଁଆ ଚୁଲୀ ତିନିଟା, କାଠ କୁଟା ଆଉ ଘଷିର ଗଦା । ବାଁ ପଟକୁ ଦିଟା ବଡ଼ ବଡ଼ ଚାଲଘର, ଗୋଟାଏ ଘରେ ସଂଘା ଯେଉଁଠି ଶୁଖିଲା ଘାସ, କୁଟା, ମାଣ୍ଡିଆ ଖାଡ଼ି ସାଇତି ରଖାଯାଏ, ତଳେ କଞ୍ଚା ଘାସ, କୋଲଥ, ବିରିଟୋପା ଆଉ କୁଣ୍ଡାବସ୍ତା ଲମ୍ବା ପଥର ଉପରେ ଥୁଆଯାଏ । ସେଇଟା ଗୋରୁଙ୍କ ଖାଦ୍ୟ ଭଣ୍ଡାର ତା ପାଖ ଘରଟିରେ ଚାକରମାନେ ରହନ୍ତି । ସେ ଘରଟା ଏତେବଡ଼ ଯେ ରାତିରେ ଗାଁର ଆଉ ତିନି ଚାରିଜଣ ଚାକର ଶପଟିଏ ଲେଖାଁ କାଖରେ ଜାକି ଶୋଇବାକୁ ଆସନ୍ତି ।

ମଝି ଖଞ୍ଜାରେ ପଶିଲେ ଆଠ ବଖରା ଘର । ଏଇଠି ଘର ଲୋକ ରହନ୍ତି । କୁଣିଆମାନେ ଆସିଲେ ବି ଏଇଠି ସମସ୍ତେ ରହନ୍ତି । ମଝିରେ ଅଗଣା । ସେଠି ସନ୍ଧ୍ୟାବେଲେ ଘରର ପିଲାମାନଙ୍କ ସହ ପଡ଼ିଶା ଘର ପିଲାମାନେ ଆସି ଖେଳନ୍ତି । ସେମାନେ ଏତେ ଗହଳ ଚହଳ କରନ୍ତି ଯେ ବଡ଼ମାନେ କେହି କାହା କଥା ଶୁଣିପାରନ୍ତି ନାହିଁ । ପଶ୍ଚିମ ପଟେ, ଖଞ୍ଜାର ଶେଷରେ ରୋଷେଇ ଘର । ସାନଖୁଡ଼ୀ ସେ ଘରର ମାଲିକାଣୀ । ସକାଳୁ ରାତିଅଧ ଯାଏ ସେ ରାନ୍ଧନ୍ତି, ବାଢ଼ନ୍ତି, ଦି ବେଳା ସେ ଘରକୁ ମାଟି ଗୋବରରେ ଲିପନ୍ତି । ପ୍ରଭା ଗାଁକୁ ଗଲେ ସେଇ ରୋଷେଇ ଘର ଭିତରେ ବସି ଖୁଡ଼ୀ ସାଙ୍ଗରେ ଖାଏ, ଗପସପ କରେ, ଛୋଟ ଛୋଟ କାମରେ ସାହାଯ୍ୟ କରେ । ବାଡ଼ିପଟ ଖଞ୍ଜାରେ ଅନେକ କାମ ହୁଏ । ଢିଙ୍କିଶାଳ, ଧାନ ଚାଉଳ, ବିରି ଘର, ଜାଳେଣି ଘର ବି ଏଇଠି ।

ପ୍ରଭାର ଚା ପିଇବା ସରି ନଥିଲା, ସାନଖୁଡ଼ୀ ଲୁଟୁର ଗୋଟାଏ ହାତ ଧରି ଘୋଷାଡ଼ି ଘୋଷାଡ଼ି ଉପର ଖଞ୍ଜାରୁ ଆଣୁଥିଲେ । ଲୁଟୁ ରଡ଼ି ପକେଇ କାନ୍ଦୁଥିଲା । ଜେଜେମା, ରମ୍ଭାଦେଈ ଦୌଡ଼ି ଆସିଲେ । ଖୁଡ଼ୀ ତା ଗାଲରେ ପିଠିରେ ଚାପୁଡ଼ା କଷି ଚାଲିଥାନ୍ତି । ଲୁଟୁ ଝାଲ ସରସର ହେଇ ରାହା ଧରି କାନ୍ଦୁଥାଏ ।

– ମାରିଦବୁ ନା କ'ଣ ? ଛାଡ଼ ତାକୁ– ଜେଜେମା ଖୁଡ଼ୀଙ୍କ ହାତକୁ ଛଡ଼େଇବାକୁ ଚେଷ୍ଟା କଲେ, ଖୁଡ଼ୀ ଛାଡ଼ିଲେ ନାହିଁ ।

– କାହା ଉପରେ ରାଗି ଏମିତି ମାରୁଛ ପିଲାଟାକୁ ? ଛାଡ଼ କହୁଛି ।

ଖୁଡ଼ୀ ତଳେ ଲଥ୍ କରି ବସି କାନ୍ଦି ପକେଇଲେ ।

– ହେଲା କ'ଣ, କହ ମା, କାନ୍ଦନା ।

– ଚାହାଳି ଯିବା ବୋଲି ମୁଁ ତିନିଥର ଉପର ତଳ ଖଞ୍ଜା ଖୋଜୁଚି ଏଇଟାକୁ ।

ଏବେ ମୁଁ ପୁଣି ଗଲାବେଳକୁ ଚାକର ଘର କବାଟ ବନ୍ଦ ଥିଲା। ଭିତରୁ ଏ ଟୋକା 'ମତେ ଛାଡ଼, ବୋଉ ଡାକୁଚି, ମତେ ମାରିବ' ଶୁଣି ମୁଁ କବାଟ ବାଡ଼େଇଲି। ମୋର ସନ୍ଦେହ ହେଲା। ଦି ତିନି ଥର ବାଡ଼େଇବା ପରେ ସେ ବେଇମାନ୍ ଲକ୍ଷ୍ମିଆ କବାଟ ଖୋଲି ତରତର ହୋଇ ଦଉଡ଼ି ପଳେଇଲା। ଭିତରେ ଥିଲା ଲୁଟୁ।

ଜେଜେମା'ର ବୁଝିବାକୁ ଆଉ କିଛି ବାକିନଥିଲା। ଜେଜେମା ଲୁଟୁକୁ ଘୋଷାଡ଼ି ନେଇ ବାଡ଼ିପଟକୁ ଗଲେ। ଖୁଡ଼ୀ ସେମିତି କାନ୍ଦୁଥାନ୍ତି, ଲକ୍ଷ୍ମିଆ ଉଦ୍ଦେଶ୍ୟରେ ଗାଲିବର୍ଷଣ କରୁଥାନ୍ତି।

ଜେଜେମା ଆଉ ରମ୍ଭାଦେଇ ଖୁଡ଼ୀଙ୍କୁ ବୁଝେଇଲେ, 'ତୁ ବ୍ୟସ୍ତ ହନା। ଆଜି ତୋ ଶ୍ୱଶୁର ତା ହାଡ଼ଗୋଡ଼ ଭାଙ୍ଗିଦେବେ।' ରମ୍ଭାଦେଇ କହିଲେ, 'ଏଇ ପାଇଁ ତ ଲକ୍ଷ୍ମିଆ ଅଲକ୍ଷଣା ସବୁବେଳେ ତାକୁ କାନ୍ଧେଇ ନେଇ ବୁଲେଇବ, ତାରି ପାଖରେ ଶୁଆଇବ। କିଏ ଜାଣିଥିଲା ତା ଭିତରେ ଏତେ ପାପ ଅଛି ?'

ଲକ୍ଷ୍ମିଆ ଦି ବର୍ଷ ହେଲା ଘରକୁ ଆସିଚି। ଅନ୍ୟ ଚାକରମାନଙ୍କ ପରି ସେ ବିଲବାଡ଼ି କାମ କରୁ ନଥିଲା। ସେ ନବମ ପର୍ଯ୍ୟନ୍ତ ପାଠ ପଢ଼ିଥିଲା। ସେଥିପାଇଁ କାଗଜପତ୍ର କାମରେ ଜେଜେଙ୍କୁ ସାହାଯ୍ୟ କରେ। ପିଲାଙ୍କୁ ସ୍କୁଲ ଛୁଟିଦିନମାନଙ୍କରେ ପଢ଼ାଏ। ଜେଜେଙ୍କ କାମ ଆଉ ଘରର ଛୋଟ ବୋଲହାକ କରେ। ଖୁବ୍ ମେଳାପୀ। କାମ ନଥିଲେ ପିଲାଙ୍କ ସାଙ୍ଗେ ଅଗଣାରେ ବାଗୁଡ଼ି ନହେଲେ ବଲ୍ ଖେଳେ। ବାହାରକୁ ସେ ବେଶୀ ଯିବାକୁ ଇଚ୍ଛା କରେନାହିଁ।

ଲକ୍ଷ୍ମିଆ ଆଉ ଫେରି ନଥିଲା। କଥା ସେଇଠି ସରିନଥିଲା। ଲୁଟୁ କାନ୍ଦି କାନ୍ଦି ଶୋଇଗଲା। ଖୁଡ଼ୀ ରୋଷେଇ ଘରେ ବସି କାନ୍ଦୁଥାନ୍ତି। ପାଖରେ ପ୍ରଭା ଆଉ ରମ୍ଭା ଦେଇ କାମ କରୁ କରୁ ଖୁଡ଼ୀଙ୍କୁ ବୁଝାଉଥାନ୍ତି। ଏତିକିବେଳେ ଘଣ୍ଟୁ ଆସି ଖୁଡ଼ୀଙ୍କ କାନ୍ଧରେ ଲାଉ ହେଇ କହିଲା, ''ବୋଉ ଜାଣିଛୁ ଲକ୍ଷ୍ମିଆ ଦାଦା ମତେ ଆଉ ଭଲ ପାଏନା, ଗେଲ କରେନା। ଆଗେ ମତେ କେତେ ଗେଲ କରୁଥିଲା, ଗାଁ ସାରା କାନ୍ଧରେ ବସେଇ ବୁଲାଉଥିଲା, ଏବେ ଲୁଟୁକୁ ଗେଲ କରେ। ମୁଁ ତା ସାଙ୍ଗେ ଯିବାକୁ କହିଲେ ମତେ ଠେଲିଦେଇ କବାଟ କିଲିଦିଏ।

ଏକା ଲହ୍ୟସରେ ଘଣ୍ଟୁ ଏତେ କଥା କହିଗଲା। ଖୁଡ଼ୀ ଲୁହ ଭର୍ତ୍ତି ଆଖିରେ ତାକୁ ଅନେଇ ରହିଥାନ୍ତି। କେତେ ସମୟ ପରେ ଖୁଡ଼ୀ ରାଗରେ ଗରଗର ହେଇ କହିଲେ, 'ଆଜିଠୁ ମୁଁ ରୋଷେଇ ଘରେ ପଶିବିନି, ପରଘରେ ଧାନକୁଟି ମୋ ପିଲାଙ୍କୁ ପଛେ ପୋଷିବି। ଏତେ ମଣିଷ ହାଉଯାଉ, ମୁଁ ସକାଳୁ ରାତିଅଧ ଯାଏ ରାନ୍ଧୁଚି, ସମସ୍ତଙ୍କୁ

ଖୁଆଉଚି, ମୋ ପିଲାଙ୍କ ଉପରେ କେହି ଟିକେ ନଜର ଦେଉନାହାନ୍ତି ! ଆଉ ଏଠି ରହିବି ନାହିଁ ।'

ସେଦିନ ପ୍ରଭା ପ୍ରକୃତ ଘଟଣା ବୁଝିପାରିନଥିଲା । ତାର ଧାରଣା ଥିଲା ଲଖିଆ ଲୁଟୁକୁ ଭିତରୁ ବନ୍ଦ କରି ରଖିଥିଲା, ସେଥିପାଇଁ ଲୁଟୁ କନ୍ଦାକଟା କଲା ବୋଲି ଖୁଡ଼ୀଙ୍କର ରାଗ । ଏ ଛୋଟ କଥାରେ ଏତେ ରାଗିବା କଥାଟା ପ୍ରଭାକୁ ସେଦିନ ଯୁକ୍ତିଯୁକ୍ତ ମନେହେଇନଥିଲା । ଲୁଟୁକୁ ଏମିତି ଗୋରୁ ପରି ପିଟିବା ପ୍ରଭାର ହଜମ ହେଉନଥିଲା ।

ଦିପହରେ ଜେଜେ ଖାଇସାରିବା ପରେ ଜେଜେମା ତାଙ୍କ ଆଗରେ ସବୁ କଥା କହିଲା ବୋଧେ । ଖୁଡ଼ୀ ନଖାଇ କାନ୍ଦୁଥିବା କଥା ଶୁଣି ଜେଜେ ରୋଷେଇ ଘର ଦୁଆର ମୁହଁକୁ ଯାଇ କହିଲେ, 'ଏଇ କଥାରେ ଏତେ ରାଗ କ'ଣ ? ଲୁଟୁ କ'ଣ ଝିଅ ହେଇଛି ଯେ ତୁ ଏମିତି ପାଗଳୀ ପରି ହଉଛୁ ? ଛାଡ଼ ସେକଥା, ଯାଇ ଖିଆପିଆ କର ।'

''ସେ କଥା ଆଉ ଉଠାଅନା, ଏତେ ଛୋଟ କଥାକୁ ଏମିତି ପାହାଡ଼ କଲେ କ'ଣ ଭଲ ? ଏପର୍ଯ୍ୟନ୍ତ ସେ ଲକ୍ଷିଆର ଦେଖାନାହିଁ । ତୋ ପାଟି ଶୁଣି ସେ ପଳେଇଲା ନା କ'ଣ ? କଥା ମାନ, ଯାଇ ଖିଆପିଆ କର'' – କହି ଜେଜେ ତାଙ୍କ ଶୋଇବା ଘରକୁ ଗଲେ ।

ଖୁଡ଼ୀ ସେଦିନ ଜେଜେଙ୍କୁ କିଛି କହିଲେନି ସିନା, କିନ୍ତୁ ରାଗି ନିଆଁବାଣ ହେଇଗଲେ । ଦାଦା ସଞ୍ଜବେଳେ ଜଗତ୍‌ସିଂହପୁରରୁ ଫେରିଲେ, ଖୁଡ଼ୀଙ୍କର ତାଙ୍କର କ'ଣ କଥାବାର୍ତ୍ତା ହେଲା ଜଣାନାହିଁ । ହେଲେ ଘରର ପରିସ୍ଥିତି ଆଉ ସ୍ୱାଭାବିକ ହେଲାନାହିଁ । ଖୁଡ଼ୀ ଜେଜେଙ୍କ ସାଙ୍ଗେ କଥାବାର୍ତ୍ତା ବନ୍ଦ କରିଦେଲେ । ଖାଇବା ବାଢ଼ି ରନ୍ଧା ଦେଇ ହାତରେ ପଠାନ୍ତି ।

ଦି ବର୍ଷ ପରେ ଜେଜେଙ୍କ ଦେହ ଖରାପ ହେଲା । ଗାଁରେ ଭଲ ନହେବାରୁ କଟକ ଆସିଲେ, ବଡ଼ ମେଡ଼ିକାଲରେ ରହିଲେ । ଡାକ୍ତର କହିଲେ, 'ପାକସ୍ଥଳୀରେ ଘା, ବହୁତ ବଢ଼ିଗଲାଣି, କିଛି କରିହବନି ।' ଗାଁକୁ ଖବର ଗଲା । ସାନଦାଦା ଖୁଡ଼ୀ ଆସିଲେ । ସେଦିନ ମେଡ଼ିକାଲ ବିଛଣା ଉପରେ ଶୋଇଥିଲେ ଜେଜେ; ପାଖରେ ଛିଡ଼ାହେଲେ ଖୁଡ଼ୀ, ଜେଜେଙ୍କ ପିଠି ଆଉଁସି ଦେଲେ ।

'ମା, ତୋ ଅଭିଶାପରୁ ମୋର ଏ ଦଶା । ମୋର ଭୁଲ ହେଇଗଲା । ସେଦିନ ତୋ କଷ୍ଟ ବୁଝିପାରିଲି ନାହିଁ । ପରେ ବୁଝିଲା ବେଳକୁ ମୋ ଅହଂକାର ତତେ କ୍ଷମା ମାଗିବାକୁ ଦେଲାନାହିଁ । ତୋ ପାଖେ ହାତ ଯୋଡୁଚି ସମସ୍ତଙ୍କ ଆଗରେ । ତୋ

ବୁଢ଼ାପୁଅକୁ କ୍ଷମା କର। ଖୁଡ଼ୀ ଜେଜେଙ୍କ ବେଡ଼ ଧାରରେ ମୁଣ୍ଡ ପିଟି କାନ୍ଦିଲେ। ଦି ଦିନ ପରେ ଜେଜେ ଚାଲିଗଲେ।

ବହୁଦିନ ପରେ ପ୍ରଭା ବୁଝିଥିଲା ସେଦିନ କ'ଣ ଘଟିଥିଲା। ଯେତେବେଳେ ସେକଥା ମନେପଡ଼ିଛି ସେ ଦାନ୍ତ କାମୁଡ଼ି ହାତ ମୁଠାମୁଠା କରି ରାଗରେ ଥରିଛି। ଲକ୍ଷ୍ମିଆ ସାଙ୍ଗେ ଦେଖାହେଲେ କ'ଣ ଶାସ୍ତି ତାକୁ ଦବ ସେଇକଥା ଚିନ୍ତା କରିଛି। ତାରି ପୁଅକୁ ପ୍ରୀତା ବାହାହବ ? ଏତେଦିନ ଧରି ଯାହାକୁ ଘୃଣା କରି ଆସିଛି ସେଇ ତା ସମୁଦି ହେଇ ଚେୟାରରେ ବସି ଗୋଡ଼ ହଲଉଥିବ, ଆଉ ପ୍ରଭା ତାକୁ ଆଦରରେ ଖାଇବା ପରଷିବ। କେବେ ନୁହେଁ।

ସମସ୍ତେ ତଳକୁ ମୁହଁ ପୋତି ବସିଥିଲେ। ସେଇ ଅବସ୍ଥାରେ ବେଶ୍ କିଛି ସମୟ ଚାଲିଗଲା। ଶାଶୁ ପ୍ରଥମେ ପାଟି ଖୋଲିଲେ। ''ଶୁଣ''। ସମସ୍ତେ ସଲଖି ବସି ତାଙ୍କ ମୁହଁକୁ ଚାହିଁଲେ। ପ୍ରଭା ଜାଣନ୍ତି ତା ଜେଜେଙ୍କ ପରି ଆଜି ଶାଶୁ ବି କଥାକୁ ହାଲୁକା କରିବାକୁ ଚେଷ୍ଟା କରିବେ।

'ନରୁ କିଛି କହିବା ଦରକାର ନାହିଁ। ଧୀର ଫୋନ୍‌ରେ ମନା କରିଦେବ। ପ୍ରଭା, ତୁ ପ୍ରୀତାକୁ ମନାକର ସେ ଟୋକା ସାଙ୍ଗେ ଫୋନ୍‌ରେ କଥାବାର୍ତ୍ତା କରିବ ନାହିଁ। ସେ ଯଦି କାରଣ ପଚାରେ ତୁ କହିବୁ 'ବୋଉ ମନାକରୁଚି। ତା କଥା ମୁଁ ଭାଙ୍ଗି ପାରିବି ନାହିଁ।' ସେ ପଣ୍ଚ୍‌ଟା ଏ ଘରକୁ ଯେମିତି ନଆସେ। ଆରେ- କେମିତି ଏଗୁଡ଼ାଙ୍କୁ ଧର୍ମ ସହୁଛି ? ତିନିଦିନ ହେଲା ବୋହୁଟା ଭଲରେ ଖାଉନି, ସବୁବେଳେ ମୁହଁ ଶୁଖେଇ ବସୁଚି। ମୁଁ ଭାବୁଚି ତା ଦେହ ଭଲ ନାହିଁ। ମତେ ସାଙ୍ଗେ ସାଙ୍ଗେ କହିଥାନ୍ତା ସିନା।

ପ୍ରଭା କେବେ ଭାବିନଥିଲା, ତା ଶାଶୁଙ୍କ ଭଳି ଲୋକ ତା କଥାକୁ ଏତେ ଗୁରୁତ୍ଵ ଦେବେ।

'ଚାଲ ଦେଇ ଯିବା, ରନ୍ଧା ବେଳ ଗଡ଼ିଯାଉଛି- କହି ପ୍ରଭା ଘର ଭିତରୁ ବାହାରି ଆସିଲା। ତା ଛାତିରୁ ଗୋଟାଏ ବଡ଼ ବୋଝ ଓହ୍ଲେଇ ଯାଇଥିଲା।'

ଘରକରଣା

ରାତି ପାହିନଥିଲା । ସୁନନ୍ଦାର ମୋବାଇଲ ବାଜିଲା । ସାନଭାଇ ପ୍ରଭାତ ଫୋନ୍ କରୁଛି । ଏତେ ସକାଳୁ ତା ଫୋନ୍ ପାଇ ସୁନନ୍ଦା ଡରିଗଲା । ସକାଳ ଆଠଟା ଆଗରୁ ବିଛଣା ଛାଡୁନଥିବା ମଣିଷ ଭୋର ପାଞ୍ଚଟାରୁ ଫୋନ୍ କରିବାର କାରଣ କ'ଣ ହୋଇପାରେ ? କିଛି ବିପଦ ପଡ଼ିଲା କି ?

– ଅପା, ଭାଇ ପହଞ୍ଚିଲେଣି ?

– କଥା କ'ଣ ଆଗେ କହ । ଏତେ ସକାଳୁ ଫୋନ୍, ପୁଣି ଭାଇଙ୍କ ପାଖରେ କାମ ? କ'ଣ କିଛି ଅସୁବିଧା ହେଇଛି କି ? ଘରେ ସବୁ ଭଲ ତ ? ମତେ ସତ କହ ।

– ଓହୋ ଏତେ ବ୍ୟସ୍ତ କାହିଁକି ? ଘରେ ସବୁ ଠିକ୍ । କଥା କ'ଣ କି ଏଇଠି ମୁଁ ଆଉ ବିଭୂତି ଭାଇ ସାରା ରାତି ପୋଲିସ୍ ଷ୍ଟେସନରେ ବସିଛୁ ।

– ପୋଲିସ୍ ଷ୍ଟେସନ ? କ'ଣ ଆକ୍ସିଡେଣ୍ଟ କଲ କି ?

– ନାଇଁ ମ, ଆମର କିଛି ହେଇନି । ଡାକ୍ତର ଗଣ୍ତାୟତଙ୍କୁ ପୋଲିସ୍ ଆରେଷ୍ଟ କରି ଆଣିଛି । ବେଳ ମିଳିନି । ଭାଇ ଘରେ ପହଞ୍ଚିଲେ ତୁ ଟିକେ କହିବୁ । ରାତି ସାରା ଚାରିଆଡ଼େ ଫୋନ୍ କରି କରି ମୋ ଫୋନ୍‌ର ବ୍ୟାଟେରି ଡାଉନ୍ ହେଲାଣି । ଏତେ କଥା କହିବାକୁ ବେଳ ନାହିଁ । ତେବେ ତାଙ୍କ ମିସେସ୍‌ଙ୍କ ସାଙ୍ଗେ ମାଡ଼ଗୋଳ ଘଟଣା ପାଇଁ କାଲି ରାତିରେ ତାଙ୍କୁ ଏଠିକା ପୋଲିସ ଆରେଷ୍ଟ କଲା । ରହିଲି । ପଛରେ କଥା ହବ ।

ଆଶ୍ଚର୍ଯ୍ୟ ! ଏହା ସ୍ୱପ୍ନ ନା ସତ ? ଦେହ ଝାଲେଇଗଲା ସୁନନ୍ଦାର । ଆଉ କିଏ ଏକଥା କହିଥିଲେ ସୁନନ୍ଦା ବିଶ୍ୱାସ କରିନଥାନ୍ତା । ହେଲେ ତା'ର ସାନଭାଇ ପ୍ରଭାତ ଡାକ୍ତର ଗଣ୍ତାୟତଙ୍କ ପରିବାରର ଖୁବ୍ ଘନିଷ୍ଠ । ତା'ରି ପାଇଁ ହିଁ ସୁନନ୍ଦା ଆଉ ସୁବ୍ରତଙ୍କର

ଡାକ୍ତରବାବୁଙ୍କ ପରିବାର ସହ ବନ୍ଧୁତା । ଡାକ୍ତର ଗଣ୍ଟାୟତଙ୍କର ଥାନାକୁ ଯିବା ଘଟଣାଟା ଅତି ବେଖାପ ଲାଗୁଥିଲା । ଜଣେ ଡାକ୍ତର ଆଉ ସମାଜସେବୀ ଭାବରେ ରମାକାନ୍ତ ଗଣ୍ଟାୟତ ତାଙ୍କ ସହରରେ ଘରେ ଘରେ ପରିଚିତ । କେହି ତାଙ୍କ ବିରୋଧରେ କେବେ ପଦେ କହିବାର ଶୁଣିନାହିଁ ସେ । ପୁଣି ତାଙ୍କ ସ୍ତ୍ରୀଙ୍କ ସହିତ ମାଡ଼ଗୋଳ ? ଅସମ୍ଭବ । ତାଙ୍କ ସ୍ତ୍ରୀଙ୍କୁ ସେ ଏତେ ଭଲ ପାଆନ୍ତି, ଏତେ ସମ୍ମାନ ଦିଅନ୍ତି ତାଙ୍କୁ ଓ ତାଙ୍କର ରୁଚିକୁ ଯେ ବେଲେବେଲେ ସୁନ୍ଦାର ଈର୍ଷା ହୁଏ । ସ୍ତ୍ରୀଙ୍କ ମର୍ଜି ବିନା ତାଙ୍କ ଘରେ ପବନ ବି ଆତ୍ୟାତ ହୁଏନା ବୋଲି ମଜାରେ କହନ୍ତି ସୁବ୍ରତ । ହେଲେ ପ୍ରଭାତ ଏକଥା କ'ଣ କହୁଛି ?

ପ୍ରଭାତକୁ ଫୋନ୍ ଲଗେଇ ଲାଭ ନାହିଁ । ଟେଲିଫୋନ୍ ଖାତାରୁ ନମ୍ବର ଖୋଜି ରଞ୍ଜନଭାଇଙ୍କୁ ଲଗେଇଲା ସୁନ୍ଦା ।

– କ'ଣ କିରେ ସୁନି ? ଏତେ ସକାଳୁ ? ଘରେ ସବୁ ଭଲ ତ ?

– ଭାଇ, ଏତେ ସକାଳୁ ନିଦରୁ ଉଠେଇଲୁ । ପ୍ରଭାତ ଏଇ ଟିକେ ଆଗରୁ ମତେ ଫୋନ୍ କରି କହିଲା ଡାକ୍ତର ଗଣ୍ଟାୟତ ଆରେଷ୍ଟ ହେଇଛନ୍ତି । ତମେ ଟିକେ ବୁଝିବ କି ? ମୁଁ ତ ବିଶ୍ୱାସ କରିପାରୁନି ।

– ୪୪, ପ୍ରଭାତ ତତେ କହିସାରିଲାଣି ! ମୁଁ ବି କାଲି ରାତି ଦି'ଟାରେ ଫେରିଲି ସେଠୁ । ଆରେ କାଲି ଏଠି ସହରରେ ଅଧେ ଲୋକଙ୍କ ଘରେ ଚୁଲି ଜଲିନି । ସମସ୍ତେ ଆଶ୍ଚର୍ଯ୍ୟ । ଆଦିବାସୀ ଲୋକ ଆଉ ଏ ସହରର ବସ୍ତିର ସ୍ତ୍ରୀ ପୁରୁଷ ସବୁ ପିଲାଛୁଆ ଧରି ଥାନା ସାମ୍ନା ରାସ୍ତାରେ ବସିଥିଲେ । କେହି ବି ବିଶ୍ୱାସ କରିପାରୁ ନାହାନ୍ତି ।

ଧୀରେ ଧୀରେ ସମସ୍ତ ଘଟଣା ଜଣା ପଡ଼ିଥିଲା ।

ସେଦିନ ହସ୍ପିଟାଲରୁ ଫେରିବା ବାଟରେ ଡାକ୍ତର ଗଣ୍ଟାୟତଙ୍କ ସ୍କୁଟର ବାଟରେ ଖରାପ ହୋଇଗଲା । ଆଖପାଖରେ ଦୋକାନ ବଜାର ବିଶେଷ ନାହିଁ । ଯେଉଁଠି ଖରାପ ହେଲା ସେଠି ଗାଡ଼ି ଛାଡ଼ିଗଲେ ଅଧଘଣ୍ଟାରେ ଚୋର ଟାୟାର ଖୋଲି ନେଇଯିବ । ସେ ତାଙ୍କ ମିସେସ୍‌ଙ୍କୁ ଫୋନ୍ କଲେ । ଘର ପାଖରେ ତାଙ୍କ ଠିକା ଡ୍ରାଇଭରର ଘର । ଆଶା କରୁଥିଲେ ମିସେସ୍ ଡ୍ରାଇଭରକୁ କାର ଦେଇ ପଠେଇବେ । ସେ ମେକାନିକ୍ ନେଇଯିବ ବା ଡାକ୍ତରବାବୁ କାରରେ ପଲାଇ ଆସିବେ । ଡ୍ରାଇଭର ପଛରେ ସ୍କୁଟର ଗ୍ୟାରେଜରେ ଦେଇ ଆସିବ । ହେଲେ ମିସେସ୍‌ଙ୍କ ମୋବାଇଲ୍ ବନ୍ଦ ଥିଲା । ଘର ଫୋନ୍‌କୁ ବାରମ୍ବାର ଲଗେଇଲେ, ହେଲେ କେହି ଫୋନ୍ ଉଠେଇଲେ ନାହିଁ । ନିରାଶ ହେଇ ସେ ପ୍ରାୟ ଦି କିଲୋମିଟର ବାଟ ସ୍କୁଟର ଘୋଷାଡ଼ି ଗ୍ୟାରେଜ୍‌ରେ ଦେଇ ଅଟୋ ଧରି ଘରେ ପହଞ୍ଚିବା ବେଲକୁ ରାତି ଏଗାର ।

ଦିନରେ କୋର୍ଟ କେସ୍‌ ଏବଂ ସନ୍ଧ୍ୟାରେ ଦି'ଟା ଅପରେସନ୍‌ କରିବା ପରେ ହାଲିଆ ହୋଇ ଘରକୁ ଫେରିବା ବେଳକୁ ଏତେ ହୀନସ୍ତା । ଡୁପ୍ଲିକେଟ୍‌ ଚାବିରେ ଘର ଖୋଲିଲେ । ଭୋକରେ ପେଟ ଜଳୁଥିଲା । ହେଲେ ରୋଷେଇ ହୋଇ ନଥିଲା ।

ଅଳ୍ପ ସମୟ ପରେ ସ୍ତ୍ରୀ ଓ ଝିଅ ଫେରିଲେ । ଡ୍ରାଇଭରକୁ ବିଦା କରି ମିସେସ୍‌ ଘରେ ପଶିବା କ୍ଷଣି ଡାକ୍ତରବାବୁ ଗର୍ଜିଉଠିଲେ । ରାଗରେ ତ ତାଙ୍କ ବ୍ରହ୍ମ ଜଳୁଥିଲା । ଯାହା ପାରିଲେ ଗାଳିଗୁଲଜ କଲେ । ମିସେସ୍‌ ବି ବେଶ୍‌ ଉଚ୍ଚସ୍ୱରରେ ଜବାବ ଦେଲେ ।

ସ୍ତ୍ରୀଙ୍କର କହିବା କଥା ସେ ଡାକ୍ତରବାବୁଙ୍କୁ କହିଥିଲେ ଶୀଘ୍ର ଫେରିଲେ ଷ୍ଟେସନ ଯିବେ ଜଣେ ବନ୍ଧୁଙ୍କୁ ଭେଟିବା ପାଇଁ । ତାଙ୍କର ଡେରି ହେବାରୁ ସେ ଡ୍ରାଇଭରକୁ ଡାକି କାର୍‌ ନେଇ ଚାଲିଗଲେ । ଡାକ୍ତରବାବୁଙ୍କୁ ଜଣେଇବା କିଛି ଆବଶ୍ୟକ ନଥିଲା । ତାଙ୍କର ବି ଅଧିକାର ଅଛି, ହାତରେ ଗାଡ଼ି, ଡ୍ରାଇଭର ଅଛି । ସେ ସ୍ୱାଧୀନ ଭାବରେ ବାହାରେ ବୁଲି ପାରିବେ ।

ଡାକ୍ତରବାବୁ ଗାଡ଼ି ଚାବି ମାଗିଲେ । ଚାବିଟା ହାତରେ ଥିଲେ ତ ରୋଷେଇ ନକରି, ତାଙ୍କୁ ନଜଣେଇ ବାହାରେ ବୁଲିବେ । ମିସେସ୍‌ ଜବାବ ଦେଲେ ତାଙ୍କ ନିଜ ଆକାଉଣ୍ଟରୁ ସେ ଟଙ୍କା ଦେଇଛନ୍ତି ଗାଡ଼ି କିଣିବା ପାଇଁ । ତେଣୁ ଡାକ୍ତରବାବୁଙ୍କର ଅଧିକାର ନାହିଁ ଚାବି ମାଗିବାକୁ ।

ଡାକ୍ତରବାବୁଙ୍କ ସର୍ବାଙ୍ଗ ଜଳିଗଲା ରାଗରେ । କହିଲେ ରାତି ଏଗାରଟା ତ ଟ୍ରେନ୍‌ ଆସିବା ସମୟ ଥିଲା । ସନ୍ଧ୍ୟା ଆଠଟାରୁ ସେ ଷ୍ଟେସନ ଯିବା କ'ଣ ଦରକାର ? କେବଳ ପ୍ରେମାଳାପ କରିବାର ଗୋଟିଏ ବାହାନା । ତାଙ୍କ ମିସେସ୍‌ ପାଲଟା ଜବାବ ଦେଲେ ଯେ, ଡାକ୍ତରବାବୁ ଡାକ୍ତରଖାନାରେ ଆଉ ସମାଜସେବା ନାଆଁରେ ସ୍ତ୍ରୀଲୋକମାନଙ୍କୁ ନେଇ ନାଚୁଛନ୍ତି ଯେତେବେଳେ ସେ ପ୍ରେମାଳାପ କରିବାକୁ କେହି ବାରଣ କରିବେ କାହିଁକି ।

ବାସ୍‌, ଡାକ୍ତରବାବୁ ହିତାହିତଜ୍ଞାନ ଭୁଲିଗଲେ । କେବେ ହାତ ନ ଉଠେଇଥିବା ଲୋକ ଟେବୁଲ ଉପରୁ ଝିଅର ରାଇଟିଙ୍ଗ ବୋର୍ଡ ଉଠେଇ ସ୍ତ୍ରୀଙ୍କ ଉପରକୁ ଛାଟିଦେଲେ । ସ୍ତ୍ରୀଙ୍କ ମୁଣ୍ଡରୁ ରକ୍ତ ଝରିପଡ଼ିଲା । ଡାକ୍ତରବାବୁ ବିକଳ ହୋଇ ଦୌଡ଼ିଯାଇ ଧରିପକେଇଲା ବେଳକୁ ସ୍ତ୍ରୀ ତାଙ୍କୁ ଦେଲେ ଗୋଟିଏ ଧକ୍କା । ସାଙ୍ଗେ ସାଙ୍ଗେ କଲିକତାରେ ଥିବା ତାଙ୍କ ଆଇ.ପି.ଏସ୍‌. ଭାଇଙ୍କୁ ଫୋନ୍‌ କଲେ । ପନ୍ଦର ମିନିଟ୍‌ ପରେ ପୋଲିସ୍‌ ତାଙ୍କୁ ଆରେଷ୍ଟ କରିନେଲା ।

ସେଦିନ ଡାକ୍ତର ଗଣ୍ଟାୟତଙ୍କର ସଂସାର ଭାଙ୍ଗିଗଲା । ସବୁ ବନ୍ଧୁବାନ୍ଧବ,

ଚିହ୍ନାପରିଚିତ ଲୋକ ବହୁତ ଚେଷ୍ଟା କରିଥିଲେ ମୀମାଂସା ପାଇଁ । ମିସେସ୍ ଗଣ୍ଟାୟତଙ୍କୁ ଅନୁରୋଧ କରିଥିଲେ କେସ୍ ଉଠେଇ ନେବା ପାଇଁ । ଡାକ୍ତର ଗଣ୍ଟାୟତ ବାରମ୍ବାର ଭୁଲ୍ ମାଗିଥିଲେ ବି ତାଙ୍କ ମିସେସ୍ ଜିଦ୍‌ରେ ଅଟଳ ରହିଲେ । ତାଙ୍କ ଉପରକୁ ହାତ ଉଠାଇଥିବା ଲୋକ ପାଖରେ ସେ କଦାପି ରହିବେ ନାହିଁ । ତାଙ୍କୁ ସେ କଦର୍ଯ୍ୟ ଭାଷାରେ ଗାଳିଗୁଲଜ କରି ଅପମାନିତ କରିଛନ୍ତି, ମାରି ମୁଣ୍ଡ ଫଟେଇ ଦେଇଛନ୍ତି । ସାଇପଡ଼ିଶାଙ୍କ ଆଗରେ ସେ ଲାଜରେ ମୁଣ୍ଡ ଉଠେଇ ପାରିବେନି । ତେଣୁ କେହି ଯେମିତି ତାଙ୍କୁ କେସ୍ ଉଠେଇନେବା କଥା ନକହନ୍ତି । ତାଙ୍କୁ ପୋଷିବାକୁ ତାଙ୍କ ବାପଘର ବେଶ୍ ସମର୍ଥ ଅଛନ୍ତି । ତେଣୁ ସେ ଡାକ୍ତରବାବୁଙ୍କ ପଇସା ଲୋଡ଼ିବେନି ।

ଏବେ ବି କେସ୍ ସେମିତି ରହିଛି । ଡାକ୍ତରବାବୁ ବରଖାସ୍ତ ହେଇଛନ୍ତି । ଏକା ସହରରେ ଅଲଗା ହେଇ ରହୁଛନ୍ତି ସ୍ବାମୀ ସ୍ତ୍ରୀ ।

X X X

ନିଜର ବ୍ରହ୍ମପୁର ବଦଲି ହେବା ଖବରରେ ସୁନନ୍ଦା ଆଶ୍ଚର୍ଯ୍ୟ ହେଇଥିଲା । ଅଫିସ୍‌ରେ ସମସ୍ତେ କହୁଥିଲେ ସୁନନ୍ଦା ଏଥର ପୁରୀରୁ କଟକ କି ଖୋର୍ଦ୍ଧା ଯିବ । ସେ ବି ମନେ ମନେ ନିଜକୁ ପ୍ରସ୍ତୁତ କରୁଥିଲା ଦି ତିନିବର୍ଷ ଭୁବନେଶ୍ବରରୁ ଖୋର୍ଦ୍ଧା କି କଟକ ଯିବା ଆସିବା ପାଇଁ । ଏତିକିବେଲେ ବ୍ରହ୍ମପୁର ବଦଲି ଆଦେଶ ଆସିଗଲା । କେତେକ ସହକର୍ମୀ, ଏପରି କି ସୁବ୍ରତ ନିଜେ କହିଥିଲେ ରିପ୍ରେଜେଣ୍ଟେସନ୍ ଦେବା ପାଇଁ । ସ୍ବାଭିମାନୀ ସୁନନ୍ଦା ମନା କରିଦେଲା । ସର୍ବଭାରତୀୟ ଚାକିରି କରି ବ୍ରହ୍ମପୁର ବଦଲି ବାତିଲ କରିବା ପାଇଁ ଯଦି ସେ ଅନୁନୟ କରିବ ତେବେ ଇଞ୍ଜାଲ ବଦଲି ହେଲେ କ'ଣ କରିବ ?

ଅଫିସର୍ସ କଲୋନୀର ସବା ଉପର ଚାରିମହଲା ଫ୍ଲାଟ୍‌ରେ ଏକୁଟିଆ ରହିଲା ସୁନନ୍ଦା । ପ୍ରଥମ ଦିନ ଚାବି ଖୋଲିବା କ୍ଷଣି କ୍ବାର୍ଟର୍ସର ଅବସ୍ଥା ଦେଖି ସୁନନ୍ଦାକୁ ବାନ୍ତି ଉଠେଇଲା । ହଲ୍‌ଟାରେ ଜିନିଷପତ୍ର ଗଦେଇ ସେ ସୁବ୍ରତଙ୍କ ସାଙ୍ଗରେ ଗୋପାଲପୁର ପଲେଇଗଲା । ସାମ୍ନା ଫ୍ଲାଟ୍‌ରେ ରହୁଥିବା ବନ୍ଧୁ ଆଲୋକ ତାଙ୍କ ଘରେ କାମ କରୁଥିବା ମାଉସୀକୁ ଲଗେଇ ସୁନନ୍ଦାର କ୍ବାର୍ଟର୍ସ ପରିଷ୍କାର କରେଇ ଦେଲେ । ତିନିଦିନ ପରେ ଫେରି ସୁନନ୍ଦା ଦେଖିଲା ବେଶ୍ ପରିଷ୍କାର ପରିଚ୍ଛନ୍ନ ଦିଶୁଛି ଘରଟା ।

ସେଇଦିନରୁ ମାଉସୀ ଆସେ କାମ କରିବାକୁ । କଲୋନୀରେ ଚବିଶଟା କ୍ବାର୍ଟର୍ସ । ବୁଢ଼ୀ କାମ କରେ ଚାରିଜଣଙ୍କ ଘରେ । ଖୁବ୍ ପରିଷ୍କାର ବାସନ ମାଜେ, ଘର ଓଲାପୋଛା କରେ । ସୁନନ୍ଦା ଏକୁଟିଆ ରହିଥିବାରୁ ଘରେ ବିଶେଷ କିଛି କାମ ନଥିଲା । ଦିବେଲା

ରାନ୍ଧିବାକୁ ଇଚ୍ଛା ହୁଏନି । ଅଧିକାଂଶ ଦିନ ଅଇଁଠା ବାସନ ନଥିବା ଦେଖି ମାଉସୀ ପଚାରେ, 'ମା' ରୋଷେଇ କଲନି କି ?'

– ଇଚ୍ଛା ହେଲାନି । ଛତୁଆ ଖାଇଦେଲି ।

– ଏମିତି ହେଲେ ଚଳିବ ମା ? ବିଦେଶରେ ରହିଛ । ଖିଆପିଆ ନକଲେ ଦେହ ଖରାପ ହବ, କିଏ ଦେଖିବ ?

– ତମେ କ'ଣ କରିବ ମାଉସୀ ? ତମେ ନେଇଯିବ ମତେ ଡାକ୍ତରଖାନା ।

– ତମର ଯେଉଁ କଥା ମା' । ପିଲାଛୁଆଙ୍କୁ ଛାଡ଼ି ଏଠି ପର ରାଇଜରେ ପଡ଼ିଛ । ମା' ତାରାତାରିଣୀ ତମକୁ ସାହା ହୁଅନ୍ତୁ । ତମ ରୋଗ ବୈରାଗ ଆମକୁ ଝାଡ଼ିଝୁଡ଼ି ଦିଅ ।

ଦିନେ କଲୋନୀର ତିନିଟି ପରିବାର ବାହାଘର ପାଇଁ ଛୁଟିରେ ଯାଇଥିବାରୁ ମାଉସୀ ହାତରେ ବହୁତ ସମୟ ବଳିଥିଲା । ସୁନନ୍ଦାର ବି ଇଚ୍ଛା ହେଉଥିଲା କାହା ସଂଗେ ଗପସପ କରିବା ପାଇଁ । ଏଠି ଆସିଲା ଦିନୁ ସନ୍ଧ୍ୟା ସକାଳ କେବଳ ଚଡ଼େଇଙ୍କ କିଚିରି ମିଚିରି, ଟ୍ରେନ୍ ଆଉ ଟିଭିର ଯାନ୍ତ୍ରିକ ସ୍ୱର ଶୁଣିବାରେ ବିତୁଛି ।

ମାଉସୀ ହାତକୁ ଚା କପ୍‌ଟିଏ ବଢ଼େଇ ଦେଇ ଚେୟାର ପିଠିରେ ଆଉଜି ବସିଲା ସୁନନ୍ଦା ।

– ତମ ନାଆଁ କ'ଣ ମାଉସୀ ?

ଲାଜେଇ ଗଲା ମାଉସୀ, କିଛି କହିଲା ନାହିଁ । ହସିଦେଇ ମୁହଁ ବୁଲେଇ ନେଲା ।

– କ'ଣ ହେଲା ? ତମର କିଛି ନାଆଁ ନାହିଁ ନା କ'ଣ ?

– ମୀନା ।

– ହାଁ, ଏତେ ମଡର୍ଣ୍ଣ ନାଆଁ ତମର ? କିଏ ଦେଲା ଏତେ ସୁନ୍ଦର ନାଆଁଟିଏ ?

– ଧେତ, ମୋ ନାଆଁ ଥିଲା ପାରବତୀ । ସମସ୍ତେ ଡାକୁଥିଲେ ପାର । ତମ ମାଉସା ନାଆଁ ଦେଲେ ମୀନା । ସିନେମାରେ ମୀନାକୁମାରୀକୁ ଦେଖି ସେଇ ନାଆଁ ବାଛିଥିଲେ ମୋ ପାଇଁ । ବାହାଘର ପରେ ଶାଶୁଘରେ ସାଇପଡ଼ିଶା ସେଇ ନାଆଁରେ ଡାକିଲେ । ଏଠି ତ ମତେ ସମସ୍ତେ ମାଉସୀ ଡାକନ୍ତି ।

ଲାଜରେ ନାଲି ପଡ଼ିଯାଇଥିଲା ମାଉସୀ । ସୁନନ୍ଦା ଆମୋଦିତ ହେଲା । ଗୋରା ରଂଗର ଡେଙ୍ଗୀ ପତଳୀ ସ୍ତ୍ରୀଲୋକଟି । ଯୌବନରେ ଦେଖିଲା ଭଳି ଚେହେରା ଥିବ ନିଶ୍ଚୟ । ନାଲି ଶଙ୍ଖା, କପାଳରେ ସିନ୍ଦୂର ଟୋପା, ଖୋସାରେ ଫୁଲମାଳ– ବେଶ୍ ମାନୁଥିବ । ମାଉସୀ ଚେହେରା କଳ୍ପନା କଲା ସୁନନ୍ଦା ।

ସମୟ ମିଳିଲେ ମାଉସୀ ସାଙ୍ଗେ ଗପ ଯୋଡ଼େ ସୁନନ୍ଦା। ଚା’ ପିଉ ପିଉ ଦି’ଜଣ କେତେକଥା ପରସ୍ପରକୁ ପଚାରନ୍ତି। ମାଉସୀ ପଚାରେ ସୁନନ୍ଦାର ଝିଅ କଥା, ଶାଶୂ ଶ୍ୱଶୁରଙ୍କ ଦେହପା’ କଥା, କଟକ ଭୁବନେଶ୍ୱରର ଦଶରା’ ମେଢ଼ ଆଉ ବାଲିଯାତ୍ରା କଥା, ଆଉ ଭୁବନେଶ୍ୱରରେ ସୁନନ୍ଦା ଘରେ କାମ କରୁଥିବା ଝିଅଟିର ଘରଦ୍ୱାର ହାଲଚାଲ ଇତ୍ୟାଦି କଥା। ସୁନନ୍ଦା ମାଉସୀର ଘରସଂସାର ପୁଅଝିଅଙ୍କ ହାଲ ପଚାରେ। ତାଙ୍କ ଗାଁରେ କ’ଣ ଫସଲ ହୁଏ, ଗାଁ ପାଖରେ ନଦୀ ଅଛି କି ନାହିଁ, ଭଉଣୀମାନଙ୍କ ଘରକୁ ଯାଏ କି ନାହିଁ– ଯେତେ ଯାହା ପ୍ରଶ୍ନ ମନକୁ ଆସେ ପଚାରେ। ନିଜର ଗାଁ ଆଉ ବାପ ମା’ ଭଉଣୀମାନଙ୍କ କଥା କହିଲା ବେଳେ ମାଉସୀର ମୁହଁଟି ଶୁଖିଯାଏ। ସବୁ ମଣିଷ ଏମିତି। ଯେତେ ଦୂରରେ, ଯେତେ ସୁଖରେ କି ଦୁଃଖରେ ଥିଲେ ବି ମନ ଲୋଡ଼ୁଥାଏ ହଜିଯାଇଥିବା ମଣିଷ ଆଉ ଭୂଇଁକୁ।

ଦିନେ ମାଉସୀ ଆସିଲାନି। ଏମିତି କେବେ ହୁଏନା। ଆସିବାର ନଥିଲେ ପୂର୍ବଦିନ କହିଦେଇ ଯାଏ। କିଛି ସମୟ ଅପେକ୍ଷା କରିବା ପରେ ସୁନନ୍ଦା କାମ ସାରି ଅଫିସ୍ ଗଲା। ସନ୍ଧ୍ୟାରେ ଫେରି ଦେଖିଲା ଫ୍ଲାଟ୍ ଦୁଆର ମୁହଁରେ ଦଶ ଏଗାର ବର୍ଷର ଝିଅଟେ ଛିଡ଼ା ହୋଇଛି।

– ମା’ ପଠେଇଛି ତମ ଘରେ କାମ କରିଦେଇଯିବି।

– କଉଁ ମା ?

– ମୋ ଆଈ ତମ ଘରେ କାମ କରେ।

– ଓଃ, ମାଉସୀଙ୍କ ନାତୁଣୀ ତୁ ? ତାଙ୍କର କ’ଣ ହେଲା ?

– ଦେହ ଖରାପ, ଭଲ ହେଲାଯାଏ ମୁଁ କାମ କରିଦେଇ ଯିବାକୁ ଆଈ କହିଛି। ଏତେ ଛୋଟିଆ ଝିଅଟିକୁ ବାସନ ମଜେଇବା ପାଇଁ ଇଚ୍ଛା ହେଲାନି ସୁନନ୍ଦାର। କ’ଣ ବା କାମ !

– ତୁ କରିବା ଦରକାର ନାହିଁ ମା। ଆଈକୁ କହିବୁ ତାଙ୍କ ଦେହ ଭଲ ହେଲାପରେ ଆସିବେ। ମୁଁ ପଇସା କାଟିବିନି। ବ୍ୟସ୍ତ ହେବନି।

ପାହାଚ ଡେଇଁ ଡେଇଁ ଝିଅଟି ତଳକୁ ଓହ୍ଲାଇଗଲା।

ତିନିଦିନ ପରେ ଆସିଲା ମାଉସୀ। ମୁହଁ ଶୁଖିଲା, ଆଖି ଫୁଲାଫୁଲା।

– ଦେହ କ’ଣ ହେଲା ମାଉସୀ ? ଔଷଧ ପତ୍ର ଖାଇଲ ତ ?

– ହଁ।

ଏତିକି କହି ମାଉସୀ ରୋଷେଇଘରକୁ ଗଲା ବାସନ ମାଜିବାକୁ । ସୁନନ୍ଦା ପେପର ପଢ଼ାରେ ମନଦେଲା ।

– କାଲି ସକାଳେ ଆସିପାରିବିନି ମା ।

– ଠିକ୍ ଅଛି ମାଉସୀ, ତମ ଦେହ ଆଗେ ଭଲ ହେଇଯାଉ ।

କବାଟ ଆଉଜେଇ ଚାଲିଗଲା ମାଉସୀ ।

ସନ୍ଧ୍ୟାବେଳେ ସୁନନ୍ଦା ଅଫିସରୁ ଫେରିଲାବେଳକୁ ଅନ୍ଧାର ହେଇଯାଇଥିଲା । ଦୁଆରମୁହଁ ପାହାଚ ପାଖେ ଅନ୍ଧାରରେ ବସିରହିଥିଲା ମାଉସୀ ।

– ମାଉସୀ, ତମେ ଏଠି ଅନ୍ଧାରଟାରେ ବସିଛ ? ଆଜି ନ ଆସିଲେ ବି ଚଳିଥାନ୍ତା । ସକାଳେ ଆସି କାମ କରିବ । ରାତି ହେଲାଣି । ଘରକୁ ପଳାଅ ।

– ନାଇଁ ମା' । ଭଲ ଲାଗିବନି । ସୁନନ୍ଦା ଚାବି ଖୋଲୁ ଖାଲୁ ମାଉସୀ ଘର ଭିତରକୁ ପଶିଗଲା । ରୋଷେଇ ଘରୁ ଫେରିପଡ଼ି ପଚାରିଲା– କିଛି ବାସନ ନାହିଁ ମା ।

– ନା, ଅଫିସରେ ଲଞ୍ଚ ଥିଲା । ରୋଷେଇ କରିନି । ତମେ ଏଇଠି ବସ । ମୁଁ ସନ୍ଧ୍ୟାବତି ଦେଇ ଚା କରିବି, ସାଙ୍ଗ ହେଇ ପିଇବା ।

ବାଲ୍‌କୋନୀକୁ ଯାଇ ତଳେ ବସିପଡ଼ିଲା ମାଉସୀ । ସୁନନ୍ଦା ଧୁଆଧୋଇ ହେଇ ସନ୍ଧ୍ୟାବତି ଦେଲା, ଚା ଦି' କପ୍ ତିଆରି କଲା । ଗୋଟିଏ କପ୍ ମାଉସୀକୁ ବଢ଼େଇ ଦେଇ ଚେୟାର ଭିଡ଼ିନେଇ କହିଲା–

– ଜର ପୂରା ଭଲ ହେଇଗଲା ତ ମାଉସୀ ?

– ଜର କାଇଁକି ହବ ମା ? ଅଲକ୍ଷଣା ଡାକୁଣୀଖିଆ ଗୋରୁଙ୍କ ଭଳି ବାଡ଼େଇଲା ।

– କିଏ ବାଡ଼େଇଲା ?

– କିଏ ଆଉ ? ସେଇ ବାଡ଼ିଖିଆ ବୁଢ଼ା । ଆଉ କାହାର ହିମ୍ମତ ଅଛି ମୋ'ଠି ହାତ ଦେବ ?

– ମାଉସା ବାଡ଼େଇଲେ ? କାହିଁକି ?

– ମଦ ପିଇବାକୁ ପଇସା ଦେଲିନି । କେଉଁଠୁ ଆଣିବି କହିଲ ? ଚାରିଘର କାମ କରି ପାଇବି ବାରଶ । ସେଥିରେ ପୁଣି ସାନଝିଅର ଗିରସ୍ତ ବିଦେଶରେ ଯେ ତା ଛୁଆ ଦି'ଟା ନେଇ ମୋରି ପାଖରେ ବରଷକ ବାରମାସ । ସିଏ ପାଇଟି କରୁଛି ଗୋଟିଏ ସ୍କୁଲରେ । ହେଲେ ଝିଅ ପଇସା ମୁଁ ଖାଇବି କି ମା ? ତା ମନ ହେଲେ କେବେ କେମିତି ଦଶ ପଚାଶ ଜୋର କରି ହାତରେ ଗୁଞ୍ଜିଦିଏ, ନହେଲେ ବୋପା ପାଇଁ

ଧୋତିଟାଏ କି ମୋ ପାଇଁ ଶାଢ଼ୀ ଖଣ୍ଡେ ଆଣିଦିଏ । ହେଲେ ମା', ରୋଜ ରୋଜ ଏ ବୁଢ଼ାର ମଦ ପାଇଁ ମୁଁ ପଇସା କାହୁଁ ଆଣିବି ?

— ବୁଢ଼ା କାମକୁ ଯାଉନି କି ?

— ଯାଏ । ଦିନେ ଗଲେ ଦି' ତିନିଦିନ ବନ୍ଦ । ବୁଢ଼ାଟା ତ, ମେହନତି କାମକୁ ପାରେନା । କିଏ ଡାକିଲେ ଯାଏ । ପଚିଶ ତିରିଶ ଟଙ୍କାରୁ ଟଙ୍କାଟିଏ କିଏ ଅଧିକ ଦବନି । ସେତକ ହେଲେ ସବୁଦିନ ମିଳନ୍ତା । ତିନି ଚାରି ଦିନ କାମ ବନ୍ଦ ହେଲେ ମଦ ପିଇବାକୁ ପଇସା ନାହିଁ । ସେଇଠୁ କଳି ଝଗଡ଼ା । ଶେଷରେ ମତେ ପରସ୍ତେ ବାଡ଼ିଆପିଟା କଲେ ଯାଇ ଓରିମାନା ମେଣ୍ଟିବ ବାଡ଼ିପଡ଼ାର । ଯାହା ପଇସା ଆଣୁଛି ସବୁ ଭାଟିରେ ଦଉଛି ।

— ଇଏ କି କଥା ? ତମେ ପରଘରେ ବାସନମାଜି ପୋଷିବ । ମଦ ପାଇଁ ପଇସା ନଦେଲେ ମାଡ଼ ? ଦେଖ ମାଉସୀ, ଏଣିକି ତମକୁ ସିଏ ବାଡ଼େଇଲେ ତମେ ବି ଦିଅ ଦି' ଚାରି ପାହାର । ସ୍ତ୍ରୀ ଲୋକକୁ ଦୁର୍ବଳ ଭାବୁଛି ବୋଲି ବାଡ଼େଇବାକୁ ସାହସ କରୁଛି ବୁଢ଼ା ।

— ଆମେ ତିରିଲା ମଣିଷ ହେଇ ମରଦ ପୁଅକୁ ବାଡ଼େଇବାଟା କ'ଣ ଠିକ୍ ମା ?

— ସିଏ ମରଦ ହେଇ ମଦ ପିଇବାକୁ ତିରିଲାକୁ ପଇସା ମାଗିବାଟା ଠିକ୍ !

— କ'ଣ କରିବି ମା ? ସେ ମୋ କପାଳ ଲିଖନ ।

— ସେସବୁ କିଛି ନାହିଁ ମାଉସୀ । ଛାଡ଼ିଦିଅ ସେ ବୁଢ଼ାକୁ । ସ୍ତ୍ରୀକୁ ପୋଷିବନି, ପୁଣି ବାଡ଼େଇବ । ତାକୁ ଛାଡ଼ି ଅଲଗା ରୁହ । ବଳେ ସାବାଡ଼ ହୋଇଯିବ ।

ତା' ପରଦିନ ସକାଳେ ମାଉସୀକୁ ଆସିବାକୁ ମନା କରିଥିଲା ସୁନନ୍ଦା । ସକାଳୁ ତା'ର ଛତ୍ରପୁର ଯିବାର ଥିଲା । ଫେରୁ ଫେରୁ ରାତି ହେଇଯିବ ।

ସନ୍ଧ୍ୟାବେଳେ ମାଉସୀ ଆସିଲା । କାମ ସାରି ଆସି ଚଟାଣରେ ଜାକିଜୁକି ହେଇ ବସିପଡ଼ିଲା ।

— ଘରକୁ ଯିବନି କି ମାଉସୀ ? ଚା ପିଇବ ?

— ନାଇଁ ।

— କ'ଣ ବୁଢ଼ାକୁ ଛାଡ଼ିଦେଲ ତ ? ଭଲ କଲ– ଠଟ୍ଟାରେ କହିଲା ସୁନନ୍ଦା ।

— ତମେ ଦରମା କେତେ ପାଅ ମା ?

— କାହିଁକି ମାଉସୀ ?

– କେତେ ପାଅ ଟିକେ କହନ୍ତୁ ।

– ଆମର ଦରମା ତ ବହୁତ । ହେଲେ ଖର୍ଚ୍ଚ ବି ସେମିତି । ତମ ପରି ଆମର ବି ଖର୍ଚ୍ଚ ପାଇଁ ନିଅଣ୍ଟ ପଡ଼େ । ଲୋନ୍ କରିବାକୁ ହୁଏ ।

– ଏତେ ଦରମା ପାଉଛ । ବାବୁ ତ ତମକୁ ପୋଷିବା ଦରକାର ନାହିଁ ।

– ଆମେ ଦି'ଜଣ ରୋଜଗାର କରୁ । ସାଙ୍ଗ ହୋଇ ଖର୍ଚ୍ଚକରୁ । ପୋଷିବା ନ ପୋଷିବାରେ କ'ଣ ଅଛି ?

– ବାବୁ ତମକୁ ଗାଳି ଦିଅନ୍ତି ? ମାରନ୍ତି ?

– ହଁ କେବେ କେବେ ରାଗିଗଲେ ଗାଳି ଦିଅନ୍ତି, ଖୁବ୍ ଟାଣ ଟାଣ କଥା କୁହନ୍ତି । ମାରନ୍ତି ନାହିଁ ।

– ସତକଥା କହିବ ମା, ବାବୁ ଯଦି ତମକୁ ମାରିବେ, ଛାଡ଼ିଦବ ତାଙ୍କୁ ?

ସୁନନ୍ଦା ହଠାତ୍ ଜବାବ୍ ଦେଇପାରିଲାନି । ମାଉସୀ ଏମିତି ପ୍ରଶ୍ନ ତାକୁ କାହିଁକି କରୁଛି ?

– କହନ୍ତୁ, ଛାଡ଼ି ଦେଇପାରିବ ?

– କହିପାରିବିନି ମାଉସୀ । ତେବେ ବିନା କାରଣରେ ସବୁବେଳେ ମାଡ଼ଗାଳି ଦେଲେ, ଅପମାନିତ କଲେ ବୋଧେ ଛାଡ଼ି ପଳେଇବି ।

– ତମେ ମା ପାଠଶାଠ ପଢ଼ିଛ, ବଡ଼ ଚାକିରି କରିଛ । ମଣିଷ ଚରଉଛ, ତମେ ପାରିବ । ମୁଁ ପାରିବିନି ମା । ସେ ମତେ ଜୀବନରେ ମାରିଦେଲେ ବି ପାରିବିନି । ମୋ ବାପାର ଆମେ ଛଅ ଝିଅ । ମୋ ନମ୍ବର ଥିଲା ଚାରି । ମାଉସା ସେତେବେଳେ ଆମ ଗାଁ ପାଖ କଣ୍ଟ୍ରାକ୍ଟର ପାଖରେ କାମ କରୁଥିଲା ଭଲ ପଇସା ରୋଜଗାର କରୁଥିଲା । ଦିନେ ସଞ୍ଜରେ ଆମ ଘରେ ପହଞ୍ଚି ମୋ ବାପାକୁ ସିଧା କହିଲା, 'ପାରକୁ ମୋ ସାଙ୍ଗରେ ବାହାଦିଅ । ନହେଲେ ଗାଁ ମୁଣ୍ଡ ବରଗଛରେ ଦଉଡ଼ି ଦେବି । ଆମର ତ ଗରିବ ଘର । ମାଉସା ସଲଖ ସୁନ୍ଦର ଭେଣ୍ଡ । ଭଲ ରୋଜଗାର । ମୋ ବାପାଙ୍କ ଖୁସି କହିଲେ ନସରେ । ହେଲେ ମା, ମାଉସା ଘରେ ଏକଥା ଶୁଣି ସଭିଏଁ ରାଗି ନିଆଁବାଣ । ମୋର ବାପାର ତ କଉଡ଼ିଟିଏ ଯଉତୁକ ଦବାର କ୍ଷମତା ନଥିଲା । ମାଉସା ଶେଷରେ ମତେ ମନ୍ଦିରରେ ବାହା ହେଲା । ତା ଭାଇମାନେ ଧମକେଇଲେ ଜୀବନରେ ମାରିଦେବେ । ମତେ ଡରମାଡ଼ିଲା, ଆମେ ଆସିକା ପଳେଇ ଆସିଲୁ । ମାଉସା ଚିନିକଳରେ କାମ କରି ବେଶ୍ ପଇସା ରୋଜଗାର କଲା । ବହୁତ ଆଡ଼େ ମତେ ବୁଲେଇଚି, ରାମେଶ୍ୱର ତୀର୍ଥ ନେଇଛି ରେଲରେ ବସେଇ । ମୋ ନାଆଁ ଦେଇଥିଲା ମୀନା କୁମାରୀ । ଭଲିକି ଭଲି ଲୁଗା, ଚୁଡ଼ିଶଙ୍ଖା, ଫୁଲ

କିଶୀ ଦେଇଛି । ମୋର ଦି'ଟା ଭଉଣୀ ବାହାଘରରେ ହାତ ଖୋଲି ଖର୍ଚ୍ଚ କରିଛି । ମୋ ବାପା ବୋଉ ବାର୍ଦ୍ଧିକି ପଡ଼ିଲେ, ସେପାରିକୁ ଗଲେ । ମଉସା ସବୁ କରିଛି ।

ଏକଥା କହିଲାବେଳେ ମାଉସୀ ସୁଁ ସୁଁ ହେଇ କାନ୍ଦିଲା ।

– ଥାଉ, କାନ୍ଦନି ମାଉସୀ । ବାପା ମା' କ'ଣ ସବୁଦିନେ ଥାନ୍ତେ ? ମୋ ବାପା ବି ତ କେବେଠୁ ଚାଲିଗଲେଣି । କ'ଣ କରିବା ?

ମାଉସୀ ଶାଢ଼ୀ କାନିରେ ଲୁହ ପୋଛିଲା ।

– ଚିନିକଳରେ କ'ଣ ଗଣ୍ଡଗୋଲ ହେଲା । ମଉସା ସାଙ୍ଗରେ ଆଉ କେତେଜଣଙ୍କର ଚାକିରି ଗଲା । ମଉସା ଖାତିର କଲେନି । ଯେଉଁଠି କାମ କରିବ ପଇସା ଆଣିବ । ଚିନ୍ତା କ'ଣ ?

– ସେଇଠୁ ?

– ସେଇଠୁ ଆଉ କ'ଣ ? ତିନି ଝିଅ ଆଉ ପୁଅଟିଏ ହେଲେ । ଯାହା ଯେମିତି ସଂସାର ଚଳୁଥିଲା । ଝିଅମାନେ ବାହାତୋଲା ହେଲେ । ଭଲରେ ଅଛନ୍ତି ଠାକୁରଙ୍କ ଦୟାରୁ । ପୁଅଟା ଚଗଲା । ଏବକୁ ଟିକେ ବାଟକୁ ଆସୁଛି । ବାପା ବୁଢ଼ା ହେଲା, ମା କାମକୁ ପାରୁନି । ସେ କ'ଣ ଦେଖୁନି ?

– ମଉସାର ଆଜି ବୟସ ଖସିଲା, ମଜୁରି ଖଟି ପାରୁନି । ଆଗେ ନିଶାପାଣି ବେଶୀ ନଥିଲା । ଏବକୁ ଦିହ କସମସ୍ ମେଣ୍ଟାଇବାକୁ ପିଇ ଦେଉଛି । ଅଧିକାର ପଣରେ ଯଦି ପଇସା ପାଇଁ ଜିଗର କଲା, ଦି ପାହାର ପିଟି ଦେଲା, ତମେ କହୁଛ ମୁଁ ତାକୁ ଛାଡ଼ି ପଳେଇବି ? ସେଇ ତ ପୁଣି ଅଧଘଣ୍ଟାଏ ଯାଇନଥିବ ଗୋଡ଼ହାତ ଧରି ନେହୁରା ହଉଛି । ଅଧିକ ମଜୁରି ମିଳିଲେ ଲୁଗା, ଶଙ୍ଖା କିଣିବା ପାଇଁ ପଇସା ଯାଉଛି । କିଛି ନହେଲେ ପଛେ ନାହିଁ, ଏ ଚୁଡ଼ି ଦି' ମୁଠା ଆଉ ସିନ୍ଦୂର ଟୋପାଟାର ଦାମ କ'ଣ କଉଁ ରଜାଧନଠୁ କମ୍ କି ମା ?

ସୁନନ୍ଦା ଆଶ୍ଚର୍ଯ୍ୟ ହେଇ ମାଉସୀ ମୁହଁକୁ ଚାହିଁଥିଲା । ତଳକୁ ମୁହଁ ପୋତି ଏକା ନିହ୍‌ସରେ ଏତେ କଥା କହିଗଲା ବୁଢ଼ୀ । ସେ ହାଁ କରି ଚାହିଁ ରହିଛି । ମାଉସୀ ତାକୁ ଯୁକ୍ତିରେ ପରାସ୍ତ କରିଦେଇଥିଲା । ଏତେ ବହିପଢ଼ି, ଦେଶ ବିଦେଶ ବୁଲି ଏଇ ନିରକ୍ଷରା ଗାଉଁଲି କାମବାଲୀ ବୁଢ଼ୀ ପାଖରେ ଶୋଚନୀୟ ଭାବେ ହାରିଯାଇଥିଲା ସୁନନ୍ଦା ।

– ଯାଉଛି ମା, ସକାଳେ ଶୀଘ୍ର ଆସିବି ।

ବୁଢ଼ୀ ପଛେ ପଛେ ବନ୍ଦ ହୋଇଗଲା କବାଟ ।

ଜଗତପେଡ଼ି

ଶେଲିର ଫୋନ୍ ! ରାତି ସାଢ଼େ ଏଗାରଟାରେ ! ସେ ତ ଦଶଟା ବେଳକୁ ଶୋଇଯିବା କଥା । ଶେଲି ଆମ ସହରକୁ ଆସିଲେ ଆମେ ସବୁ ସାଙ୍ଗମାନେ ଦୁଇ ତିନିଥର ନିଶ୍ଚୟ ଏକାଠି ବସୁ, ବୁଲିଯାଉ, ନହେଲେ ସ୍ୱପ୍ନା, ମନୀଷା କି ଶେଲି ଘରେ ଖାଇ ପିଇ ସକାଳୁ ରାତି ପର୍ଯ୍ୟନ୍ତ ଗପରେ ବିତେଇ ଦେଉ । ଶେଲି ରାତି ନଅଟା ପରେ ଆଉ ରହିପାରିବନି । ସେ ଦଶଟା ବେଳେ ଶୋଇବ ସକାଳ ଚାରିଟାରୁ ଉଠିବ । ସେଥିରେ ଏପଟ ସେପଟ ହେବ ନାହିଁ ।

ଆଜି ରାତି ସାଢ଼େ ଏଗାରଟା ପର୍ଯ୍ୟନ୍ତ ସେ କ'ଣ କରୁଛି ? ପୁଣି ତାକୁ ଫୋନ୍ କରିଛି !

– ହଁରେ ଶେଲି, ଏତେ ରାତିରେ ? କିଛି ଅସୁବିଧା ହେଇନି ତ ?

– ନା, ତୁ ସେକଥା ଛାଡ଼ । କାଲି ସକାଳେ ଯେତେ ଶୀଘ୍ର ପାରିବୁ ଆମ ଘରେ ଆସି ପହଞ୍ଚିବୁ ।

– କଥା କ'ଣ ଟିକେ ଖୋଲି କହୁନୁ ? ତୁ ବୁଝିପାରୁନୁ କି ତୋଠୁ ଏତେ ରାତିରେ ଫୋନ୍ ପାଇଲା ବେଳଠୁ ମୋ ଛାତି ଥରୁଛି ?

– ନା ଲୋ, କିଛି ହେଇନି । ଏମିତି ଆଉ ଡରନା । ସକାଳେ ଆସିଲେ ମୁଁ ତତେ ଗୋଟାଏ ଜିନିଷ ଦେଖେଇବି । ଶୀଘ୍ର ଆସିବୁ । ବିନୀତ ସନ୍ଧ୍ୟାରେ ଆସି ପହଞ୍ଚିଯିବେ ।

– ଠିକ୍ ଅଛି । ସାଢ଼େ ନଅରୁ ଦଶଟା ଭିତରେ ଯାଇ ପହଞ୍ଚିବି ।

– ଏଠି ଖାଇବା । ବେବି ଆସି ରାନ୍ଧି ଦେଇ ଯାଉଛି । ମୁଁ କାହାକୁ ଡାକିନି, ଏକା ତତେ ।

– ଆରେ ବାଃ ! ଆଇ ଆମ୍ ସୋ ପ୍ରିଭିଲେଜ୍‌ଡ୍ !

– ୟେସ୍ ଇଉ ଆର୍। କାଲି ସକାଳେ ଦେଖା ହବ। ଗୁଡ୍ ନାଇଟ୍। – ଶେଲି ଫୋନ୍ ରଖିଦେଲା।

ସକାଳେ ଶେଲି ଘରେ ପହଞ୍ଚିଲା ବେଳକୁ ଘର ଶୂନ୍‌ଶାନ୍। କେହି ନାହିଁ। କବାଟ ଖୋଲା। ତଳ ମହଲାରେ ଶେଲି ରହେ। ଛ’ ମାସ ହେଲା ତାର ଅପରେସନ୍ ହୋଇଛି। ଉପର ମହଲା ଯିବା ଆସିବାକୁ ଅସୁବିଧା। ତଳ ମହଲାରେ ତା’ ଶ୍ୱଶୁର ରହୁଥିଲେ। ତାଙ୍କୁ ଦେଖା ଶୁଣା କରିବାକୁ ଦି’ଜଣ ଲୋକ ଥାନ୍ତି। ଗତବର୍ଷ ଶ୍ୱଶୁର ଚାଲିଗଲେ। ଏବେ ଘର ବିକାଯିବ। ବିଲ୍‌ଡର୍ ସାଙ୍ଗେ ଯୋଗାଯୋଗ ସରିଛି।

ଅରୁଣା ସିଧା ଶେଲିର ଶୋଇବା ଘରକୁ ପଶିଗଲା। ଖଟ ଉପରେ ବସିଥିଲା ଶେଲି। ତା’ ଚାରିପାଖରେ ବହି ଖାତା ଗଦା। ଟୁକୁଡ଼ା କାଗଜପତ୍ର ସବୁ ଚଟାଣ ଉପରେ ଖଣ୍ଡିଉଡ଼ା ଦେଉଥିଲେ।

– ଇୟେ କ’ଣ ?

– ଆ, ବସ୍ ଏଠି। ଆସିଲା ଦିନଠୁ ମୁଁ ଏଇ ସବୁ ଘାଣ୍ଟିଚି।

– ଏସବୁ ବିନୀତଙ୍କର ?

– ନା, ମୋ ଶାଶୂଙ୍କର। ସେଇ ଜଗତପେଡ଼ିରେ ଥିଲା। – କହି ଶେଲି କୋଣରେ ଖୋଲାପଡ଼ିଥିବା ବଡ଼ ଦସ୍ତା ବାକ୍ସଆଡ଼େ ଇସାରା କଲା।

ଅରୁଣା ଜାଣେ ସେଇ ଜଗତପେଡ଼ି କଥା। ତିନିଫୁଟ ଉଚ୍ଚ, ତିନିଫୁଟ ଚଉଡ଼ା ଓ ଚାରିଫୁଟ ଲମ୍ବର ସେଇ ବାକ୍ସ ଶେଲିର ଶାଶୂଙ୍କର। ସେ ତାକୁ ବାହାଘର ବେଳେ ବାପଘରୁ ଆଣିଥିଲେ, ଯେଉଁଥିରେ ଝିଅଟିଏ ଶାଶୂଘରେ ଚଲିବା ପାଇଁ ଖାଇବା ଲୁଗାପତା ଛଡ଼ା ବାକୀ ସମସ୍ତ ଜିନିଷ ଥାଏ।

– ବୋଉ ଚାଲିଗଲା ପରେ ଏ ରୁମର ସବୁ ଜିନିଷ ସେମିତି ଅଛି। ସେ ଚାହିଁଥିଲେ ଘର ବିକ୍ରି ନହେବା ପର୍ଯ୍ୟନ୍ତ ତାଙ୍କର କିଛି ବି ଜିନିଷପତ୍ର ଏପଟ ସେପଟ ହେବନାହିଁ। ଦେଖ, ଏଇ ଓଜନିଆ ସୁନାଚୁଡ଼ି ହଲକ ଆଜି ତାଙ୍କ ଡ୍ରେସିଂ ଟେବୁଲ୍ ଡ୍ରୟରରୁ ପାଇଲି। ଡବା ଉପରେ ମୋ ନାଆଁ ଲେଖା ହୋଇ ରହିଛି– ଶେଲି ଦି’ହାତ ମୁହଁରେ ଦେଇ କାନ୍ଦି ପକେଇଲା।

– ଏ କ’ଣ ଶେଲି ? କାନ୍ଦନା, ମୋ ସୁନାଟା ପରା। ମାଉସୀ କେତେ କଷ୍ଟ ପାଉଥିଲେ କହିଲୁ ? ତୁ ତ ନିଜେ ପ୍ରାର୍ଥନା କରୁଥିଲୁ ତାଙ୍କର ମୁକ୍ତି ପାଇଁ।

– ନା ରେ ଅରୁ, ସେ ପାଇଁ କାନ୍ଦୁନି। ତତେ କ’ଣ କହିବି ? ନିଜେ ଦେଖ

ଏସବୁ। ମୋ ଶାଶୂ ଡାଏରୀ ଲେଖୁଥିଲେ ଆମେ ଜାଣୁ। କୋଡ଼ିଏ ଖଣ୍ଡ ଡାଏରୀ ଅଛି। ଶେଷ ଦି ବର୍ଷ ତିନିମାସ ସେ ଲେଖିପାରିନାହାନ୍ତି, ପାରାଲିଟିକ୍ ସ୍ଟ୍ରୋକ୍ ପାଇଁ।

କ'ଣ ଲେଖିଛନ୍ତି ସେ ? ନେ ପଢ଼, ବିନୀତଙ୍କ କଥା, ସାଙ୍ଗ ସାଥୀ, ଭାଇ ଭାଉଜ, ମୁଁ, ତାଙ୍କ ନାତିନାତୁଣୀ, ସମସ୍ତଙ୍କୁ ତାଙ୍କ ପେଡ଼ିରେ ରଖିଯାଇଛନ୍ତି। ତିନିଦିନ ହେଲା ମୁଁ କେବଳ ପଢୁଛି। ମତେ କାନ୍ଦ ମାଡୁଛି। - କହି ଶେଲି ପୁଣି କଇଁ କଇଁ ହେଇ କାନ୍ଦିଲା।

କ'ଣ କହି ଶେଲିକୁ ବୁଝେଇବ ଜାଣିପାରୁନଥିଲା ଅରୁଣା। ସେ ନିଜେ ବି ଲୁହ ରୋକି ପାରୁନଥିଲା। ଶେଲି ତକିଆ ଉପରୁ ଛୋଟ ତଉଲିଆ ଉଠେଇ ନେଇ ଆଖି ପୋଛିଲା।

- ତୋର ମନେଅଛି, ବୋଉଙ୍କ ଦେହ ଖରାପ ବେଳେ ସେ ବାପାଙ୍କୁ ଦେଖିଲା କ୍ଷଣି କେମିତି ହାତ ମୁଠାମୁଠା କରି ଆଖି ତରାଟି ଚାହୁଁଥିଲେ ? ରାଗି ପାଟି ଲାଲ ପଡ଼ିଯାଉଥିଲେ ?

- ହଁ, ମନେଅଛି। ମୁଁ ଥରେ ଏଇଠି ସେଇ ଅବସ୍ଥାରେ ଦେଖିଛି। ଡାକ୍ତର ତାଙ୍କୁ ପରୀକ୍ଷା କରୁଥିଲେ। ମଉସାଙ୍କୁ ଦୁଆର ମୁହଁରେ ଠିଆ ହେଇଥିବା ଦେଖି ସେ ହାତ ମୁଠାମୁଠା କରି ଏତେ ଉତ୍ତେଜିତ ହେଲେ ଯେ ଡାକ୍ତର ମଉସାଙ୍କୁ ମନାକଲେ ସାମ୍ନାକୁ ଆସିବା ପାଇଁ।

- ଠିକ୍, ସେଦିନଠୁ ବୋଉ ନିଦରେ ଶୋଇଥିଲାବେଳେ ବାପା ଆସି ଦେଖିଯାନ୍ତି।

- କେତେ ଖରାପ ଲାଗୁଥିବ ମଉସାଙ୍କୁ କହିଲୁ! ଆମ ପିଲାଦିନେ ଶୁଣିଛି ମୃତ୍ୟୁ ପାଖେଇ ଆସିଲେ ଯେଉଁ ମଣିଷ ସବୁଠୁ ବେଶୀ ଭଲପାଉଥିବ, ବେଶୀ ସେବା କରୁଥିବ ତାକୁ ହିଁ ମରଣମୁହାଁ ମଣିଷଟି ବେଶୀ ଗାଳିଦବ, ପାଖକୁ ଆସିବାକୁ ଦେବନାହିଁ, ତା ଉପରେ ରାଗିବ। ସେବା କରୁଥିବା ମଣିଷଟି ମନକଷ୍ଟ କଲେ ବୟସ୍କମାନେ ବୁଝେଇ ଦିଅନ୍ତି– ଏସବୁ ମାୟା ଛଡ଼େଇବାର ବାହାନା। ପ୍ରିୟ ମଣିଷକୁ ଏମିତି ଦୂରଦୂର ନକଲେ ମାୟା ଛାଡ଼ିବ ନାହିଁ କି ପୃତିଗନ୍ଧମୟ ନର୍କରୁ ମୁକ୍ତି ମିଳିବ ନାହିଁ। ଆତ୍ମା ଦେହ ଛାଡ଼ିବା ପାଇଁ ଛଟପଟ ହେଲେ କାଳେ ମଣିଷ ଏମିତି ଆଚରଣ କରେ।

- ବାଜେ କଥା! ସବୁ ଆଚରଣ ପଛରେ କିଛି କାରଣ ଥାଏ। ଦୁଃଖର କଥା, ରୋଗୀ ମଣିଷଟି ଶେଷ ଅବସ୍ଥାରେ କିଛି କହିପାରେ ନାହିଁ, ବେଳେବେଳେ କହିବାକୁ ଚାହେଁ ନାହିଁ।

ଶେଲି ଚିଡ଼ିଯାଇଥିଲା । ଅରୁଣା ଚୁପ୍‌ଚାପ୍‌ ବସି ରହିଲା । କିଛି ସମୟର ମୌନତା ପରେ ଶେଲି ମୁହଁ ଖୋଲିଲା ।

– ଆରେ ଅରୁ, ଭୁଲିଯାଇଛି ଖାଇବା କଥା । ଚାଲ ଖାଇବା । ମତେ ବି ଭୋକ ଲାଗିଲାଣି । ବେବି ତୋ ପାଇଁ ଦହିବରା, ଆଳୁଦମ୍‌, ଘୁଗୁନି ରାନ୍ଧିଦେଇ ଯାଇଛି । ଦେଖ୍‌ନୁ, କେମିତି ମସଲା ବାସ୍ନାରେ ଘର ମହଙ୍କୁଚି । – କିରି କିରି କରି ହସିଲା ଶେଲି ।

ଶେଲିର ହସ ଦେଖି ଅରୁଣା ଆଶ୍ୱସ୍ତ ହେଲା । ଆସିଲା ବେଳଠୁ ତାକୁ ଖାଲି କାନ୍ଦିବାର ଦେଖୁଥିଲା ସେ ।

ଦି ଜଣ ବସି ପେଟଭର୍ତ୍ତି ଜଳଖିଆ ଖାଇଲେ । କଫି କପ୍‌ ଧରି ଶୋଇବା ଘରକୁ ଆସିଲେ । ଏଇ ରୁମ୍‌ଟି ତା ଶାଶୂଙ୍କ ଶୋଇବା ଘର ଥିଲା । ଏବେ ଶେଲି ବ୍ୟବହାର କରୁଛି । ଶାଶୂଙ୍କ ବୋହୂ ବେଶର ଓ ହସ ହସ ମୁହଁର ବଡ଼ ବଡ଼ ଫଟୋ ଦୁଇଟା ସାଙ୍ଗକୁ ପୁଅବୋହୂ ନାତିନାତୁଣୀଙ୍କ ଫଟୋ ଚାରିଆଡ଼େ । କିନ୍ତୁ ଶେଲିର ଶ୍ୱଶୁରଙ୍କର ଗୋଟିଏ ବି ଫଟୋ ସେ ରୁମ୍‌ରେ ନଥିଲା, ଶାଶୂଙ୍କ ସାଙ୍ଗରେ ମଧ୍ୟ ନୁହେଁ ।

ଶେଲି ଗୋଟାଏ କାଗଜ ମନଦେଇ ପଢୁଥିଲା ।

– ମଉସାଙ୍କର ଗୋଟିଏ ହେଲେ ଫଟୋ ନାହିଁ ଏଠି ?

– ହୁଁ, ସେଇତ ରହସ୍ୟ ! ତିନିଦିନ ହେଲା ମୁଁ ଗୋଇନ୍ଦା କାମରେ ଲାଗିଛି ।

– ମାନେ ?

– ଅତି ସହଜ । ଶାଶୂଙ୍କ ଇଚ୍ଛାରେ ହିଁ ଏ ରୁମ୍‌ରେ ଶ୍ୱଶୁରଙ୍କ ଫଟୋ ରଖାଯାଇ ନାହିଁ । ଶ୍ୱଶୁରଙ୍କ ଫଟୋଟିଏ ଆମେ ରଖିବାକୁ ଚାହିଁଲେ ଆଗେ ଶାଶୂ ହସିଦେଇ କହୁଥିଲେ 'ଏ ରୁମ୍‌ ମୋର । ତାଙ୍କ ଫଟୋ ତ ସବୁଆଡ଼େ ଲାଗିଛି । ଏଇ ରୁମ୍‌ରେ ଖାଲି ମୋର ଆଉ ମୋ ପିଲାଙ୍କର ଫଟୋ ଥାଉ ।' ଆମେ କେବେ ଗୁରୁତ୍ୱ ଦେଇ ସେ କଥା ଚିନ୍ତା କରୁନଥିଲୁ । କିନ୍ତୁ ବୋଉଙ୍କର ଏ ଡାଏରୀଗୁଡ଼ିକ ସବୁ କଥା ପରିଷ୍କାର କରିଦେଇଛି । ଶେଲି ଗୋଟିଏ ଡାଏରୀ ଖୋଲି ଅରୁଣା ହାତକୁ ବଢ଼େଇଦେଇ କହିଲା, ଯୋଉଠି ଚିହ୍ନ ଦେଇଛି ପଢ଼ିବୁ ।

ଅରୁଣା ଡାଏରୀର ପୃଷ୍ଠା ଓଲଟେଇଲା । ଜାନୁଆରୀ ୧୮ ତାରିଖ ପୃଷ୍ଠାରେ ଖଣ୍ଡେ କାଗଜ ଚିହ୍ନ ଦିଆ ହେଇଥିଲା ।

'ଆଜି ଶୋଭା ବୋଲି ଝିଅଟି ଆମ ଘରକୁ ଆସିଲା । ସେ ବି.ଏ. ପାସ୍‌

କରିଛି । ଏଠି ଆମ ଘରେ ରହି ପିଜି କରିବ । ତାଙ୍କ ସାଙ୍ଗ ନାରାୟଣଙ୍କ ସ୍ତ୍ରୀ ସୁରମାଙ୍କ ସାନ ଭଉଣୀ । ଭଲ ହେଲା । ଝିଅଟି ଘରେ ରହିଲେ ମତେ ଏକୁଟିଆ ଲାଗିବନି ।

ମାର୍ଚ୍ଚ ୧୫ । ଆଜି ତାଙ୍କ ସାଙ୍ଗ ହୋତାବାବୁଙ୍କ ପୁଅର ଷୋଳପୂଜା । ସନ୍ଧ୍ୟାରେ ଆମ ଦୁଇଜଣଙ୍କର ଯିବାର ଥିଲା । ସେ ମନା କଲେ । ଶୋଭା ବି ପଢ଼ା ଅଛି କହି ରାଜି ହେଲାନି । ମୁଁ ଏକା ଗଲି । ସେ ଘରେ ରହିଲେ । ମତେ ଭଲ ଲାଗିଲା ନାହିଁ ।

ଜୁନ୍ ୨୭ । ଆଜି ଅଫିସରୁ ଫେରିଲା ବେଳେ ସେ ଶୋଭା ପାଇଁ ଚାରିହଳ ଡ୍ରେସ୍ କନା ଆଣିଥିଲେ, ସୁନ୍ଦର ଦାମୀ ହ୍ୟାଣ୍ଡବ୍ୟାଗ୍‌ଟିଏ ବି । ମତେ କହିଲେ ଶୋଭାକୁ ନେଇ ଟେଲର ପାଖରେ ମାପ ଦେବାକୁ । ତାର ଜନ୍ମଦିନ ଜୁଲାଇ ୮ ବୋଲି ତାଙ୍କଠାରୁ ଶୁଣିଲି । ଶୋଭା ମତେ କେବେ କିଛି କହି ନାହିଁ । କାଲି ତାକୁ ନେଇ ଟେଲର ପାଖକୁ ଯିବି ।

ଜୁଲାଇ ୮ । ଆଜି ସକାଳୁ ମୋ ଦେହ ଭଲ ଲାଗୁନଥିଲା, ମନ ବି । କିଛିଦିନ ହେଲା ଘର ମଣିଷଙ୍କ ଆଚରଣ ଠିକ୍ ଲାଗୁନି । ସକାଳେ ନୂଆ ଜାମା ପିନ୍ଧି, ମିଠା ଖାଇ ଶୋଭା ଇଉନିଭରସିଟି ଗଲା । ଦିନରେ ମୁଁ ଭାତ ଡାଲି, ବିନ୍ ଆଲୁ ଭଜା, ଟମାଟୋ ଖଟା କଲି । ତାଙ୍କୁ ଖାଇବାକୁ ଦେଲାବେଳେ ସେ ବିରକ୍ତ ହେଇ କହିଲେ, 'ଏ କ'ଣ ରନ୍ଧା ହେଇଛି ? ଶୋଭାର ଆଜି ଜନ୍ମଦିନ । ସେ କ'ଣ ଭାବିବ କହିଲ ? ମୁଁ ଯାଏ ତା ପାଇଁ କ'ଣ ଦି ତିନିଟା ଡିସ୍ ହୋଟେଲରୁ ଆଣିବି । ଶୋଭା ଆସିଲେ ଖାଇବି । ଏସବୁ ରଖିଦିଅ ।' ମତେ ଖୁବ୍ ବାଧା ହେଲା । ସକାଳୁ ମୋ ଦେହ ଭଲ ନାହିଁ । ଜରରେ ମୁଁ କୁଢ଼େଇ କୁଢ଼େଇ କାମ କରୁଛି । ଏ ଲୋକ ଜାଣୁନାହାନ୍ତି । ଶୋଭାର ଜନ୍ମଦିନ ପାଇଁ ଏତେ ଚିନ୍ତା !

ହୋଟେଲରୁ ଆଣିଥିବା ଖାଦ୍ୟ ସେମାନେ ଖାଇଲେ । ଶୋଭା ଆସି ପଚାରିଲା, 'ଭାଉଜ ଖାଇଛ ? ଆସ, ଆମେ ସାଙ୍ଗହେଇ ଖାଇବା ।' ଦେହ ଭଲ ନାହିଁ କହିବାରୁ ସେ ଫେରିଗଲା । ଶୋଭାର ଜନ୍ମଦିନ ମନେଇବାକୁ ବେଳ ଅଛି । ସ୍ତ୍ରୀ ବେମାର ପଡ଼ିଲେ ଅନେଇବାକୁ ବେଳ ନାହିଁ ।

ସେପ୍ଟେମ୍ବର ୧୮ । ଆଜି ଶୋଭାର ଭଉଣୀ ଭିଶୋଇ ଆସି ପହଞ୍ଚିଲେ । ସେମାନେ ହୋଟେଲରେ ରହିବାକୁ କହୁଥିଲେ, ଆମେ ମନା କଲୁ । ଘରେ ରହିଲେ ।

ସେପ୍ଟେମ୍ବର ୨୨ । ଆଜି ନାରାୟଣ ଆଉ କବିତା ଫେରିଗଲେ । ଚାରିଦିନ ଖୁବ୍ ମଜାରେ କଟିଥିଲା । ଆଜି ଘର ଫାଙ୍କା ଲାଗୁଛି । ଶୋଭା ତ ସବୁବେଳେ କବାଟ ଦେଇ ତା ରୁମ୍‌ରେ ।

ନଭେମ୍ବର ୩ । ଆଜି ପୁଅ ବିନୋଦର ଜନ୍ମଦିନ ପାଇଁ ମନ୍ଦିର ଯାଇଥିଲି ।

ସକାଳୁ ବିନୀତ ସ୍କୁଲ ଗଲା ପରେ ଗାଧୁଆ ପାଧୁଆ ସାରି ମୁଁ ବାହାରି ଗଲି । ମନ୍ଦିରରେ ଖୁବ୍ କମ୍ ଲୋକ ଥିଲେ । ଶୀଘ୍ର ପୂଜା ସାରି ଫେରି ଆସିଲି । ରୋଷେଇ ଘରେ ପଶିଲା ବେଳକୁ ଦେଖିଲି ଇଏ ଶୋଭାର ବାଁ ହାତ ଧରି ଫୁଙ୍କୁଛନ୍ତି । କ'ଣ ହେଇଛି ପଚାରିବାରୁ ହାତ ଛାଡ଼ିଦେଇ ସେ ବାହାରକୁ ଚାଲିଗଲେ । ଶୋଭା କହିଲା ତା ହାତରେ ଗରମ ପାଣି ପଡ଼ିଗଲା, ଭାଇ ଔଷଧ ଲଗେଇ ଦେଲେ । ମତେ ଠିକ୍ ଲାଗିଲା ନାହିଁ । ତଥାପି କିଛି କହିନାହିଁ ।

ଜାନୁଆରୀ ୧୭ । ନାରାୟଣଙ୍କର ଏଠିକୁ ବଦଲି ହେଇଛି । ଶୋଭା ଆଜି ତା ଜିନିଷପତ୍ର ନେଇ ଭଉଣୀ ଘରକୁ ଗଲା । ଭଲ ହେଲା । କିନ୍ତୁ ସେ ଖୁସି ନୁହନ୍ତି ।

ଏଇ ନେ, ଏ ଡାଏରୀ ପଢ଼ । ଇଏ ଦ୍ୱିତୀୟ ଫେଜ୍ ।

ଏପ୍ରିଲ ୮ । ତାଙ୍କ ଅଫିସ୍ ରୁମ୍କୁ ଯାଇଥିଲି ସ୍ୱାପ୍ଲର ପାଇଁ । ଟେବୁଲ ଉପରେ ନିକିତା ରାୟ ଠିକଣାରେ ପ୍ୟାକେଟ୍‌ଟିଏ ଥିଲା । ପାଖରେ ଦାମୀ ଫୁଲତୋଡ଼ା, ମିଠା ପ୍ୟାକେଟ୍, ବଡ଼ ଗ୍ରୀଟିଙ୍ଗସ୍ କାର୍ଡ ତା ସାଙ୍ଗରେ ଲଫାପାଟିଏ, ବୋଧେ ଭିତରେ ଚିଠି ଥିବ । ମୁଁ ଦେଖୁଥିବା ବେଳେ ସେ ରୁମ୍କୁ ପଶିଆସି ପାଟିକରି ଡାକିଲେ ରମେଶଙ୍କୁ । 'କେତେବେଳଠୁ ତତେ କହିଲିଣି ଏସବୁ ନେଇ ଦେଇ ଆସିବୁ । ସବୁ କାମରେ ତୋର ହେଲା ।' ରମେଶ ପ୍ୟାକେଟ୍, ଫୁଲତୋଡ଼ା ଇତ୍ୟାଦି ନେଇ ଚାଲିଗଲା । ପଚାରିଲି ସେ କିଏ, ଆଜି କ'ଣ ତାଙ୍କର ଜନ୍ମଦିନ ?' 'ହୁଁ' କହି ସେ ତାଙ୍କ ଲ୍ୟାପ୍‌ଟପ୍ ଖୋଲି ବସିଲେ ।

ଜୁନ୍ ୩ । ଆଜିଠୁ ତାଙ୍କ ସାଙ୍ଗରେ ସଂପର୍କ କାଟିଦେଲି । ମରିବା ପର୍ଯ୍ୟନ୍ତ ଏ ଲୋକର ମୁହଁ ଚାହିଁବି ନାହିଁ । ନିକିତା ରାୟ ସାଙ୍ଗରେ ଫୋନ୍‌ରେ ଗପସପ । ତା ଅଫିସ୍କୁ ବାରମ୍ବାର ଯିବା– ଏସବୁକୁ କ'ଣ କୁହାଯିବ ? ଖାଲି ବନ୍ଧୁତା ? ଆଉ ସେଦିନ ତାଙ୍କ ଫୋନ୍‌ରେ ଯଉଁ ମେସେଜ ଦେଖିଲି ? ଲ୍ୟାପ୍‌ଟପ୍‌ର ଡେସ୍କଟପ୍‌ରେ ଫଟୋ ସବୁ ?

– ତା ପରଠୁ ବୋଉ ଆଉ କେଉଁଠି ହେଲେ ବାପାଙ୍କ କଥା ଲେଖିନାହାନ୍ତି । ଗୋଟିଏ ଘରେ ସେମାନେ ରହନ୍ତି, କିନ୍ତୁ ଅଚିହ୍ନା ମଣିଷ ପରି ଚଳପ୍ରଚଳ ହୁଅନ୍ତି । ମୋ ବାହାଘର ଦିନୁ ମୁଁ ସେୟା ଦେଖି ଆସୁଛି । ବାପା କେମିତି ମଣିଷ କହିଲୁ! ଏତେ କଷ୍ଟ ଦେଲେ ନିଜ ସ୍ତ୍ରୀକୁ ? ସେ ଆଜି ବଞ୍ଚିଥିଲେ କେବେ ତାଙ୍କୁ ଛାଡ଼ିନଥାନ୍ତି । ସମସ୍ତଙ୍କ ସାମ୍ନାରେ ଜେରା କରିଥାନ୍ତି । କ'ଣ ମେସେଜ୍, କାହା ଫଟୋ କେଉଁଦିନ ଦେଖିଲେ, ବୋଉ କେଉଁଠି ହେଲେ ଲେଖିନାହାନ୍ତି ବା ଲେଖିବାକୁ ଚାହିଁ ନାହାନ୍ତି ।

– ଛାଡ଼ ସେକଥା ଶେଲି । ମଲା ଲୋକଙ୍କ ଉପରେ କେହି ଏମିତି ରାଗେ ?

– ତୁ ମୋ ଶାଶୂଙ୍କୁ ଦେଖିଛୁ। ଜୀବନସାରା ସେ ଭଲ ଝିଅ, ଭଲ ଭଉଣୀ, ଭଲ ସ୍ତ୍ରୀ, ଭଲ ବୋହୂ, ଭଲ ମା' ହୋଇ ସଂସାର ଚଳେଇ ଆସିଲେ। ମୋ ଶ୍ୱଶୁର ଏମିତି ତାଙ୍କୁ ଅପମାନିତ କରିବା ଠିକ୍ ହୋଇଛି ? ପୁଣି ପରିଣତ ବୟସରେ ?

ମୋ ଶାଶୂ ଆଉ କିଛିଦିନ ବଞ୍ଚିଥାନ୍ତେ ହୁଏତ, ଯଦି ଶ୍ୱଶୁର ପରନାରୀଆସକ୍ତ ହୋଇନଥାନ୍ତେ। – କହି କାନ୍ଦି ପକେଇଲା ଶେଲୀ। ଅରୁଣା ଜାଣେ, ଶେଲୀ ତା ଶାଶୂଙ୍କୁ ଖୁବ୍ ଭଲପାଏ।

– ସବୁଠୁ ଆଶ୍ଚର୍ଯ୍ୟ କଥା କ'ଣ ଜାଣୁ ? ବାପା ବୋଉଙ୍କ ସନ୍ଦେହ କଥା ଜାଣନ୍ତି, କେମିତି କେଜାଣି ? ବୋଧେ କେବେ ଝଗଡ଼ା ହୋଇଥିବ ଯାହା ବୋଉ ଲେଖିନାହାନ୍ତି ବା ବୋଉଙ୍କ ହାବଭାବରୁ; ଦି'ଜଣ ପରସ୍ପରଠୁ ଦୂରେଇ ଯାଇଛନ୍ତି।

– ତୁ କେମିତି ଜାଣିଲୁ ?

– ନେ, ଏ କାଗଜ ପଢ଼, ବାପା ଲେଖିଛନ୍ତି ମୋ ପାପାଙ୍କୁ। ମୁଁ ଖାଲି ଆଶ୍ଚର୍ଯ୍ୟ ହଉଛି ବୋଉଙ୍କ ବାବୁକୁ ଏ କାଗଜ କେମିତି ଆସିଲା ?

ଲଳିତ ବାବୁ,

ଆଜିକାଲି ଆଉ କିଛି ଭଲ ଲାଗୁନାହିଁ। ଖାଲି ଗୋଟିଏ ଖୁସିର କଥା ବିନୀତର ବାହାଘର ସରିଛି ଆଉ ଶେଲୀ ପରି ହୀରାମୁଣ୍ଡା ବୋହୂ ମୁଁ ପାଇଛି। ସେଥିପାଇଁ ଆପଣଙ୍କ ପାଖରେ ରଣୀ। ଆପଣଙ୍କ ଗାଁର ଲକ୍ଷ୍ମୀ ନାରାୟଣ ମନ୍ଦିର କାମ ଆଉ କେତେ ବାକି ଅଛି ? ପ୍ରତିଷ୍ଠା ବେଳକୁ ଆମେ ଯିବୁ।

ଲଳିତବାବୁ, ବଡ଼ ମନସ୍ତାପରେ ମୁଁ ଏ ଚିଠି ଲେଖୁଛି। କ'ଣ କରିବି ? ଆପଣଙ୍କ ଛଡ଼ା ମୋର ତ ଆଉ କେହି ବନ୍ଧୁ ନାହାନ୍ତି। କାହାକୁ କହିବି ମୋର କଷ୍ଟ କଥା !

ଆପଣଙ୍କ ସମୁଦୁଣୀ ଆଜିକାଲି ବଡ଼ ଚିଡ଼ିଚିଡ଼ା ହୋଇଗଲେଣି, ବିଚିତ୍ର ବ୍ୟବହାର ଦେଖାଉଛନ୍ତି। ସମସ୍ତଙ୍କ ସଙ୍ଗେ ଭଲ, ମୋ ସାଙ୍ଗେ କଥା ବନ୍ଦ। ମୋର ଭୁଲ୍ କେଉଁଠି ଜାଣିପାରୁନି। କେବେ ତ ତାଙ୍କୁ ହତାଦର କଲାପରି ମନେପଡ଼ୁନି।

ଅଯଥାରେ ସେ ମତେ ସନ୍ଦେହ କରୁଛନ୍ତି।

ମତେ କିଛି ଭଲ ଲାଗୁନାହିଁ। କେବେ କେବେ ଭାବୁଛି କିଛିଦିନ ପାଇଁ କୁଆଡ଼େ ପଳେଇଯିବି। ପୁଣି ପର ମୁହୂର୍ତ୍ତରେ ଚିନ୍ତା କରୁଛି ମୁଁ ଗଲାପରେ ତାଙ୍କ ସନ୍ଦେହ ଯଦି ବଢ଼ିଯାଏ ? ଯଦି ସେ ଭାବନ୍ତି ମୁଁ କାହାକୁ ସାଙ୍ଗରେ ନେଇ ପଳେଇଲି ! ବାଧ୍ୟ ହୋଇ ଜାକିଜୁକି ରହିବାକୁ ପଡ଼ୁଛି। ହଉ, ମୁଁ ଆପଣଙ୍କୁ ଭାରାକ୍ରାନ୍ତ କରିବାକୁ ଚାହେଁନା। କ୍ଷମା କରିବେ। – ରମାକାନ୍ତ।

– ମଉସା ତ ନିଜେ ସବୁ ନାଟ ଆରମ୍ଭ କରି ମାଉସୀଙ୍କୁ ଦୋଷ ଦେଉଛନ୍ତି। ବଡ଼ ଅଭୁତ ଏ ମାନସିକତା ! ସ୍ତ୍ରୀକୁ ଦୋଷୀ ସାବ୍ୟସ୍ତ କରି ନିଜ କୃତକର୍ମ ଛପେଇବାର ସୁନ୍ଦର ବ୍ୟବସ୍ଥା।

– ସେଇକଥା ମୁଁ ଭାବୁଛି। କିନ୍ତୁ ବାପାଙ୍କ ଏ ଚିଠି ବୋଉଙ୍କ ବାକ୍ସରେ ?

– ଏତେ ମୁଣ୍ଡ ଓଜନ କରନା ଶେଲି। ସିଧା ଭାବରେ ଦେଖିଲେ ମଉସା ଚିଠି ଲେଖି ରଖିଛନ୍ତି। ହୁଏତ କେଉଁ କାମରେ ଯାଇଛନ୍ତି କି ଭୁଲିଯାଇଛନ୍ତି, ସେତିକିବେଳେ ମାଉସୀ କେମିତି ଚିଠିଟି ପାଇ ବାକ୍ସରେ ରଖିଛନ୍ତି। ମଉସା ହୁଏତ ଚିଠି ଚୋରି କଥା ଜାଣିଥିବେ, ମାତ୍ର ମାଉସୀଙ୍କୁ ପଚାରିବାକୁ ସାହସ କରିନାହାନ୍ତି।

– ହେଇପାରେ। ଜାଣୁ ଅରୁ, ବୋଉ ଭଲ ଥିଲାବେଳେ ମତେ ତାଙ୍କ ଏ ବାକ୍ସ ଚାବିର ଗୁପ୍ତ ଠିକଣା ବତେଇଥିଲେ। ସେଇଟି ଲକ୍ଷ୍ମୀନାରାୟଣଙ୍କ ଫଟୋ ପଛ ଠାରେ। ଘର ତିଆରି ସରିବା ପରେ ବୋଉ ନିଜେ ଲୁଚେଇ ସେ ଠଣା ଖୋଲେଇଥିଲେ। ମତେ ଯଉଦିନ ଦେଖାଇଲେ କ'ଣ କହିଲେ ଜାଣୁ ?

– କ'ଣ ?

– ସବୁ ସ୍ତ୍ରୀ ଲୋକର ଗୋଟିଏ ଏମିତି ଗୁପ୍ତ ଠଣା ଦରକାର। ତାର ବ୍ୟକ୍ତିଗତ ଇଲାକାର ଚାବି ସେଇଟି ରହିବ। ସେଠିରେ ଆଉ କାହାର ଅଧିକାର ନାହିଁ।

'ହେଲେ ମତେ କାହିଁକି ଦେଖାଉଛନ୍ତି ବୋଉ ?' ମୁଁ ପଚାରିଲି।

– ତତେ ମୁଁ ଚିହ୍ନିସାରିଛି। ତୁ ମୋ ଉତ୍ତରାଧିକାରୀ, ତୁ ବି ଜଣେ ନାରୀ। ଅଧିକାଂଶ ନାରୀର ଜୀବନରେ ଯାହା ସୁଖ, ସେସବୁ ଲୋକଦେଖାଣିଆ। ତା କଷ୍ଟର ସୀମା ନାହିଁ, ମାନସିକ ଯନ୍ତ୍ରଣାର ଅନ୍ତ ନାହିଁ। ମନେରଖ, ନିଜ ପାଇଁ ଇଲାକାଟିଏ ତିଆରିବୁ ଆଉ ତାର ଚାବି ରଖିବା ପାଇଁ ଠଣାଟିଏ। ଆସର୍ଟ କରି ଶିଖ୍। ନହେଲେ ପାଦ ତଳର ଜୋତା କରିଦେବେ।

ଅରୁଣା କହିଲା, ''ହୁଏତ ମଉସା ଲକ୍ଷ୍ମଣଗାର ପାରି ହେଇଛନ୍ତି ବା ମାଉସୀ ସେ ଘଟଣାମାନଙ୍କୁ ଯୋଡ଼ି ଅଧିକ କିଛି କଳ୍ପନା କରିଛନ୍ତି। ତୁ ନିଶ୍ଚୟ ଜାଣିଥିବୁ, ଥରେ ସନ୍ଦେହ ମନରେ ଆସିଲେ ମଣିଷ ତାକୁ ସହଜରେ ଭୁଲିଯାଏ ନାହିଁ। ତେଣିକି ମସ୍ତିଷ୍କ ସି.ଆଇ.ଡି ପରି କାମ କରେ। ଛୋଟରୁ ଛୋଟ କଥା ତାର ତଦନ୍ତ ପରିସରକୁ ଆସିଯାଏ। ମଉସାଙ୍କ କାର୍ଯ୍ୟକଳାପ ମାଉସୀଙ୍କୁ ଖୁବ୍ କଷ୍ଟ ଦେଇଛି। ସେ କାହାକୁ କିଛି କହିପାରିଲେ ନାହିଁ, ଭୁଲି ପାରିବା ବି ସମ୍ଭବ ହେଲାନାହିଁ।

ଶେଲି କହିଲା, ''ମୁଁ ବି ଭାବିନେଇଥାନ୍ତି, ବୋଉ ଅତ୍ୟଧିକ ସନ୍ଦେହୀ ଥିଲେ।

ବାପା ତ ସବୁବେଳେ ଏତେ ଚୁପଚାପ୍ ଥାନ୍ତି, କାହା ଆଡ଼କୁ ସିଧା ଚାହାନ୍ତି ନାହିଁ। ତାଙ୍କୁ ଟା ଦେଲେ, କିଏ ଦେଲା ସେ କହିପାରିବେ ନାହିଁ। ବୋଉ ଠିଆରେ କହନ୍ତି ବାପା କାଲେ ତାଙ୍କୁ ବାଲିଯାତ୍ରାରେ ଦେଖିଲେ ଚିହ୍ନିପାରିବେ ନାହିଁ। ଆଉ କାହା ସ୍ତ୍ରୀ ତାଙ୍କ ଗାଡ଼ିରେ ବସିପଡ଼ିଲେ ସେ ନିଜ ସ୍ତ୍ରୀ ଭାବି ଘରକୁ ନେଇଆସିବେ। ସେଇ ମଣିଷ କ'ଣ ବୋଉଙ୍କ ଡାଏରୀର ଶୋଭା କି ନିକିତା ରାୟଙ୍କୁ ପ୍ରେମ କରିଥିବେ ? କଳ୍ପନା କରିବା ବି କଷ୍ଟକର।

– ଦେଖ ଶେଲି, ମଣିଷର ମନ ମହାସାଗରଠୁ କାହିଁ କେତେ ସହସ୍ର ଗୁଣ ଗଭୀର, ବିଚିତ୍ର ଭାବନା, ପ୍ରକୃତିରେ ପୂର୍ଣ୍ଣ। ସବୁ ତର୍କ, ସିଦ୍ଧାନ୍ତର ଉର୍ଦ୍ଧ୍ୱରେ ଏକ ଜଟିଳତମ ଗଣିତ। କେଉଁ ପରିସ୍ଥିତିରେ କିଏ କେମିତି ବ୍ୟବହାର ଦେଖାଇବ ଆମେ କହିପାରିବା ନାହିଁ। ହୁଏତ ମଉସାଙ୍କର ଭିନ୍ନ ଭିନ୍ନ ପରିସ୍ଥିତିରେ ସେ ଦୁଇ ମହିଲାଙ୍କ ପ୍ରତି ଦୁର୍ବଳତା ଦେଖା ଦେଇଥିବ, ସେମାନଙ୍କୁ ସେ ଅଧିକ ଗୁରୁତ୍ୱ ଦେଇଥିବେ ଯାହା ମାଉସୀଙ୍କୁ ଠିକ୍ ଲାଗିନଥିବ ବା ମାଉସୀଙ୍କର ହାତରେ ଟେଙ୍କା ଲାଗିବା ବା ତାଙ୍କ ଜନ୍ମଦିନରେ ମଉସାଙ୍କଠାରୁ ସେମିତି ବ୍ୟବହାର ମିଳିନଥିବ। ଅନ୍ୟପକ୍ଷରେ ମଉସା ସେ ଘଟଣାମାନଙ୍କୁ ବା ତାଙ୍କ ନିଜ ଆଚରଣକୁ ଆପତ୍ତିଜନକ ଭାବିନଥିବେ, ତାଙ୍କ ଦୃଷ୍ଟିରେ ତାହା ଥିବ ସାଧାରଣ ଶିଷ୍ଟାଚାର।

– ତୋ କଥା ବି ଠିକ୍ ହେଇପାରେ ଅରୁ। ସନ୍ଦେହ, ଈର୍ଷା, ଏବଂ ତହିଁରୁ ଜନ୍ମ ନେଇଥିବା ନିରାପଦଶୂନ୍ୟତା ମିଳିମିଶି ଏପରି ଏକ ଭୟଙ୍କର ବ୍ୟାଧିକୁ ବି ଜନ୍ମ ଦେଇପାରନ୍ତି, ଯାହା ମୋ ଶାଶୂ ଭୋଗିଲେ। ମନୋବିଜ୍ଞାନ ତାକୁ କହେ ମରୁବିଡ୍ ଜେଲସି ବା ପାଥୋଲଜିକାଲ୍ ଜେଲସି। କିନ୍ତୁ ଯେତେ ଯାହା କହିଲେ ମଧ୍ୟ ବାପାଙ୍କର ସେ ପ୍ରକାର ଆଚରଣ ବି ତ ଯୁକ୍ତିଯୁକ୍ତ ନୁହେଁ। ନିଜ ସ୍ତ୍ରୀ ପ୍ରତି ଏତେ ଉଦାସୀନ ହେବା କ'ଣ ଠିକ୍ ? ତୁ ଜାଣୁ, ବୋଉ ସବୁବେଳେ ବିନୋଦଙ୍କୁ ତାଗିଦ କରନ୍ତି, 'ଶେଲିର ଦେହ ଖରାପ ହେଲେ ତୁ ତା ପାଖେ ପାଖେ ରହିବୁ। ନିଜ ପରିବାରଠୁ କୌଣସି ସଂପର୍କ ବା କାମ ଅଧିକ ଗୁରୁତ୍ୱପୂର୍ଣ୍ଣ ନୁହେଁ। ବାହାର ସଂପର୍କମାନଙ୍କୁ ଅତ୍ୟଧିକ ଗୁରୁତ୍ୱ ଦେଲେ ନିଜ ଘର ବିପର୍ଯ୍ୟସ୍ତ ହୁଏ। ଶେଷକୁ ତୋ' ପାଖରେ ଆଉ କିଛି ନଥିବ। ମନେରଖିବୁ।''

– ତତେ ସେ ଖୁବ୍ ଭଲପାନ୍ତି। ସେ ଭୟ କରୁଥିଲେ କାଲେ ତାଙ୍କ ପୁଅ ପଥ ହୁଡ଼ିଯିବ। ଯଦି ମାଉସୀ ମଉସାଙ୍କ ସାଙ୍ଗେ ଝଗଡ଼ା କରିଥାନ୍ତେ, କାନ୍ଦିଥାନ୍ତେ ତା'ହେଲେ କଥା ଏତେ ବାଟ ଯାଇନଥାନ୍ତା। ମାତ୍ର ମାଉସୀ ମିଳାମିଶା ବା ପରିବର୍ତ୍ତନର ସୁଯୋଗ ଦେଲେନାହିଁ। ଉଭୟ କଷ୍ଟ ଭୋଗିଲେ, ଚାଲିଗଲେ। ମଉସାଙ୍କ ଉପରେ ତାଙ୍କର

ଯେଉଁ ଆସ୍ଥା, ବିଶ୍ୱାସ ଥିଲା, ସେତକ ଆଉ ରହିଲା ନାହିଁ। ଭିତରେ ଭିତରେ ସେ ଭାଙ୍ଗି ସାରିଥିଲେ।

— ବୋଉଙ୍କର ସ୍ଟ୍ରୋକ୍ ହେଲା। ଆମେ ଆସି ପହଞ୍ଚିଲା ବେଳକୁ ସେ ହସ୍ପିଟାଲ ଆଇ.ସି.ୟୁ.ରେ। ଆଉ ଆଖି ଖୋଲିବା ପରଠୁ ସମସ୍ତଙ୍କୁ ଖାଲି ଡବଡବ ହେଇ ଚାହିଁବେ, କିଛି କହି ପାରିବେନି। ବାପାଙ୍କୁ ଦେଖିଦେଲେ ଯେମିତି ଲାଲ ପଡ଼ି, ଆଖି ଡବଡବ କରି ଉହୁଁକି ଉଠି ଗାଁ ଗାଁ ଶବ୍ଦ କରିବେ ଦେଖିଲେ ଭୟ ଲାଗିବ। ସେଇଦିନଠୁ ମୋର ସନ୍ଦେହ ଥିଲା, ତା ପଛରେ କିଛି କାରଣ ନିଶ୍ଚୟ ଥିବ।

ବୋଉ ଚାଲିଗଲା ପରେ ବାପା ବୋଉଙ୍କ ବାକ୍ସ ଚାବି କଥା ପଚାରିଥିଲେ। ସମସ୍ତେ କହିଲୁ ଦେଖିନୁ। ଚାବି ଭାଙ୍ଗିଦେବାକୁ ବାପା କହୁଥିଲେ, ବିନୀତ ମନାକଲେ। କହିଲେ, ଚାବି ଖୋଜିଲେ ମିଳିବ ନିଶ୍ଚୟ। ଏତେ ସୁନ୍ଦର ତାଲା, ଆଜିକାଲି ଏ ତାଲା ଆଣ୍ଟିକ୍ ପିସ୍।

ତା'ପରେ ତ ବାପାଙ୍କ ଦେହ ଧୀରେ ଧୀରେ ଖରାପ ହେଲା, ହସ୍ପିଟାଲ ଦୌଡ଼ି ଦୌଡ଼ି ସମୟ ଗଲା। ଚାବି କଥା ଆଉ କାହାର ମନେନାହିଁ। ବୋଉଙ୍କର ସବୁ ଗହଣା, ଟଙ୍କା ଆଲମିରା ଲକରରେ ଥିଲା। ତେଣୁ ସମସ୍ତେ ଭାବିଥିଲେ ଏଇ ବାକ୍ସଟାରେ ବିଶେଷ କିଛି ନଥିବ, ଖାଲି ଗୋଟାଏ ଶୋ ପିସ୍। ବାପଘର ସ୍ମୃତି।

— ମାଉସା ତ ଜାଣିଥିବେ ମାଉସୀ ଡାଏରୀ ଲେଖିବା କଥା।

— ହୁଏତ ଜାଣିଥିବେ। ଅସଲରେ ବାପା ବୋଉଙ୍କର କୌଣସି କଥା ବା କାମକୁ ଏତେ ଗୁରୁତ୍ୱ ଦିଅନ୍ତି ନାହିଁ। ବୋଉ ତ ବାକ୍ସରେ ଚାବି ଦେଇ ରଖିଛନ୍ତି ସବୁ ନଥି। — ହସିଲା ଶେଲି।

— ସବୁ ତ ଜାଣିଲୁ। ଏବେ ୟାକୁ ସବୁ କ'ଣ କରିବା ଶେଲି ?

— ସଫା କରିବା। ଡାଏରୀ ସବୁ ବାକ୍ସରେ ସେମିତି ସଜେଇ ସାଇତି ରଖିବି। ଏ ବାକ୍ସ ସାଙ୍ଗରେ ନେଇଯିବି।

— କ'ଣ କରିବୁ ଏସବୁ ?

— କିଛି ହେଲେ ତ କରିବି। ମୋ ଶାଶୂ ଚାଳିଶ ବର୍ଷ ଧରି ଯାହା ସାଇତି ଆସିଛନ୍ତି ତାକୁ କେମିତି ଫିଙ୍ଗିଦେବି ?

ଶେଲି ଆଉ ଅରୁଣା ଦୁହେଁ ଏବେ ସବୁ ଡାଏରୀଗୁଡ଼ିକୁ କପଡ଼ାରେ ପୋଛି ବାକ୍ସରେ ସଜେଇ ରଖୁଥିଲେ।

ଚିନ୍ମୟୀ ବଞ୍ଚିଛି

ବରଯାତ୍ରୀ ଦଳ ବରକୁ ନେଇ ଛକ ପାର ହେଇଗଲାଣି । ଏବେ ଟିକେ ଶାନ୍ତି ! ଏପର୍ଯ୍ୟନ୍ତ ବାଜା–ବାଣ ଶବ୍ଦରେ କାନ ଫାଟି ପଡୁଥିଲା । ତା' ସାଙ୍ଗକୁ ବର ବାହାରିବା ବେଳର ଧାଁ ଦଉଡ଼ । ଏବେ ସବୁ ସ୍ତ୍ରୀଲୋକ ଘର ଭିତରକୁ ଫେରିଆସିଲେ । ରାତିରେ କେଉଁଠି ଟିକେ ଜାଗା ଖୋଜିନେଇ ଶୋଇପଡ଼ିଲେ ସକାଳୁ ପୁଣି ବୋହୂ ଶଙ୍ଖୁଲା ପାଇଁ ସଜବାଜ, ରନ୍ଧାବଢ଼ା । ଲତା ଗେଟ୍ ପାଖରେ ଛିଡ଼ା ହୋଇ ରହିଲା । ତାକୁ ଖୁବ୍ ଭଲ ଲାଗୁଥିଲା ରାତିଅଧର ସୁଲୁସୁଲିଆ ପବନ, ସାମ୍ନା ପଡ଼ିଆ ଉପରେ ବିଛି ପଡ଼ିଥିବା ଜହ୍ନ ଆଲୁଅ ଆଉ ରଙ୍ଗୀନ୍ ବିଜୁଲିବତିର ଫେଣ୍ଡାଫେଣ୍ଡି ରଙ୍ଗ ସାଙ୍ଗକୁ ମୁଣ୍ଡ ଉପରେ ରୂପା ଥାଲିଆ ପରି ଚତୁର୍ଦ୍ଦଶୀର ଜହ୍ନ– ସଂପୂର୍ଣ୍ଣ ମୋହମୟ ପରିବେଶ ।

– ଭାଉଜ ଆସ ଟିକେ ଶୋଇପଡ଼ିବ । ରାତି ଅନିଦ୍ରା ହେଲେ ଦେହ ଖରାପ ହବ । ତମପାଇଁ ଉପର ଘରେ ଟୁନି ବିଛଣା କରିଦେଇଛି । – ପଲ୍ଲୀ ତାଙ୍କୁ ଡାକି ନେଇଗଲା ।

ଲତା ଛାତ ଉପର ଘରକୁ ଗଲା । ଖଟ ଉପରେ ତା' ପାଇଁ ସଫା ବିଛଣା ପଡ଼ିଛି । ତଳେ ଚଟାଣରେ ସପ ବିଛେଇ ଜଣେ ବୁଢ଼ୀ ଆଉ ଦି'ଜଣ ଝିଅ ଶୋଇଛନ୍ତି । ଲତା ବିରକ୍ତ ହୋଇଥାନ୍ତା ପଲ୍ଲୀ ଉପରେ । ତଳେ ବୟସ୍କ ଲୋକ ଶୋଇଥିବା ବେଳେ ଖଟ୍ ଉପରେ ତା' ପାଇଁ ବିଛଣା କରିବା ଠିକ୍ ନୁହେଁ ବୋଲି କହିଥାନ୍ତା । କିନ୍ତୁ ଏଇ ଅଳ୍ପଦିନ ତଳେ ତା'ର ଆପେଣ୍ଡିସାଇଟିସ୍ ଅପରେସନ୍ ହେଇଛି । କାଲେ ତଳେ ଶୋଇବାରେ ଅସୁବିଧା ହବ ସେଥିପାଇଁ ପଲ୍ଲୀର ଖୁବ୍ ଚିନ୍ତା ।

ବାଲ୍‌କୋନିରୁ ଚଉକିଟିଏ ଭିଡ଼ିନେଇ ଲତା ରଜନୀଗନ୍ଧା କୁଣ୍ଢମାନଙ୍କ ପାଖରେ ବସିଲା । ଚାରିଆଡ଼ ମାଛ, ମାଂସ ଆଉ କଡ଼ା ଅତର ଗନ୍ଧ ଦାଉରେ ରଜନୀଗନ୍ଧାର

ସୁଗନ୍ଧ ଆକ୍ରାମାକ୍ରା ହୋଇଯାଇଥିଲେ ବି ସଂପୂର୍ଣ୍ଣ ହଜିଯାଇନଥିଲା। ତା'ର ମିଠା ବାସ୍ନା ସ୍ପଷ୍ଟ ବାରିହୋଇ ପଡ଼ୁଥିଲା, କାଉମାନଙ୍କ ସମ୍ମିଳିତ ରାବକୁ ଅତିକ୍ରମି କୋଇଲିଟିର ମଧୁର କୁହୁ ପରି।

– ଆରେ ଏଠି ତ ବଢ଼ିଆ ବିଛଣା ଅଛି, କିଏ ଶୋଇବେ କି ?

ପୁଣି ଲତା ଆଡ଼େ ଚାହିଁ– ''ସରି, ଆପଣ ଶୋଇବେ ବୋଧେ।''

– ସେମିତି କିଛି ନାହିଁ। ଆପଣ ଶୋଇପାରନ୍ତି। ଏ ଗହଳି ଭିତରେ ଆଉ କାହା କଥା ଚିନ୍ତା କଲେ ଅନିଦ୍ରା ରହିବେ।– ଭଦ୍ରମହିଳାଙ୍କୁ ନିରାଶ ନକରିବା ପାଇଁ ଲତା କହିଲା।

ଭଦ୍ରମହିଳା କହିଲେ, ''ଏମିତି କରିବା, ଚାରିଫୁଟର ଖଟ, ଆମେ ଦି' ଜଣ ବି ଶୋଇପାରିବା। ଆପଣଙ୍କର ଆପତ୍ତି ନାହିଁ ତ ?''

– ନା, ମୋର ଆପତ୍ତି ନାହିଁ।

ଲତାକୁ ଯଥେଷ୍ଟ ଆରାମ ଦେବାପାଇଁ ଭଦ୍ରମହିଳା ଜାକିଜୁକି ହୋଇ ଶୋଇଲେ।

– ଆପଣ ପଲ୍ଲବୀର କ'ଣ ହୁଅନ୍ତି ?– ଲତାକୁ ପଚାରିଲେ।

– ରକ୍ତସଂପର୍କ ଖୋଜିଲେ ସେମିତି କିଛି ନୁହେଁ, ତେବେ ପଲ୍ଲୀ ମୋ ନିଜ ନଣନ୍ଦଠୁ ବି ଅଧିକ ଆପଣାର।

– ପଲ୍ଲବୀର ସ୍ୱଭାବ ସେମିତି, ପର ଆପଣା ଭେଦଭାବ ତା'ର ନାହିଁ। ଏଇ ଦେଖୁନାହାନ୍ତି, ମୁଁ ତା' ବଡ଼ ଭଉଣୀଙ୍କ ନଣନ୍ଦର ଯାଆ, ହେଲେ ଆମ ପ୍ରତି ଏମିତି ଆଦର, ସତେ କି ଆମେ ତାଙ୍କ ନିଜ ଭଉଣୀ-ଭିଣୋଇ।– ଭଦ୍ରମହିଳା ଭାବପ୍ରବଣ ହୋଇଗଲେ।

– ଆପଣ କ'ଣ ଭୁବନେଶ୍ୱରରେ ରହନ୍ତି ? ଲତା ପଚାରିଲା।

– ନା କଲିକତାରେ। ମୋ ହଜ୍‌ବ୍ୟାଣ୍ଡ ଏଲ୍‍.ଆଇ.ସି.ରେ ମ୍ୟାନେଜର ଅଛନ୍ତି, ଆସନ୍ତା ବର୍ଷ ରିଟାୟାର କରିବେ। ଆପଣ ?

– ଆମେ ଏଠି, ଭୁବନେଶ୍ୱରରେ। ମୁଁ ଅଧ୍ୟାପିକା, ଆଉ ତିନିବର୍ଷ ରହିଲା ଚାକିରି। ମୋ ସ୍ୱାମୀ ଡାକ୍ତର– ଲତା କହିଲା।

– ଆପଣଙ୍କର ଭଲ। ଆମର କିନ୍ତୁ ପ୍ରତି ତିନିବର୍ଷରେ ବଦଲି ହୋଇ ବଡ଼ ହଇରାଣ।

ଲତା ଲକ୍ଷ୍ୟକଲା ଭଦ୍ରମହିଳା ଶୋଇବାକୁ ଚାହୁନାହାନ୍ତି, ବେଶ୍‍ ଗପୁଡ଼ି। ପ୍ରୌଢ଼ା

ହେଲେ ମଧ୍ୟ ସୁନ୍ଦର ଚେହେରା । ତାଙ୍କର କଳା ସିଫନ୍ ଶାଢ଼ୀ ସାଙ୍ଗକୁ ନୂଆ ଡିଜାଇନ୍‌ର ଗହଣା ତାଙ୍କୁ ବେଶ୍ ମାନୁଥିଲା ।

ଲତା ପଚାରିଲା, ''ଆପଣ ଏକା ଆସିଛନ୍ତି ନା ଆଉ କିଏ ଆପଣଙ୍କ ଘରୁ?''

– ନା ଆମେ ଦି'ଜଣ ଆସିଛୁ । ପୁଅ ରାଉରକେଲାରେ ଇଞ୍ଜିନିଅରିଂ ପଢ଼ୁଛି । ଏଇ ବର୍ଷ ଆଡ୍‌ମିଶନ୍ ହେଲା । ପଲ୍ଲୀଠୁ ଆପଣ ଆମ ବିଷୟରେ ସବୁକଥା ଜାଣିପାରିବେ ଯେ! ଆମର ବହୁତ ଡେରିରେ ବାହାଘର ହେଲା । ସେ ମୋଠୁ ପନ୍ଦର ବର୍ଷ ବଡ଼ । ମୁଁ ବି.ଏ ପରୀକ୍ଷା ଦେଇଥିଲି, ଯାଙ୍କ ସାଙ୍ଗରେ ବାହାଘର ହେଇଗଲା ।

– ଓଃ ! ଆପଣ ପରୀକ୍ଷାଫଳ ବାହାରିବା ପର୍ଯ୍ୟନ୍ତ ଅପେକ୍ଷା କଲେନି– କଥା ହାଲୁକା କରିବାକୁ କହିଲା ଲତା ।

– ମୋ ବାପା ବୋଉଙ୍କର ଅପେକ୍ଷା କରିବାକୁ ଧୈର୍ଯ୍ୟ ନଥିଲା । ଆମର ଗରିବ ଘର । ଏତେ ଭଲ ପାତ୍ର ସେ ଛାଡ଼ିଥାନ୍ତେ! ଯାଙ୍କ ଘରେ ବି ବାହାଘର ପାଇଁ ବ୍ୟସ୍ତ ହେଲେ । କାରଣଟା ଶୁଣିବେ ?

– କ'ଣ ?

– ଯାଙ୍କ ପ୍ରଥମ ସ୍ତ୍ରୀ କୁଆଡ଼େ ପଳେଇଗଲେ । ଏମାନେ ଖୋଜିଲେ । ଖବରକାଗଜରେ ବିଜ୍ଞାପନ ଦେଲେ । ପାଞ୍ଚବର୍ଷ ଅପେକ୍ଷା କଲେ । ଶେଷରେ 'ଚିନ୍ମୟୀ ତମେ ଆଗାମୀ ଦୁଇମାସ ଭିତରେ ନଫେରିଲେ ମୁଁ ଦ୍ୱିତୀୟ ବିବାହ କରିବି । ସେଥିପାଇଁ ମୁଁ ବା ମୋ ପରିବାର କେହି ଦାୟୀ ହେବୁନାହିଁ'ର ବିଜ୍ଞାପନଟିଏ ଦେଇ ବାହାହେଲେ । ପ୍ରଥମ ସ୍ତ୍ରୀଙ୍କ ବାପା-ମା' ଅନୁମତି ବି ଲେଖିଦେଇଛନ୍ତି । ମୁଁ ତାଙ୍କ ଦ୍ୱିତୀୟ ସ୍ତ୍ରୀ ।

ଲତାର ଛାତିରୁ ନିଆଁ ଦଳକାଏ ଖସିପଡ଼ିଲା । ଚିନ୍ମୟୀ ? ଏ ଭଦ୍ରମହିଳାଙ୍କ ସ୍ୱାମୀଙ୍କ ନାଁ କ'ଣ ? ଲତାର ମୁଣ୍ଡ ଘୁରିବାକୁ ଲାଗିଲା ।

– ଶୋଇପଡ଼ିଲେ କି ଆପଣ ?– ଆହୁରି କିଛି କହିବାକୁ ଚାହୁଁଥିଲେ ସେ ।

– ନା, ହେଲେ ତାଙ୍କ ଆଗ ସ୍ତ୍ରୀ ପଳେଇଲା କାହିଁକି ?

– ସେ ଆଉ ଗୋଟେ କାହାଣୀ । ମୋ ଶ୍ୱଶୁର ଭାରି ଭୋଲାଲୋକ । ସେ ଝିଅ ବିଷୟରେ କିଛି ଖବର ନନେଇ ବାହାଘର ପାଇଁ ରାଜି ହେଇଥିଲେ । ସେ ଝିଅ ସେତେବେଳେ ସରକାରୀ କଲେଜରେ ଅଧ୍ୟାପିକା ଥିଲା । ବାହାଘର ପରେ ଜଣାପଡ଼ିଲା ସେ ଝିଅର ଆଉଜଣଙ୍କ ସଂଗେ ପ୍ରେମସଂପର୍କ ବହୁତ ଆଗେଇ ଯାଇଥିଲା । ଅନ୍ୟ ଧର୍ମର ପୁଅଟି ବୋଲି ଝିଅର ବାପା ମା' ରାଜି ହେଲେ ନାହିଁ । ବାଧ୍ୟ ହେଇ ଯାଙ୍କୁ ସେ ବାହାହେଲା ସିନା, ମନ ତ ସବୁବେଳେ ଯାଇ ତା' ପାଖରେ । ଇଏ ସବୁ କ୍ଷମା

କରିବାକୁ ପ୍ରସ୍ତୁତ ଥିଲେ। କିନ୍ତୁ ସେ ଝିଅ ନିଜ ସ୍ୱାମୀ କି ଘରେ ଅନ୍ୟ କାହା ସାଙ୍ଗେ କିଛି କଥାବାର୍ତ୍ତା କରିବ ନାହିଁ, କାହା ଆଡ଼େ ଚାହିଁବ ବି ନାହିଁ। ଭାଗ୍ୟକୁ ସେ ଆଲାଏଡ୍ ପାଇଗଲା। ମସୌରୀ ଗଲା ଟ୍ରେନିଂପାଇଁ। ସେଠୁ ଫେରିବା ପରେ ଭୁବନେଶ୍ୱରରେ ପୋଷ୍ଟିଂ ପାଇଥିଲା। ଏମାନେ କଟକରେ ରହୁଥିଲେ। ଦିନେ ସକାଳେ ଭୁବନେଶ୍ୱର ଯାଇ ଆଉ ସନ୍ଧ୍ୟାବେଳକୁ ସେ ଫେରିଲା ନାହିଁ। ଖବର ନେବାରୁ ଜଣାପଡ଼ିଲା ସେଦିନ ଭୁବନେଶ୍ୱର ନଯାଇ ସେ ଖପୁରିଆରେ ଓହ୍ଲେଇ ପଡ଼ିଥିଲା। ସେଇ ଟୋକା ସାଙ୍ଗେ ପଲେଇଥିବ କି କ'ଣ! ପୂରା ଇଣ୍ଡିଆ ଛାଡ଼ି ପଲେଇଲା। ଏମାନେ ଆଉ କ'ଣ କରିଥାନ୍ତେ ?

କାହା କଥା କହୁଛନ୍ତି ଏ ଭଦ୍ରମହିଳା ? ଯାହା କଥା ଗପ ପରି ବଖାଣି ଯାଉଛନ୍ତି ସେ କେଉଁ ଚିନ୍ମୟୀ ? ଚିନୁ ନୁହେଁ ତ ? ଲତା ସାମ୍ନାରେ ସତେଅବା କେଉଁ ଯୁଗର ବନ୍ଦ କୁହୁକ ପେଡ଼ି ଖୋଲିଯାଇଥିଲା। ପଚାରିଲା– ''ମ୍ୟାଡାମ୍, ମୋର ଜଣେ ମଉସା ଚାକିରୀ କରନ୍ତି ଏଲ୍.ଆଇ.ସି.ରେ। ତାଙ୍କ ନାଁ ବିଧୁରଞ୍ଜନ ଦାସ। ଆପଣଙ୍କ ମିଷ୍ଟରଙ୍କ ନା' କ'ଣ ?''

ନିଳୟ ରାୟ। ଆପଣଙ୍କ ମଉସା ଚିହ୍ନିପାରିବେ ଯେ !

ଏବେ ଲତା ସାମ୍ନାରେ ସବୁକିଛି ପ୍ରସ୍ତ ପ୍ରସ୍ତ ହେଇ ଖୋଲିଯାଉଥିଲା। ଚିନି ଚାଲିଗଲା ପରେ ଏତେ ସବୁ ମନଗଢ଼ା ବଦନାମ ଦିଆଗଲା ତାକୁ ? ତା' ପରି ଶାନ୍ତ ସୁଧାର ଝିଅ ସାରା କଲେଜରେ ଆଉ କେହି ନଥିଲେ। ଅଥଚ ତା'ରି ନାଁରେ ଏମିତି କଦର୍ଯ୍ୟ କଥା... ଛିଃ।

ଭଦ୍ରମହିଳା ବୋଧେ ଶୋଇଗଲେଣି। ତାଙ୍କର ବା କ'ଣ ଦୋଷ ? ଯାହା ଶୁଣିଛନ୍ତି ତାକୁ ହିଁ ସତ ମଣିଛନ୍ତି। ମାତ୍ର ଶତ୍ରୁଟିଏ ବି ଚିନି ନାଁରେ ଏମିତି କଥା କହିପାରନ୍ତା ନାହିଁ।

ଚାଳିଶି ବର୍ଷ ତଳର କଥା। କଲେଜ ହଷ୍ଟେଲରେ ତା' ପାଖ ରୁମ୍‌ରେ ରହୁଥିଲା ଚିନ୍ମୟୀ। ଅଧିକାଂଶ ସମୟ ତା ରୁମ୍‌ରେ ଦେଖିବାକୁ ମିଳେ ଚିନ୍ମୟୀକୁ। ଏମ୍.ଏ ପଢ଼ିବା ବେଳେ ତା' ପାଖ ରୁମ୍‌ରେ, ତନିମା ସାଙ୍ଗରେ ରହିଲା ଚିନ୍ମୟୀ। ଲତା ଆଉ ମନିଷା ଗୋଟିଏ ରୁମ୍‌ରେ ରହିଲେ। ଚାରିଜଣଙ୍କର ଗୋଟିଏ ପରିବାର ଖାଦ୍ୟ-ପୋଷାକ, ଟଙ୍କା-ପଇସା ସବୁ ଏକାଠି ରହୁଥିଲା। ଅନ୍ୟମାନେ ସେମାନଙ୍କୁ ଏଥିପାଇଁ ଈର୍ଷା କରୁଥିଲେ।

ଥରେ ଲତାର ମାମୁ ସାଲେପୁର ରସଗୋଲା ହାଣ୍ଡିଟିଏ ଆଣି ଆସିଥିଲେ। ଲତା ସବୁ ରସଗୋଲା ଦି'ଟା ବଡ଼ ପ୍ଲେଟ୍‌ରେ ଢାଲିଦେଲା। ଚିନୁ ଆଗ ଦି'ଟା ନେଇ

ଖାଇଦେଲା । ପାଖ ରୁମ୍‌ର ସାଙ୍ଗମାନେ ଆସିଲେ । ସମସ୍ତେ ରସଗୋଲା ଖାଇ ସାରିଦେଲେ । ସିରାତକ ନେଇ ଲତା ନଲାରେ ଢାଲିଦେଲା । ସାଙ୍ଗମାନେ ଗପସପ ସାରି ଗଲାପରେ ଚିନୁ ତା' ହାତରେ ଛୋଟ ଚାରିଚଉତା କାଗଜଟିଏ ଗୁଞ୍ଜିଦେଇ ପଳେଇଲା । ଲେଖାଥିଲା 'ଗଡ୍‌ ପ୍ରମିଜ୍‌, ତୋ ସାଙ୍ଗେ ଚାରିଦିନ– ନା ତିନିଦିନ– ନା ପୂରା ଗୋଟାଏ ଦିନ କଟି । ତୁ ଅଧହାଣ୍ଡିଏ ସିରା ନଲାରେ ଢାଲିଦେଲୁ! ମୁଁ ତାକୁ ତିନିଦିନ ପର୍ଯ୍ୟନ୍ତ ଖାଇଥାନ୍ତି । ସମସ୍ତେ ଥିଲେ ବୋଲି ଲାଜରେ କହିପାରିଲିନି । ତୁ ମୋ ଛାତିର କଲିଜା କାଟି ନଲାରେ ପକେଇ ଦେଲୁ ।''

ହସି ହସି ଖଟ ଉପରେ ଗଡ଼ିଗଲା ଲତା । ଧାଇଁଯାଇ ଚିନୁକୁ କୁଣ୍ଡେଇ ପକେଇଲା ।

– ରସଗୋଲା ସିରା ତା'ହେଲେ ତୋ ଛାତିର କଲିଜା ! କାଲି ତାଳପଦେଶ୍ୱରୀ କ୍ୟାଣ୍ଟିନ୍‌ରୁ ତୋ ପାଇଁ ଅଧ ବାଲ୍‌ଟି ସିରା ଆଣିଦେବି, ହେଲା ?

– କେମିତି ହବ ? ସେ ସିରାତକ ତ ନଲାରେ ଗଲା ନା !

ସେଇ ଆମ ଚିନ୍ମୟୀ, ଚିନୁ, ଆଉ ମୁଁ ଡାକେ ଚିନି । ଏତେ ମିଠା ସ୍ୱଭାବ ଯେ କେହି ତାକୁ ଭଲ ନପାଇ ରହିପାରିବ ନାହିଁ । ଏକୁଟିଆ କୁଆଡ଼େ ଯାଇପାରେନା, ନିଜ ଗାଁକୁ ବି ନୁହେଁ । ସେ କହେ ବାହାରକୁ ଗଲେ ତାକୁ ଡର ଲାଗେ, ସାଙ୍ଗମାନେ ଥିଲେ ଆଉ ଏକୁଟିଆ ଲାଗେନା, ଅଥଚ ସେଇ ଡରକୁଳୀ ଚିନୁ ଦିନେ– ।

ଚିନୁ ବାହାହେବାକୁ ଚାହୁଁ ନଥିଲା । ତା'ର ଇଚ୍ଛା ଥିଲା ସମାଜ ପାଇଁ କିଛି ଭଲ କାମ କରିବ, ବହୁତ ବହି ପଢ଼ିବ । ବନ୍ଧନରେ ବାନ୍ଧି ହେବ ନାହିଁ । କିନ୍ତୁ ତା' ବାପା ମା'ଙ୍କୁ କଷ୍ଟ ନଦେବାକୁ ସେମାନେ ଯେଉଁଠି ସ୍ଥିର କଲେ ସେଇଠି ସେ ବାହାହେଇଥିଲା ।

ଲତାର ବଡ଼ ଭାଇ ଆଉ ଚିନୁର ବାହାଘର ଗୋଟିଏ ଦିନରେ ହେଲା । ଲତା ଚିନୁର ଗାଁକୁ ତା' ବାହାଘର ପାଇଁ ଯାଇପାରିଲା ନାହିଁ । ବାହାଘର ପରେ ଚିନୁ ସିମଲା ବୁଲିବାକୁ ଯାଇଥିଲା । ସେତିକିବେଲେ ଆଲାଏଡ୍‌ ପାଇଗଲା । ତା'ପରେ ଟ୍ରେନିଂ । ଲତାର ସମ୍ବଲପୁର ଅଫିସକୁ ବଦଲି ହେଲା । ଚିନୁର କଲେଜ ଠିକଣାରେ ଚିଠି ଖଣ୍ଡେ ଲେଖିଥିଲା ଲତା, ତା' ଗାଁ ଠିକଣାରେ ବି, ହେଲେ କୌଣସିଟିର ଉତ୍ତର ମିଳିନଥିଲା ।

ଲତାର ବାହାଘର ପୂର୍ବଦିନ ଦି'ଜଣ ଭଦ୍ରଲୋକ ଆସି ତାଙ୍କ ଘରେ ପହଞ୍ଚିଲେ । ଲତାକୁ ଦେଖୁଦେଖୁ ଜଣେ ଦୁଇହାତ ଧରି ଭୋ ଭୋ ହୋଇ କାନ୍ଦିଲେ । ସମସ୍ତେ ସବୁ କାମ ଛାଡ଼ି ତାକୁ ଦେଖୁଥାନ୍ତି । ଲତାକୁ ଅଡୁଆ ଲାଗିଲା, ଇଏ କ'ଣ ? ଚିନ୍ନା

ପରିଚୟ ନାହିଁ, ଅନ୍ୟମାନେ କ'ଣ ଭାବୁଥିବେ ? ଲତା ଠାରେ ବାପାଙ୍କୁ ଜଣେଇଲା ଯେ ସେ ଏହାଙ୍କୁ ଚିହ୍ନେନା । ବାପା ଆସି ତାଙ୍କ ପିଠି ଥାପୁଡ଼େଇ କାନ୍ଦ ବନ୍ଦ କରେଇଲେ । ଲତାର ସାନଭଉଣୀ ରିତୁ ଦି' ଗ୍ଲାସ୍ ଲେମ୍ବୁପାଣି ଆଣିଦେଲା । ପିଇସାରି, ଏପଟ ସେପଟ ଚାହିଁ ପୁଣି କୋହଭରା ସ୍ୱରରେ ପଚାରିଲେ, 'ସତ କୁହନ୍ତୁ ଲତା ମ୍ୟାଡାମ୍, ଚିନୁ ଆସିନି ଏଠିକୁ ? ସମସ୍ତେ ମତେ ମନା କରିସାରିଲେଣି, ଆପଣ ଶେଷ ଭରସା, ମୁଁ ଜୀବନ ହାରିଦେବି, ତା' ବିନା ମୁଁ ବଞ୍ଚିପାରିବିନି । ତା' ଡାଏରୀରୁ ଆପଣଙ୍କ ଠିକଣା ପାଇ ସାଙ୍ଗେ ସାଙ୍ଗେ ବାହାରି ଆସିଲି । ମତେ ନିରାଶ କରନ୍ତୁନି, ହାତ ଧରୁଛି'– ପୁଣି ଲତାର ହାତକୁ ଧରି ସେ କାନ୍ଦି ପକେଇଲେ ।

– ଆପଣ କ'ଣ କହୁଛନ୍ତି ମୁଁ ବୁଝିପାରୁନି । ଚିନୁ ଘରେ ନଜଣେଇ କୁଆଡ଼େ ଯିବ ? ଦେଢ଼ବର୍ଷ ହେଲାଣି ତା'ସାଙ୍ଗେ ମୋର ଯୋଗାଯୋଗ ନାହିଁ ।

ତା'ପରେ ଭଦ୍ରଲୋକ ଯାହା ବର୍ଣ୍ଣନା କଲେ ଚିନୁକୁ ଜାଣିଥିବା କୌଣସି ଲୋକ ତାହା ବିଶ୍ୱାସ କରିବ ନାହିଁ । ସେ କହୁଥାନ୍ତି 'ବାହାଘର ଦିନଠୁ ଚିନୁ ଆମ ଘରେ କାହା ସାଙ୍ଗେ ବିଶେଷ କଥାବାର୍ତ୍ତା କରେନା । କେଉଁଠିରେ ରୁଚି ନାହିଁ, କାହା ପ୍ରତି ଆଦର ସମ୍ମାନ ନାହିଁ । ଘରେ ଥିଲାବେଲେ କବାଟ ବନ୍ଦକରି ବେଡ୍ରୁମ୍ରେ ରହେ । ଟ୍ରେନିଂରୁ ଫେରିଲାପରେ ଠାକୁରଙ୍କ ଦୟାରୁ ଭୁବନେଶ୍ୱରରେ ପୋଷ୍ଟିଂ ହେଲା । ମୋ ବୋଉ ସବୁବେଲେ ତା' ସେବାରେ ଲାଗିଥିବ । ଛ'ମାସର ପ୍ରେଗନାଣ୍ଟ ଥିଲା ତ ! କେବଲ ତା' ପାଇଁ ଗୋଟାଏ କାର୍ କିଣିବାକୁ ଆଡ୍ଭାନ୍ସ ଦେଇଥିଲି । ହେଲେ– '' କହୁକହୁ କାନ୍ଦି ପକେଇଲେ ଭଦ୍ରଲୋକ ।

କ'ଣ କହି ସାନ୍ତ୍ୱନା ଦବ ଲତା ଭାବିପାରୁନଥିଲା । ''କୁଆଡ଼େ ଗଲା ଚିନୁ ମୁଁ ଏପର୍ଯ୍ୟନ୍ତ ଟିକିଏ ବି ସୁରାକ ପାଉନାହିଁ । ଓଡ଼ିଶା ସାରା ଯେତେ ଚିହ୍ନାପରିଚୟ ସାଙ୍ଗସାଥୀ- ସବୁଠି ଖୋଜିଲିଣି, କିଏ ହେଲେ ତା' ଖବର ଟିକେ ମତେ ଦିଅନ୍ତା ।'' ଭଦ୍ରଲୋକ ବିକଲ ସ୍ୱରରେ କହିଚାଲିଥିଲେ ।

ସେଦିନ ସେ ନିରାଶ ହୋଇ ଫେରିଗଲେ । ଚିନୁର ହଜିଯିବା କଥାଟା ଲତାକୁ ଉଦାସ କରିଦେଲା । ତା' ପରଦିନ ଥିଲା ତା' ବାହାଘର । ବାହାଘରର ସବୁ କ୍ରିୟାକର୍ମ, ଭୋଜିଭାତ, ଲୋକଗହଲି ଭିତରେ ଚିନୁ କଥା ଭାବୁଥିଲା ଲତା । ମିଠାହାଣ୍ଡି ଭିତରେ ଦିଶୁଥିଲା ତା' ମୁହଁ । ଠାକୁରଙ୍କୁ ଡାକୁଥିଲା– ଚିନୁର ଖବର ପାଇବାକୁ ।

ଚିନୁ ସତେ ଅବା ପବନରେ ମିଲେଇ ଯାଇଥିଲା । ପ୍ରତି ସପ୍ତାହରେ ପ୍ରତି ଖବରକାଗଜରେ ଚିନୁର ଫଟୋ ଆଉ ତା' ଫେରିବା ପାଇଁ କେବେ ତା' ସ୍ୱାମୀ ନିଲୟ

ରାୟଙ୍କର ତ କେବେ ତା' ମା' ପାର୍ବତୀ ଦେବୀଙ୍କର ଆକୁଳ ମିନତି ଦେଖୁଥିଲା ସେ। ଲତା ଭାବୁଥିଲା ଚିନୁ ଯଦି ବଞ୍ଚିଥିବ ନିଶ୍ଚୟ ଖବରକାଗଜ ପଢ଼ିବ ଆଉ ତା' ମା'ଙ୍କର କଷ୍ଟ ସହି ନପାରି ଦିନେ ନା ଦିନେ ଫେରି ଆସିବ। ମାତ୍ର ସେପରି କିଛି ଘଟିଲା ନାହିଁ।

ଲତା ବାହାଘରର ମାସେ ପରେ ରାନୁଅପା ଆସିଥିଲେ। ଲତା ତାଙ୍କୁ ତା' କଲେଜକୁ ଡକେଇଥିଲା। କର୍ମଜୀବୀ ମହିଳା ହଷ୍ଟେଲରେ ରାନୁଅପା ଚିନୁର ପାଖ ରୁମ୍‌ରେ ରହୁଥିଲେ। ଖୁବ୍ ସ୍ନେହୀ ମହିଳା, ଚିନୁ ତାଙ୍କୁ ସମସ୍ତ କଥା କହେ। ସେଦିନ ରାନୁଅପା ଲତାକୁ ଯାହା କହିଲେ, ତାହା ଶୁଣି ଲତା ସ୍ତବ୍ଧ ହେଇଗଲା।

'ଚିନୁର ଶାଶୂଘର ଲୋକେ ବିଶ୍ୱାସଘାତକତା କରି ଚିନୁକୁ ତାଙ୍କ ପୁଅ ସଙ୍ଗେ ବାହାଘର କରିଥିଲେ। ପରେ ଚିନୁ ସବୁ ଜାଣିପାରିଲା।' ନିଳୟ ରାୟ ଏଲ୍.ଆଇ.ସି.ରେ ଅଫିସର ନଥିଲା, କିରାଣୀ ଚାକିରୀ କରୁଥିଲା। ଚିନୁର ବାପା ତାକୁ ଦେଖିବାକୁ ଗଲାଦିନ ସେ ଅଫିସର ଟେବୁଲ ଚେୟାରରେ ବସିଥିଲା। ସେକଥା ଚିନୁ ବରଦାସ୍ତ କରିଥାନ୍ତା। ହେଲେ ଦିନକୁ ଦିନ ତା' ପ୍ରତି ମାନସିକ ନିର୍ଯାତନା ବଢ଼ିଚାଲିଲା। ଚିନୁର ଗୋଟାଏ ବ୍ୟାଙ୍କ ଆକାଉଣ୍ଟ ଥିଲା ଯେଉଁଥିରେ ତା' ପିଲାଦିନର ସ୍କଲାରସିପ୍ ଟଙ୍କାଠୁ ନେଇ ବାହାଘର ପର୍ଯ୍ୟନ୍ତ ଯେତେ ସଂଚୟ, ସବୁ ଥିଲା। ବାହାଘର ବେଳେ ଚିନୁର ମା' ସେ ପାସବୁକ୍ ଚିନୁକୁ ଦେଇଥିଲେ। ଚିନୁକୁ ବାଧ୍ୟ କରାଗଲା ସେ ଟଙ୍କା ସବୁ ବାହାରକରି ଶାଶୂଙ୍କ ହାତରେ ଦେବା ପାଇଁ। ପ୍ରତିମାସରେ ଦରମା ପାଇ ଶାଶୂଙ୍କୁ ଦେବାକୁ ନିର୍ଦ୍ଦେଶ ଥାଏ। ପ୍ରତିଦିନ ଶାଶୂ ଯାହା ବସ୍ ଖର୍ଚ୍ଚ ଦେବେ। ବସ୍‌ରୁ ଓହ୍ଲେଇ ରିକ୍ସାରେ ଗଲେ କାଲେ ଟଙ୍କା ନିଅଣ୍ଟ ପଡ଼ିବ ସେଥିପାଇଁ ଚିନୁ ଦେଢ଼ କିଲୋମିଟର ବାଟ ଚାଲିଚାଲି ଯାଏ। ତା'ର ସମସ୍ତ ଗହଣା ଶାଶୂଙ୍କ ଆଲମାରୀରେ ରହେ। ନଣନ୍ଦ ସବୁଦିନ କାଢ଼ି ସେସବୁ ପିନ୍ଧେ, ଆଉ ପୁରୁଣାକାଳିଆ ପିଉଲମିଶା ଗହଣା କହି ନାକ ଟେକେ।

ଆଲାଏଡ୍ ପାଇଲା ପରେ ଚିନୁ ଭାବିଥିଲା ଏଥିରୁ ମୁକ୍ତି ମିଳିଯିବ; ଦୂରରେ ପୋଷ୍ଟିଂ ହେଲେ ଶାନ୍ତିରେ ନିଃଶ୍ୱାସ ମାରିବ। ହେଲେ ତା' ଭାଗ୍ୟ ଖରାପ। ଟ୍ରେନିଂ ପରେ ପୋଷ୍ଟିଂ ମିଳିଲା ଭୁବନେଶ୍ୱରରେ। ଚାକିରୀ କି ପରିବାରରେ ଆଉ ତା' ମନ ନଥିଲା।

କିନ୍ତୁ ଏମିତି କ'ଣ ପଳେଇ ଯାଇପାରିବ ସେ? ପୁଣି ଛ' ମାସର ପିଲାକୁ ପେଟରେ ଧରି? ଚିନୁ ଆଉ ବଞ୍ଚିନଥିବ। ନହେଲେ କ'ଣ–?

– ସେମିତି କୁହନା ରାନୁଅପା, ସେମାନେ ହୋଇପାରନ୍ତି ମିଛୁଆ, କୃପଣ ମାତ୍ର ଗର୍ଭବତୀ ବୋହୂଟାକୁ ମାରିଦେବେ, ଏମିତି ଜଲ୍ଲାଦ ତ ହୋଇନଥିବେ। ଶିକ୍ଷିତ ପରିବାର ତାଙ୍କର, ଚିନୁ ପୁଣି ବଡ଼ ଚାକିରିଆ ବୋହୂ।

– ହଉ, ତୋ କଥା ସତ ହଉ। ବଞ୍ଚିଥାଉ ଆମ ଚିନୁଟା। ଦିନେ ନା ଦିନେ ଫେରିବ ଯେ। ମୁଁ ତ ଠାକୁରଙ୍କ ପାଖେ ଦୀପ ବସେଇଛି।

ବେଳେ ବେଳେ ଲତା ସ୍ୱପ୍ନ ଦେଖେ–

ଚିନୁ ଖପୁରିଆରେ ଓହ୍ଲେଇ ପଡ଼ିଲା। ତାକୁ ଅପେକ୍ଷା କରିଥିଲେ ସେଇ ଯୁବକ। ଚିନୁକୁ ଗାଡ଼ିରେ ବସେଇ ନେଇଗଲେ ଦୂରକୁ, ବହୁତ ଦୂରକୁ। ପାହାଡ଼ ଜଙ୍ଗଲ ଟପି ଦ୍ରୁତଗତିରେ ଧାଉଁଛି ତାଙ୍କ ଗାଡ଼ି।

ଚିନୁ ପାହାଡ଼ ତଳ ଗାଁ ପାଖରେ ଗୋଟାଏ ମିସନାରୀ ସ୍କୁଲରେ ଚାକିରୀ କରୁଛି। ନାଁ ବଦଳେଇ ଅନ୍ୟ ଏକ ପରିଚୟରେ ବଞ୍ଚୁଛି।

ଆଜି ପର୍ଯ୍ୟନ୍ତ ଚିନୁକୁ ନେଇ ଏମିତି ସ୍ୱପ୍ନ ସବୁ ଦେଖିଛି ଲତା। ଲତା ଭାବେ ଚିନୁ ସ୍ୱାମୀଙ୍କୁ ଛାଡ଼ି ଆଉ କାହା ସାଙ୍ଗେ ପଲାଉ ପଛେ, ବଞ୍ଚିଥାଉ। ଏତେବଡ଼ ପୃଥିବୀର କେଉଁ କୋଣରେ ଛପିଥାଉ ସେ। ଶେଷ ପର୍ଯ୍ୟନ୍ତ ଦେଖା ନହେଉ ପଛେ।

ଆଜି ଭଦ୍ରମହିଳା ଯାହା କହିଲେ ସେଥିରେ ତାଙ୍କର କ'ଣ ଦୋଷ? ଚିନୁ ଚାଲିଯିବା ପରେ ଏମିତି କାଳ୍ପନିକ କାହାଣୀମାନ ତିଆରି କରାଯାଇଛି।

ଚିନୁ ଆସି ତା' ଶାଶୂଘର ବାରଣ୍ଡାରେ ଛିଡ଼ାହେଇ କଲିଂବେଲ୍ ମାରୁଛି। ଶାଶୂ କବାଟ ଖୋଲୁଛନ୍ତି। ଚିନୁ କହୁଛି, ''ଏଇ ଦେଖ ମତେ। ତମେମାନେ କହୁଥିଲ ପରା ମୁଁ ଗୋଟାଏ ଟୋକା ସାଙ୍ଗରେ ପଲେଇଛି। ଏଇ ନିଅ ମୋର ସବୁ ଠିକଣା, ମୁଁ ଯେଉଁ ସବୁ ଜାଗାରେ ଥିଲି ଯାଅ ବୁଝିବ ମୁଁ କ'ଣ କରୁଥିଲି। ତମ ନାତୁଣୀ ନିଉକ୍ଲିୟର ସାଇଣ୍ଟିଷ୍ଟ ହେଇଛି। ତାକୁ ଅନେଇ ବଞ୍ଚି ରହିଛି ମୁଁ। ତମମାନଙ୍କ ସାଙ୍ଗରେ ରହିବାକୁ ଆସିନି। ମତେ ଯାହା ବଦନାମ ଦେଇଛ ତା'ର ବିରୋଧ କରିବାକୁ ଆସିଛି। ମୁଁ ବେଶ୍ ଶାନ୍ତିରେ ଅଛି।''

''ଆଣ୍ଟି ଉଠନ୍ତୁ, ନିଳୟ ଅଙ୍କଲ ଆପଣଙ୍କୁ ତଳେ ଡାକୁଛନ୍ତି। ଆପଣଙ୍କ ଫୋନ୍ ବନ୍ଦଅଛି।'' – ଟିଅଟିଏ ଡାକୁଥିଲା ଭଦ୍ରମହିଳାଙ୍କୁ।

ଲତାର ସ୍ୱପ୍ନ ଭାଙ୍ଗିଗଲା। ଭଦ୍ରମହିଳା ନିଦରୁ ଉଠିପଡ଼ି ଚୁଟି ଆଉ ଶାଢ଼ୀ ସଜାଡ଼ି ନେଇ ତରତର ହେଇ ରୁମ୍ରୁ ବାହାରିଗଲେ। ଲତା ଭାବୁଥିଲା ବାଲ୍କୋନୀକୁ ଯାଇ ନିଳୟ ରାୟକୁ ଦେଖିବ। ପୁଣି ନିଜକୁ ରୋକିନେଲା। ଥାଉ, ସେଦିନ ତା' ହାତଧରି କାନ୍ଦୁଥିବା ନିଳୟ ରାୟ ଯଦି ତାକୁ ଚିହ୍ନିପାରେ?

ତା' ଚିନୁକୁ ଏତେ କଷ୍ଟ ଦେଇଥିବା ମଣିଷଟାକୁ ସେ କେମିତି ସାମ୍ନା କରିବ?

BLACK EAGLE BOOKS

www.blackeaglebooks.org
info@blackeaglebooks.org

Black Eagle Books, an independent publisher, was founded as a nonprofit organization in April, 2019. It is our mission to connect and engage the Indian diaspora and the world at large with the best of works of world literature published on a collaborative platform, with special emphasis on foregrounding Contemporary Classics and New Writing.

www.ingramcontent.com/pod-product-compliance
Lightning Source LLC
Chambersburg PA
CBHW050139110726
47898CB00008B/2590